U0120863

中国先秦往事

追根探源话春秋

周树山 著

中国文史出版社

图书在版编目（CIP）数据

中国先秦往事．追根探源话春秋／周树山著．--北京：中国文史出版社，2023.7

ISBN 978 - 7 - 5205 - 4081 - 0

Ⅰ.①中… Ⅱ.①周… Ⅲ.①历史故事 - 作品集 - 中国 - 当代 Ⅳ.①I247.81

中国国家版本馆 CIP 数据核字（2023）第 083886 号

责任编辑：胡福星

出版发行：**中国文史出版社**

社　　址：北京市海淀区西八里庄路 69 号　　邮编：100142

电　　话：010 - 81136606　81136602　81136603　81136642（发行部）

传　　真：010 - 81136655

印　　装：廊坊市海涛印刷有限公司

经　　销：全国新华书店

开　　本：787 × 1092　1/16

印　　张：28.25

字　　数：390 千字

版　　次：2024 年 2 月北京第 1 版

印　　次：2024 年 2 月第 1 次印刷

定　　价：68.00 元

春秋之中，弑君三十六，亡国五十二，诸
侯奔走，不得保其社稷者，不可胜数。

——司马迁

前　言

我们为什么要说先秦？因为那是我们华夏民族文化和历史的源头，好比探索一条大河的起源，通过重温远古的历史和文化，认识我们民族是从哪里来的，我们身上有哪些历史的基因和胎记。越过万水千山，我们跋涉到今天，追根溯源，回顾以往，不仅可以增加我们的民族自豪感，同时，置身于日新月异的世界大潮中，和别的民族文化相比，也可以发现我们身上的不足，从而使我们走向更加文明，更加开放的新生之路。

先秦的历史，包括春秋和战国两个历史时段，大约五百年的时间。司马迁向前延伸，至夏商周三代，这是我们华夏民族的上古史，就是说，它离我们很遥远了，遥远到我们看不到它是从哪里起头的，我们不知它最初的边界在哪。中华文明邈远悠长，司马迁给我们起了个头儿，就是从黄帝说起。但黄帝这个人是从哪儿来的呢？是从后来的传说和神话中来的。因为黄帝那个时代，还没有文字，或许还处在父系社会的晚期，我们的祖先刚刚由饥肠辘辘、朝不保夕的狩猎时代进入农耕时代，不再茹毛饮血，可以用火烧烤食物了。各个部落间经常发生战争，争夺食物和人口。黄帝或许就是一个部落的头领，带领他的族人打败了其他的部落，发展生产，繁衍族群，在黄河流域创建了庞大的部落联盟。华夏大地处在史前的时代，启明星还没有升起，一切还都看不清楚，但是在后人的传说和笔下，尤其在司马迁的《史记》中，黄帝由一个部落酋长变成了帝王，变成了神。

应该说，古代典籍和司马迁笔下黄帝的事儿不太靠谱，中国古史照例从夏、商、周三代说起，在国家的主导下，中国学界从 1996 年到 2000 年，有一个夏、商、周断代工程，就是力图把这段历史搞清楚。这个工程完成后，确定中国的夏朝是从公元前的 2070 年开始的。但这个工程所提供的科学证据不足，也遭到了国内外一些专家学者的质疑。因为夏朝既没有文字，也没留下可资考证的实物，这个王朝存在吗？我们说它存在，主要证据是来于《尚书》等远古的典籍和司马迁等人的记载，后世的人把一两千年前的事说得有鼻子有眼，其实大多没有什么实物证据，在科学上是站不住脚的。因此，近些年又开展了"中华文明探源工程"，加上许多新的考古成果涌现，揭示了中国史前文化的灿烂辉煌，我们从中可以发现华夏文明最初的起源，虽对应的历史时段尚难确定，但城市基址，冶金术、陶器乃至先民物质生活的遗迹，昭昭在目。仰韶文化、龙山文化、良渚文化、二里头文化，令人惊叹的古蜀地三星堆文化，大量的出土文物令人叹为观止。这一切说明华夏文明的起源远比我们想象的要邈远和古老。可惜，上述古老遗址中并未发现确立文明的金标准——文字。良渚文化虽然发现了一些疑似文字的符号，但至今尚未破译。只有自 1928 年开始发掘的河南安阳殷墟，出土了大量的甲骨文，真正确立了商王朝的存在。商代的起始是约公元前 1600 年，也就是说自有文字记载以来，我们华夏文明有 3600 多年的历史。从商、周开始我们华夏民族真正的有文字可证的历史，直到秦始皇统一的公元前 221 年，都属于上古和先秦的历史。这里，最为重要的文字记载就是《春秋》和《左传》。本书除叙述先秦的历史外，尚涉上古夏商周三代，且对先前的考古发现追根探源，力求给人一个较为完备的古史概念。

瑞典科学院院士，世界著名的汉学家，诺贝尔文学奖评委马悦然先生曾经说过："我的心在先秦，《左传》是世界上最伟大的作品之一。"（欧阳江河采访马悦然）《左传》以及其后的《史记》等中国历史典籍，藏着我们华夏民族文化的基因密码，回顾我们远古的历史，解读我们的文化基因，正是本书的意义所在。中国先秦时代，连及夏商周上古史，从有文字记载的商王朝始，大约有 1300 年，这个历史时段应该说相当漫长了。从秦王朝统一到今天，也不过 2200 多年，我们文明史的三分之一在先秦及上古时代。我们如何来概括那个时代呢？和任何人类文明时代一样，有战争的血腥，有物质的创造，有精神的拓展，有王朝的覆灭，有人性的善恶，有权力者的跋扈和奢华，也有万千小民的挣扎和悲号，不一而足。但有一点，是我们要记住的，先秦时代对于华夏民族来说，是百家争鸣的时代，是人类精神原典创造的时代，也就是人类精神大突破的时代，这个时代叫作"轴心时代"。这个概念是德国伟大的思想家雅斯贝尔斯提出来的。他在 1949 年出版了一本重要著作，书名叫《历史的起源与目标》，他在书中讲道：

公元前 800 至公元前 200 年之间，尤其是公元前 600 至公元前 300 年间，是人类文明的"轴心时代"，轴心时代发生的地区在北纬 30 度上下，就是北纬 25 度至 35 度区间，这段时期是人类文明精神的重大突破时期。在轴心时代里，各个文明都出现了伟大的精神导师——古希腊有苏格拉底、柏拉图、亚里士多德；以色列有犹太教的先知们，古印度有释迦牟尼，中国有孔子、老子……他们提出的思想原则塑造了不同的文化传统，也一直影响着后世的人类社会。

雅斯贝尔斯提出的轴心时代，包含了华夏大地的春秋战国时期，其间出现的伟大的思想家老子、孔子、墨子、庄子乃至其后的荀子、孟子、孙子、韩非子等，他们的思想都具有开创性的意义，他们形塑了我们中华民族的精神品格、民族性格乃至政治文化，他们所开创的是人类精神的原典，后人只能在他们的话语下接着说，在他们开创的精神小径上接着走，自此之后，很难再出现开拓性的原典性的思想家。中国的道家、儒家同古希腊之后的西方哲学、古代的以色列之后的基督教、古代印度的佛教一样，人类精神的河流已经起源，从古老的岩隙间涌出汩汩清泉，以后大河奔流，汪洋恣肆，但源头都是从轴心时代开始的。处于轴心时代的中国先秦年间，风云际会，王朝更迭，哲人涌现如天穹之星，精神奔突如地心之火，血腥的战争屠戮之后，是人类物质和精神的野蛮生长，其间有多少命运的跌宕起伏，有多少令人悲欢唏嘘的故事，这就是《中国先秦往事》所要告诉大家的。

　　《中国先秦往事》计一百章，因篇幅原因分上、下两卷。即《追根探源话春秋》和《纵横捭阖说战国》，春秋和战国分列，各五十章。古史渺茫，典籍浩瀚，鉴古衡今，其在你我乎！

周树山

癸卯年夏月于威海

目　录

一　人文始祖

华夏民族远古的历史，按照古代历史学家司马迁的记述，是从五帝开始的，他们依次是黄帝、颛顼、帝喾、尧和舜。他们是我们华夏民族的人文始祖。

我们说起华夏民族历史，总要从黄帝说起。这里的黄不是秦始皇的皇，是黄色的黄，可以理解为我们黄河流域的人文始祖。可是黄帝的事情，已多不可考。我们一切有关黄帝的认知，大多来自春秋或战国时代一些流传下来的典籍，而黄帝的时代距离这些典籍的产生也很遥远。隔着遥远的时空，来述说上古的往事，况且又没有任何可以凭借的文字和实物，其述说的可信度大可存疑。又因典籍所述，掺杂着许多超自然的神话传说，各种不同的典籍，所记尚有矛盾之处，歧义纷然，莫衷一是，所以，同一切民族对榛莽初开，文明肇始阶段的述说一样，对邈远的往昔总是充满离奇的想象。这些传说和记载，是民族文化的一部分，但我们不能认为那就是真实的历史。

司马迁记载我们民族的历史从五帝开始，认为以黄河流域为中心的华夏文明的发源是由五个贤明的帝王开拓并发展起来的。这五个帝王分别是黄帝、颛顼、帝喾、唐尧、虞舜。[孔安国和晋代的皇甫谧还有三皇五帝之说，将伏羲、神农、黄帝列为三皇，少昊、高阳、高辛、唐（尧）、虞

（舜）称为五帝]。司马迁综合前代典籍，有所取舍，将五帝列入《太史公书》（《史记》）开篇第一章，使之成为一个完整自足的述说体系，五帝的代际相传祖考明晰，生平事迹详略得当，场面铺排，人物形象，言行语气，皆激发后人的无穷遐思。但因为凭借的是千年之后后人的传说，没有当时的文字和实物的证明，我们只能当他是臆说，也就是推测和想象。

有了这种合理（或不甚合理）的推测和想象，有了这些光辉灿烂，流传久远的文字，我们民族的历史就完整了。两千余年，司马迁的《史记》一直被认为是我们民族的历史瑰宝，那是因为，他用如椽巨笔探索了我们民族文明源头的奥秘，把它列入了我们民族的正史，并延续记载到他所生活的时代。后人只能沿着他筚路蓝缕开拓的路向前走。我们回顾华夏民族文明史的源头，如同在遥远的宇宙观测一颗隐在星云中的行星，它是如此的神秘茫昧，不可捉摸。但它在司马迁的笔下却变得如此清晰且言之凿凿，或许我们有一点半信半疑，但我们只能在他的华章之后开始我们的言说。

下面我们就来谈谈我们遥远的祖先的故事。

黄帝，少典之子。司马迁说他姓公孙，名字叫轩辕。据后来学人们的推断，少典，并非一个人的名字，而是国名。按我们今人的理解，所谓少典国，乃是父系氏族社会一个原始的部落，黄帝就出生在这个部落里。他的父亲是少典国君，也就是部落的首领。他娶了另外一个部落的女子为妻，那个部落名叫有蟜（jiǎo）氏，蟜，是一种毒虫，可以想象那个部落所在的地方多有蛇虺或毒虫出没。有蟜氏的女子名叫附宝，她嫁给了少典部落的首领，这天，她到原野上去，见天空阴云密布，电闪雷鸣，有一道长长的电光环绕着北斗星，于是她有感而怀孕。寻常人都是在母腹九月而生，但黄帝不是常人，所以他在母腹中待了整整二十四个月才来到这个世界。据说一头小象在母腹中孕育成熟要二十二个月，是世间孕期最长的动物，而黄帝比一头象还要长两个月。

司马迁说他生下来就非同一般（生而神灵），不到说话的时候就开口说话，日渐长大后，已聪明灵秀无所不通了。他为何叫轩辕？有人说他住在一个叫轩辕的小山上，所以以山为名。有一个叫皇甫谧的晋朝人，他对中国古代历史非常有兴趣，写了一本书，名叫《帝王代纪》，述说古代帝王的事迹。后人在《史记》的注解里引用了很多他的话。他说："黄帝生于寿丘，长于姬水，因以为姓。居轩辕之丘，因以为名，又以为号。"寿丘是什么地方呢？有人说是在春秋时鲁国都城东门偏北的地方。鲁国都城在山东曲阜，因此，有人断定黄帝生于曲阜古县城东北六里的地方。这个地理方位已经非常精确了。但基本属于妄说。后人考察山东古史，山东的古代民族为华胥氏，华胥氏衰落后，继之而起的是太昊氏，太昊氏后，兴起的少昊，并无黄帝活动的遗迹。从历史文化看，远古山东属于东夷地区，鲁地属大汶口文化，与黄帝时期的仰韶文化风貌不同，因此，不能确定身为华夏族的黄帝生在远在千里之外的山东曲阜。黄帝的籍贯问题现在我们也说不清楚了。说黄帝生于寿丘，在陕西姬水那条河边长大，所以，又改姓姬。大家知道，其后的周王朝的帝王也姓姬，所以他们认为远古的黄帝是周王朝的先祖。这是要证明什么呢？证明帝王乃千古一系。搞到后来西汉末年，王莽要篡位当皇帝，也信誓旦旦地说自己就是黄帝的后裔。

黄帝长大之后，并没有在少典国继位，而是当了有熊国的国君。所以又称"有熊氏"。从黄帝所主掌的部落"有熊氏"和他母亲来于"有蟜氏"，可以看出远古荒蛮时代野兽毒蛇出没的情景。南北朝时期，有一个叫顾野王的人，他撰写了一本称为《舆地志》的地理书。他说，黄帝和他的部族原来是盘踞在涿鹿的，后来迁徙到有熊。（"涿鹿本名彭城，黄帝初都，迁有熊也"）涿鹿，山名，是现在的河北涿鹿县，有熊，属今河南新郑。可见当年河南河北都是黄帝部族的活动范围。

黄帝在有熊氏部落当了首领。那时，各个部落间有一个最强大的首领，他可以率领部从征服那些挑起事端，不服从的部落。这就是我们后人所称的远古的帝王。后人对"帝"的解释是："德合五帝坐星者，称帝"，就是说，帝是天上的星宿下凡，代表天来统治万民，庇佑天下，有覆载万物之德行的人，才可称为帝。据说当时后人称为帝的人叫炎帝，他是神农氏的头领。《易经》说："庖（páo）牺氏没，神农氏作。"就是说，庖牺氏之后，神农氏才成为天下的共主。庖牺氏，又称伏羲，亦称宓羲。他被认为是华夏民族的始祖，比黄帝时代更加遥远。中国民间和《山海经》等神怪之书中关于伏羲的传说甚多，如说他和女娲是兄妹，二人婚配而繁衍人类，又说他和女娲皆人首蛇身。神农氏的传说也很多，最著名的莫过于神农尝百草的传说。说他通过自己亲身实验，给天下万民确定了哪些是无毒的植物，可以培植为粮食作物，哪些可以给人治病，可以作为药用等。这些说法有一定的合理性，可以推测远古时代的先民由狩猎和采集向农耕社会转化的情景。神农氏的部落显然比起其他部落来，生产力的发展要相对超前，所以能成为各个部落的统领。但是到了黄帝成长起来的时候，神农氏的势力已经衰落，各部落并不服从他们，他们为了争夺生存必需品和人口，相互攻伐，征战不已。我们可以想象那时候部落间战争的野蛮和残酷。这时候的黄帝开始在有熊部落训练青壮男女械斗的本领以抵御外侵。由于有熊部落的剽悍和强大，各个部落皆来归服。于是，黄帝带领各部落和神农氏的部落展开了一场大战。这场战争是在阪泉发生的，称为阪泉之战。阪泉之战打败了神农氏。确定了黄帝天下共主的地位。阪泉，是一条河水的名字，据说在如今的北京延庆。虽然各部落皆服从黄帝，但有一个强悍的人并不驯服，这个人叫蚩尤。关于蚩尤，后人也有很多传说，最离奇的来于一本名为《龙鱼河图》的神怪之书，大意说：黄帝时代，有蚩尤兄弟八十一人，半人半兽，说人话，长着铜头铁额，吃的是沙子和石头，使用超大型的刀枪剑戟，都是些杀人狂魔，威震天下。于是黄帝与蚩尤战于涿鹿之野，打败蚩尤并杀掉了他。据说，蚩尤被杀，身首分离，因此被分别葬于两地。可见战争之残酷。从记载来看，蚩尤不是一个人，而是强悍反叛的小部落。

总之，黄帝打败了原来的天下共主神农氏，消灭了不服从的蚩尤，他所统治的领域扩大至广大的黄河流域，甚至远抵湖湘一带。这就奠定了华夏文明的基础。他设官治民，巡狩四方，这时，社会的生产力和文明都有了极大的发展，各种农作物都得到了训育和种植（时播百谷草木），家畜和家禽也得到了驯养，甚至发展了养蚕业（淳化鸟兽虫蛾）。黄帝时代，人们也开始了节气和天象的观察。对于生死、阴阳以及吉凶都有了朴素的认知。当时的人们已开始关注四季的运行和节气的变化，以适应农耕生产。司马迁曾记载，黄帝曾获一宝鼎，以"迎日推策"。我们不由要问：黄帝宝鼎从何而来？那时进入青铜时代了吗？鼎，是帝王权力的象征，称为国之重器，带有神秘的色彩。因此黄帝之鼎引动后代帝王很多向往，公元前116年，在山西汾水那个地方，出土了一个大鼎，对黄帝充满仰慕的汉武帝刘彻因此改年号为元鼎元年。但我们也不能确定那个出土的鼎就是黄帝之鼎。古人所说的黄帝之鼎早已消失在历史的烟云之中。

据记载黄帝娶西陵之女为妃，名叫嫘（Léi）祖。她是黄帝的正妃，据说她发明了养蚕。和黄帝生下两个儿子，一个叫玄嚣，后称青阳，居住在江水，另外的儿子叫昌意，居住在若水。后人认为江水和若水都在蜀地（四川一带），是黄帝把两个儿子分封到那里做部落头领的。但黄帝究竟有多少女人和子女，现在当然也是一个谜。

黄帝是人不是神，所以也会死。因为他是远古的帝王，所以他的死不叫死，叫"崩"。晋朝的皇甫谧说，黄帝"在位百年而崩，年百一十一岁"。这样的年龄，就是放在今天，也算超长的高寿了。

黄帝死后葬在何处？这也是一个争论不休的问题。

一说葬于河北桥山，有一本叫《列仙传》的书说：黄帝自己选择了死亡的日子，和群臣告别，死后埋葬在桥山。不久大山崩裂，他的棺材里并不见黄帝的遗体，只有他的佩剑和他的鞋子在。至于他的遗体去了哪里，由您去想象。

还有一说，葬在河南荆山，因河南灵宝市西二十里有一个阳平镇，据说以前叫鼎湖，黄帝是在那里离世的。这里有一个带有喜剧色彩的传说，来于汉武帝时代一个骗子之口。骗子诓骗汉武帝，编了一个神话，汉武帝信以为真，于是，司马迁将它记在《封禅书》中。

故事是这样的：黄帝在首山采铜，在荆山下铸造大鼎。鼎铸成后，有一条龙从天上下来，垂下胡须迎接黄帝，黄帝骑到了龙身上，群臣后宫争着抢着跟着爬上去的有七十多人，龙就带着黄帝和七十多个臣妾升天而去。其余的小臣不得上，纷纷扯住龙的胡子，想攀上去。结果把龙胡子拔下来，摔在了地上，把黄帝的弓箭也坠落在地。百姓仰望黄帝上了天，就抱着黄帝的弓和龙胡子坐在地上哭号。所以后世管黄帝升天的地方叫鼎湖，把黄帝的弓叫乌号。

桥山在河北，鼎湖在河南。都自称黄帝死在那里或在那里升天。两家争来争去，第三家出来了，说，你们都别争了，黄帝的死和你们没关系，他老人家是葬在我们这儿的！哦，葬在你们那儿，有根据吗？有啊，我们陕西黄陵县，黄帝陵在此，你们能争得去吗？河南河北傻了眼，所以从2004年开始，在陕西黄陵县每年都要举行对黄帝陵祭祀的国家公祭。河南人不甘心，说，黄帝葬在你们那儿，俺们认了，谁让俺们没有黄陵县呢！可黄帝曾是有熊部落头领啊，有熊就是俺们河南新郑啊。于是新郑就被称为黄帝故里，在那里也经常举办祭祀华夏文明始祖黄帝的仪式。

黄帝的事儿到底是真是假？可以用《红楼梦》里的一句话来概括，叫作"假作真时真亦假"。你说他真，我们华夏文明总有起头的时候，有一个部落生产力相对发达，打败了其他部落，在黄河流域发展生产，繁衍族群，那么这个部落的酋长就是黄帝，所以可以说他是真的。说他假，后人编出的一些超自然的神话，当然是不可信的。

无论在司马迁的笔下还是在历史的惯性思维中，黄帝的传说贯穿着一条线，就是帝王信仰和帝王崇拜，它延续到千年历史中，这正是我们民族文化中根深蒂固的东西。

继黄帝之后，成为远古帝王的是他的孙子颛顼（Zhuānxū），又称高阳，他是黄帝之子昌意的儿子。颛顼是他的名字，高阳，是他成为各部落最高头领后的名号。他在位时统治的范围有所扩大，其西部抵达陇右（甘肃），东部抵达黄海和东海一带，北部到了幽州（燕山一带），而南部则扩大至交趾（广东、广西及越南北部和中部一带）。其领域大约相当于中国后来的版图了。颛顼很贤明，所以名列五帝。

颛顼死后，黄帝的另一个儿子玄嚣的孙子名为喾（Kù），后来称帝喾，也称高辛帝。高阳和高辛，古人认为都是这两个远古的帝王兴起的领地的名字。据说他生而灵异，生下来就说出了自己的名字，十五岁时他就辅佐颛顼，三十岁那年，继颛顼而即位。他盘踞的地方称为亳，也就是如今河南偃师。按照辈分来排，颛顼是黄帝的孙子，而他是黄帝的曾孙。按五帝排序，他是五帝中的第三位。

据说高辛在位七十年，活了一百零五岁。他死后，由他的儿子挚继位。挚虽然是他的第四个妃子所生，但却在兄弟中排行最大，因此得以继承了高辛的位置。但他的能力不行，所以在位九年，就退位了。而他的异母弟弟放勋在唐地为首领，各个部落都归顺他，于是，挚就带领各个部落推举放勋做了头领。这个放勋也就是我们后来所称的尧帝。又因他原来是唐地部落的酋长，所以也称唐尧。

尧，排序是五帝中的第四位，按辈分，他是黄帝的玄孙了。

按古籍《帝王纪》所记："帝尧陶唐氏，祁姓也。母庆都，十四月生尧。"陶唐，是他原来所在部落的名字，我们知道，传说中的黄帝在母腹中二十四个月才生下来，尧在母腹中待了十四个月，比之常人，都延迟而生。这里又说他姓祁，他的祖爷爷黄帝姓姬，司马迁又说他姓公孙，到了他的玄孙，竟然姓祁。五帝的姓氏不是延续的，或许是后人为其冠以姓氏。从祖爷爷黄帝开始，到了他的玄孙，也有三两百年的时间，远古时代，部落迁徙无常，还没有后来的宗族观念，所以，依照族群和地域的变更，姓氏改变也是可能的。

尧是人所共知的远古帝王，司马迁说他"其仁如天，其知如神，就之如日，望之如云"。人们仰望他，如同葵花向太阳；期望他的恩德，如同久旱的禾苗期盼雨露。可见，在中国，用太阳和雨露歌颂帝王有着久远的传统。尽管如此，尧虽身居高位，拥有众多的土地和财富，但并不骄纵和傲慢。司马迁还写到了尧的帝王威仪，他头戴黄色的冠冕，穿着纯白的衣服，坐在用白马拉着的红色车子上。司马迁所说如果是真的，尧的时代比之黄帝、颛顼和帝喾，显然有了极大的进步：马被驯服，车被发明，衣服有了众多的颜色，帝王出行的车子被涂成了红色，已初步具备了后来帝王的赫赫威仪。

司马迁还说，尧命令羲和以历数之法观察日月星辰之早晚，教导百姓以顺应天时。对天的敬畏，体现了远古人类朴素的自然观。据司马迁说，当时人们已知四季运行的规律，白昼夏长冬短，一年三百六十五日和以闰月正四时的规律。羲和，在《山海经》中是生育十个太阳的日母之神，在屈原的《楚辞·离骚》中，则是为太阳驾车的御者，在这里，他懂天文历数，成了尧的臣子。

尧的臣子不止羲和一人，有名的还有放齐、讙（huān，同欢）兜、四岳，尧经常和他们商议天下大事。一次，尧问众人："将来我老了，谁可以继承我的事业呢？"放齐说："您的儿子丹朱青年才俊，由他即位顺理成章。"尧脸色阴沉下来，马上否决："哼，这个凶顽的逆子，不行！你们再想想，谁可以做我的继承人？"讙兜说："共工这个人很能干，似乎可用。"尧说："共工能说会道，巧言善辩，表面很恭敬很虔诚，其实欺上瞒下，是个邪僻小人，决不可用。"他又问身边的四岳："如今洪水滔天，百姓流离失所，谁可以负责来治理洪水呢？"四岳推荐了鲧（Gǔn）。尧说："鲧这个人性格凶狠残暴，并非善类，而且从来不听我的话，不可用。"四岳回答说："虽然此人不是最佳人选，但暂时看不到比他强的人，不妨试用他，在实践中考察他。"尧听了他们的话，就任命鲧去领导治水。这段尧和臣子的对话，在司马迁的笔下非常生动。尧的知人善任，认真听取臣下意见的明君作风，都跃然纸上。尧没有家天下的观念，他断然否决亲生儿子丹朱即位。

说尧没有家天下的观念，否定了自己的儿子丹朱接班，禅位于舜，这是司马迁等人的说法，所以尧和舜都成为华夏民族远古的贤君圣人，这符合儒家的政治理想。但也有另一种说法，来于古书《竹书纪年》。这部书是春秋时晋国史官所作的一部编年体的通史。本来秦始皇焚书坑儒，烧的主要是各国的史书，所以六国史书基本禁绝。西晋咸宁五年（279年），河南汲郡（汲县）有一个盗墓贼名叫不准，他盗挖战国时期魏襄王的墓葬，进入墓室后，发现垒如墙壁的竹简坍落一地，把他绊了个跟头，他拾起几片竹简，点燃作为火把，照亮墓室，把其中的金银财宝罗掘而去。剩下的竹简散落狼藉，堆满墓室。事情很快惊动官府，将竹简发掘出来，派博学之士整理，经过整理的书后来叫《竹书纪年》。朝代更迭，据说原书已经遗失，所以有学者认为流传下来的是伪书。这部书记尧舜之事，不但不是禅让，反而和后来有些君主的更迭一样，完全是逼宫和篡位。其中说"舜囚尧于平阳，取之帝位"。舜把尧囚禁起来，夺得了帝位。不止如此，"舜囚尧，复偃塞丹朱，使不与父相见也"。舜不但囚禁了尧，还把他们父子隔离，使他们不能见面，从而完成篡位的目的。这是当年魏襄王墓室里竹简中原有的记载，还是后人的伪造，如今完全无法证明。即便是春秋时魏国史官所记，尧舜时代如此久远，也不能断定其一定是真实的。所以远古的历史，只能姑妄言之。叫信者传信，疑者传疑。

尧的年纪渐高，接班人的问题是他念念不忘的头等大事。这天，他问四岳："唉，我已在位七十年了，你们谁能接替我，承担治理天下的责任呢？"四岳回应道："我们都是粗鄙无德的人，怎么能做天子，有辱帝位呢？"尧说："既然你们不行，那么你们推荐人选吧，无论他有显赫的家世还是隐居山野的匹夫，只要他有治理天下的德行和能力，就可以继我为帝。"臣子们都说："民间倒有这样一位人品高尚的人，可他是一介平民，他的名字叫舜。"尧说："这个人我也听说过，他到底有何德行呢？"四岳说："他的家庭简直糟透了，可他却以孝闻名天下。这种人可太难得了！"于是，说了舜的家庭和事迹。尧说："哦，真像你们说的那样吗？那么，让我来考察一下他吧。"于是，尧就把自己两个女儿娥皇和女英嫁给舜做妻子，让他居住在妫（Guī）水畔（地在山西）。

那么，舜的家庭糟到什么程度呢？据说，他的父亲是一个睁眼瞎（瞽叟），老头子凶狠无情，舜的生母死了，老头子给他娶了个继母。继母是一个凶恶的泼妇，给他生了一个异母弟名叫象。象是一个无德的小人，这三个人处心积虑地想害死舜。一次，父亲让舜去抹屋顶，当舜在屋顶专心干活的时候，老头子竟然在下边放起火来，想烧死舜。舜用两个斗笠护身，撑着一根木杆从屋顶跃下，捡了一条命。还有一次，老爹让舜去挖井，舜进到深井后，瞽叟和象两个人在上边往井中填土，想把舜活埋在井里。亏得舜早有防备，他在井壁上挖了一个洞，通往一条暗道，这才侥幸逃生。瞽叟和象以为舜已死，高兴得手舞足蹈。象说："这个主意是我想出来的。"提出要和父母分家："漂亮的娥皇和女英归我，他的屋里还有一架古琴我也要。家里的牛羊还有仓里的粮食就留给你们过日子吧。"瞽叟只好答应了。象跑到舜的房子里，手舞足蹈，高兴得弹起琴来。这时，舜回来了，象吃了一惊，说："哎呀，我正想念哥哥，在这弹琴解闷儿，你到底跑到哪儿去了？"舜说："是啊，亏得你还有兄弟之情啊！"事过之后，舜不但没有记恨他们，反而对父亲更加恭敬，对弟弟更加友爱。

这个故事虽然史家记述得生动有趣，但笔者认为它是编出来的，用来宣扬儒家思想。儒家要建立的是一个君明臣忠，父慈子孝，兄友弟恭，夫唱妇随，尊卑有序的世界。汉朝向来声称以孝治天下，历代皇帝死后的谥号里都带着一个孝字，如孝文帝、孝景帝、孝武帝等。司马迁为了宣扬汉朝这个"核心价值观"，所以把舜说成一个老爹要杀死他，他还是不改初心的大孝子。绝对的忠和绝对的孝，强调的都是等级制下的绝对服从，这是愚昧的奴性思维。

虽然说，舜生在这样恶劣的环境里，但他的家庭长幼有序，幸福和睦，娥皇和女英也都通情达理，没听说再出现什么矛盾和纠纷。于是，尧便将舜编入百官之列，让他参与国事的治理，负责四门朝觐（jìn）之事。

有点像现在的外交部长。四方部落头领前来晋见尧帝，舜皆亲自迎送，彬彬有礼，谦和待人。所以，很得四方部落头领的欢心。尧又命他深入山林草泽去考察山川土地，遇雷雨风暴，酷暑严寒，舜都能圆满完成使命，安然返回。尧很满意，对他说："我已考验你三年了，所言所行，皆有法度，你可以继承我的位置来治理天下了。"舜极力推辞，说自己德行和能力都有负这样神圣的地位，尧没有理睬舜的辞让，选择吉日，命令舜祭拜天地祖宗，代行尧帝之政。

于是，舜巡狩四方国土，考察地方官的政绩和百姓的疾苦，并祭祀山川，制定律法和各项制度，把天下国土分为十二州，疏通水道，划分边界，选官治理。舜被后人所赞誉的是他严惩四凶的故事：讙（同欢）兜推荐共工，尧认为不可，于是让他当工师（建设部长）来考察他。共工这个人不仅贪腐，而且乱搞女人［淫辟（bì）］，劣迹斑斑，是个典型的贪官；四岳推举鲧来领导抗洪（水利部长），尧以为不可，四岳主张试用，结果他领导抗洪九年，毫无作为，百姓仍受洪水之害；三苗部族本在江淮和湖北一带，屡次作乱，不服尧帝管束。

舜从外地巡视归来，请求尧惩处这四凶：哪四凶：共工、讙兜、三苗、鲧。在尧的支持下，舜将共工流放到北地幽州（河北北部一带），将讙兜流放到南部的崇山（两广一带），把三苗迁居到西部的三危山附近（甘肃敦煌一带），把鲧处决在东部边疆的羽山（山东临沂境内）。这四个人中（三苗可能是一个远古的部落），共工罪名是贪腐，讙兜因荐人不当（或许他相当于组织部长，和共工沆瀣一气，共同作案），三苗属犯上作乱，而鲧是渎职罪，可能还有更加严重的罪行，所以惩处最重，判了死刑。其他皆为流放（也有说流和放也是处死）。

尧在帝位七十年，后来由舜代行天子之权。从此，他避位二十八年，共在位九十八年而崩，据说他活了一百一十七岁，比黄帝还多活了六岁。

本来尧有儿子丹朱，按帝王世袭的规矩，应由丹朱继承帝位。但尧说：以舜为帝对天下百姓有利而丹朱倒霉，以丹朱为帝则丹朱得其利而天下百姓倒霉，我不能只为丹朱一人而让普天之下百姓倒霉（终不以天下之病而利一人）。尧以天下百姓为重，断然否定了儿子的继承权，成为百姓爱戴的贤君。他去世后，百姓如丧父母，非常悲痛，三年不闻音乐歌唱之声。三年为尧服丧结束后，舜把帝位让给丹朱，自己迁居到南方边陲很遥远的地方。从这种记载中，可见在司马迁的时代，帝王世袭观念早已深入人心。但是诸侯们仍然朝觐舜而不朝觐丹朱，百姓们仍然歌颂舜而不歌颂丹朱，打官司让舜决断而不到丹朱那里去。舜说："这难道是天意吗？"于是，最后由舜接替丹朱继承了帝位。舜就是五帝的最后一帝。

尧把帝位传给舜，舜就是远古人文始祖五帝的最后一帝。史书讲到舜出身平民。舜难道真是来自平头百姓吗？当然不是，据古人说，他有着帝王高贵的血统。舜的名字叫重华，重华的父亲叫瞽叟，瞽叟的父亲叫桥牛，桥牛的父亲叫句望，句望的父亲叫敬康，敬康的父亲叫穷蝉，穷蝉的父亲就是五帝中的第二帝颛顼，颛顼的父亲叫昌意，而昌意就是黄帝的儿子，追本溯源，他到底还是帝王的世系。远古时代，如此详备的家谱是如何保留下来的呢？我们也不知道。但是，这个血统论你不能不服，如果你有帝王的血统，即使隔着祖宗八代，你也可能成为帝王。

现在我们可以总结一下舜的履历：舜二十岁以孝被人所知，三十岁成为尧的女婿，得到尧的两个女儿并接受尧的考察。经过二十年漫长的考察后，到了五十岁才开始代尧执政，应该算试用期，没有转正。八年后，也就是五十八岁那一年，高寿的尧帝死去。有三年时间，他和尧的儿子丹朱推来推去，不肯就帝位。到了六十一岁，他才正式坐在了帝王的宝座上。六十一岁，对于今人来说，应该退休养老了，但是舜还是干了三十九年。他在一百岁那年，还不顾高龄路远，到南方去考察。结果崩于苍梧之野（广西）。葬于湖南零陵的九嶷山。舜死后，他的两个妃子娥皇、女英前往奔丧，泪洒青竹，点点泪痕，化为斑竹。故事十分动人，充满浪漫色彩。当然这是神话，是诗。毛主席诗中说："九嶷山上白云飞，帝子乘风下翠微。斑竹一枝千滴泪，红霞万朵百重衣。"说的就是这个神话。毛主席还有一句诗："春风杨柳万千条，六亿神州尽舜尧。"舜尧连用，是为了押韵，其实按照顺序，应为尧舜，尧之后才是舜，舜是五帝的最后一帝。舜是百岁时南方视察死于苍梧的，他的两个妃子娥皇和女英也应是老态龙钟了，但在我们后人的想象中，她们还是多情的青年女子，这是文学想象，而非历史。而司马迁笔下关于五帝的历史我们也只能姑妄言之。

华夏民族的人文始祖五帝的历史尽管带有神话传说的色彩，而且各种古籍众说纷纭，莫衷一是，但司马迁却将他们列入一个完整的叙述系统中，成为我们民族历史开篇第一章。无论是"三皇"还是"五帝"，都是后人加于他们身上的名号，"皇"和"帝"都是后来才有的称呼，我们宁可认为，如果真有黄帝、颛顼、帝喾、尧、舜其人，他们不过是氏族社会中整合各个部族的头领。那时的生产力大约有了一些发展，处于人类社会的黎明期，天空刚刚出现熹微的曙色，但是文明的太阳还未升起。古代典籍中一些朴素的记载展示了某些人类社会黎明前的图景：有巢氏，人类已从山洞或树上下来，能够搭建茅屋草棚以遮风挡雨；燧人氏，人类已知击石取火或钻木取火，用来取暖和熟食；神农氏，人类已从采集狩猎以获取食物的状态走向农耕文明……但是，文字还没有从漫长的历史中产生，所谓仓颉（jié）造字，神鬼夜哭，这也是一种神话。直到人类把创始的文字刻在龟甲上，文明的太阳才冉冉升起。而这，还要经过漫长的时日。

我们看到尧帝戴着黄色的冠冕，穿着纯白的衣衫，坐在白马拉着的红色车子上，衣带飘飘，缓缓向我们走来；我们又看到舜帝这个百岁老翁，秃顶银丝，也坐在华贵的车子上，被众臣簇拥着，行驶在南方的原野上……这亦真亦幻的图景引起我们无穷的联想。我们还没有看清他们的容颜，他们就已经消失在黑暗而茫昧的历史中。

司马迁的《史记》引领我们向苍茫的历史源头走了很远很远，所以后来我们骄傲地声称我们有五千年的历史文化。历史太久远了，我们实在无法看清它的真相。

二 地下人间

司马迁笔下远古的历史叙述的是帝王世系，充满神话色彩。人类远古的历史尽管蒙昧不清，但是通过考古学家的手铲，我们依然能够窥见邈远的人类生活的一些本相。考古学为我们展示的地下人间，可见先民们在大自然的怀抱里艰难生存和创造的足迹。

人类起源于非洲，学界多以 170 万年前为界，在那个年代，非洲诞生了直立猿，而在 150 万年左右，直立猿就从非洲扩散到了欧亚大陆。人类走出非洲，历经了 20 万年左右的时间。

19 世纪丹麦的汤姆森把古代遗物的变迁按材料不同划分为三个时期：石器时代、青铜器时代和铁器时代。其后，英国的 J. 卢伯克又把石器时代分为旧石器时代和新石器时代。中国的考古发现证明，距今 1 万年左右，中国处在人类的新石器时代，自此之后，先民们生存的遗迹逐渐清晰，向我们展示了一个远古的地下人间。

除了个别的考古发现不计外，中国最早的新石器时代遗址应该属于仰韶文化。仰韶文化遗址最早是由瑞典人安特生于 1921 年首先发现的，其地在河南省三门峡市渑池县仰韶村，广布于东起豫东，西至甘肃、青海，北到河套内蒙古长城一线，南抵江汉，中心地区在豫西、晋南、陕东一带。分布省份有陕西、河南、山西、甘肃、河北、内蒙古、湖北、青海、宁夏

9 个省区。至 2000 年，全国已有仰韶文化遗址 5013 处。根据发掘后的年代测定，其年代应在公元前 5000 年到公元前 3000 年间，距今 9000 年左右。

这里属于黄河中游地区，农业刚刚起步，先民们主要种植粟、黍等旱地作物，虽然发现一些粟、黍的遗存物，但可以推测，农业还并非先民们主要的生存资源，大部分生存的物质还来于猎捕和采集，先民们主要猎捕的对象是鹿，其次是河塘里的鱼类。考古发现，人类较早的居住环境为环壕聚落，居住环境周围以壕沟环围，为的是防备野兽的袭击和好不容易得来的食物遭到偷窃。仰韶时期的房子皆为泥土房，发掘证明，聚落中有一个广场，房子皆面向广场，表明维系氏族团结的血缘纽带根深蒂固。葬俗最可看出古人的文化形态，仰韶遗址发掘的墓葬皆为长方形土坑墓，墓中有陶器等随葬品。小孩实行瓮棺葬，这个新石器时代的遗俗持续了很长时间。其间还有合葬墓，最多的合葬人数竟多达 80 人，学者推测，当时除了氏族的自由民外，还有奴隶。发掘可见，女性厚葬和母子合葬的墓穴，这表明，此时尚处于母系氏族社会向父系氏族社会过渡的阶段。但也有学者认为，仰韶文化时代已进入父系社会，如发掘所见成年男女合葬墓，成年男子与小孩合葬墓以及小型房址等，说明一夫一妻的家庭增多。还有表现男性生殖器崇拜的陶（石）祖和男根图等，表明，黄河流域的中原地区在仰韶文化早期已开始进入父系氏族社会，到了中期，已全面进入了父系氏族社会。

仰韶文化众多遗址的发掘，可见公元前 2000 年到 3000 年前古人们生存的情景，居住在泥土屋中，一个血缘相近的氏族环壕而居，人们靠采猎维系生存，虽有旱作农业，但非主要的维生之资。寿命很短，小孩经常夭折，世袭酋长有一定的权威，阶级还没有形成。除见用于农业生产的石斧、石铲、石锄外，还有磨盘、磨棒、石杵，也有畜禽如猪、狗、羊及鸡的遗骨。代表这一时期主要的文明成果是彩陶文化。陶器的发展，是从红陶—彩陶—黑陶递进而来的，发掘出各种陶制水器，如甑、鼎、碗、杯、盆、罐、瓮等。陶器造型精美，器物表面用红彩、黑彩画出几何图形和动物形花纹，如人面形纹、鱼纹、鹿纹、蛙纹、鸟纹等，是彩陶文化时期精美的陶塑艺术品。

仰韶文化使我们得以窥见距今五六千年前先民们的生活情景，它掀开了中国新石器考古事业的第一页，中国原始社会先民们的人间生活展现在我们面前。

继仰韶文化后，稍晚于仰韶文化的龙山文化也被发现。它是1928年春天，由考古学家吴金鼎首次在山东济南市历城县龙山镇发现的。距今4500—4000年间，在时间上接续仰韶文化，它的源头是山东泰山的大汶口文化。这个时间上的连续性也足以证明仰韶文化之后，人类文明前进的脚步。龙山文化从文明进步来说，一个是早期城市的发现，在两城镇遗址，发现了总面积112万平方米的城市遗址，被牛津大学的《世界史便览》称为："公元前2800—前2000年的两城镇为亚洲最早的城市。"有了城市，则有了阶层分化，有了统治者和贵族，这是人类进入阶级社会的标志。龙山文化在文明上比仰韶文化显然更进一步，它的标志是大量出土的黑陶器具，精美的磨光黑陶制品成为龙山文化主要的文化遗存。考古学家亦称其为蛋壳黑陶，制作之精细令人叹为观止，精巧的工艺使我们窥见先民们的智慧和生活。大抵陶器作坊是由专职的手艺人主持的，他们按照贵族的指令生产精美的陶器以供贵族们作为祭祀的礼器和日常之用。

龙山文化最典型的考古发现为山西襄汾县的陶寺遗址的发现，它的发掘总面积为280万平方米，是龙山文化遗址中规模最大的一处。经碳-14测定，它的绝对年代在公元前2800年至公元前1900年之间，正处于新石器时代的晚期。我们可以想象，商王朝建立在公元前1600年左右，上推300年，应在夏王朝的开端，上推500—1000年，正是后世历史记载的五帝时代。在陶寺遗址的发掘中，已经发现规模空前的城址，气势恢宏的宫殿、与之相匹配的王墓，世界最早的观象台、独立的仓储区、官方管理的手工业区等。在墓葬区，大、中、小型墓在规模和随葬品的有无、多寡、品类优劣方面已有明显的差别，大型墓葬随葬品中有鼍鼓、特磬等礼器，可以推断出墓主是掌握有祭祀和军事大权的部落首领人物。小型墓葬多数只有人的骸骨，表明当时高下等级制度已经存在。在发掘中，发现了一种称为扁壶的陶器，因出现在深井里，推断是用来汲水的。扁壶的凸面和平面上用红色写着两个奇怪的符号，有专家认为它是先于商代甲骨文的最早文字，认作"文尧"二字。"文"字清晰可辨，但"尧"尚有疑问。如果立论成立，"文尧"可以解释为"尊贵的祖先尧"，那么，可以断定陶寺古城是五帝中尧都所在地，而且，这是古文字最早的发现。如果尧都确立，按照古籍的解释，则有虞氏的王者舜则为东夷即山东人。有学者认为，有虞的位置应在邻近山东的河南龙山文化的王油坊（造律台），相当于现在的河南省虞城县。之后接受舜的禅让的禹所开创的夏王朝，即学者推断的二里头遗址也的确受到山东文化系统的浓厚影响。这样，五帝中的尧、舜至夏、商、周就可以通过考古确认一个连续的历史链条。但是，这一切还都是个别学者的推断，没有形成学界的定论，然而，它的确是一个诱人的解释。

考古学界以公元前 3000 年为界进行划分，之前为新石器时代中期，之后为新石器时代后期，仰韶文化和龙山文化代表了黄河流域先民们新石器时代中期和后期文明进步的足迹，我们可以看到，先民们的生产力是逐步发展的，由采集狩猎到农业的发生，粟、黍的栽培和种植，家畜的饲养，居住由环壕聚落向城市化发展，城墙和宫殿的基址，墓葬的差别，新石器后期除石器外，陶器由红陶—彩陶—黑陶的进化，阶层和阶级的产生，部落逐渐地发展为城市国家，这些，无不显示出在漫长的岁月里先民们生存和发展的足迹。

世界的五大文明诞生于各大河流域，埃及文明在尼罗河流域，美索不达米亚文明在底格里斯河和幼发拉底河流域，印度文明在恒河流域，而享誉世界的华夏文明则诞生并发展于黄河流域。最近有学者认为，中国另一条大河，南方的长江流域其文明发展和进步规模并不比黄河流域差，甚至可以媲美并超越黄河文明。此论其根据何在呢？那就是长江下游地区良渚文化的发现。

良渚文化的地点在钱塘江流域和太湖流域，距今5300—4000年，就是说，它是中国先民公元前3000多年至公元前2000年的生息之地。如果按照良渚文化先期的起源，根据碳－14的测定，则其文化源头可至公元前9984年到公元前4664年，那是一个非常遥远的年代，人类还处于旧石器时代的末期，在那时候，先民们就在温暖的长江流域生存并发展了，其后，则实证了中国五千年新石器时代人类的文化史。和黄河流域的仰韶文化和龙山文化不同，由于气候温暖湿润，这里早早就有了稻作农业，发掘出的稻谷有籼稻和粳稻之别，普遍使用石镰、石犁耕作，这里还出土了距今4700—5200年的一片丝绢，工艺上是先缫后织而成，这是世界上的第一片丝绸。它的工艺足见良渚先民很早就掌握了养蚕技术。良渚文化最突出的特色在于它独到的玉文化，在墓葬中发掘出了大量的玉琮、玉璧、玉镯、玉钺、玉环、玉珠、冠形、柱形等玉器品种，表现了当时琢玉工艺的成熟。良渚文化出土的陶器，以泥质灰胎磨光黑皮陶最具特色，制陶用轮制，器型规则，用镂孔、竹节纹、弦纹装饰，说明制陶工艺的成熟。良渚文化是以黑陶和磨光玉器为代表的新石器时代的晚期文化，尽管它文化上限的延展相当漫长。我们可以说，良渚文化的古城早于夏商周时代，其域内发掘出一座面积290万平方米的古城，距今在公元前3300年至公元前2000年之间。龙山文化的两城镇古城被认为是亚洲最早的城市，然而良渚古城比两城镇古城更大，其年代也更为久远。中国古文化的城市形成应该从何时算起呢？有了城市，就有了阶层分化，就有了王的统治。所以，不少学者认为，良渚文化可算作中国第一个王朝，它远远地早于夏、商、周，有学者认为良渚文化就是虞朝的考古学文化，也有学者认为它是夏文化的源头。

良渚文化的源头渺茫久远，伟大城市基址的发现，成熟的稻作农业，发达的黑陶文化，独特的玉文化，它所体现的礼制和祭祀文化表现的是五千余年前先民们的生活场景。它改变了我们对中国文化源头的认知，如果继续往前延伸，则标志着约一万年前良渚的旧石器时代，人类文化时期已进入了成熟的史前文化发展阶段。良渚文化遗址群成为实证中国境内一万年以来从旧石器时代到新石器晚期人类生息和发展的文化史圣地。2019年7月6日，联合国教科文组织第43届世界遗产委员会通过决议，将良渚古城遗址列入《世界遗产名录》。它的邈远，它的辉煌，它众多的未解之谜，它所昭示给后人的启示将吸引世人更多的关注目光。

　　进入青铜器时代，中国的古文化更加绚烂多彩，至春秋向前延伸，中间经历夏、商、周三代直至二里头文化时期，皆为中国的青铜器时代，其间经历了近二千年的时间，在这二千年时间里，各个氏族部落，城市国家和方国到底经历了什么，由于文字尚没有诞生和普遍应用，所以我们只能从考古发掘的地下世界中去寻绎它的脉络，但是它仍给我们留下了太多的未解之谜。青铜文化时代，最诡异和难解的是蜀地的三星堆文化。2022年6月13日三星堆考古成果发布中，可知六座发掘坑共出土文物13000件，其中相对完整的文物3155件，经过碳－14的测定，测年数据在公元前1131年至公元前1012年期间，其时应在殷商的晚期。出土文物中，除陶器、玉器外，最诡异和引人注目的出土文物如黄金面具、2.62米的青铜大立人、宽度达1.38米的青铜面具、高达3.95米的青铜神树，这些文物，为中原考古发掘中所未见，不仅神秘玄远，且难测其真意。出土的巨大的青铜人面像，巨大凸出的眼睛，高挺的鼻梁，宽阔的嘴巴，其人种与世界各民族人种形象迥异，有人推测它是一个巨大的面具。是何种人的面具？面具后面是什么？其作用似乎用于祭祀，祭祀何种神灵？巨大的神树和立人的象征意义究竟是什么？青铜像中，尚有尖耳眼睛外凸的人面像、露齿怒目的人面像、半跪着的小人像，象征想象中宇宙秩序的分层的青铜神坛等，这些与中原文明迥异的发现说明当时的古蜀文化与中原的夏、商王朝并无藩属关系。这是一种独特的古蜀文明。时当殷商社会的晚期，与中原隔绝的蜀地当时发生了什么？乃至于毁家灭宗，倾其所有将大批黄金、青铜精美制品埋于祭祀坑中（或者并非祭祀，是大难来临时匆匆地遗弃？），他们遇到了什么？这个神秘的族群全部死灭还是迁往他地？为什么他们消失得无影无踪？太多的未解之谜让我们沉思。三星堆文化，没有任何现成的巴蜀文化的记载可供我们寻绎和对照，巴蜀之地民族的多样性和复杂性，长时期的民族迁徙与文化震荡，使我们难以理出头绪。李白诗曰："蜀道之难，难于上青天！蚕丛及鱼凫，开国何茫然！尔来四万八千岁，不与秦塞通人烟。"（李白《蜀道难》）古代蜀王世系的知识少之又少，由于蜀道的阻隔，与中原地区的联系上古时期几近没有，那么，三星堆文化的神秘、诡异，无法找到其对应的文化关系也就是自然的了。

三星堆，中国青铜器文化的神秘之穴，公元前千年间难以破解的人类文化之谜，就这样突兀出世，令人悚然和迷茫！

沿着中国史前文化发展的轨迹，青铜时代二里头文化的发现可以接续后来的殷商社会。二里头文化中心区位于洛阳盆地东部偃师区境内，考古发掘出宫殿遗址，居民区、制陶作坊、铸铜作坊、窖穴、墓葬等遗址，出土有大量石器、陶器、玉器、铜器、骨角器等遗物，出土的青铜爵是目前所知中国最早的青铜容器。经碳 –14 测定，二里头遗址的年代应在公元前1900 年左右。商朝的建立是在公元前1600 年，那么，上推 300 年，应属后世记载的夏王朝时代，根据古籍的记载方位，众多的专家学者断定二里头遗址即为夏都所在地。但是，没有当时的文书材料可以证明，所以，尽管得到国内外众多专家的认可，二里头遗址是否为夏都还没有确证。正如中国社会科学院考古研究所研究员许宏所说："二里头是最早的中国—东亚大陆最早的广域王权国家，这本身已非常有意义。其重要性不在于它是否为夏都，在整个东亚大陆从没有中心、没有核心文化过渡到出现一个高度发达的核心文化，二里头正好处于这一节点上。二里头的价值不在于最早也不在于最大，而是在这个多元到一体的历史转折点上，这里发现了中国最早的宫城——最早的'紫禁城'，中国最早的'井'字形大道即城市主干道网，中国最早的中轴线布局的宫室建筑群，中国最早的车辙，中国最早的官营手工作坊，中国最早的青铜礼器群等。从考古学本位看，这些已足够了。暂时不知道二里头姓'夏'还是姓'商'，并不妨碍我们对二里头遗址在中国文明史上所具有的历史地位和意义的认识。"的确，种种迹象表明，这里曾是一座王国的都城，如果殷墟的发现已经证明殷商后期都城的存在，那么从时间上看，二里头作为夏都的可能性极大。只是文字还没有发生和普及，夏王朝隐在历史的迷雾中，使我们难以得到确证。但是，二里头很多东亚第一的文化意义仍不容忽视。

太阳照在桑干河上，照在亚细亚的高山、大河、平原和林莽之上，在文字没有诞生前的远古时代，先民们求生和发展的情景已经从考古的地下世界得到了证明。尽管他们的影子在朦胧的地平线上时隐时现，尚不清晰，但我们已经寻绎到了他们的足迹，这足迹一直接续到有文字记载的历史。谁才更加接近事物的本真呢？

三　夏朝迷踪

华夏的人文始祖五帝至舜而止。舜之后诞生了华夏第一个王朝，名为夏朝。众多学者认为二里头文化遗址即为夏朝的都城。中国的历史似乎告别了蒙昧和混沌的氏族社会进入了王朝时代。但夏朝始终隐在历史的重重迷雾之中，若隐若现，似有似无，令人难以窥其全貌。

据说夏朝的始祖名为禹，也就是我们所熟知的治水的大禹。

大约在远古，人类真经历了一个大洪水的时代，《圣经》中有诺亚方舟的传说，我们有大禹治水的记载。诺亚方舟的传说，是人和动物坐在一条船上逃命，使生命的种子得以保存和繁衍；大禹治水，则是人类治理和战胜自然的艰辛奋斗。《圣经》的传说更近于神话，而大禹治水则更切合人事。

尧的时代也就是大洪水的时代，所谓"洪水滔天，浩浩怀山襄陵，下民其忧"。就是说，群山被水环抱，水深到了山腰，老百姓愁得找不到一块陆地可以栖息。尧命鲧领导治水，结果九年而无功。接替尧帝的舜杀掉了鲧，鲧被处决后，舜命令禹接替父亲领导抗洪和治理水患。禹是个忠诚勤勉、尽职尽责的人，因为父亲失职被杀，他更加努力工作，为治水筹谋规划，南北奔走，以身作则，甚至和民工们一起泥里水里的苦干。古籍记载他手脚磨出了老茧，小腿上的汗毛都磨没了。为了抗洪治水，他在外奔波了十三年，吃的是粗劣的食物，住的是草寮窝棚，三过家门，都没有回去看看老婆孩子。终于，洪水得到了控制，老百姓可以安居乐业了。这是大禹治水的功劳。

禹治水成功后，舜有意让他继承帝位，于是祭告于天，让他作为储君（接班人）并参与国政。十七年后，舜帝南巡途中崩于苍梧之野，三年丧毕，禹没有继承帝位，而是跑到阳城（一说在河南安邑，一说在山西晋阳）躲起来了。因为舜有个儿子叫商均，按照帝王接班的规矩，应该由商均接班。但是各部落首领并不朝见商均，而是跑到阳城去朝见大禹。于是大禹只好继承了帝位，起个国号，名为夏后。这就是夏王朝的开端。从此，在黄河流域诞生了华夏的第一个王朝：夏朝。

在夏朝建立十年后，大禹东巡至会稽（Kuàijī）而崩。据说，禹同舜一样也活了一百岁。古代帝王都高寿，皆在百岁上下，据记载：黄帝在位百年而崩，活了一百一十一岁。颛顼在位七十八年，活了九十八岁。帝喾在位七十年，活了一百零五岁。尧即位九十八年，活了一百一十七岁。舜六十一继承帝位，在位三十九年，活了一百岁。比起《圣经》创世纪上的人物一般都是数百年的寿命还不算太高。

大禹崩于会稽（今之浙江省绍兴市），据说他治水成功后，曾在那里计功行赏，这个地方就叫会稽。大禹死前，"以天下授益"。这个益，是利益的益，是和大禹一同领导治水的人。三年之丧毕，益为避位，将权力交给禹的儿子启，自己跑到箕山（也有说是嵩山）隐居起来了。大禹的儿子启是一个德行兼备的人，"天下属意焉"。意思是诸侯百姓都拥护他。虽然大禹明确指定益是他的接班人，但诸侯们不去朝拜益而去朝拜启，说：禹的儿子才是我们的君主！这样，益没有接成大禹的班，大禹的儿子启继承了帝位，他就是夏朝的第二个帝王。

史书记载远古的帝王都很贤明，没有家天下的观念，尧禅位于舜，舜禅位于禹，被禅位的人百般推托，都是帝王的儿子不成器才不得已而上位。禹本来传位给益，但益威望不行，所以大禹死后，在人民的拥戴下，大禹的儿子启才接了班。儿子接老子的班，意义重大，从此权力私有，王朝诞生了。

启继位后，有一个名为有扈氏的部落不服，于是，启调集诸侯征讨有扈氏。战争在名为甘的地方展开，打仗之前，启做了一次战争动员，名为《甘誓》，被载于最早的《书》（孔子后称《尚书》）中。启在战争动员中，历数有扈氏部落的罪状，说他们背德逆天，我们要代表天意惩罚他们（行天之罚），你们要以第一辆战车也就是指挥车辕马的行进为方向，不许偏离，目标一致，奋勇杀敌。作战有功的人将在祖宗牌位前受赏；不服从命令，临战退缩的人将在社主牌位前处死。古时作战，随军带着祖宗牌位和供祭祀的社主牌位，在祖宗牌位前奖赏作战有功的人，在社主牌位前杀死不服从命令和临阵逃跑的人。表示赏罚奖惩都是祖宗和上天的意志。

甘地的这场战争，消灭了有扈氏，从此所有部落诸侯都服从了夏朝的统治。

启死后，他的儿子太康即位。

太康出巡，被困在洛水之北，因为有人作乱，他回不到都城去了。和他一同被困的，有他的母亲和五个弟弟，五个弟弟怨哥哥太康身为君主不能返国，连累母亲和他们一同颠沛流离，作《五子之歌》以表达怨愤的心情。

从太康开始，夏朝经历了一段漫长的动荡期。太康死后，他的弟弟中康即位，中康为帝时，有羲、和两个部落头领荒淫作乱，中康命令大臣胤前往征讨，《尚书》中留下了《胤征》篇。

中康死后，他的儿子相立为国君。相死后，由儿子少康即位。经历了三代帝王的动乱，这时夏朝进入了平稳的运行期，少康时代及其后，大约有过短暂的复兴，接着王朝就在惯性的轨道上运行了。少康死后，儿子予即位，历经槐、芒、泄、不降、扃、廑等八代，夏朝似乎没有多少大的动乱。廑没有儿子，他死之后，由他祖父不降的儿子，也就是他的叔叔孔甲即位。

孔甲不仅荒淫无道，而且迷信鬼神，对自然界充满图腾崇拜。此时，河塘里发现了两条龙，一雌一雄，孔甲对其非常敬畏，但没人敢靠近。当时南方有一个部落称为豢龙氏。孔甲找不到养龙的人，为此很忧虑。这时有个叫刘累的人，曾经在豢龙氏那里学习过，于是孔甲就请他来饲养和照料这两条龙。孔甲封他为御龙氏，赏给他大片的封地。

本来两条龙一公一母，可还没等繁殖小龙，母龙死了，刘累害怕孔甲问责，就逃跑了。这件事情使各个部落对孔甲离心离德，一是因为别的部落并非都崇拜龙，或许有各自的图腾崇拜，所以对孔甲不以为然；二是给一个养龙的人赏赐封地和名号，使各部落头领们不服气。总之，史书上记载关于华夏民族龙的图腾崇拜，是由夏朝的孔甲开头的，他不仅崇拜龙，还封赏养龙的人。

后人也曾有黄帝乘龙上天的传说，这个神话出现在黄帝时代千年之后。大约由此，龙被神化成一种图腾，说是天上的神物，它的出现将带来祥瑞，帝王被称为真龙天子，是龙的化身。后来帝王的衣服上都绣满龙的图案，称为龙袍，只有他一人可穿这样的衣服。皇帝的后代称为龙子龙孙，皇帝的车子称为龙辇，皇帝的御座称为龙椅……如此不一而足。龙的图腾是帝王崇拜，目的是宣扬"皇权神授"，就是说，皇帝不是人，他是天上的龙下来统治百姓的。

孔甲死后，他的儿子皋即位，后来父子相传两代，皋传至发，发传至履癸。履癸就是夏朝最后一代帝王，他是残暴的亡国之君，后世称为夏桀。因为他不修德行，非常残暴地祸害百姓，所以，诸侯纷纷背叛了他，最后，他被一个叫汤的诸侯打败，将他追赶到南巢。《尚书》记载说："成汤伐桀，放于南巢。"南巢，是指现在的安徽巢湖一带。

据说，夏桀曾征讨一个叫有施的部落，这个部落献给夏桀一个叫妹喜的美女。成汤在历山打败夏桀，夏桀带着妹喜同乘一条船，逃到巢湖的一座山上，并死在了那里。亡国之君，身边都有一个国色天香的美女，为他担负亡国的责任。夏桀有妹喜，殷纣王有妲己，周幽王有褒姒。昏君都因为宠爱美人，最后弄到国破家亡。

后人总结：夏朝从开国之君禹到亡国之君桀，历经十七个帝王，共十四世，共四百七十一年，最终灭亡。

从开国的大禹到亡国之君夏桀，一个王朝的面貌完整呈现在我们面前。但是后来有人并不承认它，认为它是虚构的。夏朝的有无一直是中国历史的一桩迷案，很多人在寻找它的迷踪，但至今没有一个令人信服的结论。

对夏朝的质疑首先集中在对大禹的疑惑上，认为大禹治水并不现实。史书上说他"披（辟）九山，通九泽，决九河，定九州"，使方圆五千里之内水患平息，"四海之内，咸戴帝舜之功"。司马迁《史记·夏本纪》上用了大量的篇幅来叙述他治理九河，疏通九泽，开辟九山，勘定九州的功绩，真是整顿河山如弈棋。现代人不免要问，这可能吗？

禹的功绩遭到质疑，他本身是否存在也成问题，由他开创并由他的子孙承继的中国第一个王朝夏朝是否存在当然也成了问题。

其次，关于禹以及其后的历史记载多和神话纠结在一起，而且它的出处被证明来于后人杜撰的伪书。史书上说，禹的妻子来于涂山氏，名叫女娲。女娲本是神话人物，传说她和伏羲是兄妹，二人婚配而有人类；又有伏羲女娲皆人首蛇身，此传说来源甚久，有汉代的画像砖为证；又有女娲乃开天辟地之女神，和上帝一样，抟黄泥而造人。当然，人尽皆知的神话是她炼石补天的传说。《列子》和《淮南子》都记载过共工与颛顼争夺帝位怒而以头撞不周山的故事（也有传说水神共工和火神祝融打仗），不周山本是支撑天的柱子，结果被共工撞折了，"折天柱，绝地维，故天倾西北，日月星辰就焉，地不满东南，故百川水潦归焉"。这个结果是很严重的，因为支撑天的柱子折了，东南的天空出现个大窟窿，日月星辰都颠簸到西北去了，而且地向东南倾斜，所以，百川归海，水向东流。于是，女娲炼五色石，补东南那角天空，补完之后，工程未毕，因为天柱折了，还得把天支起来，她就杀了一只大鳌，砍下鳌的四足，用作支天的柱子。古人想象天如穹庐，笼盖四野，需要用四根柱子支起来。鳌是水中生物，何以用鳌足做擎天柱？我们只能惊叹古人想象的奇崛。共工头触不周山和女娲补天原本是两个独立的神话，东汉的王充把两个故事嫁接到一起，成了有因有果的完整故事。这样一个神话传说的女神在史书中却成了大禹的妻子，为他生了夏朝的帝王启。而共工我们也讲过，他本是尧舜时代四凶之一，被舜给流放了。

大禹的孙子太康即位时，夏朝经历了长期的动乱。太康和母亲及五个兄弟被困在洛水之北，回不去都城。司马迁写得很简单，据《左传》和《帝王纪》的记载，篡夺夏朝政权而作乱的人名为后羿。后羿也是一个著名的神话人物，最著名的是"羿射九日"，据说远古天上有十个太阳，日夜灼烤，禾苗枯焦，百姓无法生存，后羿善射，挽弓射落九日，这才拯救了人类。还有他的美丽妻子嫦娥因吃了仙丹，飞升至月亮上的广寒宫，虽成仙人，却过着凄清寂寞的日子。"嫦娥应悔偷灵药，碧海青天夜夜心。"但在史书上，后羿却是一个篡权作乱且下场可悲的人。根据两种典籍记载，后羿原为有穷氏部落头领，迁居到穷石那个地方，勾结夏人篡夺了夏朝政权。但他不理政事，整日在田野上射猎嬉戏。他疏远放逐贤臣，信任一个叫寒浞（zhuó）的人，寒浞本就是凶残奸诈的坏人，他杀了后羿，并把他烹了，强迫后羿的儿子食其父之肉，其子不忍食，也被寒浞杀死。寒浞霸占了后羿的妻妾并生下两个儿子，其长子名浇，长大后灭了斟灌氏和斟寻氏两个部落，他攻入夏朝的都城斟寻时，把太康的孙子，夏朝的第五代帝王相也杀了。寒浞就以后羿有穷氏的名义盘踞夏都，成为夏朝实际上的帝王。他的儿子浇杀相时，相的妃子已有身孕，她逃回到娘家生下了相的儿子名为少康。夏朝有一个臣子名叫靡，他曾经在后羿的身边为臣，后羿死后，他逃到了别的部落，联络被浇所灭的斟灌、斟寻两个部落的余众，起兵攻入夏都，杀死了寒浞，并立少康为帝，又剿灭了寒浞的两个儿子。经历了这样几十年的动乱，夏朝才重新回到大禹后人手中。这类王朝动乱相杀的故事几乎后来每个朝代都有发生，它是真的吗？后来标注《史记》的人责备司马迁太简略了，这样复杂曲折的故事都没有写上去，使几十年的历史成为空白。但我们也有理由推测，司马迁怀疑它的真实性，因而弃之不用。

如司马迁这样严肃的历史学家，在述说远古历史时，也不免于混淆神话和历史的界限，其所采用的史料甚为可疑。他说，学者言说的五帝，那太久远了，中国最早的《尚书》也只说尧以后的事情，而很多典籍说到的黄帝，皆荒诞不经，用他的话说叫"不雅驯"。他说，他为了写远古的历史，曾行走四方，"西至空桐，北过涿鹿，东渐于海，南浮江淮矣"。所至之处，访问老人，他们都说到黄帝、尧、舜的事，因地域风俗不同，所说有很大的差异，但和古书上那些荒诞的述说相差不多。对于《春秋》《国语》上有关的记载也难以深考，而最古老的《尚书》也缺失甚多，其说散落于各种典籍中，我只能选择那些稍微雅驯一些的写入书中。至于夏朝的事，远在孔子时代就已经湮没无闻了。《礼运》一书记载孔子的话说："我欲观夏道，是故之杞，而不足征也，吾得夏时焉。"司马迁也说："孔子正夏时，学者多传夏小正。"孔子当年想考察夏朝的事，跑到传说夏朝故地杞国去，结果没发现夏朝任何可资利用的材料，只得到一本夏朝的历书，也就是司马迁所说的"夏小正"。这真是夏朝的历书吗？后世"学者多传"，推断其多半出于伪造。遥远的夏朝（如果真有这样一个王朝）可能文字还没有产生，往事越千年，千年之后人们的记载，能还原历史的真相吗？

后人对夏朝的历史真相存在着很多疑问，按照普通人的常识，这些疑问并非没有道理。因为后人记述历史时，没有多少可以凭借的资料，载于古籍上的东西，也不是当时的记载，而是千余年后后人的记述，其中有太多神话和荒诞的东西。把这些写入历史，很难称为信史。现代的历史学，要的是实证，要的是原初的可以服人的资料和考古发掘，这些，过于遥远的夏朝都不能满足。

20 世纪 30 年代，中国史学界有一个疑古派，认为中国远古的历史乃是根据传说和神话写成，不可尽信。后人不断地添加，如同堆土，层层积累，越传越走样，以至于我们现在所看到的有关古史的叙述根本不是历史的本相。因此他们认为古史是层累造成的学说。疑古派的代表是顾颉刚，他曾撰写和主编过这一派学人的代表性著作《古史辨》，认为在洪水横流、禽兽逼人的远古时代，大禹治水铺排山河完全不可能。我们现代人治理一条淮河，尚需多年，为什么大禹有如此神功？这种说法是有道理的。顾颉刚根据《说文解字》，禹训为虫，认为根本无禹其人，他只是一条蜥蜴之类的动物，一条铸于九鼎上虫的符号。疑问并非全无道理，推测也不无可能。

华夏民族所传的第一个王朝夏朝至今仍裹在重重的历史迷雾之中，若有若无，似真似幻，它是否存在，仍是一个有待破解的谜。1996 年，国家启动夏商周断代工程，集中了历史学、考古学、文献学、古文字学、历史地理学、天文学等九个学科十二个专业的二百多位专家，进行了四年之久的研究，给出了一个夏商周的历史年表，它认为，夏王朝不仅存在，而且有具体的时间段，即公元前 2070 年至夏桀亡国的公元前 1600 年，共存在 470 年。这个结论并非"工程"专家们的发明，古籍《汲冢纪年》说夏朝："有王与无王，用岁四百七十一年。"与此是相同的。至于所谈到的夏朝历经十七王十四代之说，是重复司马迁的说法，并无新的发现。2000 年发表《夏商周断代工程 1996—2000 年阶段成果报告（简本）》后，就遭到国内外学术界的质疑。尤其是武王伐纣具体年代的确定，并没得到认可。2013 年 1 月初，芝加哥大学东亚语文系教授夏含夷举出很多例证，认为，断代工程简本的依据如此错误，它所提出的年代框架也随之落空。1959 年发现的河南偃师市境内的二里头遗址以及河南嵩山附近的新砦遗址的考古发掘，被推测为夏朝中晚期和早期的都城，但也仅仅是推测而已，并没有出土文献资料给出科学的证明。所以，西方有关中国远古历史的教科书中，认为夏朝只是一个传说中的朝代而非信史。其后的商朝才被认为是中国的第一个朝代，因为甲骨文的发现证明了商朝的存在。

那么，我们前面所讲，夏朝仅仅是传说吗？是的，从严肃缜密的科学角度讲，我们只能遗憾地认为，尽管有文献可征，但从五帝至夏朝的文字历史只是后人记载的，它或许是我们民族文化的一部分，但它并非信史。商代以前，我们的祖先当然也在这片土地上生活。已有考古发掘出了一些比商朝更古老的城市的遗址，甚至有宫殿的遗迹，也有大量的陶器、玉器以及青铜器出土，还有一些类似于王墓的墓葬、集中的手工作坊等，但由于当时文献的阙如，我们无法给它命名，也无法确证其对应的朝代。尤其是二里头、良渚遗址的考古发现证明，在和夏朝同时期甚至更早，中国已有城市文明，可惜遗址内未发现文字。只有当商朝人用石制的刻刀把第一个被称为文字的符号刻在龟甲上，历史的车轮才开始发轫。

四　殷商春秋

夏王朝尽管有古代文献的记载，但它是一个既不能证实也不能证伪的王朝，若有若无，似真似幻，裹在一团历史的迷雾之中，需要我们今后有所发现，廓清它的本来面目。但是，承接它的商王朝则是举世公认的出现在华夏大地上的文明实体，从它开始，我们的远古文明如曙光初现，日渐清晰和繁盛……

殷商，这个远古的王朝，我们不仅从《史记》等古代典籍上看到它依稀的真容，它还从深藏的地下冒出来，向我们展示它的神秘和苍凉，并把一个个待解之谜提到我们面前。那么，它是如何被发现的呢？

话说 1899 年的一天，晚清官员王懿荣偶觉不舒服，派差役前往药房抓药。差役奉命来到京城鹤年堂药店，坐堂先生看了方子，说："你家老爷方子上的一味药不如换成龙骨药效更佳。"差役按先生的意思，把那味药换成了龙骨。抓药后带回家，呈交给王懿荣。王懿荣听差役禀报后，不由有些疑惑，龙骨是什么东西呢？龙虽天上神物，世人谁见过龙？又何来龙骨？打开药包，拣出所谓"龙骨"，却是几片形状不整如龟壳般的硬物，细细端详，见上面刻痕清晰，形状怪异，类似古文字，这是人有意为之，绝非不经意的划痕。王懿荣自言自语道："这上面似乎有字，却又难辨其意，到底是什么东西？"差役回说："老爷，坐堂先生说了，有字的更有效，十有八九是神仙画的灵符，管您百病皆消。"王懿荣淡然一笑，打发走了差役，坐在书房，细细端详起那几片龙骨来……

出生于山东福山县（今烟台市福山区）古现村的王懿荣，乃光绪六年进士，授翰林院编修，三次担任清王朝的国子监祭酒。当年的国子监是国家最高学府和教育管理机构，可见其在学界地位之高。他是近代金石学家、文物鉴藏家，也是晚清三大书法家之一，曾多次为慈禧太后的画作题款。他不是只会做官的庸俗官僚，而是文化修养极高，对古代文物有精到研究的学者。王懿荣看了那几片龙骨，反复摩挲，仔细研究，认为决非寻常之物。于是，命令差役再去鹤年堂，将药铺所藏龙骨全数收购，他根据自己金石学的修养，再三比对考订后，得出结论，断定甲骨上的文字非篆非籀，早于周代，绝非先秦青铜器上的金文，乃是商代的文字。刻有文字的甲骨为商代占卜吉凶的卜骨，甲骨上的裂纹是高温灼烤所致。

有了这个发现，他认为药铺里的龙骨，乃是历史的宝贵遗存，能被中药铺收购，被中医断为一味中药，其数绝不在少。于是，他通过山东一位名叫范维卿的古董商人大量收购龙骨，作为收藏和研究。据记载，他从古董商人范维卿那里一共购买三批甲骨，其中有一片是龟甲全甲的上半部分，刻了五十二个字。以后，王懿荣又从一个名叫赵执斋的古董商人处购得数百片甲骨，总计收藏有一千五百片之多。

王懿荣自云好古成魔，他作过一首自嘲诗："廿年冷臣意萧然，好古成魔力最坚。隆福寺归夸客夜，海王村暖典衣天。从来养志方为孝，自古倾家不在钱。墨癖书淫是吾病，旁人休笑余疯癫。"他是书生为官，并不在权力中枢，所以自云"冷臣"。二十年间只在庙堂上坐冷板凳。他常到隆福寺去淘弄古董，回来就拿出宝贝向客人夸耀，为了买古董，他不惜花钱，到了春天天暖之时，甚至到海王村去典当衣服。他认为，男儿有志就是尽孝，倾败家业不在于把钱花尽，主要看你花在什么地方。如果把钱花在自己的远大志向上，那不叫败家。我这个人爱古人的法帖墨迹以至古董已经成了病，别人不解，认为我疯癫，你们且莫笑我！这是王懿荣抒发自己平生志向的诗。

如果他就是这样平安自在地做一个"冷臣"也未尝不可，成就了一个书法家和古董鉴赏家。可是不久，"冷臣"却变成了"热臣"，朝廷在危难之际把这样一个书生扔进了炮火硝烟的"热战"之中。1900 年，义和团起，八国联军进攻北京，慈禧太后和光绪帝逃向西安，清王朝却任命王懿荣这个书生为京师团练大臣，让他组织民兵抵抗强敌。王懿荣自知这是送死的差事，受命后叹道："这是太后和皇上给我安排个送死的地方啊。"1900 年 8 月 4 日，八国联军攻入北京，王懿荣偕夫人谢氏、儿媳张氏投井而死。王懿荣死后，其子王翰甫变卖家藏文物以还债，其所藏一千余片甲骨为晚清文人刘鹗所购。刘鹗是谁呢？他就是小说《老残游记》的作者，也是文物收藏家和金石鉴赏家，字铁云。他将其收藏的甲骨千余片拓印成《铁云藏龟》公之于世。自此，甲骨文进入学者的研究视野。

甲骨文的研究，学界向来有"甲骨四堂"之说，所谓"四堂"者，乃四位学者的字号，他们是罗振玉（字雪堂）；王国维（字观堂）；董作宾（字彦堂）；郭沫若（字鼎堂）。早在 20 世纪 30 年代，学界对此四公的学术特征就给以总结道："雪堂导夫先路；观堂继以考史；彦堂区其时代；鼎堂发其辞例。"他们都在甲骨文研究领域做出了不可磨灭的贡献。

晚清文化大家罗振玉和王国维均对甲骨文的研究有开拓之功。罗振玉是刘鹗的朋友，又结为儿女亲家，对甲骨文有极大兴趣。原来甲骨只是一味中药，自成文物后，身价百倍，文物贩子秘其出处，坚不告人。罗振玉多方打听，始知甲骨出于"滨洹（huán）之小屯"。也就是河南洹水南岸的小屯村。自此，他多次派人前往收购甲骨，并对其上的文字作了一些研究和辨认注释，断定小屯就是文献上所说的殷墟。1917 年，王国维也通过对甲骨文资料的考据，整理出商王世系表，进一步证实小屯就是商王盘庚迁都的都城。1928 年，由傅斯年主持，对小屯进行初步发掘，出土了 800余片有字甲骨以及青铜器、陶器等，发现了古代都城建筑遗址。第二年，由考古学家李济主持了对殷墟的正式发掘，找到了商王朝的宫殿区和王陵区，证实了《竹书纪年》关于商代晚期都邑地望的记载，确立了殷商社会作为信史的科学地位。1939 年，河南安阳武官村的村民又发掘出巨大铜鼎，经过三次转移掩藏，逃过日本侵略者之手，抗战后，此鼎移至南京博物院，1948 年公开展出，时为国家元首的蒋介石亲临参观，轰动全国。此鼎现存中国国家博物馆，重达 832.84 公斤，接近一吨重，是迄今世界上出土最大最重的青铜礼器。鼎腹内壁铸有"后母戊"三字，被称为"后母戊大方鼎"。1950 年，对武官村大墓又进行了全面发掘，共发现商代大墓 13 座，陪葬墓、祭祀坑和车马坑 200 余处，并出土了数量众多、制作精美的青铜器、玉器、石器、陶器等。1976 年，发现商王武丁夫人妇好墓，殷墟的考古发掘把远古的商代文明展示在世人面前。

从 1899 年甲骨文首次被发现，至今，共出土甲骨约 15 万片，其中中国收藏 12 万多片，日本、加拿大、美等国共收藏了 26700 多片。这些甲骨上刻有单字 4500 个，迄今已释读出的字有 2500 个左右。

王国维先生曾提出历史学的"二重证据法"，即文献上的"纸上之材料"与考古发掘的"地下之新材料"相互认证，始可对历史给以令人信服的科学解释。甲骨文的发现和殷墟的考古发掘使我们看见了那个遥远王朝的背影，就时空的维度来说，时隔三千七百余年的商王朝似乎遥不可及，但我们贴近古老的土地，仍可听到他们的歌吟和呐喊，看到战争、占卜和祭祀时的火光和缭绕的青烟……

据文献记载，商朝的远祖名为契。他生在五帝最后一帝舜的时代，曾协助大禹治水有功，被舜封在商地。传说契的母亲名叫简狄，是有娀（sōng）氏部落的女儿，有娀，是古国名，在山西运城一带。一天，她和三个女子在野外洗澡，天上飞过一只玄鸟，也就是一只深黑色的鸟。落下一个鸟蛋，简狄接过吞下，因而有孕，生下了契。为了证明帝王万世一系，司马迁说契是帝喾的妃子所生。以上的说法都很荒诞。总之，契当年是一个部落的首领，他的封地在商（今河南省一带）。

　　契在商地当部落首领，传到第十四代，接替的是一个叫成汤的后人。汤即位时，已经是夏朝最后一个帝王桀的时代，因为汤有雄才大略，各个部落都很遵从他，所以，夏桀把汤囚禁在一个叫夏台的地方，后来又把他放掉了。汤回到自己的部落后，率领部众，先是征讨靠近商地的一个小部落，名叫葛伯，理由是葛伯不祭祀天地和祖宗。征服葛伯之后，他的领地扩大了，部众增多了，于是联合其他部落向夏桀宣战。上一章我们讲过，夏朝时的太甲就是一个昏庸淫乱的帝王，已经失去了民心。但远古时代，由于生产力水平低，帝王的统治如果不是战争，很难祸及百姓，君主堕落失德，也隔离在宫墙之内，所以王朝瓦解的过程缓慢得多。太甲之后，又维持了三代，到了第四代，继承帝位的是一个叫履癸的人，他就是夏朝最后的帝王——亡国的暴君夏桀。桀的残暴，《史记》上记载不多，仅一句"桀不务德而武伤百姓，百姓弗堪"。武，就是暴力，"武伤百姓"，可以想象桀统治的残酷，到了百姓难以忍受的程度。汤起兵讨伐他，一定大得民心。关于夏桀的事迹，还有两件记载，其一是说他曾率众攻打有施部落，有施人把一名叫妹喜的美女送给了他，这才免遭屠戮。其二载《尚书·大传》中，记载夏桀一句话："天之有日，犹吾之有民，日有亡哉，日亡吾亦亡矣。"夏桀没把自己比作太阳，而是把百姓比作太阳，他的意思是说，百姓好比天上的太阳，除非天上没了太阳，我才会完蛋。这话传到老百姓那里，老百姓不堪他的残暴统治，望着天上的太阳说："日头啊，你什么时候才能消失啊，我们宁可和你一同完蛋！"（是日何时丧？予与女皆亡。）一个政权到了百姓宁可与之同归于尽之日，也就是它的灭亡之时。所以汤伐桀顺应民意，一呼百应。汤的军队势如破竹，夏桀溃败，逃到安阳以西一个叫鸣条的地方，说："我后悔没有把汤杀死在夏台，结果弄到今天这个地步！"他没有反思自己荒淫残暴，"武伤百姓"，失德失政，祸国殃民，因此众叛亲离，他的失败并非因为错放一个人！汤乘胜追击，在历山打了一场歼灭战，夏桀带着美人妹喜坐着一条小船逃过江去，跑到南巢（今安徽省巢湖一带），死在那里。《尚书》记载一句话："成汤伐桀，放于南巢。"

成汤伐桀前，还征服了一个叫昆吾的小部落，因为昆吾作乱，不服从汤，所以"汤自把钺以伐昆吾"。钺，就是斧子，他挥动青铜大斧，亲自上阵。征服昆吾之后，他认为统一各部落的思想，才能取得伐桀的胜利，于是做了战前动员，他首先阐明伐桀的正义性："夏氏有罪，予畏上帝，不敢不正。今夏多罪，天命殛之。"意思是我奉天命而讨不道，是天让我除掉夏朝的暴君。然后，列举百姓对夏桀暴政的仇恨。最后说："如果你们跟我一同讨伐无道，我会回报和奖赏你们，如果你们不服从，像昆吾那样作乱，我就严惩和杀掉你们，我成汤说到做到，决不食言！"众军宣誓，叫《汤誓》。载于《尚书》中。成汤自言雄壮威武，自命武王。从兴兵前的准备来看，成汤的确是一个精明的军事家和政治领袖。

辅佐成汤伐桀并奠定殷商天下共主地位的是一名叫伊挚的人，后人称为伊尹。他被后人称为天下第一相，就是辅佐帝王的首位宰相（丞相）。他的事迹被历代的史家和庙堂政治人物称作相的典范，尤其是历代为相的人，愿意援引他的事迹并以他为榜样。据史书记载，伊挚想介入汤的事业，帮他谋划天下大事，但他出身微贱，到不了汤的身边，汤欲娶有莘氏女儿为妻，他就去做了有莘氏女儿的媵臣，什么叫媵臣？就是随同女子陪嫁的奴仆。等于如今的一件嫁妆。这在古代社会，是一件很寻常的事情。这样，伊挚就随同汤的新婚妻子来到了汤的身边。他不是空手来的，他背着一口锅（鼎）和一个菜板（俎），伊挚当年是一个烹饪能手，大约不比当今的一级厨师手艺差，所以，他先是烹饪出美味的菜肴以取悦于汤，汤因此喜欢他，渐渐熟悉了，他开始和汤谈论征服诸侯，君临天下的"王道"。他的话深得汤的赞赏，于是命他为"尹"，"尹"古时释为"正"，正者，扶正天下也，公正持平也，而这也正是辅佐君主的相的职责所在。尹是官名，伊挚成为伊尹，表示他正式进入了汤的决策圈子，成为汤的辅佐之臣。（伊挚的官号还有阿衡和保衡之说，衡者，平也。）

以上是一种说法，表示当年伊尹虽为华夏有史第一相，但却是微贱之人，而且爬上高位的手段也不怎么光彩。章太炎先生据此考证出，远古时的相本就是上不得台面的微贱者，"相"的本意，乃是扶掖，就是搀扶贵人的仆隶。但后世之相，处一人之下，万人之上的显贵高位，乃众臣之首，能当君主半个家，这样贬低他是不行的。所以司马迁还有第二种说法："或曰，伊尹处士，汤使人聘迎之，五反，然后肯往从汤。"就是说，伊尹乃民间隐居的高人，汤请他出山，五次往返，才把他请出来。后来传说的姜太公垂钓渭水、刘备三顾茅庐等故事和成汤聘迎伊尹如出一辙。总之，相乃高人，有超人的智慧和指点江山的能力，但他自己不肯为君，因天命不在其身，他只有辅佐有为的君主才能成就终生抱负。君主的事业是和相一同成就的，帝王离不开相，无相则大业不立，江山不固；相也离不开帝王，无帝王则一事无成，不过是庸人竖子。因为他只有靠帝王的无上权力才能居显赫之高位，成一世之宏图。

伊尹助汤平定夏桀，成为天下共主，于是分封诸侯，汤告诫各方诸侯，如果你们不修养德行，不体恤百姓，就剥夺你们的封地，到那时，你们不要怨恨我。为了规范诸侯，伊尹作《咸有一德》的诫令颁示各方，要天下诸侯都要向汤看齐，君臣同德，才能抚育百姓，安定天下。

商朝的历史是从汤和他的辅臣（相）伊尹开始的。平定夏朝暴君桀之后，大得民心，诸侯归顺，开局很有气象。

殷商的开国之君汤死的时候，太子太丁没等接班就死了，于是立汤的弟弟外丙为帝。外丙在位三年死去，再立外丙的弟弟中壬，中壬在位四年死去。这七八年的时间都是兄终弟及，夏朝和殷商君主的名字好多都与天干地支有关，甲乙丙丁，子午寅卯。汤的三个儿子都短寿，此时帝位空虚，前朝老臣伊尹还在，而且手握权柄，他就把当年的太子也就是汤的长子太丁的儿子太甲立为帝王。上文说过，夏朝有一个昏君叫太甲，这是另一个太甲，是商朝的太甲。他是汤的嫡长孙，但他是个从小在宫廷里养尊处优的纨绔子，伊尹怕他德不配位，就作了三篇训诫之词来训导他。教导他如何做一个合格的君主。

　　太甲即位之后，把伊尹的教导抛诸脑后，不遵祖宗之法，昏庸暴虐，不修德行。此时，伊尹显示了名相的魄力和胆识，为了挽救商王朝，他毅然作出决断，把天子太甲流放到桐宫。桐宫，在河南偃师县（今为洛阳市偃师区）一带，汤就葬在那里。把太甲囚禁在那儿，目的是让他反省罪错，思念祖上之德，以改过自新。太甲被幽禁三年，三年中，伊尹高居庙堂，主持国事，接受诸侯的朝觐，俨然商朝天子。如果伊尹不还商政，继续行天子之事，并传之自己的子孙，按照后世儒家的君臣伦理，他就是篡位的乱臣贼子了。但三年之后，他认为太甲已悔过自新，弃恶从善，就把太甲迎回都城，还政于太甲。"太甲修德，诸侯咸归殷，百姓以宁。"经过改造，太甲变成了好人，各地诸侯都拥护他，百姓的生活和生产活动也走上了正轨。伊尹赞赏太甲弃恶从善，由一个暴虐乱德的无道之君成为天下归心的明君，就作了三篇文章，名为《太甲训》，以赞扬太甲，并称太甲为商朝的"太宗"。后世帝王死后称"太宗"的不止唐太宗李世民一个人，历代皇朝几乎都有，就是从太甲这里开的头儿。

　　但是关于太甲和伊尹的关系，古书《竹书纪年》上也有不同的说法。据该书说，伊尹把太甲流放到桐宫后，自己当了王，篡夺了商的天下，太甲从流放地偷偷跑出来，到京城杀死了伊尹，重新夺回了王权。这个记载和《史记》所记完全相反，在这里，伊尹不但不是个好的臣子，反倒是篡位的贼子。但从后来商代甲骨文的破译中，伊尹在商代始终是被尊崇的相和国师，他的后代也有很高的地位。

　　太甲死后，由他的儿子沃丁即位。沃丁在位时，年老的伊尹死去了。商王朝以天子之礼为伊尹举行了隆重的葬礼。伊尹为后世臣子所称道的，除了他匡扶成汤伐夏桀，取天下，建商朝之功勋外，更在于即位者背德失道之时，为了国之大局和社稷永续，敢流放帝王，责令反省，而在帝王改过自新后，又能还政于商，甘为辅臣。对待新君如严师忠仆，精心呵护而又决不姑息，握国权而无野心，退位还政而谨守臣道。知所进而又知所止。前者为臣子所仰慕，后者为帝王所赞赏，以此成就了伊尹千古名相的地位。

此后，殷商又经过了两代四个帝王，商朝的权威日渐衰落，诸侯们很少来朝觐了。到了太戊为帝时，他用伊尹的儿子伊陟为相。古人很迷信灾祥之说，自然界稍有异象，就认为天在示警，将有大难降临。当时，王宫内有两棵桑树合抱而生，太戊认为是妖象，很害怕，就来问伊陟。伊陟说："我听说，妖象战胜不了君主的德行，您要反思一下，为政有什么疏漏不周的地方吗？臣以为，身为帝王，只要正身修德就可以了。"后来，太戊修身为政更加小心谨慎，那两棵合抱而生的桑树终于枯萎死掉了。古人认为帝王是天子，他代表天来统治万民，所以，人间不同寻常的自然景象都是上天的警示。如果帝王做了有背天理的事，天虽不言，却以异象示之。所以帝王害怕如日食、地震、灾异等异常天象。古代的臣子和巫师们以此使帝王有所戒惧，来规范帝王的行为。这也是古代对最高权力的一种制衡办法。在今人看来，尽管它幼稚且未必总是有效，但在帝王时代也只能如此了。否则帝王无法无天，那就太可怕了。

太戊时期还有一个叫巫咸的巫师，主管祭祀和占卜之类的礼仪，是国家的大祭司，他代表天和神明来说话，所以有高于帝王的权威性，帝王对他非常尊崇。因其"治王家有成"，他把天意和神意刻在龟甲上，名为《咸艾》，"艾"古人训为"治"，顾名思义，《咸艾》就是大巫师咸治理天下的箴言。他还有一篇《太戊》，太戊，就是当朝帝王之名，尽管当时还没有明确的避讳，但直呼当朝帝王之名也是一种大不敬，可见他地位之高。在更加远古的时代，巫和统治者王是合而为一的。巫就是王，王也就是巫，但在商朝时，巫和王已经分开了，因为对天和鬼神的敬畏，巫代表天和鬼神传达上天和神的旨意，并预言吉凶，所以，太戊虽为帝王，但因尊天敬神，崇巫重卜，不仅本人不敢造次，对身边的臣子也毕恭毕敬，对国家的大祭司，也就是大巫咸更加敬畏。伊尹的儿子伊陟对治理国家有功，他要把伊陟供祀在神庙里，不想称他为臣，伊陟辞让，他作了一篇《原命》，陈述君臣之义乃上天之命，更变就是逆天。

因为有太戊这样一位谦让有德的帝王，殷商又有一段短暂的复兴，各方诸侯又来归顺朝觐，所以史称太戊为商之"中宗"。也就是中道复兴之君。

太戊死后，殷商又经历了数代帝王，有兴有衰，摇曳不定，但商朝仍然维持下来。在商帝盘庚之前，数代帝王立弟不立子，结果王族兄弟争位，造成多年乱局。各方诸侯皆不来朝，只有商王族关起门来争来争去，互相厮杀。至商王盘庚时，有振作之想。欲开新局，先要迁都。从成汤始，商朝的都城已有数次迁徙，盘庚想迁回汤原来的都城西亳去（亦称北蒙，今河南省安阳市）。大臣们反对迁都。盘庚对他们说："你们的祖先和先祖成汤共打天下，定都西亳，那里是我们商朝的发祥地。我们回到那里，可以重温先祖们创业的艰难，修先王之法。舍弃祖宗之地，何以成祖宗之德？"毅然迁都河南安阳。在那里，重建都城，继往开来，把成汤开国时好的做法发扬光大，百姓安宁，诸侯来朝，商朝又呈现一派欣欣向荣的气象。从前殷商有过几次兴衰的过程，都不足以动摇殷商的国本，盘庚此次迁都，定国本，固根基，真正使商王朝走向了稳定发展之路。

古时说君权神授乃是天意，这是为统治者的合法性找根据，是一种迷信，这是它反动消极的一面。但也有积极的一面，因为君主本人也信天地祖宗，君主怕遭天谴和祖宗亡灵的责罚，也能够规范自己的行为，少作恶，多做善事。这也是它积极的一面。就怕他什么也不信，和尚打伞，无法无天，那老百姓和国家可就倒霉了。当然，每一个王朝灭亡之时，总会出现这样一个没有信仰，做尽坏事而不知害怕的恶人。国家和百姓倒霉，王朝也会走向灭亡。

商王朝有一个特点，帝王死后，多由弟弟即位，弟兄按顺序轮番上位，即"兄终弟及"。这种继承法比之其后的"父死子继"来更容易造成内部的纠纷，影响国家的稳定。帝王不止一个兄弟，兄弟争位，祸起萧墙，往往酿成杀戮和内乱。商王太戊时本来有中兴之象，被称为"中宗"，可自他的儿子中丁起，因为传位，造成内部的争夺和混乱，九世不宁。盘庚死后，仍然传位给弟弟小辛，小辛因无能，也因内部纷争，商王朝又有衰败之象。小辛死后，传位给弟弟小乙，商王朝仍无复兴的迹象。直到小乙的儿子武丁时，商王朝才重新振作。历史记载，武丁想振兴国运，但没有得力的辅佐之臣，于是，三年内没有对国事发言，把国家决策和行政交给权臣，自己默默观察国事的得失，倾听百姓的呼声。一天他梦中得到一位圣人，名叫说（读作悦）。醒来观察群臣百僚，都不是自己梦中那个人。后来，他叫人求之于野，在野外修路筑坝的奴隶中找到一位叫说的人。与之交谈，果然对治国理政有高明的见解，因为他下苦力的地方是叫傅险的一处山沟，就赐姓为傅，称为傅说，拜为相。武丁在傅说的辅佐下使殷商大治。"礼贤求诸野"，一直是后来的儒生们向往的境界，他们盼望有一位明君发现他们，恭敬地敦请他们出山，改变自己卑下的社会地位，登朝堂而治天下。历史上这样美丽的传说很多，究竟有几分可信，我们也说不清了。

武丁在历史上地位很高，是因为后来殷墟的发掘中重要的考古发现涉及这位帝王。西方有的历史学家认为中国有文字可记的历史是从武丁开始的。那是因为有甲骨文为证。

1976年发现妇好墓。妇好，就是商王武丁的一位妃子。墓中出土器物达1928件，其中有468件青铜器，755件玉器，564件骨器和近7000枚海贝（当时的货币），由此可想见当时王族生活之奢华。墓中还出土了两把铜钺（青铜战斧），每把重八九公斤。今人推断乃妇好生前所用武器，因此推测其为带兵打仗的女将军。能够舞动八九公斤战斧的人，而且是女性，这出乎我们对殷商时贵族妇女的想象。据说，出土的万余件甲骨文中，其中提及妇好的有200处之多。大部分出土的甲骨文都是武丁及其前后所遗留的。也说明妇好地位之重要。殷墟博物馆外有为妇好塑的玉石雕像，威武挺立，手握青铜大斧，是个女将军形象。但墓葬中并无妇好尸骨，而却有16具殉葬奴隶的尸骨，尚有6条殉葬的狗。尽管有众多的考古发掘，远古的历史仍是一个不可破解的谜。

1939年出土的后母戊鼎。这是迄今世界上出土的最大最重的青铜器，因鼎内壁镌有"后母戊"三字而得名（甲骨文中，"后"与"司"同字，故此鼎原称"司母戊鼎"）。据考，这是武丁先后继承帝位的两个儿子祖庚或祖甲祭祀其母所制作的礼器。又考证出他们的母亲名为妇妌，庙号为"戊"，"后"，皇天后土之"后"，"后母戊"意谓"敬献给伟大的母亲"。

如果以上的考古推断能够被历史所证实，那么我们可以想象三千多年前古人们的生活和习俗，其中有许多今人难以想见的神秘情景：

那一年，商王武丁举行盛大仪式，祭祀他的远祖汤。第二天，有一只野鸡飞来，站在祭祀所用的大铜鼎的鼎耳之上，发出呴呴的叫声，武丁惊惧变色，以为不祥。主持祭祀的臣子祖己安慰武丁说："大王不要忧惧，先把国家的事办好。"于是，祖己在祭祀仪式上代天宣读训诫帝王的文告，大意是说：上天对待下民是讲求德义的。人的寿命有长短，短命者并非上天使你夭亡殒命，是因为你为恶行而不修德义，知罪过而不思改悔，所以，上天为了宣示德义来惩罚你。帝王是替天管理百姓的，应当尽心百姓的事情，管理百姓无非是顺天意而为善行。祭祀祖宗和上天，应按常规进行，不应有求于天而随意变更常规。这篇文告，可以看出殷商时代古人的宇宙观：帝王对上天看不见的神明充满敬畏，一切所谓的异象都令他们凛然而惧，怕遭到上天的惩罚，因而端正言行，去除弊政。而主管占卜和祭祀的巫师则可以代替天的意志规训帝王。

武丁是商代开明有为的君主，得到了诸侯们的拥护和爱戴。他死之后，国家的大祭司祖己为他立庙，称其为高宗。且制作《高宗肜日》的祭文和训词，以规训后来的帝王。"肜"，孔安国的解释是："祭之明日又祭，殷曰肜，周曰绎。"这是祭祀的专用名词，是连续设祭两日的意思。

商朝自成汤立国，承继的帝王良莠不齐，有好有坏。好的帝王临朝，诸侯归顺，国家稳定；坏的帝王即位，国家就衰败，诸侯也不来朝觐。商代历史上有过太宗（太甲）、中宗（太戊）、高宗（武丁）等一些修德治国的明君，也有一些或昏庸无能或残暴淫乱的帝王。自武丁后，再没有有为的君主，商朝就日渐衰败下来。其中有一个名叫武乙的帝王，肆意胡闹，他命人做了一排土木的偶人，称之为天神，然后与之搏杀，逐一将它们砍倒。他还做了一个大皮囊，里面盛满鲜血，立在高杆上，仰而射之，名曰"射天"。这些行为说明他对天不再景仰和畏惧，身为帝王可以为所欲为。他的下场极其可悲，他在渭水河畔行猎时，遇暴风雨，被雷劈死了。

但武乙并非最可怕的帝王，因为上天及时终止了他的性命。不久，一个叫辛的帝王上位了，人称帝辛，世人称之为"纣"。古人对这个字的解释是"残义损善为纣"。也就是说，他干的全是缺德作恶的坏事。他的上位，宣告了殷商这个朝代的终结。

纣王的名字叫辛。他有一个哥哥，名叫微子启，但他母亲生启时，还不是帝后，所以启虽是老大，却没有继承权，他的父亲帝乙就叫辛继承了帝位。帝辛，也就是后来葬送商朝的纣王。纣，是人们对他的诅咒。意为"缺德的家伙"。当然，这个名号是他死后人们送给他的，三千年来，人们提到商纣王，都知道他是一个丧国的无道昏君。

商纣王如何无道，桩桩件件，史书记载很详细，令读史的后人也感触目惊心。纣并非一个庸弱无能之人，做大恶的人不仅要掌握不可制约的权力，而且都有能力。纣身体强壮，力大过人，徒手可与猛兽搏斗，但又绝非仅是一个莽汉。他能说会道，见多识广，与人辩论，没有人能辩得过他。居帝位而傲视天下，认为自己就是天下的圣人："知足以拒谏，言足以饰非，矜人臣以能，高天下以声，以为皆出己之下。"他的见地和知识远高出臣子之上，臣子来进言，无人能辩得过他，即使他错得离谱，也有一套诡辩来证明自己一贯正确。所有臣子在他眼里不过是一群贪图利禄的蠢猪，没有人能比得上他这个高高在上的帝王。他使所有的臣子敬畏、崇拜，无条件地服从，掌握最高权力而为所欲为。

纣王的残暴昏乱举其显著的有如下几条：

一、"好酒淫乐"。纣王是个酒色之徒，如果他是个匹夫，沉湎酒色，可能伤害的只是他自己，可他是个执掌最高权力的人，败坏的是社会，葬送的是国家。他长期不理国政，倾举国之资，经常举办淫乐狂欢的聚会。为此，在都城朝歌专门建了一个名为鹿台的高台，据说高千尺，方圆三里，以供其享乐。后世帝王权贵，其侈靡享乐处，为蒙骗百姓，皆在宫闱高墙之内，隔断世人好奇的目光。但纣王不同，他建高台，立宫观，日夜笙歌，极尽奢华，除朝歌城内的鹿台，还在一处名为沙丘的地方，又建一沙丘台，"南距朝歌，北据邯郸及沙丘，到处是他的离宫别馆"。声色犬马，奇珍异宝"充仞宫室"，在其中还建有动物园，"取野兽飞鸟置其中"。他还命令乐师作"淫声"，编排色情的舞蹈，每当狂欢之时，"北里之舞，靡靡之乐"彻夜不息。他把男女乐伎集中在一起，在沙丘那里搞了一次惊世骇俗的"派对"，其间"以酒为池，悬肉为林"，据记载，拉酒糟的船来来往往，酒池边的酒糟堆成了小山，而在酒池边牛饮者达三千余人。这还不算刺激，纣王还命令男女皆脱光衣服，使裸体男女追逐其间，公然交合宣淫，以为乐事。经常举办如此淫乱的酒宴，耗费的国帑不可胜计，为了支撑这无尽的狂欢，纣王下令"厚赋税以实鹿台之钱"，增加百姓的赋税，支撑鹿台的享乐和奢华。并将"钜桥"那里漕运的粮食源源不断地运到这里。酒池肉林之设，千人裸戏之乱，使商王朝陷于濒死的昏乱中。

二、信重女宠和佞幸小人。历代的昏君都有惑于女宠而使国事败坏的劣迹，纣也不例外。他宠爱的女人叫妲己，"妲己之言是从"。家国之事全听妲己一个人的，不仅拒绝所有的谋国忠言，还要打击劝谏的臣子。所以，贤人远遁，佞幸在朝，国事不堪闻问。纣先后信重两个人，一名费中，其人"善谀，好利"。善于违心说好话，吹捧讨好纣王，使纣王欢心，以捞取个人的好处；另一名叫恶来，是秦始皇的远祖，此人"善毁谗"。专门在纣王面前说别人的坏话，编造莫须有的罪名陷害无辜的人。一个恃宠而骄的女人加上两个阴损邪恶的坏蛋，使商朝宫廷乌烟瘴气。

三、残忍暴虐。纣王为了镇压百姓和对他不满的人，发明了一种酷刑，称为"炮格之法"。在火上架起一铜柱，铜柱上抹上油，下边加炭，令罪人赤足行于铜柱之上。每当行刑，纣王都要陪妲己亲临观看，以为赏心乐事。罪人不堪灼烫，惨叫着坠于熊熊燃烧的炭火中，妲己都要拊掌大笑。纣王有一臣子名九侯，家中有一漂亮的女儿，纣王纳于宫中。但是这个女子对于纣王的淫乱之行非常反感，纣王竟将其杀死做成肉酱而赏给九侯，九侯怒而斥纣王，纣王大怒，竟下令将九侯杀死做成肉干。王子比干，是纣王的叔父，对纣王多次劝谏，纣王不听，比干说："为人臣者，不得不以死争。"乃闯宫强谏。纣王大怒，说："你真是天下的圣人啊！我听说圣人的心都长着七窍，你这样的大圣人肯定不止七窍了，我想看看你的心到底有几窍！"于是下令剖比干之心。纣的另一个叔父箕（Jī）子见此，立刻吓疯了，也或许是为了逃死而假装疯癫。纣王下令将这个疯子关起来。

四、众叛亲离。纣王昏暴淫乱，拒谏饰非，搞得国将不国。他的一个臣子名叫商容，行仁仗义，体恤百姓，得到百姓爱戴，纣将其罢官，赶回了家。他的另一个臣子名叫祖伊，眼看国之将亡，心怀恐惧，跑去对纣说："上天将统治下民的天命传我殷商，如今屡次以元龟预卜天命，无一为吉。不是先王不保佑殷之后人，实为后人暴虐淫乱，有违天道，所以天下百姓无不希望我大殷早早灭亡，到处传诵的民谣说：'老天何不早降天威，快让殷商灭了吧！'大王您想怎么办啊？"纣王这次没杀祖伊，却冷冷地回答说："你这老东西真是多虑，难道我来到世间，不是负有天命吗？我命在天，谁奈我何？"祖伊离宫，仰天而叹："纣不可谏矣！"意思是说，纣这个人是没法劝了。他的哥哥微子启多次进谏而纣王不听，知在国内，凶多吉少，于是逃到国外去了。两个主持朝廷祭祀和占卜的重臣大师（大祭司）和少师也带着乐器逃跑了。纣王只剩下身边的女人妲己，还有费中、恶来等一些小人围绕着他，贤人远避，佞幸在朝，逃不了的也不作声了。纣王更加淫乱昏暴，把国内搞得昏天黑地，民不聊生，国家搞到这个地步，灭亡只是旦夕可待了。

五　武王伐纣

商王朝一共经历了二十九个帝王，至纣亡国，历时四百九十六年。近五百年的时间里，社会有了极大的进步。从考古发掘的文物来看，殷商时期农耕经济日趋成熟，陶器和青铜器的制造工艺臻于精美，史籍的记载和大量甲骨文的出土，证明文字被广泛地应用于王室的祭祀、占卜和政治生活中。社会财富的增加使王室和贵族的生活愈加奢靡，同时带来社会道德的沦丧，所谓"卿士浊乱于上，而法令隳废于下"。至纣王统治时期，商王朝陷于死亡的狂欢中。

周的始祖名叫弃，丢弃的弃。这个名字是怎么来的呢？我们读历史发现，越是远古的历史述说，越掺杂着离奇的超自然的神话。商的先祖也叫契，契约的契，他的母亲是在野外洗澡，吞下一枚天上落下的鸟蛋而怀孕，而周的始祖弃的母亲怀孕也很离奇，他的母亲在野外踩上了巨人的脚印因而怀孕，生下男婴后，以为不祥，弃之一条隘巷中，牛马经过，避而不踏。后来又想把他扔到山林里去，因那里有人，转而将其扔在一条水沟的冰上。其母转身离去，行之不远，闻后面群鸟聒噪不休，转头一看，见群鸟以翅膀遮蔽冰上的弃婴，其母以为神异，转身将婴儿抱回，抚育长大。因曾欲弃之，故名为弃。

童年和少年的弃，和群儿不同，他的游戏是种麻和种豆，并仔细观察庄稼的生长。成年后，更对农事入迷，根据经验，知道哪块地适宜种谷，哪块地适宜种黍，选种栽培，春耕秋收，四季耕作，不违农时，周围的人都遵从他的指导。尧帝时，始封他为农师（农业专家），指导农民种地。到了舜的时代，认为由于弃的指导，很多百姓摆脱了饥饿，有功于国，就给他一块封地，名为邰，也就是陕西某地相当于一个乡的地方。因为弃的母亲就生在那里，所以把那块地封给了他。舜帝同时赐给他一个名号，为后稷，这个稷是社稷的稷，是五谷之一，表示他是种庄稼的能手。赐给他一个姓氏，为姬。这表明农耕社会开初的情景。

后稷死后，他的儿子不窋（zhú）继承他为农师。晚年时，赶上夏朝末年衰败，不重视农业生产，罢了不窋的官，而且收回了封地。不窋丢了官，又失去了封地，只好全家西迁，跑到了西部的少数民族地区（戎狄之间），他在那里生活了三代，到了他的孙子公刘，重新恢复并光大祖先的事业，教当地百姓耕种务农，并渡过渭水到南岸伐木建设家园。使当地百姓衣食丰足，安居乐业。公是人们对他的尊称，刘，是他的名字，他的父亲名鞠，鞠是后稷的孙子，所以公刘是后稷的重孙。他带领先民们筚路蓝缕开拓家园的事迹被人们传颂，《诗经》大雅中的《笃公刘》一篇，就是专门歌颂他的。公刘死后，他的儿子庆节继承他当了部落的头领，这个部落位于陕西彬县一带（古人写作豳，今为彬州市）。自庆节后，这个远古部落的头领又经过了七代的延续，传到了名叫古公亶（dǎn）父一代，由于他继承先祖的农耕传统，所以他的部落强大起来。部落处于西部边鄙一带，靠近游牧的少数民族，所以遭到戎狄的掳掠。但古公是个和平主义者，采取了不抵抗政策，后来，戎狄得寸进尺，不仅掳掠财物，而且抢夺土地和百姓。部落里群情激愤，要求抵抗。古公说："有民才有君，君是为百姓谋利的。如今戎狄前来进攻，不过是抢夺我的土地和百姓，百姓属于我还是属于他们有什么区别呢？百姓为了我和他们作战，父子死于战争，我不忍做这种事情。"于是，古公带领家属和宗族离开豳地，向内地迁移。

远古时期，土地广袤，人烟稀少，他们东渡漆水和沮水，翻过一座叫梁山的山脉，来到了渭水之南的岐山，岐山南麓有一片广阔的平原，名为周原，他们在这里安下家来。豳地部落的百姓扶老携幼，相继追随而来，附近散落草野的人也都聚往周原。古公废除了游牧民族的习俗，修筑城郭室屋，百姓聚落成邑，于是，一个新兴的部落就在周原欣欣向荣地发展起来。为了管理部落，古公还设立了各级官职，这里就成为一个小国。因为他们繁衍生息在周原这样广袤而肥沃的土地上，所以这个部落就叫周。《诗经》有歌颂他的诗篇："后稷之孙，实维太王，居岐之阳，实始翦商。"此时正当殷商王朝的末期，它的掘墓人就是在这里悄悄潜伏和成长着。

古公有三个儿子，前两个是一母所生，按排序称为太伯、虞仲，后来他娶了名为太姜的女子，生下第三个儿子名叫季历。季历娶妻任氏，生下个儿子名昌。古公非常喜爱他的孙子昌，他常常感叹地说："我们姬家将来会有兴旺发达、光大祖德的人，想必会应在昌的身上。"太伯和虞仲听到父亲这样说，知道父亲将来可能要立弟弟季历为接班人，为了避位，兄弟俩商量一下，决定离家出走。他们借口外出采药，离开西部边陲的周原，一直向东南方向走。兄弟俩风餐露宿，穿行在野兽和毒蛇出没的深山老林和茫茫荒野之上，一直行走到如今的江苏一带，出生入死，万里跋涉，最后安居下来。据说他们开初落脚在如今无锡的梅里村。当初那里还是蛮荒之地，居住着一些土著。因为地处水乡，他们也入乡随俗，断发文身，融于当地土著。身体发肤，受之父母，不敢随意毁伤，古人没有剪发剃头这一说，都任它随意生长，但是，东南水乡，土著们经常在水中活动，为了方便，要剪去头发，水中有很多生猛的动物，为了迷惑它们，不受伤害，也要把身体文上花纹。为了生存的需要，他们断发文身，融于当地的土著之中。太伯和虞仲兄弟两个就是后来吴国的始祖。这且按下不表。

在陕西周原一带繁衍生息的古部落头领古公亶父死后，他的三儿子季历就当了周这个部落的头领，人称公季。

公季死后，传到他的儿子姬昌，因国在西方，亦称西伯。伯，也就是老大，古人伯和霸是同一字，西伯，可以理解为西方的霸主和老大，可见周这个部落已经逐渐强大起来。姬昌就是后来人称的周文王。

周文王姬昌弘扬祖先的业绩，以农立国，以德治国，尊老爱幼，礼贤下士，为了接见四方来归的贤士，每天顾不上吃饭。当时，有一些散处草野的贤人如太颠、闳夭、散宜生等人都纷纷投奔文王而来（这是一些和殷商朝廷不合作的人）。西伯渐强，诸侯归心，引起了在位的纣王的警觉。一个名叫崇侯虎的诸侯乘机向纣王进谗说："西伯积善行德，收买人心，将来对大王您可是威胁啊！"于是，纣王命人将西伯拘押在名为羑里的地方（今河南省汤阴县一带）。散宜生等臣子闻西伯被囚，非常焦急，于是他们为了救西伯行动起来。他们求得有莘氏部落一个非常漂亮的美女，寻觅到一匹身上带有斑斓花纹的骏马，还从有熊部落征得三十六匹膘肥体壮的良驹，以及一些奇珍异宝向纣王行贿。纣王见了美女，说："有了这一件宝贝就足矣，何况还有那么多，把姬昌放了吧！"西伯姬昌来见纣王谢恩，纣王赐给他弓矢斧钺，命他专得征伐之权，即代表王室，可以征讨那些不守规矩的诸侯。还对西伯说："其实我很喜欢你这个人，来我这里说你坏话的是崇侯虎。"西伯提出，愿向王室献出洛水西边的国土，请求废除炮烙之刑。纣王认为废除一种刑罚而换得大片土地是合算的，再说姬昌这个人也很驯服，就答应了。

回到周地的西伯越加行善积德，诸侯间发生纠纷，都来找西伯评理。当时，虞、芮两个小诸侯发生了边界纠纷，于是相约来请西伯决断。入周界后，见到相邻的农夫都谦让边界的田垄，头发斑白的老人没有负重而行者，行人让路，民风淳朴，虞、芮两人深感惭愧。他们说："我们所争的，都是周人感到耻辱的事情，如见西伯，只能自取其辱，还去干什么呢！"未见西伯而返，相互谦让，解决了纠纷。诸侯听说这件事，都纷纷赞叹说："西伯就是未来的受命之君啊！"周围有四十余个小部落都归顺西伯，这一年他八十九岁，始称王。西伯称王表示周的强大，这个西方的强大部落将和商王朝分庭抗礼。

第二年，周兴兵，灭掉了两个小国，殷商的大臣祖伊害怕了，去告纣，说，敌人一天天强大，国家很危险了。纣说："怕什么，难道不是有天命吗？他能闹到哪里去啊！"第三年，周又灭掉了一个小国，第四年，周再次兴兵，灭掉了向纣王进谗的崇侯虎。西伯势力范围扩大后，国力更强，于是，在丰地造了一座都城，从歧地迁都到丰。丰、镐两地相邻，皆在长安南数十里，从此，那里就成为周的都城。《诗经》有云："既伐于崇，作邑于丰。"消灭崇侯虎后，在丰建立了都城，说的就是这段历史。

周文王迁都于丰的第二年，就逝世了。年高寿尽，他活了整整九十七岁。他在位五十年，称王九年而终。在被纣王囚在羑里的时候，他曾经研究《易经》，把《易》的八卦拓展成六十四卦。司马迁云："文王拘而演周易"，说的就是这件事。可见西伯姬昌绝非仅仅是一个诸侯国君，他还是一个非常睿智的哲人，他的智慧超乎常人，和古希腊等远古的哲人相比，他是毫不逊色的。

文王姬昌去世后，太子姬发即位，他就是周武王。文王十五岁得子姬发，文王去世时，太子姬发已经八十三岁，所以武王是八十四岁承继王位的。如此新即位的高年老王，依然精神矍铄，壮志满怀，他首先带领百官去埋葬父亲的毕地祭祀父亲，然后东行，去检阅王国的部队。这时，他身边已有许多辅佐的重臣，太公吕尚（姜太公）为师，他的弟弟周公旦为辅，另两个王室成员召公和毕公为左右王师，都是忠心耿耿，满腹韬略的贤德之人。据传，武王渡河，船到中流，一条白鱼跳到武王的船上，武王拾取白鱼，献祭于天，渡河后，有天火降下，覆盖武王之屋，俄而飞出一只红色的乌鸦，其声嘹亮，响彻云霄。这种传说中的异象，被后世的谶纬学者解释为武王受天命，将取代殷商王朝的吉兆。其实这种事情按照正常人的理解本不足为奇，鱼从水中跳到船上，对于渔夫来说，再正常不过。所谓天火覆屋，不过是绚丽的晚霞辉映下的房子，一只乌鸦飞过，远远望去，霞光中乌鸦似乎变成了红色。事情越传越奇，就成了周武王代天受命的祥瑞。这是古人延续下来的对君主的神化。

武王东行至观津，八百诸侯不召而至，皆请听命武王而伐纣。武王说：我还不知天命如何，不可贸然兴兵。于是又退回他的封地。周武王虽然已有了强大的军事实力，但他还是非常谨慎的。他觉得时机还不成熟，于是退回封地，以待时机。

两年后，纣王没有感到国之危亡就在眼前，反而更加昏乱暴虐，剖比干之心，囚箕子于狱，国家重臣纷纷逃亡。武王布告诸侯说：殷商获罪于天，罪不容赦，不能不讨伐它了！于是，发战车三百乘，武士三千人，带甲步卒四万五千人，东向伐纣。这年十二月，武王大军从河南全部渡到河北，各路诸侯齐聚，武王乃作《太誓》，遍告三军，声讨殷商之罪，申明伐纣的正义性。二月的一天黎明，大军逼近商朝都城朝歌外的牧野，武王"左仗黄钺，右秉白旄"于军前誓师。此时，诸侯会师于牧野的战车已达四千乘，同仇敌忾，誓灭殷商。

牧野之战，纣王也倾举国之兵七十万与武王对决。但由于纣王已失人心，军队皆无战心。战斗开始，军师吕尚挥军进击，殷商的军队立刻溃散，并且倒戈为武王开出一条通道，武王纵马奋进，如入无人之境。戈矛相击，轮毂交错，万众扰攘，喊声震天，武王的军队如风卷残云，很快攻破殷商的都城。纣王见军队倒戈，大势已去，逃进城去，登上鹿台，身穿玉衣，投火自焚。武王在万众簇拥下乘车进朝歌城，殷商百姓夹道欢迎。至鹿台，武王象征性地挽弓发三箭，下车，见纣王尸，以轻剑击之，命令"以黄钺（铜斧）斩纣头，悬大白之旗"。接着，搜捕妲己等纣王的两名宠妾，发现皆已自缢身死，武王同样象征性连发三箭，命人以玄钺（铁斧）斩二女之头，悬其头于小白之旗。这种举动是奉天命，伐无道的合于礼仪之举。这些事情做完之后，武王才回到军中。

第二天，朝歌城内开始清理道路，修筑社坛和修复纣王的宫殿，准备举行新朝开国大典。到了举行大典的日子，先安排一百名壮士举大旗入场，接着，武王出现了，他站在由其弟导引的华贵车子上，周公手持青铜大钺，毕公手持小钺分别立在他的两边，散宜生、太颠、闳夭等近臣皆持剑环卫在他的身边。武王来到社坛的南面，周围是肃立的将士，有宗室成员奉上以铜鉴（象征性）取来的明月之水，有人奉上拜毡，有人呈献彩币，军师太公望（姜太公）亲自牵着一匹骏马立在一旁，一切都是按照祭拜上天的最高礼仪准备的。接着，王室主管祭祀的官员宣读简短的策文，大意是申诉殷商末代帝王纣悖乱失德，获罪于天的罪行。于是，武王稽首下拜，说：受大命于天，革除殷商，受天明命，即天子之位。再拜之后，就完成了在社坛前祭天受命的仪式。从这一刻起，殷商王朝彻底退出历史舞台，一个新的王朝周朝取而代之。

据后人考证，武王伐殷及周王朝的建立，大约在公元前1046年，至公元前256年最后一个帝王周赧王被秦所灭，存续近八百年。武王伐纣的具体年份，在中外学术史上也有争议，但新兴的周王朝取代腐朽的商王朝这却是事实。

它的建立，标志着一个完备的封建社会的诞生。我们知道，远古的华夏大地，自直立行走的原人诞生始，人类就在黄河流域这片古老的土地上生息繁衍，但历经五帝乃至夏朝，社会发展缓慢，文明之光在漫长的黑夜中暗昧不明，我们始终看不清那个遥远而漫长的年代。但自商、周始，好比漫长的黑夜曙光初现，一切都渐渐地明晰起来。为了生存，华夏大地有许多聚邑生息的部落，这些部落的头领就是所谓的诸侯，商、周的祖先就是部落的头领，即为一方诸侯。诸侯世袭，代际相传，其中有些诸侯，历经数代，渐渐壮大之后，就开始吞并周围的部落，无论商和周，其祖先都有迁徙扩张的历史。后来，由于他们的强大，就成为各个部落的盟主，由此，王朝诞生了。随着一个君临天下的"王"的诞生，一个神话，也就是维护"王"在俗世统治合法性的意识形态也诞生了，这就是"君权神授"的观念。远古的人们对天充满神秘的敬畏，他们认为天上有一个看不见的神明主宰着世界，而俗世的"王"就是上天的神派到人间统治人类的"天子"。他们是负有天的使命的，他们的诞生都有不同寻常的征兆和异象，他们所遭遇的一切寻常的事情都被放大并给以神秘的解释。纣王作恶而不知收敛，就是因为他相信"天命"在身，天会保佑他，别人无奈其何。而周武王坐船渡河一条鱼跳进船里的寻常事也被神秘化了。周武王灭殷建立周王朝就被解释为"奉天明命"。后来，加上一些神话的渲染，发展出了"君权神授"的谶纬学说。新的帝王即位，被称为"奉天承运"。这种学说加上古人以阴阳五行对自然和世界的朴素认知，渐渐系统化了。此后千余年，一直成为历代王朝统治和更替的官方理论，至汉代的董仲舒等大儒的完善和附会渐趋完备。

　　周武王受天命灭殷登极而建周朝，开始分封姬姓的王室子弟和功臣，按亲疏远近，他们各自得到了一块大小不一的土地并立国建政。周武王的十五个弟兄和十六个功臣都得以分封建国，开初他们分封了七十一个国家，这些国家都是捍卫王室的屏藩，按照公、侯、伯、子、男的五等爵位，亲戚有远近，功劳有大小，其封地也有远近大小之别。但他们统称为诸侯，他们统治的领地都叫作"国"。周王朝废除了殷商时代称天子为"帝"而改称"王"（周王朝衰落的时候，一些强大的诸侯国君也开始称王，这是后来的事）。各诸侯国拱卫王室但又是独立的。比起殷商时代，周王朝的分封制度已经十分成熟和完备，为了规范王室和各诸侯国的内外关系，有一整套的礼仪制度，逾越和违背这些制度，无论是国君还是诸侯，以及其下的卿、大夫、士和庶民，都将受到谴责。草创这些礼仪制度的人是一个叫周公的人，他辅佐周王朝开国两代帝王并"治礼作乐"，其功其德，一直被后世所尊崇。他所制定的一些规则也被千古帝王所遵循，孔子认为他开创了一个前所未有的盛世，赞叹道："郁郁乎文哉，吾从周。"奉他为圣人。

六　周公制礼

前面我们说到，周武王讨伐昏暴淫乱的纣王，推翻殷商王朝后，建立了封建制的周王朝，这是开天辟地的大事件。因为正是周王朝把父子间的人伦亲子关系推演到王朝政治的设计中，由此产生了一整套规范人与人之间关系的礼仪制度。无论后来的王朝社会形态如何，这套礼仪制度的核心内容一直延续到王朝政治的终结。制定这套礼仪制度的人就是周公。

周公姓姬，名旦，是周文王的第四个儿子，周武王的弟弟，是辅助武王伐纣并擘画周王朝建政的重要人物。

文王崩，武王即位，身为与王室血缘最亲近的人，他一直参与武王的政治与军事活动，是最重要的决策者之一。武王九年，举师东伐，至盟津观兵，周公随行，八百诸侯云集，周公有征召之功。武王十一年，兴兵伐纣，至牧野，周公辅佐武王，作战前动员，作《牧誓》以明伐纣的意义并宣布赏罚之令。破殷后，入商宫，周公一直伴行武王左右，斩纣王与其宠妾之首，悬白旗以示众。胜利者的入城式上，周公手持青铜大钺，站在武王身边，在改朝换代的祭社大典上，将纣王之罪昭告于天和殷商的百姓，从而确定新政权的合法性。这些政治和军事活动，无不见周公的身影。至于开疆拓土之谋，伐殷攻战之策，诸侯归服之法，建爵封国之政……举凡政治、军事、外交之重大举措，史书虽略，周公亲为并主谋可以想见。

　　殷商灭亡后，周公曾和他的哥哥武王有过一次重要的谈话，那天，武王登豳之丘山，远望殷商的都邑，内心涌动着激情，同时也有隐忧在胸。回到镐京后，夜不成寐。周公来到王宫，问武王何以彻夜不眠？武王回答说："我自生以来，眼见得殷朝日渐衰败，大约有六十年的时间，麋鹿在林，飞鸿满野，万物繁衍，生生不息，殷商失德于天，我们才有今日。殷商开国之时，归附它的有名的诸侯多至三百六十多人，他们没有显赫，但也没有灭亡。到了今天，他们是否诚心诚意地归附我们呢？我不能确定上天是不是会保佑我们。想到这里，我真的难以入眠啊！"停了一会儿，武王接着说："赖上天保佑，我们得承天命，对那些不归附的诸侯，要他们承受殷商那样的惩罚，我们自己要日夜不懈，把周朝的事情办好。天下归附而极目远望，自洛水而至伊水，平旷无垠，是当初夏朝的发祥地。南望三涂（邑名），北望太行，大河蜿蜒，江山壮伟，洛伊之地，得近天廷，将来我们周朝的都城决不能离开这块宝地。"周公听了武王的话，频频颔首。为了贯彻武王的旨意，在周公的主持下，在洛水之畔修筑了王城，这座城又叫河南城，古名郏鄏，又称洛邑。嗣后，周朝自周平王以下十二王皆都此城，至周敬王迁都成周，到了周王朝最后一代帝王周赧王复归此都。这座都城是周公贯彻武王的旨意而奠基修建的，这也就是如今历史悠久的洛阳城。

　　周王朝开国之后，实行的是封建制，这是历史造成的。在黄河流域开拓的土地上，林立着众多大小不等的部落，亦可称之为诸侯。他们的头领是代际相传的，事实上等于一个个袖珍的小国，其中一个（如殷商）成为天下共主（天子）后，众多的部落臣服于它，由于文明程度低下，天子没有可能把所有的权力收归中央，也没能力把所有的小国征服和夷平。所以，各方诸侯对地方的治理有自主性，只要不危及天子的安全，适时对王朝进贡和朝觐，王朝不会去干预。殷商的帝王，相当于各诸侯的盟主。信息的落后，交通的闭塞，语言的隔膜，各诸侯国除相邻者，对外部世界基本是隔绝的，或知之甚少。这一切，都是封建制的社会基础。周王朝建立之时，社会文明的进步程度大大提高，王朝的军队可以远征不服从的诸侯，王朝直接控制的国土大大拓展，这样，由天子直接分封诸侯就成为可能。在武王和周公的主持下，按照公、侯、伯、子、男的爵位将王室子弟和功臣分封到各地去，他们分别建立了自己的诸侯国。原来分散于广大土地上的部落只要归顺王朝，由王朝颁发敕命，一仍其旧。王朝初建，出于和解和稳定的需要，殷纣王的儿子武庚也得到了一块封地，这就是殷商王朝都城附近的广大的土地，为了防止殷商旧势力的作乱和复辟，这块旧称河内（黄河以北）的地方被划分为三个部分，分别建立了邶、鄘、卫三个诸侯国。邶即纣王之子武庚的封国，鄘、卫两地分别由武王的两个弟弟管叔（鲜）和蔡叔（度）监管，虽然如孔子所言，"兴灭国，继绝世，举逸民"，但其目的还是怕殷商的百姓造反，因此，邶、鄘、卫三国也谓之"三监"。《帝王世纪》谈及三监时说："自殷都以东为卫，管叔监之；殷都以西为鄘，蔡叔监之，殷都以北为邶，霍叔监之，是为三监。"管叔排行老三；蔡叔排行老五，霍叔排行老八，他们都是武王和周公的亲兄弟。可见，周王朝初建时仍视殷商覆灭的旧势力为心腹之患，因此才用他三个弟弟负监管之任。

这里，我们来谈一下周武王的弟兄情况：周武王父亲周文王名叫姬昌，作为西周部落的头领，他娶的是一名姒（sì）氏女子，称太姒。姒，是大禹开创的夏朝的姓，后来的杞、缯两个小国就是夏朝的后裔之国，以姒为姓。太姒是个贤德的母亲，她为文王生下十个男孩。这十个男孩依次为：老大名为伯邑考，很早就去世了；老二名叫发，也就是周武王；老三名为鲜，因封地在管，称为管叔鲜；老四，名为旦，他就是后来著名的周公，亦称周公旦；老五，名为度，因封地在蔡，亦称蔡叔度；老六名为振铎，因封地在曹，称为曹叔振铎；老七名叫武，因封地在成（古代濮州，今山东省鄄城县），称为成叔武；老八名为处，封地在霍（古代山西晋州某地），称霍叔处；老九名为封，封地在康（周王室封畿之内），称康叔封；老十叫冉季载，因年幼小，未有封地。这十个弟兄中，只有老二周武王姬发，老四周公姬旦算得上名垂青史的人物，其余都资质平平，有的国灭身亡；有的不能守国，泯于常人；有的消失在历史的烟云中，不留一丝痕迹。而周公，却被历代王朝尊崇为圣人。

周公之所以被称为圣人，是因为他对帝王的忠心耿耿，是无条件忠于君主的典范臣子。

武王克殷两年后，病重。周公主持了祭祀鬼神以祓除不祥的仪式，在仪式上，周公"戴璧秉圭"，向鬼神郑重宣誓，请求鬼神赐福武王，使其病体康复，自己愿意代替武王受死。所谓"戴璧秉圭"表示自己是祭祀的主体，愿意接受鬼神的意志，承担鬼神所降下的一切灾厄。后又以龟甲占卜，占卜的人都说吉，视卜筮卦象，也的确为吉兆。于是，周公兴冲冲地跑到武王的病榻前，告诉武王说："大王很快就会康复的，鬼神有何意图，由我一个人顶着。"这在今人看来，实属无稽荒唐之举，但古人对此是坚信不疑的。信占卜，信鬼神，信祭祀上庄重的承诺，也信鬼神会兑现这些承诺。周公这样的事情后来又做过一次，武王的儿子成王（名诵）年少时也曾患病，周公也曾祷告鬼神，说成王年少而不晓事，如果鬼神要惩罚，请惩罚我周公旦一人。当然，武王年老寿终，成王年轻康复，周公安然无恙。但是，周公的心是真诚的。武王是他的哥哥，成王是他的侄子，当他们有病的时候，他都情愿代他们去死，其耿耿忠心，鬼神可鉴。这绝非因为血缘亲情的关系，我们下面会看到，即使是手足兄弟，当他们反叛王朝时，也会受到周公无情的诛杀和流放。作为臣子，周公所忠诚的只有一人，那就是他头顶的帝王。为了帝王，他可以不顾身家性命，不计荣辱得失，所以后来的所有帝王都把周公视为忠君的典范，最好的臣子。

武王崩后，成王即位。但成王年少（史书上称武王死时，成王尚在襁褓。据云武王寿九十三，如此高龄，似不应有襁褓之子，关于文王和武王的年龄，存疑），周公恐刚刚建立的周朝江山不稳，遂代成王摄政。祸乱首先起于王室内部，被封于三监的管、蔡两个兄弟首先散布流言，说周公有野心，将篡成王之位。周公虽然不断地表明心迹，但流言仍然对王室的团结，王朝的稳定造成极大的威胁。唐代白居易有诗："周公恐惧流言日，王莽谦恭未篡时。"上一句说的就是这件事情。后来管、蔡二人串通纣王的儿子武庚造了反，成王命周公兴师平定叛乱。王师东下，把叛乱者一一扫平，武庚和管叔（武王的弟弟，周公的三哥）被诛杀，蔡叔被流放，为了维护周王朝，周公毫不留情地杀掉他的三哥管叔鲜，流放他的五弟蔡叔度。周公还乘机征服了东方数十个独立的小国，把周王朝的领地扩展到东海一带。善后处理平叛，把纣王的哥哥微子启封在宋地，建立了一个新的诸侯国——宋国。

成王渐长，可以处理国政的时候，周公及时地把帝王的权力还给了成王。成为臣子后，尽管是长辈和老臣，又曾是摄政，代行帝王权力多年，周公在成王面前还是畏葸怵惕，战战兢兢，这正是所有的帝王最赞赏周公的地方，周公因此成为既忠心耿耿又恪尽国事的千古臣子的偶像，被捧上了圣人的高位。

权力对人心的腐蚀是可怕的，成王初即位，尽管他的叔叔又是他的保护人的周公为国家立了很多功劳，对君主的忠诚几乎无可怀疑，但不断被流言包围的成王还是对周公产生了隔阂，周公吓得跑到楚地躲避。执掌朝政多年的周公在朝中留下了秘密，那就是两个铁匣子，外面以金封死（铁匣，古人谓之匮）。匣中所藏何物？周公有禁令，不许任何人开启。成王偏要开匣看看其中到底藏着什么秘密。开匣之后，里面藏着的分别是周公祈祷鬼神的策书，要以身代替病中的武王和成王接受鬼神所降灾厄，宁肯以身受死。成王这才为周公对他们父子两代的忠诚感动泪下，命人迎回周公。周公回来后，见成王已至壮年，深恐他淫逸放纵而葬送周朝江山，作了两篇策论，一曰《毋逸》，举殷商亡国的历史经验，告诫成王，切勿贪图安逸享乐而使国家败亡；二曰《多士》，指出一个国家要想治理有方，兴旺发达，必须礼贤下士，网罗天下人才，他举成王父亲武王为例，为了接待来报效的各方人才，过了中午都顾不上吃饭（日中昃不暇食），因此能在位五十年，得到诸侯的拥戴。这些，都可以看出周公的苦心孤诣。

周公的封国在鲁，但因辅佐王室，他始终没有离开"中央"。他的儿子伯禽前往鲁国前，周公谆谆教导说："我是文王之子，武王之弟，成王之叔父，我的地位应该说很高贵了。但我沐浴时仍然三次握发而起，吃饭时三次吐掉口中的食物（一沐三握发，一饭三吐哺），接待前来报国的人才，唯恐失去天下的贤人。你到鲁国后，千万不要以国之诸侯而骄人。"周公礼贤下士的作风成为后人的美谈，曹操诗云："周公吐哺，天下归心。"说的就是这件事情。

周公辅佐周朝两代帝王，功高而不骄，位尊而不居，退居臣子，鞠躬尽瘁，一心只为王朝大业，为历代家天下树立了臣子的榜样。就勋业和封建道德来说，在家天下的时代，周公被尊崇为圣人是理所当然的。

但周公为圣，也并非只因他的政治实践，更重要的，据说他"制礼作乐"，为数千年的王朝政治立下了伦理制度，由王朝政治推衍至全社会的宗法制度和道德准则，造成了华夏民族的社会生态和民族性格。这是他成神成圣的根本原因。

我们知道，文字首先是在占卜和祭祀中使用，它可能起源于巫师和祭司之手，用以传达神的旨意。后来，它被逐渐用于王朝政治中，用以传达王的旨意。从五帝，中经夏、商，我们看到《誓》《诰》《命》等官方文书是渐次增多的，到了周公的时代，他自己就作了多篇发布政令或告诫帝王的文章，这使他用文字来阐述自己的思想和主张成为可能。司马迁说："成王在丰，天下已安，周之官政未次序，于是周公作《周官》，官别其宜。作《立政》，以便百姓。百姓说（悦）。"由此看来，他留下了两部著作，即《周官》和《立政》。

《立政》不见于古代典籍，或许子虚乌有。《周官》一直锁闭于王室禁闼中，据说直到汉武帝时才被发掘出来，到西汉末年王莽时代，刘歆提议将此列入学官，于是改《周官》之名为《周礼》。《四库提要》云：《周礼》"于诸经之中，其出最晚，其真伪亦纷如聚讼，不可缕举"。古代一些学者认为并非周公所作，至断言为"六国阴谋之书"。学者否定其为周公所作，几乎已成为共识。近当代学者经过严肃的训诂和考证，大多倾向于此书乃战国末期的著作，与西周初期的周公并无关系。那么，《周礼》到底是一部什么书呢？当代学者余英时先生说："《周礼》一书在内容上是比较确定的，即所谓'体国经野，设官分职'，是一种政治社会的全盘设计，所以现代人常常把它看作中国古代乌托邦的一种具体表现。"又说："《周礼》无疑是中国思想史上一部'乌托邦'作品，对整个社会有一套完整的、全面的、系统的设计。这一套乌托邦的设计特别受到儒家型知识人的重视，因为儒家的特色之一便是要'改造世界'。"（余英时《会友集》：金春峰《周官之成书及其反映的文化与时代新考》序）。对于《周礼》的内容及其在中国思想史上的意义这里不去细说了，但基本可以肯定的是，它和周公并无关系。

首先我们要知道古人所谓"礼"和"乐"究竟是什么？古人非常重视祭祀活动，事神仪式（礼）与事神歌舞（乐）的结合就是礼与乐的本义。在占卜与祭祀活动成为王室最重要活动的西周，周公是可以将之规范化的。当年，一国君主的责任主要是祭与战，战争且置不论，把祭祀活动规范化是西周王朝初建时首先能够做到的。据现代学者傅斯年《夷夏东西说》：夏、商、周三代及三代以前，古族有东西二系，按地理方位说，夏与周属于西系（黄帝应该也在其内），夷与商属东系（山东等地古民族为东夷），殷、周间剧烈变革，"盖民族代兴之故"，远古的黄帝的涿鹿之战与周灭殷的牧野之战是西系的民族对东系民族的征服，也是两种文明之间的交替。殷墟大量甲骨文的出土及祭祀坑的发掘，商纣王一再言及天命，说明殷人对天命与鬼神的敬畏与迷狂，殷商时代是一个"不问苍生问鬼神"的时代，学者们称之为"神守时代"。周灭殷后，周公规范祭祀的礼乐，规定祭祀上所用音乐为"雅乐"，即宗周丰镐的京畿音乐，规定祭祀的仪规与程式，这是意识形态和教化理念的更变。周人并非不敬鬼神，不重视占卜和祭祀，但是将之按照自己的习俗和理念规范化了。战国时的

《礼记·明堂位》说："武王崩，成王幼弱，周公践天子之位以治天下，六年诸侯朝于庙堂，制礼作乐，颁度量，而天下大服。"如果所言不虚，我们可以说，周公的制礼作乐乃是出于维护新生政权的需要而做的意识形态上的变革，是两种文明的交替。史上记载，周克殷后，武王即位的大典是在修复的社坛前举行的，周公为武王患病祷祭是面对自己亡故的父祖进行的，说明周人更重视自己有血缘关系的祖先。《周礼》虽非周公作，其中言及的都邑的布局云："左祖右社，面朝后市"，即南为阳，故天子南面听朝；北为阴，故王后北面治市；左为阳，是人道之所向，故祖庙在左；右为阴，是地道之所尊，故社稷在右。这些规制，周公营建洛邑时，想必已经实行了。重视血缘，重视祖先，是周人的信仰，所以，学者们称西周时代为"社稷守"。

由殷人对神鬼的迷狂至周人对祖先血缘的信仰，即由神事复归人事。由此礼乐制度进而落实到政治上，就是周朝按照血缘关系实行的分封制度。周分封的诸侯中，姬姓宗族约占三分之二的比例，其余非姬姓的诸侯，则多为母系方面的亲戚，周朝同姓不婚，周天子对异姓诸侯视若甥舅关系，血缘和婚姻关系组成了周人的统治系统。如不了解周人封爵建国的制度，就无法理解"敦睦亲戚，协和万邦"的意义。就同宗血缘来说，亦分大宗小宗，周天子是大宗，而姬姓诸侯对周天子来说是小宗，诸侯们在自己的封国内又是大宗，同姓卿大夫又是小宗，这样组成一个宝塔式的结构，它的顶端是周天子，如此组成以血缘为纽带结合起来的权力结构。这样的分封制度，天子成为一个大家长，以下兄弟子侄，远近子孙，拱卫着天子，家天下就这样形成了。这样的制度延续了近千年，直到汉代初年，依然按照分封子弟的方式分配权力、土地和人民，汉高祖刘邦曾和臣子们约定：非刘姓而王者，天下共击之。就是家天下的理念。如果说殷商时代，天子和诸侯的关系是同盟的关系，到了周代，则完全变了性质，变成了由血缘为纽带的家天下。后人有人说，如果秦始皇不统一六国实行大一统的郡县制，中国可能成为欧洲古希腊那样的社会形态。这在殷商时代似乎可能，到了周王朝时代决无可能。

周王朝的家天下体制既然是按照血缘远近来分配土地和人民，自然就形成了等级、亲疏的差别。周公的分封是按照爵位实行的，天子称为王，至高无上，以下按照公、侯、伯、子、男五等爵位分割天下，如鲁，为周公封国，是最高的爵位，国君称公，郑国和齐国也是公国，国君也称公，如郑武公，郑庄公，春秋五霸之一的齐桓公等。而《左传》中记述有些小国的活动，则按照爵位称呼国君，如《春秋·隐公二年》提到几个小国：莒，即封于山东莒县的一个小国，嬴姓（一作己姓），属子爵；向，也是个小国，在山东莒县南，为附庸，连爵位都没有。《春秋·隐公七年》提到的滕，是封于山东滕县的姬姓侯爵国，国君称滕侯。既然有尊卑亲疏的分别，那么，天子和诸侯之间，诸侯与诸侯之间，诸侯与卿大夫之间就有了差别，把这些差别用制度规定下来，就形成了礼。礼和乐开始只在祭祀活动中体现，天子和诸侯的祭祀有不同的规范，享用不同的乐舞，诸侯按照爵位不同也是如此。后来，由祭祀推而广之，举凡一切政治活动乃至日常生活，都按照等级有了规范，每个人都在等级序列中，你只能依照你的等级地位中规中矩地活动，逾越则为非礼。如此设计的社会，等级森严而又井然有序，孔子认为这是最理想的社会，所以才由衷地赞美道："郁郁乎文哉，吾从周。"而要尊礼，居于下位者就要克制自己的欲望，所谓"非礼勿视，非礼勿听，非礼勿动。"非礼的事，你看都不要看，听都不要听，当然更不能去做了。这当然是很难的，因为人有欲望和追求，所以孔子才说："悠悠万事，唯此为大，克己复礼。"

那么，周公所制定的礼最具体最根本的一条是什么？礼的本质又是什么呢？

上面我们讲到，先民东系的殷人更相信天命和鬼神，所以学者们称它为神守时代，殷帝太戊见到院子里合抱而生的两棵桑树而大惊失色，武丁在祭祀时见到飞来一只野鸡站在大鼎的耳上发出响响的叫声而魂飞魄散，帝辛（纣王）一再强调"天命"在身而无所畏惧。来于西系的周人不是不相信鬼神和天命，但相比之下，他们更相信与他们有血缘关系的祖宗。武王有病，周公祷告，要以身代死，是对死去的文王和祖宗说话，他说："我比二哥武王更多才多艺，你们要想找一个人在阴间侍候你们，我比武王更合适，让我代他去死，求你们放过武王，因为人间更需要他。"同样，他的侄子成王有病，他祭祀时同样是对父亲文王和祖宗说话，他说成王年纪小，不懂事，求你们不要怪罪他，如果要一个人去死，就让我去死好了。就是说，周人更相信死去的祖先的灵魂，更重视血缘亲情的宗族观念，由此形成的以血缘为纽带的家天下的宗族观念一直影响着中国人的世界观。后人有一句话叫"祖宗虽远，祭祀不可不诚"。这是从周人那里传下来的观念，所以学者称周的时代为"社稷守"。

周公"制礼作乐"从祭祀推衍到政治生活，其根本的原则就是"尊尊，亲亲"的血缘亲疏和等级制度，亦可称之为父系制的宗法制度，天子者，天下之父也。这个制度和理念的建立，是从周朝开始的。天无二日，国无二主，"普天之下，莫非王土，率土之滨，莫非王臣"。但在周王朝之前，却非如此。王国维先生在《殷周制度论》中说："汤未放桀之时，亦已称王；当商之末，而周之文、武亦称王。盖诸侯之于天子，犹后世诸侯之于盟主，未有君臣之分也。周初亦然，于《牧誓》《大诰》皆称诸侯'友邦君'，是君臣之分亦未全定也。逮克殷践奄，灭国数十，而新建之国皆其功臣、昆弟、甥舅，本周之臣子，而鲁、卫、晋、齐四国，又以王室至亲为东方大藩，夏、殷以来古国，方之蔑矣！由是天子之尊，非复诸侯之长，而为诸侯之君，其在丧服，则诸侯为天子斩衰（cuī）三年，与子为父，臣为君同。"周以前的时代，如殷商时代，所谓天子就是诸侯之长，相当于大家推举出来的大哥，且人人皆可为大哥，但到了周王朝，天子由大哥升为父亲，他至高无上的地位是由周朝确立的。天子死后，无论是诸侯还是臣子，都要像死去父亲一样，为他穿三年粗麻布的丧服，为其守孝三年。夏、商两代诸侯间的联邦制一去不返，代之而起的是"君君、臣臣、父父、子子"的家天下。由之而起的政治制度延续了近三千年，建立其上的伦理道德造就了中国人的国民性格。

父亲不能永远活着，帝王也不能万寿无疆，尽管帝王之死称为"崩"，诸侯之死称为"薨"，无论"崩"还是"薨"，总归是死了。他死后，谁来继承他的位子呢？帝王的接班人问题关系着国家政权的稳定，所以历来是国之重事。殷商一朝，多为兄终弟及，自成汤至于帝辛（纣）三十帝中，以弟继兄者就有十四帝，而以子继父者，也不是长兄之子，而多为在位的弟弟的儿子。《史记·殷本纪》说："自中丁以来，废嫡而更立诸弟子，弟子或争相代立，比九世乱，于是诸侯莫朝。"可见，"兄终弟及"的接班制度给殷商王朝造成的巨大困扰。以周公在王朝的地位及伐纣之功勋，武王崩后，他继承王位，理所当然。但是周公只肯辅佐成王摄政，待成王长大，立刻将王位让于成王，并由此制定了"嫡长子即位"制。王国维认为：这是周公制礼最重要的一条内容，也是"周之制度大异于商者。……由是而生宗法及丧服之制，并由是而有封建子弟之制，君天子臣诸侯之制"。（王国维《殷周制度论》）据《史记·鲁周公世家》记：周公摄政七年，归政成王后"北面就臣位，匑匑（音穷穷）如畏然"。匑匑，古人解释为谨慎恭敬。按照周公的丧服制度，即便成王是他的侄子，若死在前面，他也应为他穿孝服并守孝三年。周公以身作则，把天子推高至人间极位。君臣关系高于血缘父子关系，君位的继承由殷商的兄终弟及为主，改为父死子继，并且只有嫡长子有天然的继承权。王国维在《殷周制度论》中论及"嫡长子继承制"时说："盖天下之大利莫如定，其大害莫如争。任天者定，任人者争，定之以天，争乃不生。故天子诸侯之传世也，继统法之立子与立嫡也，后世用人之资格也，皆任天而不参以人，所以求定而息争也。古人非不知官天下之名美于家天下，立贤之利过于立嫡，人才之用优于资格，而终不以此易彼者，盖惧夫名之可藉而争之易生，其弊将不可胜穷，而民将无时或息也。故衡利而取重，絜害而取轻，而定为天子立嫡之法，以利天下后世，而此制实周公定之。是周人改制之最大者，可由殷制比较得之。有周一代礼制，大抵由是出也。"王国维所谓"任天者定"，说穿了，就是嫡长子继承制，也就是皇帝和皇后生的第一个男性子嗣也就是老大具有天然的继承权，无论其资质如何，品德如何，贤和愚，他都是太子，未来的国君。其后历代帝王传位大多按照周公的"嫡长子即位"的制度进行。那么，它是不是真的平息了王室内部的争端而使天下安定了呢？没有。有周一代，周王朝乃至以下的诸侯国，弑君夺位之事层出不穷。及至后来，祸起萧墙，斧声烛影，父子相杀，萁豆相煎的悲剧贯穿了整个王朝的历史。最著名的唐太宗李世民就是在玄武门之变中杀死了太子也就是他的哥哥李建成夺得皇位的。所谓"任天者"就是认命，承认天命所在，推及后世用人看资格不重能力则更显示它的落后和腐朽。这种所谓的稳定造成了社会一潭死水和国人认命苟安，不求进取的心理，极大地阻碍了社会的进步。

周公所制定的礼概要而言就是三条：一是尊卑等级，二是君权至上，三是嫡长子继承制。它的本质就是建立在血缘基础之上的家天下。

周公的"制礼作乐"为数千年王朝政治奠定了宗法制的基础，建立在父系制基础上的家天下制度延续三千年而不衰，追根溯源，周公之制一以贯之也。王朝是一个金字塔形的权力结构，诸侯、卿、大夫及其家人附庸各组成一个个小金字塔，延及后世，每个封建家庭皆为宗法制的小金字塔。所谓"家国同构"，这样的概念，只有中国和东亚文化圈的人能够理解它的意义。由此形成的人身依附，奴性人格、谄谀颂圣、窝里斗等负面"思想传统"，都是从这里派生出来的。

周公的礼乐制度是在后来的王朝政治中逐渐完善的。经过后世的儒生以及依附于王朝政治的士人的不断发展，形成了一整套完备的政治制度、理论架构、伦理道德等上层建筑和意识形态。它型塑了中国人对世界、人生以及人与人关系的认知方式和行为方式。礼乐制度的核心是帝王的至尊地位和宝塔式的权力关系。

七　王道衰微

　　周公制礼作乐，其本质在于家天下的政治制度和宝塔式的权力关系，由此而生的天朝大国和家国天下的观念，把帝王即天子推尊到至高无上的地位，这一套古代乌托邦的制度影响了中国数千年。但周王朝本身也难以逃脱历史的周期律，它也要经历由盛而衰，最终灭亡的过程。这一点，没有制约的权力对帝王的异化表现得最为明显。

　　周王朝由文王奠其基，武王灭殷而草创，灭殷二年而武王死，王朝政治尚没有走上正轨。周公摄政七年，制礼作乐，明确了等级制度和礼制规则，等于开创了数千年帝王家天下政治的基础，因此，周公数千年一直被推高到圣人的地位。孔子是圣人，但孔子却尊周公为圣人，他有一次感叹，因为很长时间周公没有在他的梦里出现，因此非常失落和惆怅。可见周公乃是圣人中之圣人，是华夏民族最高的圣人。

　　圣人者，家天下之圣人也，万世帝王之圣人也，千古臣子之圣人也，宗法制度之圣人也，尊卑等级之圣人也，吾皇万岁万万岁之圣人也，小民磕头跪拜甘为奴婢之圣人也……一句话，华夏民族古代乌托邦之圣人也！

　　放下周公不讲，且说周王朝开国之初，祸害天下的纣王初灭，民散处草野，除了耕稼劳作，以求活命，更别无所求，所以，王朝政治极简，只要王室内部不发生内乱，天下还是安宁的。成王死，由他的儿子康王（名钊）即位，文、武、成、康乃至以后，都按照周公以身作则定的规矩即嫡长子继承制传续帝位，王室、诸侯以至庶民相安无事。史上讲："成康之际，天下安宁，刑错四十余年不用。"真是莺歌燕舞的幸福世界。

果真如此吗？三千年前的历史记载极简，我们不得其详。但即便生产力极其低下的古代，王权运作滞缓，效率低下，我们也不难推测其间的善恶消长，权力磨磔，王室与民间不可调和的矛盾与冲突。果然，康王死，太子姬瑕即位为昭王，史书上记载"王道微缺"。所谓"微缺"，就是出现一个小豁口，还可以补救。何以"微缺"？"微缺"到什么程度？我们难以知道。但后来出现的大事件，却让我们瞠目结舌：周天子南方巡狩，溺毙于汉江。

巡狩，如今叫视察，但《帝王世纪》谓之"南征"，可见是一次军事行动。汉水流域当初还不是周王朝的地盘，那里的一些土著居民不想使家乡成为"王土"，顽强抵抗周王朝的军事征服，对所谓天子并无敬意，相反充满仇恨。周昭王要渡汉水南下，征集舟船。当地的百姓进呈一条船供王乘坐。这条船船板之间是用易溶于水的胶黏合的，并无其他固定。船到了江中间，"胶液船解"，周昭王和随行的大臣祭公全都落入水中，尽管有一个保镖名叫辛游靡的胳膊长，力气大，拼命施救，但白水茫茫，风大浪急，周昭王和祭公还是淹死在江中。王室的统治中心，天子地位至尊，远方的百姓不但不把天子放在眼里，还因对他的仇恨要了他的命。

周昭王死后，他的儿子姬满即位，即周穆王。周穆王即位时，已经五十岁。此时史家云："王道衰微。"由"微缺"至"衰微"，仅父子两代间，何以如此之速也？可见冰冻三尺，非一日之寒。无论王室内部，天子与诸侯之间，天子与边疆的少数民族之间的矛盾以至百姓对统治者的怨恨已积累到相当程度。周穆王在位时的一个大举动就是对犬戎兴兵。犬戎是西北（今陕、甘一带）的一个游牧部落，以白犬（白狼）为图腾，因称犬戎。这个部落属西羌族，羌者，许慎《说文解字》谓："羌者，西戎牧羊人也。"更早的五帝时代犬戎部落就和华夏民族有过冲突。自周王朝建立后，犬戎部落奉周天子为王，称臣纳贡，本来相安无事。因此，周穆王最亲近的臣子祭公就来劝谏他，这里来介绍一下祭公这个人。祭公，古人亦读作"债公"，但其本意乃与祭祀有关，所以我们还是读作祭公，祭公，名谋父，他是周公的后代，是与周昭王一同淹死于汉水的祭公之子，因周公在临近西周都邑有封地，便于祭祀，故云祭公，表示与王朝血缘最近，功劳最高。周公旦的后人除长子伯服（亦称伯禽）在封国鲁地世代为君外，周公后人世袭为周卿士，是天子最近之臣，后来亦称周公。总之，西周王朝后来称祭公和周公的，都是周公旦的后代，是历代天子最近的臣子。祭公劝谏穆王，要像先王那样，以德治理天下，不要轻易兴兵。当年武王伐殷，是因为殷纣王失德于民，残虐百姓，武王为民除害，不得已而为之，并非喜欢动武。原来，周王朝是把天下看作向四外延展的圆形，王朝好比圆心，依距离王朝都邑的远近分为五服，由近至远，依次为甸服、侯服、宾服、要服、荒服。甸服在邦畿之内，要参与王室的祭祀，是王室血缘最近的近亲；侯服是亲近的诸侯，要按月祭祀祖先；宾服稍远，大约属于娘舅方面的封地，要依照祭祀的季节时辰向王朝进呈祭品；要服和王朝的血缘关系更远了，但也属于王朝的臣子，要岁时向王朝进贡；最远的荒服处边鄙之地，属化外之民，只要以周天子为王，表示臣服就可以了。这样的"五服"之说，自是周王朝重视血缘关系，以血缘定亲疏远近以临天下的观念。后来推及民间，从曾曾祖父始，过了五代，血缘渐远，也就是出了"五服"了。所以从遥远的周王朝始，华夏民族一直以为自己就是天下的中心，天子之威，无远弗届。一直到清王朝末期，还是这种观念，"荒服"外的番邦蛮夷来我天朝上国，就应该三跪九叩，拜见天子，并向王朝进贡。乾隆朝，英国使节马戛尔尼带着礼物来中国，本为修两国之好，开展贸易，清朝君臣一定要他三跪九叩不可，把他当成荒服外的蛮夷。结果，失去了融入世界贸易的机会，闭关锁国近二百年，直到内外交困，彻底灭亡。

祭公劝谏周穆王说，犬戎虽在荒服之中，但他们奉天子为王，一直敦厚诚恳，没有什么冒犯天朝的行为，为什么轻易兴兵，使荒服外的蛮夷离心离德呢？但周穆王听不进祭公的话。可能他闲得无聊，要搞点事儿；也可能耀武兴兵，可以显示一下天子的威风，总之，他率军进犯犬戎部落。古人云，兵者，凶也。这场战争，胜负如何？双方死了多少人？在水草丰美的远方游牧的犬戎部落有多少妇孺老少死于这场突然而至的杀戮，史书皆无记载。但周穆王征伐回来后，带回了战利品：四条白狼，四头白鹿。白狼和白鹿是犬戎部落的原始图腾，虏获狼和鹿，或许表示征服了他们，但这更像是一次游猎。战争产生的后果是："自是荒服者不至。"边鄙的各个部落再也不肯前来朝见天子了，他们与周王朝反目成仇，埋下了西周灭亡的隐患。

周穆王不仅对外发动战争，对内也颁布刑法，以加强统治。大抵周王朝初建，诸事至简，也没有形成完备的法律，对人的惩治，大多也随心所欲，以天子、诸侯和贵族的好恶定罪。作为天子，几乎是没有机会接触庶民的，制定"刑辟"是为了更好地统治百姓。史上记载周穆王召唤诸侯的言辞颇为有趣，如同呼唤猫狗："喂，过来!"（吁，来!）然后，他说："你们是有国有土地的人，我告诉你们运用刑法的方法。"于是他讲了一通如何审讯，如何运用"五刑"等。这既可见周王朝治理的逐渐刑法化，也可见天子临下的至尊。

天子的至尊，不仅表现为言出法随，出言成律，还体现于欲望应该得到最大的满足，哪怕这种欲望他没有表达出来，你也应该揣摩他隐秘的心思，以讨得他的欢心，否则，则有不测之祸。周穆王在位五十五年死去，他的儿子伊扈即位，史称共王。有一次，周共王到泾水去游玩，这里属于一个小诸侯，称为密国，于是密国的国君密康公陪同天子同游。花树葳蕤，山水空蒙，天子心情愉悦。诗云："出其东门，有女如云，虽则如云，匪我思存。缟衣綦巾，聊乐我员。"（《郑风·出其东门》）虽然此诗本意或许无关周共王的事情，但却切合他的心思。身为天子，他是有女如云的，但是，他都没怎么放在心上，可这次出游泾水，竟发生了撩动他心思的事情：忽然，他看见水边有三个美貌女子正在野外嬉戏，见天子车仗，慌忙闪避奔跑，转瞬消失于绿树花丛之中。她们身穿白色的纱裙，戴着艳丽的头巾，衣带飘飘，瞬间而逝，周共王注目失神，好久回不过神来。"所谓伊人，在水一方。"伊人何去？好令天子惆怅也！陪同的密康公见状，却假意不知，回去后，将此事说与母亲，说天子见野外女子如此失神失态，真有损天子威仪云云。他的母亲连忙说："赶快找到这三个女子，立刻将她们呈献给天子。三只野兽谓之群，三个人谓之众，三个美女谓之粲，粲，乃世间绝美之物。我小小的密国有这等美好之物，且问你如何消受得起？"密康公听了母亲的话，并没放在心上，当然他也没有将三个美女呈献给天子。第二年，周共王兴兵，王师临境，把密国给灭了。密康公灭国殒身，宗族覆亡，不就是没有揣测帝王的心思，满足他隐秘的欲望吗？天子的欲望难道要明白地说出来吗？身为臣子和诸侯，连这点乖巧的心机都没有，岂非咎由自取！

周共王死后，由于天子失德，治国无方，王室威仪不再，这时，出现了很多讽刺王室的诗。诗人总是不安分的，他们总想揭破黑暗，发出不平之鸣。而草野百姓，由于深受压迫的痛苦，也要呻吟、呼喊、控诉，诉诸歌吟。尽管后来孔夫子觉得这些诗有伤王道体统，不合大雅之道，将三千多首诗篇删去十分之九，仅余三百零五首，自云："诗三百，一言以蔽之，曰：思无邪。"可我们还是可以在《诗经》中寻得端绪，很多诗至今读来，仍可感到它动人的情感和愤怒的力量。据说古代开明的统治者是通过诗以观民风和政教之缺失的，所以宫廷还设了一些专门在民间采诗的人，谓之采风。风者，各诸侯国民间之歌谣也，它表达的是风尚、风习、庶民的喜怒哀乐。但是，后来的统治者听不得百姓的声音了，尤其是那些逆耳之言，他们听了就闹心，就烦恼，就怒火中烧，恨不能立刻勒住那些发声的喉咙，砍掉那些思考的头颅。终于，这样一个帝王出世了，他叫姬胡，是不献美女就灭你国的周共王的重孙，史称周厉王。厉者，暴虐之谓也，周厉王的确是一个暴虐的帝王。

厉王之暴虐，主要体现在两个方面。首先，他垄断天下利源，剥夺百姓生计，取天下财富供一人之挥霍。他重用一个叫荣夷公的人，此人是专门为厉王刻剥搜刮财富的人，"好专利而不知大难"。除了以国家名义，为王室和个人抢夺和囤积财富外，什么都不懂。朝中有一个叫芮良夫的大臣，对厉王进言说：这样下去，周王室就危险了！利，百物之所生，天地之所载，天下百姓皆可取而为生，怎么可以垄断呢？如果大王垄断天下利源，断了百姓生计，一定会触怒天下人，这样，大王的统治怎能长久呢？君临天下的帝王，应该将天下之利布施上下左右，让百姓财富各得其所，这样，尚且害怕因分配不均而惹来怨恨。所以，诗之《颂》才说：我周朝的祖先后稷啊，遵照天意分配天下财物，百姓能够自立生存，安居乐业！而诗之《大雅》也说：因为对天下普施财富，才使我周朝绵延安宁。难道这不是害怕不分散财富给百姓而惹来祸难吗？匹夫独占好处和利益，人们还将他看作强盗，大王如此行事，可是太少见了！如果您继续重用为你垄断天下之利的荣夷公，周朝肯定会灭亡！厉王听不进这样的规劝，反把荣夷公提拔为卿士，管理国政。这样一个好利而垄断的君主，下一步就是灭天下之口。百姓没有私产，没有活路，也没有发展的机会，自己取之于天地自然的财富被野蛮无理地剥夺，当然会对暴虐的君主产生不满和怨恨。"国人谤王。"周朝卿士召公对厉王说：老百姓受不了了！（"民不堪命矣。"）周厉王听到百姓发泄不满，气得发疯。他得到一个卫国的巫师，据说可以发现对朝廷不满的人。于是用这个巫师监视国人，若发现有不满的言论立刻报告，厉王马上下令杀掉妄议国政的人。结果，国内鸦雀无声，一片沉寂，再也听不到反对和不满的声音了，同时，四方诸侯也不来朝见了。不久，管制言论的办法愈加周密，对反对言论散布者的惩罚也更加严酷。国人再也不敢随便说话了，在路上见面，不敢开口，只用眼色示意（"道路以目"）。因为开口就是罪，一句不当的话可能就掉了脑袋。周厉王兴高采烈地告诉召公说："我找到了管制言论的办法，他们再也不敢随便妄议朝政了！"召公说："你堵上了他们的嘴，他们当然说不出来了！"于是，就有了召公一段言论自由的最经典论述。它在《古文观止》等各种古文选本中出现，凡是接触过中国古典文化的人都耳熟能详。其言曰：

防民之口，甚于防川。水壅而溃，伤人必多，民亦如之。是故为水者决之使导，为民者宣之使言。……民之有口也，犹土之有山川也，财用于是乎出；犹其有原隰衍沃也，衣食于是乎生。口之宣言也，善败于是乎兴。行善而备败，所以产财用衣食者也。夫民虑之于心而宣之于口，成而行之。若雍其口，其与能几何？（《史记·周本纪》）

把百姓悠悠之口比喻成山川大地，可以产生财用衣食，若堵住百姓之口，不许说话，那么，如同堵塞滚滚东去的江河，一旦大水冲决堤堰，后果不堪设想。尽管使百姓"宣之使言"的善政是出于巩固政权的需要，比之近代言论自由乃人与生俱来的天然权利的观念有距离，但它仍然闪耀着智慧之光，是我们民族文化中璀璨的宝石。它警示历代统治者，让民众说话，疏导民众不满情绪，可以长治久安；反之，仇视百姓，堵塞并禁绝百姓的声音，只能自取灭亡。

西周王权传到周厉王手中，厉王暴虐无道，垄断天下利源，搜刮无餍足，天子王室穷奢极欲，百姓生计艰难，对厉王充满仇恨，天下汹汹，民怨沸腾。史书上说："厉王暴虐侈傲，国人谤王。"暴虐，是说他残暴地对待国人，侈，奢侈无度，傲，居高位而目中无人，谤王，国人在背地里咒骂并揭发他祸国殃民的罪恶。周厉王用卫巫监督国人，捕杀发出不平之鸣的人，企图堵住百姓的悠悠之口。召公劝谏他，认为用控制言论的办法维稳，无异于企图堵塞滔滔的江河，防民之口，甚于防川，川壅而溃，伤人必多，百姓活不下去，忍无可忍，一旦奋起反抗，后果将不堪设想。但暴虐无道的厉王怎么听得进去呢？

这种预言很快应验到厉王的身上，三年后，百姓压抑和积郁的愤怒如火山爆发，人们开始造反了。周人聚集起来，攻打王宫，想杀死暴虐的厉王。周朝的都邑陷于混乱之中，死去了很多臣子和百姓，烧毁了很多宫阙和民房，周厉王逃到一个叫彘的地方（在今山西境内。）但愤怒的人们不想饶过这个暴虐的帝王，他们包围了召公的家，因为厉王的太子姬静藏在那里，他们想杀死太子。召公为保护太子，苦苦求告，但人们的愤怒无法平息。最后，召公把自己的儿子谎称太子交了出去，这才保住了太子姬静的一条命。这场由帝王暴虐禁言引发的动乱应了召公的话："川壅而溃，伤人必多。"

厉王逃亡在外，不敢回国，为了维持国家的运转，国之二相召公和周公共同代理国政，号曰"共和"。这个共和，不是现代政治意义上的共和，后人的解释是："彘之乱，公卿相与和而修政事，号曰共和也。"就是由朝中的大臣公卿共同摄理政事。十四年后，周厉王死在彘地，周、召二公使厉王太子姬静即位，这就是周宣王。

周宣王姬静因为生于宫廷，养尊处优，虽经历过动乱，但因资质平庸，不仅没有奋发图强之志，反生荒嬉怠惰之心。他并不重视民生和立国之本。中国古代以农业立国，帝王为示范天下，划一块土地，名为籍田，帝王每到春耕时节，要到籍田去举行耕作的仪式，以为天下百姓的表率。当然他不会胼手胝足像农夫一样去耕地，只是做做样子，以号召天下。但就是这种做样子的事，周宣王也不肯去做。于是，近臣虢文叔就劝谏他说：大王如此不妥，人类最重要的大事莫过于务农，祭祀上天的米谷要从田地里出，人们的繁衍生息也要靠务农，国家大事小事的供给也全靠农夫的劳作。大王的表率作用为的是示范天下，教民耕作，乃帝王分内之事也，焉可不为？宣王根本不理睬他的话。古代以农立国之重事：耕与战也。耕既不愿为，战又如何？周宣王在位时，亲自领导了一次"千亩之战"（千亩，地名，据说在山西介休县，今为介休市），结果被西部的一个名为"姜氏之戎"的部族打得落花流水，由江汉之间的勇士组成的"南国之师"全部覆灭。姜与羌两个汉字都是羊字头，都是西部牧羊人的部族。大家还记得，他的祖上周穆王轻启战端，征讨西部边疆的犬戎，结果犬戎不朝，与周王朝结怨，树敌于边疆。如今王朝败于西部之戎，说明西部之戎，已成为王朝外部的劲敌。这是数代西周天子治国无方，任性胡为的结果。

据载周宣王死于诸侯杜伯之手，天子与诸侯结怨，你死我活，并死于诸侯之手，周宣王首开其端。不仅天子权威扫地以尽，诸侯桀骜不驯，君臣如匹夫斗狠，你死我活，起码说明天子不智，朝纲紊乱，上下失序，天子和王朝的神圣和庄严荡然无存。周宣王要杀掉诸侯杜伯，杜伯侥幸逃死，三年后，周宣王会诸侯，在园中宴饮。杜伯埋伏在附近，近午时，他忽然出现，身穿红衣，头戴朱冠，手挽一把朱红雕弓，瞄准宣王，一箭射去，正中宣王心脏，还射断了宣王一条肋骨。于是，这个荒嬉怠惰、丧师辱国的君主一命呜呼。

到了周宣王的儿子名叫宫涅的帝王即位，西周王朝终于走到了它的尽头。关于周幽王的名字，还有一种写法，叫宫湦（shēng）。湦是一个非常生僻的字，因为传写错误，不知哪种叫法更正确。我们这里把他叫宫涅。

宫涅就是历史上有名的昏君周幽王。大凡一个王朝的灭亡，总有两个征兆：一是帝王一代不如一代，非昏即暴，没有制约的权力使他们集天下大恶于一身，恶贯满盈之时也就是国亡身灭之时。爱因斯坦是一个伟大的物理学家，但他因生性自由，充满创造精神，他的人文思想同样令我们感到深刻和精辟。他在《我的信仰》中说过："在我看来，强迫的专制制度很快就会腐化堕落，因为暴力所招引来的总是一些品德低劣的人，而且我相信，天才的暴君总是由无赖来继承，这是一条千古不易的规律。"我们读中国王朝的历史，对他的话会有更深的理解。以西周王朝为例，文王的智慧和仁爱，武王的谋略和胆识，皆可谓之天才；成、康二王虽无彪炳史册的作为，但皆能笃厚守成，持文武之道而不荼毒百姓，逮及厉王、宣王，江河日下，一代不如一代：昭王南征，溺死汉水；穆王拒谏，轻启战端；共王好色，轻灭人国；厉王好利暴虐；宣王荒嬉无能；到了幽王，那就是一个十足的无赖了。总之是一代比一代更烂更坏。二是国将亡，天灾频仍，妖孽出，朝纲混乱。这一点似乎有天命的迷信色彩，其实不然，它是和第一个征兆密切联系着的。举周幽王为例，他登基第二年，发生了历史上有名的大地震，西周王朝的首都镐京震动，泾、渭、洛三条河流也因此断流，所谓"山崩川竭"也。古人对这种反常的自然现象很迷信，国内百姓自然十分惊恐。史上记载，一个名叫伯阳甫的人论断说：这是周王朝亡国的征兆。（后人唐固说，这个伯阳甫就是周朝的柱下史老子，何所据？存疑。）科学昌明的现代认为地震乃自然现象，可在古代，它会造成极大的人心恐慌，人们认为大祸将临，惶惶不可终日的官员和百姓加上昏乱无道的帝王，难道不是亡国的前兆吗？

周幽王被后人所铭记的事就是他宠爱一个叫褒姒的女人。称褒姒为妖孽，这固然对女人不公道。古代史家编造了一个荒诞的故事来述说褒姒之来历：夏朝末年，有二龙入夏王之庭，卜筮后，驱之不可，杀之不可，以匮盛龙之涎沫，藏于王庭。历夏、商、周三代无人敢启。至周厉王，启匮视之，龙涎流出，漫于庭庑，厉王使宫女裸身鼓噪，龙涎流入后宫，一童女被龙涎所污，长成而有孕。无夫生子，惧而弃之。民间有童谣曰：用山桑木做的弓和箭矢啊，将要灭我周朝！正巧有一对夫妻卖这样的弓和箭，周宣王命令将他们抓来杀掉。这对夫妇奔逃于路，闻婴儿哭泣，哀而怜之，将弃儿抱于怀，逃到了褒国。后因褒国获罪于上朝，周天子问罪，褒国就献上一个美女以赎罪，此美女就是被卖弓箭的夫妇收养的褒姒。这个故事虽然荒诞，但说明西周之亡实乃厉王启之，历宣王至幽王，祖孙三代，一个比一个昏暴，已积重难返，不亡何待！

周幽王宠爱褒姒，又有烽火戏诸侯的故事。褒姒不爱笑，幽王千方百计逗她开心，于是命人点燃烽火台上示警的烽火，诸侯以为有敌入侵王室，于是四面八方的诸侯率战车甲士急速赶来，却见幽王与褒姒坐于高台之上饮酒作乐，褒姒见诸侯受骗，拊掌大笑。这个"狼来了"的故事，弱智的周幽王又演了好几遍，诸侯们被诓骗和戏弄，都很愤怒，真有外敌入侵，却再也不肯来了。这不像真实的历史，倒像虚构的故事。美人一笑，倾城倾国。我们也不必追问事之有无，三千年前的事，其真伪是无法考证的。我们也不必认为亡国乃是臭男人造孽所致，女人是无辜的，因此断定其假。

周幽王宠爱褒姒，褒姒为他生了一个儿子，名叫伯服，幽王爱其母，复爱其子，所以想废太子而立伯服。废立之事，向来是宫廷中最敏感的问题，闹不好就要出大乱子，轻则死人，重则亡国。太子的母亲是申侯之女，王后出身诸侯之家，幽王与王后本是政治联姻，幽王之昏在于不晓得他的婚姻关系着国家的稳定和他的身家性命，岂如寻常百姓，只管男欢女爱？若无能力管控局面，摆平丈人，移情别恋，等于肇祸或者找死！皇后和太子被废后，他的老丈人申侯怒火中烧。女儿被废了皇后，外孙被废了太子，将来就有杀身和灭族之祸，当然要做困兽之斗，所以他决定和前女婿周幽王拼个鱼死网破。他是诸侯，有兵马，有封国，用不着藏一把匕首进宫和周幽王拼老命。亡国之昏君，贤人远避，佞幸在朝，周幽王也不例外。他重用一个叫虢石父的人参与朝政，此人"善谀好利"，是"万岁不离口，窃国复窃侯"的佞巧小人，结果搞得"国人皆怨"。后宫有女宠，朝堂有小人，民怨如鼎沸，君王正昏昏。一切亡国的条件皆已具备，只等有人放一把火了。周幽王的老丈人申侯就是纵火者，他联络缯国诸侯和西方的犬戎部落向周王朝的都邑镐京发起进攻。犬戎和周王朝有世仇，周穆王时，曾不顾臣子的劝谏，无端发兵以征犬戎，使和平游牧的部落遭受兵燹之祸，此时当然愿意报前世之仇，突进镐京，趁机还可以掳掠些财货美女，因此，征集来的铁骑，个个如狼似虎。西周亡国之祸，是周穆王时就埋下的种子。周幽王内外交困，人心尽失，诸侯不救，王师一触即溃，镐京陷落。周幽王逃到骊山下，被乱兵杀死，褒姒也被犬戎铁骑掠去。

申侯和众诸侯立周幽王的废太子宜臼即位，是为周平王。镐京残破，一片狼藉，再也住不得了，为避犬戎之祸，王朝东迁洛邑，西周王朝至此覆亡。

西周王朝自武王伐纣灭商立国始，共经历十二代帝王，古籍《汲冢纪年》上认定是 257 年。但因武王伐纣的具体年代存在争议，所以此处聊备一说。

自平王东迁（都城从陕西镐京东迁至河南洛邑），华夏的历史进入了东周时代。周平王四十九年，即公元前 722 年，鲁隐公即位，这一年始，鲁国的史官开始记录历史，直至公元前 479 年。传下的史书名为《春秋》，它所记载的 244 年也称为"春秋时代"。春秋时代华夏大地上遍布着很多大大小小的诸侯国，它们大吞小，强并弱，互相征伐。各诸侯国之间君王往来，政治联姻，结盟与背叛，外交与战争，呈现出一幅幅色彩斑斓的历史画卷，又因为弑君夺位之事时有发生，在战争的血腥之上又增加了人性的幽暗和王权的阴影。

八　礼崩乐坏

上一章我们讲到周公制礼作乐，它的本质乃是由血缘关系为纽带组成的家天下政治制度，是区分亲疏尊卑的宗法制度，是无条件服从的等级制度，也是华夏民族维系千年的宝塔式的权力结构。尊卑等级的确立，为的是使社会息争有序。但是，礼乐制度确立不久就不断地遭到抵制和破坏，而破坏的力量首先来自上层贵族。至西周灭亡，华夏社会进入礼崩乐坏的春秋时代。

王国维先生曾经高度评价周公的制礼作乐，他在《殷周制度论》中说，周公所确立的"制度、文物与其立制之本意，乃出于万世治安之大计，其心术与规模，迥非后世帝王所能梦见也"。圣人之本意，固然是为万世开太平，但自周王朝建立，至后来演进的过程，就是礼乐制度不断被破坏的过程。孟子说："世道衰微，邪说暴行有作，臣弑其君者有之，子弑其父者有之。孔子惧，作《春秋》。《春秋》，天子之事也，是故孔子曰：'知我者其惟《春秋》乎！罪我者其惟《春秋》乎！'"又说，"孔子成《春秋》而乱臣贼子惧。"《春秋》是鲁国的一部史书，出于鲁国史官之手，并非孔子著作。且不言这样一部史书能否让乱臣贼子恐惧，但乱臣贼子和王朝制度相始终却是一个事实。周公制礼作乐用以规范天下，但破坏它的恰是周王朝的天子、诸侯和他们的后世子孙。他们不仅把典章制度和礼仪道德不放在眼里，由于处于权力争夺的旋涡，其所作所为已超越人伦的底线。所谓"臣弑其君，子弑其父"，几乎各诸侯国无不有之。如果考察周公礼乐制度的运行情况，最好是从周公的封地鲁国和他的后世子孙说起。

周公的封国在鲁，即今山东省中部一带，当时的周朝都邑在镐京，也就是如今的西安故地。因周公是武王之弟，位高功大，所以封在东部大藩膏腴之地以屏卫天子。爵位最高，为公。武、成二王之政大抵自周公出，周公为辅佐天子，不能离开中央，所以，周公的儿子伯禽就到鲁国当了第一代国君，称鲁公。

伯禽到鲁，三年后回到镐京见父亲，他的父亲周公问他："你为什么这么久才回来见我呢?"伯禽回答说："我要改变鲁国旧的风俗，把您制定的礼乐制度贯彻下去。为了遵守您关于臣子为君王斩衰守丧的礼制，我为天子（武王）守了三年丧，除去丧服之后，才敢回来见您。"斩衰（衰败的衰，这里读作催），是诸侯、臣子为天子，儿子为父亲所穿的丧服，用最粗的生麻布制作，断处外露不缉边，上衣为衰，表示毫不修饰以尽哀痛。这足见周公的儿子伯禽是非常敬畏他父亲制定的礼乐制度的，融化在血液中，落实在行动上，贯彻执行不走样。但是，并非所有的人都对周公这套规矩心悦诚服并遵行无误。同样封在齐国的姜太公就不理这一套，他到封地五个月后就回镐京述职（报政），周公问他："你为什么回来得这么快呢?"姜太公回答说："我把君臣那套烦琐的礼节从简了，按照当地习俗去做，所以回来得快。"后来姜太公听说伯禽为了贯彻周公的礼乐制度，足足耽搁了三年才成礼而归，不由叹息道："哎哟，鲁国后代将要北面事齐了! 为政不从简，不让百姓易于实行，百姓怎么会接近和服从你呢? 国家的政策法令平易近民，百姓易于理解实行，才能归服于你啊!"看来，姜太公对于周公烦琐的礼乐制度和伯禽的教条主义做法不以为然。用当代党派斗争的习惯用语来说，周公思想产生之初，周王朝上层就有了两条路线的斗争，姜太公即使不是反对派，也是经验主义或者是一个修正主义者了。

伯禽死，经三代而至幽公，王室兄弟相杀的传统剧目开始上演，幽公弟（名沸）杀死幽公自立，名为魏公。又过了三代，鲁国政权传到了鲁真公（名濞），周王朝出了一个暴虐的天子周厉王，好利无德，严控舆论，以言治罪，杀害非议者，被推翻后，逃到了山西的永安（古名彘）。中央王朝天子之位屡经更迭，权力的腐蚀作用无法控制，所谓好的天子，无非是尸位素餐，不轻易作恶而已，其余的天子，或刚愎自用，或暴虐妄为，或轻启战端，或弄权任性……只留下荒唐的记录，弄得恶名昭彰。中央王朝的权威日渐衰微，诸侯们也不再敬畏和慑服天子，庄严的礼乐制度从上层开始败坏，至此已千疮百孔。鲁真公死后，并没有传位给嫡长子，而是传位给他的弟弟（名敖）。是为武公。这已经破坏了周公所制定的王位继承制度，其间的原因我们已无从知晓。我们推测其原因，不过以下诸条：一是鲁真公绝后无子，无人承接其位；二是其弟敖在王室中势力强大，党羽众多，先君一死，强行即位；三是兄弟情深，弟敖最贤，为鲁国社稷，舍不成器的儿子而禅位于敖。第一条属天意，周公的嫡长子继承制只好从权。第二条可能性最大，也最为常见，权力并不认规则和亲情，只认势和阴谋。势之所在，上位就是合理，阴谋成功，马上变成"阳谋"。第三条当然最为理想，温情脉脉的面纱掩盖了权力血腥的本质，其出发点当然是家族世袭的权力不致旁落，君主顾全的是家天下的大局。可惜这种事情在中外历史上都是罕见的。鲁真公何以传位其弟，史无记载，但我们知道，除了无可奈何的从权之举，周公的嫡长子即位制实际上已形同虚设。

公元前817年，鲁武公即位第九年，他带着自己的两个儿子到镐京去朝见周宣王。原来，那个暴虐的周厉王被推翻后，逃到彘地后再没有回国，十四年后，他死在了国外。十四年间，是由周王朝的两个相即周、召二公联合执政，史称共和。厉王的太子（名靖）养在召公府上，这时也长大了。厉王既死，周、召二公就立太子即位，这就是周宣王。鲁武公来朝见他的时候，周宣王已在位十年，习惯如何使用权力，颐指气使，出言成律，天下无人敢违背君王的意志。鲁武公的两个儿子，老大名叫括，老二名叫戏，周宣王见了后，喜欢戏而不怎么待见括，于是就对鲁武公说：
"将来由戏来继承鲁国的社稷，现在就立他为鲁国太子好了。"鲁武公只好
点头迎合，心里边却有疑惑，因为括乃嫡长子，未见括有何不贤，何以违
背祖制而废长立幼呢？但是天子的话他是不好反驳的。这时候，周王朝的
一名大臣觉得此事不妥，于是进谏道："废长立少，不顺，不顺，必犯王
命，犯王命，必诛之。故天子出令不可不顺也。若君王的命令得不到执
行，国之政事就得不到确立，君王的威信也无从谈起。君王不依法行事，
百姓将抛弃朝廷。下级服从上级，年少的遵从年长的，这就是顺。天子教
诸侯废长立少，是教百姓弃顺从逆也！若鲁国顺从天子的旨意，各诸侯国
纷纷效法，先王确立的立长之令将不行于天下。若鲁国不遵从大王的命
令，大王因此诛伐鲁国，等于自诛王命。诛之，自诛王命，不诛，则先王
之命废也。请大王三思而后行！"周宣王并不理睬臣子的谏言，他认为，
我是君主，只要我说的，就得照办！先王之制难道是为天子立的吗？天子
不受任何约束，鲁国必须立戏为太子，即使废长立幼，有违礼制，也得照
我说的做，因为——我是天子我喜欢。

　　我们可以看到，任何典章制度在君王眼中都不值一文，因为不受约束
的专制权力永远在制度之上。君王一人的好恶就是天下至高的律令，华夏
民族古往今来的历史，君王的为所欲为不在少数。

　　由于周宣王的任性和乱命，开启了王室相残的血腥历史。鲁武公从镐
京返回鲁国不久就死去了，由周宣王钦点的太子戏上位成为鲁国国君，为
鲁懿公。鲁懿公在位第九年，即公元前807年，他的侄子，也就是他哥哥
括的儿子伯御对他发起攻击并杀掉了他，鲁人立伯御为君。如果没有周宣
王废长立少的乱命，伯御的父亲会接班，依父死子继的规矩，伯御是鲁国
当然的君主。但现在他只有杀了自己的叔父才能上位。但事情并没完结，
他杀死了天子指定的国君，犯下弑君之罪，天子不会就此罢休。伯御在位
第十一年，周宣王发兵征讨鲁国，攻破国都后，杀死了伯御。鲁国血亲两
代死于王位争夺中。周天子和鲁国皆为姬姓，上溯至祖先，都是文王的后

世子孙，所以，鲁国的王位之争，是同宗间的杀戮。周宣王诛杀伯御，灭了鲁武公长子括这一支，问谁可承继鲁国社稷，最后，让被杀的鲁懿公戏的弟弟（名称）做了鲁国国君，这就是鲁孝公。

周宣王恣意妄为，造成鲁国的内乱和杀戮，自此，周王朝的威信扫地，"诸侯多叛王命"。尽管周公为家天下的王朝制定了长治久安的礼乐制度，但破坏它的恰恰是天子和诸侯。一切所谓法律和制度在不受制约的权力面前都是一文不值的。

孝公在位二十五年时，周政日衰，诸侯叛周，犬戎杀周幽王于骊山下。孝公二十七年，薨。由他的儿子弗皇即位，为鲁惠公。孝、惠两位国君寿命和在位的时间都较长，数十年间，鲁国还算平安无事。

惠公有三个女人，皆娶自宋国。诸侯始娶，例以同姓之国侄女或妹随嫁，称"媵"。等于娶回姐妹或姑侄两女。元妃早死无子，她的妹妹声子（抑或她的侄女）为继室，为惠公生下一个儿子。媵是陪嫁女，不能升为正室夫人，所以她生的男孩虽是惠公的长子，但却是庶出。他的名字叫息，他没有资格承继王位。后来宋武公又生了一个女孩，据说生时手心有掌纹，曰："为鲁夫人。"于是这个名叫仲子的女子长大后就嫁来鲁国，成为惠公的夫人。仲子也为惠公生下一个男孩，名叫允。子以母贵，允之母仲子是惠公的正式夫人，所以，允虽晚生于息，但却是王位的正式继承人。

惠公在位三十年，薨。允尚在褓褓中，于是由他的异母兄息代理君位，因非正式的君主，只是摄政，所以称隐公。

隐公元年，鲁国史官开始记载历史，因这本侥幸留存下来的史书称为《春秋》，所以，从鲁隐公元年开始，称为春秋时代。

鲁隐公在位期间，《春秋》记载他两件事，认为有违礼制。一是有一年，他离开都城，到棠地（今山东省鱼台县东北）去观看渔民们如何捕鱼。其中一个大臣劝阻他，认为事情如果无助于祭祀和战争，君主就不应该去关注它，捕鱼这种事情是粗人贱役才干的事，一国之君怎么能去看这个呢？隐公没有听从大臣的劝阻，说："我这次去，不仅是看捕鱼，还要巡视边境。"于是，前往棠地，渔民们把那些捕鱼的器具都陈列起来，让隐公观看。《春秋》说，隐公这种行为是"非礼"，而且跑到那么远的地方去，有失国君尊严。还有一件事，他在位期间和郑国交换了一块封地，这两块封地是天子封赏给鲁、郑两国供祭祀之用的，现在没有经过天子的同意，为了各自的方便，擅自改动祖宗的封地，这也认为是非礼的行为。这两件所谓非礼之举动，《春秋》作为大事记载，予以讥评，现在看都无关紧要了。而棠地观鱼，依今而论，还是深入基层，调查研究的亲民之举呢！

其实鲁隐公是个严于律己，信守礼制的人。他的母亲声子去世，他严格遵守礼制的规矩来安葬自己的母亲。因为母亲地位低，所以死时没有给诸侯发讣告，下葬后没回到宗庙去哭祭，也没有把她的神主牌位放在她婆婆的神主旁合祭。母亲不是先君的夫人，死时，史书不称她为薨，也不记载她下葬，甚至不记载她的姓氏。因为她是隐公的母亲，只称她为"君氏"。尽管隐公在国君之位，但遵照礼制尊卑的规矩，把她的母亲以庶民女子的规矩无声无息地埋葬了。与此适成对比的是，在储君之位的异母弟允的母亲仲子死去的时候，因她是先君所立的夫人，所以一切都按国葬的礼制安排后事。隐公考察并主持为仲子修了神庙，神庙落成后，要在神庙献演一种舞蹈，名为《万》，是追祭死者灵魂的一种仪式。隐公亲自过问有关细节，询问应该有多少执羽舞者？主持仪式的臣子回答：依照礼制规定，天子用八佾，诸侯用六佾，大夫用四佾，士用二佾。舞乐是调节八音而传播八风的，所以，依尊卑之序，自天子之下依次递减。八佾，八队舞者，每队八人，计六十四人。舞者手执缚于竹竿上的雉羽，依照音节起舞，以祭祀亡魂。八佾者，天子之制也。诸侯用六佾，就是每队舞者八人，共四十八人；大夫四佾，三十二人；士二佾，十六人。仲子是惠公的夫人，依例神庙祭祀献舞用六佾。从对生母和庶母葬礼规制的不同，可见鲁隐公克己复礼，严格按照礼的要求去行事。

隐公在位期间，各国不断地相互攻伐，战争不断，而各个诸侯内部，为了争权上位，也不断发生弑君篡位的杀戮。隐公元年，郑庄公的弟弟共叔段反叛夺位，未得逞。隐公四年，卫国公子州吁杀害卫桓公自立，旋即被诛灭。而周王朝的地位更是急遽下滑。隐公三年，周郑交质，这被历史学家认定是周王朝没落的标志性事件。原来，周幽王被犬戎所杀后，废太子宜臼即位，史称平王，平王为避犬戎，将都城从镐京东迁洛邑，这是东周的开始。平王生性孱弱昏庸，并不是有为的君主。当年，幽王被杀时，郑桓公也同时死于难，郑国立桓公之子掘突为君，即郑武公，因为郑桓公是周厉王最小的儿子，周宣王的弟弟，所以得以封国。既是周王朝血缘上的近亲，所以，郑武公和其子郑庄公同时也是周王朝的卿士，也就是周朝的执政官。周平王不待见这父子俩，比较偏向同姓的诸侯虢，想把权力分一部分给虢公，这引起了郑庄公的不满。他指责周平王不应厚此薄彼，平王虽为天子，但软弱心虚，对诸侯硬不起来，否认说，没有这回事。所以，郑庄公提出，既然你说没有偏向虢公的想法，那我们两家交换人质好了。如果将来无论是谁违背了承诺，将以人质为罚。周平王竟然同意了这个犯上悖礼的要求。于是，把自己的儿子狐交给郑国为质，郑庄公也把儿子忽送到了周都洛邑为质。诸侯间订立盟约，为了表示信守承诺，常把自己的儿子交给对方做抵押，称为交质。诸侯间除了爵位和实力不同外，原则上是平等的，所以，诸侯间交质是正常的。但周郑交质则完全是荒谬的。因为周王朝属于中央王朝，它所封赐的诸侯无论是近亲还是功臣，又无论诸侯多么强大和实力雄厚，在法理上都属于周的臣子，都有服从和供养天子的义务。现在是儿子向老爹造反，要求和老爹平起平坐，不仅不遵从他，还要折辱他，而老爹竟然低首下心表示驯服。周公之礼何在？周王朝地位何在？天子还敢说"普天之下，莫非王土，率土之滨，莫非王臣"的话吗？周郑交质不久，平王崩，周王朝果然欲将朝政交与虢公，这是有违与郑国的盟约的。郑国开始报复，它没有拿人质开刀，算是给了天子面子，但它派出了军队，麦熟时节，强行收割周朝国土温地的麦子，到了秋天，又来一次，强行收割周地的稻禾和谷子。从此，周朝和郑国结下仇怨。这件事情，可见周王朝彻底衰落了，衰落到了被诸侯国欺侮的地步。但事情并没有到此结束，周郑交质两年后，郑庄公去京都朝见即位不久的周桓王，想修复和中央的关系，周桓王尚念旧恶，不懂情势的变化，也完全没有帝王的气度，对郑庄公十分无礼，且存心羞辱他。大臣劝谏说："当年我们周王朝东迁洛邑时，靠的是郑、晋两国的保护，他们都是与天朝血缘最近的同姓诸侯。善待郑国，以劝来者，还怕来不及呢，更何况不礼遇他呢？郑国再也不会来朝见大王了！"昏聩的周桓王不以为然，且气急败坏，寻衅使气，几年后，竟罢免了郑庄公周王朝卿士之职，把他从中央踢了出去。当时郑国很强大，乃诸侯一霸，如此行事，岂非荒唐！自此，郑庄公果然不去朝见天子了。不久，周桓王亲自统率中军，率王师和蔡、卫等诸侯征讨郑国。在这次战役中，郑国击溃了天子统率的来犯之敌，郑国的一个将军一箭射中了周桓王的肩膀。郑军还要乘胜追击，被郑庄公制止："君子做事要适可而止，况且这是侵凌天子呢！我们和王师对阵，是为了自救，如今郑国保住了社稷，我们已经满足了。"后来，郑庄公还派一个大臣前往慰问受伤的周桓王和他的臣子。射中王肩这件事在春秋的历史上也是一件大事，按照周公的理念，天子与诸侯等同父子，这等于儿子把老子狠揍了一顿，还差点要了他的老命。虽然天子措置失当，自取其辱，但是周王朝的彻底衰落已是不争的事实。

郑国和周王朝的关系，说明随着诸侯的强大和周王朝势力的衰落，礼崩乐坏将是必然的趋势。进入春秋时代，已是君臣失序，恃强凌弱，成为一个毫无道德和礼法约束的丛林社会。

现在我们接着来说鲁国的历史。周公的后世子孙繁衍多代之后，将祖宗所制定的典章制度和规矩破坏无遗，血缘虽在，亲情荡然，为了权位，骨肉相残。上面讲过，鲁隐公是一个厚道诚笃、克己复礼的老实人，知道自己乃先君庶子，虽为兄长，谦抑恭顺，委曲求全，努力按照礼的规矩去做，宁可委屈自己的母亲，也不越雷池一步。他在位期间，王室的权贵们不断找他的麻烦，个个跋扈嚣张，根本不把他放在眼里。隐公元年，未经他的同意，鲁大夫费伯带领一支部队在郎地（今山东省鱼台县）筑城；这一年，在他不知情的情况下，都城修了一座南门。如果说，这些土木工程无须国君过问，那么，有关国家外交和动用军队的事，他仍然做不了主，那些王室贵族不听他的，完全自行其是。郑、卫两国交兵，请邾国援助。邾国的使节因和鲁国的公子豫有私交，公子豫就要前去代表鲁国和郑、邾两国结盟。鲁隐公不同意，但公子豫不顾隐公的反对，悍然前往邾国境内的翼地（今山东省费县西南），和郑、邾两国订了盟约。隐公四年（公元前719年）秋，诸侯讨伐郑国，宋国请求鲁国派军队支援，鲁隐公拒绝了：三年前刚与郑订过盟约，如今，郑之敌国来求援，何能背盟出师呢！但公子翚却要自己领兵支援宋国，隐公不允许。公子翚"固请而行"，带了一支军队就去帮宋国攻打郑国，最后抢了郑国的一些庄稼回来。这些不把他放在眼里的霸道行径，为了鲁国的安宁，他都忍辱吞下了。但国家政出多门，国君权威不肃，也确是鲁国多年之患。隐公知道自己身为庶子，名不正，言不顺，只是暂摄国政，迟早要把权力交给自己的异母弟弟允，所以只求允快快长大，自己平安退位静心安度余年就好了。但他的这个愿望是万难达到的，因为他处在凶险的权力旋涡里，虎狼窥伺，身不由己。隐公十一年，公子翚对他说："鲁国的百姓对你很拥护，你干脆就当鲁国的正式国君吧。我为你杀掉太子允，但有一个条件，你得让我当相，我来辅助你治理鲁国。"隐公听了这话，深感意外，但他是一个坦荡的人，没有深思公子翚的歹毒和凶残，完全没有提防这种无情无义，为了自己利益罔顾一切的小人。他回答说："先君有遗命，我因为太子允年纪小，所以才暂时代摄国政。现在允已长大成人，我已决定在菟裘那个地方盖一所房子，到那里去终老天年，把国君的位子让给允。我怎么能为了当鲁国之君而去杀自己的弟弟呢！"公子翚听了这话，没有作声，悄悄退下去了。他的毒辣阴谋没有得到他希望的回应，觉得自己处在危险之中了。一旦太子允知道他曾有助隐公杀人夺位之心，他就时刻有被除掉的可能。隐公这方面，既然知道了公子翚有如此动机，就应当机立断，立刻将这种叛逆阴谋公之于众，并通报太子允，给以果断处置，将叛贼诛除。这样，一方面消除了兄弟间可能产生的芥蒂，同时也保证了鲁国的平安。但隐公太善良也太没有政治经验了，或许他没有除掉跋扈多年的公子翚的能力，他说完这话也就算了。他难道不知道，阴谋的设计者不会善罢甘休吗？公子翚立刻去找太子允，对他说："隐公想自立为君，把你除掉，你想过怎么对付他吗？"太子允吃了一惊，半晌无语。公子翚说："如果你允许，让我替你干掉这个家伙！我马上立你为国君。"太子允迟疑了一会儿，同意了这个毒辣的阴谋，和公子翚勾结起来，预谋杀兄弑君。这年十一月，鲁国新铸了一口钟，举行了一次名为"钟巫"的祭祀，隐公主持仪式，在一座园子里斋戒后，当晚宿于鲁国一个大夫家里。公子翚安排杀手潜入那个大夫家中，将熟睡中的隐公杀死了。公子翚立太子允即位，这就是鲁桓公。鲁桓公在位期间，公子翚把持了鲁国的国政，桓公成了一个政治傀儡。

礼崩乐坏的局面并非全在于王室贵族对礼乐制度的僭越，或者弃成周雅乐而不用这些细枝末节的东西。鲁国后来有一个名叫师挚的宫廷乐师对流行的郑、卫之音非常反感，认为那是宣泄情欲的靡靡之音，故以雅乐以正《关雎》。但这实在可笑并无补于上层统治阶级道德的堕落。看似很庄严的东西掩盖着他们的血腥和龌龊的罪恶。人的欲望和无所制约的权力扭曲了人性，权力搏杀的旋涡冲决一切典章制度和人伦道德的藩篱而不可遏止。人性的幽暗和放纵，体现在权力层面，则更加龌龊和不堪，鲁国后来的历史，因为乱伦的情欲，书写了难以启齿的一页。

鲁隐公元年，即公元前722年，鲁国史官开始纪事，这一年，也就是春秋开端第一年。鲁隐公在位十一年，被同父异母兄弟所杀，死于人心的幽暗和权力的血腥争夺。之后，杀兄即位的桓公因为妻子的淫乱竟死于齐国君主之手。春秋史共记载鲁国十二公，即隐公、桓公、庄公、闵公、僖公、文公、宣公、成公、襄公、昭公、定公、哀公。春秋开头两公即隐、桓皆死于非命。春秋时代，"弑君三十六，亡国五十二"。正式记载或不足此数，但实际上或多于此。所以，我们回顾春秋、战国时代，更多地看到的是宫廷和战场的厮杀，而权力始终是争夺的核心。

人类在幽暗的隧道中潜行，淫欲和野心驱使着君主和贵族，除此之外，别无其他。

九　齐女文姜

上一章我们讲到，鲁国的君主鲁隐公被公子翚与太子允所杀，太子允上位，这就是鲁桓公。鲁桓公并不是一个有为的君主，因其杀兄弑君而上位，被诸侯所轻。他在位十八年，最后死于齐侯之手。他的死因，是一桩轰动齐、鲁两国的丑闻。

在讲鲁国的历史之前，插叙一段宋国的故事。

宋国是殷纣王的同父异母哥哥微子启的封国，周灭殷后，在殷都附近河内之地给纣王的儿子武庚一块封地，建立一个诸侯国叫邶，后来武庚和管叔、蔡叔一同反叛，周公率师东征，平定叛乱，杀了武庚和管叔鲜，废了邶国，又建一个封国为宋，由殷纣王的庶兄微子启为第一代国君。所以宋国是殷商的后裔。宋国传到国君宋宣公时，他有太子名叫与夷，在他病重的时候，却遵从殷商君主继位的规则，把国君之位让给了弟弟（名和），他说："父死子继，兄终弟及，是天下通行的规则，我把君位让给弟弟和。"他的弟弟和三次辞让，最后只好即位为君，这就是宋穆公。宋穆公在位九年，病重，召大司马孔父嘉，顾命曰："先君舍太子与夷而立我为君，我不敢忘他的恩德，我死之后，一定要立与夷为君。"孔父嘉回答说："大臣们都想拥戴您的公子冯即位。"穆公说："不可，不能立公子冯，我不能有负先君的恩德！"于是，命令自己的儿子冯住到郑国去。这年八月，宋穆公去世，遵照他的遗愿，大臣们立宋宣公原来的太子与夷即位，这就是宋殇公。

宋殇公元年（公元前719年），卫国发生了一起弑君事件，卫国公子州吁杀死了国君卫桓公而自立为君，州吁为了巩固篡得的权位，想讨好诸侯，就对宋国说："公子冯如今住在郑国，将来必是宋国的祸患，如果宋国为除后患以讨伐郑国，卫国愿意出兵相助。"结果，荒唐的宋殇公就和卫国的弑君篡位的州吁联合起来，纠集陈、蔡两个小国去讨伐郑国。四国的军队跑到郑国都城的东门外鼓噪一番，五天后就回来了。自此，宋、郑两国交恶。郑国第二年就来讨伐宋国，以报东门之仇，把宋国的军队打得大败。由于宋殇公昏聩，他即位十年间，竟然发生十一次战争，诸侯国不断地来攻打宋国，百姓赋役加重，子弟死于沟壑，民不聊生，民怨沸腾。

辅佐宋殇公的有两个大臣，一个是大司马孔父嘉，另一个是太宰华督。有一天，华督在路上看见了孔父嘉的妻子乘车经过，被她的美貌所震惊，他呆立在路边，口中喃喃自语："哦，天下竟有如此美貌女子！"回去之后，华督夜不能寐，一心想得到孔父嘉的妻子。怎么才能得到美人呢？他开始在朝中和民间造舆论，说，宋国之所以连年战争，搞得民不聊生，全是大司马孔父嘉好战的结果，必须除掉这个祸国殃民的坏蛋，宋国才能安宁。后来，他率领一群暴徒，深夜突袭大司马府邸，杀死了孔父嘉，当夜就把孔父嘉的美貌妻子掠回了家。表面上看，这是一场诛杀国贼的政治斗争，其实是由卑劣的情欲而引发的内斗。宋殇公知道华督杀死大司马并掠去他的妻子后，十分震怒，责备华督目无国法。华督索性一不做二不休，连宋殇公一起杀掉了。杀掉宋殇公后，他从郑国迎回了公子冯，立他为君，称宋庄公。华督成为庄公的相，总揽了宋国的政权。为了稳定权力，得到各方的承认，华督和宋庄公开始讨好并贿赂诸侯，齐、陈、郑三国都得到了宋国的贿赂，而贿赂鲁国的是一只大鼎，称为郜大鼎。鲁桓公杀兄上位的第二年，就从宋国取回了这尊大鼎，并把它堂而皇之地摆放到周公庙的祭坛上。这件事遭到了鲁国一名大臣的反对。鲁国是周公的封国，它的历代帝王皆为周公的后世子孙，周公庙是它的祖庙。弑君篡位的鲁桓公用贿赂的大鼎祭祀制礼作乐的先祖，这尊大鼎来于同样弑君篡位的宋庄公和他的贼臣华督的贿赂。这件事情本身就是一个极大的讽刺。早已背叛的不肖子孙作恶造孽，却把恶行作为祭品摆上了先祖的祭坛，以示他们的虔诚。这样可笑和卑劣的闹剧在历史上不断上演，已成为历代叛贼恶徒的保留剧目。

我们放下宋国和鲁国的事儿不讲，再说齐国国君齐僖公有一个女儿名叫文姜。当年，齐僖公曾有意将他嫁给郑庄公的太子忽，以结齐郑两国之盟，但被太子忽婉拒了。有人问太子忽："听说文姜长得很漂亮，又是齐国的公主，你为什么拒绝这桩婚姻呢？"太子忽回答说："每个人都有上天安排的配偶吧，齐国是大国，郑国是小国，那女子绝非我的配偶。诗云：自求多福。我的福报和命运只靠我自己求得，即使齐国是大国，和我又有什么关系呢？"后来，齐国受到北戎国侵犯，太子忽率军救齐，击退了来犯之敌，齐僖公又想将这个女儿嫁给太子忽，太子忽又一次推辞了，说："当年我和齐国没有关系，尚且不敢娶齐国的公主，如今我奉父王之命救齐之急，击退敌人，保护了齐国，如果我带回个齐国的新娘回去，岂非因战事之功以成婚姻吗？齐国和郑国的老百姓会怎么议论我呢？"于是，以父王郑庄公不允许为借口再次推辞了。

齐僖公两次主动提出把女儿文姜嫁给郑国太子忽，皆被郑国太子忽所拒绝，齐国是诸侯大国，文姜又因美貌而闻名天下，身份高贵而又美艳绝伦，她将成为谁的妻子呢？

齐国诸侯齐僖公的女儿文姜，尽管被郑国太子忽两次拒绝，但她聪明、美丽、身份高贵，当然不是嫁不出去的姑娘。她不能嫁给随便哪一个人，她的身份注定只能是政治婚姻，是诸侯国之间联盟结好的砝码。如今，她终于有了归宿，那就是嫁给年轻的鲁桓公，成为鲁国的夫人。

鲁桓公尽管在公子翚的帮助下杀兄上位，公子翚把持了鲁国的大权，但鲁桓公是个年轻的君主，所以，齐鲁两国一拍即合，婚姻就这样定下来了。但是，她的出嫁引起了人们的猜疑和议论。公子翚前往齐国为桓公迎亲，齐僖公对这个女儿的出嫁格外重视，他竟然不顾君王的礼节，亲自将女儿文姜送到了鲁国的讙地（今山东省肥城市），而鲁桓公就来讙地迎接他的新娘。根据礼节，诸侯间嫁女，如果是国君的姊妹嫁到对等的国家去，就派上卿护送，以表示对上代国君的尊重；如果是国君的女儿，只派下卿护送；出嫁到大国，即使是国君的女儿，也只派上卿护送。若嫁给天子，就由朝中各位卿士一起护送，若嫁给小国，国家只需派一个上大夫护送就算尽到了礼节，从未有国君亲送嫁女之说。齐僖公亲自送女到对方的国土上，不仅超越了礼节，也使这位齐国高贵的女子蒙上了一层神秘的色彩。或许是齐僖公格外珍爱他的女儿，才有这种超常的举动吧！盛大的婚礼举行之后，齐、鲁两国成为姻亲，暂时停止了领土争端。三年之后，文姜为鲁桓公生下一个男孩儿，因为和桓公同月同日出生，因此命名为同，这就是日后的鲁国太子。

鲁桓公的丈人齐僖公嫁女十年后，于公元前 698 年去世，他的太子名诸儿即位，这就是齐襄公。公元前 694 年，鲁桓公已在位十八年，他的夫人文姜也已嫁来鲁国十五年，他决定带着夫人去齐国省亲，顺便拜望一下他的大舅哥——新任不久的齐国君主齐襄公。他的一名臣子说："女子出嫁后有了自己的家，男子有了自己的妻室，彼此尊重相安无事，勿生亵渎轻慢之心，这就是夫妇之礼。如违背它，就会败乱家室，大王身为君主，也会遗祸国家。"他是劝阻鲁桓公不要轻易带着夫人出行，但是他的话是从哪儿说起呢？难道丈夫带着妻子回娘家省亲不是正常的吗？况且齐、鲁两国是姻亲，桓公带着夫人出访，两位君主相会，敦睦亲戚，增进友谊，对增进两国的和平友好关系是大有好处的啊！鲁桓公听不进臣子的唠叨，带着夫人文姜坐着华贵的车子，跟着一大帮护卫随从前往泺（Luò）地。泺水河畔风光秀美，齐襄公在那里等着他们。两国君主在泺地游乐盘桓数日，应襄公之邀，启程前往齐国。

　　数日的酒宴流连，亲密交往，鲁桓公忽然发现了妻子不正常。不正常的不但是妻子，还有主人齐襄公，两人言语举动，一颦一笑皆不似兄妹，二人在正式的宴乐间眉目传情，凝睇调笑，旁若无人，恨不能坐成一处。鲁桓公佯作不知，假醉装痴，伺机观察，终于发现妻子和齐襄公的淫乱私情。如果鲁桓公是个心机渊深的人，他完全可以不动声色，和妻子回国后再做处理。但是，一个正常的男人很难控制由这种羞辱引发的怒火，他怒斥妻子的淫荡和不贞，并大骂齐襄公的禽兽之行。当他怒火中烧，几近疯狂，失去理智的时候，他的妻子跑到齐襄公那里求助，说："我们的事情已经被他发现了，他说太子同不是他的孩子，而是你的孩子，事情该怎么办呢？"齐襄公半晌无言，他在当太子的时候，就把这个美艳如花的妹妹勾搭到手，成了他的情妇。从前，诸侯王室中各成员间的关系很复杂。由于君主女宠很多，妻妾成群，子弟繁多，虽则血缘相关，但帷幄之间，萧墙之内，分隔疏远，形同陌路。血缘亲情若有若无，本能淫欲一拍即合，容易出现床笫秽乱之事。齐襄公和异母妹妹文姜早年通奸，分隔多年，见面后如干柴烈火，旧情复炽，因有不伦之情。但这种事情被鲁桓公知道后，又怎肯善罢甘休？诸侯间传开此事，齐国君主和齐国的名誉岂非一败涂地？齐襄公铁青着脸，沉吟良久，终于有了主意。

　　心思缭乱的鲁桓公却半点主意也没有。给他戴绿帽子是齐国之君，他此刻是齐国的客人，不能公然发作。身为鲁国君主，又不能如愚夫莽汉，大叫大嚷，找人拼命。忍，忍不下去，拼，又拼不得，一腔怒火和屈辱憋在心里，整日里闷声不响，坐卧不宁，却似有千百双猫爪子在里面挠心！他也曾想过倾鲁国之师讨伐齐国，让铁蹄战车踏平齐都，但这只是幻觉。一是鲁国不是齐国的对手，二是出师之名实在难以启齿。他也想带着不贞的夫人立刻回国，但这等于和齐侯公然摊牌，两国翻脸成仇，鲁国吉凶难料。而且又如何处置这美艳风骚的女人呢？她不仅是他的夫人，而且是太子的母亲！淫荡的女人啊，她不顾人伦，只想满足自己卑劣的情欲，她毁了一个君王，毁掉了整个鲁国啊！正当鲁桓公满腔愤懑，身心俱疲之时，又接到了齐襄公宴饮的邀请。一切秽恶和仇恨都掩盖在两国君主觥筹交错和迷人的乐舞中。《春秋》记其事曰："夏四月丙子，享公。"这是公元前694年初夏一个明媚而暧昧的夜晚，鲁桓公喝得酩酊大醉。齐襄公命令一名叫彭生的力士将桓公扶进车子送回下榻的宫邸。车子驶近宫邸，停车扶掖桓公下车时，发现这个正当盛年的鲁国君主已经死在车里。这个倒霉的君主虽然华衮上杂有酒痕，但外表上没有伤，可是华丽的衣衫下，他的肋骨被折断了三根，那被折断的三条肋骨如同尖利的匕首，刺穿脏器，一命呜呼。力士彭生带着阴冷的笑，说："鲁国的国君难道是泥捏的吗？快去禀报我们的君主吧！"他的脏活干得很利索，过后他对人说，他真的没太用力，只怪鲁国人太不经揉搓了，好像捏一个软柿子，咔吧一下就完蛋了。

鲁国君主命丧齐国，这种事情太蹊跷了！其背后的真相尽管被极力掩盖，但鲁国上下还是被君主的无端暴亡而惊呆了！真相通过各种渠道传布四方，鲁国宫廷一片激愤。兴师问罪，力有不逮；忍气吞声，势所不能，最后，鲁国的执政大臣们给齐国发去一封外交文书，全文如下：

寡君畏君之威，不敢宁居，来修旧好，礼成而不返，无所归咎，恶于诸侯。请以彭生除之。

译成白话就是：我国国君敬畏贵国君王的威严，不敢安居。所以前往贵国重修旧好，礼仪完成了寡君却未能返国，难以把罪责归于某人身上，那会在诸侯中造成恶劣的影响。请求贵国处决彭生以消除我国的疑虑。

齐襄公接到鲁国的文书后，略一沉吟，下令将彭生斩首。一是杀人灭口，免得他到处乱说；二是借此以安抚鲁国，以消解两国的嫌隙和仇怨，让这场见不得人的风波赶快平息。一个为君王干脏活的鲁莽杀手就这样成了替死鬼。

鲁桓公本就借公子翚的手弑君上位，本人并无治国的雄图大略，从将宋国乱臣贼子贿赂的大鼎供奉于太庙来看，他甚至没有原则和是非概念。但是，这样一个庸主若不多事，不惹事，外无入侵之敌，内无宫闱之乱，他本可以守成以终。坏就坏在他娶了一个淫荡不贞的夫人，所以，不但被戴了绿帽子，且身死异国，岂不哀哉！

鲁桓公死后，夫人文姜不敢回鲁，滞留在齐国。史书上虽没有记载她参与杀夫密谋，但确实因其淫乱致桓公被杀。女人的情欲使其昏乱，不计后果。当桓公怒责她时，她跑去向奸夫齐襄公求助，使后者萌动杀机，她默许了齐襄公的杀人之谋。鲁桓公死后第二年，太子（名同）即位，是为鲁庄公。这年史称"庄公元年"。她不敢回国参加儿子的即位盛典，所以《左传》云："不称即位，文姜出故也。"《左传》惜墨如金，但不忘记载她的活动。从记载来看，这个女人始终和齐襄公保持着暧昧的情人关系。

庄公二年（公元前692年）秋七月，齐襄公夫人死去，冬十二月，"夫人姜氏会齐侯于禚（音灼，齐地，今山东省济南市长清区）。"齐襄公夫人刚死数月，两个人就在一起寻欢作乐了。《左传》记载此事，还不忘加上一笔："书，奸也。"书于史册，是因为两个人通奸的缘故。

"庄公四年（公元前690年）春，王二月，夫人姜氏享齐侯于祝丘。"祝丘，鲁地，在今山东临沂市南。她仍以鲁国"太后"之尊，在国内宴请奸夫，以行苟且。

庄公五年，"夏，夫人姜氏如齐师"。她竟然到敌国的军队中去私会情人。

庄公六年，"冬，齐人来归卫宝，文姜请之也"。应文姜之请，齐国派人送来卫国的宝器。显然，齐襄公已毫不避讳两人的奸情，文姜喜欢某件宝器，他以齐国国君之尊，派臣子送来鲁国，以讨情人的欢心。

数年间，两人频繁往来，并不顾忌齐、鲁两国臣民的感受。只有鲁国史官忠实地记载他们的不伦之情，以昭然后世：庄公"七年春，夫人姜氏会齐侯于防。"防，鲁地，在今山东费县东北。这次是应齐襄公的请求约会的（《春秋》："齐志也"），正所谓"七年之痒"也。两人意犹未尽，这年冬天，"夫人姜氏会齐侯于谷"。谷，齐地，今山东东阿县。

他们相会的地方，非齐即鲁，两国的土地皆为寻欢之地，因为地位高贵，可以恣意往来。直到庄公八年（公元前 686 年），齐襄公死于非命，文姜才安静下来。七年后，她去齐国回了一次娘家，她的哥哥，即她的情人已死去多年，以她的劣迹，似乎也不受待见。她已年老衰颜，岁月无多，晚景凄凉。在齐无法容身，又返回鲁国，在对往事的追忆中挨着凄凉的岁月。

庄公十九年，即她的儿子在位十九年时，当年风华绝代而淫乱祸国的文姜年老色衰，往日风流，已成旧梦。这一年，她前往莒国。莒，是西周分封的小国，亦在山东境内，濒临海隅。她前往莒国的原因，《春秋》和《左传》没有记载，想来她已是垂暮之年，依她生前行事，若死于故国，这会给身为国君的儿子带来极大的困扰，她的丧礼规格与仪式就会使王室尴尬。她是鲁国诸侯的夫人，按礼的要求，要给她建一座神庙，要在神庙中表演名为"六佾"的《万》舞。更使王室为难的，如何使这个因不伦之情而使其夫死于非命的女人和其夫安葬一处呢？因此，让她死于异国他乡或许是最明智的选择。或许她是不情愿的，前往莒国，是出于庄公和王室的命令。这次前往莒国的旅程十分艰难和漫长，她于公元前 675 年启程，直到第二年的二月才到达莒地。一路上，她经历了什么？她的心境如何？我们已无从确知。但一架残破的牛车，拉着一个衰年的老妪，跋山涉水，晨昏风霜，只有几个老卒相随，前往她的死地，这种情景和她悲凉的心境是可以想见的。

第二年，她就孤寂地死在了莒国。

岁月无情。战争、阴谋、情欲、权斗和仇杀永远是历史的主角。鲁桓公和他夫人文姜已矣，我们暂且离开鲁国，将目光投向齐国，那里依然刀光剑影，血色斑斓，究竟如何，且看下章"公子小白"。

一〇　公子小白

鲁国君主鲁桓公之死，是和他的夫人文姜淫乱有关，而杀死鲁桓公的就是齐国的君主齐襄公。当我们将目光转向齐国的历史，那里同样充满着血雨腥风，君主的死亡无不伴随着阴谋与杀戮……

我们查考春秋年间各诸侯国的历史，发现齐国的历史最为暴虐和血腥，弑君之多，宫闱之乱，当居各国之首。姜太公吕尚初封齐，一直留在周王朝（中央政府）为太师，参与周王朝的治理。死后葬在周地，此后五世皆留周任职，未曾前往封国。至五世后，齐国首位诸侯国君名吕及，称丁公，历乙公、癸公至哀公，适逢周夷王在位，纪侯给周夷王打小报告，说哀公的坏话，周夷王一怒之下，竟然将齐哀公烹了。那时周天子有临天下之威，诸侯无不悚惧。齐国君主遭烹，如同一个魔咒，开启了齐国血腥的弑君之风。君主的上位和终结，几乎无不伴随着阴谋和杀戮。

周夷王烹杀哀公后，立哀公之弟为胡公（名静）。胡公把齐国都邑迁到了薄姑（今山东省青州市博昌县一带）。哀公还有一个同母的小弟弟，名叫吕山，他对胡公即位深为不满，于是聚徒攻杀胡公，把他杀死在名为贝水的一条河边。吕山自立，后称献公。献公即位后，把可能威胁他地位的胡公的儿子们全都放逐了，并且把都邑从薄姑迁至临淄。献公在位九年死去，他的儿子武公即位，武公死后，由武公的儿子厉公即位。厉公的名字叫无忌，暴虐无道，齐国一片混乱。被逐的胡公的儿子们重回齐国，里应外合，攻打厉公。厉公虽最终被杀，但胡公的儿子们也都在混战中死去。最后，齐人只好立厉公的儿子为君，此人名赤，为文公。文公即位后，大开杀戒，把参与诛杀他父亲厉公的七十余人全都处死了。自周夷王烹杀哀公至此，齐国已有胡公、厉公两位君主被杀，在内斗夺权的混战中死去的人已不可计数。

自文公始、经成公、庄公至僖公，齐国的历史还算平静。可是僖公却给后来重启弑君的历史埋下了伏笔。原来，僖公有一个同母的弟弟名叫夷仲年，他死后留下一个儿子名叫公孙无知。僖公很喜欢公孙无知，因弟弟早死，他很怜惜这个侄子，叫他和太子等齐国公子们穿同样的服饰，享受同等的待遇。如果是寻常百姓家，这种亲情可以培养血肉相连的宗族感情，成为家族和谐的佳话。但在王室中，则足以埋下猜忌仇恨的种子，造成骨肉相残的后果。僖公的太子名叫诸儿，跛扈而淫邪，他不仅勾引自己的妹妹以成不伦之情，且对公孙无知这个叔伯兄弟看不入眼，自小就与其争锋抢上，互不相让，成为一对冤家。公孙无知因有伯父齐僖公庇护，虽受诸儿的欺负和委屈，但忍让一下也就过去了。等僖公一死，诸儿即位（死后谥号齐襄公），为报从前的睚眦之怨，他立即取消了公孙无知从前与诸公子同等的待遇。公孙无知的处境每况愈下，对新君的仇恨也如野火般疯狂蔓延，不可遏止。

齐襄公不是一个有远见的治国者，他任性、淫邪、放荡而颠顶。他和其妹文姜通奸，其父齐僖公或许有所觉察，所以急于把她嫁出去，以免造成不可挽回的后果。在两次向郑国太子求婚遭拒后，终于把她嫁给了鲁桓公，齐僖公心中一块石头落了地，以为可以把这两个陷入狂乱淫欲中的儿女分开了。太子和公主的不伦之情在齐国宫廷或许已成为公开的秘密，臣妾们背后的窃窃私语已在诸侯间传布，否则郑国不会两次拒绝与大国联姻的机会。但为鲁桓公来齐定亲的是那个为了个人权位和利益毫无道德感的公子翚，所以才有齐鲁这段孽缘。齐僖公不顾礼节，亲自送女入鲁，引起诸侯议论纷纷。当这段婚姻尘埃落定后，鲁桓公带夫人入齐，即位国君不久的齐襄公与文姜重续旧情，秽乱宫廷，杀害鲁桓公，为平息鲁国的愤怒，将他指使的凶手彭生诛除。

任性的齐襄公不断播撒仇恨的种子，任何一件看似无关的小事积累起来都在把他推向深渊。这年瓜熟时节，他安排两个宫廷武士前往远离都城的葵丘戍守，并答应他们第二年瓜熟时节将派人轮换，戍期为一年。但到了第二年瓜熟时节，两人并没有盼来接替的人，他们向齐襄公请求派人来轮换，遭到了齐襄公粗暴的拒绝。两人因此对齐襄公产生怨恨。正巧公孙无知谋乱，两人就成了阴谋叛乱的骨干。其中一人名为连称，有妹在后宫无宠于襄公，使其为内应，窥伺襄公的动向，及时向阴谋集团通报，以便伺机动手。这女子被应许，杀死襄公，公孙无知即位后，她将成为新君的夫人。仇恨、欲望和野心结成的联盟时刻在窥伺时机，齐襄公命悬一线而浑然不觉。

这年冬天，齐襄公前往某地游猎，发现一头大野猪。随从的人忽然大喊："彭生！"眼前明明是野猪，何来彭生？那个受命杀鲁桓公于车的人不是早就成了替死鬼了吗（这家伙下手真够狠的，一下子折断桓公三条肋骨）？齐襄公怒从心头起，恶向胆边生，挽弓搭箭，对准那头野猪就是一箭。这一箭射出，野猪并未毙命，却仍立起来，对着齐襄公嘶声狂吼。齐襄公吓坏了，慌乱中，失足跌落车下，脚上的鞋子掉了，脚也扭伤了。

回到宫廷，齐襄公气急败坏，一肚子邪火没处发，他首先下令将为他提鞋和管理鞋子的宫廷奴仆抽了三百皮鞭以泄晦气，然后居宫中养伤。齐襄公伤脚的消息通过宫中那个无宠的女子传递给阴谋集团，他们决定动手袭杀襄公。叛军围住了宫门，正巧那个为君王提鞋的奴才受刑后出宫，被逮了个正着。他为了保护主子，谎称说："宫中已有戒备，你们不可贸然进去，那太危险了！"叛军不信，他袒露自己身上累累鞭痕，这才博得信任。叛军静候宫外，令他先入，待他传出信号，再杀进宫去。提鞋奴入宫后，把叛军围宫的消息告诉了襄公，襄公大惊失色，计无所出。提鞋奴说："大王莫慌，我先把大王藏起来，先躲过一时，然后我再通报宫廷卫队来解救大王。"于是，他把襄公隐藏起来。刚藏匿好襄公，门外的叛军久等无消息，杀进宫去。提鞋奴和襄公的一些贴身侍卫为保护主子挥刀抵抗，全被杀死。叛军入宫后，各处搜索，不见襄公的影子，正急迫慌乱间，忽一人发现门后露出一双脚，启户视之，襄公也！众人发一声喊，刀剑戈矛齐下，襄公体无完肤，登时毙命。

宫廷政变成功后，公孙无知即位齐国国君。可是齐国危机四伏，新君尚未坐稳位子，在一次出行中，被一位与他结仇的齐国大夫设伏杀死。齐国暂时君主空位，处于权力的空窗期。在此期间，齐国君权的争夺异常激烈，起码两个国家卷入其中。

原来，齐襄公在位期间，与鲁国夫人通奸，暴虐无道，淫乱宫闱，喜怒无常，诛杀无当，宫廷臣子离心离德，齐国上下危机四伏。齐襄公有两个弟弟，一名纠，其母是鲁国人，于是他和他的两个老师一个叫管仲，一个叫召忽，一同跑到鲁国。一名小白，和他的老师鲍叔牙跑到了莒国。为避襄公之难，两位公子去国离乡，君王上位，他的兄弟们最可能危及他的权力和性命，因此会成为在位君主最具有潜在威胁的敌人，时刻有性命之虞。齐襄公治下的齐国政乱人危，远离齐国，为的是避祸全身。公子纠和小白，同为齐国君主的后嗣，风云际会之时，皆有可能成为齐国之君，所以避身异国，为的是窥伺时机，以求一逞。而接纳他们的鲁、莒两国，自然把他们视为最大的权力砝码，奇货可居，倾举国之力，力图把自己手中的人扶持到齐国为君。

在襄公被弑，弑君者已死的权力空窗期，莒、鲁两国立刻行动起来。莒国护送公子小白的军队立即启程前往齐国，鲁国闻报，兵分两路，一路护送公子纠日夜兼程，火速向齐国进发，另一路由管仲率领，截击莒国护送公子小白的队伍。截击的鲁军和莒国的部队发生了交战，鲁军的一名弓箭手射中了公子小白，小白倒于车上，一命呜呼。莒军仓促后撤后，管仲派人通报鲁国，说公子小白已中箭身亡，鲁国闻听后，放下心来。竞争者小白既死，他们扶持的公子纠乃是当然的齐国之君，用不着急匆匆赶往齐国了，于是护送公子纠返国的队伍放慢了速度，缓缓行进。

但是公子小白并没有死去，鲁国弓箭手射出的箭并没有伤到小白，而是射中了他袍服上的玉带钩，带钩挡住了锋利的箭镞，没有进入他的身体。毫发无损的小白急中生智，倒下佯死，骗过了鲁国的军队。鲁军撤退后，莒国护送小白的部队十万火急，赶到了齐国的国都。在齐国上卿高傒的帮助下，小白立刻即位为君，他就是后来称霸诸侯的齐桓公。

小白即位，立即派兵迎拒鲁军。这年秋天，与鲁国在乾时开战，鲁军败，齐军断鲁军退路，小白致书鲁国：公子纠，寡人的兄弟，我不忍杀他，请鲁国把他杀掉。他的师父召忽、管仲二人，是齐国的仇敌，请你们立即将二人押送至齐国，由齐国来处置他们。不然，将发兵围鲁。鲁国知道，公子纠这张牌已无用了，不听齐，将有兵燹亡国之患。于是，赶忙把曾视如国之重宝的公子纠杀掉了。陪护他身边的老师召忽知己身不免，自杀而亡。他的另一个老师管仲甘愿作为囚徒，被送到齐国处置。管仲也知迟早必死，但他惜生畏死，能挺一时是一时了。小白发兵击鲁，除了杀掉其兄公子纠，以除隐患外，对辅佐公子纠的两位老师召忽和管仲也恨之入骨，必欲除之。发鲁书中，明确写到，要将二人"醢之"。即剁成肉酱，可见怨恨之深。

公子小白的老师名叫鲍叔牙，他与管仲（字夷吾）从前是相知很深的朋友，知道管仲有治国之才，于是，对小白进言道："我有幸陪侍左右，君侯如今得立为齐国之君，这是我的幸运。如今君侯已居尊位，我怕是对您没有太多的帮助了。如果您只想治理齐国，我和高傒二人辅佐您也就足够了。如果君侯想成为天下的霸主，非有管仲不可。如今他所在的鲁国，亦非区区小邦，决不能失去得到管仲的机会！"齐桓公听从了鲍叔牙的话，表面上是要鲁国押管仲于齐，由齐国"醢之"，其实希望重用他。鲁国这面，也不是没有明白人，当时有一个大臣就向鲁庄公进言，说管仲其人，绝非寻常之辈，齐国急于要此人，绝不是要杀他，而是要用他。如果鲁国不能用管仲，就把他杀掉，把尸体还给齐国，免得其成为鲁国之患。但是鲁庄公乃短视无能的庸主，还是将管仲装上槛车，作为囚徒，送往齐国。鲍叔牙亲往齐国边境迎接管仲，待押解的囚车一入境，鲍叔牙立刻命令解开管仲身上的桎梏，照料他沐浴更衣，去见齐国新君小白，小白待之以上礼，立即拜为齐国大夫，参与国政。

管仲以罪囚待决之身，执齐国之政，助齐桓公成就霸业，与鲍叔牙的识人与力荐有直接关系。管鲍之交，一直成为中国历史上人们津津乐道的话题。后来，管仲曾自己总结与鲍叔牙的友谊：

吾始困时，尝与鲍叔贾，分财利多自与，鲍叔不以我为贪，知我贫也。吾尝为鲍叔谋事而更穷困，鲍叔不以我为愚，知时有利不利也。吾尝三仕三见逐于君，鲍叔不以我为不肖，知我不遭时也。吾尝三战三走，鲍叔不以我为怯，知我有老母也。公子纠败，召忽死之，吾幽囚受辱，鲍叔不以我为无耻，知我不羞小节而耻功名不显于天下也。生我者父母，知我者鲍子也。（《史记·管晏列传》）

二人在一起合伙做生意，获利后，管仲自己总要多分利，鲍叔牙不认为他贪心，是因为他太贫穷了，所以不以为意。管仲为鲍叔牙做事，弄得他更加穷困，鲍叔牙不认为他愚笨无能，是因为时运有利也有不利。管仲曾三次谋求入仕，见了君主，不但没被任用，反而三次遭到驱逐，鲍叔牙不认为管仲无德无能，而认为他时运不济。在战场上，管仲三次战败，三次逃命，鲍叔牙不认为他畏怯不勇敢，而是知道他家有老母需要奉养，不能舍生忘死。公子纠败后，召忽自杀，而管仲惜身，甘于受幽囚之辱，鲍叔牙不认为管仲无耻，而是大丈夫甘受小节之辱而求日后有所作为，功名显于天下。所以管仲才慨言："生我者父母，知我者鲍子也。"

没有鲍叔牙与管仲的知交之深与识人之明，管仲早已身名俱灭，何有后来的腾达与勋业呢！所谓"管鲍之交"，就是对朋友相知，无论在什么情况下对朋友释放最大的善意。相知不难相处难，人性有很多阴暗的东西，诸如自私和嫉妒，本属人性之常，有此二者，对朋友的善意就会大打折扣。"管鲍之交"，主要是鲍叔牙对管仲始终如一的无私帮助，他战胜了人性的弱点，对朋友不离不弃，成就了一段友谊的佳话。中国古代将朋友关系列入五伦之中，孔子对交友有过精辟的论述："益者三友，损者三友。友直，友谅，友多闻，益矣。友便辟，友善柔，友便佞，损矣。"正直而对你直言相谏的人；能够原谅、体谅并且始终信重你的人；知识广博，远见多闻的人，这是有益的朋友。反之，谄媚逢迎而乐见你倒霉的人；表面奉承而背后诽谤你的人；口蜜腹剑而落井下石的人则是"损友"。我们看到，鲍叔牙对管仲正是孔子所言的"益友"。他在日常交往中，体谅并原谅朋友的种种过失，始终信重他，他拯救朋友于危难之中，不仅救了他的性命，而且成就了管仲一生的事业。齐桓公曾要鲍叔牙为相，鲍叔牙力辞而荐管仲，自言五条不如管仲之处："宽和惠民，不若也；治国家不失其柄，不若也；忠惠可结于百姓，不若也，制礼仪可法于四方，不若也，执枹鼓立于军门，使百姓皆加勇，不若也。"（《〈史记·管晏列传〉引国语注》）举荐管仲为齐国之相，自己甘居其下。管仲"生我者父母，知我者鲍子也"固非虚言。

管仲相齐近四十年，一直被后人认为是辅助国君治国的贤相。他与同僚所制定的富强之策确实使齐国强大起来。以今观之，管仲治国之策，主要是两条：一是发展经济，齐国濒临海滨，除了鼓励民众发展农业外，不忘开发海洋资源，即"设轻重鱼盐之利"。根据后来成书于战国时的《管子》一书，有《轻重》之法七篇，轻重指的是钱，也就是货币。当时管仲在齐为使国内商品流通，促进工商业及贸易，已铸币并使之流通。货币的使用，改变了原始的以物易物的交换方式，起到了为国家"通货积财"的效果。管仲相齐，据云有"九惠之教"，使老弱病残、鳏寡孤独皆有所养。百姓安居乐业，不愁衣食，然后有礼义廉耻之教，也就是文化道德的教化。管子流传千载的名言："仓廪实而知礼节，衣食足而知荣辱。"不仅是一种朴素的唯物主义观念，也是古代中国王道仁政的思想基础。二是组织民众。《国语》曰："管子治国，五家为轨，十轨为里，四里为连，十连为乡，以为军令。"所谓"齐桓称霸"，其霸业的基础就是霸道，霸道也者，武力也！让人服，先是让人惧，让人惧，必得力气大，敢拼命，好勇斗狠，有强健的肌肉和拳头，由此才能秀出江湖，成为带头大哥。在春秋争霸的时代，行的是丛林法则，弱肉强食，强者为王，所以，管仲所行，既服务于君主称霸，就要强行组织百姓，使之成为国家战争机器的一部分。无论何人，既为齐民，皆编入卒伍，时刻响应君主的召唤，为君主的霸业，到战场上去拼命。国家的实力就是战争的能力，有强大的战争能力，就是当然的霸主。管仲所谓"连五家之兵"，就是使所有人成为国家的炮灰，这和后来商鞅在秦国搞的"令民为什伍"即"五家为保，十家相连"异曲同工，都是强迫国民成为国家的兵卒和奴隶。管仲一直被认为是法家的先行者，其发展经济，壮大国家实力，令民有所养，包括选拔官员的办法，乃至礼仪之说，荣辱之教，都服务于一个目的，即使齐国称霸。以暴力胁迫，以荣辱诱导，以勋位奖掖，以刑律惩治，使国民心怀畏惧或视死如归走向厮杀的战场。

小白即位为君，首赖鲍叔牙之辅佐，自莒入齐，箭中带钩，佯死而骗过鲁师，至齐而捷足先登，后又杀其兄公子纠以除后患，得管仲而拜相。而齐桓之霸业，赖管仲治国而成。奠定管仲在历史上地位的，除了治齐之功，尚有《管子》一书，述"君人南面之术"，即古代君王和政治家治国理政之策。但《管子》一书，成书于战国至秦汉间，非管仲所作。且该书内容庞杂，先秦各家学说，儒、法、道、阴阳、名家、兵家、农家无所不包。大抵管仲其人，只是一个政治实践家而非著述家。后人托管仲之名，裒集而成。

　　齐桓霸业，彪炳春秋，他是齐国有为的君主，也是一个政治和军事上的强人。所谓"礼乐征伐自天子出"，然在春秋时代，王室日衰，真正行使礼乐征伐之权的，乃是诸侯中的霸主。大抵君主行权，多以个人恩怨好恶为尚，或灭人国，或伐人师，兴兵作难，顾盼自雄，这才是霸主的本色。齐桓如何创其霸业，行其霸权，作为一代雄主，其结局如何，请看下章"齐桓称霸"。

一一　齐桓称霸

上面我们讲到，齐襄公和弑君篡位者公孙无知被杀后，齐国君位空缺。公子小白和公子纠分别在莒、鲁两国的帮助下力图回国即位，小白被箭射中带钩，装死骗过劫杀的管仲，捷足先登，成为齐国之君，这就是齐桓公。他听从鲍叔牙建议，拜管仲为相，使齐国强大，成为霸主……

齐、鲁两国，虽为姻亲之国，但历来是冤家对头。两国疆域相连，鲁国几代君主，皆娶齐国王室女为夫人。但这些女人，少有贤者，多放荡淫乱，给鲁国带来了无穷的祸患。待鲁国竭力拥戴公子纠失败后，即位齐国君主的小白更视鲁国为仇国。

齐桓即位之初，两次战争都是和鲁国打的。第一次齐桓的位子尚未坐稳，他的哥哥公子纠还在鲁国的手里。鲁国虎视眈眈，想扶公子纠即位，闻听小白未死，已为齐君，悔恨不已，气急败坏，小白的君位时刻有倾覆的危险，所以，倾举国劲旅欲和鲁国决一死战。战争发生于今山东桓台县时水畔，时在八月，天干气燥，秋水干涸，故称干时。干时之战，不仅关系齐桓君位之稳固，同时也关乎他的性命。兄弟争立，立者生，不立者死，所以齐桓无退路，以死相搏。鲁国一方，虽有一张好牌在手，关乎国家利益，但因迟了一步，这张好牌眼见成了一张废牌，况且是帮着别人打仗，面对气势汹汹的强敌，锐气先就折损大半。所以，齐军狂飙突进，鲁军大败溃逃。鲁庄公连自己乘坐的车子都扔掉了，换了别的轻便的车子侥幸逃生。他的赶车人和近身侍卫跑到下边的小路上躲避，连同鲁庄公的旗帜，一同被齐军虏获。齐军发出通牒，要求鲁国杀公子纠并将他的两位老师管仲和召忽缚送齐国，否则将围鲁而灭之。鲁庄公无奈，只好照办。这次战役，齐桓小白逼鲁杀兄，翦除后患，巩固了君位，得管仲为相，为齐国的崛起称霸准备了条件。

齐桓一直视鲁为敌，除了有鲁国拥立公子纠的嫌怨外，因鲁为邻，也垂涎鲁国的土地。所以，他即位的第二年，又兴兵来犯。这次齐桓未在军中，使用的可能是一支偏师。鲁国并非蕞尔小国，所以非无忠勇之士。这次从民间出来一个人，名叫曹刿，他认为那些整日里吃喝玩乐享受国家俸禄的官员都是眼光短浅的酒囊饭袋（肉食者鄙），不可能有谋略和勇气保卫国家，因此去见鲁庄公，讨论和齐国作战的事情。鲁庄公有礼贤下士的气度，接待了他，谦和地回答他的问题。他问鲁国何以能迎战齐国，鲁庄公回答说："衣食之类的生存必需品，我身为君主，从来不敢独自享用，总是分给别人一些。"曹刿说：这样的小恩小惠，只有身边的人可以得到，与广大百姓没什么关系，国人未必肯服从您吧！鲁庄公又说：我平时祭祀天地社稷，用来供奉的祭品，总是向神如实告知，祭祀时不多也不少，如数呈献。曹刿说：这种小事，得不到神的信服，神也未必会福佑。鲁庄公又说：大大小小的狱讼之事，虽然不能说完全考察清楚，但必须以律法和人情衡量之，尽量做到公平合理。曹刿说：这是君主尽心为百姓做事，凭这个，我们可以和齐军一战。打仗的时候，请让我和您一起去。两国交战，曹刿强调的是民心和民气，若因政权腐败残暴，民心离散，在战场上谁会为国家去拼命呢！

齐鲁这次交战的战场是在今山东曲阜市北部一带，古称长勺。鲁庄公何以信任这个从民间跳出来的非"肉食者"，并且和他平等谦和地讨论战争这样的国家大事，史上没有记载。但是，交战的时候，鲁庄公确实亲临前线，并且和曹刿同乘一辆车子指挥战役。和齐军对阵后，鲁庄公欲击鼓指挥冲锋，被曹刿制止了。待对方击鼓三通，鲁军受命岿然不动，齐军见鲁军战阵齐整，兵车森严，不禁有些胆怯。曹刿这才命令击鼓冲锋。鲁军奋勇向前，齐军败退逃跑。鲁庄公欲驱车追击，被曹刿再次制止。他下车察看齐军撤退的辙印，又登车远眺齐军的旗帜，这才信心满满地说："可以追击了！"于是，鲁军这才乘胜追杀，大败齐师。胜利收兵之后，鲁庄公问这次战役取胜的原因，曹刿做了回答：

> 夫战，勇气也。一鼓作气，再而衰，三而竭。彼竭我盈，故克之。夫大国难测也，惧有伏焉。吾视其辙乱，望其旗靡，故逐之。

凡中国的读书人都读过这段选自《左传》的名为《曹刿论战》的篇什，凡中国人也都熟悉"一鼓作气"这个成语，所以也就无须多言了。

这一年（公元前 684 年）鲁国的运气不错。春天，有长勺之胜，六月，齐师联合宋师同来进犯，驻扎在曲阜附近的郎地。鲁国大夫公子偃向庄公建议，趁宋师立足未稳，迅速出击，可以打败宋师。宋师溃，则齐师自退。庄公犹疑，不同意。公子偃率领军队从鲁南城西门偷偷出城，将战马蒙上虎皮，冲向宋师。庄公只好随后率军出战，鲁军骁勇，气势不可阻挡。把宋国军队打得落花流水。同盟的宋师败，齐国的军队也只好撤退回国。

但鲁国的好运气到此也就终结了。齐桓初即位，虽与鲁战有两次小败，但无关大局，也未伤元气。在管仲等人的帮助下，振经济而培国力，修战具而养民气，不久就国势强盛，所向无敌了。公元前 681 年，时在庄公十三年，齐桓即位第五年，夏六月，齐军伐鲁。这次的战场选在今山东宁阳县西北，古代称遂。遂是鲁国的附庸小国，齐师大胜，鲁国的史官仅记四字："齐人灭遂。"这样记载，似乎齐人所灭是别人的国，与己无关，不过是羞而讳之而已。其实是"鲁将师败，鲁庄公请献遂邑以平"（《史记》）。这次失败，对鲁国是刻骨铭心的奇耻大辱，鲁国丧师割地，失去了附庸小国。这口气难以咽下去，但又无可奈何。这年冬天，齐桓邀庄公前往齐国柯地（今山东省阳谷县东北）会盟，欲签署两国和平休战的盟约。柯地盟会，庄公要去对方的国家签署丧权辱国的条约，是迫于势而不得不去的耻辱之行。随庄公前往的是曹刿（亦称曹沫）。齐桓与鲁庄两国君主升坛欲签约之际，陪同庄公身边的曹刿忽然一把将齐桓揽入怀中，亮出短剑，对准齐桓的胸膛，大声喝道："马上归还从鲁国抢去的遂地，否则，小臣以命相搏，我马上就杀掉你！"环围盟坛周围的齐国卫士们全都呆住了，齐桓周围的臣子个个大惊失色，半步也动不得。事出突然，谁也没有想到，就连鲁庄公也愕然不知所措，空气似乎凝固了。齐桓公忽然放声大笑，道："将军不必如此，齐鲁两国，世代姻亲，以齐之大，何贪贵国区区之地！我答应就是！"曹刿挟持着齐桓公在放弃遂地的盟约上签了字，这才以衣襟擦了擦手中锃亮的短剑，回到了臣子的行列。对于这次充满惊险的盟会，《公羊传》记曰：

> 于是会乎桓、庄公升坛，曹子手剑而从之，管子进曰："君何求乎？"曹子曰："城坏压竟，君不图与？"管子曰："然则君将何求？"曹子曰："愿请汶阳之田。"管子顾曰："君许诺？"桓公曰："诺！"曹子请盟，桓公下与之盟。已盟，曹子擦剑而去之。

陪侍在齐桓身边的管仲已发现了带剑的曹刿，两人有过对话。但事出遽然，想阻挡也来不及了。齐桓正位后，心中懊恼，"欲无与鲁地而杀曹沫（刿）"（《史记》）。管仲阻止了他："刚才您受到劫持而允诺了鲁国，若背信而杀区区一曹刿，徒逞一时之快，而失信于诸侯，失天下之援，不可。"于是，齐国将从鲁国割让的土地悉数归还了鲁国。诸侯认为齐国有大国之气度，齐桓有君主之信用，皆心悦诚服地归附于齐，自此，齐桓始霸。弃鲁国区区侵伐之地，收天下巍巍霸主之权，齐桓从管仲之议，得失立见。

齐鲁柯地之盟，其间出人意料的惊悚情节，《春秋》《左传》皆不着一字，鲁国史官讳之也。何以讳之？曹刿逞莽夫狂徒之快意，两国君主盟会，竟持凶器劫持对方君主，这在古今中外的外交史上，亦为奇葩之事，即使得逞一时，亦有损国格。但在春秋时代，尚未形成现代社会的文明标准，故在外交场合劫持对方君主的事件屡有发生。从另一个角度说，春秋本是靠暴力攘夺的时代，这也是弱者（国）为维护生存的绝望反抗。

大凡专制君主，个人的好恶和恩怨往往主导国家意志，能决定国策的制定和国家的战争行为。齐桓即位第二年，齐师虽败于长勺，但军队过郯（谭）时，就把郯国灭掉了。郯地，今山东济南市东南，原是一个蕞尔小国，之所以被灭，是因为当年公子小白流亡时，曾到过郯国，但郯国并没有以礼相待，冷落了他。他即位齐君后，各国诸侯皆来相贺，郯也没派祝贺的使节，所以积怨而灭之。齐桓三十年（公元前656年）的伐蔡之战，起因完全无关国家利益。齐桓公当时有一个娶于蔡国的夫人，是一个年轻活泼的少女。有一次齐桓与夫人蔡姬乘舟游玩，蔡姬未脱少女天真之性，因其习水，故意荡舟（摇动小船）以戏桓公。桓公惊吓喝阻，蔡姬仍嬉戏不止。蔡姬的快乐天性并没有感染齐桓公，一向威严鲜怒的君主竟勃然大怒，把蔡姬赶回了蔡国。如此纯真人性的袒露和欢乐的嬉戏最后竟演变成了血腥的战争：因蔡姬久留故乡，齐桓公并无接她回国的意愿，蔡国将蔡姬另嫁他人。齐桓大怒，兴兵伐蔡。两国刀兵相接，将士死于沙场，竟然是出于君主夫妇间因嬉戏造成的小小嫌隙。蔡国不敌而溃，城门失火，殃及池鱼，多少无辜百姓死于非命，我们已无法确知。

身为齐相的管仲也觉得发动这场战争的理由过于荒唐，于是建议齐桓公打败蔡国后顺便去讨伐楚国。齐楚相距遥远，况且楚国与齐本无任何纠纷，伐楚更无理由。但霸主和黑社会老大一样，胳膊粗力气大，好勇斗狠，看你不顺眼，揍你没商量。楚成王闻听齐师远道来攻，只好整顿军旅迎战。两军对垒，楚成王问道："君处北海，寡人处南海，唯是风马牛不相及也。不虞君之涉吾地也，何故?"贵国远在北海，寡人之国处南海，两国相距遥远，风马牛不相及，想不到贵国兴兵来打我们，请问是什么缘故? 齐临渤海，古称北海，楚不临南海，南海北海之喻，极言两国相距遥远，没有嫌怨，更无领土纠纷。对于这种质问，管仲出面，代桓公应道："当年周王朝的周公和召公曾经命我齐国先君太公说: 五侯(公侯伯子男)九伯(九州之长)，齐国皆可征伐，以辅佐王室。并赐我先君太公，齐国君主的足迹北至渤海，西到黄河，南至穆陵，北到无棣，通行无阻。楚国不贡王朝祭祀所用的包茅，使祭酒无以渗，祭祀无以行，因此寡人特来征讨; 当年昭王南征不返，寡人特来问罪。"先说我有伐你的权利，再述伐你的理由，真是振振有词。包茅，一种带刺的草，古人祭祀用以渗酒，以示神已享用。昭王南征事，前已述及。周昭王南征至汉水，当地人民恨他，提供以胶黏合的木船使其渡江。船至江心，胶溶船解，昭王淹死江中。可这并不干楚国的事。所以楚成王回答说: 包茅不贡，寡人之罪，但昭王不返之事，"君其问诸水滨"。他知道，齐人借历史上昭王溺水之事前来问罪，乃是欲加之罪，故回答说: 请你到水边去问。可谓不卑不亢。齐师进逼，至陉山附近临时驻扎。楚国也积极备战，以应齐军。楚国令大臣屈完(音桓)领军，准备一战。齐军最后退至召陵(今河南省漯河市郾城区东)，屈完到齐军中表示休战和好的愿望。齐桓公邀屈完检阅他的部队，此时，齐桓公知道，伐楚的理由不充分，远道出师，只为显示一下霸主的威风，一旦交战，势必两败俱伤，因此也有收兵的愿望。他与楚臣屈完并马而行，来检阅他的部队，是要杀一杀楚国的气焰，给自己挽回一点面子。他说:"此次南征，非寡人之意，我还是要继承先君与贵国的友好关系，若楚有意，我们两国和解如何?"屈完回答说:"承蒙您的恩惠，这也是敝国寡君之愿。"齐桓指着两边排列整齐的战车和将士，说:"请看我的军队，以此进攻，谁能抵挡? 以此攻城，何城不克!"屈完并不畏惧，从容道:"如果齐国以德行绥抚诸侯，诸侯当然不能不服，若以武力强迫，我们楚国将以方城山为城墙，汉水为城池，以御外侮。齐国虽士卒众多，怕是无所用之。"屈完面对强敌，毫不示弱，维护了楚国的国家尊严。齐桓公只好与楚签订盟约，撤军回国。回国途中，道经陈国，陈国大夫袁涛涂惧齐军骚扰陈国百姓，建议齐军走东道返国。东道险恶，沿途无粮秣军需供应，齐桓公大怒，伐陈国，抓走了陈国大夫袁涛涂以治其欺蒙不忠之罪。伐郯伐蔡，皆为泄私愤，伐楚无由，千里兴师，无功而返，气急败坏，只好拣个陈国的软柿子捏。

齐桓是春秋五霸之一，孔子论及齐桓霸业给予高度赞赏，他说："管仲相桓公，霸诸侯，一匡天下，民到如今受其赐。微管仲，吾其被发左衽矣。岂若匹夫匹妇之为谅也，自经于沟渎，而莫之知也。"他认为，管仲帮助齐桓公成就霸业，后人至今还在享用他的恩赐，如果没有齐桓一匡天下之功，我们就会成为野蛮人，那些底层百姓辗转死于沟壑还不知道为什么。孔子用了一个词叫"被发左衽"，这是中原华夏民族以外的少数民族的装束，他说，如果没有管仲辅佐齐桓公称霸，我早就沦为夷狄了。孔子对齐桓管仲何以有如此高的评价呢？那是因为在春秋时代，礼崩乐坏，战乱不息，周王朝地位衰落，诸侯国互相征伐，尤其是没有被中原文化所同化的南夷北狄等边远的政权经常入境掳掠，如果没有一个强势的霸主拨乱反正，则天下乱局不可遏止。齐桓公顺应历史潮流，在管仲的帮助下，推行"尊王攘夷"的国策，大体上维护了周王朝天下共主的地位，成为诸侯国的"带头大哥"。因此齐桓霸业，彪炳千秋，被孔子高度赞扬，他认为齐桓、晋文两位霸主的功业是春秋历史上最辉煌的篇章。

齐桓公即位第七年，既鲁庄公十五年春（公元前679年），《春秋》记曰："齐侯、宋公、陈侯、卫侯、郑伯会于鄄（Juàn）。"《左传》云："十五年春，复会焉，齐始霸也。"此时的齐国，国力大增，军事强盛，已有在诸侯中登高一呼，应者云集的地位，鄄地（在山东，时属卫国）之会，已是第二次，宋、陈、卫、郑诸国都是当时的强国，这次盟会，好比当今世界的G20峰会，乃是强国应对天下变局的首脑会议。而其中主盟者就是齐国君主齐桓公。他有能力在需要的时候征召各国的军队，如征召不至，就会出兵讨伐对方，因不听招呼而被讨伐的诸侯大有人在。公元前 681 年春，齐桓公与宋、陈、蔡、邾等诸侯在北杏（齐地，今山东省东阿县），商量平定宋国内乱，遂国不听招呼，没来参加，齐国立刻就灭了它。第二年，宋国因有弑君之乱，为平宋国叛乱，齐联合陈、曹等诸侯伐宋，周王朝也派一大夫参与。宋乱平后，始参与鄄地之盟。北杏和鄄地的盟会，齐桓公皆为主盟者，他在诸侯中的霸主地位已经确立。这一年，宋、齐、邾三国伐倪，郑国趁宋出兵，国内空虚之时侵宋，齐又联合多国伐郑，郑要求讲和，齐桓等诸侯与之在幽（宋地，今河南省兰考县境内）订立盟约后而罢兵。齐桓公所主持的这些军事和外交行动都是为了维护周王朝的地位和分封秩序，使诸侯国各自相安相守，达到尊礼乐而宁天下的目的。

齐桓公尊王攘夷，扶危济困，拯救将灭之国，在战争的烽火和血泊中扶起诸侯残破的江山，有以下数例：

第一，击退山戎，拯救燕国。齐桓二十三年（公元前 663 年），齐已为天下盟主，山戎（北狄，后之鲜卑）侵伐燕国，燕国告急于齐。齐桓公为救燕国，率师出征，不仅打退了山戎的军队，且乘胜北伐，一直打到辽西的孤竹一带，消除了北部诸侯国的边患。时为燕国君主的燕庄公为感谢齐国出师救援之恩，一直送齐桓公到齐国境内。齐桓公说："若非天子，诸侯相送不出境，吾不可以无礼于燕。"于是在燕庄公入齐之地画了一道边界，将土地割让给燕国。勉励燕国国君继承先君召公的遗志，像成康时代那样，守土自强，安抚百姓，以纳贡于周王朝。这种举动，使天下诸侯无不归心向齐。

第二，伐北狄而救邢国，以保全燕国。齐桓二十五年，即公元前 661 年，北狄侵伐邢国（今河北省邢台市），《春秋》《左传》皆无《史记》所云侵燕的记载，疑邢为燕的附庸小国，侵邢即为侵燕。管仲对齐桓公说："戎狄豺狼，不可厌也。诸夏亲昵，不可弃也。宴安鸩毒，不可怀也。《诗》云：'岂不怀归，畏此简书。'简书，同恶相恤之谓也。请救邢以从简书。"戎狄如豺狼，不可餍足，中原各国兄弟之邦，不可离弃。享乐安逸如同鸩酒毒药，不可怀恋。《诗》中有云：难道不想回家乡？邦国盟约不可忘。兄弟之邦的盟约，就是共御外敌，互相支援。请求齐国出师伐狄而救邢。这段话就是齐国"外夷狄而怀诸夏"尊王攘夷国策的真实阐述。

第三，拯救并复兴已亡的卫国。齐桓二十六年，即公元前660年，狄人伐卫并灭了卫国。卫国君主卫懿公昏庸无能，他喜欢养鹤，用轩车拉着他喜爱的鹤到处游逛，侈靡无度，军备废弛，百姓贫穷，国人侧目。外敌入侵时，他带领军队去迎击外敌，随军将士皆无斗志，说："国君的鹤乘轩车而食俸禄，应该让他的鹤去迎敌，我们这些饥寒交迫的人怎能打仗呢？"养于深宫，只会享乐的卫懿公对民情国事全然无知，竟有一种破釜沉舟的斗志，临出战，给两位他信任的臣子留下玉玦和箭矢，命两位相机而行，以尽国事，并给夫人留下一件绣衣，命她听命于两位臣子。然后，雄赳赳，气昂昂，带着他的鹤出战迎敌。结果在荧泽（今河南省淇县东）被狄人打得溃不成军。卫懿公虽然溃败，但坚持他的旗帜不倒，结果，给对方树立了靶子，不仅一败涂地，他自己也死于乱军之中。北狄的军队俘虏了卫国两位史官（太史），他们诓骗狄人说：我们两位是太史，负责国家的祭祀，如果我们不先回到都城，你们是得不到卫国的。于是他们获释回城，告诉城内守军说：不行了，国君不知生死，我军溃败，不可复战，敌人马上就会攻城，赶快逃命吧！当天夜里他们和守军、百姓一起弃城而逃。卫军最后在黄河边上彻底失败。北狄军队入城，卫国灭亡。

前来救援的宋国的部队在黄河边接应卫国失散的部卒百姓，亡国后卫国的男女遗民仅有七百三十人，加上卫国共、滕两地的遗民总共刚及五千人。

且说当初卫懿公的父亲称卫惠公，懿公即位时年尚小，他的母亲是齐女，名宣姜。先君虽逝，宣姜尚年轻，于是齐人让卫惠公的庶兄昭伯娶宣姜为妻。昭伯不同意，齐人强之，两人只好结合，后来生下了三男二女。二女一个嫁给宋国，为宋桓公夫人，一个嫁给许国，为许穆公夫人，三男中，有戴公和文公两位公子。卫国是宋桓公夫人的娘家，不能坐视不管，所以卫国遭难，宋桓公带兵来救，在黄河边迎到失散的卫国士卒遗民，文公亦在其中。拂晓，众人渡过黄河，喜欢养鹤的卫懿公已死于战场，众人就立戴公为君，不久，戴公死，众人又推文公为君。两人都是王室的后嗣，应该继承卫国的社稷。

卫国都城已丧北狄之手，在宋、齐两国的帮助下，在曹地（卫邑，河南滑县西南）暂时立足。为帮助卫国复国，因齐国公子无亏的母亲为卫姬，齐桓公命其率领战车三百乘，甲士三千人戍守曹地，并赠送卫国新君乘坐的马匹，五套祭祀所穿的服装，牛、羊、猪、鸡、狗等家畜各三百只，还有制作门窗的木料、夫人乘坐的车子以及三十匹厚实的锦缎等物。上面说过，卫国刚即位的戴公不久薨逝，由其弟文公即位。齐桓公因卫国数次遭北狄入侵，内乱外患不息。为稳定卫国政权，齐桓公率师伐狄，把他们赶回了北部老家，并为卫国修建了新的都城楚丘。在齐国的帮助下，卫文公与百姓同苦同劳，轻赋平罪，卫国才慢慢地恢复起来。

在宋、齐两国帮助下，兴灭国，继绝世，卫国自戴公死后，复立文公，嫁在许国的许穆夫人前往曹地吊祭兄长，并且为卫国向大国求援。许国人抱怨和阻拦她，她为了自己的娘家之国，冲破重重阻拦，日夜兼程，轻车前往，赋《载驰》一诗，留于《诗·鄘风》中，其中有句云："载驰载驱，归唁卫侯，驱马悠悠，言至于曹。大夫跋涉，我心则忧。"车轮滚滚马儿驰驱，赶回祖国吊唁我的兄长。悠悠长途不尽路，千里奔驰到曹邑。大夫们跋涉归国多辛劳，我的心儿好不忧戚！其忧国之情和巾帼气概令人悠然神往。

数年间，由于北狄的猖獗，中原诸国多残破，至有亡国之厄，赖齐国等国力挽狂澜，兴灭继绝，才能勉力支撑危局。

齐桓公南征北战，戎马倥偬，大半生时间都在战争中度过，其救燕复卫，北伐强狄，体现了他尊王攘夷，维护周王朝的苦心。他即位第三十五年夏天，会诸侯于葵丘（今河南省兰考县），周襄王派太宰周公（姬）孔赐桓公祭祀时的胙肉、弓矢、和朝服乘坐的车子，并宣王命说，因齐桓年老，不必下拜谢恩。齐桓公欲许之，管仲对他说："不可。"于是齐桓对周王朝的太宰及盟会的诸侯说：天威咫尺，小白焉敢恃圣命背礼法于下，遗天子之羞，我怎敢不下拜！于是，下阶、跪拜、登堂、受赐。

霸主齐桓公的尊王之举给参与盟会的诸侯做出了榜样，但这是出于管仲的提醒。他在诸侯中处于众星捧月的中心，威加海内，渐有骄狂之色。会盟持续到入秋，参与盟会的周王朝太宰已看出他的骄狂，所以对迟到的晋献公说：不必忙着赶去了，我见齐国霸主已有骄色，你还是回去处理自己国内的事吧。齐桓自称云："寡人南伐至召陵，望熊山；北伐至山戎、离枝、孤竹；西伐大夏，涉流沙，束马悬车登太行，至卑耳山而还。诸侯莫违寡人。寡人兵车之会三，乘车之会六，九合诸侯，一匡天下，昔三代受命，有何以异于此乎？吾欲封泰山，禅梁父。"大凡历史上的雄强之主，晚年骄狂恣肆，目空天下，多不得善终，死后则霸业成灰，沦为过客，究竟齐桓公身后如何？我们下次再讲。

一二 齐桓后史

齐桓公到了晚年，因称霸天下，渐有骄狂之色。和常人一样，再强势的君主也会死，临死之前，总会做出常人难以理喻的决策，给国家留下无穷的祸患。且不说秦皇汉武，就是比他们早上五六百年的齐桓公又何尝不是如此呢？

上次说到，齐桓公在葵丘的盟会上宣称自己"九合诸侯，一匡天下"，把自己和三代受命的夏、商、周开国君主相比，甚至要像天子那样去"封泰山，禅梁父"。这都是自认为有大功大德的天子所干的事，后来的秦皇汉武都干过。如今齐桓公说出此等话来，说明他不可一世，超出了诸侯国的本分，已有不臣之心。葵丘盟会上，周公孔代表天子宣读王命说，赐给齐桓公祭祀所用的肉，红色的弓箭和朝拜天子时所乘坐的车子，这代表周天子对齐桓公多年来保卫王室，征伐天下的嘉赏，具有象征意义。因齐桓公年事已高，天子特许可不必按礼节下堂拜受天子赏赐。齐桓公此时正不可一世，就不想下堂拜赐了。他身边的管仲提醒说："大庭广众，诸侯皆在，如果您不下堂跪拜，岂非背礼，让诸侯看出你有蔑视天子的不臣之心？万万不可！"齐桓公这才下堂拜赐，尽了礼数。

周王朝派来参加盟会并宣布王命的太宰周公孔已经看出这个霸主的骄狂，在回去的路上，碰到匆匆赶来参加盟会的晋献公说："你不用忙着赶去了，我看出齐桓公已经骄狂得不得了了，你快回去处理国内的事吧。"

齐桓称霸之时，亦非齐国一枝独秀。当时除齐国外，还有三个诸侯国也国力雄厚，武力强盛。一个是南方的楚国，刚刚平定了周围的一些荆蛮部落，有自己的风俗传统，所以不参加中原的政治和军事行动，专力于楚国的建设。二是远在西部边陲的秦国，因为地理位置偏远，也不参加中原诸侯的会盟。秦楚不参与盟会，在中原诸侯的眼里是蛮夷。三是晋国，因为国内争权斗争，自顾不暇，还没到驰骋天下的时候。晋、楚、秦是后来才走到历史的前台，成就了中国波澜壮阔的历史，这个我们以后再讲。

齐桓公葵丘盟会，是他人生的巅峰，也是齐国在春秋舞台上扮演主角的高光时刻。齐桓公说他要像天子一样去"封泰山，禅梁父"。这个举动非同小可，这是天子才能干的事儿，表示唯有自己可以和天对话，所谓"登泰山而小天下也"！古人认为群山中泰山最高，为"天下第一山"，因此人间的帝王应到最高的泰山去祭过天帝，才算受命于天。在泰山上筑土为坛祭天，报天之功，称封；在泰山下梁父或其他小山上辟场祭地，报地之功，称禅。这是古代帝王的最高大典，而且只有改朝换代、江山易主，或者在久乱之后，致使天下太平，才可以封禅天地，向天地报告重整乾坤的伟大功业，同时表示接受天命而治理人世。先秦中有一本书叫《管子》，是托管仲之名写的，其中有一节专门讲管仲阻止桓公封禅的事。

如上所说，既然"封泰山，禅梁父"是天下帝王最大的祭祀天地的仪式，身为诸侯的齐桓公想做这个事，肯定是认为自己超越了周天子，乃最大的僭越之举。所以管仲阻拦他，想让他打消这个念头。但是齐桓公不听他的，坚持要干这件事。管仲费尽口舌，劝不了他，最后只好说："您想去泰山封禅不是不可以，您已经威加海内，称霸天下，只有您才有泰山封禅的资格，周天子和其他诸侯无论功和德都无法和您老相比。但是泰山封禅不比平时的祭祀，其供品就和平常不一样，您是以天下之主祭祀天地的，必以普天之下的奇珍异宝为供品，神才不会怪罪。我们齐国先搜罗萃集天下珍宝，四极八方的宝物齐备，再去泰山封禅，才会得到天的福佑啊！"齐桓公一听有道理，就暂时打消了立即去泰山封禅的念头。

齐国尊王攘夷的国策是管仲制定的，他自己是一个尊崇周王朝，自觉维护礼乐制度的模范，所以反对齐桓公目无天子的僭越行为。三年后，周王朝发生了危机，当时周朝天子是周襄王，他有个异母弟弟名叫带，亦称叔带。襄王为太子时，母亲早死，他的父亲周惠王从陈国娶回一个女子，史称惠后，有宠于周惠王，她为周惠王生下了叔带。子以母贵，所以周惠王也很喜爱叔带。惠后多次要周惠王废太子而立叔带，但没有得逞。周襄王即位后。惠后和叔带母子二人为了篡夺王位，就勾结戎、狄两个部落来攻打周王朝的首都洛邑。为了保卫周王朝，管仲率军勤王，打退了戎、狄。周王朝为了感谢管仲，要以上卿之礼款待他。管仲推辞说："下臣官职卑微，乃琐琐小臣，怎敢受天子上卿之礼？齐国有高、国两位上卿，是天朝任命来辅佐齐国的，如果他们来朝见天子，天朝还怎么接待他们呢？所以小臣不敢接受上卿之礼！"当时的诸侯国辅佐君主的有三位上卿，也就是诸侯国的三位重臣，其中两位由中央王朝任命，一位由诸侯国选择。齐国三位上卿中的高、国二位是周王朝任命的，所以管仲为了维护天子和中央王朝的权威和礼仪，坚决不肯接受上卿之礼。周襄王说："齐国是天子的舅氏之国，王朝最近的亲戚，为了嘉赏和感谢你维护王朝的功勋，所以我才待你以上卿之礼，你就不要辞让了！"但管仲还是三次谢绝了上卿之礼，最后，接受了下卿之礼而返回齐国。管仲维护周王朝的权威，克己复礼，决不僭越，因此受到了正统历史学家的赞赏，这也是孔子推崇管仲的原因之一。又过了三年，也就是齐桓公在位的第四十一年，公元前645年，齐国的两位重臣管仲和隰朋相继死去。管仲之死，标志着齐桓时代的终结，齐国的辉煌和霸业从此一去不返。

管仲弥留之际，齐桓公来到病榻前问身后之事。他问："在你的身后，朝臣中谁可为齐国之相呢？"管仲回答说："了解臣子的莫如君主，您可以自己决断啊！"齐桓公坚持要听管仲的想法，再三追问之下，管仲只好说：

"有三个人，您和他们比较亲近，希望我死之后，您能远离他们。"齐桓公自然知道管仲所指何人，索性挑明了。他说："易牙烹其子以敬献寡人，这样的人难道还要怀疑吗？"原来，齐桓公在患病时，说吃婴儿肉可以疗疾，易牙就把自己的孩子烹了献给齐桓公，齐桓公认为易牙对他是忠心耿耿的，所以格外信重。管仲回答说："动物尚知舍命护子，人没有不爱自己孩子的，对自己孩子如此残忍恶毒，又将何爱于君？"齐桓公又问："竖貂挥刀自宫以近寡人，难道有什么值得怀疑的吗？"为了表达对齐桓公的崇敬和热爱，能近距离接近这个伟大的君主，竖貂没找专业人士动手，自己给自己动了宫刑，亲自割掉了生殖器，得以进宫服侍齐桓公，如此热爱君主的人，还要怀疑他的忠诚吗？管仲回答说："人没有不珍爱自己的身体的，他能够忍受巨大的痛苦，自残自宫，已超出人情之外，这样的人怎么会忠诚于您呢？"齐桓公又问："二人如您所说，都是不近人情的人，那你认为开方这个人怎么样？"开方原来是卫国的太子，舍千乘之尊和未来的君主之位跑到齐国，得到齐桓公的信任，成为近臣。放弃君主之位而甘为齐桓公的臣子，这种人还能怀疑他的忠诚吗？管仲说："能够背叛他的祖国和他的亲人，把祖宗社稷一并抛弃的人，难道值得信任吗？"易牙、竖貂、开方三个近臣都被管仲否定，齐桓公心中怏怏不乐，默默无语，就起身告辞了。管仲叹息一声，疲惫地闭上了眼睛。

管仲死后两年即公元前643年，齐桓公小白病重，弥留之际，他所信任的易牙勾结宦官竖貂作乱，先是封锁宫门，禁止出入，接着，为了实现他们自己的权力安排，把朝中理政的大夫们全部杀掉。齐国堂皇的宫阙静悄悄空无一人，廊柱间只有飒飒的阴风吹动着飘摆的帷幔，帷幔后的床榻上躺着将死的齐桓公。内宫已被易牙和竖貂清空，齐桓公所有的夫人宠姜和侍女们非杀即关，主掌国事的大夫们已被易牙、竖貂和开方三人杀光，齐国一派恐怖肃杀的气氛，唯有齐桓公留下的几位公子为了夺位彼此虎视眈眈，准备着新一轮的厮杀。

　　弥留之际的齐桓公无人理睬。

　　这天夜半，从前齐桓公身边一个失宠的女人攀过高墙，溜进了齐桓公的寝宫。齐桓公有很多女人，她毕竟也曾有过一次被宠幸的经历，为了这一夜情，痴情的女人舍生忘死，来和她此生唯一的男人也是她心中的神做最后的告别。没有别的，她只是想看看他。

　　从前，那个咳嗽一声，所有人都屏声敛气，公卿大夫、虎贲武士都拱手肃立的人如今瘦骨支离，仰卧床榻，两腮塌陷，两眼失神，如同一具木乃伊贴在床榻上。见了突然出现在他面前的女人，他两眼放光，现出渴求的眼神。他并不是认出了她，而是他的身边很久没有人了，他只看她是一个寻常的侍女。他嘴唇翕动着，吐出一个字："食。"他要吃东西。女人遍寻不得，摇了摇头；他又艰难地说："水。"女人又摇了摇头。齐桓公现出绝望而不解的神情。女人只好告诉他，易牙、竖貂相与作乱，"塞宫门，筑高墙，不通人"。禁绝内外，什么也没有。齐桓公绝望地闭上了双眼，眼角溢出了两滴清泪，再无言语。

　　所谓英雄末路，帝王将终，还有比齐桓公更凄凉更绝望的吗？

　　以上所述，好像小说。其实是出于《史记》颜师古的"注"中。一切历史，皆是过往的人生，而人生就存在于细节之中。若无细节的支撑，就是凿空之论。

　　齐桓公在绝望中死去，他的尸身仍然留在深宫的床榻上无人理睬。一天，两天……他的尸身在腐烂，深宫无人，阒寂无声，为了争夺他死后的权位，外面刀光剑影，他的几个儿子正在进行你死我活的厮杀。

　　我们暂时留下齐桓公的尸身任它在宫中腐烂，来说说他的女人和他的子女们。齐桓公有三个夫人，她们一姓王，一姓徐，一姓蔡，三个夫人都没有生育，可略去不表。齐桓公好内宠，女人很多，除王、徐、蔡三个夫人，还有六个姬妾。她们依次为：一对姓卫的姊妹花，可称为大卫姬和小卫姬，她们各为齐桓公生下一子，大卫姬所生的叫武孟，称作公子无亏，小卫姬生的叫公子元。次为郑姬，生子名为公子昭；次为一个叫葛嬴的女子，生子名为公子潘；再次为密姬，生子名为商人，称公子商人；最后一个叫宋华子，生公子雍。六个女人每人为齐桓公生下一子，他们是：公子无亏、公子元、公子昭、公子潘、公子商人、公子雍。齐桓公死后，他们就成为齐国政治舞台上的主角。

齐桓公生前和管仲考察六个公子后，认为郑姬所生的公子昭可为储君，决定立公子昭为太子。为了使其将来能顺利接班，把他托付给诸侯中一位强力的君主，就是宋襄公。将来齐国一旦发生争位的乱局，宋襄公可以动用武力平息齐国内乱，保证公子昭能顺利上位。这也是齐桓公为齐国长治久安虑之久远的大事。帝王后宫继嗣之乱，一般都来于后妃勾结帝王身边的佞幸小人，乘机向帝王进谗言，以动摇其意志和已有的决断。我们上面说过，齐桓公身边有一个朝夕相见的近侍，那就是易牙。他并非朝堂上的大臣，而是给齐桓公做饭的厨师，为了表现他的忠诚，曾烹其子以献君王，所以齐桓公非常信任他。尽管管仲死前提醒过，但齐桓公对易牙宠信不衰。他是能向齐桓公说上话的人。再说后宫里的六个妃嫔，其中那对姊妹花就是大小卫姬都是工于心计的人，狐媚惑主，手段非凡。她们知道，宫廷是黑暗血腥之地，如果自己的儿子不上位，将来极有可能在夺储厮杀中丢掉性命。可是现在太子已立，那就是郑姬所生的公子昭，卫氏姐妹又嫉又恨又害怕，知道未来凶多吉少。可是，怎么才能动摇君主的意志，使他改变决定呢？光靠床上狐媚吹枕头风那是不行的，于是，姐妹俩勾结宦官竖貂，成为她们的心腹。竖貂知道，一个宦官在君主面前说话并没有多少分量，于是竖貂再勾结厨师易牙。古代的宫廷政治，体现的是君主的个人意志，一切重大决断，往往不是来于庄严的庙堂和公卿大臣，而是来于君主身边看似卑贱的侍从奴仆。他们和君主最近，了解君主的私生活以及不能示人的隐秘心理。他们从主子的一个眼神，一个表情，一个手势，甚至面上某条皱纹的牵动都能准确窥测到主子的心思，乘机进言，最能说到帝王的心里去。易牙之流不仅能抓住君主的胃，也能抓住他的心。宫廷政治中最可怕的就是后宫女人勾结君主身边的阴险小人形成的阴谋集团，他们阴毒狡诈，关键时刻破釜沉舟，以命相搏，不计后果，常常把整个国家都抛进血雨腥风之中。现在，围绕着未来君主的权力，晚年的齐桓公身边就形成了这样一个阴谋集团。从历史记载来看，卫氏姐妹和易牙、竖貂的企图基本达成。佞幸进言已使晚年的齐桓公动摇了原来的决定，他答应卫氏二姬将废掉和管仲共同确立的太子（郑姬所生的公子昭），而更立大卫姬所生的公子无亏。但这只是口头许诺，还没有来得及实行，齐桓公就一病不起。

易牙、竖貂知道将死的齐桓公已经没有价值了，立刻勾结内侍宦官，锁闭宫门，筑起高墙深垒，禁绝一切人员出入，把把持朝政的大夫们杀掉，立大卫姬所生的公子无亏为君。太子（公子昭）逃到了宋国。齐桓公生前女宠众多，有十几个儿子，具有争位实力的有五个，其余只求保命。宫廷内外一派杀气，朝堂宫阙到处是伏尸，见不到活人的影子，乱纷纷、凄惶惶，一派末日景象。齐桓公在绝望中咽了气，五位公子各有党羽，彼此虎视眈眈，在庙堂争位的杀戮中，哪里顾得上已死的齐桓公。公子无亏立后，齐桓公已死在床上六十七天，尸体腐烂生蛆，血水和蛆虫流出宫门，漫湆御阶，臭不可闻。新即位的公子无亏这才把齐桓公装进了棺材。

公子无亏是靠易牙等人作乱，用暴力杀人的手段上位，其他公子并不服他。易牙作乱，公子昭逃到宋国。宋襄公曾受齐桓公之托，请他保护太子顺利接班。如今公子无亏在易牙等人保护下盘踞在齐，自立为君，宋襄公立刻发兵伐齐，欲送太子回国即位。宋军兵临城下，齐国一片惶恐，齐人把易牙等人连同宣布即位的公子无亏杀掉了。公子无亏在易牙等人的政变杀戮中，上位三月，还没有坐热位子，就死于非命，因死于篡位，所以没有谥号。齐人准备立公子昭即位。可是，想上位的其他四位公子不想善罢甘休，他们纠合党羽，联合起来，攻打公子昭。公子昭有宋襄公为后盾，宋师打败了四位公子的联军，公子昭即位为齐君，他后来的庙号称齐孝公。

公元前 642 年，由于齐桓公死后发生的齐国争位之乱，至此暂时告一段落。这时，齐桓公还没有下葬。这年八月，按照诸侯殡葬的礼仪，齐桓公被下葬。墓室在齐桓公生前已建好，殡葬所需金银礼器也准备停当，只要杀一些宫女和奴隶殉葬就完事了。

齐桓公墓在晋朝被盗掘，《史记》注引《括地志》云："齐桓公墓在临淄县（今山东淄博市临淄区）南二十一里牛山上，亦名鼎足山，一名牛首岗。一所二坟。晋永嘉末，人发之，初得版，次得水银池，有气不得入，经数日，乃牵犬入中，得金蚕数十薄，珠襦、玉匣、缯彩、军器不可胜数。又以人殉葬，骸骨狼藉也。"在临淄古县城南二十一里的牛首岗上，被盗掘的齐桓公墓具备了当时诸侯殡葬的规模，为防盗挖的水银池，厚厚的棺椁，陪葬的有金缕玉衣、锦缎、玉匣和众多的兵器，还有尸骸狼藉的殉葬者的尸骨，可见殉葬者死前的挣扎和痛苦。这段话虽然文字不长，但齐桓公墓葬的地理方位和被盗挖的过程都叙述得很完整。

死后尸身化蛆虫，葬后棺椁被盗空。叱咤风云四十载，为谁称霸为谁雄？齐桓公在位四十三年，这位驰骋天下的春秋霸主当年不可一世，死后万事皆空，留下的子孙因为夺权争位，相互攘夺厮杀，干戈数十年不息。

齐国尽管遭遇了争位的内乱，但因齐桓公称霸多年，所以，余威尚存。齐孝公六年即公元前 637 年，为了展示齐国从前称霸的威德，仍然保持齐国霸主的地位，齐孝公在齐国举行了一次会盟，但今非昔比，有的诸侯已经不屑入盟了，齐国遭到了蔑视和轻贱。其中，根本不理睬齐国的就是宋襄公。宋襄公心想，你齐孝公没有我宋国的扶持，早就被众公子所灭，尸身化为粪土，如今刚刚坐稳位子，竟然在我面前装大，要我去参加你主持的盟会，真是可笑！如今的齐国难道还是你老子齐桓公在位的时候吗？世事沧桑，今非昔比，如今该我宋国为天下霸主了，少在我面前抖威风！于是宋襄公没有去齐参加会盟。齐、宋两国关系因此恶化。据《史记》记载，这一年，齐国因此出兵伐宋，《春秋》《左传》虽没有记载伐宋的事，但齐、宋两国的关系是彻底掰了。

宋襄公一直是有称霸野心的，宋国虽然国力稍强，但还没有称霸的资格。他曾被楚国拘捕，后来又跟楚国在泓地打了一仗，由于宋襄公是个固守"仁义道德"的教条主义者，敌人渡河中间不发动攻击，敌人没排列成阵也不发起冲锋，结果被楚国打得一败涂地，不久，宋襄公死去，称霸野心终成泡影。关于宋国的历史，我们留待以后去讲。

放下齐、宋关系，再来说齐孝公。前面讲过，齐孝公在他父亲齐桓公生前就曾被立为太子，他的母亲是郑姬，他是靠宋襄公的武力支持而上位的。宋国干涉齐国内政，是得到齐桓公生前允许的。可以说，这个主意十有八九是管仲出的。定太子和将太子托付给宋襄公，是君臣二人合谋的结果。管仲死后，齐桓公在大小卫姬勾结竖貂、易牙进谗言后，曾想更换太子，虽然没得逞，但易牙、竖貂之乱对齐国也造成了极大的伤害。如今，由于齐孝公统治下的齐国还想抖从前老爹的威风，造成齐宋两国关系的恶化，齐孝公还忘恩负义，发动了对宋国的战争，可能战争的规模不大，但在齐国权力过渡中，宋国再不会出手帮助了。齐孝公在位十年死去，他死后，齐国再次发生流血冲突。这次是那个叫开方的人发动的动乱。除易牙、竖貂外，他是齐国第三个祸首。他本是卫国太子，放弃君位，背叛祖国，来到齐桓公身边为臣，为此，管仲生前曾告诫齐桓公远离这个背叛祖宗社稷而甘到他国俯首称臣的人。前面讲过，齐桓公有六个宠姬，每个女人都给他生个儿子，他们个个都有上位的野心。大卫姬所生的公子无亏被杀后，齐孝公还有四个异母兄弟，其中一个叫葛嬴的女人生的叫公子潘。公子潘在齐桓公死后争位的厮杀中没有实现自己的野心，暂时隐伏下来。如今，孝公已死，他便勾结开方，由开方动手把孝公的儿子杀掉了，公子潘上了位，这就是齐昭公。叔叔杀侄子抢权上位在宫廷杀戮中是比较常见的，这样的戏码在齐国还会上演。

齐昭公的妃子叔姬为他生了个儿子，名字叫舍，立为太子，但齐昭公不爱太子的母亲，时常冷落她，太子舍得不到父爱，因此性格很懦弱，在庙堂上没有自己的党羽。齐昭公在位二十年，于公元前613年死去，太子舍即位。新君没有权威，臣子们不敬重他，也不怕他。前面说过，齐桓公有个妃子密姬，生有一子，名叫商人，他是齐昭公潘的异母兄弟，多年来垂涎君主之位，为此处心积虑，谋划多年。他倾尽家财，收买死士，网罗党羽，为夺位做准备。自己家财花尽，不惜从国库里借贷以为豢养爪牙之资。因为他是齐国贵公子，自己不但有封地，还有特权，所以，周围聚集了一些亡命之徒，一时成了齐国的黑社会老大。齐昭公一死，太子舍刚即位，这年七月，在埋葬齐昭公的墓地上，公子商人指使他的党羽把他的侄子舍杀掉了。这和齐昭公上位是一个路数，都是叔叔杀侄子以夺君位，可谓一报还一报。但商人没有马上坐上君主的位子，他找来他的哥哥公子元，我们上面讲过，公子元是小卫姬所生，两人同父异母，都是齐桓公的儿子。他假惺惺地对公子元说："舍无威无德，不能执掌齐国，我把舍杀掉了，现在你来做齐国的君主如何？"公子元冷笑一声，说："得了吧，兄弟，你谋求这个位子很久了，我怎么能贪天之功呢！齐君的位子还是你自己坐吧，你放心，我不会在你背后捣鬼，只求你不杀我就行了。"于是，公子商人成为齐国新君，他就是齐懿公。

这个齐懿公还是公子商人时就是个不安分的主，用当今的话讲叫混社会的，因此养成了黑社会老大的性格，那就是我想要的必须到手，得罪我的必须让你吃不了兜着走，顺我者昌，逆我者亡，一意孤行，睚眦必报。还在为公子时，有一次和齐国贵族邴某一同去打猎，为了争夺猎物，没有争过邴某。从此种下仇恨。他当上君主后，邴某已经死了，他失去了报复的机会。为了泄恨，命人将邴某从棺材里拉出来，锯断了死者的双腿，让他到阴曹地府也做一个无腿之鬼。这样他还不解恨，索性让邴某的儿子邴戎做他身边贴身的奴仆，呼来喝去，以逞快意。还有一人，名叫庸职，有个漂亮老婆。齐懿公见色起意，把庸职的老婆抢到手，纳入后宫。并叫庸职做他的"骖乘"。什么叫"骖乘"呢？"骖"，原意是拉车的辕马两边拉边套的马。古代坐车，尊者坐在车的左边，中间是赶车人，坐在右边押车的叫"骖乘"，因为和君主同乘一车，他有押车和保护君主的责任，在战争中，这个和君主同乘一车的人叫"车右"。"骖乘"是个很风光的职位，也是君主最信任最宠爱的人。齐懿公夺了庸职的老婆，所以给他安排个好位置来报答他。邴戎和庸职都是齐懿公的贴身近侍，开初两个人也都安之若素，因为能在君主身边当贴身奴才既有特权，也很风光。齐懿公四年春，他到齐国一个叫申池的海边胜地去游玩，天气很热，邴戎和庸职两个人下水游泳。二人在水中撩水嬉戏。庸职说"断足子！"邴戎一听，也回了一句："夺妻者。"俗话说，打人莫打脸，骂人别揭短，两个人互相揭短，都说到了对方的痛处。你叫我是老爹被砍断腿的儿子，我叫你是老婆被夺走的王八。二人都感到万分屈辱，而迫害他们的仇敌不是别人，就是他们侍候的君主的齐懿公。既然有共同的仇敌，两人商量一下，决定采取行动。这天，二人陪同齐懿公游竹林，茂林修竹，风景幽美。先是骖乘庸职突然扑上去扼住了齐懿公的喉咙，驾车人吓坏了，目瞪口呆，不知如何是好，邴戎从竹林中冲出，把短剑插进了齐懿公的胸口，当了不足四年君主的齐懿公登时毙命。驾车人还没等缓过神来，二人已消失在繁密的竹林中不知去向。

齐懿公在位四年，骄横恣肆，无德于国，百姓不附，他死之后，齐人废了他儿子的继承权，而拥立齐桓公的另一个儿子公子元。公子元是齐桓公的妃子小卫姬所生，为避齐国之乱，他一直留在卫国避难。公子元非常鄙视公子商人的政治野心，所以商人靠政变上台后，他从来不称呼其为公，提起他就称"夫己氏"，翻译成现代的话，就是"那个人"！就连名字都不屑于叫。如今，齐懿公既死，齐人又不拥戴他的儿子，公子元只好上位。他就是齐国君主齐惠公。

齐桓公死后，齐国有三四十年的动乱，五个儿子轮番上位：先是大卫姬生的公子无亏因易牙竖貂发动宫廷政变而上位，三个月后被杀。宋襄公以武力扶持齐国太子即郑姬所生公子昭上位，即齐孝公。孝公在位十年死去，妃子葛嬴所生公子潘通过开方杀死孝公的儿子，自立为君，为齐昭公。齐昭公在位二十年，死后，妃子密姬所生的公子商人杀昭公儿子舍，上位后为齐懿公。齐懿公被两个近侍杀于竹林，由小卫姬所生的公子元即位为齐惠公。孝公、昭公、懿公、惠公……霸主齐桓公死后，余波未息，儿子在杀戮中轮番上位，主宰着齐国的历史。

一三 崔杼弑君

崔杼弑君是春秋历史上重要关节，它之所以重要，并非他弑君这件事本身。所谓弑君，就是臣子杀死他的君主。按春秋之义，国内臣子发动宫廷政变而杀死君主，称为弑，外敌入侵而杀死君主称为戕。春秋历史上，诸侯国乃至周王朝，弑君之事层出不穷，权力的更迭常常引起血腥的杀戮，所以，弑君之事并不稀奇。那么崔杼弑君为何被后人常常提起呢？那是因为他杀死了两位记载此事的史官，后人为了彰显齐国史官宁死不屈，前赴后继，如实记载历史的风骨而凸显了齐国的这件历史事件。

崔杼，是齐国的贵族，他是齐国君主的本家。齐国本是姜太公吕尚的封国，他一直留在周王朝协助治国，据《史记》所记，姜太公死后葬于周，百年后，到封国为诸侯的是他的儿子吕及，称丁公。而崔杼就是齐国第一代君主丁公吕及的后裔，代际相传，而至于崔杼。崔是其封地，杼为其名，所以，和齐国历代诸侯是本家，本姓姜氏。因有如此高贵的血统，所以才有后来执掌国家实权的资格。在周王朝和各诸侯国的朝堂上，不仅君主是世袭的，协助君主治国的贵族和上卿大夫们也是世袭的。如周公，第一代为周公旦，后来辅佐周王朝的上卿仍称周公，但已是他的后裔。所以我们说，崔杼是齐国的世袭贵族。

上面我们讲到，齐桓公的一个妃姜名叫密姬，所生儿子叫公子商人，他杀了他的侄子上位称懿公，在位四年，被两个近侍杀于竹林中，由他的异母兄公子元即位，称齐惠公。齐惠公在位期间，崔杼得宠，崭露头角，跻身于齐国的宫廷政治中。齐惠公在位十年死去，属于自然死亡，他的儿子继承了君位，称齐顷公。当时，齐国宫廷中有高、国两位上卿，是周王朝任命的，他们害怕崔杼夺他们的权，于是联合起来，把崔杼逼走了。崔杼失去了在齐国宫廷的权力，又怕丢掉性命，于是跑到了卫国暂时栖身以待时机。

齐顷公在位期间，和强大的晋国打了一仗。战争的起因很有趣，晋国派了一个叫郤克的人出使齐国，这个郤克是晋国的贵族，称为郤献子，很有实权，但他是个跛子。他到齐国时，齐顷公的母亲要看看来自晋国的使者，于是，顷公命人做帷幔，让母亲坐于其中偷窥晋国使者郤克。郤克进宫廷，上台阶，一条腿拐来拐去，坐于帷幔后的夫人忍不住笑出了声。郤克大怒，觉得受了侮辱，发誓说："我若不报此仇，决不东渡黄河。"回国后，请求晋国出兵伐齐。晋国君主晋景公觉得伐齐的理由很荒唐，没有同意。后来，齐国曾向晋国派去四名使者，瘸子郤克竟然把齐国的四名使者给杀掉了。两年后，晋国伐齐，齐顷公让儿子公子强到晋国做人质，晋国这才退了兵。齐顷公十年即公元前589年春，齐国和鲁、卫两国处于战争状态，鲁、卫两国到晋国请兵援助，共同攻打齐国。两国知道，晋国的郤克与齐国有仇，所以都走他的路子，争取晋国出兵。于是晋国出战车八百乘，以郤克为中军将，救鲁、卫两国并讨伐齐国。两国军队先是在如今济南的靡笄山即千佛山下会合，再于齐国的鞍地摆开阵势。两军交战，开始齐国占了优势，齐顷公临战很勇敢，喊道："让我们打败晋军，来一次胜利的会餐！"带头冲向晋军。齐国士兵很勇敢，一名弓箭手射中了郤克，血流进了靴子里。郤克想退兵，驾驭他战车的人说："您最好忍一忍，如果我们退兵，就输定了！"于是，再战，晋军转败为胜，齐军陷于重围，齐顷公很快就将成为晋军的俘虏。他的驾车人要他下车去取水，示意他逃走，齐顷公这才换乘另一辆车逃掉了。晋军乘胜追击，齐师败退至一个叫马陵的地方。齐国求和，愿意献上国家的宝器。郤克不允，说："不稀罕齐国的宝器，必得齐国夫人而罢兵！"齐顷公回答说：你要的是我的母亲吧？齐国君主的母亲也就相当于晋国君主的母亲，请问你想怎么处置她？本来晋国为救鲁、卫两国以义伐齐，如今却想以暴虐收场，请问晋国将何以立于诸侯？晋军这才答应讲和，齐国归还了在战争中掠夺的鲁、卫两国的土地。

齐顷公在位十七年，死后由他的儿子环即位，就是齐灵公。

齐灵公在位期间，晋国两次伐齐，第一次，齐灵公以公子光为人质，晋国退兵；第二次，晋国的军队一直打到齐国的临淄，齐灵公大败溃逃，龟缩到临淄城内不敢出来，最后晋军焚烧了临淄的外城退去。齐险些亡国。

齐灵公先是娶了一个鲁国女子，生下了公子光，并立为太子。后来他又有两个姬妾，即仲姬和戎姬。戎姬狐媚得宠，但未生育，仲姬生下儿子，齐灵公把仲姬所生的儿子即公子牙交给戎姬抚养，从生母手中夺去了孩子的抚养权。戎姬抚养公子牙，视同己出，便请求齐灵公废掉太子光，而立公子牙为太子。齐灵公因为爱戎姬，就答应了她的请求。把原来的太子光迁往东部边地居住，立公子牙为太子，并让上卿高厚来辅佐新立的太子。仲姬劝谏灵公说："君已立光为太子，诸侯皆知，如今无故废光而另立太子，怕是要闹出乱子的，那时您后悔就来不及了！"灵公回答说："立何人为太子，还不是在于我吗？我立谁为太子谁就是太子，有什么乱子可闹！"公元前554年即灵公二十八年，灵公病重，崔杼迎立原太子光为齐国之君，就是后来的齐庄公。此刻，灵公尚在弥留之际，庄公立刻把戎姬处死了，并把她的尸体放在朝堂上示众。《左传》认为此事不合于礼，说："妇人无刑，虽有刑，不在朝市。"就是说，女人有罪，不能公开动刑，即使动刑，也不能公开陈尸于朝堂和市场上示众。况且他的父亲还没死去，就把他父亲最宠爱的嫔妃给杀掉了，这也是最大的不孝。但公子光对戎姬在君父面前进言另立太子恨之入骨。从来庙堂上帮派对立，都是你死我活的。灵公刚死，庄公在崔杼的支持下立即上位，派兵抓捕后立的太子牙，将之立即处决。这年八月，崔杼又杀死了大夫高厚，兼并了他的家财采邑。至此，齐灵公生前的权力安排化为泡影。君主的意志在他接近死亡的时刻就已经成为过去时，一旦死去，他生前所安排的一切都将被否决，新的政治势力上台，对方阵营将遭到血腥的清洗，历史会翻开新的一页。如今，齐国的新君主是公子光，也就是齐庄公，他是在齐国贵族崔杼的扶持下上台的，崔杼理所当然地成为齐国的实权派，国家的权力掌握在崔杼的手中。

公元前548年，齐庄公已在位六年，这年春天，崔杼率领一支军队攻打鲁国的北部边境，鲁襄公很忧虑，要把崔杼来进攻的消息报告给与之结盟的晋国。鲁国一位大夫对鲁襄公说："主公不必焦虑，我发现崔杼这个人心里有事，可能在国内有别的举动。"鲁襄公问："何以见得？"那位大夫回答说："齐国军队入境之后并不掳掠，也不杀戮鲁国百姓，军队涣散，似乎心不在焉，这不像一支讨伐别国的军队，他们的主将好像心有重忧，我认为崔杼可能遇到麻烦了，很快就会退兵。"果然，崔杼率领的齐国军队很快就停止进攻，悄悄地回国了。

崔杼何以回国呢？他心不在焉，因为他遇到了一件让他窝心的事。这要从他的家庭说起。原来，齐国有一贵族称为棠公患病去世，棠公的小舅子东郭偃在崔杼手下当差，他驾车拉着崔杼去参加棠公的葬礼。在葬礼上，崔杼发现棠公的妻子棠姜仪态万方，顾盼生情，是个国色天香的美人，于是便动了心。棠公既死，他就想娶新寡的棠姜为夫人，于是向东郭偃提出了这个想法，东郭偃听崔杼要娶他新近丧夫的姐姐，说："这恐怕不合适吧？从祖上说，您是齐国第一代君主丁公的后代，而齐桓公是我的先祖，我们本是同族同姓，怎么好婚配呢？"崔杼被棠姜的美貌迷住了心窍，并不理睬东郭偃的话，他找宫廷卜筮的官员卜了一卦，这个官员为了讨好崔杼，就说："这是吉卦，大人可以娶棠姜。"崔杼很高兴，就把卦辞给大夫陈文子（田文子）看，兴高采烈地说："我要娶棠姜这个美人了！"陈文子看了卦辞，说："恐怕不妥吧，你看，卦辞中说：丈夫跟从着风，风把妻子吹落。这明明是不吉之言，你怎么能娶她呢？"崔杼有些不高兴，嘟哝道："什么意思啊！"陈文子说："你看这卦的繇（宙）词（解释卦象的文辞）说：'困于石，据于蒺藜，入于其宫，不见其妻，凶，无所归也。'被石头所困，在蒺藜中据守，进入那个屋子，不见他的妻子，乃是凶卦也，将无处可去，怎么能说是吉卦呢？"崔杼说："她是个寡妇，有什么妨碍？即使有，她的前夫已承担这个凶兆的结果了，难道还能落到我的身上吗？"他被棠姜美色所迷，于是坚持把棠姜娶进了门。

棠姜实在是太美貌了，如同一朵娇艳的鲜花，惹得蜂飞蝶舞，崔杼抱得美人归，正得意中，发现他的美人已经有了情人。那么，是谁敢去崔杼府上去撩骚，不要命了？原来棠姜的情人不是别人，正是齐国君主齐庄公。齐庄公自打勾搭上美人棠姜，经常出入崔杼府上去会他的情人，这事如何瞒得过崔杼，但毕竟给他戴绿帽子的是齐国之君，所以崔杼虽然内心愤懑，暂时也只好隐忍。所以，他干什么事都心不在焉，即使率兵伐鲁，也无心指挥作战，最后只好把他带领的那支无精打采的部队撤回国内。

怎么办呢？这是一个叫人挠头的问题。崔杼的确"据于蒺藜"了。

齐庄公勾搭上别人的老婆，不仅不避忌，反而愈加放肆。他明明给人戴了绿帽子，反而还要把崔杼的帽子赏赐给别人以取笑崔杼。他的近臣劝阻说："这事儿做不得，崔杼会不堪羞辱！"齐庄公说："这有什么，崔杼没了这顶帽子，难道就没别的帽子了吗？"崔杼气得七窍生烟，简直忍无可忍！

春秋时代，各国虽然发生过很多弑君事件，但基本都是兄弟相杀，父子相杀，叔侄相杀，君主将死或已死后，发生的君权之争。崔杼虽然是齐国的世袭贵族，也是齐国君主的本家，血统和姓氏高贵，但他是臣子，只可为权臣，不能成君主，况且他也没有争夺君位的野心，没有上位的合法性和政治基础。

那么，杀不杀这个使他蒙受奇耻大辱的君主呢？这是一个问题。如果中国有莎士比亚，崔杼弑君的历史将会成为一出震撼人心的戏剧：美女和欲望，屈辱和复仇，荣誉和谋杀，君臣的名分，礼制的藩篱，弑君的罪孽以及对历史的畏惧都会引起主人公剧烈的内心冲突，会产生多少动人心魄的莎翁式的独白，又会怎样推动戏剧冲突不断地走向高潮啊！

崔杼在屈辱和愤懑中挣扎，他痛苦、绝望、疯狂……这是他亲手扶植起来的君主，可他带给自己的屈辱什么时候才是尽头？他难道要承担弑君的恶名而被史官记入史册吗？弑君，这是大逆不道，这是犯上作乱，因为违背周礼而将被千秋唾骂，而这不幸就将落到他崔杼的头上吗？

他想到了他执意要娶棠姜时卜筮的繇辞："困于石，据于蒺藜，入于其宫，不见其妻，凶，无所归也。"如今，他的确是被困于巨石之中了，他推不开，又逃不出，周围荆棘丛生，到处是尖锐的芒刺，这正是他现在的处境。进到屋子里，却见不到棠姜，他的妻子，她在哪儿，她在庄公的怀抱里，他们在淫乱的床上，这真是大凶之兆，无论是心还是自己的肉身都没有归处！

怎么办？

历史是简洁的，它只记载事件，它不关注人的灵魂和内心斗争。崔杼经过激烈的内心搏斗，终于下定了决心：他能扶他上君位，当然也能置他于死地，嫉妒使他疯狂，屈辱令他战栗，仇恨使他冷酷，他要把亲手扶起的君主送进地狱！开始，他不想担弑君的罪名，齐、晋两国是敌国，齐庄公是晋国的仇敌，他曾想通过晋国之手除掉这个荒淫的君主，但最后他放弃了这个想法。勾结敌国来杀死本国君主，无论有多么堂皇的理由，都是通敌卖国的行为，他不想这样干。那么，就让自己来担弑君的恶名吧！因为棠姜，他和庄公之间已经产生了公开的敌意，庄公对他十分戒备，他需要找一个帮手来完成这血腥的复仇。齐庄公身边有一个贴身侍从，名叫贾举，曾因一次小的过失被齐庄公下令鞭打得遍体鳞伤，但他仍然留在庄公身边。这种人表面还是驯顺、勤快，比从前更谨小慎微，小心翼翼，无微不至地照料主人，脸上带着谄媚讨好的笑容，但仇恨入心，报复的恶念已经破土发芽。粗心而傲慢的君主浑然不觉，正是这样的人成为崔杼最好的帮手。

这年夏五月，莒国国君来访，齐庄公在北城设宴招待莒国国君，崔杼推托有病没有参加，之后，也不上朝理政。齐庄公便去崔杼府上探望，并借机和棠姜调笑，想会会他的情人。棠姜见庄公到来，便进入内室，和崔杼从侧门走了出去，消失不见了。庄公追过去，进了院子，贾举挡住了庄公的护卫和随从，说："主公有秘事，别人不得入内！"随后关上了门。庄公进了院子，见院子里空空荡荡，没有他的情人棠姜，于是便击柱而歌，他敲着柱子唱的什么歌？史书上没有歌词，我们推测，如此风流的君主肯定很有情调，大约唱的是一首情歌吧，用来呼唤他的情人，表达他急切想约会她的心情。可是他的情人并没有出现，院子里忽然涌出了一群手持明晃晃刀剑的壮汉，喝道："淫贼哪里走！"庄公这才醒过腔来，知道坏事了，不但会不到日思夜想的情人，反倒性命不保。他回身想开门逃出去，却发现门已牢牢地锁住了，他呼唤侍从贾举，贾举早已不知去向。他跑到一个高台上，对凶神恶煞的壮汉们叫道："你们休得无礼，我是齐国的国君！"那些壮汉们喊道："我们不认得什么国君不国君，我们只知道奉命来杀淫乱的贼子！"于是，挥着刀剑，涌上前来。齐庄公请求饶命，壮汉们不答应，请求见崔杼，和他订立盟约，让出君位，壮汉们回答说："少废话！崔大人正在病中，他也不想当什么国君！"齐庄公最后哀求道："我也知道罪不可恕，请允许我到宗庙去自我了断吧！"壮汉们还是不答应，只立刻要他的命！庄公走投无路，情急中跑到墙边，想攀墙逃命。壮汉们挽弓齐射，一箭射中他的大腿，他从墙上跌落在地，壮汉们一拥而上，刀剑齐下，齐庄公当时毙命。壮汉们杀红了眼，侍从贾举连同庄公卫队的七个武士全都被杀死，满院尸横狼藉。

弑君是一次血腥的宫廷政变，必将引起政局的震动并牵连到很多人的命运。

一个叫祝佗父的臣子奉命到高唐去祭祀，完成使命后，回来复命。听说庄公在崔杼家，匆匆赶来，还没等脱下礼服和帽子就被杀掉了。一个叫申蒯的主管渔业的官员，听说君主被杀，对他的管家说："你带着我的妻儿逃命去吧，君王已死，臣子不能独生，我准备赴死以报君王！"他的管家说："我如果逃命，就违背了你平时教导的义！生命的价值在于为义而死，我何惜此命！"于是和申蒯一同自杀了。君主死了，臣子殉死才是尽忠，才是所谓的"义"。这是春秋时就有的观念。这种观念在中国延续了数千年，一直贯穿君权专制制度的始终。许多臣子，包括一些微末小臣和幕僚就这样"大义凛然"自我了断，觉得死得其所。

当时齐国有一个名臣叫晏婴，后人称晏子，他也是齐国的贵族，世代辅佐齐国的君主。此刻他站在崔杼的府门前。他如何决断自己的命运呢？《左传》有如下记载：有人问他："你准备去死吗？"晏子回答说："他（庄公）是我一个人的君主吗？我为何该为他去死？"这是一个反问句，结论不言自明。"那么你要逃亡吗？"晏子还是反诘："他的死是我的罪过吗？我为何要逃亡？"结论也不言自明。既不想以死来殉君主，也不想逃亡，那么你站在这里干什么呢？"回家去吗？"那人又问。晏子说："国君已经死了，我回到哪里去呢？做君主的人，难道是要他凌驾于人民之上的吗？不，君主是要治国理政的。做臣子的人，难道只为享受俸禄吗？不，他是协助君主治理国家的。如果君主为了国家而死，臣子就要以死相殉，君主为了国家而逃亡，臣子也要随君主而逃亡。如果国君是为了自己个人而死，为自己个人而逃亡，不是他私人宠爱的人，谁会为他殉死和跟他逃亡呢？别人立了国君又把他杀死，我岂能为他而死？又有什么理由为了他而逃亡？但是此刻，我又能回到哪里去呢！"这时，崔府打开了大门，让晏婴进去。晏婴进去后，看到齐庄公的尸体，头枕在尸体的大腿上痛哭失声。哭罢，"三踊而出"。什么叫"三踊而出"？这个词在《左传》中出现不止一次，原来它的意思是，古人表现他的痛苦，有一种失常的动作，呼天抢地，跳起来三次，这才奔了出去。晏婴是春秋历史上有名的齐国名臣，他对以死殉君有清醒的看法：如果君主死于国事，臣子应该以死相殉；可他如果死于个人的私事，比如齐庄公是为了跑到别人家会情人而被杀，除了他的私臣宠妾，国家的大臣不必为他自杀。但君主既死，臣子也要哀伤悲悼，以尽臣子之义。

崔杼铁青着脸看到晏婴跑出大门，他的心腹说："此人不可留，必须杀掉！"崔杼说："不可，晏子在朝中有威望，也是得到百姓爱戴的人，杀了他就会失去民心！"这句话，也可见崔杼不是滥杀的莽夫，他是很清醒的。

崔杼弑君之后，有很多臣子逃亡。为了稳定齐国的局势，崔杼立庄公异母弟名叫杵臼的上位，这就是齐景公。他自为相，与另一个权臣庆封结成政治同盟，以庆丰为左相 。崔杼和庆封为了震慑政敌，在宗庙里和公卿百官举行了一次宣誓，目的是借此观察大臣们的态度，除掉那些对崔杼弑君心怀不满的人。其誓词曰：凡与崔、庆两个家族为敌者……还没等说完，晏婴仰天长叹道："我晏婴如果不亲附忠诚国君，为国家和百姓谋利的人，上天会惩罚我！"那誓词的下半句是"杀无赦！"晏婴知道，因为他在崔杼府上枕庄公之尸而痛哭，已使崔杼产生了疑忌。此次的宗庙之誓，就是冲他来的，如果他不及时表态，马上就会死于非命。于是，抢先表了态，话说得也冠冕堂皇，无可指责。在凶险的宫廷政治中，晏婴是个聪明能自保的人，所以，和崔、庆等歃血为盟，投入了新的政治营垒。

崔杼稳定了权势，开始处理弑君后的遗留问题，他没有按诸侯的礼仪埋葬齐庄公，而是按照臣子的规制把齐庄公下了葬。齐国的太史在史书上记载道：某年某月，"崔杼弑其君"。弑君是犯上作乱，罪大恶极，遗臭万年的恶名。崔杼害怕恶名留史，把太史杀掉了。春秋时大夫，官职和职业都是家族世袭，这个传统延续到汉朝依然如此。司马迁就是继承父亲的史官职务 ，完成了《史记》的写作。崔杼杀了太史，太史的弟弟接替哥哥的职位，正义凛然，依然秉笔直书写下"崔杼弑其君"，崔杼大怒，又把太史的弟弟杀掉。太史的三弟继承职位，发誓不畏权贵，即使肝脑涂地也要捍卫历史的尊严，再次写下"崔杼弑其君"。崔杼连杀两个秉笔直书的太史，看见第三个仍然宁死不屈，不由凛然而惧，再不敢杀了，他把写史的竹简掷于地，长叹一声："太史不畏死，吾何能乎！"南氏史——另外一个权威史官——拍案而起，听说崔杼连杀两个太史，他怀着对历史的敬畏和必死的决心，"执简以往"，要当着崔杼的面，亲自写下崔杼弑君的真实历史。听说第三个接任的太史已如实记载，这才返回去了。

中国流传下来的史官文化，记载了历朝历代的历史事件，成就了中华文明的辉煌，这是祖先给我们留下的独一无二的遗产。春秋时代齐国史官秉笔直书，以生命捍卫历史的尊严的品德一直受到后人的景仰，他们是我们民族的脊梁，其实事求是、凛然不屈的精神光耀千秋！

崔杼弑君固然是历史的真实，要如实记载，可是其间的是非曲直，所彰显的人性的幽暗、权力的傲慢又不可一语道尽。被弑的齐庄公并不值得同情，如晏婴所言，这位君主死于个人的情欲，与国事无关。无论人性还是历史都是复杂的，不能简化的。

崔杼弑君余波未平。他虽扶立景公，身为国相，大权在握，但很快就遭到了灭顶之灾。所谓"吾恐季孙之忧，不在颛臾，而在萧墙之内也"。这是孔子的话，移用于崔杼，非常准确。所谓祸起萧墙，就是家里闹起了乱子。原来，崔杼娶棠姜之前，前夫人为他生下两个儿子，一名崔成，一名崔强，前妻死后，娶美女棠姜，又为其生一子，名为崔明。棠姜有宠，把自己前夫棠公的儿子无咎和弟弟东郭偃引进府中来帮助崔杼处理政事。崔杼长子崔成有病，东郭偃和无咎乘机说服崔杼，立棠姜所生的崔明为世子，也就是崔杼权位和家业的继承人。

崔成有病，不求别的，只求能在崔府养病，终老于家，崔杼答应了。但东郭偃和无咎不答应，说："这不行，崔氏乃国之宗邑，已有了合法继承人，怎么能容许他在家中养老呢！"现在是棠姜当家，棠姜所生的崔明已成为崔杼的世子，前妻所生的崔成崔强成了路人，连家里也容不得了。

崔杼宠爱棠姜，两个儿子被冷落和边缘化，十分憋闷和气愤，便去找庆封倾诉心中的委屈。说："您老也了解我们的父亲，现在他只听棠姜、东郭偃和无咎的话，我们父子已经成了路人，根本说不进话，将来我们怕他们谋害父亲，所以把家里的事告诉您老。"庆封虽和崔杼是左右相，皆握有朝中大权，但势力之争，二人表面和好，内心已有嫌隙，这嫌隙因为关乎权力，所以格外充满恶意。庆封说："为了崔相国的安全，不能让他们如此猖狂，一旦大火成灾就扑不灭了！先下手为强，你们动手除掉他们，有困难，有危险，我给你们兄弟当后盾。"崔成崔强兄弟有了庆封的许诺，回到家，就把东郭偃和无咎两个人杀了，家人纷纷逃散。崔杼闻信，大怒，周围竟无人可供驱遣，无奈之下，找一个宦官赶着车跑去找庆封。庆封假意怒道："这两个混账东西，让我为你收拾他们！"于是指使他手下一个姓卢的大夫攻打崔成和崔强。这个卢大夫本是崔杼的仇家，和庆封彼此会意，于是，指挥兵丁见人就杀，把崔氏一家杀得血流成河，崔成崔强在疯狂的杀戮中丧命，棠姜自尽身亡，刚懂事的小儿子崔明在家臣的保护下逃到了国外，崔氏一家被斩草除根，家族封地毁于一旦。崔杼无家可归，也在绝望中自杀。正是，争权于朝，争利于市……最后灰飞烟灭，落得一片白茫茫大地真干净。

崔杼生前的权力由庆封取而代之，他专横跋扈，威风赫赫，无人不胆战心惊。但是，任何权力者都处在凶险的旋涡中，时刻会被惊涛骇浪所吞噬。庆封骄横残暴，嗜酒好色，经常出去打猎以为乐事，把权力交给了他的儿子庆舍。庆封在庙堂上有四个政敌，分别是陈（田）、鲍、高、栾四家，这四家在齐国盘踞久远，根深叶茂，其势力不可小觑。四家日夜盘算着整垮庆氏。这天，是在太公之庙祭祀的日子，庆舍放松了戒备，庆氏的兵丁放下武器，把战马都拴起来，一边喝酒，一边观看俳优们的表演。陈（田）、鲍、高、栾四家乘机发动了预谋已久的进攻，庆舍没有防备，受了重伤，仍然以屋椽和窗棂为武器，杀死数人，终于寡不敌众，死于乱军之中。和当年屠戮崔氏一样，庆封一家也遭到政敌的抢掠和血洗。庆封此时在莱地打猎，莱地距离齐国都城临淄有一百五十里，等他知道政变的消息，赶回都城，已无家可归，于是他逃到鲁国。庆封是个粗人，虽然他把自己华贵的车子献给鲁国，但他失礼的举动令鲁国的上卿大臣们非常不满。这时，齐国责备鲁国竟敢收留齐国的罪人，庆封知在鲁待不下去，又逃奔吴国，受到吴国君主余祭的礼遇，给他一块封地叫朱方，这个地方在如今江苏镇江市东，丹徒镇南。他的族人又聚集在那里，庆封比从前在齐国时更加富有。这事传到鲁国，鲁国司马叔孙穆子（叔孙豹）说："善人富谓之赏，淫人富谓之殃。天其殃之也，其将聚而歼旃。"好人富有是上天的赏赐，坏人富有足以招来祸殃。庆封聚其徒党于朱方，那是等着将来聚而歼灭啊！七年后，吴王余祭十年，即公元前 538 年，楚灵王会诸侯攻伐吴国的朱方，将庆封诛灭。

齐景公三年即公元前 545 年秋，齐国按照诸侯的礼节重新安葬了被崔杼所杀的齐庄公，又把崔杼从墓中挖出来，戮尸示众，以为弑君者戒。崔杼一家灰飞烟灭，后人只看到了权力血腥的覆灭史！

一四　陈国故事

陈国的国君据传是舜帝的后裔，按古代姓氏本姓妫，后来以国为姓，改姓陈。第一代国君胡公，周武王伐纣后即封之于陈，因此是周王朝最早的封国之一。陈建都于宛丘（今河南淮阳），国土有河南东部和安徽的一部分。公元前534年，为楚所灭，改建为县。后五年，得复国，于公元前479年复为楚所灭。

陈国的故事就是陈国君主昏庸淫乱终至灭国的故事。吴国贤人季札游历各国，观乐于鲁，说到陈国，道是"国无主，其能久乎"？所谓"国无主"，是说没有贤明的君主。

陈自胡公被武王所封至十几代延续至陈桓公（名鲍）开始发生动乱。桓公在位三十八年，老病将死，按照传统，他应该将君位传给他的太子（名免），但他有个弟弟，名叫佗，佗的母亲是蔡国公室女，于是，他联系蔡国出兵杀掉了桓公太子免，成为陈国君主，后人称之厉公。陈桓公死后这场由传位引起的动乱，因有外部势力介入，所以异常激烈，给国家和百姓造成了极大的伤害。《史记》云："桓公病而乱作，国人分散，故再赴。"百姓流落四方，后来才重新集结，回到国内。

厉公是个耽于女色且十分放纵的人，他娶的也是蔡国的女子。蔡女风流淫荡，与多名蔡国男子淫乱，所以她总是跑回蔡国与她的情人们幽会。

陈厉公不以为羞辱，反而十分沉迷这种乱性的游戏，他也多次跑到蔡国去参与聚淫，把国事完全置诸脑后。他是杀掉桓公太子免而上台的，免有三个兄弟，依次名为跃、林和杵臼。三人发现厉公（按辈分是他们的叔叔）如此淫荡，于是便买通了蔡人，准备了很多蔡国的美女诱惑他。厉公愈加痴迷，耽留蔡国而不归。正当厉公和女人们厮混时，三位公子串通蔡人雇的杀手闯进去，将厉公杀死于淫乱的床榻之上。

三位公子排序做起了陈国的君主。先是公子跃即位，名为利公。利公命短，只干了五个月，一命呜呼。二公子林上位，干了七年，死后谥为庄公。最后，最小的公子杵臼即位，是为宣公。

由于历史太久远了，有的史书记载厉公和利公名为一人，他的名字叫跃。总之这段历史有点混乱，但是基本的事实不会错，陈国有一位淫乱的国君被蔡人所杀。

宣公有个宠姬，与之生了个儿子名款，想立款为太子。但他前曾有太子名御寇。为了除去障碍，他把太子御寇杀掉了。公室内部的血腥杀戮，没有任何亲情人伦可言。杀前子而立后子，只因后子的母亲是他宠爱的女人。

这件事情的直接后果，是陈国的一个公子逃掉了。他是陈厉公的儿子，名叫完（音桓），也就是陈宣公的异母弟，太子御寇的叔叔。完和太子御寇感情亲密，陈宣公杀太子，他怕株连自己，就逃到了齐国，陈完出生时，他的父亲曾找周朝的太史占卜算命，用的当然是《易》，占卜的结果令人莫名其妙并大吃一惊。说此人将来命运不应在陈国，而是应在一个姜姓国，他的后世子孙将取姜姓国君而代之，成为该国的君主，并使之壮大起来。果然，此人为避陈国之难，跑到了齐国，而齐国恰恰是姜太公的封国，当时是春秋五霸之一的齐桓公在位。这位名叫小白的君主热情地接待了这位陈国的政治流亡者，为这位完先生的个人魅力所折服，要他做上卿，参与齐国政事。但完先生推辞了，他说："我是羁旅流亡之臣，得贵国的庇护已感恩不尽，怎么能做上卿呢？"最后，齐桓公给他一个"工正"

的职位，这个职位不是特别高，但也不很低，他负责宫廷内钟、鼎、彝、樽等青铜日用器物的制造，宫室和城墙的修建，或许也负责盔甲兜鍪、剑戈弓弩等兵器的供应，负责齐国的建筑业、制造业和兵器生产，所以也跻身齐国贵族之列。他留在齐国，为了割断和故国的联系，他把自己的姓氏也改了。按传说中祖先舜帝姓氏，他应该姓妫，他是陈国公室子弟，与国同姓，也应姓陈，但他舍妫弃陈，自命为田氏。他死在齐国，谥为敬仲，从谥号看，他已由陈国贵族成为齐国贵族，而且生前品行得到了肯定。他的田氏子孙在齐国一代一代成长起来，参与国事治理，最终取姜姓君主而代之，齐国由姜姓国成为田姓国，其源在此。

完先生的故事在此且按下不表，我们接着说陈国故事。

陈宣公对陈国的治理并无可圈可点的德政，他唯一被后人所铭记的就是他杀掉自己的大儿子（太子）而立小儿子为接班人，原因就是后者是他和宠姬所生。他在位期间，陈国一直是个国力衰弱、人民困苦的小国，不为诸侯所重。但是并不妨碍陈宣公这样窳劣无能的君主把自己关在宫墙之内寻欢作乐。在他执政第三十七年时，齐桓公因为和蔡姬闹别扭，率军伐蔡，并顺道带领部队跑到南方去伐楚，虽然劳民伤财，没有和楚国开战，但部队搞得非常疲惫。班师回国，齐国军队本来应路过陈国，得到粮秣供给。但陈国大夫袁涛涂害怕齐军骚扰陈国百姓，本来陈国就是疲敝小国，再过一次饥狼饿虎似的大军，陈国如何能招架得了？于是，他建议齐桓公绕过陈国走东边的归国路线。东路险恶难行，且人烟稀少，军队找不到补给，结果给齐军造成了很大的损失。齐桓公很生气，认为袁涛涂故意指示歧路，别有用心，于是下令逮捕了他。齐国的君主，逮捕陈国的大臣，没见陈国有任何不满和反抗，说明陈国国力太弱，陈宣公也确实是个无能而窝囊的君主。

陈国在国弱民疲，毫无希望的暗夜中挣扎。没有一个励精图治的君主，这个国家毫无希望。陈宣公在位四十五年，近半个世纪的时间里，由于制度的原因，没有人挑战他无能的统治。因为国是他的国，国土和人民都是他个人世袭的财产，任何非公室血统的人都不能代替他以及他后代的统治。这个观念深入人心，没有人动这个可怕的念头。他终于死了，他和宠爱的女人生的儿子名叫款，由他来继承了君位。在这之前，先前的太子御寇已被他杀死二十三年了。

款同样是个平庸的人，他在陈国的君位上待了十六年死去，被谥为穆公。他的大半生都是在宫廷里过着养尊处优的日子，从他父亲的经历中，他认识到，一个君主是不需要干什么的，除了游猎、宴会、享用女人和听身边臣子们说些肉麻的好话，真的用不着想什么，更无须干什么。他有时决断一下臣子们因财产而起的争端，或因争宠而产生的嫌隙，但只要他一说话，无论对或错，他们都会安静下来。世界上没有人比一个诸侯国的君主活得更美好的了，有数不清的物质享受，有随心所欲、想要就要的女人，有很多人保护和侍候衣食起居，在自己的国土上，有想去哪儿就去哪儿的自由。但是，这样美好生活的前提是：没有别的国家举兵进犯；没有怀有野心的血亲兄弟或叔侄争夺君位；散处草野的百姓还活得下去，没有人造反。谢天谢地，陈国是个被遗忘的国家，这三条倒霉事儿暂时都没有。

款死后，他的儿子朔上了台，朔在台上混了十八年，死后谥为共公。由他儿子名叫平国的即位，后谥为灵公。从宣公到灵公，历四代，近百年悠长的岁月就这样过来了。古时的岁月如此的滞缓而悠长，公室里有史官的记载，我们知道经历了四代人，但寻常百姓，甚至那些贵族们呢？他们的生生死死都湮灭在黑暗而绵长的岁月里了。

陈国还是陈国，疲敝而毫无生气。

灵公在位十四年时，死气沉沉的陈国终于有了故事。既被史官记载，故事的主角当然是"国王"。任何令人沉迷其中的故事都少不了女人，而且是美丽风骚的女人，陈国故事当然也不例外。这个女人的名字叫夏姬，和古希腊半岛上引发特洛伊战争的美女海伦一样，夏姬也同样是个香艳的女人。故事发生在公元前600年，我们无法窥见夏姬的美貌，但可以想见她的风采。她是郑国君主郑穆公的女儿，嫁给了陈国大夫御叔。据古代记载女子事迹的典籍《列女传》记载：夏姬曾"三为王后，七为夫人，公侯争之，无不迷惑失意"。可见这个贵族女子超人的魅力。陈灵公也被夏姬所迷，被其迷住的还有陈国两个大夫，一个叫孔宁，一个叫仪行父，君臣三人都是"夏迷"，也都是夏姬公开的情人，在这个非凡的女人面前，"无不迷惑失意"。他们不仅联床宣淫，而且公然在朝堂淫乱。陈灵公和两个大夫当着光裸的夏姬，穿上夏姬贴身的内衣，互相戏耍嬉闹。众多大夫们看不下去，纷纷回避。其中一个名叫泄冶的大夫看不下去了，痛心道："君臣淫乱于朝堂之上，让诸侯和百姓如何看我陈国？陈国还是一个正常的国家吗？"陈灵公把他的话告诉了另两个"夏迷"孔宁和仪行父，两个人说："他既然不满，不如把他杀掉，免得他到处乱说。"陈灵公说："好，你俩把他办了！"于是，孔宁和仪行父就把泄冶干掉了。

这天，陈灵公和孔宁、仪行父三人又跑到夏姬那里去饮酒行乐，这时夏姬和御叔所生的儿子徵舒已经十五岁，世袭为大夫，也在侧。三人笑谑，陈灵公说："徵舒长得和你俩很像啊！"那两位"夏迷"调笑道："哦，他长得也像主公您哪！"于是，三人大笑，陈灵公一把将夏姬揽入怀里。此时，一边的徵舒难以忍受，就悄悄地离去了。等三人散席而出，陈灵公走过马厩旁要去登车，突然，一支劲弩从厩门后射出，正贯灵公的胸口。灵公倒地，挣扎片刻，一命呜呼！

射杀灵公的正是埋伏在马厩里的徵舒。

陈国君主被杀，大乱。孔宁和仪行父二人跑到楚国躲避，而灵公的太子（名午）则跑去了晋国。陈国无主，徵舒索性自立为君。

且说跑到楚国的孔宁与仪行父二人再不提自己龌龊之行，只说陈国发生了大逆不道的弑君事件，以臣弑君，所在非主，力劝楚庄王发兵伐陈讨逆。诸侯有国，乃周天子所封，徵舒乃陈国大夫御叔的儿子，弑君夺位，为诸侯所不容。于是楚庄王兴兵伐陈。陈国本就是个武备废弛、朝野涣散、百姓穷困的小国，楚庄王发檄陈境："陈国群臣百姓勿惊，此次兴兵，只为杀徵舒而已。"陈国无人抵抗。楚兵入境，杀徵舒，然而并不撤兵。楚庄王决定吞并陈国，据为己有。于是设宴欢庆，群臣毕贺。楚国大夫申叔时出差到齐国去，回来后，见群臣兴高采烈，纷纷因吞并陈国向楚王敬酒庆贺，申叔时端坐不动，一脸鄙弃和忧戚的神色。楚王问其故："举国欢庆，为何君独不贺？"申叔时道："民间有俗语，牛入田践踏秧苗，固然不对，但田地主人夺人牛而据为己有，难道不是过分吗？今大王伐陈，只因陈有弑君之逆臣，如今逆臣已伏诛，而大王却据陈而有之，何以收天下之心？大王所为，无乃过之！"楚王领首道："你说得对！楚何贪陈区区之地以失诸侯之望哉！"于是，从晋国迎回了陈太子（午）立为陈君，这就是陈成公。摇摇欲坠的陈国又死而复生，勉强续命。

孔子读陈国之史至此，叹道："贤哉楚庄王，轻千乘之国而重一言。"称赞楚庄王保留陈国的行为。孔子的政治理想就是维护周王朝现有的秩序不变，尊卑有序，万国朝周，"郁郁乎文哉，吾从周"。到了继承儒家学说的董仲舒那里，就是"天不变，道亦不变"了。

其实，天与道都是在变，静止不动，岂可能哉！

该死的总是要死，该亡的必然要亡，世上从无千年不亡之国，"天作孽，犹可违，自作孽，不可逭。"更何况其自作孽乎！

陈国在楚国的卵翼下，自成公起，又延续了一代。成公在位第二十九年，想摆脱楚国的挟制，背弃楚盟。第二年，楚国再次兴兵伐陈。陈成公这年死去。因陈有国丧，楚国退兵。

陈成公死后，由其子（名弱）即位，即陈哀公。

陈哀公三年，楚再次兴兵围陈。不久，罢兵撤围，陈国又得一线生机。

此后三十年，陈国还是这样不死不活地维持着。

陈哀公三十四年，病将死。他曾经有四个为其生子的女人，两个娶于郑国，长姬生子名师，立为太子，少姬生子名偃；还有两个宠爱的小妾，长妾生子名留，少妾生子名胜。师、偃、留、胜四个儿子中，他最喜爱的是留，他把留托付给他的弟弟、陈国的司徒名叫招。他希望在他死后，他喜爱的儿子留能得到招的照料，不至于在公室的权力斗争中失去庇护。但招另有打算，当哀公在病中时，他带人把太子师杀掉了，立留为太子。他希望立留为君，并将留作为自己手中的傀儡。哀公得知这个消息后，又悲伤又震怒，下令将招斩首。招索性一不做，二不休，带兵将哀公围困在宫中。病中的哀公又急又气，绝望之下，自缢身死。于是招立留为君，并派使节赴楚，希望得到楚的谅解和庇护。谁想楚灵王听到陈内乱的消息，下令把陈国派来的使节杀掉，使公子弃疾统兵伐陈。刚刚立为陈君的留弃国而逃，跑去了郑国。陈国无君，两个月后，再次被楚所灭。楚灵王废陈之祀，立楚公子弃疾为陈君，陈国已为楚所有矣。

陈灭五年后，楚公子弃疾杀掉楚灵王自立为王，后称楚平王。

楚平王弑君新立，为了招揽人心，决定把吞进腹中已经五年的陈国吐出来。当年招杀陈太子师时，师的儿子（名吴）逃到了晋国，他从晋国召回了吴，立为陈侯，是为惠公。陈亡五年复生，又立于诸侯之林，所谓白骨生肉，借尸还魂，也算奇事一桩。

这时，东南的吴国强大起来，卧榻之侧除了原来楚国这头老虎，又多了吴国这头狮子，处于两头猛兽的唇吻之间，迟早成为它们的腹中之物已是注定的命运。

陈惠公十年，陈国都城遭遇了一场大火，惊动吴国这头狮子，吴王僚派公子光率兵伐陈，割去了陈国胡、沈两邑，活活从陈国这只兔子身上撕去两块肉。陈国忍痛蛰伏，不敢作声。又过了一些年，陈国身边吴、楚两国"狮虎斗"，经过激烈的厮杀，吴王阖闾与伍子胥大败楚国攻入楚之郢都。这一年，陈惠公死去。他的儿子立为陈侯。是为怀公（名柳）。

狮胜虎，吴破楚，吴王在郢，意气轩昂，想起身边还有一只兔子，立刻召陈怀公入郢晋见。怀公害怕，想应召前往，陈国一个大夫说："吴王新胜，正得意时，去了只有受辱。楚王虽败，从前陈国皆托庇于楚，若背楚向吴，恐将来祸不可测。"怀公听了，觉得有理，只好借口有病，谢绝了吴王的召见。过了三年，吴王再次召见陈怀公，怀公再无理由推脱，只好跑到吴国去朝见吴王。吴王因上次召而不至，对怀公气恼在心，这次干脆把他监押在吴。陈国虽孱弱，但名义上毕竟是一国诸侯，堂堂怀公，有土有民，有臣有妾，有国难返，有亲难见，成了囚徒，怎一个凄楚了得！不久，抑郁成疾，死在吴国。

怀公死，陈立怀公儿子（名越）为陈侯，是为泯公。

泯公六年，孔子周游列国，来到陈国。这一年，吴王夫差伐陈，又割去陈国三邑。陈国内外交困，垂死挣扎，哪有闲心理会孔子这位大圣人，结果他和弟子被困于野，绝粮，恓恓惶惶，惨不可言。泯公十三年，吴国又来伐陈，陈求救于楚，楚发兵来救，吴撤兵。数年间，诸侯间相攻杀，齐楚两国又有弑君之乱，自顾不暇，陈稍得喘息。

陈泯公二十三年，时在公元前479年，楚国内乱已平，楚惠王以兵北伐，杀陈泯公，遂灭陈而并入楚国。

陈国三亡于楚，这一次是彻底把它从春秋诸国的版图上抹去了。

从前的时光何其缓慢悠长！一个国，自立国至灭亡，国无明主，民无声息，士无谠论，其历史上只有国君淫乱荒唐的记录，竟能延续四五百年。好比一个只有食色之欲的懵懂的傻子，人人侧目，蔑视嫌恶，偶尔你踢他一脚，我揍他一拳，好歹也算活下来了！最后之死，合该也是定数。

太史公司马迁曰："周武王时，侯伯尚千余人，及幽、厉之后，诸侯力政相并，江、黄、胡、沈之属，不可胜数，故弗采著于传云。"周武王初封时，有一千多个小国家，那些名不著典籍的小国都被强国吞并了。一部春秋史，多记各国内部夺权弑君，外部攻杀攘夺的事情。想来那些在大浪淘沙中覆灭的小国也各有各的故事吧，但那些悲欢生死的故事已湮灭在茫茫的时光里。如今，我们只能借助于漫漫长夜中古人擎起的短檠微光，窥见那些明灭闪烁的千古幽灵了！他们的歌哭，他们的爱恨情仇依然令我们长夜低回……

一五　庆父之乱

说完齐国的历史，回过头来再说说鲁国。在第八章，我们说到鲁桓公携夫人文姜入齐，文姜与其庶兄齐襄公奸情暴露，鲁桓公怒斥夫人，因遭杀身之祸。堂堂一国君主死于奸夫淫妇之手，的确令人叹息。鲁桓公死后，由他的儿子即位，是为鲁庄公。鲁庄公在位三十二年，鲁国相对平静。但王室的倾轧和杀戮好比癫痫病的间歇性发作，该来总是要来……

鲁庄公青春时代，一次登台赏月，忽见台榭旁边院落中一美女月下徘徊，凝视之，见其风姿绰约，貌美如花，不由情动于衷，遂以手招之，幽会于园中。两情相悦，遂定私情，年轻的国王许以夫人之位，与女割臂歃血以为盟誓。这是历史上君王中罕见的爱情篇章，充满着迷人的浪漫气息。女为鲁国大夫党氏之女，称孟任，入宫后，与庄公生一子，名子般。

子般渐长，情窦初开，爱上鲁国大夫梁氏女。一次，去梁氏府上约会梁女，恰逢国家要举行求雨祭祀，在梁府演习祭祀乐舞，梁女在人群中观看。这时，从墙外走过一个魁梧健壮的男子，此人名荦，宫廷中一马夫。见梁女，遂与其隔墙挑逗嬉戏。子般见之，由妒生怒，遂令人鞭打荦。鞭刑后，释去。鲁庄公听说后，对子般说："荦，壮夫也！其力甚大，一人可竖起都邑的城门。岂可鞭刑置之，应该把他杀掉才是！"但父子俩说过也就罢了，并没有杀莘。

鲁庄公执政三十二年，除了有过几次规模不大的对外战争，鲁国基本是平稳的。若非特别苛暴地对待百姓，国之动乱，多发生在宫闱之内。而宫闱从来就是阴沉、神秘、鬼影幢幢而又帷幔重重的。在摇曳昏暗的烛光下，在厚重紧闭的宫门内，在侍卫林立的禁闼中，在青铜鼎彝的暗影旁，在神圣祭祀的青烟暮霭中，在钟磬声歇的阒寂神庙里……人性的恶之花在放肆地绽放。淫乱是被允许的日常，乱伦也并不令人骇怪。国之权柄高悬在若明若暗的虚空里，令人血脉偾张而又坐立不安，野心在膨胀，阴谋在酝酿，杀戮所迸溅的总是血缘最近的血……庄公在国君之位的三十二年中，或许还记得从齐国运回父亲冰冷的尸体那个令人震撼的时刻，记得即位典礼上上卿大夫们阴沉惨淡的容颜，记得与齐侯会盟的高坛上曹刿劫持齐桓公那个令人惊悚的场面（齐国虽然归还了侵占的土地，但此后很长时间，他都会心神不宁，唯恐祸事降临）。记得在兵车骑士簇拥下的出战，记得在乐舞和太史祝祷声中的祭祀，记得胜利和荣耀，失败和屈辱，尤其记得青春时代难忘的恋情——那女人美丽的容颜已凋落，但他还是爱她，爱和她共同生下的爱子子般。时光真快，数十年倏然而逝，他老了，而且躺在了病榻之上。一个国君，时日无多，他必将死去。他所忧惧的并非他自己的死亡。墓穴已经挖好，祭祀的神庙也已竣工，神庙中为他招魂的六佾"万"舞也已演练多遍，他马上就将和死去的父王及列祖列宗见面了。他或许会见到远古的祖先，文王、武王、成王和被封到鲁地的周公。周公是鲁的第一代先祖，他叫姬旦，是一位无人超越的神和圣人，他的光辉甚至使他所辅佐的武王和成王黯然失色。一代又一代，远古的辉煌已成斑驳的记忆，先祖周公却一直在他心里有至高无上的地位。他如今有一种担心和预感，觉得自己死后，鲁国将有不祥的祸事降临，他想让子般即位，可他还没有说出口，即便说出来，会得到执行吗？他熟悉他的宫殿的每一级台阶，熟悉每一扇出入的门，更熟悉他的近臣和几个执掌国柄的大夫们，在心里，他已经想过多少遍，他们的表情，他们应对的话乃至他们的冷笑和不屑的眼神……他即将死去，他们不再怕他，更不会尊重和执行他的旨意。谁会继他之后当鲁国之君呢？完全根据臣子们自身的利益决定。他说过的话将消失在风中，即使被人提起，也是活人拿他的话做护身的盾牌或掠夺自身利益的武器，他说过所有的话将被曲解，或者被无中生有的编造。一个死人，即使是君主，死后也毫无意义。所谓意义，也是活人需要的意义，与死人无关。

他太想让子般继承他的君位了，这是他死前唯一的念头。

可谁能决定鲁国的未来呢？和所有的诸侯国一样，国其实就是家，国事也就是家事。他知道自己来日无多，忽然想起父亲的葬礼。被众人不齿的母亲留在齐国未归，只有朝中上卿大夫们环围着父亲的灵床，他们的面容冷峻、阴郁，每个人都默无声息。葬礼上，他和他的三个弟弟被引到灵位前，那时候他们都很小，并非一个母亲所生，他不常见到他们。那时他也只是十几岁的孩子，而被称为他弟弟的三个男孩，稍大一些的被一个妇人牵着手，磕磕绊绊地走，另两个尚在襁褓中，分别抱在两个妇人的怀里。三个妇人都是父亲的姬妾，来自不同的诸侯国，彼此很少见面，所以非常生疏。他即位为君的数年间，几乎很少见到他的三个弟弟，但后来，他们渐渐进入他的视野，开始只是顽皮地在宫中戏耍的少年，有师傅和侍女们照料，享受着随意出入宫禁的特权，后来他们成人了，成为鲁国声威煊赫的公子。他们有各自的府邸，也有各自的臣僚，甚至结交朝中的上卿大夫，过问国事和朝政。他们的话比所有臣子们的话都更有分量，因为他们是主人，而臣子则是享受俸禄的臣仆。三个兄弟中，老大庆父，淫邪而跋扈，在他日渐老去的时日，他则年富力强，横行宫闱，我行我素，就连身为国君的他对之也有所忌惮。他已辗转病榻数月，其间很多关于庆父的消息令他忧惧不宁。他对上卿大夫们指手画脚，发号施令，俨然新的国君；他的心腹和爪牙遍布都城内外，出行时前呼后拥，乘坐四匹马拉的车子，并在宫邸宴会上敲击编钟，演练六佾之舞，他到都邑稷门（鲁邑南门）去，命令打造新的城门，责令限期完工……种种僭越非礼的反常举动，已令朝野不安。尤其令庄公隐忍难言的是，据说他经常出入齐姬的府邸。这种事情已有很多时日了，庄公从身边人欲言又止、吞吞吐吐的神情上已猜到了那难以启齿的秽事。齐姬嫁来鲁国时很年轻，他已领略过她的风骚和淫荡，她不能生育，然而却有烈火般的情欲。后来庄公年力渐衰，国事烦冗，床笫之事，渐有不支，已多年不去齐姬府邸了。他和随同齐姬同嫁鲁国的媵（陪嫁女，齐姬之妹）育有一子，名字叫子开，他还有第三个儿子名字叫子申，是和最年轻的姬妾所生。三个子嗣中，他属意的是子般。刻骨铭心的青春恋情是政治联姻的女人无法替代的，他爱孟任，也爱子般，希望子般承继他而成为鲁国之君。

如今，跋扈的公子庆父或者将左右未来鲁国的政局。庄公本非雄强凌厉之主，他柔弱、寡断，仁厚、谦退，有妇人之仁而少丈夫之气，如今既老且病，当年蹒跚的男孩已成赳赳壮夫，他已经无力铲除这株遮天蔽日的大树了！鲁国王室还有两位公子，当年怀抱在两个妇人怀里的婴儿如今也已长成，按照排序，老二名叔牙，老三名季友，他们同样是他的庶弟，也是鲁国最有权威的人物。因为他们是王室成员，所以更能决定鲁国未来的命运。这一天，老二叔牙前来探病。庄公知道，庆父是不会来的，他巴不得自己马上死去。他不想见到那个和他的女人通奸并处心积虑夺他国君之位的无耻之徒，如同一条蛇，对之无比厌恶并心存畏惧。叔牙也很久不来了，这个人表情阴沉，沉默寡言，深陷眼窝里的一双眼睛常常无声地盯着你看，不知他心里在打着什么主意。直到你开口说话，他如同从梦中醒来，答非所问地应付你。庄公同样不喜欢他那张阴郁的面孔，但是，这毕竟是同父异母的弟弟，他能来到病榻前，庄公还是感到内心里的一丝暖意。他很想试探一下叔牙对他身后鲁国君位继承人的想法，咳喘着，断断续续说道：

"我自知来日无多，心有重忧，常常夜里难以安眠……"

叔牙没作声，面无表情地盯着旁边的一尊铜鼎，半晌，垂下眼睑，嗓音低沉，自语般地说："外无敌国侵伐，内无水旱之灾，鲁国依旧，我公何忧?”语音刚落,从嗓子眼儿里发出一声干笑。

庄公知道,叔牙的话并不是在安慰他。但他还是想探探他的底,毕竟这是除自己外,在鲁国说话最有分量的人之一。

“我老病将死,不知未来谁能长保鲁国社稷,不负列祖列宗……”话没说完,他就剧烈地咳嗽起来,颜面苍白,花白头发下一张枯叶般的脸歪向一边,眼睛也闭上了。他听到叔牙干涩的声音在耳畔响起——

“一继一及,鲁之常也。庆父在,可为嗣,君何忧?”

君位继承,无非两种,父死子继,兄终弟及。鲁国也以此为常。如今有庆父在,他可以上位为君,你怕什么呢?

庄公闭着眼睛,没有回答。但叔牙的话却句句敲在他的心上了。他和庆父是一伙的,他们已经商定好了,等自己一蹬腿,就由庆父上位。叔牙根本没提子般和他的另外两个儿子,他们早已将父死子继这一条排除在外了。庄公内心一阵悲凉,他没有睁开眼睛,不知叔牙是何时离去的。

庄公在昏沉中仿佛看到了他的儿子和女人们血污的尸体。是的,在此君权承续的关头,既生王室,若不为君,则可能死于非命!尤其是庆父和叔牙这两个阴鸷狠戾的血亲,他们既已打定主意要上位,将威胁他们权位的血缘最近的人干掉,是他们最可能的选择,想独善其身是不可能的。

怎么办?谁能帮他?把他的子嗣从血腥的厄运中拯救出来?

在此生死存亡的关头,他想到了他的三弟,他的名字叫季友。

第二天夜里,季友奉庄公密旨,进宫谒见。季友是年三十七岁,身材壮伟,沉静少言。按照君臣礼节,他先是伏地叩首,向庄公请安。庄公声息微弱,命他起身,坐在他的榻前,然后命侍女们退出。

季友轻轻握住庄公枯瘦无力的手,半晌无语。兄弟俩在两手相握之中,沉默良久,眼见得庄公两行清泪涌出,顺着苍黄的面颊流到须旁。

“我公勿悲,敢问身后之事,可有安排?”季友附耳低语道。

"吾日无多，死后何求？只愿子嗣勿伏尸宫阙……足矣！"说罢，哽咽不止。

"我公何出此言？鲁国社稷总要存续久远，太子有德，太子外，尚有二子，皆我公胤嗣……我公何出此言？"

庄公不语，只哽咽不止。

"我公欲立何人？请即颁旨。"季友松开庄公的手，伏于地下。

庄公勉力支撑着，侧过脸，对伏在榻前的季友轻声道："我先祖周公制礼作乐，为保社稷久远，王朝诸侯继嗣之制，你可曾记得？"

"吾何敢忘也！嫡长子即位，先祖长治久安之大计，吾何敢忘也！"

庄公闭目，长久无语。

"立长子般？"季友轻声问。

庄公颔首，睁开眼睛，哆哆嗦嗦抓紧季友的手，用热切的目光望着他，道："子般，子开，子申……吾之胤嗣也！三子即不立，可使为庶人，允其苟活于世，勿使暴死刀矛之下。如此，寡人于九泉亦感吾弟之恩德也！"

季友伏地叩首："我公勿忧，季友领命矣！立子般为君，愿以死成我公之志！"

庄公又咳喘起来，断断续续道："叔牙欲立，立……庆父……"他的双眼睁得很大，呆滞空洞的瞳仁里闪动着绝望和恐惧。

季友没作声，他直视着庄公的眼睛，轻轻颔首，再次伏地道："我听到了先祖的声音，季友领命，愿以死立子般为君！"说着，他立起身，抓住庄公的手轻轻握了一下，昂然走了出去。

历史省略的必有的情节我们且置而不言。大约三天后，奉公子季友密令，鲁国大夫、宫廷卫队长甄巫在府中宴请公子叔牙，叔牙为鲁司寇，相当于今天的公安部部长，因此是甄巫的长官。叔牙欣然而至，酒至半酣，爵中酒尽，与之同席的甄巫之弟甄季大喝一声："上酒！"这一声断喝，把叔牙吓得一哆嗦，手中箸落地。甄季虬须如刺，怒目圆睁，一把将身边的叔牙揽在怀里。叔牙从前也与他多次同席宴饮，认为他是个愚鲁的莽汉，兴起时举起铜鼎，绕室疾走，呀呀大叫，以为助兴。事出突然，叔牙被甄季一条粗壮的胳膊勒住脖子，喘不上气，在他的怀里徒然地挣扎，却是半点也动不得。这时，只见一白衣侍者持爵而上，后面跟着的是两个持矛的士兵，挺着矛对准了几乎瘫软在甄季怀里的叔牙。白衣侍者不慌不忙地把酒斟在樽里，跪地举樽过头，平静地说："公子请！"

叔牙面色煞白，甄季放松如铁环一样的胳膊，他稍稍缓过一口气来，望着对面平静如常的甄巫，嘶声叫道："甄巫！甄巫……"

甄巫从容从怀中掏出一卷竹简，不慌不忙地展开，说："奉我公命，叔牙祸乱鲁国，着即处死！"

叔牙挣扎大叫："不！不！庆父，庆父……"

甄季收紧了胳膊，公子牙叫不出来了，苍白的脸上一双惊恐的眼睛闪着绝望的光芒，大口地喘着气。

甄巫开口道："饮此，则有后奉祀；不然，死且无后！"意思是说，你老老实实喝下毒酒自己死去，你的儿孙还可在鲁国继承你的爵位和财产，如果不喝，你也得死，而且剥夺子孙贵族的身份，永绝后嗣！

侍者酒樽举过头顶，两支长矛对准他的胸口，叔牙还在徒劳地挣扎，嘴里发出嘶声的叫喊："不，不……"

甄巫一脸不耐的神色，对甄季轻轻挥一下手。甄季取过侍者手中的酒樽，用力勒紧怀中那具肥胖的身子，叔牙张开嘴巴，死鱼般的两眼望着虚空，甄季把酒如倾倒进一个空杯子中一样，缓缓地倒进叔牙的嘴巴里。只听叔牙的喉咙和胸腔发出一种奇怪的咝咝声，然后似乎贪婪地吞咽着那致命的液体……一切都很顺利，直到那具身体如一个毫无生气的包裹，甄季才放开了手。

公子叔牙被鸩死数日后，公元前662年癸亥，鲁庄公薨于他的寝宫。遵照庄公的遗命，公子季友立子般为国君。

国丧期间，鲁国表面是平静的，但在沉沉的暮气中涌动着不祥的气息。鲁庄公尚未下葬，公子季友安排子般暂住在他的外祖父党氏的府中。早年那座王室的台榭俯临党氏的府第，他的父亲庄公新即位，就是在高台上看见了时为青春少女的母亲，与之幽会后娶入宫中，生下了他。很多年过去了，风流总被雨打风吹去，如今，父亲庄公已薨逝，王室的台榭也已倾圮，荒凉的土丘上长满了野草和荆棘，而做为鲁国贵族的党氏的府邸也已破旧和凋败。外祖父已经去世，只有舅舅们继承大夫的爵位和官职，深居简出的母亲容颜凋落，身在病中，她经常回到这座森严和破旧的院落里来，或许只有在这里才能寻回往昔的旧梦和残存的慰藉吧！子般在为父亲守丧期间留在这座孤寂的院落里，等到父亲的葬礼结束，他将入主鲁宫，主掌鲁国的国政，和诸侯们盟会或交战，在祭祀和战争中度过君主的一生。

可是他的君主梦是这样的短暂，父亲的葬礼刚刚结束，即位大典也已筹备停当，十月里一个夜晚，他被一把匕首结束了生命。从被确立为君主到被刺身亡不足两个月的时间，他将不被史官列入君主的序列。因为他既没正式登基，也没有尽一天君主的责任，他死于外祖父党氏府邸的一条阴暗的长廊里。杀手是突然出现在他面前的，他看清了杀手狰狞的脸并且认出了他——那是荦。几年前因调笑他心中的姑娘而被他施以鞭刑，但他并非为了报私仇前来行凶，他是庆父指定的杀手，深埋心底的屈辱和许诺的奖赏使他奋不顾身。他每天深夜都潜入府邸，隐在树丛和角落里，已窥伺多日，一直找不到下手的机会。直到这天晚上，子般从母亲的房里出来，走过那条阴暗的长廊时。他才猛然从暗处冲出。他从那贵人惊恐而迷惘的眼神中知道他认出了自己，这未来的国王随即就栽倒在他的脚边。他从容地拔出匕首，在死者的衣服上蹭去了血迹，翻过高墙离去了。

公子季友立即知道了新君被刺的消息，当天夜里，他仓皇地带着庄公最小的儿子子申逃往陈国。他的母亲是陈国人，那里是他安全的逃亡地。所幸对手没有及时安排追逐的杀手，快马轻车经过一夜紧张地飞奔，拂晓时才进入陈国的国境。季友长长舒一口气，鲁国正在危亡之秋，结果如何，实不可料。

深夜。鲁国都邑的街头，到处是巡逻的马队，夜行者不问缘由，皆被杀死。庆父是从齐姬的寝帐中被唤醒的，他不动声色听完了荦的话，脸上的肌肉轻轻颤动了几下，口里连连说着："好！好！"然后，他命令一个贴身心腹安顿荦去休息，并告诉他说，明天将设宴为荦庆功。他许诺荦将成为鲁君的车右，就是君主车子上的贴身保镖。这个职位虽是粗人的行当，但其俸禄和荣宠堪比上卿，也是荦此生最向往的职位。但是，天亮的时候，人们发现，似乎沉睡未醒的荦的胸口插着一把匕首，就是他用来杀死子般的那把——荦是永远地睡去了！

打发荦走后，庆父立刻派人把公子开叫醒。公子开是庄公的次子，是齐姬陪嫁的媵（妹妹）所生。自打庄公病重，公子开就被庆父带在身边，不离左右。

公子开被安顿在齐姬寝宫的一个房间里，他见到庆父时，还睡眼惺忪，似乎有点儿不耐烦。庆父告诉他，公子般已经死了，即日起，你就是鲁国的新君。公子开并没有什么意外的表情，他嘴里"唔"了一声，等着庆父说话，但是庆父没说话，只管用一双阴沉的眼睛盯着他。这样停了片刻，旁边的齐姬开了口：你听到没有？公子开点点头，含混地回答：知道了！没事儿我走了。说完，他离去了。他很懊恼他们打破他的睡眠，他想赶快回到他的床上去。

庆父和齐姬互相看了一眼，他们谁也没说话。

第二天，庆父在鲁国庙堂宣布：鲁国的君主是公子开。庄公已逝，国不可一日无主，新君宜早即位，一切从简。

公子开即位的典礼草草举行了，没有通知友好的邦国派使节来参加。鲁国的上卿大夫们面容阴沉，在典礼仪式上彼此点点头，以眼色示意，然后匆匆离去了。有几位鲁国老资格的王室成员没有参加典礼。

由于动乱，鲁国的史官在《春秋》和《左传》上都没有记载公子开即位的事情。《左传》云："元年春，不书即位，乱故也。"

公子开以国君的身份主持了先君庄公的葬礼。因为动乱，更因为已被定为新君的公子般被杀死，庄公的葬礼已经拖延太久了。

这年秋八月，公子开与齐桓公在古称落姑的地方（今山东省平阴县或博兴县）见了面，在这次会面中，公子开请求齐桓公帮助公子季友回国。齐桓公答应了。于是，派使节把季友从陈国召回。公子开前往郎地（今曲阜市附近）迎接他。两人同乘一辆车子返回了都城。

庆父听到这个消息，脸色阴沉，把手中所持的玉佩狠狠掼在地上，摔得粉碎。

公子开为齐女所生，他的即位得了齐国君主齐桓公的支持。这年冬天，为了观察鲁国的政局，齐桓公派大臣仲孙湫到鲁国访问，回到齐国后，仲孙湫对齐桓公说："不去庆父，鲁难不已。"这句话后来成为"庆父不死，鲁难不已"的成语流传至今，庆父成了祸国殃民的坏人的代称。齐桓公问："何以除掉庆父？"仲孙湫说：鲁难不已，庆父将自取灭亡，我们只需等待就是了。齐桓公又问了一句：鲁国可以攻取吗？仲孙湫说：鲁国不可攻取，因为它还遵从着周礼，立国的根本还没有动摇。一个国家将灭亡，好比一棵树，它的根腐烂死去，它的枝叶才会凋落。鲁国既然没有放弃周礼，即便有动乱，也不至灭国。主公应帮助鲁国靖难而亲近它。亲近有礼仪的国家，依靠政局稳定的国家，灭亡昏昧动乱的国家，这才是称霸诸侯的策略。

如果没有庆父，即便公子开是个无能的君主，他也能寿终正寝，鲁国也可以正常维持下去。我们观察春秋时各诸侯国的历史，太多的君主颟顸无能，但只要不出大乱子，庙堂不出大奸大恶，他们总能在最后时刻死在自己的床上。公子开没那么幸运，因为国内有庆父这样品行龌龊的恶徒，所以厄运降临如此之速。庆父对公子开的恶感来于他公然在齐国的支持下，接回季友。季友是他同父异母的兄弟，他们同是鲁桓公的儿子，但却是他不共戴天的死敌。如果不是他干掉了老二叔牙这个他最得力的同盟者，他早已上位当了国君。他干掉了公子般，扶公子开上位，是希望把他牢牢抓在手里，当鲁国的实际君主。但公子开刚一上位就背叛了他，接回了逃亡在外的季友，两人同坐一辆车子返回。这使他不寒而栗！

他现在已经公然和齐姬住在了一起，他离不开这个狐媚的女人了。但是这几天，他的心情坏到了极点，夜半常常从噩梦中醒来，总疑心有成群的武士闯进来，把刀矛对准他的胸口。

"如果公子开不可靠，你为何不取而代之？"齐姬对绕室疾走的庆父说。

他停在她的床前，盯着她的眼睛："再说一遍！"

齐姬挺高她的一条裸腿，乜斜着一双媚眼："你已经要了他的女人，又何不取他的君位？"

"公子开怎么办？"

"这是男人的事，不要问女人。我觉得他迟早会来杀我们的。"

庆父咬紧下唇，点了点头。他要找到机会，再收买一个杀手。这杀手的动力不仅是权位和财富的许诺，更在于他对行刺对象的怨仇。这样的人不是很好找，刺杀公子般的荦因有鞭刑之辱，加上事后的许诺，因此决然前往，窥伺月余，终于得手。而公子开是个久居深宫的懦弱少年，和外界很少交接，当然谈不上有什么仇人？那么，杀手在哪里呢？

机会总是有的。公子开上位不久，他的老师侵夺大夫卜齮（yǐ）的田地。卜齮诉诸新君，公子开袒护老师，没做理会。卜齮大恨，跑到庆父那里去诉苦。庆父说："田地何足道？君得罪君傅，即得罪国君，性命且不保，何云田地乎？"

卜齮灰了脸，问："那我该怎么办呢？"

庆父用力在空中劈了下手。

"弑君？"卜齮傻在那里，张大的嘴巴合不拢，"新君可是您立的啊？"

"昨日望其开花，今日已然生刺。此一时，彼一时也。"

……卜齮临去时，愤怒、野心和贪婪已使其坚定了杀机。

公元前 660 年，亦即公子开为鲁国国君的第二年八月的一个黄昏，他从寝宫的一个便门出来，早已等在那里的卜齮将他杀死。他被谥为闵公，列于《春秋》十二公中，他即位年余即死于非命，的确令人悲悯。

鲁国在短短两年时间里，又一次发生弑君的动乱。动乱的成因，都是庆父一手导演。但这次因为是在王宫里行凶，所以，都城内外一片混乱。军队相杀，贵族们挟机报复，大街上时见伏尸，护城河里偶尔漂过人头，冲动而狠戾的行刺者卜齮当时就死在混乱的人群中，贵族宅邸关门闭户，到处一派恐怖。回国不久的季友带着公子申又一次逃亡，这次他逃到了邾国。造成祸乱的庆父自知难以控制局面，惧遭不测，狼狈逃往莒国。季友知鲁国一日无君则不得宁，后果不堪设想。于是，复带公子申返回鲁国，立即立公子申为君，迅速恢复了鲁国秩序。齐姬知罪不可逭，仓皇逃往邾国。

公子申乃庄公最小的儿子，季友立其为君，也属纯正的王室血统。国家秩序恢复之后，首要的是惩办国贼。国相季友请莒送庆父归鲁，莒国不能因袒护鲁之国贼而得罪诸侯，将庆父遣返。庆父返鲁途中，曾想去齐国避难，齐国不接受，于是停留汶水之上，派跟随的鲁大夫奚斯回鲁国请求赦免。季友认为庆父罪孽深重，不能赦免，返鲁后必须处死。奚斯返回，不忍把这个消息说于庆父，于是在很远的地方放声大哭，庆父听到奚斯的哭声，知道自己难免一死，于是，用船上系舟的绳子自缢而死。

齐桓公知道鲁国的祸乱是庆父所为，但与之通奸的齐姬与其串通作乱，难脱罪责。此齐姬与早年与庶兄齐襄公通奸而害死鲁桓公的文姜同出公室。齐桓公下令，将齐姬从邾国取回，以毒鸩死，以尸归鲁国葬之。因其淫乱祸国，不得善终，故称哀姜。

文姜哀姜，齐女何淫乎！鲁国何辜，以罹其祸乎！

由庆父一手造成的鲁国之难延续两年，鲁国王室弑君二，死公子二，终于安定下来。公子申即位后，后称僖公，由季友相国。季友死后，鲁国渐衰，公室不尊，权力下移，延祚数代，至顷公，为楚所灭。

鲁起周公，至顷公，凡三十四世而亡。

鲁国毕竟是周公的封国，周公的礼乐制度在鲁国有最完美的体现，因此是周王朝精神文明的象征。所谓礼乐，是制度，也是教化，或者也可以称之为体现国家意志和治世理想的艺术，那么，它究竟是怎样的呢？请看下一章"季子北行"。

一六　季子北行

公元前544年，一位来自吴国的贤人季札北行，访问了鲁、齐、郑、卫、晋诸国，这是华夏南北文化和政治的一次交流。

季札，春秋时代名闻诸侯国的贤人。此人有何功德？何以称贤？若想知道这些，首先需要了解一下吴国的历史。

且说早在遥远的殷商时代，周王朝的祖上还是西部边陲的小部落。自后稷传十二代至古公亶父，为避西部戎狄的侵害，自豳东迁，渡过漆、沮两条古河流，翻越梁山山脉，来到岐山下的周原落下脚来，自此，这支东迁的古部落名为周，而古公亶父也被后世称为周之太王。

周太王有三个儿子，其一为太伯，其二为仲雍，老三为季历。三兄弟中，老三季历聪明晓事，早早有了自己的后代，生了个儿子名为昌。周太王非常喜爱他的这个孙子，常常抚爱他说："将来我们这支族裔要兴旺发达，可能要应在这个孩子身上。"太伯和仲雍知道父亲有意要将部落长的位子传给三弟季历，两个人偷偷商量一下，觉得留在家中使父亲难以做出果断的决定，为避位让贤，决定离家出走。

远古蛮荒时代，草木繁盛，山川逶迤，野兽出没，人烟稀少，两兄弟是偷偷离家，还是为给病中的父亲采药而一去不返，虽有各种传说，但真相已不可知。总之，他们离家后，跋山涉水，风餐露宿，以猎物和采集的野果果腹，避开猛兽和险阻，来到了东南一处地界，落下脚来。后人有考证说，他们落脚的地方就是今天无锡东南六十里的梅里村。

今之江浙闽粤一带，因远离山东、河南、河北、山西等中原地区，古时称为荆蛮之地，那里水网密布，潮湿多雨，人习水性，因此有断发文身之俗。断发便于水中汹渡，文身可以迷惑鳄鱼等水中伤人之物。太伯和仲雍为了生存，很快融入当地土人的风俗，成为地道的江南人。当地土著来归者千余家，渐渐成为一个小部落，太伯称这个逐渐壮大的部落为"句吴"。"句吴"之"句"，为当地土语发声词，其实，这个成长而渐次壮大的部落就是"吴"。

时间太久远了。对于两兄弟出走（逃离）岐山周原的原因现在已无法做出合理的解释，避位让贤之说似有牵强，但我们也无法做出其他解释了。总之，他们出走到江南发展出一个名叫"吴"的部落，后来成为一个强大的诸侯国。

留在岐山周原的老三季历继承了古公亶父部落长的位置，周之后人称其为王季，他的儿子姬昌就是周文王，姬昌娶姜氏女，称太姜，姜羌同义，都是西部牧羊人的部落。太姜就是西方牧羊部落的女儿。太姜为姬昌生十个儿子。老二是周武王姬发，老四是周公姬旦，在姬旦的辅佐下，周武王姬发伐商灭殷建立周朝。

周武王建立周朝，封姬姓子孙和功臣立国建制，寻找太伯和仲雍的后人。此时，太伯死，其弟仲雍立，因太伯无后，仲雍子孙已延及三代，名为周章。周章已在吴为君，由周王朝封而确认。周章有个弟弟，在中原地带封国，名为虞。这是周王室所封同姓国之一，后被晋所灭，不表。

东南吴国自周章始，又历十三代，传至寿梦，吴国才逐渐强大起来。

寿梦在位二十五年。他有四个儿子，依次为诸樊、余祭、余昧、季札。寿梦很爱季札，认为他知谦卑、识大体，是一个没有权位野心的贤者，这样的人如果统治吴国，能使吴国安乐和谐，所以有心把君位传给季札。寿梦死后，三个哥哥也让季札即位，但季札坚决不受君位，声称自己的志向绝不是拥有一个王国。吴人相强，一定要他继承王位，于是，他离开了自己的家，逃到荒野去开垦一块土地，自耕自食，以示自己不受王位的决心。

吴国只好由寿梦的长子诸樊继承了王位。诸樊在位十三年，死前留有遗命，传位于二弟余祭，兄弟依次相传，王位轮流坐，总会轮到这个最小的弟弟季札。

余祭即位后，将延陵作为季札的领地。春秋时代，各诸侯国为争夺王位，兄弟子侄乃至父子间相杀相残的事很多，如季札这样弃王位于粪土，内心高洁，更看重自己心灵自由，守志不屈的人真如凤毛麟角，所以他得到了各诸侯国上层贵族由衷的敬重，人们尊称他为"延陵季子"。延陵，西汉时曾改名毗陵，现属江苏省丹阳县管辖，因为它曾是季札的封地，中国十大姓之一的"吴"姓为延陵季子的后裔，所以延陵为吴姓的郡望。

吴王余祭四年，亦即鲁襄公二十九年，公元前544年，吴国派延陵季子到访中原诸国。延陵季子重点访问的是鲁国，因为吴国远在长江之南，比之黄河流域的华夏诸国，被称为蛮夷之地，文化不发达。他此次是抱着学习中原文化的使命来的，而鲁国是最完备最辉煌的中原文化的代表。

这一年，鲁国君主襄公的日子并不好过，他自四岁即位，至今二十九年，内有权臣霸凌，外有诸侯羞辱，其地位已日渐式微。上一年，鲁襄公和陈、郑、许等诸侯前往楚国盟会，行至汉水，听到楚王薨逝的消息，本想折返，后听大臣的意见，继续前往楚国。到楚后，耽留难返，只好参加楚王的葬礼。楚人竟让襄公亲自给死者穿衣，无论如何，这对于一国君主来说，都是很羞辱难堪的事情。他得罪不起楚国，可又不愿受辱。一个跟随的大臣说，按照丧礼的规矩，应该先祓除不祥，再为死者穿衣。于是他命人用笤帚和桃木在死者灵前祓除不祥，这样的仪式完成后，才为死者穿了衣服。仪式进行中，楚人并没干预，但后来就后悔了。据《礼·檀弓》："君临臣丧，以巫祝桃茢执戈，恶之也。"意思是以桃棒和笤帚先在灵柩上扫除不祥，苪，笤帚。表示扫去死亡的不祥气息。这是君临臣丧的礼，而为死者穿衣，乃是诸侯使臣吊邻国之丧的礼节。鲁襄公是鲁国君主，楚国竟拿他当使臣待，他不高兴，而以笤帚和桃木被除不祥这种君临臣丧的仪式举行后，他等于扳回了一局，维持了君主的面子。楚国后来弄明白才后悔，但是已经晚了。四月，他和陈、郑、许等国的诸侯一起为楚康王送葬，送到了楚都的西门外为止，既尽了礼节，也维护了一国君主的尊严。

他回国之后，有一件闹心的事等着他，权臣季武子看中了公室一处私邑，名为卞邑，私取而霸为己有。襄公归国到达方城，季武子派私属大夫公治去问候，公治去后，季武子又派人追上他，交给他一封盖印的玺书，让他转给襄公。信中说："听说守卞的人要叛变，我已率人攻取卞邑，谨此告之。"鲁襄公见此，慨然叹道："想占卞邑为己有，而说卞邑的人要叛乱，真是用心良苦啊！"面对故国，鲁襄公犹疑不定，他在边界对公治说："我可以进去吗？"公治对他说："您是鲁国的君主，谁敢不让您归国呢？"但鲁襄公还是耽留在边界之外，他对归国充满了疑惧。后来，一个臣子赋诗以谏，这首诗的名字叫《式微》，收在《诗经·邶风》中：

式微，式微，	暮色降临，国家衰微，
胡不归？	我们的君主，何以不归？
微君之故，	他耽留在国界之外，
胡为乎中露？	为何露宿在荒野之中？
式微，式微，	暮色深沉，国家衰微，
胡不归？	我们的君主，何以不归？
微君之躬，	他轻贱自己的贵体，
胡为乎泥中？	为何把自己置于泥泞之中？

鲁襄公听到臣子悲愤的吟哦，这才不顾个人的安危，回到了国内。他

处理了一些国家要务，权臣的跋扈和擅权，非一日而养成，他只好隐忍求安了。

原来，鲁国公室不尊，国权旁落，是从鲁庄公死后庆父之乱开始的。上一章我们讲到，鲁桓公除庄公外，还有三个儿子，他们是庄公的三个弟弟，依次为庆父、叔牙、季友。叔牙因欲拥立庆父，被鸩酒毒死，但他的后代留下来，是为叔孙氏；庆父作乱，后被迫自杀身亡，他的后代称为孟氏；而季友辅佐公室，使鲁国度过了艰难的动乱时期，他的后代称为季氏。因为他们都是鲁桓公的后裔，所以孟氏、叔孙氏、季氏统称"三桓"，他们都有公室的血统，出身显贵，因此把持了鲁国的权力。襄公即位时年仅四岁，始终活在他们的阴影中。鲁襄公十一年，季武子把鲁国军队分为三军，三家各征其一，垄断了鲁国的军权。这次霸占卞邑，不过是专权已久的小事一桩。对于被"三桓"淫威压迫已久的鲁襄公来说已经习以为常了。

这时候，吴国的"延陵季子"来访。

虽然中原诸侯国一直视吴国为边远的蛮夷之地，但在寿梦当国君的第二年，吴国曾接待一个政治流亡者，他就是楚国大夫申公巫臣。因国内政治斗争失利，他先是逃到晋国，由晋国又来到了吴国。吴国国君寿梦给其充分的礼遇，不仅让他参与国事，还把他的儿子任命为吴国的"行人。"据服虔的解释："行人，掌国宾客之礼籍，以待四方之使，宾大客，受小客之币辞。"如此看来，"行人"相当于春秋时期各诸侯国的"外交部长"。如此重用一个政治流亡者，应是极大的荣宠。所以申公巫臣一心为吴国的崛起呕心沥血，他训练吴国的军队，教吴人使用兵器和战车，很快使这个"蛮夷之国"强大起来，并且和中原诸国建立了联系，甚至小试锋芒，讨伐楚国。

吴国既已跻身中原诸侯之列，来于吴国尊贵的使臣自然不能小觑，更何况他是闻名各国的贤人"延陵季子"呢！

季子北行，所到访的国家除鲁国外，尚有齐、郑、卫、晋等国，由吴（今苏州市）先至鲁国都城曲阜，再至临淄（齐），由临淄前往河南新郑（郑），再北行至卫都帝丘（河南省濮阳市），然后先北行经戚（今濮阳市北），再西行适晋。足迹所至历江苏、山东、河南、山西诸省。此次出使，除代表吴国负有和中原诸国交好的使命外，还有考察各国政治和学习中原礼乐文化的愿望。他的行踪和言行都被鲁国史官认真地记在《左传》中，我们今天读来，可以想望这位江南名士佩长剑、跨骏马、风尘仆仆，蹈历山河的潇洒英姿。从他鲁国观乐，意气飞扬、品评赏鉴，雅兴遄飞的词采中可见他天性中出众的艺术才华和悟性。周公制礼作乐，礼关乎制度，乐关乎教化，鲁国是周公的封国，当然是礼乐制度保存最完美的国家。鲁国应他的请求，为其举行了大型的歌舞表演，向他展示了辉煌的西周文化，诗与乐达到了完美的统一。

今之所称《诗经》，古时径称"诗"，诗是和音乐相伴相生的，音乐也是可以独立的。今天我们见到的只是《诗》的语言，音乐已经失传。春秋时代，孔子删诗后，余"三百五篇，孔子皆弦歌之。"（《史记·孔子世家》），春秋之歌，有"徒歌"和"弦歌"，"徒歌"没有伴奏，而"弦歌"是以各国乐曲伴奏歌唱的。鲁国乐人首先为季子歌《周南》和《召南》。这是两首弦歌，鲁国乐工歌罢，季札评论道："多么美妙啊！周朝教化的基础已经奠定，但尚未尽善，人民勤劳于野而无怨恨，这就是美好的开端啊！"现在流传下来的《周南》诗中的《关雎》；《召南》诗中的《野有死麕（jūn）》等诗表达了人们在田野山泽中劳动、狩猎的情景和纯真的爱情，使人对远古人类的和平生活充满向往。所以季札情不自禁发出"美哉！"之叹。接着，乐工们依次为季子歌《国风》，各国的谣曲轮番上场，季子依他敏锐的艺术感受，从音乐和歌词（诗）中体民情，观政风，议论风生。

如，为之歌《王》，曰："美哉！思而不惧，其周之东乎？"

《诗经》中的《王风》是东周洛邑王城的乐歌。季札赞美说："美妙极了，虽有忧思但无恐惧，这表达的是周室东迁的情感吧！"幽王昏庸无道，被戎狄所灭，平王将周之都城从镐京东迁洛邑，从此西周变东周。尽管王室衰落，季子认为，周朝尚有先王的遗风，因而无惧，但却难掩愤懑和忧伤。我们看《王风·黍离》中的句子："知我者，谓我心忧；不知我者，谓我何求。悠悠苍天，此何人哉！"其深广的忧愤岂能一语道尽！

又如，为之歌《郑》，曰："美哉！其细已甚，民弗堪也。是其先亡乎！"

为之歌《郑风》，季札叹道："虽然很美妙，但从细微玄远的情感中，可以听到百姓不堪忍受的痛苦，这个国家可能要最先灭亡吧！"我们从《郑风·风雨》"风雨如晦，鸡鸣不已"诗句中的确体会到了季札的感受。季子所云"其细已甚"，可能指《郑风》中少有家国的宏大叙事，多有男欢女爱的靡靡之音吧。但我们读《郑风》确可见日常的人间烟火："青青子衿，悠悠我心。纵我不往，子宁不嗣音？"还有"子惠思我，褰裳涉溱。子不我思，岂无他人？狂童之狂也且"！你要爱我想我，就撩起衣裳蹚过溱河，你若对我不爱不想，难道没有别人爱我？你这个狂妄的傻小子！读诗经《郑风》，只感到美丽多情又调皮的姑娘都在郑国。郑国于公元前376年被韩哀侯所灭，虽其先亡，距季子访鲁听郑风的歌谣还有168年。季子闻其乐而知其亡，可谓知乐者乎？

再如，为之歌《秦》，曰："此之谓夏声。夫能夏则大，大之至也，其周之旧乎！"

听罢《秦风》演唱后，季札说："这是西方大夏之声。夏声宏大嘹亮，达于极致，大约这就是周室发祥地的旧音吧！"古人指西方为夏，夏，也有大的意思，"自关（函谷关）而西，凡物之庄严宏大者，谓之夏"。周王朝发源于陕西岐山，所以季子说《秦风》乃周朝的旧音。流传到今天的陕西地方戏秦腔，其声宏大嘹亮，达于极致，应是大夏之声的流风余韵吧！

《邶》《鄘》《卫》《齐》《陈》《魏》《豳》《唐》诸国风谣轮番竞歌，

百花争艳，各擅胜场。季子具有丰富的审美感受，敏锐的艺术见解，对每次歌唱的音乐和蕴含其中的幽渺的情思都给以精彩的评论。诗分风、雅、颂，在诸国风谣中，季子对"自郐以下"的演唱风格和内容没有置评："自郐以下无讥焉。"后人留下一句成语："自郐以下"，意思是以下就不值得评说了。

演唱和歌舞继续进行，鲁国的乐师和艺人们为之歌《小雅》和《大雅》，季子认为《小雅》之歌含有哀音，悠长的哀思一以贯之，虽含幽怨，但没有明确表达出激烈的情绪。这是周德衰落的象征，人们还怀念周朝先王文、武、成、康的德行。《大雅》曲歌气势宏大，如一支壮美的交响乐，有抑扬顿挫高下之妙，其中的主题是一以贯之的，它所体现的大约是文王之德吧！

季札聚精会神地聆听《颂》的宏大演奏和歌唱后，感动地说："真是美极了！刚劲而不倨傲放纵，委婉而不卑下靡弱，切近繁密而不局促窘迫，悠远疏旷而不散漫游离，变化多端而不炫弄技巧，反复重叠而不使人厌倦，哀伤而不令人忧愁，快乐而不放肆无节，宏大却不显露，施予而不减弱，汲取而不着痕迹，静止而不显其滞涩，流动而不显其漫漶。五音和谐，八风协调，节奏有一定的尺度，各种乐器交响鸣奏有一定的顺序，真乃盛德之乐也！"这是对公元前 544 年一段音乐的赏评，可见两千多年前我们华夏的舞台艺术已何等辉煌壮观！看季子的评论，我们完全可以想象一个庞大的乐队各种乐器协调配合的精湛演出，不输于现代西方的交响乐！

声乐表演之后是器乐，器乐之后还有乐舞。结束了《颂》的大型交响乐后，接着舞者上场。首先表演的是《象箾（shuò）》《南籥（yuè）》。箾，古代武舞所执的竿；籥，古代的一种管乐器，形似今之排箫。《象箾》和《南籥》是一种盛大的武士舞蹈，季子评价说："壮观华美，但还有些许遗憾。"接着表演表现武王伐纣的舞蹈《大武》，季子说："美哉！孔武有力，周朝之盛时，应该就像这样吧！"又表演传自殷汤的乐舞舞蹈《韶濩（hù）》，季子感叹道："远古的圣人如此恢宏伟大，犹有缺点和瑕疵，可见圣人是不容易做的。"演出据传来自夏朝的乐舞《大夏》时，季子说："美极了，勤苦为民而又不以功德自居，除了大禹谁能做到呢？"最后表演虞舜的乐舞《韶箾》（"箫韶"），季子流连感叹不已，说："盛德已达于极处，太伟大了！如天无所不覆盖，如地无所不承载，德行如此，无以复加，已达尽善尽美之境。即使再有别的乐舞，我也不敢再请求了！"

这场盛大的周乐表演，从演出的节目到季子的评论被详细记载在《左传》里。我们得以窥见两千五百多年前，中国的歌唱、器乐演奏及舞蹈等艺术达到了何等完美的境界。从内容上说，有表现各诸侯国人民生活的风谣（部分内容保存在《诗经》中），有歌颂周王朝开国大业的宏大交响乐，也有赞美古代先贤圣王的舞蹈。季子精彩的评论，使我们体会到远古人民的心灵感受，艺术的尺度，文以载道的传统及对人们的教化作用。鲁国很满意季子的精湛评论，认为他对周朝艺术具有真知灼见，是来自远方的知音，所以对他很尊重。

季子到访中原各国，是受吴国君主之命，所以不止是一次文化之旅，他要考察各国政情，负有外交使命。依季子的聪明和敏锐的洞察力，对于到访诸国隐蔽的政治危机洞若观火，但季子并不是一个心机渊深的庙堂政客，更非纵横捭阖的外交干才，他在与各国执政者交往中，完全没有虚伪圆滑的外交辞令，而更多的是体现他率真性格的直言谠论。这些话，与其说是主客之间的客套周旋，无妨说是朋友之间的肝胆之言。他初次到访鲁国，与鲁国的执政者叔孙穆子（叔孙豹）一见如故，两人互相欣赏，成为非常投契的朋友。季子对叔孙穆子说："我看您将来怕是不得好死！"（子其不得死乎！）呜呼！这是什么话呢？有客人对主人如此狂悖无理的吗？但叔孙穆子似乎并没有发火或不快，季子继续说："您是一个心地善良但不知择人的人，我听说做为君子，首要就是要选择正确的朋友和可靠的下属。您身为鲁国宗卿，执掌着鲁国的命运，若不慎重选择正派有为的人，不但误国害民，恐怕祸患也要降临在您头上。"季子的话说得直接，没有委婉的言辞，叔孙穆子最后的命运却验证了他的话。仅仅六年后，即公元前538年，叔孙穆子有择人不淑之难，遭竖牛之祸，儿子被杀，卧病中被活活饿死。这是另外的故事，在此不赘述。"子其不得死乎！"诅咒般的预言一语成谶。

季子到访齐国，与齐国上卿晏婴（人称晏子，字平仲）成为知己，他对晏子说："请您立刻上交所执掌的权力和您的封邑，若没有了权位和封邑，您就会免于祸难。齐国的政权最后将有所归属，当没有尘埃落定之前，齐国还将有大的动乱。"当时齐国经历了崔杼弑君的动荡，很快崔杼家族又被庆封所灭，庆封独揽朝政，把国事交给自己的儿子庆舍，自己整日田猎嬉戏，横行跋扈，朝中乐、高、陈等权贵家族对其虎视眈眈，时刻准备发动对庆封家族的围剿。在这种诡异凶险的政治氛围中，季子嗅到了危险的气味，因此规劝晏子，及早脱身。后来晏子将权力和封地上交，在血腥的政变中得以全身而退。

季子到访郑国，与郑国贤人子产很快成为莫逆之交，两人像早已相熟的老朋友一样，互相赠送礼物。季子送给子产一条白色的生绢带子，子产回赠给他一件麻布衣衫。他对子产说："现在执掌郑国权力的人（伯有）豪奢无度，霸凌跋扈，已使公卿大夫们难以忍受，郑国很快就会发生祸难。动乱之后，只能由你来收拾局面，你如掌郑国社稷，一定要以礼治国，慎重行事，否则，郑国很快败落灭亡。"郑国后来的局势，一如季子所料。贤人子产执郑国之政，使黄昏夕照的郑国，有过短暂的复兴。

在卫国，季子会见了几个忠诚国事，公正无私的公卿，经过认真的交流和观察，他认为，卫国庙堂多君子，国家稳定，暂时不会有什么祸患。

从卫国都城帝丘东北行八十里，来到了戚邑，这是卫国宗卿孙文子（孙林父）家族世袭的封地。季子想在这里住上一夜，第二天再西行往晋国去。黄昏将入夜之时，忽听到有钟声响起，季子感叹道："奇怪啊，我听说国家遭遇变乱，若不忠于社稷，恪守臣子之德，这样的人应该被处死。孙文子获罪于君留在自己的封邑，不慎思自己的过错，为什么还要击钟作乐呢？孙文子留在这里，如同燕巢危幕之上，卫国君主还没有下葬，难道可以寻欢作乐吗？"孙文子出于卫国的宗室，他的父亲孙良夫曾是卫国的执政大臣。后来，孙文子由于和卫定公有嫌隙，带着自己的封地戚邑投奔了晋国，在晋厉公的干预下，卫定公接受孙文子返国。可是三年前，在卫国的一次动乱中，孙文子再次带着戚邑投奔晋国。季子来到戚邑，听到钟声，指责孙文子不忠诚于卫国，两次带着封邑一起投奔到晋国去，竟然还有心击钟作乐！于是，他没有在此歇息，连夜离开了戚邑。据说孙文子听到季子的话后，终生不再听钟磬琴瑟之声。可见在春秋时代，公卿士大夫们的羞耻心和家国观念是很强的。

来到晋国之后，季子很快发现晋国公室已经衰落，赵、韩、魏三家分晋的形势已不可逆转，他对赵文子、韩宣子、魏献子三家的头面人物断言曰："晋国之政将归于你们三家了！"他对晋国未来的判断非常准确，不久，晋国就一分为三。他和晋国贤人叔向成了知心朋友，离开晋国前，嘱咐叔向说："好兄弟，你多加珍重吧！晋国有很多能臣，掌国的大夫们很多富可倾国，权可敌国，国家权力将分散在有权势的公卿家中，你是一个忠诚正直的人，要考虑周全，免于自身的祸难。"

季子离开晋国，南返归吴。他的这次中原诸国之行，是一次南北的文化交流，今日读史籍上的记载，仍可想见远古时期华夏文化的辉煌和壮美。他的政治访问，展现了他对各国政治形势的敏锐观察和深刻洞见。春秋时代，各国皆有一些智慧的贤人，如齐国的晏婴、郑国的子产、晋国的叔向等，他们虽处庙堂之上，在权力的搏杀中仍能保有人性的本真，季子和他们同气相求，虽相处短暂，却都成了要好的朋友。季子个人的魅力体现在他率真而质朴的天性中。

季子北行，过徐，见徐君。徐君喜爱季子的佩剑，但没好意思开口。季子知道徐君的心思，私心许之。但因要北行访问各大国，所以没有赠剑于徐君。等他归国时再至徐，徐君已死。于是，他解下腰中佩剑，挂于徐君坟前的树上。随从的人说："徐君已死，您这把剑送给谁呢？"季子回答说："当初我心已将此剑许于徐君，岂能因为徐君已死违背我的本心呢！"

两千多年后，我们仍可想见其潇洒的风神。

一七 郑庄霸业

郑国第一代君主是周厉王最小的儿子，其父暴虐无道，"防民之口甚于防川"，因此在历史上留有恶名。厉王死于流放地后，他的儿子宣王即位，封他的小弟弟于郑，即郑国第一代君主桓公。郑原在周的发祥地陕西，后来周幽王无道，郑桓公为自保，听从周王朝太史的建议，将郑国东迁至今河南新郑一带。郑国东迁第二年，周朝的镐京被犬戎攻陷，昏庸的周幽王和时为周王朝臣子的郑桓公同时被杀骊山之下。郑国由桓公之子武公即位，从这里开始郑国的历史。

《春秋》和《左传》开篇第一章就写到郑国的故事，后来历代古文选本都有来于左传的《郑伯克段于鄢》，对中国古文化稍有涉猎的人都熟悉这个故事。

郑武公的夫人名叫武姜，娶于申国。因为她来于姜姓国，嫁给郑武公，因此称武姜。她为武公生了两个儿子，长子出生时难产，足先出，使武姜饱受生育之苦，因此起名叫寤生。第二个儿子顺利生产，称公子段。她讨厌使她险些丧命的寤生，而爱公子段。武公生前，她多次央求武公立公子段为太子，但依嫡长子继位的传统，武公没有答应。

武公去世后，寤生即位，后人称庄公，依爵位亦称郑伯。偏心的母亲武姜为她的小儿子公子段请制地为封邑。郑伯回答母亲说："制地是个险要不祥的地方，当年东虢国君虢叔死在那里，如果是其他的地方，我一定遵从您的意愿。"

原来当年郑国东迁时，曾占虢、郐两个小国的土地建国，虢，属周王朝近亲之国，姬姓。郐，周王朝始封妘姓小国。制地属于东虢国君，后名成皋，又称虎牢，这座千年古城北面和西面临黄河，南面和东面为深涧，所谓成皋，即山岭高矗濒临黄河之义。郐所在之地为河南新郑县（今为县级市）东北三十二里处。亦为险峻之地。《郑语》云："虢叔恃势，郐仲恃险，皆有骄侈，又加之以贪冒。"可见这两个小国的国君都是目光短浅，贪贿忘义之徒，后皆被东迁于此的郑国所灭。

既然制地不可居，武姜又为小儿子公子段请求京地，郑伯只好答应。京，在河南省荥阳县（今为县级市），也是郑国的一处重要城邑。公子段得到了京为封地，人称"京城大叔"，一时气焰冲天，骄横无比。他征集民夫，修筑城墙，训练军队，号令一方，俨然国中之国。郑国大夫祭仲对郑伯说："诸侯国分封子弟，若所筑城墙超过百雉，就表明其有不臣之心，势必成为国家的祸患。依照先王的规制，大城不能超过国都三分之一；中城不能超过五分之一；小城九分之一而已。如今京地违背制度，城墙过制，这是公然与国家分庭抗礼的表示，作为国君，您将来怕要遇到麻烦吧！"雉，是古代修筑城墙的丈量单位，长三丈，高一丈为一雉。显然，公子段在京地所修城池已经大大超越了礼制所规定的标准。郑伯何尝不知自己这个兄弟有不臣之心呢？但他受到母亲的溺爱和纵容，自己也无可奈何。他愤愤地说："姜氏想让他这样，我又有什么办法呢！"他不称母亲，而称姜氏，显然与母亲的嫌怨已深。祭仲说："姜氏的欲望哪里能够餍足？不如早做打算，防患于未然，不使他蔓延。如果他的势力养成恐怕就难办了！蔓延的野草尚且难以去除，何况国君的宠弟呢！"郑伯道："多行不义必自毙，我们姑且拭目以待吧！"

不久，野心勃勃的"京城大叔"竟然指使郑国西部和北部边疆的地方官员背叛郑伯，一时，郑国似乎有了两个君主。郑国大夫子封去见郑伯，愤然道："国家不能有两个国君，您到底是如何打算的呢？如果您想把君位让给大叔，臣请求去服侍他，若不想交出君位，就请除掉这个威胁国家的祸患，不要让臣子和百姓离心离德而无所适从。"郑伯说："不必担心，他会自作自受的。"大叔反叛的野心日益膨胀，毫无顾忌，他把一个城邑划归到自己名下，其势力范围已延伸到廪延（今河南省延津县北部一带）。大夫子封说："可以动手了，如果继续让他肆无忌惮，他将收揽人心，造成国家的动乱。"郑伯愤然道："与自己的兄长为敌，行不义之事，背亲而忘义，祸国而作乱，发展到一定程度，就会自行毁灭！"大叔篡国夺位的野心终于达到顶点，他集聚了他的军队，装备了精良的武器，准备了战车和骁勇的骑兵步卒，定好了袭击郑国国都的计划和日期。到那时，宠爱他的母亲武姜将做内应，开启城门，里应外合，攻杀郑伯，夺取郑国的君权。

郑伯闻听公子段反叛袭击都城的计划后，铁青着脸，目光阴鸷冷峻，说："可以了，他也作到头了！"于是，命令大夫子封率领战车二百乘以伐京。他知道，这场战争虽然将维护国家的完整统一，确保自己的君权地位不受觊觎和挑战，但其结果将是亲情的撕裂和毁灭。没有办法，权力面前，亲情如霜风中的败叶，转瞬就会陷溺于冰冷的沟渠。他必须得承受这个后果。

王国的军队势如破竹，公子段一败涂地。京地反戈一击，纷纷背叛公子段向王国的军队投诚。公子段逃到了鄢地。平叛的军队进攻鄢地，公子段逃到了附庸小国共（地在今河南省辉县市），在那里藏匿起来，所以史上称这个失败的反叛者叫共叔段。

这件事情发生在鲁隐公元年，即公元前722年。《春秋》从这一年开始记录历史，所以这一年也就是我国春秋时代的开元之年。《春秋》虽是史书，但据传《春秋》出自孔子之手，所以被列入儒家典籍"六经"之中。《春秋》对这件记载极为简约："夏五月，郑伯克段于鄢。"没有《左传》对事情来龙去脉的记载，我们简直莫名其妙。《左传》对《春秋》所记解释道：公子段是郑伯的弟弟，但他违背做弟弟的伦理，因此不称其为弟；郑国平叛之战，如同两国君主交兵，所以称为"克"；称郑庄公为"郑伯"，是因为他对弟弟公子段没有尽到兄长的教导之责，而是放纵他的野心，最后段叛乱，一举将其击溃，这正是郑伯希望得到的结果；没有言公子段溃败出奔，是因为发生于诸侯国权力家族内部刀兵相见亲情泯灭的战争有悖人伦和礼制，实在难以出口。

《春秋》维护儒家道德伦理的苦心于此可见。

故事还在继续。郑国兄弟兵戎相见，是因为兄弟俩有一个短见肇祸的母亲。武姜因为长子郑伯难产，因此极端嫌恶他。这事并不能怪孕育于母腹中的郑伯，但作为母亲，不仅嫌恶之甚至怂恿小儿子叛国夺权，以为内应，造成国家动乱。郑伯十分伤心和愤怒，战争结束之后，他下令将母亲迁到城颍（今河南省临颍县西北）软禁起来，并且决绝地发誓说："不到黄泉，决不和母亲相见！"有生之年不见母亲，就是割断了母子之情。但是，这个誓言发出之后，他就有些后悔。毕竟人只有一个母亲，尽管她是兄弟绝情，国家动乱的罪魁祸首，罪有应得，但郑伯还是心有不忍。他愤懑、无奈而又伤感，随着时间的推移，他越发思念幽囚中的母亲。但既在愤怒中发下誓言，又怎能背誓去见她呢？

管理武姜囚禁之地的城颍地方官名叫颍考叔，他知道了郑伯与母亲决裂后内心的矛盾和痛苦，便借给郑伯呈献方物特产的名义去都城朝见郑伯。郑伯留他吃饭。席间，他不吃肉，把肉放在了一边。郑伯问他何以如此，他回答说："小人有老母在堂，由我奉养，经常吃我呈上的食物，但她没有吃过国君的食物，请允许我将国君赐给我的肉带回给母亲尝一尝。"一句话刺中了郑伯的痛处。郑伯伤心地说："你有母亲可以送她食物，而我却偏偏没有。"颍考叔故作吃惊地说："敢问国君您这话是什么意思啊？"郑伯说了事情的原委，并表示当年对母亲的处置和自己发下的誓言已深感悔意。颍考叔说："主公不必为此忧虑，如果您掘地及泉，成一隧道，您和母亲在隧道中相见，谁会说，您没有实践您的誓言呢？"颍考叔在这里偷换概念，郑庄公恨母亲偏袒弟弟作乱，发下毒誓，不及黄泉不和母亲相见，黄泉的意思是死亡，颍考叔用掘地及泉来敷衍，是自欺欺人。古人非常重视诺言和誓词，如不兑现自己说出的话，将得罪神灵，降下灾祸。颍考叔的提议使郑伯找到了解脱的办法，立刻命人挖出一条深深的隧道，然后和母亲在隧道中相见。郑伯进入隧道，高兴地说："在深深的隧道中母子相见，其乐也融融啊！"他搀扶着母亲走出隧道，他的母亲感慨地说道："在黑暗的隧道外面，我的心情好爽快啊！"从此之后，母子和好如初。

身为儿子的郑伯，有根植于内心的人性之美；犯下罪愆的母亲，经过痛苦的反思后，有深切的悔悟之痛。郑国的故事才有了相对完满的大团圆的结局。

这段历史故事，《左传》详加记载，为的是教人遵从人伦礼教，导人向善。既然不能"兄友弟恭"，那么，起码应做到"父（母）慈子孝"。"孝"，儒家所倡导的人伦道德之本，由此推而广之，由"孝"而衍生"忠"，孝亲和忠君，都是儒家所欲建立并永远维持的尊卑有序的伦常秩序。所以，《左传》借君子之口赞扬道：颍考叔，那是真正而纯粹的孝，爱他的母亲，还把他的孝母之爱施及庄公。正如《诗》所说的那样："世上并不缺少孝子，他美好的道德将永远影响着他的同类。"（"孝子不匮，永锡尔类。"）

郑伯，也就是郑庄公是一个有为的君主，他在位时，郑国一度很强大，在诸侯中很有威望。他是一个注重人伦道德的人，而且感情丰富，全身洋溢着一位国君难得的人文气息。和有德行的人一样，讲求节制和爱。但是，命运偏偏和他作对，他遇到的事情件件把他逼上不仁不义，违背礼制的道路上去。和弟弟共叔段的关系已如前述，兄弟从此恩断义绝。作为政治斗争的失败者，共叔段漂泊异国，再也没有回到郑国去。尽管他挽救了母子关系，但亲人间造成的亲情伤害是永难愈合的了。

在周公的礼制和后来成熟完备的儒家伦理中，君臣父子关系是构建稳定的社会结构的基石。君和父处于最高的等级序列，为尊；臣与子则是服从的序列，对待君和父的原则是忠与孝，为卑。所谓"君明臣忠，父慈子孝，兄友弟恭，夫唱妇随"。又有三纲五常之说，即"君为臣纲，父为子纲，夫为妻纲"。以此规定社会上五种基本的人与人之间的关系，即君臣、父子、夫妻、兄弟、朋友，也就是所谓"五常"。郑庄公一生被三种主要的关系纠缠，他是兄长，弟弟谋反，《左传》指斥他有"失教"之责；他是儿子，平叛后对叛乱祸首武姜的处置，认为乃不孝之行；他虽是诸侯国郑国的君主，但相对于周王朝，他却是臣子，他和周王朝的交恶，也被后来正统的史家认为是犯上不忠之举。

因为祖上是周王朝的近亲，从他的父亲郑武公开始，一直到庄公，父子两代皆为周平王的卿士。但庄公在朝中却不受待见，平王偏袒并信任同为卿士的西虢的国君虢公，并想把王朝的权力分给虢公一部分。这使郑庄公很不爽，他去质问平王何以如此。平王理亏，否认有这样的打算。郑国于是提出，既然平王没有这样的预谋，那么，双方不妨交换人质，以确保平王践行诺言，维护庄公在朝中的威信和郑国的利益。这个要求显然唐突和过分。按照武王建立周王朝，分封诸侯的制度，各诸侯国按照亲疏远近，分为公、侯、伯、子、男五等爵位，每个诸侯分得一块土地，以建立宗庙，安抚百姓，代代相续，绵延不绝。他们虽然建国立制，但如群星拱月，皆为王朝的臣子，有拱卫周王朝，听命周天子的责任和义务。如果按照君臣父子的名分，诸侯国疆域再广，国力再强，也是臣，也是子；周王朝国土再狭窄，天子再幼小，也是君，也是父。如今郑国提出"周郑交质"，等于儿子和父亲，诸侯和中央王朝平起平坐，且对父亲和天子有所要挟。但此时郑庄公提出这种要求，实在是时势所然。周王朝出现厉王这样暴虐无道之君，被国人流放于彘，不久，又出现了幽王这样淫乱昏庸之主，被犬戎攻破京城，杀于骊山之下，西都镐京残破，为避强敌犬戎，王朝被迫东迁，至此，周王朝在诸侯心目中权威尽丧，且国土狭小，天子昏弱，所以，很多诸侯已不把周王朝放在眼里。周王朝和天子无力约束各诸侯间的攻杀兼并，各诸侯国的内部事务，更加无所置喙。一些诸侯出于各自的政治目的礼节性的朝拜和祭祀只是为了维护周王朝和天子表面上的地位而已，周王朝衰落、天子失势如江河日下，不可逆转。在这种情势下，周王朝只好同意和郑国交换人质。"王子狐为质于郑，郑公子忽为质于周。"（《左传·隐公三年》）。周平王的儿子狐和郑庄公的儿子忽互为人质成为双方遵守契约的砝码。

周郑互相交换人质的事件发生于公元前720年，它被认为是周王朝所建立的封建制度的崩溃。王朝的衰落是渐进的，临界点的标志性事件就是"周郑交质"。它说明周王朝已失去了号令四方的中心位置。

周王朝的分封制，是按照家天下的血缘宗族关系来分配土地和人民，宗族有亲疏，血缘有远近，维系王朝和诸侯国关系靠的就是宗法关系，礼不是法，只是建立其上的伦理制度，和西欧早期各城邦或公国靠契约建立起的制度不同，所以，诸侯国以下犯上，和王朝叫板，是一件很严重的事情。用孔子后来的话讲就叫"礼崩乐坏"。孔子呼吁要"克己复礼"就是要维护周王朝的共主地位。显然，周郑交质事件，说明王朝的威信和礼已经被破坏。

不久，周平王崩，周王朝果然背约，欲将王朝的部分权力交给虢公。郑庄公十分愤怒，但他没有对人质王子狐有什么无礼和伤害举动，而是派出军队侵入周地，将成熟的麦子割取回来；到了秋天，又派出军队，去强行收获周地的庄稼。这种报复行为，激怒了周王朝，导致与郑国的关系急剧恶化。

对此，《左传》评论说：如果双方订立契约不是出于内心的诚意，即使交换人质也没有用。双方互相谅解，出于至诚之心，以礼约束自己，即使不交换人质，谁又能离间双方的关系呢？况且两国订立契约，本着礼的精神，是君子光明正大的行为，为何还要交换人质呢？这里，已把周、郑作为平等的两国看待，所指责的只是交换人质而又不守信的行为，并没有说郑国克上逆君。可见当时的史官已把周王朝看成和诸侯平等的国家。

　　周平王崩后，因平王太子早死，所以由太子之子平王之孙（名林）即位，这就是史上的周桓王。周桓王时，周郑的关系进一步恶化。周桓王三年（公元前717年）郑庄公为修复关系，去朝见周天子。但桓王因为郑国强行入境割麦和抢掠庄稼，非常愤怒，因此对郑庄公很无礼。王朝正卿周桓公劝谏桓王说：“我周王朝东迁时，依靠的是晋、郑两国的帮助，善待郑国以劝来者，尚且怕来不及，更何况对郑国无礼呢！郑国以后不会来朝见了！”虽然有重臣事后的警策劝谏，但于事无补，郑庄公受辱，憋了一肚子气回到了郑国。为了报复和表达对周王朝的轻视，他和鲁国商定，交换一块由王朝封赐的土地。当年周天子祭祀泰山，各方诸侯陪祭，因此诸侯在泰山附近都有汤沐邑，郑国的这块地方叫祊（bēng）。当初周武王营王城，有迁都之意，所以封赐周公许田，以为鲁国朝宿之邑。郑国以祊田换鲁国许田，态度积极主动，除了以土地交换外，还搭上一块珍贵的玉璧。并提出，将由郑国代鲁国祭祀许田上的周公庙。与鲁国交换土地，除了交换到手的土地各近其国外，郑庄公之本意有轻蔑羞辱周王朝之意，尽管两块土地皆由周王朝所封赐，但完全可以不理周王朝的权威和周天子的感受私下交换。同时，也暗喻着，如今的天子周桓王再也没有率领诸侯祭祀泰山的威望了，即使他有祭祀之举，郑国也不想尊天子而陪祭了。这件事情虽小，却是郑庄公有意对周桓王示以颜色。

　　自从郑庄公朝见遭到周桓王不礼和冷落，郑庄公十年间，再没有去王都朝见天子。周桓王对郑国恨意难消，这期间，他曾下令，从郑国割取四块土地，而把从前封赐给王朝司寇的土地划给郑国。天子的旨意似乎只是“空头文件”，并没有得到执行。所以《左传》借“君子”之口评论说：由此知道周桓王将失去郑国了。按照宽恕之道行事是德行的准则，礼的宗旨。自己不能保有和支配的东西却拿来送给别人，别人不来诚心归附，不是很正常的吗？这是公然讥刺周桓王不讲恕道，不能和集诸侯而意气用事，为泄愤而下达根本不能执行的乱命。其结果只能严重恶化与郑国的关系而自取其辱。

周桓王不能平息对郑国的怨恨，公元前 707 年，他以天子之尊，征集蔡、卫、陈等国的军队，自为中军，亲自率兵讨伐郑国，郑国只好应战。这是春秋史上有名的繻（xū）葛之战（属郑，地在今河南省长葛市）。战争的结果是王师大败，左、中、右三军溃逃，郑国一名叫祝聃的将军一箭射中周桓王的肩膀，桓王负伤随乱军逃命。祝聃请求乘胜追击，被郑庄公制止了，他说："君子不能欺人太甚，况且这是凌辱天子。我们为了自救而被迫应战，能保住郑国的疆土和社稷就满足了。"当天夜里，他命令郑国大臣祭仲带着礼物去抚慰受伤的桓王并慰劳周王朝随军的大臣们。

从"周郑交质"到"射中王肩"，这些以下克上的历史事件，都是郑庄公所为，它说明王室的衰落，诸侯的崛起已是不可逆转的大趋势。

身为诸侯国一国之君，郑庄公要应对国内的动乱和反叛，这主要来自自己的至亲骨肉，所以他要经受亲情破碎的折磨；他要应对来自王朝的歧视和压力，保卫国土和社稷的安全，所以不得不在君臣之间做出痛苦和两难的抉择。他要应对来自各方诸侯的讨伐，或者联合其他诸侯去进攻别的国家，无论这种战争出于"道义"还是利益，他都必须调动国内的军队以应对之。他还要面对庙堂上臣子们之间的分裂和内斗，以维护统治集团内部的稳定，以使国家机器正常运转。在这些错综复杂的内外矛盾中，郑庄公基本上应对得体，既维护了郑国的统一和强国地位，保障了国家的尊严和荣誉，同时也出于内心的良知，做到有所节制，不超越公认的礼和道德律，适可而止。郑庄公统治期间，郑国是一个有影响的国力强盛的诸侯国。

公元前 722 年，平定共叔段叛乱后，共叔段的儿子公孙滑逃奔卫国，卫国应公孙滑之请，兴兵讨伐郑国，攻取了廪延。郑国当然也不示弱，以其影响力，联合王朝和西虢的军队，进攻卫国的南部边界。后来，邾、鲁两国也与郑定盟，参加了讨伐卫国的战争。

公元前 720 年，郑庄公展开了结交强国的外交，亲往石门（齐地，今山东省平阴县北，济南市长清区西南）会见齐僖公，以续从前两国修好的盟约。为此，庄公的车子还翻倒在济水畔，险些造成车祸。

公元前 719 年，诸侯又一次讨伐郑国，这次宋国也参与了讨伐，且向鲁国借兵。这次因兵多，郑国的步兵受到损失，并且被抢夺去很多庄稼。为了报复，第二年，郑国进攻卫国。卫国率领南燕国的部队再次伐郑，这一次，郑国在战略上部署得当，打败了来犯之敌。

公元前 718 年，郑国再次展开外交攻势，和曾参与伐郑的鲁国重新媾和。同时，这一年，郑庄公率军攻打陈国，虏获了大量的粮食和战利品。前两年，郑国因遭遇饥荒，曾请求陈国帮助，但遭到陈国的拒绝，这次是对陈国的报复。

公元前 716 年，郑国先后与宋国、陈国达成和平协议。有战有和，是诸侯间的常态。此时与两国修好，为的是缓和与诸侯间的关系，摆脱孤立，以应战主要和危险的敌人。

公元前 714 年，北戎来侵郑国。这是一支骁勇善战的北方部族，亦称山戎，居今河北省迁安市一带，常南侵齐、郑等国。北戎士卒，善于山地行走，剽悍蛮勇，以齐、郑之强，尚且不惧，的确是危险的劲敌。屡经沙场的郑庄公对于来犯之敌也不无忧虑，他担心北戎士卒皆步兵，而郑国使用战车作战，一旦对方麇集如蚁，包抄突袭，人自为战，机动灵活，郑国恐怕要吃亏。后来郑国认真研究了战术，抓住了野蛮部族没有严整的军事训练，出战如乌合之众，"轻而不整，贪而无亲，胜不相让，败不相救"的弱点，决定诱敌深入，设三处伏兵而围剿之，果然大败戎师，全歼来犯之敌。这一仗，没有敌对诸侯的掣肘和牵制，全力应战，打出了郑国的威风。

公元前 713 年，郑国会同同盟国鲁国和齐国的军队讨伐宋国，鲁军击败宋军，接着，郑国军队入郜，但郑庄公没有贪图打下的郜地，却把它送给了参战并击败宋军的鲁国。郑军乘胜进军，又打下了防地，同样把它送给了鲁国。对此，《左传》赞扬说：郑庄公所为是合乎王道的正义之举，以天朝之命征讨不听王命之国，自己不贪求土地而用以犒赏爵位高于自己的国家，是合乎礼仪的正途。这年七月，郑军回到国都，军队还在郊外，宋、卫两个敌国趁郑国空虚之际，竟攻入郑国，而蔡国作为宋、卫的帮凶，也紧随其后去进攻戴国。庄公命军队包围戴地，很快将戴地攻陷，并俘获了宋、卫、蔡三国的军队。九月，郑庄公攻入宋国。这年冬天，齐、郑两国又攻入违抗周天子之命的郕国。

公元前712年，因为许国对周王朝不恭，鲁、郑、齐三个王朝近亲之国认为有责任维护王朝的权威和周天子的崇高地位，于是合谋讨伐许国。这年秋天，郑国军队率先登城，许国陷落。齐国欲将许送给鲁国，鲁国推辞了，于是，将许给了郑国。郑庄公没有将许国土地并入郑国，而是给许国留下了一线生机。他命令许国大夫百里奉许庄公之弟许叔居住在许国都城东边，并对百里说了一段情真意切的话："这是天降灾祸于许国啊，上天鬼神实在不满意许君，而借寡人之手惩治许国。寡人只有一个兄弟尚且不能和睦共处，和谐亲爱，而使其流落异邦，糊口四方，我又怎能长久占有许国的土地呢？您要帮助许叔安抚此地的百姓，我将派公孙获来帮助您。如果寡人能得以寿终，上天降福使许国悔过，使许公重新执掌他的国家，奉祭许国社稷，那时郑国如有求于许，或许许国就像对待亲戚一样，愿意帮助郑国吧。不要让别的部族滋蔓到这里，迫近此地居留，来与我郑国争夺这块土地。我郑国子孙将来为了国之覆亡尚且自顾不暇，又怎能替许国主持社稷呢？寡人安排您和许叔居此，不仅是为了许国的未来，也是为了巩固郑国的边境啊！"

这段话，并非虚伪的外交辞令，实在是这位诸侯国君主内心情感的真实袒露。他虽然平了共叔段之叛，但却时时受到情感的折磨，惦念着流亡异国的兄弟，内心不能安宁。他给许国留下了未来复国的希望，同时也顾及郑国的利益。对于他身后郑国的未来，有着深切的隐忧。

接着，他命令郑国大夫公孙获居许之西，嘱咐说："一切器用财物，不要放在许国，我死之后，迅速撤离许国。当年我郑国先君东迁至此，在这里建立都邑。但周王室日渐衰微，周代子孙渐渐失去祖先的功业和德行。许国祖先，居先古太岳之位，上天既然厌弃周室，郑国身为周之后裔，又怎能和许国相争呢！"

《左传》再次借君子之口，对郑庄公给予高度的礼赞，认为他的行为合于礼。礼，是用来治理国家，安定社稷，使百姓有次序而各安其业，福佑后世子孙的。许国不守法度而伐之，服罪后又宽宥了它，"度德而处之，量力而行之，相时而动，无累后人"。这是郑庄公知礼循礼的表现。

嗣后，公元前707年，郑国应战周桓王，有"繻葛之战"，射中王肩，前已述之，这大约是郑国最大的悖礼之行，但出之不得已。王室已衰，大势如此。郑庄公于公元前701年死去，在位四十三年。他一生在战争和国事管理中度过，在位期间，是郑国最强大的时代。他有着悲天悯人的情怀，理性节制地决策于国家内外政策，是春秋时期杰出的政治家之一。

我们犹记得他在安排许国善后之事时说过的一段话：我如寿终死于地下，我的子孙为了郑国之覆亡将自顾不暇（"若寡人得没于地……吾子孙其覆亡之不暇"），这是长久当国的国君洞彻人心和世事的明智之言。当他撒手人寰之后，子孙之事，国之覆亡就与他无干了。

一八 兄弟争国

一个雄强有为的君主身后，国家政权很少能够平稳交接。这是因为君主生前子嗣众多，所有嫡系子孙都认为有问鼎国家权力的资格，夺权斗争首先在血缘关系最近的兄弟之间爆发。由此造成的国家动荡，亲情撕裂乃是必然的结果。和其他诸侯国一样，郑国也同样逃脱不了这个命定的魔咒。

春秋史上有名的"郑伯克段"，就是兄弟争国的典型事例。郑庄公在与弟弟共叔段的厮杀中胜出，牢牢地执掌郑国的权力四十三年之久。他死之后，争夺君位的斗争在他的儿子中展开。

郑庄公共有五个儿子，皆非一母所生。生前，他信重封在祭地的祭仲（名足），把他提拔为郑国的正卿，执掌国政。由祭仲为使节，迎娶邓国公室之女，名为邓曼，为他生下公子忽。公子忽渐长，有智勇，诸子中居长，故立为太子。《春秋》隐公三年（公元前720年），周郑交质，公子忽曾留质于周。《春秋》桓公六年（公元前706年），北戎伐齐，郑庄公曾让他带兵救齐，大败戎师，并擒获北戎的两名统帅，三百名甲兵，把他们作为战俘统统交给齐国。身为郑国储君，太子忽自幼就在政治和军事斗争中历练，应该算得上未来合格的君主。大凡专制君主死后，国家权力的继承和移交，朝中权臣是最有发言权的。出于权臣们政治利益的需要，即便君主生前钦定的接班人也会被否决。君主死于地下，再也不能开口说话，而他钦定的接班人是接掌权力成为新君还是沦为囚徒死于非命，一看权臣的态度，二看自己培植势力的强弱，三看时势与宫廷权谋的运作。太子忽幸运的是，朝中权臣祭仲独揽国政，一言九鼎，他的母亲邓曼为少女时，就是祭仲为使迎娶回国内的，因此祭仲绝对是他最有力的嫡系和后台，太子忽的即位毫无悬念。公元前701年，祭仲扶植太子忽顺利接班，成为郑国新君，史称昭公。

但是，祭仲这个后台并不可靠，原因是他没有遇到生死考验，在死亡面前，他是会改变立场的。

郑庄公生前继邓曼之后，又娶了一位夫人。这女子是宋国大夫雍氏之女。雍氏不仅在宋国权倾一世，而又系出名门。据考雍氏乃远古黄帝之孙，祖上姓姞（jí），女名为雍姞。郑庄公与雍姞又生了一个儿子，名为公子突。实事求是地讲，公子突亦非无能之辈。公元前714年，北戎大军侵郑，庄公为之忧虑，公子突分析了北戎军队的弱点，提出诱敌深入，设伏聚歼的战术，因此大败戎军。雍姞的娘家既是宋国权贵之家，当然不能让公子突失去郑国的君权。新君已立，另换君主，谈何容易！但宋国知道，左右如此重大事情的人只有一个，那就是执掌郑国权柄多年的祭仲。他在郑国经营多年，势倾朝野，一言九鼎，立君由他，废君由他，更立新君也由他，搞定了祭仲也就搞定了一切。于是，宋国以两国关系为由，邀请祭仲来宋国进行国事访问。祭仲不知是计，应邀前往。被诳到宋国后，立即遭到扣押。宋国提出，祭仲如果答应废忽立突，可以放他回国，如果不答应，立刻杀掉他。祭仲不想为郑国的新君搭上自己的老命，忽也？突也？皆为庄公子嗣，立为郑国新君皆无不可，他可不想做宁可丢掉脑袋而死忠一人的老傻瓜！于是，屈服于宋国的压力，他答应了宋国，与宋国订立盟约，背叛了他刚立的郑昭公太子忽。

祭仲带着蓄养在宋国的公子突回到郑国，宣布废忽立突。刚刚即位不久，在国君位子上屁股还没坐热的郑昭公（太子忽），闻听政局突变，仓皇逃到了卫国，公子突即位，史称厉公。

太子忽失位，固然因为祭仲临危变节，但没有强力的诸侯国外援也是一大原因。一个诸侯国册立新君，别的诸侯出于利害相关，或因姻亲，或因曾蓄养该国公子，往往插手其间，甚至出兵干预。宋国废太子忽立公子突，齐桓公（小白）和公子纠争位引发的齐、鲁之战，都是明显的例证。太子忽有与齐国联姻的机会，齐国曾想将宫廷女文姜嫁给他，但是他婉言谢绝了。别人不理解，认为郑国与当时强盛的齐国联姻应该是求之不得的事情，但太子忽不为所动。他回答别人的疑问说："每个人都有自己适当的配偶，齐国是大国，不是我小小郑国的配偶。《诗》云：'自求多福'，未来郑国如何，在我而已，大国又能怎样呢？"这是太子忽少年气盛而表现在政治上的幼稚，春秋时代，尚无"不干涉别国内政"的国际交往惯例，大国吞并小国或决定一国兴亡乃是常态，太子忽太自信了。公元前706年，太子忽带兵救齐，大败北戎，齐国再次提出文姜这桩婚姻，又一次被太子忽回绝。别人问他为什么，他说："从前对齐国毫无寸功，尚且不敢高攀，如今以父王之命带兵救齐，而带回个齐国的妻子，这岂非以军功而成婚吗？郑国的百姓会怎么看我呢？"为此，还特意禀告父亲郑庄公，正式回绝了。对太子忽轻率拒绝齐国的行为，老谋深算的祭仲曾规劝太子忽，劝告他一定要娶齐女文姜，以为将来大国之奥援。他说："你的父亲并非你母亲一个夫人，而有很多内宠，除你之外，还有三名公子，皆爱姬所生，他们都可以是未来的郑国之君，你如果无大国之援，将不会顺利即位。"此言不幸而言中，太子忽甫一即位，在宋国的干预下，即被推翻。而他失位与否，与齐国没有丝毫瓜葛，齐国当然只作壁上观。

对太子忽拒绝齐国联姻之事，《左传》借君子之口说了四个字："善自为谋。"批评他没有谋略和政治远见。春秋时代，既生公侯之家，要谋国而临社稷，其婚姻就是政治婚姻。王公之间婚嫁之事皆在贵族间进行，第一位考虑的就是国家的安全和政治利益。当然，郑太子忽若娶齐女文姜，其地位如何，下场怎样，也不好臆测。虽然被郑国所拒，但齐国公室之女文姜又岂是嫁不出的？况其美艳如花，风流成性乎？郑国不纳，嫁与鲁国，我们在第九章"齐女文姜"中看到了故事的结局，她最终断送了鲁桓公的性命。

厉公（公子突）既立，昭公（太子忽）流亡，郑国就有了两位国君。流亡在外的昭公没有能力回国，郑国就由厉公执政。但祭仲当国日久，郑国的大权还握在权臣祭仲的手里。虽然祭仲对自己有拥立之功，但厉公知道，那是被迫的，是母亲雍姞的娘家人宋国用刀按在他脖子上逼迫的结果。既然他可以背叛太子忽，当然也可以背叛我。祭仲初立的是太子忽，他是太子忽的人，这个霸道而阴险的老家伙是窥伺时机，以求一逞的危险敌人，自己不定什么时候就被他送上了不归路。况且自己虽名为国君，但一切国家权力都握在祭仲之手，依厉公之性格，岂能甘心做一个令人摆布的傀儡？于是，厉公在郑国即位第四年，决定杀死权臣祭仲，夺回权力。

他秘密指定的杀手名叫雍纠（也是宋国雍氏家族的人），此人是祭仲的女婿，被厉公收买。他们的计划是，在郑都郊外以春游为名设宴，请祭仲赴宴，就在宴席上动手。这个计划本是无懈可击的，雍纠是祭仲的至亲，岂有女婿宴请岳丈而不至的？只要祭仲来，必将血溅宴席，留下老命！谁想雍纠将这个秘密计划透露给了他的妻子，也就是祭仲的女儿。女儿为此经受了极大的内心痛苦和挣扎，她知道，在此关头，她必将在父亲和丈夫之间做出最后的抉择，而无论怎样抉择，有一个至亲的人必将死去。和谁生离死别？这是一个问题。无论如何权衡，她都没法做出最后的决定，于是，经过痛苦的折磨后，她把这个最罕见的人生难题交给了她的母亲。她问她的母亲，女人这一生，丈夫和父亲，谁是最亲的呢？母亲凝视着她忧戚的面容，回答说："任何一个男人都可以做你的丈夫，但此生你的父亲却只有一个。"这个答案当然无比正确。尽管她爱丈夫，难以割舍夫妻之情，她还是决然向父亲告发了丈夫的阴谋。祭仲听了女儿的话，阴沉着脸没有作声，最后，他脸上的肌肉颤了两颤，两眼在深陷的眼眶中闪动着幽邃的寒光，陷入了长久的沉默。很快，他的面容变得蔼然，用罕见温和的语气对女儿说："去吧，孩子，我知道了。"

第二天，祭仲坐着车子去郊外赴宴，在城门口，遇到了前来迎候他的女婿雍纠。他坐在车子上，不动声色，劈头道："雍纠，我很感念你对我的孝心，但我不想去赴宴了。我今天特意前来见你，是要你一样东西。"

雍纠有些狐疑，他伏地叩首，结结巴巴地仰脸问道："是，是什么东西啊？"

祭仲冷笑一声，切齿道："你的脑袋！"

雍纠一下子瘫在地上："大人，大人……"他想爬起来，但是两个壮硕凶狠的武士已经按住他的肩头，他一点儿也动不得了。

"告诉我，是谁让你来杀我的？"祭仲的语气忽然间变得温和，就像平常岳丈对女婿，慈爱的长辈对晚辈一样。

"没，没，我没想杀您啊，大人——大人——"

祭仲给武士一个示意的眼色，转过头，没有作声。

传来雍纠一声凄厉的惨叫，一个武士的尖刀从他的胸口割下一块肉来，血流如注，雍纠瘫在地上，盘桓腾挪，在血泊中哀号不已。

"告诉我，是谁让你来杀我的？"祭仲再次问道，他的声音变得严厉。

"老贼！"一声惨烈的吼叫，如濒死的野兽发出的声音，雍纠一下子从血泊中站起来，他扑向祭仲的车子，但是他的身子被武士从背后拉住了，他抓住车子的轮毂，仰起头，眼里闪动着冷峻的光芒："老贼！你这郑国的老贼！你窃夺国柄，横行庙堂，害国残民，辱慢君王……我就是想杀你！杀你！杀你！变成厉鬼，也要杀你——"

雍纠满是鲜血的手在车子的轮毂上留下血印，他幽暗而绝望的目光缠定祭仲。祭仲平静地说："我知道了！如我所料……你马上就是鬼了！我虽老迈，但我还要活些年头！"他喝令驭手："走！"

车轮滚动，拖着雍纠走了一段路。路上满布着雍纠身子的拖痕和血……直到郑国大夫周氏府邸墙外的水塘边，祭仲的车子才疾驶而去。

雍纠的尸体就横卧在那水塘边上。

厉公听到禀报，他坐着车子亲自赶到了那里。命令把雍纠的尸体抬到车子上，然后载着尸体，走过大街，穿过城门，送到了郊外的墓地。这个行为意在告诉祭仲：杀手雍纠是我指使的，你这个欺君罔上的老贼，我与你不共戴天！

很多百姓站在街道两旁默默地看着，没有人作声。

埋葬了雍纠，厉公叹息一声，恨恨地说："机密之事，谋及妇人，岂能不死！岂能不死！"

发生这样的事情后，君臣已难处一国，双方都感到了来自对方的凶险敌意。不久，郑厉公怀着愤懑而无奈的心情，弃国避难，去了蔡国。

这正是祭仲求之不得的。他立刻迎回逃难在外的昭公，六月乙亥，昭公复位，重新成为郑国之主。

流亡在外的郑厉公感到寄身异国，终非长策，就策动杀掉了栎（yuè）邑的地方官檀伯，乘机回到了国内，暂居栎邑。于是，郑国此时就有了两位国君，一位是执掌国家权力，身在"中央"的昭公忽，另一位就是割据一方，窥伺社稷的厉公突。这期间，厉公也曾联络几家诸侯攻打郑国，企图靠外国的武力帮助复位，但都没有成功。为了保护厉公的安全，宋国派了一支军队驻扎到栎邑。郑昭公也不攻打栎邑，两边各自相安。

但昭公的命运实在糟糕，权臣当国，固为一患，但权臣与君主有私仇，且怀有杀心，难免祸起不测。他可以容忍祭仲，因为他毕竟是父执一辈，大不了退让一步，凡事由他说了算，他已老迈，等他死了再收回权力不迟。可另一位权臣，名为高渠弥，就相当棘手。当年，他为太子，父亲庄公起用此人时，他就曾表示反对，认为此人阴狠暴虐，狼子野心，迟早必为国之大患。但庄公认为其计谋多端，有治国之能，提拔高渠弥为正卿。经过多年经营，又是朝中先君旧臣，如今势力养成，亲信耳目，遍布朝野，其权威实力，就连祭仲也要让他几分。昭公觉得此人乃心头大患，又奈何不得他。因有以前的嫌怨，彼此都戒备着对方。昭公二年冬十月，高渠弥与昭公出猎，射杀昭公于野。臣弑君，春秋之常态，可怜太子忽，勇武睿智，败北戎之兵，拒齐国之婚，终不安君位，志向未展，身死臣子之手，哀哉！

祭仲接受了昭公被弑的事实。从前他已经背叛一次昭公，这次，弑君既无损自己的利益，他当然不愿和高渠弥反目。两位朝中大佬开始商量君位的后继之人。因为厉公曾杀祭仲不成，两人是仇家，自然不敢引厉公还朝，最后，决定由昭公的弟弟子亹（dǎn）即位。

子亹兴高采烈，欣然即位。所谓有福不用忙，无福跑断肠，该来的总是会来，该有的总是会有，谁让他有着纯正的郑国王室血统呢？在一个以血统传位的时代，王室的血统可以接掌国柄社稷，成为一国之君，拥有至高无上的权力，也可以降下无妄之灾，死于非命。祸福生死，全看你的造化。子亹的造化和命运很奇特，上天给他开了一个大玩笑。他即位数月，应齐国君主齐襄公之邀，要到卫国一个叫首止的地方参加诸侯的盟会。祭仲劝子亹不要去。因为当年齐襄公还没即位时，各国公子聚会，齐郑两国公子拔剑相向，因相斗而成仇。齐公子诸儿（襄公）和郑公子子亹是一对老冤家。祭仲怕齐襄公寻仇报复，因此不主张子亹去参加盟会。但子亹初即位，正想以国君之尊到诸侯间去露露脸，况且今非昔比，当年的贵公子已为各自国家的君主，岂能如当年冲动莽撞，意气用事？子亹还另有心事，他说："齐国是强国，而且厉公还盘踞在栎地，我如不去参加盟会，得罪了齐国，齐国率领诸侯来伐我，立厉公为君，我怎么办？我不如前往盟会，去了也未必就一定受辱，齐襄公已为国君，何至于念旧恶而为草莽之行呢？"子亹执意前往，老奸巨猾的祭仲害怕去了掉脑袋，所以称病不行，由郑国之相高渠弥陪同子亹前往。子亹到了首止，没有去拜会齐襄公，更没为以往之事向襄公谢罪示好。齐襄公是个残忍狠戾、以我为中心的主儿，向来做事不计后果。他埋伏下甲兵，趁郑君子亹无备，突起而杀之。高渠弥见主君被杀，仓皇逃回。可怜公子子亹，数月之间，从一国君主之位猝然跌入地狱，身死异国，因在位短暂，连个谥号也没有，成了郑国君位上的匆匆过客。

齐襄公所杀并非仅郑国之君子亹，这一年，鲁桓公携夫人文姜到访齐国，因其与庶妹文姜奸情暴露，他残忍地杀害来访的鲁桓公（见第九章"齐女文姜"）。一年之内，因早年私仇和宫闱奸情连杀两国君主。齐襄公之暴虐，世无其匹。

连续被杀两位君主，郑国的君位又空了，割据在栎地的厉公又不能用，逃回郑国的高渠弥和祭仲再次商量君位的继承问题。当然首要考虑的还是血统问题，依序排下去，轮到子亹的弟弟子仪，于是，把他从陈国召回，立为郑国之君。子仪在位十四年，时间不算短，但他同样没有谥号，《左传》称其为郑子。

郑子在位第八年，齐国内乱，齐襄公被杀。在位第十二年，盘踞郑国庙堂多年的权臣祭仲死去，能够左右政局，决定君主命运的新强人产生了，此人就是郑国大夫傅瑕。在栎地蛰居的厉公等待太久了，人命几何？再这样等下去，岂不老死外藩？他实在不耐烦了，日夜处心积虑筹谋还都执政。这年，虽实力悬殊，他还是以栎地疲弱之卒，兴兵伐郑，其躁急心情，于斯可见！兵至大陵（今河南省临颍县北），俘获了郑国大夫傅瑕。击溃一旅之师，不如俘获一个重要人物，厉公亲自出面，和傅瑕摊牌：想活，可以，回都寻机杀掉郑子，让厉公还都执政；若不应，立刻杀死他。和祭仲一样，在生死面前，谁会拿命忠于一个主子呢？郑国之社稷本属姬姓，宗庙里供着姬姓祖先，他们及其后裔才是国家的主人，只要是郑国姬姓后裔，谁为国君皆名正言顺。况且厉公早年即登君位，还都执政，有何不可？高渠弥为报嫌怨而杀昭公，自己为保命而杀郑子，臣子见机而行，理所当然。于是，和厉公定盟，脱身回都。傅瑕回都，时刻窥伺时机，这年六月，终于寻得机会，傅瑕斩草除根，不仅杀了郑君子仪，连他的两个儿子都一并杀掉了。

公元前680年，傅瑕迎厉公还都。厉公初立四年，因谋诛祭仲不成，流亡于栎，至此已十七年。如今终于等到了修成正果的一天。此事时人认为早有征兆。原来，在郑都南门，发生两蛇相斗的事，门外之蛇杀死了门内之蛇，这预示着居外的厉公战胜当国的郑子。鲁庄公闻此，问臣子申繻："难道此事有妖孽作怪吗？"申繻回答说："凡人都忌讳遇到所谓妖孽，妖孽来于人事。人如果没有反常之心，妖何从而作？人如果放弃了正常的心思，一定会兴妖作怪。"申繻的意思是，哪里有什么妖？所谓妖，不过是人的贪欲和野心而已。

坐稳了位子的厉公，第一件事就是把杀郑子迎他还都的傅瑕杀掉了。傅瑕当然很委屈，他认为没有他弑君为内应，厉公怎能还都为君呢？他是厉公的大功臣，大恩人，即使不求报答，也不该砍他的头啊！凡串通作恶的同伙，事成之后，必然反目相杀，谁也不愿意知道他底细的人在眼前晃来晃去。君主是没有恩人的，君主之恩人，就是君主的仇敌，何以报之，唯有杀之。厉公杀心已定。傅瑕被处死之后，厉公对自己的伯父，郑大夫原繁抱怨说："傅瑕对君主有二心，周王朝有常刑，这种不忠于君主的人当然要杀掉。凡拥戴我而无二心的人，我都提拔他们为上大夫，参与国事，我也曾想和伯父共同治理郑国，但寡人在外多年，伯父从未想过纳我还都为君，我回来之后，也没听说伯父对我有顾念之情，这使我很遗憾！"原繁回答说："先君桓公曾让我的先人守护宗庙，社稷有主而有他图，岂非天下最大的不忠吗？国家有主持社稷的君主，国内百姓谁不为臣而服从之？臣对国家无二心，乃为臣的天职。子仪在君位十四年了，而阴谋召君而入者，难道不是怀有二心的逆臣吗？当年庄公之子活着的还有八人，如果他们都以官爵行贿而图谋君位，请问你会怎么办？你不用再说了，我已经知道你的意思了！"说罢，昂然走出宫室，自缢而死。

以上，就是郑庄公死后，诸子君位之争。轮番上位者四人，其中三人死于非命，最后在厉公这里稳定下来。厉公流亡十七年，重掌国柄七年后死去，郑国之国脉在他这一支延续下去。但此后，郑国日渐衰落，在诸侯中的地位江河日下，直到最终灭国绝祀。

一九　郑国衰亡

郑国在郑庄公时期是一个不可小觑的国家，在诸侯中有举足轻重的地位，与周王朝相抗衡，乃春秋初期的小霸主。庄公死后，面临着君位继承的困境，权臣当政，兄弟争国，有三十多年政局混乱的时期。这个时期，郑国的地位日渐衰微，国力不振，人心离散，尽管厉公还朝，国脉延续，但从此江河日下，从一个强霸的诸侯沦落为一个附庸小国，直到最终灭亡……

厉公还朝后，首先对内镇压政敌，巩固他的地位。他杀了反复无常的傅瑕，逼死了对其没有表示拥戴热情的伯父原繁。接着，他清理祭仲的班底，诛杀了祭仲的党羽公孙阏（è），将另一个党羽强鉏（chú）处以刖刑（砍去双足）。血腥的报复和镇压引起人心惶惶，贵族公父定叔（定，是他的谥号）吓得逃到了卫国。公父定叔是庄公弟共叔段的孙子，共叔段篡国叛乱失败后，一直流落在国外，他的儿子公孙滑逃到卫国后，还曾经借卫国之力，讨伐郑国，终未成气候，父子两人都凄惶地死在国外。他的孙子公父定叔回到郑国定居，但公室夺嫡之乱，往往祸及血亲，所以他吓得逃掉了。厉公对共叔段和他的孙子并无恶感，他和他这个叛乱的叔叔都是以下犯上，以弟夺兄之人，所以内心是相通的。他说："不可使共叔无后于郑。"三年后，他选了十月的好日子（古人认为偶数的月份是吉利的"良月")把公父定叔迎回了国内，并给予优渥的待遇。

但在对外关系上。厉公有一个超出常理的举动，他在还都执政的第二年（公元前 679 年），乘宋国和齐、邾两国攻打倪国时，竟发兵侵宋。我们知道宋国贵族雍氏是他母亲雍姞的娘家，他上位为君，全凭宋国之力，后来他蛰居栎地时，宋国还派一支军队保护他。何以他刚刚主政郑国，就发兵侵宋呢？《史记》对此事未着一字，《左传》只云"郑人间之而侵宋"，没有说原因和动机。推测其原因，可能当厉公蛰居栎地时，宋国以保护的恩主自居，对厉公多无礼，视之为卵翼下的附庸，厉公还朝后，又有无理索求，因此，厉公掌国后的第一次战争打的就是宋国。当然这只是推测，史书上并无记载。此后，宋、郑两国也有过战争。所谓"春秋无义战"，如今人所言：国与国之间只有永久的利益，没有超出利益之上的友谊。

这场战事的结果是，第二年（公元前 678 年），宋国就联络齐、卫两国来伐郑。不仅如此，这年秋天，楚（荆）也来伐郑。楚伐郑的理由是厉公还都执政两年竟没有通报楚国，是为"不敬"。也就是没把日渐强大的楚国放在眼里，因此发兵伐郑。处于各国诸侯的侵凌之下，郑国处境艰难，为了摆脱困境，郑厉公展开了结交诸侯的外交。这年冬天，在厉公的斡旋下，鲁、齐、宋、陈、卫、许、滑（国名，姬姓）、滕等九国在宋国的幽地（今河南省兰考县境内）会盟，好歹结束了与宋、齐、卫等国的战争。

春秋时代，各诸侯国的关系如狼狈共处，时而为了暂时的利益而结盟，时而为了小利或小衅撕咬开战，互相攻杀几乎年年皆有，所谓的盟约基本是靠不住的。第二年，齐国就拘押了郑国的执政大臣郑詹，两国的关系恶化。

厉公在位，如其父庄公时一样，以周王朝的护法使者自居。前 682 年，周庄王（姬佗）崩，其子胡齐即位，是为僖王，僖王在位五年崩，其子姬阆（làng）立，即周惠王。庄王生前，与一姚姓宠姬生了一个儿子，名为颓，受到庄王的宠爱。按照辈分，子颓是僖王的弟弟，惠王的叔父。惠王即位后，把子颓老师蒍国的园子占了，大夫边伯的房子靠近王宫，惠王又占了边伯的房子。同时夺了祝跪、詹父的田地，削夺了朝中管膳食的官员石速的官职，这些人因此都怨恨惠王。姬颓勾结五大夫（蒍国、边伯、祝跪、詹父、石速），纠合苏氏作乱。苏氏者，周武王司寇苏忿生之后裔也。周桓王时，取郑国土地，夺苏氏之田以偿郑（事在公元前712年），因此苏氏怨恨王室，参与作乱。五大夫推戴子颓以伐王室，没有攻下，苏子奉子颓逃到了卫国。借卫、燕的军队攻下王都洛邑，立子颓为王。

　　逃到温地（今河南省温县西南）的惠王向郑国求救，第二年（公元前674年），郑厉公出兵攻打洛邑，没有攻下，但却俘获了南燕国君仲父，厉公带着惠王回到国内，暂时安顿他住在栎地，那里曾是他蛰居的地方，有宫室园囿可供惠王歇息。这年冬天，在洛邑夺取王位的子颓宴飨参与作乱的五大夫，背礼逾制，舞六代之乐。所谓六代之乐，即黄帝的《云门》《大卷》，尧之《大咸》，舜之《大韶》，禹之《大夏》，汤之《大濩》，周武王之《大武》。这些乐舞是神圣的，据学者考证"六乐虽有歌奏，而以舞为尤重。"篡位之后，子颓竟歌舞升平，把六代的神圣乐舞全搬上了台面。厉公听说后，非常愤慨，去见虢叔，说："寡人听说，哀乐失时，必招祸殃，如今王子颓歌舞不歇，是自取其祸。司寇对犯人行刑，君王尚不举乐，而王子颓篡夺王位，已犯下大罪，竟敢日夜歌舞，以示欢庆。我们何不讨伐他以复惠王之位？"虢叔说："这正是寡人之愿！"

　　第二年，诸侯相约，同伐王城洛邑。郑厉公奉惠王自南门入，虢叔的兵马自北门入，杀王子颓及五大夫。惠王复位，郑厉公设宴招待惠王，也同样搬演了六代歌舞，惠王赐给虎牢以东原来王朝班赐给郑武公的土地。周朝大夫原伯听说后，说："郑伯（厉公）效王子颓之尤，肯定将有灾祸临头。"

　　这年五月，郑厉公暴病而卒。

　　厉公在位二十八年，其间有十七年在外，执郑国之政十一年。他死后，由他的儿子即位，史称文公。文公在位时，齐桓称霸，之后有晋文公重耳称霸，相比之下，郑国的地位则渐渐衰落了。

郑文公在处理对外关系上，任性而无远见，这是使郑国陷于困境的原因。文公即位，继续他父亲与宋交恶的国策。自从齐桓公死后，诸侯间没有一个能号令四方的霸主，宋襄公有心取而代之，做各诸侯国的带头大哥。但宋国的国力不行，虽勉强串联各国会盟，但诸侯多不心服。尤其是渐渐强大的楚国，更不把宋国放在眼里。郑国一直服侍楚国，郑文公看楚国的眼色行事，所以，没有参加宋襄公主持的鹿上之盟。公元前 638 年夏，宋国出兵讨伐郑国。这年十一月，楚、宋两国有泓地之战。这场战争由于宋襄公的愚蠢，拘守于所谓"仁义"，错过了最佳的攻击时机而被楚国打得大败。楚、宋之战，无关领土和道义，是争夺霸主地位的意气之争，宋败楚胜，为依附于楚的郑国解了围，因此对楚国感恩戴德。郑文公让自己两位夫人芈氏和姜氏出面，慰问和犒劳楚王。楚王为了显示自己的武功，当着两位夫人的面奏乐，举行隆重的献俘仪式。这被《左传》讥为"非礼"。春秋时代，女人迎送客人是不能出门的，即使送别自己的兄弟也不能迈出门槛，战争之事更不能使女人参与。可是郑文公不但让两位夫人前往楚军营中犒军，还参加了楚王为她们举行的献俘仪式。第二天，楚王入郑都，郑文公举行了盛大的国宴招待楚王，一直闹到深夜。郑文公竟让夫人文芈亲送楚王回营，而且还给楚王呈上了郑国的两位美女。夫人外交加上盛宴美女，郑国讨好楚国大失国格，其悖礼之举引起了郑国公卿们的羞惭和愤慨，郑国大夫叔詹不满地说："楚王太无礼了，竟然不顾男女之别，真是岂有此理！"他虽然批评的是楚王，但显然更不满的是讨好楚王的郑文公。这件事情引起诸侯侧目，他们认为，楚国虽强，却成不了霸业。其不完全在于郑楚关系，而在于中原的礼乐文化与楚国的蛮夷文化之分野。虽然郑文公腆然无耻，中原各诸侯国也不会拥戴一个没有被礼乐文化所驯服的南方蛮夷之国作为霸主。

文公在位期间，和周王朝的关系也不好。虽然他的父亲厉公有平子颓之叛，重返惠王之德，但郑国与周王朝的关系反而恶化了。惠王返国后，巡视国土，对郑、虢表示感谢。文公招待惠王，惠王把王后的一条以铜镜装饰的腰带赐给他；虢叔招待惠王，惠王以爵（酒器）相赐。文公因此对惠王不满，以其赐带不赐爵也。意思是我郑国和虢叔一同帮助你平叛复位，此事还是我郑国首倡在前，结果你赐给他一件贵重的礼器爵，只给我一条无足轻重的腰带，岂非轻视我郑国吗？

惠王崩，襄王即位。周、郑关系恶化。滑国，姬姓小国，地在河南缑（Gōu）氏县，邻郑，历来是郑的附庸。郑文公十三年，因滑违命，郑国兴兵伐滑，滑屈从，俄而投入卫国怀抱，弃郑投卫，愿为卫之属国。周襄王派大夫伯服来郑为卫请滑，让滑做卫国的附庸。文公大怒，又有前赐带不赐爵之积怨，故下令拘囚周朝大夫伯服。周襄王于是请狄之兵以伐郑。周大夫富辰劝谏说："当年我周朝东迁洛邑，是依靠晋、郑两国的帮助，子颓之乱，也是郑国平定，不能因小怨而弃绝郑国。"襄王不听，召狄师以伐郑。周襄王还派去了周王朝两位大夫协助伐郑。一位名叫颓叔，一位名叫桃子。狄人和周王朝的军队攻取了郑国的栎地。郑国乃周王朝同姓之国，第一代诸侯郑武公是周厉王的小儿子，与周王朝血缘最近。周襄王父亲周惠王被叛乱推翻失位，也是郑国帮助平定叛乱，使之复位。可是，郑国与母国周王朝的关系却一直不睦，历代君主麻烦不断。

襄王亲狄，欲娶狄人之女为后，富辰又劝谏说："我周朝平、桓、庄、惠四朝皆受惠于郑，弃郑而亲狄，此事不可为也！"但襄王仍然不听，执意娶狄女为后。这里，简单插叙一段王子带的故事。原来襄王（名郑）的母亲早死，他的父亲周惠王又娶了一个王后（来于陈国，据称陈国乃舜帝的后代，妫姓，故名陈妫），这位惠王后为周惠王生了一个男孩，名叫带，因是王子，故称王子带。王子带受到惠王的喜爱，惠后也有心废掉郑立带为太子，没等实施，惠后死去，所以，惠王死后，还是由姬郑接了班，这也就是周襄王。因为王子带一直受到惠王和惠后的娇宠，襄王对其也很畏惧，而王子带更是野心勃勃，时刻想取襄王而代之。襄王即位第四年（公元前649年），王子带作乱，召洛邑附近的戎狄部落来攻打王都，焚毁了王城的东门。在秦、晋等诸侯国的帮助下，周襄王起兵讨王子带，公元前648年秋，王子带逃奔齐国。十年后，在大夫富辰的劝说下，周襄王动了棠棣之念，召回了流落齐国的王子带，让他住在王都洛邑。由于和郑国关系恶化，周襄王不顾十年前的戎狄之难，不顾富辰的劝阻，依靠戎狄来攻打郑国，还要娶戎狄部族的女子做王后。娶进门不久，发现王子带竟然私通这位来于狄邦的隗王后。襄王大怒，罢黜了隗后。王子带的野心不仅要占王后，而且要占王位，派去协助戎狄的两位大夫颓叔和桃子背叛了周襄王，拥立王子带，起兵攻打襄王，大败周师，俘获了周公忌父、原伯、毛伯、富辰等一干公卿。王子带勾结狄师，进攻王都，大夫谭伯被杀，曾经劝阻襄王的大夫富辰也自杀身死。襄王弃国而逃入郑国的氾（Fán）地。这事发生在公元前636年，也就是周襄王十六年。周襄王之败，固然因为其昏庸短见，但朝中有内应，也是重要原因。颓叔、桃子等大夫拥立子带为王，为报答狄人，子带娶襄王所黜隗后居于温地。公元前635年，襄王向晋国求救，晋文公重耳刚刚返国，立足未稳，但还是发两路大军勤王破狄，右师取王子带于温，杀之于隰城（今河南省武陟县），左师迎襄王于郑，入于王都洛邑。

如果说，郑国与周王朝关系破裂，其责主要不在郑，而与晋国成为敌国，则完全是郑文公的短见造成的后果。当年，晋国公子重耳逃亡到郑，文公不礼，他的弟弟叔詹劝他说："重耳是贤德之人，且又与我同姓，穷困来投，不可无礼。"文公不为所动，说："各国逃亡的公子多了，岂能尽当贵客？"叔詹说："如果不能以礼相待，那就杀掉他，若他回到国内，将是郑国的祸患。"文公没听他的话，既不以礼相待，也没杀他，重耳在郑国遭到冷遇，愤懑地离开了。

重耳回国，立为国君，是为晋文公。因为从前没有礼待重耳，所以郑国选择倒向了楚国。公元前632年，郑文公出兵，帮助楚国攻打晋国，这是和晋国仇上加仇。公元前630年，晋文公重耳决定向郑国复仇，与秦穆公共同发兵围攻郑国。郑国被两国强兵所围，万分危急，重耳提出，郑国必须交出当年提议要杀他的叔詹，由晋国戮之，以报前仇。叔詹闻而自杀，郑国将叔詹尸体交给晋国。重耳又提出，必一见郑文公，辱之而去。郑国窘急无奈，用反间计，派使说秦国曰："攻破郑国，只能使晋国得利，晋强而秦危，于秦何利？"秦国于是退了兵。郑国松了一口气。但晋国仍不退兵，又提出，郑国必以子兰为储君，方可罢兵。

原来，郑文公有一妾名燕姞，自云曾做一梦，梦燕国之祖对她说："你将生子，名为兰，兰者，国之香也！"她把自己的梦说与郑文公，文公遂幸之，并赐给她一盆兰花以为约，若生子，即名为兰。后果生子，即公子子兰。郑文公有三个夫人，生宠子五人，皆以罪早死，文公为此愤懑不已，且在位年久，性情乖戾，下令驱逐所有公子。文公性情暴戾，算不上慈父，儿子有罪，不顾惜，不宽容，杀无赦。他有一个妃子娶于陈国，亦叫陈妫（和惠后同名），为其生二子，一名子华，一名子臧。子华本已立为郑太子，公元前653年，齐国伐郑，郑国危机，这年秋天，齐桓公在宁母召诸侯盟会，商量伐郑的事情。这一年正当郑文公二十年，他派子华"听命于会"。结果子华向齐桓公提出，要齐国帮助除掉郑国三个当国的氏族，由他为郑国之君，他将向齐国称臣。齐桓公有意应允，被管仲制止，认为如此将在诸侯中失去道义。子华"求介于大国以弱其国"，背君父而卖国，不应和他沆瀣一气。齐桓公因此拒绝了子华的提议。郑文公后来知道了子华的行为，十分愤怒，九年后，杀子华于南里。子华的弟弟子臧逃到宋国。子臧没有党羽，也没有本事，或许也没有政治野心，但他喜欢收集"鹬冠"。鹬，是一种迁徙的水鸟，用鹬的羽毛装饰的冠就叫鹬冠，据说古代知天文者戴鹬冠。子臧不懂天文，但他喜欢鹬冠，并搜集了很多。拿今人来说，这或许是某种审美偏好和艺术情怀。但他的父亲不这样看，而是"闻而恶之"，竟因此产生杀子的恶念。公元前636年，文公派强盗引诱子臧，至陈国和宋国之间的某地，把他的这个儿子也杀掉了。文公后来又娶妃于江，为其生公子士，子士奉命朝楚。楚灭江国，子士为江国女子所生，怕将来为害，因此楚人下毒鸩杀子士，当时没死，行至楚国叶地，毒性发作而死。文公还有一个娶于苏的妃子，为其生瑕和俞弥二子。俞弥早死，只有子瑕一人在，但文公讨厌子瑕，所以子瑕失去了即位的可能。且说子兰奔晋，事晋文公重耳十分恭谨，重耳亦爱之。此次随重耳围郑，希求入郑为太子。郑文公无奈，臣子又劝谏说："夫人之子皆死，所余庶子，无如子兰贤。且晋国兵临城下，以子兰为嗣，对郑国也是有利的。"于是，在晋国的逼迫下，文公答应了晋国的要求，立子兰为太子。

两年后，在位四十五年的郑文公死去，子兰即位，是为缪公。

缪公子兰并没有给郑国带来转机，但他的运气的确不坏，即位初年即逃过了一场战祸。文公死时，郑国有一个内奸向秦国出卖情报，自愿为内应，要秦国发兵偷袭郑国。于是秦国派出三员大将统兵袭郑。靠近郑国时，抓住一个赶着二十头牛的商人，逼问之下，商人急不择言，谎称赶牛是为郑犒军。秦人一听，以为郑国早有防备，于是，未至郑而退兵。

此后，楚国联合宋国攻打郑国，这次郑国也占了大便宜，不战而俘对方之将。原来，宋国统兵的将军华元杀羊犒劳军士，竟然没分肉给他的赶车人（御者），这个赶车人一怒之下，赶着车，拉着华元将军奔到了郑军之中，于是，华元成了郑国的俘虏。后来宋国赎回了这位被俘的将军。

缪公子兰在位二十二年，虽无作为，但郑国也没有大的闪失。

缪公死，他的儿子灵公即位。这位灵公是个倒霉蛋，因使气而丧命。他刚即位，楚国为了表示祝贺给他送来了一只大鳖。郑国两大夫子家、子公去朝见新君灵公。子公食指勾动示意，对子家说："他日指动，必食异物。"二人入宫，果见灵公进鳖羹。子公笑曰："怎么样？我没说错吧？"灵公他问笑什么，于是，子公便说了原委。灵公便召子公入内廷，为羞辱他，特意不给他鳖羹吃。子公恼怒，以手探入食器，抓起鳖羹，尝了一口，气呼呼走了出去。灵公大怒，如此目无君主的臣子，不诛成何体统？所以，要杀子公、子家两位大夫。这是由一只鳖引发的君臣内斗。可是，还没等灵公动手，子公、子家先下手为强，两人先把灵公干掉了。

灵公既死，郑人欲立其弟去疾为君，去疾力辞，于是立了灵公的庶弟，去疾的庶兄子坚为君，此为襄公。

襄公时，正是晋楚争霸之时，由于郑国国力衰微，依违于晋、楚两大国之间。亲楚则晋伐，亲晋则楚讨，战战兢兢，无以自存。襄公元年，楚对郑国受宋国贿赂而放归宋国将军华元非常不满，兴兵伐郑。当年楚、宋联合伐郑，本是同盟国，放归宋将，何怒之有？可见其无理之极。郑国此时只好背楚亲晋。襄公五年，楚复伐郑，晋来救之。此时，郑赖晋之保护，苟延残喘。襄公七年，郑、晋结盟于鄢陵，以盟约的形式确定了两国的关系。楚庄王因郑与晋结盟，亲率大军伐郑，围郑三月，郑国困穷无计，降楚。楚庄王自郑国皇门入，郑襄公肉袒牵羊以迎，亡国哀怜之辞，令人嗟叹——

"孤不能在边邑效劳君王，以使君王怀怒亲临鄙国，此孤之罪也，岂敢不唯命是听！若君王将孤迁至江南，或将孤赐给诸侯为奴，孤亦俯首听命于君王。若君王不忘厉、宣二王（郑国第一代君主郑桓公是周厉王少子，周宣王庶弟，由宣王首封于国），我先祖桓、武二公，哀怜于郑，不忍绝其社稷，赐一不毛之地，使孤重新服侍君王，乃孤之所愿，然而也不敢有此奢望。这是我的心里话，如何处置孤与郑国，唯君王之命是听。"

郑国至此，已至覆亡绝境。然而竟绝处逢生，楚庄王听了郑襄公的哀怜之词，动了恻隐之心，下令楚军后退三十里，最后竟舍郑而去。楚国将领们不解："全军将士千辛万苦从楚地赶到这里，如今得了郑国，如何又舍而不取？"楚庄王说："出兵伐国，伐不服者，如今郑国已服，尚有何求？"遂撤兵。

郑之盟国（保护国）晋闻楚伐郑，发兵来救，在救与不救之间，晋国首鼠两端，争执了好长时间，因此，楚已撤军才赶到。到了黄河边，闻楚已去，渡河还是不渡河，又争论了一番，最后还是决定渡河。既然赶来救郑，无论帮没帮上忙，这番心意总得让对方领受。就在晋军渡河的时候，楚庄王命令楚军还而击晋。此时，死而复生的郑国也整军出战，他们帮助的是对郑国胜而不取，施以不灭之恩的楚国。楚、郑联手，把正在渡河的晋军打得落花流水。

两年后，恼羞成怒的晋国发兵伐郑，因郑国叛晋而亲楚也。

襄公在位十八年，虽国几亡于楚，但赖楚庄王开恩，总算保住了郑之社稷。

襄公死，其子悼公立。悼公元年（公元前586年），想到祖父灵公一直反对与楚结盟，于是就想背楚亲晋。派他的弟弟睔前往楚国说明理由。楚国不悦，扣押了睔。郑悼公不理楚国，和晋国建立了友好关系，睔因和楚公子有私谊，乘机逃回了郑国。第二年，楚国来伐郑国，以讨背楚亲晋之罪。这年，悼公死，其弟睔即位，是为成公。

成公对楚有好感，时为楚君的楚共王也认为，郑成公是一个有德行的人，于是于成公三年（公元前582年）派出使节，来与郑结盟。成公不想在晋楚两个大国间选边站队，于是和楚也订了盟。这年秋天，成公朝晋，晋国认为郑私与楚和好，是背晋而向楚，于是扣押了郑成公，派出兵马攻伐郑国。第二年春天，郑国患晋国之围，另立成公之弟缙为君。晋国闻郑国立新君，放归成公。郑人闻成公归，杀了刚立的新君缙，迎归成公，晋国也解围而去。

成公十年（公元前575年），因不堪晋国欺压，与楚定盟。晋厉公怒，伐郑，楚共王率兵来救，晋楚两国有鄢陵之战。楚兵败，楚共王被晋军射伤眼睛。晋楚俱罢兵而去。两年后，晋国又来伐郑，郑国同仇敌忾，坚守城池，晋军无功退去。

成公时期，郑国之患，唯在晋楚，想自立而不得，今日晋讨，明日楚伐，国无宁日，君有重忧，战乱不休，外患不已。小国弱国依违于两大国之间，左右不是，动辄得咎，实在艰难。成公在位十四年，在忧患中死去。

成公死，其子立，是为僖公。僖公之后，天祸郑国，外患之外，又加内忧，郑国愈加不堪。僖公五年（公元前 566 年），郑相子驷朝见，僖公不礼。子驷怒，指使厨人毒杀僖公，通报诸侯说，僖公暴病而卒。这是郑国第六个死于非命的君主。子驷立僖公年仅五岁的儿子为君，是为简公。

简公元年，郑国诸公子欲诛权相子驷，子驷先觉，将参与谋杀的诸公子全部杀光。这场血腥的内部残杀，更加削弱了郑国的国力。第二年，晋国又来伐郑，郑与之盟，晋军退去。这年冬天，郑又与楚定盟。执掌郑国大权的子驷畏楚晋来诛，一直首鼠两端，以求苟存。简公三年，子驷欲废年幼的简公自立为君，公子子孔杀子驷而为相。子孔也欲废简公自立，郑成公最小的儿子子产叹息道："当初子驷欲篡位而诛之，而今汝又效子驷之行，郑国之乱何时已也！"子孔打消了篡位自立的念头，辅佐年幼的简公。但郑国国柄尽操于子孔之手。

简公十二年（公元前 554 年），已十七岁，不堪子孔专权，诛之，以子产为相。子产是个贤德君子，受到诸侯和当时名人的推重，子产为相时，郑国修内政而睦邦交，游走于晋楚之间，协助简公处理了很多棘手的问题，郑国相对平静，也延缓了这个衰弱之国的晚期寿命。

简公在位三十六年卒，子定公立。其间，郑国遭受一场火灾，定公欲祈禳鬼神而消灾，子产劝谏说："与其祈禳鬼神，不如修德爱民。"

自简公后，郑国又历定公、献公、声公等三世君主，这时候，晋国公室衰，六卿强，皆来侵夺郑。郑国从前被两虎候伺，如今被群狼撕咬，其死亡已不可免。声公五年（公元前 496 年），郑国四世为相的子产死去，郑国灭亡的速度加快了。声公三十六年（公元前 465 年），晋国的智伯伐郑，生生割去郑国九邑。

声公在位三十七年，卒。其间郑国江河日下，国难日深，败亡已无可挽。

声公死，子哀公立。哀公八年，被郑人所杀。立声公之弟，是为共公。共公卒，子幽公立。幽公初立，晋韩武子伐郑，幽公被杀。郑人又立幽公弟，是为缥公。

缥公十五年，韩景侯伐郑，取郑之雍丘。郑国都城不保，苟延于京。

缥公二十年，韩、赵、魏三家分晋，列为诸侯。二十五年，缥公杀其相子阳。二十七年，子阳一党共弑缥公而立幽公弟乙阳为郑君（康公）。

郑康公二十一年（公元前 375 年）郑国终被韩哀侯所灭，其国土并入韩。

郑国历经三百余年的历史，它的兴亡具有标志性的意义。和众多的姬姓封国一样，它和周王朝由亲密而疏离，乃至对抗反目，血缘关系维系的家天下终至崩溃覆亡。其衰亡的过程是任何一个靠血缘传承权力的政权所无可避免的，血与火永远是它们的宿命。尽管如此，在郑国衰乱之世，仍出现了一个古代历史上的能人。能人并不能改变历史，然而他的言论和德行却值得后人铭记。

二〇　子产治国

　　子产在中国春秋历史上是一个很重要的人物，《左传》用相当的篇幅记载了他的事迹，司马迁《史记·郑世家》中云："孔子尝过郑，与子产如兄弟云。及闻子产死，孔子为泣曰：'古之遗爱也！'"子产在郑国后期执政，已处于国家衰败之时，他被时人所推重，除了他开明而睿智的言行，还有符合礼的规范的一些做法。《史记》对他的记载十分简略，且与《左传》多有不合之处。本章内容多采《左传》所记。

　　春秋间诸侯各国，因是家天下，所以当朝执政者，多为公室子弟，他们与君主都有着很近的血缘关系，是理所当然的贵族阶层。子产是郑国君主郑成公最小的儿子，属于郑国当然的贵族。郑成公名睔（gùn），楚共王评价说："郑成公孤有德焉。"可见他是个明事理，有德行的人。他在位十四年，卒于公元前571年，此时郑国外困于晋、楚，内祸于朝争，正是内外交困，祸乱不已之时，子产的庶兄恽，即位后称僖公，在位五年，即被郑国之相指使厨人毒死，立其子年仅五岁的嘉为君，称简公。此后，因国君年幼，郑国陷入公室贵族为争夺权力的残酷内斗之中。

　　郑成公卒时，他最小的儿子子产尚年幼，随着年龄的增长，他目睹亲人被杀，公室互斗，国势衰颓的惨烈场面。这些都给他心灵蒙上挥之不去的沉重阴影，家国忧患如影随形，已深植于他的心中。公元前544年，时当郑简公二十二年，子产已成为郑国公室颇有声望的人物。吴国公子季札来郑，与之一见如故，两人互赠礼物，季札已观察到郑国公室内部的矛盾和危机，对子产说："郑国执政的公卿奢侈专横，积怨甚深，危难即将降临郑国。郑国的权力将要落到你的手里，如果由你来执政，要循礼而为，谨慎行事，否则，郑国怕难免败亡。"

当时辅佐郑简公的国相名为伯有，亦称子良、良霄，属良氏家族，与公室中另一支驷氏家族势同水火，两家矛盾一触即发。伯有其人久在相位，霸道专横，连国君简公亦不放在眼里。简公此时已 27 岁，身为国君，对伯有的专横衔恨已久，也有心除掉他。伯有嗜酒，宅中挖有地下室，储存很多美酒。他夜晚经常到那里去痛饮，喝得醉醺醺的，不知昏晓。宫中击钟早朝，公卿大夫们先来朝见伯有，却不见人，问伯有的近侍："公何在？"近侍回答说："吾公在深谷大壑之中。"意思说，他在窟室中正饮酒。大夫们只好纷纷走散了。

这天他喝得醉醺醺地上朝，命令驷氏族中的子皙（亦称公孙黑）出使楚国。子皙抗命，说："郑、楚两国刚刚交恶，你让我出使楚国，不等于杀我吗？"伯有说："你们家世世代代都是郑国的行人，你不去谁去？"所谓行人，就是代表国家出使外国的官员，相当于今之外交官。子皙反驳说："如果可以去，我当然会去，不可以去，我坚决不去，和世代为行人没关系。"醉中的伯有认为子皙抗命不遵，是蔑视他的权威，大怒，强迫子皙必须出使楚国。子皙当然不服，退去后开始联络家族同党和朝中的公卿大夫们准备进攻伯有。

子皙同母兄弟三人，老大子皮，亦称罕虎，是一个在庙堂中握有重权的人物，同党众多，甚有威权；老二即子皙（xī）公孙黑；老三子石公孙段，亦称伯石，巧伪机诈，野心勃勃。此三兄弟皆是公室贵族，称驷氏。

朝中的公卿大夫们对于伯有及其同党把持朝政，奢靡昏乱，结党营私，欺君罔上的行为早就不满，而且国君简公也有铲除伯有的想法，于是，以子皮、子皙、子石兄弟为核心，君臣盟誓，要除掉伯有一党。

身为公室贵族的子产对于朝政的危殆和凶险洞若观火。翌年初，他陪同简公出访晋国，晋国大臣叔向询问郑国的政局，子产回答说："今年就会水落石出，驷、良两家相争，胜败尚不知晓，只有等到最后的结果，才能断定未来如何。"叔向说："不是听说两家已经和好了吗？"子产说："伯有刚愎自用，奢侈无度；子皙争强好胜，不甘人下，两人表面似乎和解，但仇恨已深，都对对方怀有深深的恶意，出头的日子怕是不远了！"子产对即将到来的祸乱怀有深切的忧虑，对郑国的未来充满无奈和焦虑。

有着公室贵族身份的子产（他是国君简公的叔叔）很早就参与了国事，这年六月，他代表郑国到陈国参加盟会，回来后，忧心忡忡地对朝中的大夫们说："陈国是个即将灭亡的国家，不必和它过多来往。积聚粮食，修缮城墙，只靠这两点而不体恤百姓的疾苦。它的君主根基不牢，公子侈而无礼，太子地位卑下，朝中大夫狂傲无知，政出多门，如此侧身大国之间，岂能不亡？不出十年，陈国必亡。"子产言在陈而意在郑，他对郑国的现状忧心如焚。

两大派系和家族势不两立，一触即发，他们都想拉拢子产站在自己一边。有人劝告子产要站在理直正义的一方，也有人劝告他为了安全，站在强势的一方。子产深知，对立双方争夺权力，其动机并非为了国家，无所谓正义和非正义。他说："我怎么能为了个人安危和私利偏袒一派呢？如果大家想的是国家和社稷，郑国就不会发生祸难，我只能凭着良知行事。"内乱爆发，两大家族的械斗和杀戮已经开始，伯有的家族已经有人在冲突中死去。子产去殡殓他们的尸体，没有通报驷氏家族。驷氏一党十分愤怒，说："如果有人背叛我们，难道我们还把他看作自己人吗？"子皮罕虎说："子产是个有德行的人，他既然以礼待死者，对活人难道会悖礼而行吗？"平息了他们的愤怒。

正式的决战开始了，驷党打开了武库，披上甲胄，拿起武器，向良党发起了进攻，良党的人拼死抵抗，双方陷入激战，郑国都城大乱。双方都召唤子产加入。子产悲愤地说："大家都是郑国公室的后裔，血缘亲近的手足兄弟，如今竟反目成仇，闹到你死我活的地步，郑国处于危难之中，我只能听从天命了！"由于在相位的伯有专横奢侈，早已失去人心，仇恨积郁复仇心切的驷党得到了简公和朝中多数士大夫的支持，所以力量强大，势如破竹，良党溃败。伯有逃到一处羊舍中，被追击的人杀死。子产赶到，为死者穿衣入殓，并枕着他的大腿号啕大哭，接着，他把所有在冲突中死去的伯有一党的家族成员和大夫们盛殓埋葬。驷党的人闻听后，要攻杀子产，子皮怒道："礼是立国之纲，子产殡殓死者，礼也！杀子产，想招来大祸吗？"众人乃止。

伯有的家族败亡，盖因奢靡霸道，树敌甚多，虽属自招，但郑国的内乱却给国家带来了重创，更在诸侯间失去了威信。如今，驷党中的老大子皮罕虎成了郑国一言九鼎的人物。子皮自觉德行和在朝野的威望不如子产，况且他也不愿站到前台，过多地操劳国事，所以，他请子产出山为郑国之相，辅佐简公。子产推脱道："郑国乃小国，处大国间，生存空间逼仄，况且公室多豪族，跋扈豪横，左右掣肘，又得罪不起，我担不起这个重担。"子皮说："有我在，谁敢兴风作浪？我是你的后盾，全力支持你。你放手去做，只管行使你相国的权力。郑国虽小，只要治理得法，照样能立足于诸侯。"子产推托不掉，只好担起了治国的重担。事在鲁襄公三十年，郑简公二十三年，公元前543年，子产正式担起了治理郑国的重任。

子产为政，首先要处理好和驷氏家族的关系。正巧国家有事需要公孙段（亦称伯石、子石，驷氏兄弟的老三）出面，前面讲过，此人是个心机甚深，有野心的人，子产提出，将给他一个大邑的封地。这种许诺使很多朝中的公卿大夫们不满，有一个人抗议说："郑国是所有郑国人的国家，为什么独给他封地？"子产说："要想消除人的欲望，实在太难了。每个人都有私欲，尽量满足他们的私欲，使他们做好国家的事，使国事得到成功，这就是我的责任。治理国家不是我一个人能完成的事，需要大家齐心协力，为了国家，我何必吝惜一个城邑？而且这个城邑归谁，不都是在郑国的土地上吗?"那个大夫又问:"您这么做,四周的诸侯会怎样看我们?难道郑国的行政是靠贿赂大臣推动的吗?"子产说:"只要国家不分裂,下服从上,臣服从君,国家安定,治理有方,四方诸侯就不会嘲笑和指责我们。我们的史书《郑书》上说:'安定国家,必大焉先。'就是说,先安顿好大族,然后才能谈到稳定。"子产的这种做法,也可以说,慷国家之慨,向豪门贵族输送利益,以换取国家的安定。但我们要知道,子产是春秋时代的贵族政治家,他所治理的是贵族的诸侯国,很多根深蒂固,世代经营的豪贵之家本就是国君的血亲,家天下的骨干,若摆不平他们,国家就会动乱,政权就会动摇,所以孟子有言:"为政不难,不得罪于巨室。"(《孟子·离娄上》)安抚豪族巨室,乃是家天下的贵族政治的首要之事。但伯石是个狡诈的人,他害怕接受这个城邑为封地,会受到众人的指责和非议,而树敌太多。所以他假意推辞,要归还封地。后来子产执意要给他,他才接受下来。

良氏家族的伯有已死,为了笼络驷氏,朝廷又使太史册命伯石为卿,开始,伯石又假意推托,太史退去,伯石又找到太史,让他再次册命他为卿,如此反复三次,做足了文章,挣足了面子,这才假惺惺地入朝受册,接受了封赐。子产因此十分憎恶他的为人,认为他虚伪奸诈,非正人君子,使其位次于己。

子产为政后,整顿国家,制定了城乡应该遵守的制度,规范了上下的礼仪。当时,实行井田制,他重新划定了土地的边界,规范了村落和房舍,按照井田制的规则和农人生活的需要,疏浚水井,在田地之间挖好蓄水的沟渠。在庙堂上,他奖掖那些忠诚节俭守礼勤勉的官员,罢免并处置那些奢靡渎职的贪渎官吏。郑国因此秩序井然,国家走上了正轨。

郑国大夫丰卷(子张)要举行家族祭祀,请求田猎,以获取猎物做祭品。不被允许。子产说:"只有你用新鲜的猎物献祭,其他人聊备一格,一般可用就可以了。"子张大怒,退而征集兵丁,要攻杀子产,子产只好躲到晋国避难。郑国难以治理,在于公室贵族跋扈,且都有自己的武装。

他们虽然一人多名，后人阅读史籍，纷然难辨，有的一小段记载，出现两个名字，以为两人，实乃一人。如《左传》本段记叙，先说"丰卷"再说"子张"，其实皆为一人。这就是古籍需要专家注释的原因。但名字凡以"子"为首字，皆为"公子"的省略，是上代国君留下的子嗣，他们是朝廷贵族，为政者也要对他们忌惮几分。所以子张发怒，子产退避。幸而还有一个"大哥大"子皮，为子产撑腰，为郑国安危计，怒逐子张，子张怕子皮杀他，也跑到了晋国。子产在子皮的支持下，回国重新执政。为了消弭仇恨，安抚子张，他请求朝廷保留子张的田产、房产和仆从，三年后，将其归还了子张。

子产被后人称道的从政事迹，有内政和外交两方面。在内政方面，首先是"为政不得罪巨室"，搞好公室贵族间的关系，小心翼翼维护政权的稳定和平衡。如对子石贿以大邑和权位，对子张退让求和等皆属此类。但是，如果某贵族闹得太甚，使家族面临危险，家族其他成员为了自身安全，也会和他断然分割。这时的子产就会表现出勇于执法的样子，显示其为相的尊严。公元前540年，驷氏家族的老二公孙黑（子皙）作乱，想除掉另一家贵族中的游吉（子大叔）而代其位，因曾被子南击伤，伤势发作而没有成功。这件事情引起了朝中其他贵族的愤怒，要杀掉公孙黑。驷氏虽威震朝野，但众怒难犯，怕遭灭族之祸，驷氏只好将其付诸国法。子产从外乘传车而至，历数公孙黑之罪，欲以刑处死。公孙黑叩头求饶，子产说："人皆有死，做坏事的恶人不得善终，乃是天命。你做坏事，为坏人，天让你死，我不顺从天意，难道会顺从坏人吗？"公孙黑请求朝廷把他的儿子安排做管理市场的官员。子产回答说："如果你的儿子有才能，国君会任命的，没有才，像你一样作恶，你的罪尚且不可宽恕，还为儿子请求什么？如不迅速自裁了断，朝廷法官马上就到！"公孙黑自缢而死。子产将其罪行书写在木板上，放在他的尸体上示众。

这件事情显示了子产为政严明执法，勇诛乱臣的品格。但是他的底气仍来于驷氏家族，如果没有驷氏的支持，他未必敢诛杀驷氏族人。子产最强大的后台是驷氏中的老大子皮（罕虎）。子皮其人，顾大局，有胸襟，敢作敢为，从善如流，对子产十分信任。有一次，他想任命他最倚重的家臣尹何去某地做地方官，子产说："尹何太年轻了，我不知他是否胜任。"子皮说："尹何忠诚谨慎，我很喜欢他，对他很放心，他不会让我失望。让他在实践中学习，为官久了，也就知道为官之道了。"子产回答说："不可。如果喜爱一个人，必须爱护他，使他得到好处。如今您爱一个人就想给他官做，让他从政，这就如同他从来没操过刀，却派他去做操刀之事，对他伤害实多。您爱护人的做法，只能伤害他，谁还敢求您爱护他呢？您老对于郑国，如同支撑大厦的栋梁，若栋折梁摧，郑国覆亡，我也将会被压在下面，所以我不敢不说出我的心里话。如您有一块美丽的锦缎，不会让没学过裁剪的人去练习裁剪。国家都邑是庇护我们的安身立命之所，比一块锦缎不是更重要吗？如今您让一个从来没有学习过行政的人去管理它，如果这样做，必然造成祸患。和打猎一样，那些熟练驾车射箭的人才能获取猎物，如果没驾过车，没射过箭，就去打猎，不但得不到猎物，还会翻车伤人。事同一理，请您想一想。"子皮听了这番话，幡然醒悟，说："您说得太对了，我真的好糊涂！我听说，君子考虑的都是远大的事物，小人想的都是身边的琐事。我就是一个小人啊！衣服穿在我身上，我知道爱护它，而大邑、大官才是我们赖以生存的庇身之所，可我却毫不在意。如果不是您的开导，我还不醒悟呢！从前我对你说过，你治理好郑国，我管好我的家，在国家的庇护下安身立命，就可以了。现在看，不但郑国靠您管理，就连我的家事也要听从您的意见。"子产说："人心之不同，如同各人长着不同的面孔，我怎敢说您的面孔和我的面孔一样，您的心和我的心一样呢？不过，如果有该进言的地方，我一定会如实相告的。"郑国两位大佬一番推心置腹的谈话密切了两人的关系，子皮认为子产忠诚可信，全力支持他管理国家。两位大佬的精诚团结是郑国稳定的基石。

子产治国，善于用人，所谓"择能而使之。"冯简子能决断大事，游吉（子大叔）风流倜傥，文采出众，公孙挥（子羽）熟悉各诸侯国的国情，对于各国贵族的族姓，在朝中的班次地位、贵贱和能力了然于胸，而又擅长外交辞令。裨谌（bìchén）心思缜密，能谋善断。如果置身于野外，凝神思考，就会做出正确的判断。若国家有事，子产和裨谌乘车到野外，让他思考决策是否可行。若可行，则叫冯简子起草文件，然后，交给游吉去执行，以应对各国使节。所以，郑国的内外政策很少有失误的地方。

子产还是个开明的政治家。郑国各地设有乡校，是人民聚集一起议论时政的地方。那时没有报纸和媒体，所以，统治者可以通过乡校倾听民间声音，了解民间疾苦，知晓为政得失。有人认为这些议论很刺耳，建议子产关闭乡校。子产反诘道："为什么要关闭？百姓早晚农闲之余，到此来议论为政之得失，他们认为是善政，我就坚决实行，他们憎恶的做法，我就马上改正，乡校是我为政的老师，为什么要关闭毁掉它呢？我听说过尽忠人民，多做善事以减少人民的怨恨，没听说靠横暴压制能制止人民的怨恨。这就好比防治洪水，冲决堤岸的大洪水伤人必多，想救也救不来。不如开通水道，任其畅流。乡校刺耳的议论正如我们治病的良药啊！"孔子后来听到子产的这番话，说："从子产这番议论来看，如果有人说子产不仁，我是不会相信的！"

郑国国力衰微，在大国诸侯间总是遭受屈辱，子产为政时，能够维护郑国的尊严和利益。公元前542年，子产陪同简公朝拜晋国，因为当时鲁国国君鲁襄公刚刚去世，晋国国君没有接见郑简公，让他们留在馆舍中。这种冷落和怠慢对一国之君来说，如同羞辱。子产命令随从们拆除了馆舍的围墙，把车马安顿进来。晋国一位叫文伯的大夫奉命前来责问："我国由于政刑不修，盗贼很多，为了来访的诸侯及其使臣不遭盗贼骚扰，所以修筑馆舍时，设置高大的门扉，筑起坚固的围墙，如今您下令毁坏墙垣，即使您的随员能防备盗贼，可别国的客人怎么办？我国为盟主，筑墙修馆，以待来客，若来客皆毁墙坏舍，我国何以应对各方诸侯？寡君派我来问拆墙的原因是什么?"子产不卑不亢,回答说:"敝邑偏小,处大国之间,大国不断责成敝邑贡献礼物,所以我们不敢安居,尽量搜罗财物前来应命。恰逢贵国君主没有闲暇,未得接见,又未曾得到命令,不知何时接见我们。所贡财物,不敢呈送,也不敢使财物暴露在外。若呈送,贵国仓廪充实,无处安放,未经贵国君主过目,不敢呈送;若使之暴露在外,风吹雨淋,干燥潮湿,财物朽坏,更加重我们的罪过。我听说,晋文公为各国盟主时,他的宫室低矮狭小,没有可供游观的台榭,而把招待诸侯的馆舍修得高大宽敞,如同国君的寝宫。对马厩、库房经常修缮,管宫廷建筑的官员经常派人维修道路,工匠们按时粉刷馆舍的墙壁。诸侯宾客到来,院子里燃起庭燎,仆人巡视,车马有停放的位置,宾客们的一切杂务皆由仆人代劳,管车子的给车轴加好油,管马匹的喂好马,各司其职。宾客百官,各自展示自己的贡物,贵国君主也不留置宾客,也没有烦琐无用的礼节,上国君主,诸侯宾客,忧乐与共。有事则巡查馆舍,不懂的得到指教,有困难的给予理解和帮助。宾至如归,不但没有什么灾患,也不怕盗贼,不怕风雨燥湿毁坏财物。如今国君宫室绵延数里,而诸侯宾客馆舍如同奴仆所居,大门进不来车,而墙垣阻隔又无法逾越。且盗贼猖獗,天灾难防,接见无时,命不可知。如不拆毁墙垣,没有办法保护所贡财物,将加重我们的罪过。敢问执事,我们能怎么办?鲁君之丧,亦敝邑之忧也。若允许我们进呈贡物,我们一定修好拆毁的墙垣,然后回国,这就是你们对我们的恩惠,我们怎敢害怕辛苦呢?"子产的这番话,似软实硬,藏针于绵,既指斥了晋国的霸道无礼,又申述了小国受大国欺压的艰窘处境。

文伯复命,将子产的话说与晋国的执政大臣赵文子,赵文子说:"子产的话是对的。这是我的错,以奴仆之居来安顿诸侯和宾客,其罪在我。"命令文伯向子产道歉。晋侯马上会见了郑简公,用盛宴来招待他,然后送他回国。并且重修招待诸侯宾客的馆舍。子产敢于维护小国尊严,有礼有节,善于言辞,《左传》记载了人们对他的称道。

公元前527年,诸侯盟会,子产代表郑国参与,为了减少呈交大国的贡赋的数量，子产据理力争，说，从前向天子进贡，分别轻重，位尊者贡赋重，位卑者贡赋轻，这是周王朝的制度。而按照郑国的爵位和实际情况，规定的贡赋太重，郑国负担不起。诸侯会盟，本来是要给小国生存空间，若交不上大国的贡赋，其灭亡指日可待。为此，子产力争不已，"自日中以争，至于昏"，从中午争到黄昏，终于迫使晋国答应了郑国的要求，维护了郑国的利益。

为政者总要听到各种不同的声音，甚至来于人民的负面评价和攻击的言论。子产在国内推行以丘为单位核定国家的税赋的政策（古时实行井田制，九夫为井，四井为邑，四邑为丘）。这个政策触犯了一些人的利益，所以遭到了攻击和谩骂。有人甚至诅咒说："子产的父亲死在路上，他自己比蝎子尾巴还毒。这样的人来治理国家，国家会成什么样子啊！"别人告诉他这些对他恶毒攻击的话，子产平静泰然，说："这些话对我没什么伤害。'苟利社稷，死生以之'，况且我听说，做好事和正确的事不要随意改变主张，所以才能成功。民众的要求不可能全部满足，国家的规章制度也不可随意更改。《诗》有言：'只要不违背礼义，何必怕人说三道四'（礼义不愆，何恤于人言），我不会改变我的主张的。"这和当年周厉王用卫巫做特务，监督人们的言论，谤者皆杀之的"止谤术"不同，体现了子产的宽仁大度和原则精神。想到他不毁乡校，愿意倾听人们对为政者的批评和议论，子产不愧为春秋时代开明的贵族政治家。

民众对子产的评价有一个过程，他刚刚执政一年时，郑国人并不买他的账，反对的声音很多，国人讽诵道："把我的衣冠收起来，把我的土地重安排，谁要去杀那个叫子产的人，我跟你去不徘徊！"子产执政三年后，郑国人又讽诵道："我有子弟，子产教之；我有田畴，子产丰之，子产若死，谁能继之？"这种截然不同的评论，由仇恨而至爱戴，说明子产为政开明，治国有方。

子产从诸侯会盟归国，听到子皮去世的消息，不由痛哭失声："唉，我也该死了！还有谁会全心全意地信任和支持我呢？只有子皮才真正地理解我，他是我的知交挚友啊！"孔子对子产参与诸侯会盟给予高度评价："子产盟会之行，足见他是国家的柱石。《诗》曰：'君子多么快乐，因为他是国家的基石'（乐只君子，邦家之基）。子产，他就是在为国事操劳中求得快乐的人。"又说，"参与诸侯盟会，为国确定贡赋，争取权益，这是合于礼的"。

公元前 522 年，子产病重，对继任者谈为政的心得，认为治理国家和百姓应当宽猛相济。他把宽比作水，水至柔，人们狎玩之，所以死于水者多；把猛比作火，大火熊熊燃烧，人们不敢接近，所以死于火者少。有德行的人才能以宽仁治理百姓。孔子对此评价道："善哉！政宽则民慢，慢则纠之以猛。猛则民残，残则施之以宽。宽以济猛，猛以济宽，政是以和。"所谓宽猛相济不过是胡萝卜加大棒的治民之策，是历代统治者治国的信条。和现代的国家观念、民主制度毫不相干。子产搞的是家天下的贵族政治，孔子生活在封建制的春秋时代，他们津津乐道的治民治国之策是那个时代的产物。

《史记》云，子产死时"郑人皆哭泣，悲之如亡亲戚"。尽管有些夸大其词，但子产执政期间，郑国国家稳定，基本没有遭到大国的侵扰，这的确是事实。所以孔子评价子产说："古之遗爱也。"

子产是春秋时代一个开明的贵族政治家，从他的事迹中，我们得以窥见封建时代诸侯国政治运行的概貌和某些细节。尽管孔子赞扬子产，但从根本上来说，子产为政的理论和实践是春秋时的贵族政治，井田制也罢，对门阀巨卿的让步也罢，胡萝卜加大棒的统治术也罢，归根结底是维护君权至上的家天下制度，并没有儒家后来的民本思想，所以郑国的子产和魏国的李悝被称为法家的先驱。任何人无法超越他的时代，每个人都在历史中。无论子产多么开明睿智，也挽救不了郑国的灭亡。当然，灭亡的也不只是郑国。郑国后期，一直在晋国的阴影之下屈辱地生存，下面我们把目光转向晋国，看看那里发生了哪些故事。

二一　晋国前史

晋国的第一代君主名为姬虞，他是周武王姬发的儿子，周成王姬诵的弟弟。成王时，有一个名为唐的小国作乱，成王剿灭之。一日，成王手持桐叶调笑他的弟弟："以此封你。"周王朝史官在侧，立刻请求成王择日封立姬虞。成王说："我这是和他开玩笑啊！"史官正色道："天子无戏言。言则史官书于册，礼成乐歌，昭告于天下后世。"成王只好封姬虞于唐。唐地在黄河和汾水之东，为今山西地界。后人称唐叔虞，即晋国首封之君。

唐，据说为古贤君尧之国，所以尧又称为唐尧。据典籍记载，唐城在并州晋阳县北二里处，传为尧所筑。唐叔虞之子名为燮，前往封国，居住在晋水旁，一并治理唐城，因临晋水，改封国为晋。

从唐叔虞繁衍八代至晋穆侯，生了两个儿子，长者名曰仇，少子名曰成师。一名晋大夫对二子命名感到奇怪，老大也就是太子叫仇，与谁为仇？何以为仇？他的弟弟竟然叫成师，师，军队也。不是君主，何以要组成一支军队？所以他预言晋国将发生动乱。穆侯在位二十七年薨，他的弟弟殇窃夺侯位，自立，太子仇流亡国外。四年后，太子仇率领其众打回晋国，灭了他的叔叔，夺回侯位，是为晋文侯。

晋文侯在位三十五年卒，他的儿子即位为昭侯。昭侯是个糊涂的君主，把晋国河东肥沃广大的土地封赐给他的叔叔，即仇的弟弟成师。这片土地时名为曲沃（今山西省闻喜县），昭侯国都翼（今山西省翼城县），而曲沃城大于翼。成师封于曲沃后，被称为桓叔。桓叔一直对他侄子昭侯之晋国怀有野心，他勾结昭侯的大臣潘父杀死昭侯，欲入晋为君。遭到晋人的抵抗未果，退保曲沃。晋人立昭侯子为君，是为孝侯。孝侯杀潘父为父亲报仇，但心腹大患曲沃桓叔仍在。

孝侯八年，曲沃桓叔死去，他的儿子继承他称曲沃庄伯。孝侯十五年，曲沃庄伯杀孝侯于晋都翼，再次欲夺晋侯之国，同样遭到晋人的抵抗。庄伯退归曲沃。晋人复立孝侯子，是为鄂侯。鄂侯在位六年死去，庄伯闻其死，兴兵伐晋。这次夺位之争，遭到了周王朝的干预，周平王派出军队讨伐曲沃庄伯，庄伯的野心再次受挫。晋人复立鄂侯子，是为哀侯。

哀侯二年，曲沃庄伯死去，由他儿子即位，称曲沃武公。哀侯九年，武公兴兵伐晋，在汾水旁打了一场恶仗，俘获了晋哀侯。晋国虽国君被俘，仍不屈服于曲沃，除了团结御敌外，马上立哀侯的儿子小子为君。小子立，曲沃武公怒而杀掉俘获的哀侯。小子即位四年，武公以同宗之亲，诱召小子至曲沃而杀之。这件事再次激怒了周王朝，周桓王发兵攻打曲沃，武公退守不出。晋人复立晋哀侯弟弟缗为晋侯。晋侯缗二十八年，曲沃武公举兵来伐，攻陷晋都，灭了晋侯缗。把晋国的宫廷宝器呈献给周僖王。晋国政权易手，木已成舟，周僖王又受了贿赂，于是，命曲沃武公为晋君，列为诸侯，于是，曲沃尽并晋地而有之。统一的晋国出现了，被封于曲沃的旁支成了晋国新的主人。

晋国初年的长期分裂，是宗族内部夺权斗争造成的。自桓叔成师封于曲沃，成为国中之国，经庄伯至武公三代人处心积虑，无一日不思夺国封侯，成为晋国真正的主人，为此，同宗相杀，亲情泯灭，共弑五位晋侯，历经六十七年，终于如愿以偿。曲沃武公更号为晋武公，家天下性质未变，国君姓氏未变，宗族内部的支系斗争以旁系灭掉正宗而胜出。晋国这场动乱延续时间之长，斗争的残酷血腥在春秋各诸侯国的历史上都是绝无仅有的。

以孔子为代表的儒家是讲宗族和国家的尊卑秩序的，所谓敦睦亲戚，协和九族，大夫讲的是齐家，诸侯讲的是治国，天子讲的是平天下。家齐国治天下平，尊卑有序，亲情融融，这是儒家所向往的理想社会。但是，晋国的历史却显示，人类的占有和权力欲望是人性使然，它将洞穿一切温情脉脉的面纱和圣人的善良愿望，于血腥的黑暗中昭显人性之恶。

晋武公死后，他的儿子即位，史称献公。

此时，原晋国公室的群公子尚在，这是以旁支入继大统的晋献公的心腹大患，另外，当年曲沃支脉，子孙繁衍，有一支称富氏，一支称游氏，富氏一支，在曲沃族中多智术，善谋划；游氏，也有曲沃的贵族身份。晋献公也惧怕猜忌他们。应该说，无论是晋国公室正宗，还是由曲沃桓叔和庄伯、武公承继下来的旁支，都是唐叔虞的后裔，往上追溯，可以追溯到周武王、周文王等周王朝的先祖。但同宗之族，夺国夺嫡，坑陷相杀，乃是最为残酷的。晋大夫士蒍为献公出了个主意，既然国君都视他们为敌，何不让他们先互相坑害，然后再一网打尽呢？于是，士蒍先与公室群公子谋，先剪除了富氏在晋国的势力。接着，士蒍又与群公子谋，让他们去杀游氏的两个家族。群公子不仅同意，而且十分踊跃。士蒍见此，对献公说："可以了。不过二年，君必无患矣！"公元前669年，即献公八年，在士蒍的鼓动和怂恿下，原晋国公室的群公子大开杀戒，把同祖的游氏之族男女老幼尽皆杀光。然后，他们在今山西绛县一个叫"聚"的地方修了一座城，原晋国公室留下的群公子全都住到了里边。这年冬天，晋献公发兵围"聚"，一举将群公子屠灭。人类同种同族相杀之残酷，比任何动物都更为无情和惨烈。

开枝散叶后的同族子孙渐行渐远，形同陌路，所以，屠戮起来毫不手软，若是同一家庭内部的父子兄弟又是怎样的呢？纵观中国皇室和王室的历史，在家天下的体制下，其互相杀戮之凶残同样令人触目惊心！儒家所倡导的道德和伦理从来没有在那里实行过。

晋献公第一个女人娶于贾（姬姓小国），无子。第二个女人名为齐姜（姜姓，来于齐国），《左传》记载为"烝于齐姜"，"烝"之本义，是"淫于上"（和前辈人有两性关系），所以有人认为齐姜是献公的父亲武公的一名小妾，《史记·晋世家》则云："太子申生，其母齐桓公女也，曰齐姜，早死。"依据年代考证，齐桓立于鲁庄九年（公元前685年），晋武死于鲁庄十七年（公元前677年），晋武死前八年中娶于齐，老夫少妻，晋武死，齐姜尚少，且貌美，献公"烝于齐姜"，与其生育，是可能的。齐姜为晋献公生了一女一男，女嫁秦国，为秦穆公夫人，这就是后人用以喻婚姻为"秦晋之好"的来由，当然，其后还有故事，容后叙。男孩名叫申生，被晋献公立为太子。

献公又娶二女于戎，戎，是不同于华夏民族的古代部族，亦称狄（翟），后人戎狄连用，也指这个部族。春秋时代，华、戎杂处，《春秋》《左传》中"戎"字常见，如隐公"二年春，公会戎于潜"，指山东曹县西北之戎，献公娶二女，来于大戎，狐姓。后人考证其地在山西交城县，大狐姬生公子重耳，其妹小狐姬生公子夷吾。

献公五年，举兵伐骊戎（骊戎，人或谓陕西临潼骊山之戎，顾颉刚疑之，认为其地在山西析城、王屋两山之间）。灭骊戎后，献公掠得骊戎两名贵族女子，是一对姐妹，献公宠爱，人称骊姬。大骊姬生子奚齐，其妹生献公小儿子卓子。

我们可以总结一下晋献公的女人和子嗣，他有名有来历的女人六个，除娶于贾的女人没为他生育外，其余五个女人分别为他生了五个儿子，太子申生母为齐姜，公子重耳和夷吾的母亲是大戎狐氏的一对姐妹；公子奚齐和卓子来于骊戎的一对姐妹。他还有一个女儿，与太子申生同母，为齐姜所生，后嫁于秦，为秦穆公夫人。晋献公女人和子嗣不止此数，据载他共有儿子九人，其余四子无关紧要，故不载史籍。

和所有的后宫故事一样，后来的骊姬得到宠爱，她有心立自己的儿子奚齐为太子，但她不便于说话，于是贿赂晋献公身边的两个男宠，由他们向献公进言道："曲沃，乃君之宗庙所在，蒲（晋邑，今山西省隰县西北）和二屈（北屈、南屈，北屈在今吉县东北，与南屈比邻，蒲和二屈皆为晋国边疆，蒲邻秦，二屈邻狄）皆为边疆重地，三地都非常重要，不可以无公室的人前往镇守。宗邑无主，民不敬畏，边地无主，则外敌窥伺。如果百姓不敬畏国家，外敌又窥伺我们，国家就危险了。如果派太子去镇守曲沃，重耳、夷吾去镇守蒲地和二屈，则可以镇服百姓和外敌，彰显君主之威。"骊姬派去的嬖人们随声附和，晋献公大悦。当年夏天，他就命令太子申生前往曲沃，重耳前往蒲地，夷吾前往屈地，其余群公子都离开京城前往边鄙居住。只有骊姬姊妹所生的奚齐和卓子留在京城。于是，骊姬勾结宫廷的两个男宠开始对远离京城的太子等人造谣谗毁，使献公与之疏远并产生怨恨，为更换太子大造舆论。

《春秋》鲁闵公元年（公元前661年），晋献公把国内的军队整编为两军，他自率上军，下军交给太子申生统率，灭掉了耿、霍、魏三个小国，其中太子申生统军灭霍。于是，献公决定为太子申生在曲沃修建新城以居之。晋国大夫士蔿预言说："太子不得立，将要被废黜，筑城别居而在卿位，已达到了臣子的高位，安得为储君？与其坐待大祸临头，不如学习吴太伯，逃位远遁，还能为后世留下好的名声。"吴太伯和他的弟弟仲雍，都是周朝先祖周太王的儿子，季历的哥哥。季历贤德，且有子名昌，太王欲立季历以及昌，于是太伯、仲雍二人为避位而逃奔东南荆蛮之地，断发文身，示不可用。周太王立季历，史称王季，后来他的儿子姬昌成为周文王。太伯号所居东南荆蛮之地为"句吴"，成为吴国的开国之祖。士蔿曾帮助献公剪除了原来晋国公室的群公子和同宗潜在的政敌，熟知献公的性格和心理，他的推断和预言绝非信口妄言。从种种迹象和苗头中，他看出太子不得立，希望太子能够避祸远遁。

第二年，献公命令太子申生率军去攻打东山皋落氏（古部落，赤狄别种，居今山西省垣曲县），大夫里克劝阻说："太子是奉事宗庙祭祀，早晚照看君王膳食的人，所以也称冢子。君王出行就守国，国家有人留守就随君而行。随君称抚军，留守称监国，这是古代的制度。领兵作战，运筹帷幄，誓师军旅，这是君王和大夫们的事，非太子分内事也。统军在外，主要是服从命令，太子遵命则有失威仪，独断专行是对君父的不孝，所以，身为储君的太子不应该派他率军出征。而且我听说皋落氏已布军应战，请君王收回成命。"献公冷冷地回答说："寡人有子多人，不知哪个能立为太子呢！"里克听了这话，一时怔住，无言以对，只好默然而退。太子申生见他回来神色异常，问道："是不是我要被废黜了？"里克说："君父教导你如何治理百姓，如何统军作战，你所担心和恐惧的应该是对君父的不恭和不孝，何必担心被废黜呢？身为儿子，只需担心是否尽孝，不必担心立不立，修身于己而不责备于人，才能免于祸难。"

献公班赐给将要出征的太子两件东西：一是左右异色的衣服，称为偏衣；一是佩戴在身上的金玦。太子身边的人对此非常疑惑，认为赐给太子一件左右异色的衣服是表明献公对太子的猜忌和疏远，所赐金玦更非吉祥之物。金，寒凉也，玦，绝情也。君父心存凉薄而示绝情，太子的处境是很危险的。

太子申生就在这种岌岌可危的处境中受着煎熬，见不到君父，猜不透他的心思，也无从表明自己的心迹。虽然天威难测，但他知道已失去了父亲的欢心，时刻忐忑不安，在担忧和恐惧中打发着日子。

这一切，都源于一个女人，她就是献公宠爱的骊姬。他虽然有众多的女人，齐姜还为他生了太子，而为他生下公子重耳和夷吾的两个女子同样来自戎狄部族，但他独爱骊姬，对骊姬所生公子奚齐更是倍加珍爱。献公心思的转移，注定了太子申生的人生悲剧。更何况骊姬是一个心计歹毒，工于谄媚的女人呢！当年，献公有心立骊姬为夫人，曾为之卜筮，以求神示。先用龟甲卜，不吉。又用蓍草占筮，吉；出现了这种截然相反的结果，如何取舍呢？古人认为："龟卜成象，蓍筮成数，象先数后，以先为长，以后为短。"就是说，当龟甲之卜和蓍草之筮出现相反的结果时，应相信龟卜之象所显示的神示。但献公立骊姬之意已定，所以弃龟卜而取蓍筮，舍"象"而信"数"，下令说："从筮。"负责占卜的臣子当时表示了反对："象先数后，筮短龟长，理应从长，而信龟甲之卜，且卜辞云：专宠将生乱，夺君所爱。一薰一莸，则薰不胜莸，善不敌恶，十年之内，其恶不消，其臭仍在。决不可从筮。"卜辞中，以薰（香草）喻太子申生等人，以莸（臭草）指骊姬，暗示她将给晋国带来祸乱。但君主的意志不可违拗，献公终立骊姬为夫人。

春秋时代，国家大事，休咎祸福，甚至关乎国运兴衰的战争和祭祀，都要经过卜筮，以遵从冥冥中的神示。这是在诸侯王室和贵族上层延续下来的传统，我们只要想到殷墟发掘中的大量甲骨卜辞，就知道这个传统的久远和其在古人心中的神圣地位。除了祭祀，卜筮是人和神交流的主要媒介，龟甲经过卜人主持的神秘仪式以火灼烧后，会出现纹裂，纹裂之图谓之"象"，每种"象"都有对应的卜辞以昭示吉凶，对龟卜之象的笃信，古人为之凛然。献公弃之而不顾，执意立骊姬，推想骊姬可能年轻貌美且善解人意，这样的女人汉语中有一个词，叫"狐媚"。她往往包藏祸心，善于表演，一颦一笑，皆非真意，只为操纵男人实现她隐秘的目的。在她的媚惑之下，男人会迷失本性，失去起码的判断力。献公心思早已转移，一次，他私语骊姬道："吾欲废太子，以奚齐代之。"这正是骊姬蓄谋已久，求之不得之事。但狡猾的女人并没有现出内心的狂喜，她反倒面容悲戚，流泪道："太子已立多年，诸侯皆已知之，况且太子多次率军出征，百姓爱戴，人心归附，奈何以贱妾之故而废嫡立庶，如此，贱妾岂非成为万人唾骂的千古罪人？如何立身于君王之侧？君王若真这样做，妾只有自杀以明心迹也！"说罢，悲泣不已。这一切，其实都是欲擒故纵的表演，而献公则为骊姬的深明大义感动得稀里哗啦。

骊姬要立自己的儿子奚齐为太子，她的眼中钉就是现在的太子申生，欲擒故纵之后就是嫁祸于人，离间献公和太子的关系。她勾结了朝中一些臣子，组成了自己的阴谋团伙，千方百计地谗毁太子。她派心腹去曲沃告诉太子，说是献公梦见了太子死去的母亲齐姜，要太子祭祀母亲，告慰亡灵。太子举行了祭祀的典礼，遵从骊姬心腹大夫的建议，把献祭所用的肉呈给了远在晋都的献公。一是表示祭祀之诚，二是表示对君父的孝敬。一切似乎都遵从人伦礼仪，充满着温暖的人情味。时当献公出猎，这块祭肉（古人谓之胙）放在宫中，骊姬有充分的时间做手脚。献公归来，骊姬呈上祭肉，献公欲动箸享用，被骊姬拦下，说祭肉已置宫中数日，看是否腐烂变质。于是，献公以肉祭于地，地面隆起如坟，用它喂狗，狗即死，找来身边一小臣，命其食之，小臣食后，痉挛于地，俄顷毙命。献公登时变色，骊姬伏地泣曰："太子他怎忍心做出这等事啊！君王您是他的生身父亲啊，他尚且要杀您而代之，别人又当如何！况且君王已是年迈旦暮之人，他怎么就等不及做出这种伤天害理的事啊！"献公铁青着脸，一声不吭，他被眼前突兀的一幕惊呆了。他万万想不到他的亲生儿子竟想置他于死地！骊姬继续哭道："太子所以做出这等事，不过是因为妾与奚齐的缘故，请君允准，让妾带着奚齐避祸到国外去吧，不然我们母子就自杀算了，不要让我们成为太子的眼中钉，处心积虑想害死我们……谁能想到他竟先对君王下手了！当年，君王曾有意废黜太子，妾还拦阻您，没想到竟发生这样的事……"骊姬一场哭诉，步步紧逼，不容献公的心思稍有转圜，把太子弑父夺位，谋害骊姬母子的罪行坐实了。献公暴怒，下令派人前往诛杀太子，太子逃奔曲沃新城。献公命将太子之傅杜原款立即处死。

逃奔到曲沃新城的太子申生惊魂未定，他身边的人劝他立即向献公上书自白，说："下毒药的人是骊姬，太子向君父辩解，真相就会大白，何必被人谋害，使父子终生为仇？"太子说："吾君父已老，若离开骊姬，他会寝食难安。真相大白后，他必将怒火发泄到骊姬头上。这事做不得。"大家听了，面面相觑，说："即使不辩白，也不应留在新城，献公旦夕来讨，太子命危矣！应马上逃奔他国，以为后图。"太子说："我背负弑父的恶名，谁会容留我呢？我意已决，自杀以明心迹！"于是，太子申生在曲沃新城宗庙中自缢而死。

太子既然要做忠君孝亲的榜样，也只有自我了断一条路。

就在太子配合骊姬死于非命之际，他的两个兄弟重耳和夷吾正前往都城的路上，他们是来朝见父亲的。立刻有人把这个消息告诉了骊姬，说，两位公子若知太子被谋害，肯定要在献公面前揭露真相，那时候，夫人就危险了！骊姬大恐，对献公说："太子下药毒杀您，重耳和夷吾不仅知情，还与太子共谋。"献公此时因伤心而出离愤怒，脑子几乎一片空白，听了骊姬的话，马上安排逮杀两位公子。重耳和夷吾听到了消息，惊恐万分，立刻折返，重耳回到蒲地，夷吾回到屈地。二公子不告而别，更坐实了曾参与谋反弑君的阴谋，献公命令军队分别进攻蒲、屈，逮杀两位公子。重耳身边有一个阉人，名叫履鞮，也称勃鞮，还叫寺人披，他闻听献公诛讨重耳的军队赶到了蒲城，认为君命不可违，催促重耳立即自杀，重耳不肯，他决意亲手结果重耳。他持刀赶到重耳府宅，杀手临门，重耳慌不择路，逾墙而逃，寺人披手执利刃追上前来，挥刀就砍，重耳身子已滚到了墙外，刀锋之下，只留下重耳的一片衣袂。

重耳遁逃至狄，他的母亲来于狄国（亦称戎，常戎狄并称），所以容他避难。当年重耳年十七，跟从他逃难的，有五个亲近的心腹和数十个壮士。

晋献公二十三年（公元前654年），右行大夫贾华奉命伐屈，屈溃。夷吾亦将逃奔狄国避难，他身边侍从道："狄国不能去，重耳已经在那里了。如果你再前去，晋国将兴兵伐狄，狄畏晋伐，你们兄弟势必大祸临头。不如前往梁国，梁国靠近秦国，有强秦庇护，将来以为后图可也。"于是，夷吾带领他的一些手下人逃奔梁国。

两年后，因狄国庇护重耳，晋狄两国发生了战争。这次战争晋国由大夫里克为统帅，梁由靡为主帅战车的御手，一名叫虢射（射，古音读实）的大夫为车右，在采桑一带交战，打败了狄国的军队。但是，里克却停止了追击，御手梁由靡说："狄人并不以败退为耻，如果乘胜追击，我军一定会大获全胜。"但里克并没有追击的意思，他说：把他们赶走就可以了，别惹得他们倾巢出动，那时，战争就会扩大。虢射说：如果放虎归山，不把他们歼灭，他们明年肯定会再来挑衅。里克仍无追击再战的想法，晋国就草草收兵了。第二年，为了报采桑战役失败的耻辱，狄国果然又兴兵伐晋。晋国的里克本无斗志，所以消极应战，两国的军队互有伤亡，狄国也退了兵。里克为什么这样消极呢？他是对晋献公害死太子，逼走重耳和夷吾不满。狄国既是重耳的避难之国，他不想重挫狄国，以结怨仇，他要为未来的政治斗争埋下伏笔。

此时，晋献公已经老迈，虽然信骊姬之谗，逼死太子，两位公子逃亡国外，但父子绝情之戾气仅限于公室之内，一般士大夫和普通百姓对此无权过问，也不关心谁是他们未来的君主。军队和士兵只管打仗，打谁？为何而战？他们也无需关心。这期间，晋国发动了讨伐虢国的战争，当年，献公父祖以割据一方之偏师夺权讨晋时，虢曾帮助晋室，并袒护晋室流亡的诸公子，所以，已居晋国之主的献公认为虢国是他的宿敌，假道于虞，兴兵伐虢。灭虢后，军队返回时，顺便把虞这个小国也给灭掉了。由于掠夺和领土的扩张，晋国至献公晚年，已成为一个西有河西，与秦接境，北临狄，东至河内的强国。《韩非子》说：晋献公当国期间"并国十七，服国三十八，战十二胜"。就是说，他曾经兼并了十七个小国，征服了三十八个诸侯，对外战争中有十二次胜利的记录。可见，晋献公是雄强有为的君主。但疆域辽阔，国土广大，与寻常百姓并无关系，春秋乃至战国，各国的边境本就变动不居，国兴国灭，乃是常态，百姓们所遭受的是家破人亡的兵燹之祸。而公室和王室内部，血腥的权力斗争则在血缘最近的亲人之间愈演愈烈。晋献公南征北战，使晋国强大，诸侯惮服，但却摆不平他的家人子弟。

晋献公暮年，称霸诸侯的是齐桓公，献公二十六年（公元前651年），齐桓公大会诸侯于葵丘，晋献公带着衰病之身前往参加，但是他迟到了，半路遇到刚参加完盟会回来的周王朝太宰（周公之后，食邑于周，名孔，称宰孔），宰孔告诉他，可不必前往盟会了，齐桓公日益骄狂，背德而趋利，四面出击，掠夺领土，晋国的麻烦恐怕在于国内，您还是回国处理国内的麻烦吧。献公返回国内，他的病日益严重，自知将不久于人世。可是新立的太子奚齐并不能收服众心，骊姬因为害死太子，逼走重耳和夷吾，已犯汹汹众怒。太子申生向来有贤德之名，公卿大夫们碍于献公，不便作乱，但献公死后，晋国之乱是难以避免的。献公弥留之际，将奚齐托付给大夫荀息，道："吾将以奚齐为晋国之后，因其年幼，诸大臣不服，恐发生动乱，你能立他为君吗？"荀息回答："能。"献公知道这个艰难的使命不易完成，问道："你既然做了保证，请问何以为验呢？"荀息说："若奚齐能顺利接班，那是君王您的威德，若不能，我愿一死以践君王之诺。"话说到这个份上，献公知道凶险的未来难以预测，但他又无可奈何。人心不服，动乱在酝酿，他只能怀着不安而无奈的心情闭上了眼睛。

君主一死，他生前的意志将会被改变，而他的后代将在残酷的杀戮中上演血腥的君位之战，庙堂上潜伏的野心家也会弄权操刀，大显身手。究竟晋国政局走向如何，且看下一章"金枝之殇"。

二二 金枝之殇

晋国公室内发生骊姬之乱，太子申生被逼自杀，两个公子重耳和夷吾流亡国外。晋献公死前，想要骊姬之子奚齐继承君位，并让晋国大夫荀息辅佐奚齐。荀息也在君主前发下重誓，愿捐弃性命以成君主之志。晋国的君位继承能够如献公所愿，顺利交接吗？

英国的人类学家和民族学家詹姆斯·乔治·弗雷泽有一部经典的著作《金枝》，开头讲了这样一段远古的故事，在罗马东南十六英里的阿尔巴群山幽静的山谷内，有一座美丽的湖泊，叫内米湖。环绕内米湖的树林中有一株高大的树，这是一株神秘庄严的圣树，圣树下有一个令人毛骨悚然的身影，他手持出鞘的宝剑，不停地巡视着四周，像是在时刻提防敌人的袭击。这个人是当地的祭司，有着王的称号，按照圣殿的规定，一个祭司职位的继承人只有杀死祭司以后才能接替祭司的职位，直到他自己又被另一个更强或更狡诈的人杀死为止。这位王比任何人都坐卧不安，时刻被噩梦所缠绕，随时会死于非命。无论盛夏严冬，风雨阴晴，他无时不处在惶恐不安之中，他知道，暗中有人在窥伺，时刻要取他的性命，夺他的王位，当他忧心忡忡地歇息片刻之时，便有丧生的危险，他稍微放松一点警惕，体力或防身技巧减弱一些，都会陷入危难之中。病弱衰老，白发丛生等于给自己死刑判决书上签字盖印。但是，最终被杀死，被取代，是他不可更变的宿命。他有祭司之位，有森林之王的名号。他身边那株神圣的树，任何人不得砍斫它的树枝，若有逃亡的奴隶能够折断那树上的一根树枝，便有了与祭司决斗的资格。若能杀死祭司，便可接替祭司的职位并获得森林之王的称号，而这决定命运的树枝就是"金枝"。新的祭司和森林之王重新陷入惊惧提防和惶恐不安之中，直到他被新的挑战者杀死。

这不仅是一个传说和久远的故事，更是远古人类的一个习俗。英国的著名画家特纳（1775—1851 年）据此留下了一幅题为"金枝"的传世名画，弗雷泽就是从这里展开了对人类学和古代民族学的研究，写下了同为《金枝》的学术名著。而据弗雷泽的研究，远古的弑君习俗在许多民族中都是存在的。

当我们进入春秋史的研究，我们发现，在漫长的历史中，每一个诸侯国都存在着弑君的悲剧，有的多位君主和王室子弟被杀，在君权更替之时尤其凶险和血腥。残杀和夺位在王室内的血亲之间展开，我们习惯上把皇室和王室的子弟称为"金枝玉叶"，以表示他们血统的高贵，这暗合了西方远古习俗中"金枝"的寓意，只有具有"金枝"的身份，才有弑君夺位的资格。春秋中的晋国，自曲沃桓叔立誓夺取翼城正宗的君位开始，就展开了一幅血色斑斓的弑君图，自献公死后（公元前 651 年），由于骊姬之乱的后果，弑君悲剧轮番上演，君权更替更加频繁，多个手握"金枝"的王室子弟死于弑君夺位的血腥内斗之中。

晋献公死前，顾命大臣荀息表示不惜一死完成献公的遗愿，立骊姬的儿子奚齐为君。但由于太子申生被逼自杀，公子重耳和夷吾流亡国外，朝堂上充满凶险的杀机。晋国大夫里克是原来太子申生一党，申生已死，他们就想拥立在外流亡的重耳或夷吾为君，这也可以解释为什么在与戎狄交战中身为主帅的里克不追穷寇放狄国军队安然撤退。有里克这样的重臣心怀贰志，刚刚继承君位的奚齐和拥立他的荀息等人，处在杀机四伏的凶险之中。虽然谋杀在酝酿，但在动手之前，里克仍然去见荀息，想说服他抛弃奚齐，彻底颠覆献公死前的遗愿。他对荀息说："太子等三位公子蒙冤受难，朝野上下怨恨久矣，动乱即将发生，你想怎么办呢？"荀息回答说："我只有一死以报君王。"里克道："于国于己，你的死将毫无益处。"荀息说："我已对先君做了承诺，没法改变了。难道我能为了爱惜生命而推翻诺言吗？我的死虽无益于国，又怎能回避呢？"这是一个把承诺看得比性命还重的人。

这年冬十月，献公还没有下葬，已经继承王位的奚齐在草庐中为献公守丧，里克派出的杀手就在草庐中结束了奚齐的性命。这位倒霉的新君还是个少年，他是野心勃勃的母亲和昏聩偏执的父亲两人合谋的牺牲品。他们把他置于这个凶险的位子上，几乎就是存心让人把他杀死。

荀息听到消息，想要践行在君主前许下的诺言，自杀了事。有人说："与其自杀，不如再立奚齐的幼弟卓子，先君爱此二子，卓子若能即位为君，也算对得起先君了。"于是荀息又立小骊姬所生的男孩卓子为君，并埋葬了死去的奚齐。继奚齐之后，年幼的卓子又一次成为献祭于君位上的牺牲品。不到一个月，里克一党作乱，又在朝堂上公然杀死了卓子。可怜奚齐和卓子兄弟，都还是个孩子，本心并不想参与残酷的庙堂权力之争，但在父母和朝臣们的操弄下，都身不由己丧失了年幼的生命。荀息再无退路，为了践行诺言，自杀身死。无论荀息之死是否有意义，但他以生命践行诺言的行为仍然受到古人的高度赞扬，《左传》引《诗·大雅》篇曰："白圭之玷，尚可磨也；斯言之玷，不可为也。"意思是白玉上的瑕疵是可以磨去的，而说出的诺言是不可改变的，荀息是以生命践行诺言的典范。

里克既杀奚齐与卓子，派人去狄国迎接在那里避难的重耳回国即位，其说辞曰："国乱民扰，得国在乱，治民在扰，子盍入乎？"意思是晋国如今是个烂摊子，你如果想即位为君，就回来收拾它，是否回来，你自己决定。重耳听了，知道这个烂摊子不好收拾，弄不好可能搭上性命，况且从迎他回国的臣子的说辞来看，大臣们也并非死心塌地地拥戴他，于是，他婉言谢绝，道："从前我违背君父的命令出奔他国，父死也不能尽孝子之礼为其守丧，重耳何德，敢继承父位，回国为君？请大臣们另立他子。"里克等人听了使臣的汇报，只好派人去请避难梁国的夷吾回国即位。夷吾浅陋偏狭，闻听国内有召，急切切就想回国。他的侍臣们劝阻他说："国内有可立的公子而外求于君，难以令人相信，不如先贿赂秦国，让秦国派军队护送您回去，仗强秦之威，可保无虞。"于是，夷吾派人往秦国，许愿说：若秦国辅立他回晋为君，则割河西之地以谢秦国。接着，他又寄书与国内的重臣里克，许诺说，若得襄助，回国即位，以汾阳之邑而封里克。总之，不惜割地封爵以求君位。于是，秦穆公发兵护送夷吾返国，齐桓公听说晋国内乱，也派了一支军队来，在秦、齐两国军队的护送下，夷吾回国即位为君。他就是史上的晋惠公。

晋惠公夷吾是一个怎样的人？当他高居君位后如何治理晋国？德不配位的君主会有怎样的结局？

晋惠公夷吾上台后，第一件事就是背弃原来的承诺。他先派一个使臣前往秦国，对秦穆公说："当年寡人以河西之地许以秦国，今回国即位，本应兑现承诺，奈何朝中大臣反对，说，晋国土地是先君留下的，寡人流亡在外，有什么权力将其轻许秦国？寡人力争而不得，故派人前往谢罪。"惠公许诺的时候就不准备兑现，秦国虽派军扶持他回国为君，但从前许诺只为借秦国之力，如今，用不到秦国了，所以立即背弃了承诺。

他还曾许诺将汾阳之邑封给为他即位扫清国内障碍的里克，如今也撤销了封赏，并且剥夺了里克大臣的权力。他知道里克心怀不满，因有重耳在外，他担心里克阴谋作乱，所以，逼迫里克自杀，说："虽然没有你，寡人不能回国为君，但你也曾杀死两君（奚齐、卓子）一大夫（荀息），给你这种人当君主，不是太难了吗？"里克自知不免，道："不有所废，君何以兴？你想杀我，还怕找不到理由吗？我已经知道你的心思了。"最后伏剑自裁。

所谓"人而无信，不知其可""狡兔死，走狗烹"，背信弃义，恩将仇报，失意如鼠，得志如狼这种卑劣的小人品性在惠公夷吾的身上彰显无遗。

另外一个帮助夷吾回国即位的大臣邳郑是里克一党，里克被杀时，他出使秦国，故未遭杀害。听说里克被杀，知祸将及己，深悔自己看错了人，不该扶立夷吾为君，于是劝说秦穆公出兵伐晋，废黜夷吾而立重耳。他说出了三个晋国的大臣，认为他们都和惠公夷吾离心离德，可以使他们为内应。秦穆公听从了他的话，派人携重礼随邳郑回晋活动，串联推翻夷吾。不想那三个大臣是死心塌地忠君的模范，看穿了邳郑的阴谋，说："送如此厚礼而又甜言蜜语，一定是邳郑把我们出卖给了秦国，让我们当秦国的内奸。"于是，报告惠公，揭发邳郑，惠公立即杀了邳郑，清除了里克和邳郑的同党。邳郑的儿子逃到秦国，哭诉父亲及党羽被杀的经过，请求秦国出兵伐晋。秦穆公闻听收买晋国内奸的计策失败，又羞又恼，当然不肯出兵。

夷吾的晋国君主就这样做下来了。

他重新埋葬了自杀的太子申生，算是为他雪耻，他下令将骊姬绑缚闹市，活活鞭打致死，算是为自己和太子复仇。他娶了申生的夫人贾氏（也有说贾氏是夷吾父亲献公的次妃），以下淫上，此为之烝。申生死于地下，对于夷吾烝于贾氏十分气愤。《左传》记载说，申生生前的御者狐突（狐突是太子申生的御者兼贴身护卫，重耳和夷吾的舅舅，狐毛和狐偃的父亲）到曲沃去，见到了申生的灵魂。申生的灵魂怒气冲冲，说夷吾无礼，竟敢娶贾氏，他将遭到神明的报应，并预言其将败于秦。《左传》多记怪力乱神的荒唐事，被后世的史家所诟病，这也是一例。灵魂现身，虽属荒唐，人间的事情倒也是真的。

惠公夷吾的德行鄙薄窳劣，他除了前述背秦约，杀里克、邳郑，被国人轻视外，还对周王朝派来的大臣骄狂无礼，遭到周王朝大臣的讥刺。这样一个德不配位的人执掌一国之权，肯定会给国家带来灾难。他执政的第四年，晋国闹饥荒，向秦国求援。惠公前曾背约负秦，所以，秦穆公是否粜（tiào）粮于晋，颇为犹豫，于是谋于秦国大夫百里奚，百里奚认为，天灾流行，国家之间应互相帮助，救灾恤邻，是国家仁义之道，应该援助晋国粮食。另一个大臣不同意，说晋国背信弃义，不但不应援助它粮食，还应该讨伐它。秦穆公最后采纳了百里奚的意见，说："晋国的君主是个恶劣的小人，可是晋国的百姓是没罪的啊！"于是，秦国援助了晋国好多粮食，帮助晋国度过了饥荒。

第二年，秦国也发生了饥荒，向晋国求援。晋惠公召集大臣们商议，大夫庆郑说："君王靠秦国帮助，得立为君，继而又背其割地之诺，上年晋国发生饥荒，秦国又援助我们粮食，如今秦国遭遇灾荒，当然应该帮助他们，这还用得着商议吗？"另一个大夫虢射说："错！当年晋国天灾，是天以晋赐秦，秦国不来伐我还贷给我粮食，这是违逆上天的意志。今天秦国遭遇天灾，这是苍天赐秦于晋，我们难道应该违背天意吗？不但不应贷给它粮食，还应乘其国内饥馁，马上兴兵伐秦！"向来悖逆伦理道德，乖戾自私的晋惠公听从了虢射的意见，乘秦国之危，带领大军，向秦国发动了战争。秦穆公大怒，起兵迎战。

由于晋惠公失信失德，对秦国开战的决策荒唐而愚蠢，所以，人心尽失，晋人厌战，三战三败，秦军长驱直入。惠公胆怯慌乱，形势危急，他对大夫庆郑说："秦师深入，怎么办呢？"庆郑毫不客气地怼了回去："秦国扶立您回国为君，你背约失信，晋国饥馑而秦国输粮救急，秦国遭灾而您竟乘人之危而伐人之国，如此恩将仇报，秦军深入不是您自找的吗？"晋国为惠公选择随车护卫的将士（车右），几次占卜，庆郑皆吉，惠公知道庆郑看不上他这个昏君，说："庆郑对寡人出言不逊，另择他人吧。"于是，重新安排了车上的护卫和执戈将士。

春秋鲁僖公十五年，即晋惠公六年（公元前645年），秦晋战于韩原。晋军的战马陷入泥泞，惠公的战车也在泥中盘桓，秦军大呼，斗志倍增，杀上前来。惠公大呼附近的庆郑前来救命，庆郑见惠公的狼狈相，又气又恨，道："不听谏言，不信占卜，你要的就是这个下场，还逃什么逃！"说罢，掉头而去。于是，惠公被秦军虏获，秦军押解着晋惠公还军西去。晋国的几个公卿大夫蓬首垢面，跟在秦军的后面。秦穆公劝阻他们说："你们请回吧，不必为你们的君主担忧，秦军应战，是不得已而为之，寡人不会做得太过分。"晋国的臣子们伏地拜谢，说："君王您脚履大地，头顶青天，皇天后土都听到了您的话，我们岂敢不俯伏在下听从吩咐！"晋国公卿们一片赤诚，他们怕自己的君主被掳到秦国后性命不保，所以有这种哀恳之言。

秦军押着被俘的晋惠公尚未返回都城，家里却闹起了乱子。原来秦穆公的夫人穆姬是晋太子申生的同母妹，惠公夷吾的异母姐姐，听说惠公被俘，或将遭到处决，悲恐不已。她带着亲生的太子罃、太子弟弘两个男孩和一个叫简璧的女孩登上高台，站在高高的柴堆上，身上穿着丧服，说："上天降下灾祸，使秦晋两国不能以玉帛相见，却以战争相残杀。若被俘的晋君早晨入城，贱婢晚上即死；若晚上入城，明早即死。请君王裁决。"出嫁的穆姬，为维护娘家利益真是拼上了性命，她虽为秦国夫人，尊荣无比，但却时刻关注着晋国的安危。当初，夷吾娶晋太子申生寡妻贾氏，她就对贾氏殷殷嘱托，希望他能够对惠公夷吾施加影响，把群公子（异母兄弟）安顿好，大家和和气气，处理好和秦国的关系。毕竟秦晋乃姻亲之国，两国相交以玉帛，和平共处，睦邻亲善，是多么理想的情景啊！但是，夷吾偏狭歹毒，对他的异母兄弟猜忌迫害，还恩将仇报，乘秦天灾之危，兴兵来伐，终于一败涂地，身为囚虏！穆姬又痛心又无奈。可夷吾毕竟是她的同父兄弟，晋国社稷，祖宗陵墓安得就此覆亡？所以，她以自己的性命和秦国的子嗣来要挟秦穆公，务必放晋君一马。

秦穆公听到了消息，长叹一声，道："虏获晋君，本以为是个大收获，却惹来了大麻烦。使夫人忧伤重怒，违天地之和，有什么好处呢！还是把晋惠公放回去吧！"有秦国大夫坚持要处死惠公，要除恶务尽，不应再使之成为秦国后患。一名大夫提议说，以惠公太子来秦为人质，比杀了他好。晋国未灭而杀其君，只会引起晋国人的仇恨。最后，秦穆公采纳了后者的意见，没有押解被俘的晋君进入都城，先把他安置在一个叫灵台的地方，最后把他放回了晋国。

归国的晋惠公第一件事是杀了对他口出恶言，临危不救的大夫庆郑。他知道自己在诸侯间已失去威望，怕诸侯扶立在外的重耳，于是派人入重耳避难的狄国，去刺杀他的哥哥重耳。重耳听到消息，离开狄国，流亡到齐国。

晋惠公八年（公元前643年），按秦晋盟约，晋太子圉入质于秦。当年，夷吾避难梁国，梁伯以女妻之，生一男一女，男即太子圉。太子圉入秦，因为他是晋国的储君，秦穆公便把王室女怀嬴嫁给了他。晋惠公十年，（公元前641年）秦国出兵，灭了梁国，地归于秦。梁国是个小国，梁伯是个对百姓诛求无已的人，他喜欢宏丽的宫室，不恤民力，不顾农时，征召百姓，修筑城池和宫殿。百姓疲敝，怨声载道，终被秦国所灭。

晋惠公十三年（公元前638年），惠公夷吾病重。在秦为人质的太子圉听说后，怕失去国君的继承权，决定逃回晋国即位，临行，对妻子怀嬴说："和我一同回去吧。"怀嬴犹疑良久，回答说：你是晋国的太子而辱于秦，你要回去，是应该的。君王将我嫁给你，是要把你羁縻在秦国，牢牢拴住你，如果我和你一同逃回晋国，那是违背君命的，所以不敢跟从你。有夫妻情义在，我也不会去告发你。你走吧，只是不要忘记，秦国还有一个女人挂念着你！怀嬴说罢，背转身去，落下了眼泪。当天夜里，太子圉悄悄潜逃回了晋国。

第二年（公元前637年）九月，晋惠公夷吾薨，太子圉即位，是为晋怀公。

惠公夷吾在位十四年，由于德不配位，人心尽失，他给晋国带来的皆是屈辱。他贪权恋位，偏狭歹毒，手足皆为仇雠，迫害追杀，不遗余力，心劳力拙，一命呜呼。他留给历史的，是一个小人掌国的可耻记录。

怀公圉立为国君后，因其父生前劣迹斑斑，治国无方，知晋人不服，畏流亡在外的重耳回国夺权，故下令从前跟从重耳的人限期前来报到，逾期不至者屠灭全家。他即位后的第一个举动就是用暴力剪除异己。

　　晋献公生前，娶狐氏二姬，各为其生重耳和夷吾两位公子。狐突乃狐姬之兄，也就是重耳和夷吾的舅舅，属于晋国老资格的贵族了。他先是担任太子申生的御者，跟从太子多年。申生死后，他赋闲在家。他有两个儿子，即狐毛和狐偃，一直跟从重耳在外流亡。怀公下令拘捕了狐突。他对狐突说："如果你能召回跟从重耳的两个儿子，我可以赦免你的死罪。"狐突回答说："儿子如果能在朝廷为官，做父亲的就要教育他忠于国家和君主，这是自古传下的规矩。为人臣子而怀有二心是令人不齿的罪过。如今老臣的两个儿子跟从重耳已好多年了。如果召他们回来，是等于教他们背叛。父亲教儿子背叛，何以服侍君主呢？不滥用刑罚，是君主的贤明，也是老臣所期待于大王的。如果滥用刑罚，哪个人会没罪呢？老臣这条命就交给大王处置吧！"怀公听了这话，恼羞成怒，就把狐突杀掉了。另外一名老臣卜偃自此称病不出门，他说，《周书》上有言：君主贤明，臣子才能驯服并拥戴他。如果君主不贤明，只靠杀人来达到自己的目的，是很难得到臣子的拥戴的。如今朝野上下未闻君主之德，只闻杀戮之声，这样的君主怎么能传续下去呢？

　　怀公即位，不见德政，靠滥杀异己来维护自己的君位，国内充满恐慌和戾气；大臣们离心离德，怀公身居君位，日夜恐惧不安。不仅如此，由于其父惠公夷吾在位时，结仇秦国，身为人质的太子圉抛弃秦女怀嬴，潜逃回晋即位，秦国为此很恼怒。无论国内和国外，形势都非常严峻。在朝中臣子们的阴谋策动下，秦国决定抛弃怀公，帮助流亡在外的重耳回国。秦穆公把这个决定通报了晋国的大臣，早就身怀异志的大臣们暗中行动起来，为秦国的内应，杀死了怀公圉。

　　重耳流亡异国，故国动乱反复，除遭兵燹之祸外，朝廷上下充满阴谋和戾气。王室的"金枝之殇"有数位君主被弑。重耳没有君主野心和权力欲望，他一直过着动荡不定的流亡生活，其间既有屈辱也有欢愉，如果不是他的亲人在追杀他，他会安于醇酒妇人的悠闲日子。但时势造英雄，历史最终把他推到了前台。

二三　重耳流亡

《荷马史诗》中，特洛伊战争中的英雄奥德修斯经过十年漂泊，回返故乡。奥德修斯的回返之路充满艰辛和诱惑。重耳经过十九年漂泊，回返故国，他的漂泊之路更加漫长，同样是艰辛和充满诱惑的。奥德修斯经历的是史诗和神话，重耳经历的是现实的人生。奥德修斯站在文学的和史诗的神殿之上，沐浴想象的灵光，重耳从人性的幽暗处走来，披满历史的烟尘……

重耳是一个无野心，喜欢平静安逸生活的人，这是养尊处优的宫廷生活给他带来的影响。他出生于晋国王室，过着钟鸣鼎食的日子，他的父亲（名诡诸）继承君位，就是后来的晋献公。献公和多数强势君主一样好色霸蛮。好色，说明生命力旺盛，霸蛮，是因为权力的任性。有这样一位君王的父亲，歌台舞榭，走马射猎，几乎是他生活的全部内容。宫廷的日常就是阴谋和权斗，这一切使他的心灵受到伤害，因此遮蔽着厚重的阴影，尽管红围翠绕，富贵安逸，但他并不快乐，对于凶险的政治斗争避之唯恐不及。

命运是不以人的意志为转移的。身为王室贵公子，年龄渐长后，必将被卷入宫廷斗争的旋涡。生死攸关，命悬一线，是死是活，全是他的宿命。献公晚年，受骊姬蛊惑，为更换奚齐为太子而将原太子申生和重耳、

夷吾两位年长的公子赶出京城，让他们带兵驻守外地。如前所述，太子申
生驻扎在曲沃，这是他们这支族裔的首封之地，也是他们夺嫡取得晋国政
权的根据地，先祖的庙还在这里，所以派太子镇守，似乎顺理成章。但其
实这里包藏着骊姬废太子而使奚齐取而代之的祸心。另两位公子——重耳
和夷吾因排序居前，也是骊姬的眼中钉，所以，蛊惑献公，重耳被派驻蒲
地，夷吾被派驻屈地。太子和两位公子都在远离京城的外地，骊姬趁此造
作阴谋，陷害太子，说太子借献父王祭肉欲毒杀献公。献公大怒，下令逮
杀太子。太子申生不想辩白，自杀以谢罪。此时重耳和夷吾正离开驻地，
在前往京城朝见父王的路上。骊姬怕事情败露，又陷害重耳和夷吾，说太
子之谋，二公子皆知。事情由太子一人之谋，很快演变成三人共同作案。
失去理智的献公大怒，又下令诛杀两位公子。重耳和夷吾逃回各自的驻
地，很快，朝廷派来的军队追杀而来。

率军前来诛杀重耳的人名叫履鞮，又称勃鞮，他是一个阉竖，所以又
叫他寺人披，寺人者，阉人也。男子阉割后进宫服侍皇室显贵和后宫女
眷，后来形成制度，例称太监。这种风俗起于何时？又于何时成为皇室一
种畸形的用人制度？有待研究和考证。但起码在公元前655年的春秋时代，
我们已经在诸侯宫廷中见到阉人的身影。寺人披是一个唯君主之命是听的
杀人工具，他带领军队围住蒲地，重耳下令不得抵抗父王派来的军队。寺
人披敦促重耳自杀，重耳不肯，于是寺人披破门而入。重耳惶遽中逾垣而
逃，寺人披狂追不舍，一刀下去，斩得重耳一片衣袖。重耳已翻过墙外，
趁夜色中仓皇逃去。自此，重耳去国离家，流落异邦。

这一年，重耳十七岁。

由于重耳的贵公子身份和他具有容人的亲和力，他的身边就聚拢了一
些贵族子弟和生死相随的弟兄。其中五个心腹密友，分别是赵衰（cuī）、
狐偃（亦称子犯、咎犯）、贾佗、先轸、魏武子。其中狐偃是重耳舅舅狐
突的儿子，是他的表兄弟。狐偃的哥哥狐毛也跟从着他。但地位和重要性
不及狐偃。

重耳首先逃到了狄国。戎狄并称，所以也称戎，非周王朝所封国，不属华夏文化圈，是当初的少数民族政权。因为他的母亲是狄国狐氏女，所以，重耳逃难逃到了姥姥家。狄国收留了这个落难的公子，他在这里安顿下来。不久，狄人进攻附近的一个部落，掠回两个女子。她们是一对姐妹，因为那个部落姓隗，两个女子分别称为叔隗（隗家二姑娘）和季隗（隗家三姑娘）。狄人把三姑娘季隗送给重耳做妻子，而把二姑娘嫁给了随重耳逃亡的赵衰。重耳有了妻子，暂时没有性命之虞，于是就客居狄国，过起了安宁的日子。

重耳在狄国一待就是十二年，这期间，隗氏妻子为他生下了两个孩子。他很安于这种平静的生活，如果不是故国风云变幻，打破了他宁静的生活，他将终老于斯，和无数常人一样，沉入时间的忘川。

但他是天生负有使命的人，他的身份不容他这样。

自他逃亡之后，他的父亲晋献公死去了。遗命由骊姬之子奚齐继承君位，并让晋国大夫荀息来辅佐他。朝野人心浮动，荀息势单力薄，献公生前，因宠信骊姬，已失众臣之心，所以献公一死，反对派立刻行动起来。大夫里克、丕郑一党杀奚齐，复又杀荀息所立奚齐异母弟卓子，荀息自杀，晋国无君。里克一党本欲迎立重耳回国为君，于是，派人给重耳送去一封密函，曰："晋国动乱，民不得安，你如能平乱安民，将即位为君，你是否回来呢？"这封信打乱了重耳平静的生活。他深知，晋国混乱扰攘，到处埋伏着不测的杀机，思来想去，他不想拿生命去冒险。一国之君固然权倾天下，但如果为此丢掉性命，一切岂非枉然？于是，他回复说："我已违背君父的意志流亡异国，君父殁后，不能为之守丧，已失人子之礼，何能再回国继承君父之位呢？请择立他子"。

重耳既然拒绝回国即位，里克一党只好选择同样流亡的夷吾。当年夷吾受命镇守屈地，献公派右行大夫贾华率兵攻屈，屈溃，夷吾也要逃往狄国，他的属下郤芮拦阻道："不可。重耳已在狄国，如果公子再往，晋国必将兴兵伐狄，狄国害怕晋国，公子祸将难测。不如投奔梁国，梁国靠近秦国，吾君（献公）百岁后，公子可以依靠秦国入晋为君。"于是，夷吾避难梁国。

梁，是地处今陕西韩城市南的一个小国。夷吾奔梁后，梁伯以女妻之。不久，其妻怀孕，足月未产。召卜招父和他的儿子来占卜。其子曰：怀的是双胞胎，将生一男一女。招父说：是的，男的将为臣子，女的将为仆妾。于是，两个孩子生下后，男孩起名叫圉，女孩起名叫妾。

晋国的里克一党派人迎立避难梁国的夷吾，夷吾立即想回国即位，郤芮、吕省两位臣子再次劝阻道："国内有公子可立而外求于你，不可贸然相信。如果不依靠强秦的帮助回国，恐怕有不测之祸。"于是，夷吾派郤芮入秦以国土贿赂秦国，允诺如秦国帮助他回国即位，将把黄河以西的大片国土割让给秦国。又给国内的里克写信，如在里克的帮助下即位为君，将以汾阳之邑封赏里克。于是，外有强秦大军护送，内有里克等臣子迎立，夷吾终为晋国之君。

如前所述，晋惠公夷吾是个德不配位，反复无常的人，没有任何主见和治国才能，即位后，先是推翻了和秦国的约定，接着杀了帮他回国即位的里克，外得罪强秦，内诛杀功臣，很快就大失人心。里克一党的丕郑因出使秦国，侥幸捡得一条性命，他认为里克和自己看错了人。于是劝说秦穆公废夷吾而再立重耳。丕郑想在朝中重新组织一个政治集团废君重立，他认为跟从夷吾的臣子郤芮、郤称和吕省并不是真心实意地拥戴夷吾，因为夷吾实在昏聩无德。如果用重金收买他们，他们就会背叛夷吾，转而支持重耳。秦穆公听信了他的话，拿出重金财宝收买三位臣子。回到国内的丕郑开始秘密活动，他将重金和财宝送给三位臣子后，反倒引起了他们的警觉。他们计议道："丕郑送来如此贵重的礼物，又说些甜言蜜语，一定是想把我们出卖给秦国，有不可告人的秘密。"于是他们向惠公夷吾告发了丕郑。夷吾开始了对政敌的镇压和清洗，继杀里克之后，丕郑及其同党七舆大夫皆被诛杀。七舆大夫不是一个人，他们是从前太子申生统军时的七个下属，所谓"侯伯七命，副车七乘"，是故太子申生生前最信重的人，他们和丕郑一同被杀掉了。丕郑的儿子丕豹逃到了秦国，请求秦国出兵干预。秦穆公拒绝了丕豹的请求，他认为夷吾之所以能够粉碎阴谋，镇压政敌，说明他还有一定的执政基础，有些人还拥护他。秦穆公还要观察一段时间，再决定如何行动。

夷吾粉碎了颠覆他的阴谋集团，增加了自信。他把此事通报给了鲁国等诸侯，周襄王派了两个使臣前往晋国，赐给夷吾诸侯爵命。这等于周王朝在形式上承认了夷吾统治的合法性。夷吾在接受周王朝颁赐的象征爵命的玉圭时心不在焉，傲慢无礼，没有半点恭敬和郑重的表示。周王朝的使臣回去向周天子汇报时，断言夷吾昏乱悖礼，他的统治不会长久。此时的周王朝在诸侯中已失去了昔日的尊严和荣光，它不再具有母国一言九鼎的地位，况且夷吾是一个毫无远见的庸主，所以这也在意料之中。

夷吾镇压了丕郑等人后，认为自己君位最大的威胁来于他的异母兄长重耳。因为能取代他的唯有重耳。他是政敌的一面旗帜，时刻会刮起不测的风暴，把他抛进黑暗的深渊。夷吾和重耳，他们有着同一个父亲，他们的母亲是一对姐妹，两人是同样落难的兄弟。可是此刻，重耳成了夷吾不共戴天的死敌。公元前744年，他即位第七年，夷吾向重耳栖身的狄国派出一个最凶残无情的杀手，命令他无论如何要杀死重耳，以结束自己夙夜不宁的噩梦。

这个杀手就是奉献公之命斩得重耳一片衣袖，险些要了他性命的寺人披。重耳的命运是如此的离奇，只因他王族的血统，他受到两代君主的追杀，一个是他的生身之父，一个是他的异母兄弟，君权使他们变得冷血无情，杀死这个与他们血脉相连的人是他们梦寐以求的心愿。

惠公夷吾命令杀手寺人披在三天之内必须赶到狄国，提着重耳的头来见他。寺人披是这样一种人：他的人生必须有一个主人，主人的命令就是他人生的最高律令。寺人披一刻也不停留，一天就赶到了狄国，寻找他的目标。但是他失望了。国内很多臣子是重耳的耳目，重耳听到消息，在前一天已经离开了狄国。

重耳抛妻别子，再次踏上流亡之路，他知道，此次别离，与妻子儿女再有难见之期，临行与妻子道别说："你等我二十五年，二十五年我不回来，你可以另嫁他人。"他的妻子说："天哪，二十五年！那时我坟上的柏树都长大成材了……除了等你回来，我还有什么指望呢！"重耳此时已二十九岁，被迫亡命，实出无奈，二十五年后，将是五十四岁，这分明是生离死别。

那时，春秋第一位霸主齐桓公已至暮年，他的贤相管仲、隰朋已死去，齐桓公乐善好施，收留好多亡命的诸侯子弟，所以，重耳决定投奔齐国。和他一同上路的是赵衰、子犯等数十个忠诚的追随者。

从狄至齐，山重水复，路途遥远。一行人先经过卫国，卫文公避而不见，不理睬这群叫花子一样的亡命之徒。他们只好风餐露宿，继续赶路，来到卫国境内一个叫五鹿的地方，山野丛莽，不见人烟，重耳等人又饿又渴，见到一个裸身垂发的野人，赵衰、狐偃等人向他讨要一点食物给重耳充饥。野人送给他一块土坷垃，置放在他面前，重耳过惯了钟鸣鼎食的生活，见此勃然大怒，狐偃劝他道："土者，预示着你将有广大的土地，应当拜受上天的赐予。"

重耳到齐国后，得到了齐桓公的厚待，将宗族之女嫁他为妻，而且送给他二十匹马，田宅童仆，皆遂其愿。重耳又过上了醇酒妇人的日子，乐不思归。春秋时代，在贵族和国君之间，女人常常是政治的砝码和可以赏赐赠予的礼物，重耳尽管没有背离贵族的道德，但他也不是具有远大抱负和雄才大略的政治强人，他贪图安逸享乐，想这样在齐国了此一生。

赵衰和狐偃等一帮跟从他的铁哥们儿可不想这样混下去，他们把人生押在重耳的身上，是因为坚信重耳是晋国未来当然的主人。一天，赵衰、狐偃等人在一棵桑树下谋划如何使重耳离齐返国，被在树上采桑的一名侍女听到，她怕女主人的丈夫跑掉，便跑去告诉重耳的夫人。可她怎么也想不到，这个齐国宗室女并不贪恋男欢女爱的生活，她要打破她的爱巢，助重耳成就另一番人生。为防侍女走漏消息，她下令杀了侍女，劝重耳返国。重耳贪恋年轻貌美的齐女和安逸的生活，回答说："人生所求，唯安乐耳，除此之外，皆为虚妄。我只想和你一起终老于此，哪儿也不去！"齐女曰："你是大国公子，因困于时运，而来齐国栖身，那些跟从你的人把身家性命寄托在你的身上，你不急于返国即位报答他们而贪恋我的美色，我为你感到害羞。此时不求返国，人生苦短，什么时候才能建功立业呢？"重耳不为所动。他不想建功立业，只想平静安乐度过此生。于是，齐女和赵衰等商议，把重耳灌醉，趁他昏睡时，把他置于车上，拉着他向边境进发。路上，重耳醒来，大怒，抄起身边的长矛，刺向狐偃。狐偃说："你杀吧，如果我的死能够成全你的君王大业，我死而无憾！"重耳道："若事不成，吾食汝肉！"狐偃笑道："事即不成，我的肉又腥又臊，怕你吃不下去呢！"重耳无奈，只好和他们赶路。

此后数载，重耳一行，在各诸侯国间辗转奔波。有的将其待为上宾，有的轻贱侮慢。过曹国，曹共公不礼，听说重耳的肋骨长得特殊，要看一看重耳的肋骨。他的臣子负羁说："重耳是个贤德之人，又和国君同姓，穷而来投，何不以礼待之？"曹共公不听劝谏。负羁只好自己为重耳一行提供饭食，并以玉璧相赠。重耳吃了饭，留下了玉璧。

过宋国，宋襄公新败于楚，仍以国礼招待重耳。宋襄公是个有贵族情怀的人，他虽然厚待重耳，但也担心给宋国带来祸乱。所以让臣子给重耳捎话，说宋国是个小国，又刚打了败仗，不足以供养像公子这样尊贵的客人，也很难给他的前程提供帮助，请他托庇于大国。重耳只好离开宋国，宋襄公赠送给他二十乘（八十四）马送他上路。

过郑国，郑文公不礼，文公弟叔瞻劝谏说："晋公子重耳贤而有德，随者皆国士，郑国祖先出自厉王，晋国祖先出自武王，上溯乃为同祖同宗又同姓，如今来投，不可无礼。"郑文公说："逃亡的公子来郑国的多了，哪里都能待为上宾？"叔瞻说："如果君王不待之以礼，不如把他杀了。否则得罪他结下怨仇，将是郑国的后患。"郑文公轻贱冷落重耳，也没杀他。

重耳一行来到楚国，楚成王以诸侯之礼待之。重耳感到很惶恐，楚成王问道："倘若有一天你回晋国为君，何以报答寡人？"重耳道："羽毛（孔雀尾羽）齿（象牙）角（犀牛角）玉帛，君王府库多有，我真不知道怎么报答您。"楚成王说："虽然如此，寡人还是希望听到你报答的许诺啊！"重耳说："如不得已，两国军队交战，与君王相会，我将退避三舍。"

自重耳离狄，七年间辗转各国，有苦有乐，有悲有喜，有辱有荣，不一而足。齐、楚皆为大国，齐桓公为其修筑安乐窝，楚成王待之以诸侯之礼，新败于楚的宋襄公也待他为上宾，唯有卫、曹、郑国君目光短浅，偏狭自恣而辱慢他，这将给他们的国家埋下祸根。

七年间，晋国国内发生了巨大的变化，晋惠公夷吾内失人心，外战强秦，终为秦国之虏。后虽因穆姬以死要挟，但却以太子圉入秦为质，夷吾捡得一条命，被放回国，自此一蹶不振，不久即死去。

前曾讲到，夷吾避难梁国时，梁伯以女妻之，生龙凤胎，一男一女。卜者断言男为人臣，女为人妾。因名男为圉，名女为妾。其父丧权辱国，圉入秦为质，沦为人臣。梁伯大兴土木，征发国人，修筑城池宫苑，违农时而百姓不堪，秦国发兵，灭了梁国。夷吾之女被掳入秦，成为婢妾。夷吾将死，圉在秦逃归，被国人立为君，史称怀公。怀公圉即位后，恐惧和仇恨在外流亡的重耳，株连滥杀，大失人心，公卿朝臣，无人依附。秦恨其私自逃归，决定换马，以重耳取而代之。重耳一行已居楚数月，闻秦有召，楚成王对重耳说："楚国离晋太远，中间隔数国，秦晋接壤，君可借秦之力以返晋。望君勉力，以成大业！"馈送重礼，送重耳赴秦。

重耳一行到达秦国，秦穆公大喜，视重耳为晋国之君，以宗室女五人送重耳为妻，五女中有一女乃圉之故妻怀嬴。按辈分，他是圉的伯父，怀嬴是他的侄媳妇。重耳欲不受。一位臣子说："圉之国尚要讨伐，何况他的故妻！接受秦国之赐，正为借秦之力以返国，君乃拘于小节，难道忘了夷吾父子追杀你的事吗？"重耳这才接受。新婚之夜，按照礼节，新妇手持盛水之器，倾水为男人洗头洗脸。重耳心绪烦乱，挥手让怀嬴走开。当初，惠公夷吾败于强秦，为了苟且偷生，将太子圉送到秦国为人质，怀嬴受命嫁给了晋国太子圉。如今惠公夷吾死去，太子圉即位为怀公，正处心积虑想除掉重耳，重耳入秦而娶其妻，心情当然很复杂。怀嬴虽为秦国宗室女，却无法主宰自己的命运。当初圉逃归晋国之夜，二人缱绻离别，如今圉虽为晋君，但与自己没有任何关系了。她知道圉如今内外交困，众叛亲离，而秦国正打算抛弃他。如今按秦穆公之命，又将她与另四名女子同许重耳，显然要重耳代圉而为晋君。重耳正当壮年，自己虽年轻貌美，但命如落花，任人摧残而已。如今重耳对自己挥之如奴，不由心头怒起，道："秦晋两国，同为大国，怀嬴乃秦国宗室女，你何以如此鄙视我？"这番话使重耳狼狈不堪，他正欲借重秦国，哪里敢开罪面前的美人？赶忙道歉，换了衣服，独处一室，面壁思过，以示惩戒，连怀嬴的房间也没敢去。

醇酒妇人列国风，摧花折柳太无情。有着王室血统的重耳流亡期间，在狄、过齐、至秦皆红围翠绕，流连于温柔乡里，他一离去，则风流云散。春秋王权时代，女人地位可知。

秦穆公设宴款待重耳一行。赵衰于席间歌《黍苗》之诗，以黍苗在田，企盼甘霖之意来讽喻穆公。穆公说："我知道君等一行急欲返国。"重耳、赵衰等人伏地下拜，齐声道："孤臣仰望君王，如旱地禾苗企盼时雨！"这时正当晋惠公十四年（公元前637年）秋，九月，惠公死，其子圉立。十一月，惠公下葬，十二月，晋国大夫闻重耳在秦，纷纷来敦劝重耳返国。于是，秦穆公发兵护送重耳入晋。

这一年，重耳四十岁。

二四　重耳归国

当年，晋惠公夷吾在强秦的扶植下得以即位，他在位十四年，和秦国反目成仇，和秦国在韩原（今山西省芮城县）打了一仗，做了秦国的俘虏。后来虽然在穆公夫人以死要挟下得以放归，但已失国人之望，不久即死去了。他的儿子圉在秦国为质，逃回国即位，史称怀公。怀公不得人心，秦国对他私自逃归衔恨在心，不支持他。所以，决定帮助流亡的重耳返国为君。鲁僖公二十四年，即公元前 636 年，流亡异国十九年的晋公子重耳在秦国军队的护送下，踏上了回国之路……

公元前 636 年春，秦军护送重耳一行至黄河边，面对滔滔河水，重耳不禁感慨万千。十九年，漂泊四方，艰苦备尝，山一程，水一程，人在风雨路上行；狄女泪，秦姬恨，尽付苍烟落照中。看眼前不离不弃，保护他、随侍他的一帮随侍左右的臣子，更是充满了感激之情。归国之后，和他们共享富贵，共治天下，也算是对他们最好的回报吧。

站在黄河堤堰上，随行的狐偃忽然说："臣从君周旋天下，艰苦备尝，但也有不少过错，这一点，我没有忘，想来您也记在心里。君之大业将成，我也就此告辞了！"重耳凝视着狐偃满是风霜的面容，心里涌上一股暖流，自十九年前，和他共同逃出蒲城起，狐偃就跟在他的身边，一刻没有离开他。和他的哥哥狐毛，还有赵衰几个人和他一起颠沛流离。他们为他吃苦，为他受罪，为他承担屈辱和苦难，为他谋划一切，如今，狐偃竟然说出这等话来，不由令他心痛和意外，他解下身上佩戴的玉璧，道："我若返国为君，不与子犯（狐偃）等人共享国，河伯见证！"说罢，投玉璧于河，并与狐偃等人盟誓，君臣同心同德，振兴晋国。

此时，曾随重耳流亡的小臣介子推正巧在船中，看到这一幕，哂笑道："公子归晋为君，实乃天意。而子犯却以为是自己的功劳，并要挟君主，以图富贵，这太可耻了！我不忍与此等人为伍！"于是，自己偷偷渡河离开了。

狐偃求去，是为了要挟君主以图富贵，还是看穿了专制君权对人性异化的本质？这件事情实不好遽下断言。创业时，君臣同心同德，共经磨难，一旦打下江山，则正名就位，尊卑分明，为君者，对当年出生入死的臣子提防猜忌，迫害残杀，不遗余力，历朝历代，都在上演这样血腥的悲剧。介子推不求封赏，自诩高洁，这是他个人的选择。《左传》记载介子推一段话，他认为重耳归国即位乃是天意，而当年跟着重耳出生入死，接受封赏的狐偃等人是"贪天之功"。下边的人贪功求赏是犯罪，而身为君主赏赐他们则是纵容和助长奸邪，"下义其罪，上赏其奸，上下相蒙，难与处矣"。介子推这种"高洁"几乎到了不近人情的地步。《春秋》还记载了他与母亲之间的一段对话，他的母亲对他很不理解，说："你何不也去求赏？不求而死，你能怨谁呢？"介子推说：明知他们错了，还跟着他们错下去，那就是犯罪了，况且我已口出怨言，不想再接受他的俸禄了。他母亲说：你不要赏赐，也非不可，但也要让他知道你的心啊！介子推连自己的想法也不想让世人知道，后来他的母亲理解了他，表示愿意和他远离庙堂，一同隐居。介子推不求君主之赏，宁愿隐居山野的高洁之志一直受到后人的赞赏。《史记》则记载他的朋友为他打抱不平，写了一张大字报贴到宫门，提醒重耳不应忘记介子推。重耳这才四处寻访介子推，但他没有找到这个深藏于山野中的"高人"，听说他藏在一座叫绵上的山中，于是将绵上周遭的土地封赏给介子推，号曰"介山"。重耳说："这样做，是为了彰显我的过错，并且旌表介子推这样品德高洁的善人（以志吾过，且旌善人）。"古代的绵上即今山西介休市，市名也是从介子推而来。

介子推和狐偃两相对比，是中国传统文化塑造的两种人格。一种高居庙堂，心存社稷，助帝王建功立业；一种视官禄如粪土，功成身退，远离庙堂，做一个隐士。哪一种是读书人和士大夫心中的理想呢？两者都是。前者是真的，寤寐求之，比较实在；后者是假的，心灵寄托，比较虚幻。它是一枚硬币的两面，表现了中国传统读书人既矛盾又统一的人生理想。在漫长的君权社会里，体现这种理想人格的人（如姜太公、张良、范蠡等）一直是历史上被神化的超人。

后人对介子推多所附丽和演义，编造了一些子虚乌有的情节，如说他随重耳流亡时，曾割腿上的肉为主子疗饥。从物理和生理角度，这种事情根本不可能发生。这个编造的故事无论《左传》《史记》都不曾有。即《左传》所记介子推母子间的对话也只能姑妄言之。

后人观史，大略如是。

秦军保护重耳一行，东渡黄河，进入晋国，围令狐（今山西省临猗县），入桑泉（今临猗县临晋镇东北），取白衰（今山西省旧解县西北），势如破竹，二月甲午，前来阻拦的晋国军队驻扎在庐柳（临猗县境内）。秦穆公派一名秦国大夫前往晋军营中陈述利害，晋军不愿为怀公围打仗，于是，退军至郇（临猗县西南）。此时，重耳在秦军保护下返国的消息朝野尽知，朝中众大夫多背叛怀公，等着迎候重耳。怀公圉逃到了高梁，晋国虚位以待重耳。狐偃前往郇地，会见晋军将领和众大夫，并和秦国的大夫们订立盟约，拥戴归国的重耳为君。很快，重耳来到晋军营中，被拥戴为军中统帅，他率领军队先进入曲沃，朝拜了祖父武公的神庙，并派人前往高梁杀死怀公圉。一切障碍都已扫清，在秦国的帮助和扶植下，重耳正式成为晋国的君主。

重耳初即位，尚有潜藏的敌人图其性命。晋国大夫吕省、郤芮是惠公夷吾的死党，子圉虽是扶不起来的鼠辈，为了权位，他们也曾竭力辅佐他。如今重耳返国，二人怕遭到清算，决定害死重耳。他们计划放火烧重耳的寝宫，使重耳葬身火海。这个阴谋只有几个人参与策划，吕、郤二人网罗党徒，认为当年两次被派去诛杀重耳的寺人披（勃鞮）比较可靠，于是，把他拉入了核心圈子。寺人披认真衡量后，决定转向，忠于新君，出卖吕、郤，向重耳告密，以求新主子的赦免和信任。他要求秘密会见重耳，但重耳不见他，并派了个人传话说："当年汝欲杀我，我逾垣而走，汝挥刀斩我衣袂，险些丧命汝手，后汝受惠公命，前往狄国图我性命，限期三日，汝一日而至，何其速也！如今你斩下的衣袂我还保留着，你想一想，有何面目来见我？"勃鞮回道："臣刀锯之余，身贱如蝼蚁，不敢以二心事君背主，故得罪于君。如今君已返国即位，当然不是当年蒲、狄的落难公子了。当年管仲射中桓公带钩，桓公不计前嫌，使管仲为相而称霸，今刑余之人以要事相告而君不见，怕将有大祸临头吧？"

于是重耳见之，知吕、郤之谋。重耳欲发其谋，诛吕、郤，又恐初即位，事有反复。于是，微行至王城，密会秦穆公，国人不知。三月间，吕、郤等果然起事谋反，火烧重耳寝宫。重耳的卫队与其交手，吕、郤党徒退出城，至黄河边，被秦军一举歼灭。这年夏天，重耳迎夫人于秦。夫人者，文嬴也。嬴，秦国之姓氏，文，晋文之谥，文嬴是后人对她的称呼。她是秦穆公送给重耳五个秦国女子中的一个，乃王室之女。秦于晋文公重耳有再造之恩，当然要以秦女文嬴为夫人。从前在狄之妻，在齐之女，虽有山盟海誓，也曾缠绵恩爱，有文嬴在前，自然皆排序在后。秦穆公还送新君重耳三千虎贲卫士，以镇奸邪，防不测，稳定政权。

有秦国的帮助，重耳归晋后立定了脚跟。献公晚年宠信骊姬，死后造成国家动乱，又有惠公夷吾十几年昏庸的统治，晋国多年来内外交困，国力不振。重耳归国为君，得到了朝野的一致拥戴，加上他素有仁义之声望，晋国很快出现了复兴强盛的气象。但是，他能继齐桓后成为春秋又一代霸主，皆因他平定周王朝的内乱，辅佐周天子复位，"尊王攘夷"的结果。

　　且说周王朝自武王伐纣，成王在周公辅佐下制礼作乐，"封建亲戚以蕃屏周"，华夏寰宇之内，已有八百至千余诸侯，皆裂土封邦，自成一国。这些诸侯国名义上属于周王朝的属国，但后来周王朝渐渐衰落，诸侯各自为政，互相征伐吞并，一些大国和强国渐渐不把周王朝放在眼里。名义上，周天子地位至尊，是"中央"，是各国的母国，但各诸侯国与之分庭抗礼的事情不断发生，一代代即位的"天子"因其昏庸和无能，也渐渐失去了威望和号召力。所以，自齐桓公"尊王攘夷"始，维护周天子至尊的地位，打击夷、狄等非华夏政权对周王朝的侵犯和欺凌，乃是获得各诸侯国尊重服从的首要条件。重耳归国为君的时候，正是周襄王（姬郑）在位时期。此人并非英明之主，由于他一意孤行，决策失误，使周王朝处于风雨飘摇的艰困时期。

　　周王朝的困境首先来自与郑国关系的恶化。郑国是周王朝的同姓国，与周王朝的关系很近。但周郑两国始终龃龉不断。公元前 640 年，因郑之邻国滑国（姬姓小国，一直是郑国的附庸）叛郑而与卫国结盟，郑国军队讨伐滑国，周襄王派了伯服、游孙两位大夫前往郑国为滑国说情，要求郑国撤兵。郑国原来就对周王朝不满，如今越发感到天子偏袒滑、卫两国，于是扣留了周王朝派来说情的两位大夫。周、郑两国关系恶化。此事如通过外交手段解决或许更好，但周襄王却选择联络狄国对郑国用兵。这种轻率的举动，遭到大夫富辰的谏阻，他说，郑国虽有不当之处，但毕竟是同姓兄弟之国，况且历史上周平王东迁，周惠王出奔时郑国为维护周王朝，都出过大力，他引用《诗》中"棠棣之华"和"兄弟阋于墙，外御其侮"等诗篇，说明"兄弟虽有小忿，不废懿亲"的道理，万不可加兵于郑。况且天子依靠的是狄国的军队，而狄国并非华夏礼仪之邦，联络狄国讨伐郑国，岂非亲痛仇快？但周襄王根本听不进富辰的谏言，他派颓叔、桃子两个王室子弟会同狄国军队进攻郑国，攻陷了郑国的栎地（今河南省禹州市）。为了报答狄国，周襄王还要娶狄女为后，与狄国结姻亲之好。富辰再次谏阻不听，周襄王竟将狄女迎进宫中封为王后。

当年，周襄王母早死，其父周惠王娶陈国女为后，称惠后。惠后生子，名带，称王子带（亦称叔带），甚得宠爱。惠后有心立叔带，未及立而卒。后周襄王立，叔带串通戎、狄等国谋反，周襄王欲诛叔带，叔带跑到齐国躲起来。戎、狄等国的军队被齐桓公派出管仲、隰朋等人击溃了。春秋鲁僖公二十二年，周襄王十四年，即公元前638年，富辰进言周襄王请召叔带回国，说："如果天子兄弟都不和谐，怎么能怨诸侯间互相攻伐呢？天子兄弟和睦，是给诸侯各国做出表率啊！"于是，周襄王把逃到齐国的叔带召回了国。叔带其人本就是野心勃勃不安分的主儿，归国之后，竟然和来于狄国的隗后私通。周襄王发觉后，把隗后废掉了。废后之举惹恼了狄国，叔带原来就曾勾结戎、狄谋反，如今反心复萌，就通过颓叔、桃子等人串通狄国，派军队攻打周王朝的首都。周襄王出逃，狄国军队大举进犯，把王朝的军队打败，富辰等周朝的大夫们很多在战乱中死去或做了俘虏。周襄王逃到郑国避难，暂住于汜（今河南省襄城县南），叔带篡位成功，不仅夺得了王位，还把周襄王的皇后搞到了手，他带着隗后住在温（今河南省温县西南）。

周王朝分崩离析，天子外逃，国将不国，固然是周襄王咎由自取，但他的异母弟叔带在他的母亲惠后怂恿下，恣睢无道，觊觎王权，不惜勾结戎狄等异邦外族谋反作乱，也是主要原因。这种故事在春秋时代不断上演，郑国的郑伯克段，晋国的骊姬之乱都同出一辙。人之贪欲最强烈地表现在权力欲望上，它比异性和金钱的诱惑更使人昏眩和迷失本性，而权力残忍的嗜血本质最终都将迷失其中的人送进地狱。

晋文公重耳二年，即公元前635年，秦国护送重耳归国的军队依然驻扎在黄河边上，但是重耳已经作为晋国的君主统率着晋国的军队，晋国上下风附影从，他的地位已经得到了空前巩固。此时，流落在郑国的周襄王向诸侯求援的信息也已传来。秦穆公有助王复位之心，但军队尚未行动。

重耳的臣子狐偃和赵衰立即向重耳建议，发兵勤王，平定王室之乱。他们认为，如果成为天下的霸主，必须像齐桓公那样尊王攘夷，这是行周公之礼的王道之举，如此，才能得到各诸侯国的信任和服从。晋国向来是与周王朝同姓的大国，入王尊周责无旁贷。如果失此良机，让处于西鄙的嬴秦来做此事，晋国今后将难以成为霸主。重耳听后，认为有理，但他初为君主，开展这样重大的军事行动，觉得胜算不足，于是依照当时各国重大国家决策的规矩，请卜者卜筮，以观吉凶。卜筮皆吉，晋文公重耳当即告辞秦师，指挥晋国军队，起兵勤王。这年三月甲辰，重耳统率大军会师阳樊（今河南省济源市东南），兵分两路，右师围温，擒杀叛逆的叔带，左师前往汜地迎周襄王。夏四月丁巳，周襄王在晋军的保护下回到了周王朝的首都，攻围温地的军队俘虏了犯上作乱的叔带，将其押解到隰城（今河南省武陟县）处决了。

平乱勤王之举使晋文公重耳的威望空前，为了感谢晋国的帮助，周襄王设宴招待重耳。这一年重耳虽当壮年，却想到了死亡。古人对死亡的想象是到另一个世界生活，所以非常看重殡葬的规制。他向周襄王敬酒时提出要求自己死后得到天子的允准，凿山为棺，举行隧葬，但这个请求遭到了周襄王的拒绝。所谓礼制，就是要严格区分尊卑上下，天子、诸侯、卿大夫、士、平民……每个人都依照自己的身份享有生前和死后礼制所规定的一切，逾越就是非礼。隧葬，是只有天子才能享有的殡葬规格。所以周襄王回答说："隧葬，乃天子所独享的典章，周王朝如今并没有两个天子，逾礼之举，也是叔父所憎恶的吧？"周襄王虽昏聩无能，但他维护礼制王章还是不含糊的。尽管如此，晋国还是得到了实在的好处，周襄王将黄河以北、太行山以南的大片土地赏赐给了晋国。自此，晋国才开辟了南阳（今河南省新乡市一带）的疆土。其中阳樊、原（今河南省济源市西北）等地的民众不愿意成为晋国之民，奋起反抗，皆被晋国的军队征服。春秋时代，土地和生息于其上的百姓如同牲畜一样被君主指定新的主人，送来送去，他们若不服从，只会遭到杀戮。原被征服后，晋文公重耳曾咨询勃鞮（寺人披）应该把原让谁来管理，这个昔日不遗余力追杀重耳的杀手，由于迅速转向和告密，已成为新君重耳信重的臣子。他说："当年赵衰跟从您流亡时，保管和带着食物，尽管他饿得受不了，也不曾享用这些食物，而时刻想着您。"重耳听了这话，立刻命赵衰为原大夫，把原封赐给了赵衰。

晋国因有勤王之功，国土扩大，兵力强盛，晋文公重耳顾盼自雄，已凌诸侯之上。那些目光短浅，缺乏远见，在重耳流亡时慢待或羞辱过他的诸侯惴惴不安，惶惶不可终日，他们知道，残酷的报复终将降临他们的头上。由于他们的傲慢和短见将给他们的国家带来祸难。

二五　晋文初政

历史是由人创造的，也是由人记述的。创造历史和记述历史的人有一种固有的观念，这就是他们建立其上的行为方式和看待世界的眼光，这一切构成了历史精神。我们读华夏民族远古的历史，比照于其他民族同时代的历史，发现它们是如此的不同。华夏民族的历史精神是什么呢？一言以蔽之，就是帝王至上，或者叫君主中心。这样的历史精神贯穿于数千年的民族文化之中。

晋国公子重耳在外流亡十九年，在秦国帮助下，于春秋鲁僖公二十四年即公元前636年回归故国，成为晋国国君，史称文公。第二年，晋文公有勤王之役，诛灭作乱篡位的王子带，使周襄王复位。襄王宴飨文公，赏赐给晋国大片土地以及生息之上的百姓，但晋文公重耳更看重身后之事，提出和天子同样规格的"隧葬"请求，即凿山为棺，以为陵墓。这个请求遭到了周襄王的拒绝。古人相信死后到另一个世界也同样有帝王、臣妾和草民，当他在诸侯国君主之位时，就有了更大的野心，希望有一天能够成为帝王。生前不能，若死后到另一个世界能遂此愿，也是梦寐以求的。但是周襄王断然拒绝了对他有再造之恩的晋文公。他说："王朝有典章制度，如今尚没有人能依其德行取周室而代之，国无二主，天子独尊，若有人和天子享有同等的尊荣和权力，这也是叔父所不愿看到的吧？"在我们的古人看来，世上只有一个至高无上的主，那就是帝王（或叫天子）。所以"普天之下，莫非王土，率土之演，莫非王臣"的观念在华夏大地上是一以贯之的。周王朝的天子叫"王"，他称同姓诸侯国的君主为伯父或叔父，这是一种谦称，虽辈分在下，但地位至高，这一点是决不能动摇的。晋文公向襄王"请隧"，可见天子的隧葬规格是诸侯国君主十分向往的。另一种史料记此事云："晋文公率师诛贼，定周国之乱，复襄王之位，于是襄王赏以南阳之地。文公辞南阳，即死，得以隧下。襄王弗听，曰：'周国虽微，未之或代也。天子用隧，伯父用隧，是二天子也。以地为少，余请益之。'文公乃退。"天子宁可多给土地，但要求死后与他同等规格入葬那是决不通融的。如果这样，岂非人间有了两个天子，谈何至尊？

帝王至上，君主中心，他是人间的主人，万物的主宰。山河土地、芸芸众生都是他的财产，是他口袋里的什物，他可以随意拿出来送人。天子至尊，关乎典章制度，墓穴的规格和葬仪，不能让人，但土地百姓是可以作为酬劳和奖赏赐予人的。周襄王为了回报晋文公，赐给他大片的土地。"与之阳樊、温、原、欑（cuán）茅之田。"所赐土地，各种史料记载有多寡，可能地名有不同。有云："赐晋河内、阳樊之地。"有史料对南阳的解释是："南阳，晋山阳河北之邑，今河内温、阳樊，州之属皆是也。""晋地自朝歌以南至轵为南阳。"朝歌，殷商之都，今河南淇县治，轵，今济源市东南十三里轵城镇，则南阳大约即河南省新乡地区所辖境，亦阳樊诸邑所在地。其地在黄河之北，太行之南，故晋名之曰南阳。河南这片广大的土地，当年属于周王朝，现在为了酬报晋文公，把它送给了晋国，晋国版图扩大，自此有南阳之治。但是，广大的土地上生息着无数的人民，把土地像一件东西般送人，征求生息其上百姓的意愿了吗？在中国古代，不存在这样的问题。因为千千万万生息其上的百姓在君主们的眼里如同长在土地上的野草和繁衍的牛羊一样，他们没有任何表达意愿的权利，也无须考虑他们是否愿意。赏赐或赠送一块土地，难道还要问一问野草和牛羊的想法吗？阳樊之地的百姓们不愿并入晋国，于是起而反抗。晋国兵围阳樊，屠城或者乖乖归顺，二者选其一。阳樊城领头者名叫苍葛，他知道，他们连同脚下的土地都被天子送给了晋国，如果不做晋国人，老少妇孺只有被杀死在世代生息的故土之上，于是，站在城头悲愤地高喊："你们不是说要对国内百姓怀柔以德吗？兵和刑不是对待外敌的吗？现在你们发兵围城，要来逼杀我们，这能怪我们阳樊的百姓不敢归服你们吗？你们可以查查阳樊百姓的祖先宗谱，哪一家不是和周王朝沾亲带故的，难道让我们做你们的刀下冤魂和俘虏吗？"虽然，"此，谁非王之亲姻"，但王已把你们像牛马一样送了人，自然不会怜惜你们。相持之下，最后，晋国围城的大军打开城门，放他们出城，允许他们放弃世代生息的家园，流落四方，夺去了他们脚下的土地。

同样不归服的，还有原。晋文公命令士兵带足三天的干粮，把原团团围住。但是原邑百姓不降，三天粮尽，晋文公命令撤兵。里边打探消息的人出来说："他们马上挺不住了，就要投降了，军队应该再坚持一下。"晋文公仍命令军队撤退，他的话被《左传》记下，作为君主德行与信义的标志。他说："信，国之宝也，民之所庇也。得原失信，何以庇之？所亡滋多。"于是仍然下令军队后退了三十里。被周王朝放弃，孤立无援的原邑百姓只好投降晋国，甘做顺民。君主标榜的德行和信义是一种眩惑人的招牌，试问他们之间为了争夺权位的残酷杀戮有何德信可言？既然不能凿山为棺，死后行天子之隧葬，天子所赐的土地乃是我勤王之应得，当然一寸也不能放弃。城池百姓，迟早必是我手中物，我即便后退三十里，难道你会逃到天上去？所以晋文公谈德说信，我们读史的人只能作为笑谈。原邑投降，原的地方官是周王朝封的，称为原伯，晋文公还算优待他，给他换个地方，迁到晋国内地某处，仍称原伯。原的百姓自此由周王朝的子民变成了晋国的子民。这样一片好山好水的地方，自然要由自己信得过的人来管理享用。记得两次被派去当刺客刺杀晋文公的寺人披吗？因为他投靠新的主子，告发了图谋杀害晋文公的吕、郤两个政敌，因此成了晋文公的新宠。把原这块土地封赐给谁，晋文公来征求寺人披的意见。寺人披说：听说您在流亡期间，赵衰负责保管您的食物。您走大路，赵衰走小路，君臣失散后，赵衰饥饿难耐，但他忍受饥渴，没有吃您一口食物。从来阉人都能把准君主的脉，说到君主的心里去，晋文公立刻让赵衰做原大夫，管理这块新获得的土地。

"晋侯始入而教其民，二年，欲用之。"重耳于春秋鲁僖公二十四年（公元前636年）在秦国军队保护下结束十九年流亡生活返国为君，这之前，他杀了他的侄子怀公圉，即位为君。所谓"教其民"者，就是镇压反对派（如杀吕、郤）收服投诚者（如寺人披），犒赏有功者，建立自己的执政班底，坐稳位子。到了第二年，他就想"用民"了。在君主们的眼里，民就是用来"用"的。如何用？就是让他们做炮灰去打仗。春秋时代的诸侯国君主，只有两件事，叫祀与战。祀，祭祀也，就是敬神，祭祀天地祖宗。这里有许多规矩和仪式，体现严格的尊卑秩序，礼，首先就是对祭祀的规范。这里不细说。战，当然就是战争。翻开春秋史，几百年间，几乎无年不战，或为称霸，或为夺地，或为泄愤，或为掠夺人口……一些无端的挑衅，荒唐的借口都是战争的理由。驱策成千上万的百姓到战场上去厮杀是君主们的主要使命。所谓"春秋无义战"盖指此也。春秋时代实行"丛林法则"，大吞小，强灭弱，有时战争和杀戮并非因为争夺生存空间，乃是出于动物性的攻击本能，嗜血的动物性使战争成为日常。

驱动百姓去打仗，做到"召之即来，来之能战"，使他们在战场上拼死效命，就是要"教民"。怎样"教民"？晋文公和他最信重的臣子狐偃有过讨论。当他刚坐稳君主的位子急于想用民去打仗时，狐偃认为时机不成熟，他说"民未知义，未安其居"。老百姓还没有在君主更迭的杀戮中安顿下来，未知"义"，所以不能用他们去打仗。于是第二年，晋文公有勤王之战。诛灭叛乱者，复襄王之位，就是要昭告百姓，所谓"义"，就是忠于王室，为天子去打仗，是臣民百姓义不容辞的义务和责任。与此同时，晋文公还实行了与百姓休养生息的政策，让百姓活下去，并且愿意活下去，觉得活着还有点儿意思。就是狐偃所说的"民怀生矣"。怀，就是安，安于生计也。这些政策，《国语·晋语四》中有过具体陈述，这些还被后人拿来作为施政的借鉴，它们是："弃债薄敛，施舍分寡，救乏振滞，匡困资无，轻关易道，通商宽农，懋勤劝分，省用足财，利器明德，以厚民生。"翻译成现代语言就是，国家蠲免老百姓还不起的债务并降低税率，赈济那些活不下去的人，振兴停滞的经济活动，扶持困穷无告的百姓，资助贫困的人。放松关卡，使道路通畅，商贾流通，鼓励农民种田，节省用度，增加财富和军备。如果晋文公真有如此举措，算得上春秋时强国的明君。当然这样做的目的还是要用民，他说："这回可以了吧？"狐偃说还不行，"民未知信，未宜其用"。于是，晋文公以身作则，言出必行，说出的话不反悔。典型的例子就是大军围原时，三天后，说撤军就撤军（当然，撤不撤，原也势在必得），撤军为了"教民"，让百姓知道什么是"信"，在做生意时明码标价，不欺骗，不求不当之利。晋文公于是又问："这回可以了吧？"狐偃说，还差火候，"民未知礼，未生其共（恭）"，就是说，老百姓还不懂规矩，不知道以下服上，恭敬听命。于是，在战争前夕，晋文公整顿三军，明定各军主帅，在被庐（晋国某地，不详所在）举行了盛大的练兵和检阅，这样，战争的机器才正式启动。

所谓教民的"义、信、礼"，说穿了就是教导百姓忠于君主，守信用，懂规矩，听指挥，在战场上视死如归，奋勇杀敌。就是一些民生举措也并非让百姓过三代相守，其乐融融的和平生活，而是要发动战争机器，为君主的野心服务。

晋国早在晋献公时就建立了"二军"，开疆拓土，四周扩张，已称霸一方。因有强大的军队，任何诸侯不敢轻视。消灭周王朝的一次叛乱，对晋国来说，轻而易举。晋文即位时，正是饱经风霜，雄视宇内的年纪，勤王之举使晋国赢得了声望，所以他急不可耐，要"用民"，要打仗。在狐偃的阻拦下，算是有过一段短暂的养息。这三年来，寰宇之内，诸国之间，如饥狼饿虎，撕咬不休。晋文返国第二年，即公元前635年，卫国就把靠近边界的小国邢国灭了。卫邢两国是周王朝的同姓国，要伐邢时，有兄弟俩自告奋勇打入邢的内部，被派去守城。他们怀着阴毒的心思，趁邢国守城主将不备，一人抓住他的一条臂膀，把他从城头扔了下去。这年秋天，秦楚两国因抢夺一个小部落而结怨成仇。这个小部落叫鄀（Ruò），是楚国边境上的一个附庸小国，楚国派去两员大将率重兵保护。秦军躲过楚军，潜至鄀的都城商密，黄昏时，将自己的人扮成俘虏，押解过商密城外，拂晓，又掘地为坎，杀牲于其上，做与楚国守将歃血为盟的样子。商密城中的鄀人见状，以为秦人已取鄀，而保护他们的楚将也和秦人结盟，所以又惊又怕，打开城门投降了秦军。秦军俘虏了楚国守鄀的两员大将，押解回秦，楚人闻报，派令尹子玉率军追赶秦军，没有追上。气急败坏的楚军回头把陈国包围，捏一个软柿子出气。这一年，晋文公围原使降，强迫原地百姓归服晋国。晋国因平周王朝王子带之乱，从周王朝那里得到巨大的好处，疆域扩大，将南阳广大的土地归入版图。晋文返国第三年，楚国又借口夔不祭祀楚国先祖，派兵伐夔。夔本楚的同姓小国，但追根溯源，夔的先祖早就脱离了楚，与子孙择地谋生，楚也没把夔当成一家人。尽管夔人陈述先祖的事迹，竭力为自己辩解，说明不祭祀楚人祖先的理由，但要铁心灭你的时候，无论你如何陈述历史，所有的辩解和说辞都无济于事。楚国还是派兵，把夔灭掉，掠夔地首领而归。大并小，强吞弱，本春秋之常态。人为刀俎，我为鱼肉，不亡何待乎！

这几年，大国之间的关系也错综复杂。首先是齐鲁两国，都是周王朝的首封国，齐为姜姓，先祖是太公吕尚；鲁为姬姓，先祖为周公旦，祖上曾是姻亲。两国疆域相连，因春秋有同姓不婚的禁忌，所以后来两国君主经常缔结姻亲。尽管如此，两国却经常发生战争。有的是因为政治，如齐桓公小白当年回国即位时，鲁国拥戴的是小白庶兄公子纠，齐桓即位后，两国成了仇家，打了好多年仗。有的是因为边境纠纷引起的，当然后边都有说不清道不明的政治原因。公元前 635 年，鲁国和与之向有仇怨的莒国打了一仗，俘获了莒国的君主。这时，卫国出来调停，卫鲁两国定盟。可是齐国不高兴，齐桓公刚刚去世，他的儿子即位为孝公，齐孝公仍以霸主自居，鲁卫定盟，竟然没经过齐国同意，连通报一声都没有，所以齐孝公很不爽。大国君主不爽，那是很麻烦的，公元前634年，齐国兴师，从北部和西部边境向鲁国开战。因为鲁卫有盟约，鲁有难，卫国不能袖手旁观，为了救鲁，卫国又来伐齐。就两国实力来说，齐强鲁弱，齐国从西北两面进攻，鲁国显然不敌。卫国伐齐，不过是表达了一下态度，起不了实质作用。所以，鲁国很害怕，派出一个叫展喜的人带着牛羊酒肉去犒劳齐师，希望在保全面子的前提下让齐国退兵。

展喜这个人不太出名，但是他的哥哥很有名，他的哥哥叫展禽。展禽更是个陌生的名字，相信很多人不知道。他是鲁国的一个大夫，封地在柳下，后人称柳下惠。据《列女传》，其妻私谥他以惠，柳下惠是在他死后他老婆称呼他的。而《庄子》和《战国策》提及此人都称柳下季。又说季是兄弟排行，伯、仲、季，看来他是老三。他有个弟弟就是这里说的展喜。在《庄子·盗跖》中，柳下惠有个弟弟叫盗跖，盗跖是个"横行天下，侵暴诸侯"有九千士卒的大头领，见识、行为都是体制外那一套，是有名的江洋大盗。孔子不顾柳下惠的劝阻，一定要用儒家伦理去开导他，结果被盗跖一顿痛斥，狼狈逃窜。盗跖和展喜同是柳下惠的弟弟，他们是一个人吗？还是柳下惠不止一个弟弟，盗跖展喜各有其人呢？如今我们读前人典籍，《左传》是历史，所以我们认为展喜是历史上实有其人的，而《庄子·盗跖》我们看它是一篇虚构的寓言或者小说，所以把盗跖的故事暂放一边，只说说这展喜。

且说展喜带着犒军的礼物来到齐国军中，见了齐孝公，呈上礼物说："寡君闻君亲举玉趾，将辱于敝邑，使下臣犒执事。"外交辞令：我国的国君听说大王您亲自来到敝邑，怕是有辱大王您的尊严，所以派小臣来犒劳大王和随行执事。有些话译成白话，怎么也不如古文表达得到位："亲举玉趾，将辱于敝邑。"几乎没有合适的词汇将其还原成白话，如原文那样简洁并含义幽深。齐侯立即问道："鲁国人害怕了吧？"展喜回道："小人是害怕了，但君子并没有害怕。"齐侯立刻反唇相讥："室如悬磬，野无青草，何恃而不恐？"居室空空如悬磬，野无青草光秃秃，你鲁国有什么依仗不害怕？当然，齐侯是极而言之，表达的是对鲁国的轻蔑。鲁国再贫乏也到不了那个程度。但"室如悬磬，野无青草，何恃而不恐？"真是千古名句，简洁有力，掷地有声而又声气逼人！但展喜不慌不忙，回答道："鲁国不害怕，仰仗的是先王之命。当年周公、太公股肱周室，辅佐成王。成王奖赏两位先祖，赐之以盟，盟誓说，齐鲁两国世世子孙无相害也！盟约保存在两国盟府，由主管盟约的官员掌管。因此，齐桓公纠合诸侯，解决两国间的争端和矛盾，消弭两国间不团结不协和的嫌隙，一旦有发生衅端，立刻加以制止和补救。这是因为桓公没有忘记祖先的盟约，敬畏并恪守先祖的承诺啊！等到您即位，诸侯都殷殷瞩望并断定，您必定继承先父桓公的遗愿，弘扬桓公的功德。有了这样的信念，所以我们鲁国用不着整兵防御兄弟一样的齐国。都说：齐侯难道刚刚为政九年，就背弃先君之命而废祖宗之盟吗？若这样，他置先君桓公于何地呢？齐侯一定不会这样做的！正因为鲁国有这样的信念，所以才不害怕。"齐侯听后，半晌无语，最后下令撤了伐鲁之兵。

一段话不卑不亢，入情入理，退齐国虎狼之师，保全了鲁国的尊严和领土，使人民免遭兵燹之祸，展喜之才辩，宜其载于史册。

话是这样说，齐鲁两国难道真如展喜所言，从祖先那里就是亲密无间的好弟兄吗？当初周公在朝辅佐王室，周公子伯禽前往鲁国就任鲁公，三年后回到王朝"报政"（述职），周公问何以如此之迟？伯禽回答："变其俗，革其礼，按大人制定的礼，为武王守丧三年然后归来，所以迟了。"可是首封在齐的姜太公前往齐地就任，五个月后就回朝"报政"。周公问："你回来何以如此之速？"姜太公回答说："我按照齐地之俗，简便君臣之礼，所以回来得快。"后来姜太公听说伯禽在鲁地待了三年才回来，叹息道："呜呼，鲁后世其北面事齐矣！夫政不简不易，民不有近；平易近民，民必归之。"（《史记·鲁周公世家》）当初，姜太公就断定后世齐强鲁弱，鲁将北面事齐的历史走向。齐鲁两国后来果然战事不断，边衅屡起，一直没有和睦相处。齐鲁争端中，鲁国基本都是处于下风，甚至鲁桓公带着夫人文姜回娘家，因文姜私通齐襄公，结果命丧齐国。到了齐桓公这一代，根本不是如展喜所言，如何对鲁友好，因为即位争端，他刚一上位打的就是鲁国。逼得鲁国没办法，甚至在盟会上曹沫持刀劫持齐桓公，逼迫其交还掠去的国土。这一次也同样如此，鲁国一方面派展喜开展外交活动，获得喘息之机，另一方面鲁僖公派公子遂和臧文仲到楚国去借兵，说服楚国令尹子玉（成得臣）出兵，攻打齐、宋两国。理由是齐、宋两国不臣服楚国。齐楚两国还有一层关系，齐桓公在世称霸时，曾带兵去伐楚国，就是楚王质问齐桓公"君在北海，寡人处南海，自是风马牛不相及"，何以前来伐我那一次。虽然仗没打起来，两国的梁子是结下了。齐桓公一死，儿子们为争位打得一塌糊涂，最后现在的齐侯（孝公）上位，桓公争位失败的七个儿子跑到了楚国，楚国都封以高官，为"七大夫"。更麻烦的是，齐国佞臣易牙拥立的桓公一个儿子名叫雍，因争位失败，驻扎在齐国的谷，为鲁国之援。鲁僖公从楚国借来兵就去攻打齐国，在易牙和公子雍的帮助下，鲁国取谷。

在齐鲁间纵横捭阖，战云笼罩之际，楚国和卫国也侧身其间。这时，晋文公位子坐稳，国内安定，雄心勃勃，跃跃欲试。这时，楚国盟友宋国反水，仗着以前晋文公重耳流亡到宋国时，宋襄公热情款待，还送给他二十乘马（一乘四匹，计八十匹），既然从前有恩惠于他，如今他掌握强大的晋国，那是可以依靠的。所以宋国背楚投向了晋国的怀抱。楚国当然不是好惹的，它有强大的军事实力，在诸侯间也有号召力，于是，楚国纠合陈、蔡、郑、许各国诸侯发兵围宋，鲁国曾有求于楚，当然也是楚的同伙。宋国危机，有灭国之虞，火速前往晋国告急。晋文公如何处置当下错综复杂的危局，请看下章"城濮之战"。

二六　城濮之战

晋文公重耳在秦军的护送下返国即位，三年来，只有一次勤王之役，然后兵围阳樊和原，压服了两地不愿做晋国之民的百姓，把周襄王赏赐给他的土地收入囊中。晋国本有强大的战争机器，但是尚没有启动。经过三年多的休养生息，养民教民，环顾诸国征战杀伐，终于找到了战争的理由。

公元前633年冬，楚国纠合陈、蔡、郑、许等诸侯围宋，宋国派使节赴晋告急。晋国大夫先轸进言："主公当年流亡至宋，宋襄公款待主公，并赠马二十乘，此雪中送炭之恩，宋国脱离楚国，托庇于晋，如今楚国围宋，正是晋国报恩救难之时。晋国如能挫强楚之威，报宋国之德，定能绥服诸侯，称霸天下。"晋文公颔首称是。可是怎么打？为救宋和楚国开战吗？楚国同样有恩于他啊！他当年流亡到楚国时，楚成王待之如上宾，多次设宴款待，宴飨之时，楚成王曾问他，有朝一日，当你执掌晋国时，何以报答我？重耳回答："大王不缺子女玉帛，羽毛齿革（孔雀尾羽、牦牛、象牙、犀牛角和皮，皆为珍稀之物），皆大王国内所产，晋国所有，楚国无不丰赡，我真想不出如何来报答大王。"楚成王还是问他如何报楚国之德。重耳无奈，只好回答说："若托大王的福，我能回返晋国，晋楚两国治兵，相遇两军阵前，必退避三舍，以报大王（古时军队行进，日行三十里扎营，称一舍，三舍为九十里）。"后来，楚国将重耳送至秦国，由秦国护送返晋。如此说来，楚国之恩惠并不弱于宋国。如今楚围宋，救宋则战楚，弃宋则负恩，晋文公即位三年，言犹在耳，就与楚兵戎相见，实在难以决断。

就在晋文公犹疑之时，狐偃说："曹国刚刚倒向楚国，是楚国的帮凶，楚国又与卫国成婚，楚卫成了姻亲之国，曹、卫两国实晋国之仇，若伐曹、卫，楚必救之，则齐、宋之难可解，既洗刷昔日之辱，亦报齐、宋之德，两全其美。"原来，楚国曾派大将申叔侯统兵驻扎在齐国的榖以逼迫齐国，伐曹、卫两国，虽不与楚国正面交手，背后潜在的对手还是楚国，解齐、宋之难，也是报两国昔日之恩。晋文公闻听正合心意，决定整兵伐曹。

公元前 632 年春，晋国大军决定伐曹，因为要收拾的不止一个曹国，还有一个卫国，所以，伐曹前，向卫国借道。曹国的都城在现在的山东省荷泽市定陶区，卫国的都城叫楚丘，在如今河南省滑县东六十余里处，曹在卫国的东面，所以东进伐曹，要借道卫国。卫曹两国，都是晋文公重耳的仇敌，当年重耳流亡到两国时，都受到了冷遇和羞辱。到卫国，卫成公连饭都没给一餐，重耳一行颠簸到五鹿时，重耳饿得受不了，向一个野人讨饭，野人给他个大土块，气得重耳要鞭打野人。狐偃解围，说这是好兆头，土块，预示着你将来会有广大的国土。到了曹国，曹共公也不管饭，亏得曹国有一个小臣叫僖负羁的送上一钵饭，钵下还放了一块玉，赠送重耳。重耳吃了饭，还回了那块玉。如今重耳返国为强大的晋国之君，手握重兵。当年羞辱，埋在心头，复仇之志，刻刻萦心，岂能放过曹卫。向卫国借道，只是一个借口，借与不借，伐曹必行，卫不借道，只会旧怨之上添新恨而已。卫国果然不借道。古时黄河东北流，如卫肯借道，晋军可从卫境渡河，卫既不肯借道，晋军南还，从南河渡，再东进逼曹。既然卫国不肯借道，索性连卫国一同收拾。大军渡河后，先把卫国的五鹿拿下，也就是当年重耳饿得发昏，野人让他吃土的地方。

晋国大军渡河，震惊各方诸侯。首先是齐国，因当年齐桓公盛情款待重耳，不仅给他五个美女，还让他娶了齐国公室女为夫人。重耳在齐过着醇酒妇人的好日子，乐不思晋，就想这样了此一生。后来齐国夫人与狐偃赵衰等设计，灌醉了他，趁他酒醉昏睡时，拉着他跑出了齐国。有这样一层深厚的关系，齐国当然乐见晋国伐曹，因为曹的背后是威胁齐的楚国，楚国如今还有军队赖在齐国穀地不走。齐侯立刻跑到一个叫敛盂的地方（卫地，今河南省濮阳市东南）和晋侯定了盟约，成了进退与共的铁哥们儿。卫国已经挨了一顿狠揍，眼见得亡国灭祀就在眼前，卫成公吓坏了，赶忙向晋国讨饶，要求参加晋齐之盟，晋文公冷笑一声，断然拒绝。当初到你的国连饭都没供一顿，向你借道伐曹，是给你个赎罪的机会，你竟然不肯借，如今卫国已成俎上之肉，旦夕将亡，还结什么盟！卫国卿大夫们眼见得国君昏乱无能，国势危若累卵，索性把国君赶出了都城，卫侯跑到一个叫襄牛的地方躲了起来。

再说鲁国，本是齐国的对头，楚国的盟国。齐伐鲁，虽被展喜一番言辞打动齐侯，退了兵，但随后就向楚借兵，夺去了齐国的穀地。如今晋国兴兵，势如破竹，晋齐两国结了盟，鲁国害怕了。它因是楚卫的盟国，有义务帮助卫国抵抗外敌，所以派公子买带一旅之师戍守在卫。晋侵卫，楚军来救，被晋军挡了回去。卫若败亡，鲁国哪有好果子吃？惊慌失措之下，鲁国令戍守卫地的公子买回国，为了向晋国示好，公子买回到鲁国就被杀掉了。然后向楚国解释说，公子买没到戍守日期就私自逃回，所以鲁国把他正法。这实际上是以公子买的一条命向晋国递了投名状。晋国的主要目标是曹卫两国，不宜树敌太多，所以鲁国尽管吓得觳觫而战，晋国却没理它这个茬。

晋军围曹。曹国做困兽之斗，攻守战非常激烈。晋军攻城，攀上城头的士兵多被杀死，死亡士兵的尸体就放在城墙上高高摞起来，成为守城者抵抗的掩体。晋曹两国百姓何辜？因君主间的嫌怨兵戎相见，遭此荼毒？眼见得攻城受阻，晋侯十分焦虑，这时，有人献计，把攻城的晋国军队迁到曹人墓地，以沮曹人之志。古人聚族而葬，《周书·大聚篇》有言："坟墓相连，民乃有亲。"曹国都城外，大片的墓地皆曹人的族葬地，曹军守城主力的祖墓在一起，无论贵贱，上至卿大夫，下至平民，都以宗族血缘联系在一起。拼死抵抗的士兵认为，捍卫自己的国，是捍卫社稷宗族，因此视死如归。宗族感情重于阶级分野，宗族就是命运共同体。所以当年晋军围阳樊时，阳樊城的人愤怒地呐喊："阳樊城的百姓哪个不是王的姻亲？"古人又非常看重祖宗的祭祀，《春秋》鲁成十三年传云："国之大事，在祀与戎。"也就是祭祀和战争，祀是放在第一位的。祀，主要是祭祀祖宗。一个诸侯国，君主、卿、大夫、士和平民，虽然阶级地位不同，但他们都有一个共同的祖宗，祭祀祖宗的仪式就是加强宗族血缘这一坚韧的纽带，加强族人对国和共同体的认同感，以强化命运与共的意志。"坟墓相连，民乃有亲"，活着聚在一国，死后葬在一处，先民们在另一个世界里也在一起生活。所以，晋军在城外驻扎在曹人的宗族墓地，使守城的将士恐惧不安。更不可容忍又无可奈何的是，晋军还掘出了曹人的棺木，展示给城上的守军。同时，加紧了攻城的战斗。曹国守军大恐，丧失了斗志。在晋军凶猛地攻击下，曹军大败，晋人攻陷曹国都城，侵略者蜂拥而入，残暴的士兵开始烧杀抢掠，曹都瞬间变成人间地狱。晋侯立刻下令，曹国别的卿大夫和贵族们被抢掠不问，唯有当年于他有恩的僖负羁一家要加以保护，不得入门侵害。但是，有不满于晋侯者，一个叫魏犨，当年曾随晋侯流亡，只得到一个车右的职位，就是为晋侯驾驭战车的人，一个叫颠颉，没有显要的官职。二人因没有得到重用，在一起发牢骚，说：我们对他忠诚辛劳，得到他什么回报了！为了表达对晋侯不满，一把火，把僖负羁的家给烧了。晋侯大怒，原来喜欢魏犨，只因他身体强壮敏捷，有可用之处，这次听说他在攻城中伤了胸，觉得他没了用处，决定杀掉他，以示军法。魏犨害了怕，为了保命，用布带束住胸前的伤口，在晋侯前忍住剧痛跳跃三百下，表示自己还能效力。晋侯这才赦而不杀。而另一个发泄不满的颠颉，因违抗军令，在军前正法，以诚三军。

曹都已破，国君曹共公做了晋国的俘虏。此人不仅昏聩，而且是个心智扭曲，极其无聊的人。重耳当年流亡至曹，他听说重耳的肋骨长得有点特殊，叫"骈肋"，似乎两条肋骨并排长在一起，界线不甚分明。曹共公很好奇，在重耳洗浴时，他隔帘偷窥。这种举动，似乎也不是压根就没管饭，推测可能被重耳发现，引起不快，重耳一行遭到驱逐，因此才有僖负羁偷偷送饭赠玉，行至五鹿，向野人乞食之事。不管怎么说，当年荒唐的曹共公如今成了阶下囚。不仅如此，曹共公骄奢淫逸，轩车三百，尽乘美女。古诸侯国，大夫以上乘轩车，曹本小国，大夫等高干全算上，也不可能有三百人。史籍对"乘轩者三百人"语焉不详，所以后人颇有疑义，到底坐高级轿车的是三百美女还是尸位素餐的官员呢？我们也搞不清了。总之没有贤人僖负羁的份儿。晋侯重耳因此痛斥曹共公远君子而近小人，昏庸无耻。

曹都虽破，楚国仍围宋不解，宋国有些挺不住了，又派出一名重臣飞马告急。晋侯重耳很焦虑，伐曹本为救宋，可曹都虽破，曹侯已成俘虏，楚国仍然死死咬住宋国不放，这可如何是好？宋围不解，救宋落空，谈不上报答宋国之恩。要求楚国撤军解围，楚国焉能听晋国的？如若和楚交手，晋可与齐、秦两国结盟，共同战楚。但依现在的形势，齐、秦两国断然不能参战，这却如何是好？大夫先轸进言云："主公勿急，眼下与楚必有一战，一是让齐秦参战，可让宋国贿赂齐秦两国，把他们拉进来；二是想继续激怒楚国，唯有狠狠羞辱和痛打曹国。我们已俘获曹侯，可把曹的国土分给宋国。楚国恨宋，必痛心疾首；齐秦喜宋国之贿，必恨楚之顽固。如此，战楚之局必成。"晋侯依计而行，剖分曹国领土以赠宋国。

楚王退居于申，申原来是个临楚的小国，已被楚吞并，在楚方城之内，就是说，他已从围宋的前线回到了国内，有罢兵息战之意。他下令驻扎在齐国的申侯撤出榖地，又下令围宋的主帅子玉息兵回国。他说："楚国不可和晋国交战，晋侯流落在外十九年，艰苦备尝，又深晓民间疾苦，如今得国为君，乃是天意。兵书上说，适可而止，又说：知难而退，还说：有德者不可敌，这三条所说，都是我们现在和晋国的关系，仗是不能再打下去了。"楚王避战，是个很明智的决策。他不想和晋国翻脸成仇，既保全了面子，也维系了两个大国间和平友好的关系。这时，前线的主帅子玉不想撤军，他派人向楚王请战："晋国灭曹，逞一时之威，楚国避敌而撤兵，难道是怕晋国吗？天下人会如何看我楚国呢？我想和晋军决一死战，虽不保战而必胜，但至少可塞天下嗤笑楚国之口。让他们知道，楚国不是可以随意欺辱的！"两国交战，不看天下大势，不料强弱成败，岂可全凭意气用事？楚王不悦，但子玉执意要战，楚王怒，从国内给他调拨了少量的兵员，随他去吧。

楚王虽然不是很积极，但毕竟给他增加了兵员，子玉信心满满，派使臣通报晋军说："晋国恢复卫国的封地，重新封曹侯，保持卫、曹两国领土的完整，则楚国可以解宋之围而撤兵。"晋侯笑道："子玉一言而卫、曹、宋三国皆定，我若不答应则一切落空，三国怀怨于晋，还怎么迎战楚国呢？"先轸献计道："是啊，答应子玉，则宋、卫、曹感谢楚国，若不答应，则宋围不解，等于弃宋而不顾，救而弃之，晋国必将在宋国和各诸侯间威信扫地。如今之计，莫如私下和卫、曹君主约定，可保其国，复其位，但卫、曹必绝楚而向晋，然后，拘押楚国使臣以激怒子玉，和楚决战后再说。"晋侯立即下令，拘押楚国使臣，答应复卫、曹之国，使卫、曹通报楚国，和楚断交。

子玉大怒，撤宋之围，整兵进逼晋师。晋侯下令晋师后撤，有将领发牢骚说："子玉乃楚国之臣，统领晋师者，乃晋国之君，子玉进逼，无礼之甚，君焉得避臣？况楚师围宋多日，已是疲惫之师，我晋师为何对它一让再让，难道惧它不成？"晋侯曰："晋师后撤，以避其锋，非惧楚也！当年寡人与楚王有约，若两军对垒于平原大泽，晋师退避三舍，以报楚王厚待之恩。"

晋师后退三舍，止于城濮（山东省旧濮县南七十里有临濮城，为春秋时城濮，1956 年，濮县归于范县，建制撤销）。春秋历史上，著名的晋楚城濮之战在此展开。

晋师在城濮与楚决战，投入战车七百乘，又有宋、齐、秦等同盟国派兵助战。但楚军亦不示弱，大军驻险要之地，决战前夕，楚国主帅子玉斗志倍增，以必胜之念临阵。晋侯重耳念楚王当年厚待之情，与楚兵戎相见，尚有犹疑。狐偃曰："此时尚有何疑？只有与楚一战，以决雌雄。若胜楚，则晋得诸侯，必称霸；即便失利，晋国表里山河，亦无亡国之忧，何患哉！"晋侯重耳道："寡人非忧晋国胜败，所不忍者，当年楚王待我不薄，如今与楚刀兵相搏，必致死伤盈野，故不忍也！"大夫栾枝道："主公何思小惠而忘大耻也？今日楚之强，乃灭汉阳诸小国所致，那些小国皆姬姓，与我晋国同祖同宗，楚尽皆吞并，而广地千里。灭我同胞，大仇也，厚待主公，小惠也，今胜楚而报大仇，文武周公，将于地下笑慰九泉。主公尚有何疑？"水北谓之阳，周、晋同姓之国在汉水之北者，楚皆灭之，栾枝此言，打开了晋侯心结，于是战楚决心乃定。

楚将子玉使楚大夫斗勃请战，于阵前向晋军喊话："楚军愿与晋侯较一高下，请晋侯于战车上凭轼而观，也让我三军将士见一见晋侯的风采！"晋侯重耳让栾枝出对，曰："寡君闻命矣！楚君恩惠，从未忘怀，因此我们退避三舍，已报楚君之恩，既然你们不依不饶，必欲刀兵相见，回去归告你们的主将，整顿你们的车乘士卒，明日两军阵前，一决胜负。"

这里，我们可以说一下楚国主将子玉，他的名字叫成得臣，子玉是他的字，显然，他是楚国王室的嫡系子孙。四年前，他曾奉命率领军队伐陈，陈国本是弱国，不堪一击，他攻陷了陈国的几处城邑，回国后，恃功自傲，令尹子文就把令尹的位置让给了他。令尹的地位在楚国仅次于国君，是众臣之长，相当于汉代的大将军和后世的丞相。依子玉的威望和德行，大家都不以为然，认为他不胜任令尹之职。有人问他："你居如此高位，何益于国？"子玉对这种怀疑相当不满，他傲然回答说："我有出征靖国之功，理所当然应居此显位。若有功于国而不赏给显贵的高位，谁还肯为国家效力?"众人嘿然而退。可见,他虽居高位却不得众心。楚国攻围宋国之前,操练部队。先是子文指挥,结束后,没有一个士卒受到责罚,后来又让子玉指挥操练,仅仅一天,有七个士兵受到鞭打,三个士兵竟受到以箭穿耳的刑罚。朝中的卿大夫去见子文,都称赞他宽仁大度,治军有方。子文招待众人饮酒,有一人后到,听到众人对子文的称赞默无一言。大家问他怎么看,他说,子文大人不该受到如此赞扬,他把令尹这样国家最重要的职位交给一个好大喜功,暴虐无德的人,子玉必将给楚国带来祸难,子文大人是难辞其咎的。这次和晋国交战,是子玉主动请缨,楚王并不赞成,所以态度消极,给他增加了少量的兵马。子玉急躁、暴虐,是个拼命三郎,不懂政治,没有胸怀,不知退让妥协,也不懂与人合作,又顾盼自雄,好大喜功,这样的人高居显位,显然不是楚国的福音。

决战之前,"晋侯登有莘之墟以观师"。就是说,他要登高看一看他的部队。有莘,是个古老的氏族部落,据说,大禹的父亲鲧的妻子就来于有莘氏,商汤的相伊挚原来就是有莘氏的私臣,可见这个部落有多么久远。春秋时,这个部落消失了,但它留下了高高的城垣废墟。这座废墟在如今山东曹县西北,晋侯重耳就是登上这座高高的废墟来观看他的部队。晋侯看完之后,说了一句话:"少长有礼,其可用也。"这句话透露一个信息,就是古代的军队并非都是少壮男子,可能老少皆有,类如寻常百姓,平时躬耕田垄,国家有事就被征召来为君主打仗。他们能尊老爱幼,就是可以用来作战的证明。但他们手里没有兵器,晋侯命令斩木为竿,每人手里一根木棒就可以上战场了。

晋国大军布阵于城濮,楚军除中军外,尚分左右师,子玉命令楚国的精锐六卒为中军,卒为车法,就是战车单位,一卒三十辆战车,六卒就是一百八十辆战车。战车排列严整,子玉雄心万丈,说:"今日一战,从此将没有晋国了!"楚军的右师除少量的楚军外,就是同盟国陈蔡的部卒,右师是杂牌军,是楚军的软肋。晋军发动攻击,避强击弱,晋军的下军将战马蒙上虎皮,首先向右师发起冲锋。陈蔡两国的士兵帮助楚国打仗,本无斗志，见晋军数百匹战马身蒙虎皮，武士们挥戈旋风般杀将前来，呐一声喊，四散奔逃。楚军右师溃，但楚之中军毕竟是受过训练的精锐之师，仍然驱动战车杀上前来。晋国前驱战车迎战，两军厮杀缠斗，一时难分胜负。忽见晋军中路烟尘滚滚，纷纷后撤，楚军以为晋军不敌，车马杂沓，喊声震天，如潮水般追杀而来，晋军中路让出一条开阔带，任楚军精锐驱驰，但见烟尘蔽日，杀声震天，似乎楚军完胜，已成定局。但这是晋军的疑兵之策，楚人不知。晋国由栾枝率领的部队马尾拖着树枝奔跑后撤，只为诱敌深入。这时，晋军中由先轸、郤溱率领的中军从斜刺里杀出，这支部队是公族的羽林军，勇猛无敌，狐毛狐偃兄弟率领的上军也向楚军的左师发起进攻，楚军右师已溃，如今中军和左师忽然遭遇晋军勇猛的攻击，一时乱了阵脚，首尾不能相顾，大败溃逃，车马践踏，死生狼藉，不可遏止。子玉收拾中军残部，狼狈遁去，得以生还。

城濮之战，晋胜楚败，重挫了南方大国楚国的气焰，遏止了所谓荆蛮之楚向北方中原一带的扩张，暂时消除了中原各诸侯国对楚国的畏惧，维护了日渐衰落的周王朝的分封制度。使晋侯重耳"一战而霸"，成为继齐桓公小白后第二位春秋霸主。

城濮战后，楚军弃下大量辎重粮草，晋军休兵三日，尽食楚粟。然后班师，至践土，闻周天子欲来劳师，作王宫于践土。周襄王至，举行了盛大的献俘仪式。百乘由披甲战马驾的战车，千余名士兵走过广场。天子命周王朝卿士班赐策命，策命晋侯重耳为侯伯，也就是诸侯中的老大。班赐给他具有象征意义的车马、彤弓、彤矢等物。并赐其虎贲武士三百人。天子命曰："敬服王命，以绥四国。"遵从天子的旨意，绥服四方诸侯。晋侯重耳依礼三辞而受之。如此，他不仅在实力上而且在周王朝庄严的仪式上成为名副其实的霸主。

城濮之役前一月，因郑文公从前侮慢过重耳，两国结怨，郑晋本同姓至亲之国，但郑文公竟前往楚，表示要派军队助楚伐晋。如今，晋胜楚败，郑国赶忙向晋求和。晋郑两国定了盟约，暂时缓和了关系。晋侯重耳刚被天子策命为侯伯，岂能和同姓的郑国冤冤不解，所以暂时咽下这口怒气，以后再说。

卫成公本是楚国的帮凶，如今楚国大败，他本来因媚楚仇晋而被国人所弃，离开京城，出居襄牛，如今只好一个人恓惶惶逃奔楚国。楚国新败，上下一片沮丧伤痛，自无心关照这个难兄难弟。他只好跑到陈国暂时栖身。国君出走，国内暂由权臣摄政。卫国本是晋的同姓国，因当年侮慢晋侯重耳，仇晋助楚，晋伐卫，分其地于宋，国已残破，在周王朝的斡旋和主持下，同姓诸侯又订了盟约，共同约定："皆奖王室，无相害也，有渝此盟，明神殛之。"云云。共同拥戴维护周王朝，不要互相伤害，如果有谁违背了盟约，将遭到天神的严惩。晋侯出于胜利者的宽恕，同意签署盟约，被认为有君子之德。

楚军败于城濮，所弃辎重伏尸，尽皆被焚，大火数日不息，晋侯面有忧色。人问之，曰："子玉尚在，尚有后患，楚非小国，晋国还是面临强敌啊！"且说败将子玉返楚，未入京畿，楚王派人责之："当初强与晋战，如今丧师辱国，万千楚国男儿，伏尸沙场，卿为统军主将，何面目入见楚国父老？"子玉闻楚王之言，羞愤难当，即自缢而死。

二七　秦晋交恶

秦晋两国历史上本有姻亲关系，秦穆公的夫人是晋献公的女儿，故太子申生的姐姐，两个诸侯大国的君主本是翁婿。后世的人儿女结亲，就说"结秦晋之好"。但秦晋是两个国家，有各自的利益，所以姻亲关系并不能代替国家关系。春秋诸侯国间缔结婚姻是常态，但皆为政治联姻，它的本质是婚姻服从政治。

在"金枝之殇"一章中我们讲过，晋献公死后，晋国大夫里克等人颠覆了献公死前对晋国君主的安排，粉碎了骊姬由自己亲生儿子奚齐接班的图谋，大小骊姬所生的两个年幼的公子奚齐和卓子皆被杀死。因公子重耳拒绝回国，晋国迎回了在梁国避难的公子夷吾。

夷吾是在秦国军队的护送下回国的，应该说，没有秦国出手相助，夷吾即位不会如此顺利。如果从寻常小民的角度来考虑，秦穆公的夫人是夷吾同父异母的姐姐，这是姐夫帮小舅子的事情，应属理所当然的分内之事。但事情到了国家政治层面，事情就没有那么简单。夷吾为了能成功即位，许诺秦国说，秦国若帮助他成为晋国君主，他将割让晋国河西之地以报答秦国。但夷吾是个反复无常食言自肥的小人，他即位后，马上推翻了承诺，没有割地报秦（不仅如此，他还推翻了给国内扶他上台的里克以汾阳之邑封赏的承诺，并且杀了里克）。在晋国遭遇饥荒的时候，夷吾向秦国求助，秦穆公听从了大夫百里奚的建言，援助晋国粮食，帮助晋国度过饥荒。可是，当秦国遭遇饥荒，反过来向晋国求助时，晋国不仅不施以援手，反倒趁秦之危，出兵攻打秦国。晋侯夷吾种种违反道义的行为，使秦晋关系迅速恶化。秦国出兵应战，两国在韩原交手，秦胜晋败，无德无信的晋侯夷吾成了秦国俘虏。当夷吾被押解回秦的路上，嫁给秦国的穆公夫人出手了，她义无反顾为了娘家晋国的利益站台，她带着自己和穆公生下的三个年幼的孩子站到了高高的柴堆上，声言说，如果秦国押解晋侯夷吾的军队进城，她立刻和孩子自焚。秦穆公无奈，放回了晋侯夷吾。两国有一个协议，晋侯夷吾返国，将以太子圉入秦为人质。返国后的夷吾死去，谥为惠公。在秦为人质的太子圉为了继承君位，留下了秦国的妻子，偷偷逃回了晋国。这使秦国很恼火。太子圉回国即位后，追杀流亡在外的公子重耳（按辈分，重耳是他的伯父），此时，重耳也即将结束十九年的流亡生活，准备返国。秦国也觉得重耳比夷吾父子更靠谱，决定支持重耳返国。一年后，重耳在秦军的护送下返国即位，太子圉逃到高梁，并在那里被杀死。他在晋国君位仅一年，谥号为怀公。

回国之前，重耳耽留秦国时，秦穆公曾送给重耳五个秦国女子，其中太子圉的秦国妻子也在内，因为圉死后谥号怀公，所以他的妻子被称为怀嬴。重耳不想要怀嬴，从伦理和辈分上说，都不合适。跟随他流亡的臣子说："圉窃夺的国尚且要伐，他的女人为什么不能要呢？主公何必拘小节而忘大义？"重耳这才接受了怀嬴。总之，无论是夷吾还是重耳，他们能成为晋国的君主，靠的皆是秦国之力。这里不全是因为秦晋的姻亲关系，其背后是国家政治和国家利益。

重耳在秦返国前，秦穆公设宴招待他，在席间，为了表达恳求秦国帮他返国的意愿，曾以诗言志，吟诗一首，此诗或许不在现存的《诗经》中，或被孔子删除，故称"逸诗"，诗名《沔水》，综合各家注解，大略为："沔彼流水，朝宗于海。嗟我兄弟，邦人诸友，莫肯念乱，谁无父母？"滔滔的沔江之水，朝东流向大海，可叹我的兄弟啊，不能和睦保卫社稷，为何不顾念国家的动乱，请问谁没有父母之邦？重耳借诗言志，抒发自己哀婉诚恳的心情，他把秦国喻为大海，表示自己对秦国的感情如沔江之水朝向大海，希望以此感动秦穆公，念晋国多年动乱，送自己返回故国。一旦返国为君，将朝事秦国。秦穆公听了，也以一首诗回应他，诗名《六月》，选自《诗经·小雅》中，此诗表现的是尹吉甫辅佐周宣王征伐，复文、武之业，其语云："王于出征，以匡王国。"寓意重耳为君，必霸诸侯，以匡佐天下。听了秦伯吟诗，随行的臣子赵衰赶忙说："重耳下拜受赐！"重耳离席，下一级台阶，稽首拜受。秦穆公也赶忙下一级台阶，扶起重耳。这一关乎两国前景的重大政治决断就在诗酒流连中定了下来。

接着，穆公亲率秦师护送重耳返晋。大军东行至黄河边，晋国派来迎敌的军队反水而接受重耳为君，重耳接过了军队的指挥权，并在本国军队拥戴下回到晋国都城。此时，局势尚未安定，秦师临河未撤，以防意外。果然，凶险的阴谋在酝酿。原来效忠惠公夷吾的两个大夫吕甥郤芮密谋作乱，要在深夜放火烧死重耳，重耳得知消息后，密潜秦国王城密会穆公。吕、郤纵火烧重耳之宫，未见重耳，退至黄河边。秦穆公诱而杀之，为重耳除去了内患。秦穆公为了保证晋国的安定，又送给重耳三千卫士。秦国为了重耳回国即位扶上马，送一程，可谓竭尽心力。

重耳即位之初，秦晋两国亲密无间，是最好的蜜月期。

重耳即位后，也没有任何报答秦国的表示。重耳于公元前636年已成为晋国实际上的君主，并开始行赏始终不渝跟随他流亡的臣子，但为了自身的安全，他仍然留在秦国的军队里。第二年，出于称霸的政治考量，他才离开秦师，指挥晋国军队开展了一次勤王之役。周王朝的叛乱者王子带不堪一击，很快被捕获杀掉，另一支军队迎出奔的周襄王于郑，送回了王城复位。重耳这次勤王之役几乎兵不血刃，以最小的代价获取了最大的政治利益。他不但从周王朝那里获得了大片的土地作为报答，还在诸侯中树立了霸主的地位。但这和秦国并无关系，秦穆公眼看着他扶上位的晋侯重耳叱咤风云，拓土称雄，秦国一无所得，只在一边陪着傻笑，心里自然不爽。公元前635年，秦晋两国去打一个叫鄀的小国，鄀，在秦、楚边界上，本是楚国的附庸，秦国想从楚国手里抢过来，秦晋两国去打这样一个附庸小国，如同狮虎搏兔，似乎晋国没有参战，秦国用计俘获了楚国的两位守将，鄀的都城商密很快就投降了。没有大鱼小鱼也将就，但秦国这次所得实在是鸡肋，史书上记载，秦国并没有在商密布防，只是押解楚国的两位守将回国了。可能食之无味，放弃了。

此后数年，春秋舞台上，走到历史聚光灯下的主角就是晋侯重耳。为救宋国之围，他攻曹伐卫，曹、卫两国，几遭灭国。曹、卫两国的君主在他的脚下惶惶然若丧家之犬，他一泄胸中积郁多年的怨恨，报了当年曹、卫两国在他流亡时带给他的屈辱。接着，晋楚两国发生了历史上著名的城濮之战，这次战役，楚军除主将子玉和少数人逃回外，匹马只轮不得返，所余辎重粮草，晋军食之三日，余皆焚之，火数日不息。凯旋后，天子亲往犒军，晋侯重耳在天子面前举行献俘仪式，俘获楚国的数百辆战车由披甲的马拉着，隆隆驶过，后面是千余步卒，列队通过。天子命两名卿大夫策命重耳为"侯伯"，正式确立了他的霸主地位。可是这一切，没有秦国什么事儿，光荣和梦想属于别人，好比一个捧角儿的，花了大钱，喊破了嗓子，最后，只能靠墙根儿站着，看别人的辉煌。

秦国讪讪地露出无奈的苦笑，有些失落。

可是秦晋两国毕竟是姻亲之国，尽管有惠公夷吾的恩将仇报，还是倾尽全力辅助重耳即位。楚国当年款待重耳时，楚成王还一再逼问重耳："一旦你为晋国之君，何以报答我？"重耳回答两军相遇平原大泽，晋军将退避三舍。城濮之战中，晋侯践行了承诺，但最终还是将楚师打得一败涂地。秦国并没有提回报之事，重耳也没有像夷吾那样要割河西之地以报秦国。可是，秦国真的施恩而不图报吗？当年重耳以诗言志，表示要像大河归海一样朝宗秦国。此言空洞无物，听着好听，却无实质内容。怎样朝宗？用什么朝宗？如今的重耳已为天下霸主，口惠而实不至的空话还有意义吗?

城濮之战后，在周王朝的斡旋下，周朝大夫王子虎代表天子与诸侯于王廷盟誓：同姓之国，要捐弃前嫌，共同扶掖王室，不应互相伤害。"有渝此盟，明神殛之!"晋侯重耳参与了盟誓，博得了王室和诸侯的赞扬，认为其守礼重德，以德服众。但重耳内心是有尺度的，他私心里虽破曹、卫，狠狠地蹂躏了他们一通，但不想灭他们的国，答应两位君主可以回国复位。虽如此，想到当年在卫国讨一口饭吃而不得，乞食于野人，遭到野人的捉弄，竟送他个大土疙瘩做食物，心下对卫侯怨恨难消。此时，卫侯耽留于周王室，未得晋侯重耳允准，尚不得返国，重耳密告王室御医毒杀卫侯。卫国臣子闻此消息，马上私下里贿赂御医，使其下毒时减少毒药剂量，卫侯因之不死。卫侯深知，当年铸成大错，与重耳怨仇难解。若想活命还得上态度，于是，向周襄王和晋侯重耳分别献玉十珏，古人云：双玉为珏，就是说，呈现给天子和晋侯分别二十块美玉，大约倾卫国宝物之所有以求活命。周天子从中说情，晋侯重耳只好顺水推舟，答应让卫侯返国。曹侯复国也并不容易，晋侯重耳即位五年时，得了一场病，古人有病，要找巫师占卜，曹侯跟前的一个小厮（古人称竖）贿赂巫师，在重耳面前陈言，说曹晋两国皆同祖同宗，是兄弟之国，合诸侯而灭兄弟，非礼也；答应曹国复国，至今未实行，非信也；卫曹同罪，卫复而曹未复，同罪异罚，非刑也! 有此三者，祖宗不佑，君之病何能愈？重耳听巫师之言，答应曹国复国。

曹卫两国几乎灭国绝祀，这是当年重耳流亡时曹卫之君自己种下的苦果。所谓种瓜得瓜，种豆得豆，种下怨仇必得恶报。

春秋鲁僖公三十年，时为公元前630年，晋侯重耳已即位七年，七年间，重耳灭曹伐郑，于城濮大败楚军，并整顿军备，将晋国原来的两军扩充为三军，国势强盛，雄视海内，曹卫之耻已雪，唯有郑国，虽是同姓，血缘相关，可代际相续，年代久远，早成陌路。重耳流亡至郑，郑国不但视之为路人，郑伯的弟弟叔詹甚至提议要杀他以绝后患。城濮之战前，郑伯还跑去楚国，表示坚定地和楚国站在一起，并派兵助楚。郑兵未出，楚师已灭，郑国吓坏了，赶忙背楚向晋，派人与晋结盟。郑国之可恶，不下曹卫，如今郑国毫毛未损，旧怨新仇，重耳岂可善罢甘休？这年春天，晋国发兵侵郑，是为试探对方实力，没有真正开打。到了九月初十，晋国找来了强大的帮手秦国。晋秦两强，再次联手，欲围郑而灭之。

上面讲过，晋侯重耳即位七年，眼见得他烈火烹油，锦上添花，秦国没有得到半分好处，如今还甘愿为他火中取栗吗？

晋秦围郑，狮虎搏兔，郑国危矣。郑国一名大夫向郑伯进言，说依郑国之力，一国尚不敌，何况两大强国来攻，国家危在旦夕。如今唯有破坏晋秦联盟，使秦国退兵，方可暂纾国难。如今有一人可负此使命，或可退秦师。郑伯忙问何人可使。回答是烛之武。郑伯不由有些犹疑。这烛之武虽也在庙堂之中，但一直靠边坐着冷板凳，从来没入君主的眼，一直不得重用，什么好事也轮不到他，如今国事危急，让他出山，他肯吗？他行吗？但病急乱投医，行不行也得试一试。郑伯接见烛之武，好言慰勉，似乎要降大任于斯人，烛之武一声不吭，最后郑伯只好摊了牌，说了派他出使的使命。烛之武慢悠悠道："将这么重要的使命交给我这样一个无德无能的人，我怕辜负主公的信任，实不敢当！平时我都事事不如人，每逢军国重事我都战战兢兢，不敢置喙，我如今老了，当此国家存亡关头，怎敢受此重任？"这倒不是烛之武故意端架子，向来专制庙堂之上，用的都是自己人或君主看入眼的人，有德行才能的贤哲遭到排挤、冷落甚至杀戮都是常态。郑伯为了自家江山，只好道歉说："过去没有重用你，错在寡人。如今国家危难，一旦败亡，君臣百姓生死与共，诸侯士大夫与百姓都将沦为人家的俎上鱼肉，郑国何人能置身事外？所以还要劳先生大驾。"君主骄奢淫逸，挥霍享乐靠的是百姓的血汗，也没有百姓的份儿，一旦危亡关头，立刻把国家和百姓捆绑在一起，让你为他出力卖命。烛之武是朝廷的官员，他只有一个老板，没有选择也没有资格跳槽，他还要端官员这碗饭吃下去，而且指望卖命后吃得好一些，所以，他不能自绝于君主，最后他接受了这个使命。

烛之武见秦伯（穆公）曰："晋秦两国伐郑，郑也知亡国在眼前，如果郑亡而秦得利，当然秦国应当出兵助晋。秦郑相距千里，中间隔着别的国家，亡郑后晋得其利，秦何利哉？秦晋乃邻国，邻居晋国强大，难道是秦国之福吗？若君王释郑之围，与郑结盟，将来秦国有事于东，经过郑国，郑国为东道主，一定会好好招待你们。况且晋侯即位，秦国之力也，晋侯掌国七年矣，敢问秦国得到一分一毫的好处了吗？听说当年重耳许君焦、瑕两地，重耳早晨返国，晚上就下令筑城加兵以防卫之，所防者，不是君王您吗？晋国扩充疆土，不讲德义，不择手段，东夺西抢，不知餍足，晋国东邻郑而西接秦，东夺郑国封地后，若向西扩张，不夺秦之地，焉所取也？损秦而利晋，请君王想一想，秦派兵远征，与晋合兵伐郑，与秦何利焉？"

一番话，说到了秦伯的痛处，立刻与郑私下结盟，第二天，留下几个人戍守，率秦军主力返国。

晋秦合力伐郑，兵力已部署停当，忽然间，烛之武一番说辞，惊醒梦中人，离间计当时奏效，秦伯撤兵而去。这既说明晋秦间已出现不可弥合的重大分歧，各怀二心，又等于给晋国背后捅了一刀，晋国伐郑的军事图谋彻底失败。狐偃建议追击撤退的秦伯的军队，被晋侯重耳否决了。虽然暂时没有刀兵相见，秦晋两国蜜月已过，反目成仇，已成定局。

晋国军队又在郑国都城外耽留了一段时间，重耳为报前仇，声言要羞辱郑伯而去，最后要郑国交出郑伯之弟叔詹，由晋国处置，逼使叔詹自杀。可怜叔詹当年进言郑伯厚待重耳而郑伯不听，一句："若不厚待，不如杀之，以绝后患。"搭上了自己的性命。最后，晋国要求立逃亡晋国的公子兰为太子，郑国答应后，晋国才撤兵而去。此事我们已在郑国的历史中叙述过，这里就不多讲了。总之，由于秦国撤离，郑国虽没遭破国蹂躏，但晋侯重耳也算报了当年之仇。

撤军回国秦伯始终心意难平。秦国有强大的军队，养兵是为了打仗，所谓胸怀利刃，杀心自起，可是，打谁呢？周围的小国都基本荡平了，它们的土地也已并入秦国，前不久征服的都，本是楚国附庸，区区弹丸之地，鸡肋也，从楚国手里抢来又有什么意思呢？正当秦伯为此闹心之际，忽有情报传来。一个名叫杞子（还有他的两个同伙，计三人）的郑国内奸密报，说他掌管郑国都城北门的钥匙，如果秦国派一支军队来，他愿为内应，开门以迎秦师。里应外合，夺郑国易如反掌。秦伯闻此密报，立刻兴奋起来，他马上去找上大夫蹇叔商议。我们知道，秦国有一位贤人兼智者叫百里奚，蹇叔是他的朋友。他对秦伯说："臣不及臣友蹇叔。"这位蹇叔当时在宋国游历，于是秦伯迎之于宋，拜为上大夫，参与国事。蹇叔听了秦伯欲千里奔袭郑国，当时表示了反对，他说："军旅劳顿，千里奔袭而欲取胜，我没听说过。战车日行百里，士卒日行三十里，多少时日才能到达郑国呢？秦师在行军中就会疲惫不堪，而且要经过别国的领地，郑国难道会不知道，不防备吗？我不认为这是一个明智的决定。"秦伯听后，默不作声离开了。大凡一个专制的君主，习惯于独自行使权力，很少能听进别人反对的意见。他立刻召集孟明、西乞、白乙三位将军，令其整军出发，远征的大军出东门，蹇叔拦路而哭。孟明是百里奚的儿子，此时百里奚年近百岁，大约已经去世。蹇叔哭道："孟明啊孟明，我见师之出而不见其入也！"秦伯闻听不悦，以为其言不祥，折挫士气，派人传他的话对蹇叔说：你这个老不死的别不知趣，如果你中寿而死，墓木已拱矣！所谓中寿，大约指六十岁。就是说，你如果中寿而死，坟前树都已高大合抱了，意指其老而不死，昏悖而不可用。蹇叔的儿子也在军中，他执儿手哭道："晋国如攻击秦师，必在崤，崤地有两座山陵，秦师必将覆灭于此，我将在此收你的遗骨！"说罢已泣不成声。

第二年即公元前 627 年春，秦国军队过周北门，三百乘战车隆隆而过，为表示对周王朝的敬意，将士们摘下头盔，随车跑步通过。进入郑国的滑地，路遇一贩牛的商人名叫弦高，赶着二十头牛，俘获后讯问，弦高想不到撞进秦师中，为求活命，急中生智，说道："寡君闻听贵国军队将经过敝国，派我前来犒军，先送上四张熟牛皮，然后呈送二十头牛。如果贵军在敝国逗留，我们将供应一天的粮食柴草，如果只是经过，我们将派军队护送你们出境。"弦高一边敷衍秦师，一边派人急回郑都告急。

郑伯（穆公）闻报，一边秣马厉兵，准备迎敌，一边派人去出卖郑国的杞子等三人的寓所，说："你们在此淹留很久了，听说食用的干肉没有了，郑国有一片园林，称原圃，和秦国叫具圃的猎场是一样的。麻烦你们自己去打些猎物制成干肉吧！"三个人一听，知道郑国已知其谋。杞子（杞国人，郑之客卿）逃奔去了齐国，另外两人逢孙和杨孙逃去了宋国。

秦师统帅孟明说："郑国已有了准备，攻之难克，围之而无援兵，我们也班师回国吧！"于是，军队在滑掳掠一番，班师回秦。

这时候，称霸天下的晋文公重耳死去不久，尚未殡葬，大约死前就有秦师过境晋将截击的想法，和狐偃等几个主要臣子商议过，秦师未至，未来得及行动，他已死去。如今，秦师返回，即将过晋国南部边境崤，打还是不打，晋国卿大夫发生了争论。大夫原轸（亦称先轸）说："秦不听蹇叔之言，因贪心而驱使子弟千里征伐，此天奉秦师于晋。奉不可失，天不可违，必伐秦师！"另一位大夫栾枝提出反对意见，他可能不是晋文公重耳机密小圈子的人。他说："秦国的恩惠还没报答，而攻打秦国的军队，如何对得起刚刚去世的君主？"原轸反驳说："我国君主新丧而秦国不哀，竟然伐我同姓的滑国，秦国无礼之甚，谈什么恩惠？我听说，对敌人一时放纵，将留下数世之患，想我后世子孙面对强秦之辱，今日放纵敌人，会铸成大错啊！"于是，晋侯（襄公）发令，发精兵截击秦师！重耳刚去世，尚未下葬，他的儿子名叫欢，即位为君（后谥号襄公），身上穿着白色的孝服，为了临战，将白孝服染成黑色，从此，晋国的孝服就都是黑色的了。

晋国的伏击战选在崤，贾谊《过秦论》中所谓"崤函之固"，有东崤西崤两山夹崤，甚为险峻，著名的函谷关就在其地，《元和郡县志》云：

"自东崤至西崤三十五里，东崤长坂数里，峻阜绝涧，车不得方轨。西崤全是石坂十二里，险绝不异东崤。"如此鬼斧神工的险绝之地，在冷兵器时代，一旦有强敌伏击，所过军队，真是插翅难逃。因此，晋军设伏截击，秦师覆没，孟明、西乞、白乙三位主将被俘，余皆尽丧命陵谷绝涧之中。《榖梁》谈及此役，说：秦师"匹马只轮无返者"。可见晋军打了一场漂亮的歼灭战。

秦师三位主将被押回晋都，先君重耳的夫人称文嬴，当年重耳流亡至秦时秦伯（穆公）送给他的秦国公室女子，重耳即位后立为第一夫人。这里要说明的是，此女不是怀嬴，怀嬴是晋怀公的妻子，按辈分是重耳的侄媳妇。虽然怀公被杀，此女也归重耳，但在重耳的众多妻妾中，班次在第九位，为了区分，她改称为辰嬴。两个秦女，一个第一，一个第九，文嬴贵而辰嬴贱。文嬴为文公重耳生下男孩名欢，也就是当今国君晋襄公，所以她的地位相当于后来的太后，自是一言九鼎。她说："秦师的三位统帅，挑拨秦晋关系，秦国的君主也恨之入骨，恨不得食其肉寝其皮，不劳晋国动手，让他们回到秦国，由秦国君主杀他们好了。"新即位的晋襄公年纪小，当然听母亲的，于是，把这三个人放回了秦国。大夫先轸闻听大怒，道："晋国将士拼命沙场，获此三个囚虏，夫人纵敌，坏晋国大事！晋国败亡无日矣！"说罢，当着襄公的面，不顾君臣礼节，唾地而发泄怒气。襄公急忙派人去追，追到河边，三人已在船中，追的人赶忙解下左边拉车的马，说"寡君先赠孟明一匹骏马，请三将上岸，后面的赏赐随后就到"。孟明等三人知道是计，于船中揖手道："感谢贵国君主不杀之恩，使我们归国就戮。若侥幸不死，三年后当来报晋国之恩！"话说得得体，其实是三年后当来率师复仇之意。说罢，晋人眼见得小船渐行渐远，隐于烟波深处……

当年，穆姬以死相逼放晋侯夷吾归国，今有文嬴释秦帅返秦，秦晋姻亲之好，可谓一报还一报。但自此秦晋刀兵相见，已成敌国。

二八　晋宫风云

　　晋文公重耳于公元前 628 年死去，跟随他的老臣狐偃、赵衰等先后谢世。晋文公是春秋时代的第二位霸主，生前有勤王之功，伐曹、伐卫，又曾与秦重兵围郑，后来秦国因烛之武一番话，退兵返国。曹、卫、郑三国之所以遭兵燹之祸，亡国之辱，皆因当年不礼重耳之故。报私仇而轻伐人国，快意恩仇，使万千兵丁辗转沟壑，百姓流离，总不能说很正当。春秋无义战，于斯可见。

　　晋文公死后，由他的儿子欢即位，这就是晋襄公。襄公在位期间，仗晋文公霸主之余烈，在崤地打了个漂亮的伏击战，全歼秦军，后虽遭秦军报复，但尚无大碍。襄公六年时，赵衰、栾枝、先且居、胥臣等老臣先后死去，第二年，即襄公七年，正当盛年的襄公欢也死去了。据说他死于纵淫。晋襄公和众多老臣之死，说明晋文公时代彻底结束了。那种君臣一心，同甘共苦，由流亡异国的兄弟而君臣，臣子尽心辅佐，君主体恤臣心的局面再不会有了。一代人彻底过去了，晋国的历史将翻开新的篇章。

　　晋襄公死去时，年纪尚轻，因此太子尚在襁褓。朝中的臣子们计议，晋国连年有秦、狄之师，南方的楚国也蠢蠢欲动，不断地来伐晋国的同盟国，面对这种复杂的局面，应该选择一位年长的人来做晋国之君。现在晋国当家的重臣名叫赵盾，他是老臣赵衰的儿子。这年年初，由于老臣先后谢世，晋国重新整顿了军队，晋襄公原定由狐射姑统领中军，由赵盾辅佐他。狐射姑本是晋文公时老臣狐偃的儿子，因封地在贾，又称贾季。但是太傅阳处父反对，他向襄公进言说："应该由赵盾为中军帅，而由贾季为辅佐。"襄公采纳了阳处父的建议。复对贾季说："我开头想让赵盾辅佐你，现在你来辅佐赵盾吧！"贾季只好说："敬领君命！"其实他心里是很不平的。皆因中军帅与佐一字之差，确关乎国家的权力。当年赵衰与狐偃一同随同晋文公重耳流亡时，是一对甘苦与共的朋友，十九年霜风雨雪，锻造了不同寻常的友谊。但到了他们的后代，则在权力的角斗中成为不共戴天的对手。

晋国的中军帅秉国政，赵盾当国后，制定了一些律法、由官员治理刑狱，又在民间推行契约制度，将法不便于民，事不利于国者尽行整顿。制定的律法和条文交由太傅阳处父和太师贾佗去实行。这一点，令狐射姑（贾季）很不舒服。但是他们的矛盾还没有公开化。

襄公死后，二人就立新君问题发生了争执，使矛盾迅速升温并不可调和。他们都同意不立襄公的太子，因其尚在襁褓，无法应对复杂的国内外形势。那么，新君只有在襄公的庶弟中去选。赵盾主张立襄公庶弟公子雍，他说：公子雍善良正派，且排序在前，先君文公生前很喜爱他。如今他在秦国，秦国是晋国的旧好。立善良正派的人可以巩固家邦，也便于修复和秦国的关系。狐射姑提出反对意见，他说：不如立公子乐，他的母亲辰嬴得到两位君主的宠爱，立公子乐，民必服从安顺。乐的母亲辰嬴也就是我们前面讲到的怀嬴，她本是晋公子圉的妻子，圉在秦为人质时娶之。后圉偷跑回晋国即位为怀公，怀嬴留在秦国。重耳流亡至秦，秦穆公赠送重耳五个女子，怀嬴亦在其中。按辈分怀嬴乃是重耳的侄媳妇，但重耳也接受了这个女人，嫁重耳后改称辰嬴。重耳返国，怀公即位仅一年被杀，辰嬴为重耳生一男孩，即公子乐。所谓得到两位君主的宠爱就是指怀公圉和文公重耳。此时公子乐在陈国。赵盾驳斥说：他的母亲辰嬴地位卑贱，班次在九，其子有什么威望？为二君宠爱，说明其淫，为先君子，不能求身在大国者，而求在小国者，僻远无援，民何安之有？

这里，有必要介绍一下晋文公重耳的妻妾。出于史书记载的，晋文有妻妾九人：文嬴，嫡也，这是娶于秦国的公主，身份和地位都是最尊贵的；襄公之母偪姞在二；季隗在三，这是重耳当年在狄国的妻子；公子雍之母杜祁在四；另外四人，重耳流亡齐国时，齐桓公所送齐姜应为五；秦穆公送五女于重耳，除身份高贵的文嬴外，应六、七、八之数，辰嬴居九。

襄公之母名偪姞，偪，国名，姞姓；公子雍之母名杜祁，杜，也是国名，祁姓，其地在今陕西西安市故杜陵地。襄公欢立为太子时，杜祁因让偪姞使处于己之上，以狄国乃晋文公的母国，让季隗而己下之，所以排位第四。偪姞位在第二，那是母以子贵的结果。杜祁位在四，那是贤德谦让的结果。

赵盾又论证说："先君文公爱公子雍，使之在秦任职，位在亚卿。秦国乃大国，与晋为邻，足以为援，母亲贤德谦让，儿子得父母之爱，在大国历练，立公子雍，有何不可呢？"

赵盾认为贾季提出另外的人选，是公然和自己作对，于是派先蔑、士会到秦国去迎接公子雍回国。

贾季也公然对抗，也命人召公子乐于陈。

赵盾派人诛杀公子乐于郫。

贾季由此知道自己在晋国孤立无援，在权力的角逐中，自己落于下风。他恨太傅阳处父向襄公进言，把中军帅的位置让与了赵盾，自己仅仅成为赵盾的辅佐。阳处父之所以偏向赵氏，不为无因。当初阳处父想仕进时，曾托贾季之父狐偃帮忙引荐，三年没得消息；后托赵衰，三天就有了着落。所以阳处父是赵家人。贾季恨阳处父入骨，派本族的一个名叫狐鞫居的人为杀手，把阳处父干掉了。这种行为当然为晋国朝廷所不容，公元前621年，晋国将狐鞫居正法。贾季在晋国无法容身，逃奔去了狄国。

贾季虽有背后指使杀大臣之罪，但看在当年父辈生死与共，同朝为臣的情分上，赵盾还是宽容了贾季。他派手下得力的人将贾季的妻子和家产护送到狄国交与了贾季。

公子乐已死，贾季已逃，那么，赵盾所中意的公子雍能否立为晋国的新君呢？

就在晋国派先蔑、士会二人前往秦国迎接公子雍回国即位之时，襄公遗孀穆嬴日夜抱太子以啼于朝，一边哭，一边抱怨说："先君何罪？他的后代又有何罪？舍太子不立，而外求君，将置我母子于何地？"出庙堂后，则抱幼子到赵盾府上，伏地叩首，说："先君曾把此子委托于你，说，这孩子将来有出息，成为贤德之君，那是你的赐予，若不才无德，我也唯你是怨。今先君虽终，言犹在耳，而弃此子外求新君，请问如何对得起死于地下的先君？"一个年轻的寡妇怀抱幼小的孩子，庙堂上下，哭闹不休，弄得朝野日夜不宁，赵盾与诸大夫都计无可施。最后，只好屈服，否定了立公子雍的计划，立襁褓中的太子为晋国新君，这就是晋灵公。

爱德华·吉本在《罗马帝国衰亡史》中写道："世界有很多种政府形式，而以君主世袭政体最令人发噱。试想老王死后把国家当成私产，像一群牲口那样传给对人类和自己浑然无知的婴儿。英勇的武将和贤明的大臣，放弃对帝国的天赋权利，趋向皇家的摇篮屈膝宣誓效忠，像这样怎能不使人义愤填膺？"

春秋时代周王朝及各诸侯国的历史就是这样一种世袭制。王和公族的权力神圣不可侵犯，无数个"神圣家族"把权力和领地一代一代传下去，坐在君主宝座上的人总是在剪除他的同族兄弟后才享有至高无上的权力，最危险和最致命的敌人就是自己的同胞血亲。弑君，被看作最大的罪行，史官要记于青史，要延续千秋万代，留下不忠的骂名。

晋国的臣子们最终还是在一个婴儿的摇篮旁跪了下来。

可是，秦国的军队正保护着公子雍向晋国进发。晋国临时变卦，改变了主意，不得不迎战秦国的军队。于是，赵盾聚集军队，迎击秦军。他说：“我如果接受公子雍为国君，那么，秦国就是宾客；如今晋国已立新君，秦国就是敌寇。对于敌寇，唯有迎击！”晋国军队在令狐一带击溃了护送公子雍的秦国军队。

曾派往秦国迎候公子雍的晋国大臣先蔑和他的副使士会皆逃奔秦国。

当初，先蔑奉命往秦国迎君，荀林父阻之。道：“夫人，太子犹在而外求君，此必不行。你应以有病推辞这件差事。如不然，将给您带来祸患。若此事可行，派个大夫就可以了，何必要您出面呢？你我同朝为官，岂敢不尽心相告？”先蔑不听。荀林父为赋《大雅·板》第三章，云：“我虽异事，及尔同僚。我即尔谋，听我嚣嚣。我言唯复，勿以为笑。先民有言，询以刍荛。”你我虽然处事方式不一样，但你我是朋友和同僚。我给你出个主意，请你听听我的想法，如果我说得不对，请你不要见笑。先人曾有过一句很经典的话，就是遇事先要听听地位卑贱者的话。当然，先蔑也没有听进这样的忠告。先蔑后受此牵连，逃奔秦国，荀林父将其妻子和器用财物皆送往秦地，说：“我与先蔑同朝为官，尽一尽同僚的情谊吧！”

晋国立君之事暂时尘埃落定，公子乐被杀，公子雍落空，贾季奔狄，先蔑和士会奔秦，一个襁褓中的婴儿立为晋国之君，他就是晋灵公。

岁月荏苒，光阴似箭，晋灵公十四年，当年襁褓中的婴儿由于处在至高无上的君主之位，已经成为一个顽劣的青年。他品德窳败，肆行不法，不仅不能作为一国之君理政，而且失去了一个正常人应有的品行。他下令在国内征收重赋以供宫中雕墙修缮之用；站在高台上，用弹弓弹射百官，观看他们如何躲避并以此为乐；他性格暴戾恣睢，不容任何人违忤他的意志。一个为他做饭的厨师只因煮熊掌时欠了火候，没有煮熟，他竟将厨师杀死，将尸体置诸畚箕中，令两妇人拖曳而出。赵盾和士季见到有手露于外，问清情况后，劝谏之，希望他能够改过自新。但灵公非但不思悔改，反而变本加厉，竟派出一个杀手去刺杀赵盾。杀手临赵盾之门，见凌晨未晓，赵盾盛装穿戴停当，正欲上朝，因时辰尚早，坐于门前假寐。杀手退去，思忖道："赵盾恭谨勤恪，忠于国事，实乃忠臣也。杀忠臣，不忍，背君主之命，不信。杀与不杀，实为两难，终有一罪在身，不如死也！"于是，触庭中之槐而死。

这年秋天，晋灵公招赵盾饮酒，埋伏带甲武士，将攻杀赵盾。赵盾赴宴，他的车右提弥明是一个雄壮的武士，他提醒赵盾说："臣子陪侍君主饮宴，酒不过三爵，若过三爵，非礼也！"这是提醒赵盾，此宴包藏祸心，万不能贪杯误事。赵盾心下明白，但又不能不去。席间，灵公道："听说你腰中佩剑锋利无比，吾欲观之。"赵盾解剑，提弥明在堂下高喊道："赵盾，吃饱则出，何故拔剑于君前？"赵盾闻此，下阶欲去，晋灵公竟嗾獒而出，令其撕咬赵盾，与此同时，两廊间埋伏的甲士涌出，杀向赵盾。提弥明见事危，挺身向前，与獒搏斗，扼住獒的喉咙，将獒杀死。与此同时，提弥明也身遭数创，倒地身死。赵盾边战边退，抵挡着甲士的进攻。

且说当年赵盾在首阳山行猎，遇一人卧于桑树下，不能动，问其所患何病，答曰："已不食三日矣。"赵盾忙给他食物。那人食之一半，留一半，问其故，道：出来为人做仆隶三年，不知母亲还在否。今离家已近，请让我将剩下的一半带给母亲。赵盾促他将食物全部吃掉，又给他一些饭食和肉，放到一个口袋里送给他。让他带给他的母亲。此人名叫灵辄，数年后进宫成为晋灵公身边甲士。如今在晋灵公埋伏的甲士中等待诛杀赵盾。如今见所杀者为赵盾，则倒戈而护赵盾，赵盾得以出。赵盾出宫，问其何人？则答："我乃昔日桑下之饿人也！"问其名姓，不告而退，自此不知所往。

赵盾脱险后，知灵公杀己，国内难以存身，想逃亡国外。行至中途，未出境而返。这时，恶行昭彰的灵公与臣子关系已不可调和，赵盾昆弟将军赵穿袭杀灵公于桃园而迎赵盾。赵盾得百姓拥戴，而灵公奢侈无道，所以，杀灵公，人皆称快。

晋国太史董狐书曰"赵盾弑其君"以示之于朝。赵盾说："弑君者不是我啊！"董狐说："你是朝中正卿，逃亡而不越境，而且不去讨贼，不是你是谁呢?"赵盾叹道:"呜呼,诗曰:'我之怀矣,自诒伊戚',这不是说的我吗?"诗句来于《诗·邶风·雄雉》,意思是说,我多所怀恋,不出境而返,留下了这个结果。孔子后来评价此事说:"董狐,真是古代的良史,直书而不隐赵盾之罪;赵宣子(赵盾),古代良大夫也,为直书而受弒君之恶。太可惜了,若是逃亡而越境,也就免了弒君的罪名。"拿今人的眼光看,如果不问历史的是非曲直,直书"赵盾弒其君",未免太过严苛。春秋时代,不问君是何等君,弒君总是最大的罪名,如晋灵公这样的无道之君,弒之有何不可?况且董狐所说的"讨贼",谁是"贼"呢?显然,"贼"不是被弒之君,而是弒君者赵穿。董狐对于君主无条件的盲目信仰和尊崇也不无可议。

赵盾在晋国继续执政。国不可一日无主,赵盾命赵穿迎襄公之弟黑臀于周而立之。这个黑臀,是晋文公重耳最小的儿子,他的母亲是周女。他就是晋成公。

二九 天开楚国

楚国的世袭先祖可以追溯到黄帝轩辕氏的孙子颛顼，虽然有世代的传承，但古史渺茫，难以稽考。春秋初始，楚国君主为楚武王熊通，熊通在位五十一年，兴兵伐随，死于军中，子熊赀立，称文王，始都郢。

楚文王时，举兵伐申伐蔡，凌霸江汉间小国，小国皆畏之，此时，齐桓公称霸诸侯，楚国国势渐强，已纵横江汉间。文王十二年，伐邓，灭之。十三年，文王卒，子熊艰立，是为庄敖。庄敖五年，欲杀其弟熊恽，熊恽奔随，与随袭杀庄敖代立，这就是楚成王。

楚成王元年，初即位，结好于诸侯，派使节朝觐天子，并贡献方物。天子赐胙（祭祀的肉），并谕成王曰："镇尔南方夷越之乱，无侵中国。"这就等于班赐了楚国南方的统治权，于是楚国地广千里。

楚成王十六年，齐桓公以兵侵楚，至陉山，楚成王派使节致问："君处北海，寡人处南海，唯是风马牛不相及也，想不到君之涉吾地也，何故？"当时带兵的管仲指责楚王：周王室祭祀时用以渗酒的苞茅出自南方，可楚国未贡；当年周昭王南巡，在汉水渡江时，当地人进呈胶船，至中流，胶溶船解，因此昭王淹死江中。"昭王南征而不复，寡人是问。"对曰："贡之不入，寡君之罪也，敢不供给？昭王之不复，君其问诸水滨。"楚成王承认没有向王室进贡苞茅之罪，但不担昭王南征不返的责任。那时候，楚国尚未成为国土完整边境清晰的国家，所以，齐国以此问罪楚国，实属欲加之罪，齐国只能问诸水滨也。

楚成王知道，齐师来伐，总要找些理由，所以也要备战抵抗。他派将军屈完整军应战。齐师退兵召陵。齐桓公与屈完骑马检阅齐国的部队，以此向楚国炫耀武力。屈完不卑不亢，指出齐国称霸，应以德绥服诸侯，如果一味迷信武力，那么，楚国将以方城为城，以汉水为池，抵抗到底。

终于，齐桓公与楚国订立了盟约，退兵而去。

成王十八年，楚兴兵北上伐许，许僖公肉袒谢罪，示降，楚王释之。二十二年，伐黄，二十六年，灭英。则江汉间诸小国，皆被楚侵凌。多丧国灭祀，地归楚国。

鲁僖公十七年，即公元前643年，齐桓公死去，诸侯无霸主。公元前639年，宋襄公欲主持盟会，齐桓公死第二年，郑国始朝楚国，第三年，楚又与陈、蔡、郑盟于齐，则此时楚已得诸侯矣，故宋襄公欲继齐桓之霸业，必求于楚而后可。楚成王闻宋召，怒曰："宋召我，将执而辱之！"宋襄公与楚成王约定以乘车之会，即双方君主不带兵车，宋国公子目夷谏阻宋襄公道："楚，蛮夷之国也，强而无义，不讲规矩和礼节，请君以兵车之会前往。"即带领兵车前往盟会。宋襄公说："不可，吾与之已约定了乘车之会，既已约定，岂能背约？"于是，终以乘车之会而往。楚人果埋伏兵车，执宋襄公。宋襄公对公子目夷说："你赶快回去守卫国家，宋国，也是你的国啊！我悔不听你之言以至于此。"公子目夷说："你就是不这样说，宋国也是我的国啊！"于是，目夷归国，设守备以卫宋国。楚人临城下，威胁说："城不下，我们将杀宋之国君！"宋人回答说："赖社稷之神灵，宋国已有新的国君了！"楚国知道，即使杀宋襄公，也得不到宋国，于是放了宋襄公。宋襄公被释放后，去了卫国。目夷复曰："国为君守之，君何以不入？"宋襄公这才返回宋国。

第二年，即公元前638年，宋襄公与楚人战于泓。宋人已布好阵列，而楚军正在渡河，司马请战，发动攻击，说："彼众我寡，乘其军队尚未完全渡河，请击之。"宋襄公曰："不可。"楚军渡河后尚未成阵，司马又请击之。宋襄公还是不答应。直到对方排列整齐，宋襄公才下令发起攻击。结果被楚军打得大败。宋襄公中了箭，伤及大腿。第二年，晋国公子重耳过宋，宋襄公赠马二十乘，次年，宋襄公因伤重而卒。

这一年，重耳过楚，楚成王待之如客礼，热情招待，重耳答应，一旦归国为君，与楚军相遇于平原广泽，则晋军退避三舍（一舍三十里），以让楚军。楚成王厚礼送重耳于秦。

楚成王三十九年，即公元前633年，成王联合陈、蔡、郑、许四国诸侯围宋，晋国发兵攻曹、卫而救宋，成王退兵返国。将军子玉请战，成王曰："重耳流亡在外日久，返国为君，得民心天意，势不可当，楚国不当以撄其锋。"子玉固请，成王乃与之少量军队。晋果败楚军于城濮。成王怒，诛子玉。

早年，楚成王将立商臣为太子，把这个想法说与令尹子上，子上劝他道："君尚年富力强，而又多内宠，立太子而黜退其余诸子，恐怕生乱。况且楚国立君常在少者，何急于定太子之位？况且商臣其人，蜂目而豺声，残忍而不义，不可立也。"成王不听，立商臣为太子。后来，成王又想废太子商臣而立其庶弟职，商臣闻听，尚未得确认，于是告诉他的老师潘崇，问："何以得其实？"潘崇说："宴请成王的宠妹江芈，而席间故意冲撞她。"商臣从之。于席间故意找碴，冲撞江芈，江芈果然大怒，道："怪不得王欲诛汝而立职也！"商臣告诉他的老师潘崇说："得到证实了，是有此谋。"潘崇问："能事之乎？"（能服侍另立的国君吗？）商臣曰：不能。又问："能逃亡去国吗？"回答：不能。"那么，能行大事乎？"商臣答曰："能！"

所谓"行大事"就是弑君夺位。楚成王四十六年冬十月，商臣以宫廷卫兵围成王于宫，逼其自杀。楚成王请在死前食熊掌，因熊掌难熟，想借此拖延时间，不允。无奈，楚成王自缢而死。商臣代立，是为穆王。

太子商臣弑父而立，他将原来居住的太子宫倒出来，赐给他的老师潘崇，使为太师，执掌国政。他继续推行楚国领土扩张的政策，侵凌江汉间周边小国。穆王三年，灭江，四年，灭六、蓼，其地皆并入楚国。八年，伐陈，十二年，卒。

穆王商臣卒后，其子侣即位，谥为庄王。

庄王即位三年，不出号令，日夜为乐。号令国中曰："有敢谏者杀无赦。"朝士噤声，楚王宫变作淫乐场。大夫伍举入谏，庄王左抱郑姬，右抱越女，坐钟鼓之间。伍举曰："愿有话说与王。"庄王皱眉蹙额，不耐烦，道："讲！"伍举说："有鸟栖于高岗之上，三年不飞不鸣，是何鸟也？"楚王回答曰："三年不飞，飞将冲天；三年不鸣，鸣将惊人。伍举可退下，我知道了。"数月后，庄王淫乐如故，没有丝毫收敛，反而甚于往日。大夫苏从入谏，庄王曰："你没听到我的号令吗？有敢谏者杀无赦！"苏从回道："杀身以使君警醒，明白为君之道，臣之愿也！"于是，庄王罢淫乐，始还宫听政。诛杀贪黩之吏数百，拔擢有识之士数百，朝政为之一新，使伍举、苏从为政，当年灭庸国。六年，伐宋，俘获战车五百乘。

庄王八年，兴兵伐陆浑之戎。陆浑之戎在洛邑西南，楚王兵至周之郊外，并在周之都城外检阅他的部队。周定王派出王孙满犒劳楚军，楚王问周鼎之大小轻重。问鼎之意，盖欲逼周取而代之也。王孙满回答说："周王朝之得天下，在德不在鼎。"庄王笑道："你不用护着你的九鼎，依楚国之大，兵力之强，铸九鼎而易如反掌，鼎何足道哉！"王孙满回答："呜呼，君王其忘之乎？往昔虞夏之盛，远方皆至，九州之牧，贡金铸鼎，以象百物。使民知鬼神百物之形而为之备。夏桀乱德，鼎迁于殷，载祀六百，殷纣暴虐，鼎迁于周。有休明之德，鼎虽小而必重，若奸回昏乱，鼎虽大而必轻。当年成王定鼎于洛邑，占卜得神示，周将传三十世，享祀七百年，乃上天所命也！周德虽衰，天命未改，鼎之轻重，未可问也。"楚庄王因此还兵而退。

楚庄王九年，楚国内部发生兵乱。若敖氏的子越为令尹，子越，亦称子越椒，若敖氏子良之子也，应该说，若敖氏也是楚国的传统贵族，子越的伯父子文也曾当过令尹，子文之弟子良生子越椒时，其伯父子文认为其"熊虎之状而豺狼之声"具"狼子野心"，将为祸若敖氏。子文死后，子越椒由司马擢升为令尹。令尹，楚国掌国政之官，相当于后世之相。他仗若敖氏之势力，在朝中横行无忌，囚杀司马伯嬴，怕楚王问罪，故起兵攻杀楚王。楚庄王与其战于漳水之畔的皋浒。子越椒挽弓射王，射中车辕及车上的伞柄，楚庄王击鼓，奋励士气，庄王军队奋起反击，若敖氏惨败。楚庄王杀子越椒，将若敖氏一举歼灭。

楚庄王十三年，因众舒叛楚，庄王出兵伐舒，灭之，而划入楚界。

《诗经·陈风》中有《株林》一诗："胡为乎株林，从夏南兮？匪适株林，从夏南兮！"他为何赶到株邑之郊，是去把夏南寻找吗？咦，他匆匆赶到株林之郊，原是把那夏南寻找啊！这段陈国故事，结局是悲剧性的。夏南，亦称夏姬，原是郑穆公少妃姚子所生，美艳绝色，嫁陈国大夫御叔，御叔死，生子夏征舒。夏姬风流成性，与陈灵公通奸。《株林》一诗就是讥讽陈灵公与夏姬的情事。陈灵公是陈国的君主，夏姬成为他的情人后，朝中两个卿大夫，一叫孔宁，一称仪行父皆与夏姬有染。陈灵公常常微服私会夏姬，孔宁和仪行父也在场，三男一女，共行淫乐。陈灵公等穿上夏姬贴身的衣服，相互调笑，毫不避忌。说："征舒长得像你！"孔宁和仪行父回应道："也长得像君。"时征舒十五岁，对三个男人甚怨恨，便偷偷出去，伏于马厩中。陈灵公与夏姬淫乐后出门，走到马厩边，隐于其中的夏征舒挽弓发箭，将陈灵公射杀。孔宁和仪行父逃奔楚国。

陈国君主死，夏征舒自立为君。此事发生于公元前599年。

第二年，楚庄王起兵伐陈，下陈后，杀夏征舒。将并陈于楚为县。

楚大夫申叔时出使齐国，回国后，复命而退，楚庄王问他："夏征舒大逆不道而弑其君，寡人讨而杀之，诸侯大夫皆贺，君何为不贺？"申叔时回道："夏征舒弑其君，其罪大矣，君讨而戮之，义也！然而我也听民谚有云：牵牛而践踏人田，错矣，而主人夺其牛，其罚重矣！诸侯随君而伐陈，讨有罪也，义之所在。伐陈后据陈而有，贪也，以义起而以贪归，吾不知其可！"楚庄王道："善哉，吾之未闻也！复其国，可乎？"于是，立陈灵公太子午，复陈国社稷。

据《孔子家语》所述，孔子读史至此，喟然叹曰："贤哉楚王，轻千乘之国，而重一言之信。匪申叔之信，不能达其义；匪庄王之贤，不能受其训。"孔子赞扬楚庄王，认为他能"兴灭国，继绝世"。合于春秋之礼。

夏姬的故事还有后续，楚庄王伐陈而杀夏征舒，欲纳夏姬，申公巫臣谏阻道："不可，君召诸侯，以讨有罪，今纳夏姬，贪其色也。贪色为淫，淫者，君王之不耻也！兴诸侯伐有罪而贪色为淫，窃为君王所不取也！"楚庄王于是作罢。楚国公子侧子反亦贪夏姬之色，欲娶之。申公巫臣又道："夏姬乃不祥之女，其先曾死两任丈夫，后又使陈灵公被杀，其子征舒被戮，陈国两大夫出奔，几使陈国覆亡，天下美妇人多矣，为何娶如此不祥之女？"子反便也作罢。

申公巫臣为夏姬美色所迷，虽谏阻庄王与子反勿娶夏姬，私下里却另有打算。他暗里对夏姬说："你可返回娘家郑国，我会找机会娶你。"后楚王令申公巫臣出使齐国，巫臣尽带家产而行，至齐国完成外交使命后，让副使回楚复命，自己到郑国娶夏姬，中途携夏姬去了晋国。

不久，楚共王即位，子反、子重尽杀留在楚国的巫臣之族。巫臣在晋，与二子书："你等以谗言贪婪服侍新君而滥杀无辜，吾必使尔等疲于奔命而死！"于是，巫臣请使于吴国，晋侯许之。巫臣到吴国后，得到了吴国君主的信任，他帮助操练吴国的军队，教其车战，教其布阵，教其叛楚。吴始伐楚，江汉蛮夷小国已归于楚者，吴尽取之。吴国壮大，通于中原诸国。子重子反一岁之中七次因吴楚战事奔命沙场。

以上，是申公巫臣与夏姬的后续故事。夏姬固属美色，陈灵公为之殒身丧国，夏征舒因之弑君杀身，申公巫臣携之奔窜异国，使宗族覆亡。巫臣因之训练培植吴国军力，与楚为敌，大大削弱了楚国的实力。

楚庄王十七年春，楚国兴兵围郑，三月后，郑国投降。郑襄公肉袒牵羊以迎楚军，哀恳道："孤不知天命，不能事君，使君王怀怒，以临敝邑，此孤之罪也，敢不唯命是听！置诸南海，以臣妾赐诸侯，为奴为仆，亦无怨无悔。若君不忘厉、宣、桓、武，（厉、宣，郑之所出也，桓、武，郑国始封之君），不绝郑之社稷，使得事君王，乃孤之所愿，非敢想望也！敢示腹心之言，唯君是裁！"庄王身边众臣异口同声，都说不能接受郑国之降。楚庄王道："郑国君主能做到这一点，也必能取信于民，怎么可以拒绝呢！"于是，力排众议，手执令旗，令楚兵回车，退三十里，与郑国签订了盟约。

夏六月，晋国闻郑被围，由荀林父为帅，出兵救郑。中途，闻郑已降楚，欲退兵，后与楚战，晋师大败于河上。

楚庄王十九年，遣使文无畏出使齐国，过宋，因不假道（借路），被宋人杀死。庄王闻听，奋袂而起，这年秋九月，兵围宋国。宋国求救于晋，晋国派解扬往，使告宋人："坚持住，晋国救兵马上就到！"解扬过郑，被郑国所俘，献于楚。楚王使其反言，要宋人开城降楚。解扬假意答应，至宋城前，登楼车而大呼："晋方举兵以救宋，宋虽急，且莫降楚，晋兵马上就到！"楚庄王大怒，欲杀解扬。解扬道："臣受命而出，以死以成君命。寡君有守信之臣，下臣以成寡君使命而死，死而无憾！请就戮！"楚庄王感解扬之信，释之使归。

夏五月，宋不下，楚王欲退兵。申叔时言，筑室反耕，以示持久围之，宋人必听命。楚王依计，宋人食尽，派华元求和："敝邑易子而食，析骸以炊（无粮食，无柴草，困难已极），虽然如此，宁可亡国，不能定城下之盟。楚军退三十里，愿与楚盟。"庄王曰："君子哉！"退兵三十里，与宋订立盟约，盟约有言："我无尔诈，尔无我虞。"表示两国坦诚相见，和平解决争端。这也是"尔虞我诈"这句成语的来源。

楚庄王二十三年，卒。楚庄王在位二十三年间，确保了楚国的大国地位，虽东征西讨，但适可而止，决不诛求无已。伐陆浑之戎，问鼎于周，听王孙满一席话，退兵而返。伐陈，杀夏征舒，本想灭陈立县，听申叔时之言，仍立灵公之后，保陈国之社稷。欲纳夏姬，听申公巫臣之言而止。伐郑，接受郑国投降，保全郑国。围宋，释解扬，与宋盟，和平解决争端。所有征讨，都出于仁心，给对方以出路。这一点，是楚庄王难能可贵的品质。真可谓"一飞冲天，一鸣惊人"的楚国之君。

三〇 楚庄灭庸

楚国虽然日渐强大，但在庄王初年，还处在戎、蛮等少数民族部落的宰制中，这些少数民族部落，依山傍水而居，文化落后，时而啸聚成群，时而散处草野，以邑落自聚，在江、汉一带山水中威胁着楚国的安全。楚庄王即位后，灭庸国而降服群蛮，使楚国在江汉一带立定了脚跟。

庄王三年，是为春秋鲁文公十六年，即公元前 611 年。当年，楚国遭逢严重的饥荒，山戎起而伐其西南边境，进犯至阜山，在今湖北省房县南一百五十里的地方。楚国的军队迎击来犯之敌，军队驻扎在湖北荆门西北。来犯的山戎又跑到楚国的东南一带继续骚扰入侵，深入腹地，直达訾枝，也就是今湖北的枝江市。与此同时，一个江汉间桀骜不驯的小国庸国也率群蛮以叛楚。

楚国是在不断剿灭周遭的小国而发展壮大起来的，鲁文三年（公元前624 年），楚国军队围江，江乃周封之国，故晋国告于周，周派卿士王叔桓公与晋国的阳处父率师伐楚以救江，双方的军队在方城山的关口发生了激战，楚国围江的息公子朱退兵，周、晋伐楚救江的军队也休战。第二年，江国终被楚所灭。为此，秦穆公为之素服，避开正寝不居，去盛馔而撤乐，所谓"降服、出次、不举"。诸侯哀悼他国被灭，有一定的礼数，臣子们认为秦穆公"过数"，即超过了礼数，所以都来劝谏他。秦穆公正色道："秦、江乃同盟之国，江国灭，虽不能救，敢不哀怜之？我深以为惧也！"第二年，楚国讨六，六，也是一小国名，其故城在今安徽省六安市北部一带。六，亦称录。六人叛楚即东夷，就是说，它不想做楚国的附庸，而投向东夷。楚国干脆派兵把六给灭了，并其地入楚。接着，楚国又出兵灭了蓼国。这个蓼国和六国，据传皆为古帝王皋陶和庭坚之后："皋陶出自少昊，其后为六，偃姓，庭坚乃出颛顼，其后为蓼，姬姓。"河南省固始县东北有蓼城冈，据说为古蓼国之地。短短三年间，江、六、蓼三国皆灭于楚，可见楚国扩张的速度之快。

楚穆王九年，晋楚争霸，楚得诸侯陈、郑，两国君主会楚穆王于息，这年冬天，和蔡侯等诸侯在厥貉结盟，商议攻打宋国。宋国服了软，由司寇华御亲往厥貉迎接楚穆王，慰劳楚军，并表示服从。在厥貉之会中，有一个小国叫麇（jūn），它的国君逃会，跑回了国。第二年，楚国就发兵攻打麇国，在防渚（今湖北省房县）打败了麇国的军队，接着，再次攻打麇国，打到了它的首都锡穴（今陕西省白河县东）。

楚穆王十一年（公元前615年），楚国又派兵围巢国，安徽巢县东北五里有居巢故城址，当即是古巢国。

灭江、六、蓼三国，伐麇，围巢，楚穆王时代，其扩张的风头正健，与中原大国晋国争霸的形势业已形成。

穆王在位十二年卒。他的王位是在攻杀他的父亲楚成王而后夺得的。他在位期间，楚国的疆域有所扩大，国力有所增强。他死之后，他的儿子侣立为君，这就是庄王。庄王初立，发生了一次小的宫廷动乱。楚国令尹子孔（成嘉）和执政的庄王的老师潘崇要去袭击群舒。舒，当时的国名，偃姓，分为众多小国，有自己的文化和习俗，其宗主国在今安徽省舒城县，余则散居于舒城县，庐江县至巢县一带。楚国令尹和上层贵族要进一步扩张疆域，就要灭群舒。庄王初立，尚幼弱，由申公子仪（鬬克）为师，公子燮为傅，由公子燮与子仪保护庄王守护城池，而由潘崇和子孔率师前往伐群舒。楚国伐舒的军队出征之后，公子燮和子仪作乱，守住楚都城郢，不纳潘崇和子孔的军队，并派人前去刺杀子孔。杀手不得逞而返回。子孔、潘崇大军返回，作乱的公子燮和子仪（斗克）自度不敌子孔回返的大军，挟持新立的庄王出郢都，将前往商密（地在今河南省淅川县之西）。楚国庐地大夫名叫戢梨和他的僚佐叔麇诱使前往庐（湖北省南漳县东五十里），公子燮和子仪挟庄王到庐后，二人均被杀。这场楚国的内乱得以平息。子仪（斗克）于鲁僖公二十五年（公元前635年）曾带兵守都的都城商密，秦国克商密而囚子仪，后来，晋国于殽地大败秦国，秦国放归子仪欲联楚而抗晋，秦楚之盟未得行，故子仪（斗克）叛乱。公子燮则是因欲当令尹而不得，叛乱欲诛令尹子孔（成嘉）。二人的叛乱因被人诱杀而失败。

楚国的这次内乱平息后，庄王在位三年，楚国遭遇饥荒，周遭山夷在西南、东南边境作乱，"庸人率群蛮以叛楚，麇人率百濮聚于选，将伐楚"。西南、东南边境不宁，有山夷侵扰，庸、麇两小国又聚众欲伐，楚国处境相当危急。所以，楚国申、息两座防中原诸国之重镇的北门锁闭，不敢开启。

所谓庸国所率之"群蛮"，是散处湖北境内各地自成部落的原初居民，因与庸相近，因皆得而率之，形成一股强大的反叛势力；而麇人所率之"百濮"，"濮"为种族之名，是江、汉之南的土著，其部族非一，散处甚广，濮夷无君长总统，各以邑落自聚，因谓之"百濮"。据考证，《礼记王制》之"僰（bó）"，为古族名，亦即是"濮"，今云南、四川之"摆彝"之摆。即为古"濮""僰"之音转。这里的"百濮"当是生活在今天湖北省石首市附近。总之，楚国除了西南、东南边疆的山夷，庸、麇两国所统率的作乱的"群蛮"和"百濮"等土著也实在堪称大患。

边境有山戎之乱，境内土著皆起而为乱，又遭逢大饥荒，楚国处境不妙。有人主张楚国应迁都至阪高（当阳县东北二十里之长阪），以险扼守。大夫芳贾认为不可，他说："我能往，寇亦能往，不如起兵伐庸。麇所统领之百濮，乃乌合之众，以为我遭逢饥荒而不能出师，所以哄闹而起。若我师出伐庸，麇与百濮必惧而溃散，各归其邑，何能谋我？"于是，楚国整兵出师。师出十余日，百濮皆散归各邑。

楚师自郢出，经庐，士旅自裹粮而行。自庐以后，则开当地仓廪与将士食之。部队抵达楚之西界驻扎，命令庐戢梨率军为前锋侵庸。庐戢梨的前锋部队直抵庸之方城。庸之方城乃庸国的都城，据考证其地在竹山县东四十五里，其山上平坦，四面险固，山之南有城十余里，此即庸之方城也。庸人迎战，庐戢梨退却，庸人俘获了庐戢梨的部将子扬窗。楚军失利。子扬窗被囚禁三宿而逃归，说："庸师众多，群蛮皆聚，不如回楚都发大军前来征讨，王师尽起，合而剿之，方可胜庸。"楚国大夫潘党道："不可。大军已至此，足可制强敌，岂能再发举国之兵以制庸？不如再与庸战，屡战而屡败，而使其骄，彼骄我怒，而后可克。"于是，又与庸军交手，七战而七败。庸人曰："楚军无能为，不足与战矣！"于是，军心懈怠，遂不设备。楚庄王乘传车而至，会楚军于临品，亦即湖北均县（今属丹江口市）境内。将楚军分为两部，各有统帅，一部从均县的石溪，一部从均县的仞地，两路兵马同时进兵庸。秦人巴人各为友军，从前造反的群蛮见楚之强，也转而支持楚军。两路大军浩浩荡荡，势如破竹，一举将庸剿灭。

楚庄王即位三年后，灭庸平麇，降服了边境内外反叛的群蛮土著，消除了外患，奠定了与晋国争霸的基础。使楚国在南部站稳了脚跟。

三一 晋楚争霸

春秋时期，南方的楚国强大后，欲向中原一带扩张，就要与北方强国晋国争夺诸侯和领地，所以，上演了多年间波澜壮阔的战争大戏。晋楚争霸，是春秋历史的重要关目。

楚国是南方兴起的大国，至楚成王时，吞灭周遭小国，已据地千里。晋公子重耳流亡过楚，成王以诸侯客礼厚待之，并致送于秦。重耳过宋时，宋襄公赠马礼待，同样有恩于重耳。唯有曹、卫、郑三国君主，辱慢重耳，待之非礼。晋文重耳四年冬，楚国纠合陈、蔡、郑、许等诸侯围宋，宋告急于晋。晋国伐楚国的同盟曹、卫两国，以使楚释宋围而退兵。这时，楚尚无与晋分庭抗礼的争霸之心，楚成王有心释围而退兵。他说："不要和晋国争强，晋文公重耳流亡在外十九年，艰苦备尝，体察民情，天赐其位，得为晋君，若天意相助，是不可抗衡的。所谓有德者不可敌，所以，楚国要知难而退。"他下令撤宋国之围，而颁师回国。此时，楚国带兵将军子玉不服，他认为撤兵释围是向晋国示弱，会使楚国遭到诸侯的耻笑，所以坚持要和晋国打一仗，以塞"谗慝（tè）之口"。成王很不高兴，派给他少量的兵马，子玉率军一直追逐着晋国的军队。晋军守重耳当年与成王之约，退避三舍至城濮，在那里与子玉的军队展开一场大战，大败楚军。楚国军队尽丧晋军之手。楚成王很恼火，子玉无颜归国，自杀身死。

城濮之战，楚国吃了大亏，晋文公一战而霸，楚军遗留的辎重粮草被焚，大火数日不息。晋军休兵三日，尽食楚军之粮。这年，晋文公会诸侯于温地，欲率诸侯朝周，怕诸侯有叛者，力有不逮，于是，使人言周襄王狩于河阳，遂率诸侯朝王于践土。孔子读史至此，认为"诸侯无召王"，晋文公无礼。所以春秋为此事讳，书"天王狩于河阳"。晋文公此时以霸主自居。后人记史，言曰："文公于是霸功立，期至意得，汤、武之心作，而忘其众。一年用三师，且弗休息，遂进而围许，兵疲弊，不能服，罢诸侯而归。"公元前632年，即春秋鲁僖公二十八年，晋国除了伐曹伐卫，肢解两国外，又与楚打城濮之役，两次用兵后，没有休息，接着，又去攻打许国。终因兵力疲惫，无功而罢。

晋楚之间，夹着蔡、郑、陈、许诸国，四国的南部边界都与楚国接壤，所以，晋楚争霸，蔡、郑、陈、许诸国就要在晋楚之间站队，晋强则归晋，楚强则向楚，它们常常是两国攻伐的对象。城濮之战四年后，即春秋鲁僖公三十三年，即公元前627年，晋文公刚刚死去，他的儿子即位为襄公。这一年。晋国联合陈、郑两国伐许，理由就是许国倒向了楚国一边。楚国令尹子上（鬬勃）率军侵陈、蔡两国，两国屈服后，又欲伐郑。两年前，郑国公子瑕因其父郑文公讨厌和嫌弃他，逃奔到了楚国，楚国带公子瑕伐郑，欲纳瑕于郑，使瑕成为郑国未来的国君。结果攻郑国城门时，公子瑕所驾战车倾覆在一个水沟里，被郑国一将领擒获，被郑文公所杀。楚国通过培植代理人以控制郑国的计划落了空。同样在这一年，蔡国倒向楚国，晋国派阳处父率军侵蔡，楚国令尹子上（鬬勃）率军救蔡。两国军队在泜（zhī）水两岸对峙。阳处父派人对子上说："两军对阵，相持不下，如此耗下去，对双方都无益，如果你们愿战，我们退避，你们渡河，列好阵势，我们再交战。否则，你们退兵，我们也好撤军。"子上欲挥军渡河，子玉之子成大心说："不可，晋人不讲信用，如果我军渡河一半，晋军发动攻击，那时我们悔之晚矣。不如双方撤军，放他们一马。"

于是，楚军退去，晋军也撤军回国。

子上率军撤回国内，楚国太子商臣向楚成王进谗言，说，令尹子上（鬭勃）受晋国贿赂因而避战，这是楚国的耻辱。子上之罪不可恕也！于是，楚成王一怒之下杀了子上。原来，成王欲立商臣为太子时，征求子上的意见，子上明确提出了反对，说商臣"蜂目而豺声"，乃是残忍之人，不可立。因此，商臣进言谗害他。

襄公期间，晋国忙于和秦国的战争，楚国忙于吞灭周遭的小国，所以，两国暂时处于平静状态。襄公在位七年后死去，尚在襁褓中的灵公即位，晋灵公三年，即公元前 618 年，楚国大夫范山向穆王进言，晋灵公年幼小，心思不在诸侯上，北方可图也！于是，楚国开始向北方扩张，晋楚争霸的大幕正式拉开。这一年，楚穆王亲率大军往狼渊（今河南省许昌市西）伐郑，俘获了三名郑大夫，郑国因此和楚国结盟。这时，晋国及北方的同盟国也感到了危机，于是，鲁、宋、卫、许会同晋国的赵盾一同来救郑，但由于各诸侯国各有私心，出兵迟缓，所以，匆忙组织起来的军队没有和楚师接触，楚国已征服了郑国，同盟军无功而返。楚国乘机扩大战果，因为陈国服于晋国，又开始侵伐陈国。攻克了陈国的壶丘（今河南省新蔡县东南）。楚国另一支军队自东夷攻陈，陈国反抗，败楚军，俘获了楚国的一名公子。但是，陈国却因此感到了恐惧，一个小国打败强大的楚国，将带来巨大的后患，于是，赶忙和楚国讲和，倒向了楚国的怀抱。这一年，楚国与晋国争霸，出师北方，就连续征服了郑、陈两个小国。

除了战争，楚国又展开了外交手段，这一年，楚国还派出了鬭椒（字子越，亦字伯棼）为使节，前往鲁国聘问。但鬭椒并没有很好地完成使命，他的狂傲无礼使鲁国的公卿们很反感。

第二年，即公元前 617 年，楚国想继续扩大战果，既已征服郑、陈，就想乘机侵宋。这年，楚穆王会郑、陈两国君主，冬天，蔡国也加入了楚国阵营，几国君主会于厥貉（今河南省项城市境）商讨伐宋的事情。宋国知道了消息，为了避免兵燹之祸，归附了楚国。宋昭公自往厥貉慰劳楚师，表示服从，并邀请楚穆王前往孟诸田猎。这样，楚国北向，已收服了与其边境接壤的三个诸侯国，还有一个宋国，因其霸蛮欲伐，也表示归服。

北方的晋国，一面忙于和秦国的战争，一面因君主灵公幼小无知，国内内政不修，无暇他顾，所以，楚国北向已取得了重大成果。

公元前616年，晋国的铁杆盟友鲁国派公卿叔仲惠伯与晋国公卿郤缺会于承匡，商量如何对付与楚国结盟的陈、郑、宋诸国。这期间，秦晋两国不时发生战争，秦国也派使节带着玉器等宝物前往鲁国，要说服鲁国与秦共同讨伐晋国。但鲁国不为所动，只虚与委蛇而已。看来鲁国与晋是铁杆的盟友。公元前614年，鲁文公亲往晋国朝见，路过卫国时，与卫侯会见，卫成公请求鲁文公会见晋侯时表达卫国和晋国结盟的想法。鲁文公回来时，过郑，郑穆公也特地和他会面，请求他为郑国谋和于晋。在两国君主的宴会上，郑国大夫子家当席赋《鸿雁》之诗："鸿雁于飞，肃肃其羽。子之于征，劬劳于野。爰及矜人，哀此鳏寡。"郑国以无依无靠的鳏寡自比，欲让鲁文公怜惜之，为之道路奔波，再回程去晋，为之请和。这也可见郑国虽服楚，乃不得已，心中仍向晋国，欲归服晋国的迫切心情。鲁文公随行臣子季文子当席以诗《四月》作答："四月维夏，六月徂暑。先祖匪人，胡宁忍予？"古人认为，《四月》乃大夫行役之怨诗。大夫言自己四月初夏而行，至六月徂暑矣，寒暑易节，尚不得归。我之先祖非人乎？王者何当施忍于我，不使得祭祀也。季文子的意思是，他们君臣自鲁往晋，出来已经很久了，已欲思归祭祀，不想更复返晋，再为郑国奔走。《四月》固非大夫行役之怨诗，但古人赋诗，皆断章取义，以此表达自己不想返晋的意愿。子家接着又赋诗《载驰》第四章："我行其野，芃芃其麦。控于大邦，谁因谁极？大夫君子，无我有尤。百尔所思，不如我所之。"子家赋此诗，谓郑国被控于大邦，无可奈何，欲求援引于晋，望鲁为之周旋。季文子赋《小雅·采薇》四章以答之："彼路斯何？君子之车。戎车既驾，四牡业业。岂敢定居？一月三捷。"表示不敢安居，愿折返至晋，为郑国奔走。郑伯闻此下拜，谢鲁文公为之返晋之行，鲁文公答拜。为此，鲁文公又再次返回晋国，为郑国求成于晋。

第二年（公元前613年）六月，鲁、宋、陈、卫、郑、许、曹和晋国执政的赵盾在新城共结盟约。郑、陈、宋等原来归附楚国的国家反水，背弃了楚国，站到了晋国一边。新城之盟，蔡国没有参加。晋国派出郤缺统领上、下两路大军伐蔡。临行，执政的赵盾嘱咐说："君主幼弱，出师不可懈怠。"郤缺统军攻陷蔡国都城，与蔡侯定城下之盟而撤军。

晋楚争霸的焦点在于郑国，郑国北与晋接，南与楚接，处大国之间，深受其害，多年来战争不断。两国争霸，它必须在晋楚间选边站，结果归晋楚讨，服楚晋伐，首鼠两端，左右皆祸。郑国托鲁文公说项，脱离楚国归服晋国后，陈、宋也叛离楚国。此时楚国发生饥荒，山戎在东南、西南边境作乱，庸、麋等小国率群蛮百濮以叛楚，楚国自顾不暇，无力经营北方诸侯。等到楚庄王平定了周遭群蛮的叛乱，重新关注北方时，晋楚才重新展开角力。

晋国这边，幼弱的晋灵公渐长，已成为一个昏乱顽劣的青年，他对晋楚争霸的形势缺乏认识，自文公成为霸主之后，中经襄公以至于灵公，由于南方新崛起的大国楚国北向扩张，晋国的霸主地位渐趋削弱。晋灵公一意孤行，对归服的诸侯国没有经营笼络的手段。郑国本来心向晋国，脱离楚国来归，可他拒不见郑伯，视郑国为敌。郑国满腹委屈怨恨，郑国公子归生（子家）写信与赵盾，陈述郑国做蔡、陈两国的工作，使他们脱离楚国而朝晋的经过，说明郑国归服晋国之诚。如今晋国对郑不信任不认可，"小国之事大国也，德，则其人也；不德，则其鹿也，铤而走险，急何能择。"大国以德善待小国，小国是人，不以德待小国，小国则是鹿。如果逼急了，慌不择路，只好铤而走险！郑国已无路可走，也知亡在眼前，只好悉出兵赋，在晋、郑边境恭候，等待晋国抉择。公元前610年，晋郑两国定盟，两国缺乏信任，以互出人质来保证盟约。

郑国终心不能平，公元前608年，郑穆公愤然表示：晋国不值得信任和打交道。于是，转而和楚国结盟。而另一个与楚接壤的陈国，则因为国君陈共公死时，楚国不吊丧不会葬，无礼于陈而结盟于晋。

这年秋天，楚庄王率师伐陈侵宋。晋国赵盾率军救陈、宋两国，大军会于棐林，伐郑。楚国派蒍贾救郑，俘获了晋国大夫解扬，晋国始退兵。

公元前607年，时当郑穆公二十一年，楚庄王七年，奉楚国令，郑公子归生率军伐宋。宋国主帅华元杀羊犒军，没有分给他的车夫羊肉，结果车夫赶着战车直奔郑军营中，华元成了郑军的俘虏。不久，宋人赎归华元。这一年，晋国发生弑君事件，晋灵公无道，重赋以修宫室，于高台上用弹弓弹射公卿大夫视他们避弹而取乐，且随意杀人。赵盾劝谏而不听，设酒伏甲欲杀赵盾。赵盾逃亡而未出境，赵穿杀灵公于桃园。赵盾复立襄公弟黑臀为君，是为晋成公。

公元前606年，晋成公举兵伐郑，郑国再次归服于晋，与晋定盟。这年，楚庄王伐陆浑之戎，在周地阅兵，以炫耀武力，且问鼎于前来犒军的天子使节王孙满。接着，因郑国服晋，举兵伐郑。这年冬天，郑穆公子兰死。郑国立灵公。灵公初立，楚国献鼋于灵公，公子归生（子家）朝见，因食鼋事生嫌恨，公子归生弑灵公。立公子坚为君，是为郑襄公。这一年（公元前605），楚国也发生了以鬬椒（子越）为首的内乱。鬬椒率若敖家族攻庄王，楚庄王平定之。三年中，晋、郑君主更迭，楚国平定内乱，皆自顾不暇。

楚国平定内乱后，连续多年，伐郑、伐陈，晋楚两国争夺诸侯的斗争白热化。由于陈国有夏姬之乱，夏征舒弑君篡位，楚庄王入陈杀夏征舒，并欲灭陈而立县，听申叔时之谏，复立陈灵公太子午，是为陈成公。而郑国，则一直在晋楚之间摇来摆去，公元前603年，郑与楚盟，公元前602，又与晋平，公元前601，郑伯又与晋及诸侯会于扈，公元前600年，郑伯且败楚师，公元前599年，郑又与楚平，诸侯之师伐郑，郑又反水于晋。公元前598年，又从楚。数年之间，郑国在晋楚之间摇摆反复，不断地遭受兵燹之祸，没有一刻安宁。

春秋鲁宣公十二年，即公元前 597 年，时当楚庄王十七年，楚国欲一劳永逸地解决郑国的问题，遂亲自率军伐郑，攻下了郑国的都城，郑襄王肉袒牵羊，出城以降，言辞卑顺哀恳，表示诚服于楚。楚庄王怜之，退军三十里，而许之讲和结盟。晋国派出荀林父统兵救郑，至黄河边，知郑已服楚，欲撤兵。中军佐先縠（食邑在彘，亦称彘子）竟不听主帅之令，带领他的部下渡过黄河，要与楚军交战。荀林父无奈，只好带领军队过河。晋军中的将领们分为战与退两种意见，争论不休。

晋师驻军在敖、鄗之间，郑国派大夫来，促晋与楚交战，说："郑国服从楚国，是为保存社稷的无奈之举，对晋国并无二心。楚师骤胜而骄，不加防备。如果你们出兵击楚，郑国将出兵相助，与晋国同仇敌忾。"先縠浩气满怀，说："败楚，服郑，在此一举，听从郑国意见，立即与楚交战。"

栾武子（栾书）驳斥道：楚师不可谓懈怠，也不可谓无备，楚已收服郑国，亲如一家，如今来劝我战，我胜郑则来投，不胜则再归楚国，郑国之议不可从。

楚国也派少宰来晋师，言楚师此行，只为收服郑国，不想与晋国为敌，希望晋师及早退兵，不必两军对垒，淹留过久。

楚庄王已派人求盟于晋，晋楚之间已达成盟约，并确定了双方退军的日子。但是，两军相接，摩擦不断，晋军这边主战派先縠等人又不断地挑战，终至激成双方的大战。两军相交，楚军攻势凌厉，晋军不敌，阵脚大乱，将士们纷纷溃逃至河边，争船抢渡。先上船者欲先逃，后至者攀船欲上，先上者挥刀砍之，船中断指盈掬，狼藉万状。楚军黄昏停止进攻后，晋军残兵败将撤退，河边争渡，终夜有声。

晋楚此战，闻晋军惨败，郑国既已服楚，故出师助楚围剿晋军，所以，晋军死伤狼藉，溃不成军。

此次战役，楚师全胜。楚国大夫潘党请求楚庄王，克敌必示子孙，以无忘武功，收晋军之尸以为京观。所谓京观者，"收晋尸以封土，即谓之武军，建表木而书之，则谓京观"。就是将敌方战场伏尸收而封土，立木书之，以显示武功。楚庄王拒绝了这个建议，他引述历史上武王克商后止干戈而求懿德，认为止戈为武，武有七德：禁暴，戢兵，保大，定功，安民，和众，丰财。两国士兵暴骨于野，谈不上禁暴；观兵以威诸侯，靠武力征服别人，何以戢兵？暴而不戢，安能保大？晋国犹在，焉得定功？发动战争，违民之欲，民何安也？无德而强争诸侯，何以和众？利用别人的危机和弱点，而去征服别人，以为是自己的荣耀，何以丰财？武有七德，我无一焉，因何而示子孙？于是，在黄河边，做楚国先君楚武王等庙宇，举行了祭祀，告先祖成事，然后撤军回国。于此可见，楚庄王可谓楚国明智雄强之主。其武功和德行在诸侯中都堪称一流。

回国后，晋军主帅荀林父请死。晋景公欲许之，士贞子进谏："当年城濮之战，晋虽胜，文公犹有忧色，认为子玉尚在，困兽犹斗，何况一国之相？等到楚王杀了子玉，文公方转忧为喜。从此，楚国多年不能在诸侯中逞雄。荀林父事君，进思尽忠，退思补过，乃社稷之重臣，为何要杀他，以使楚国胜上加胜？夫其一时之败，乃如日月之食也，何损其光明？"

于是，景公赦而不杀，仍复其位。

三二 齐晋之战

　　春秋时代，西有秦国，南有楚国，中有晋国，东有齐国，秦楚晋齐四国乃春秋之四维。齐桓公最早称霸于齐桓七年（公元前 679 年），齐桓四十三年（公元前 643 年），齐桓薨逝。虽然此后齐国不断有君主继嗣之乱，但齐国仍然土地广大，人口众多，是不容小觑的大国。它在僻远的东方，在晋楚争霸中置身事外。可是，在齐顷公时代，齐晋两国打了一场大仗。

　　公元前 592 年，晋景公会盟诸侯于断道（晋地），派郤克出使齐国，欲齐国参与盟会。齐顷公让他的母亲坐于帷幕中观看使者朝会。《穀梁传》云："季孙行父秃，晋郤克眇，卫孙良夫跛，曹公子手偻，同时而聘于齐，齐使秃者御秃者，使眇者御眇者，使跛者御跛者，使偻者御偻者，萧同叔子处台上而笑之，闻于客。"《史记·晋世家》云："使郤克于齐，齐顷公母从楼上观而笑之。所以然者，郤克偻，而鲁使蹇，卫使眇，故亦令人如之以导客。"出使齐国的郤克眇还是偻，所记不同，但是，他们的身体缺欠皆为齐顷公的母亲（萧同叔子）所笑，别的使节反应如何，不知，但是郤克却不可忍受。他离开齐国，行至黄河边上，发誓说："不报齐者，河伯视之！"他向河神发誓，一定要报齐国加于他的屈辱。回到国内，他向晋景公请求出兵伐齐，晋国当然不能为此事而出兵，他请求带他的私人部队去伐齐，晋景公仍然不允，说："怎么能因为你个人私怨而烦劳国家呢？"这事也就暂时放下了。

断道之会，齐侯派出四名大夫前往赴会，由于郤克对齐国的怨恨，晋国拒绝齐国参会，不但不许齐国入盟，还分别拘禁了齐国的使者，后来他们纷纷逃回了齐国。晋齐之间嫌恨由此加深。

公元前591年，晋国会同卫国伐齐。军队前进到阳穀一带，齐师只好和晋国签订了盟约。鲁国一直是齐国的仇国，晋齐既然有约，于是鲁国派人去楚国借兵，想借此攻打齐国。恰赶上楚庄王死去，国有丧事，所以，楚师不出。鲁宣公即位后，事齐国甚为恭敬。然宣公十七年的断道之盟，鲁、晋诸国联盟，把齐国排除在外，宣公十八年，又向楚国乞师，欲伐齐。楚未出师，但鲁国要时刻防备齐国来侵，所以修筑城池扩充甲兵以备战。鲁成公元年（公元前590年）又听说齐人将带着楚师来伐，鲁国更加紧张，上上下下一派备战气氛，为了确保外援，鲁国公卿臧孙许又跑去晋国，在赤棘一带会见晋景公，和晋国定了盟。小国总是缺少安全感，它总要找到庇护，才感到安心。和晋国定盟后的第二年，鲁顷公又跑到蜀地，和晋国敌对的楚、秦、宋、陈、卫、郑、齐、曹、邾、薛、鄫等国结盟。两方敌对阵营，鲁国皆与定盟，目的是自己的安全。

鲁成公二年春，齐顷公率师攻打鲁国的北部边界围龙（今泰安县东南）。齐顷公有一个宠臣名叫庐蒲就被龙人俘虏。顷公说："你们别杀他，我与你们定盟，可以撤军不进入你们的边界。"但是龙地的人没听他的，他们杀了庐蒲就，并且把他的尸体置诸城头上。顷公怒，亲自击鼓而激励士气，三日后，齐军攻下龙城，并进军到巢丘一带。齐国军队深入鲁国内地，鲁国一片惊慌。

所谓入盟，并不能保证各诸侯国的安全，结盟的各国仍然互相攻伐。这年春天，齐侵鲁，同样参与入盟的卫国派兵攻打齐国。卫国的军队由孙良夫率领，副帅是石稷等人。和齐国军队刚刚接触，卫国就被齐国军队强大的气势所震慑，石稷就欲退兵。孙良夫说："不可，以师伐人，遇其师而还，回去怎么和君主交代呢？若知道打不过齐国，当时就索性不出兵，今天既然和齐军相遇，无论如何，也要打。"于是，卫齐两军交手。很快，卫军不敌，在齐军的凌厉攻势下纷纷败逃溃退。卫穆对孙良夫大声叫喊："完了！卫军败了！大家都怕全军覆没，丧师辱国，回去怎么向君主交代啊？"孙良夫顾不上回答他，石稷又高喊："你是国卿，如果你死了，那是国家的耻辱。你赶快带领剩余的兵马撤退，我来掩护你！"于是，他一边指挥反抗，一边高声大叫："不要怕，卫国大量的战车和军队马上就到！"于是，齐军停止了进攻。

败退的孙良夫带着残兵败将边打边退，齐军紧追不舍，眼看就成了齐军的俘虏。就在走投无路之时，新筑大夫仲叔于奚率军从斜刺里杀出，击退了追击的齐军，孙良夫因此得以脱险。

卫国朝廷要重赏仲叔于奚，准备给他城邑。但仲叔于奚拒绝了城邑，他要求得到"曲悬"的待遇。所谓"悬"，就是钟、磬等乐器悬挂于架。古代，天子的乐器，四面悬挂，象征宫室四面有墙，谓之"宫县"。诸侯去其南面乐器，三面悬挂，曰"轩县"，亦曰"曲县"。大夫仅左右两面悬挂，曰"判县"。士仅于东面或阶间悬挂，曰"特县"。这是一种等级分明的礼仪制度，仲叔于奚请"曲县"，是以大夫而僭越用诸侯之礼。钟磬等乐器如何悬挂，在今天当为无足轻重的小事，但在春秋时代，它彰显的是不可逾越的等级制度，如果被僭越，森严的礼乐制度将被撕裂和破坏。但是，卫国朝廷竟然答应了仲叔于奚，这也说明，在春秋中期，周公所制定的礼乐制度正在动摇和崩解中。

孔子听说这件事后，评论道："惜也，不如多与之邑。唯器与名，不可以假人，君之所司也。名以出信，信以守器，器以藏礼，礼以行义，义以生利，利以平民，政之大节也。若以假人，与人政也。政亡，则国家从之，弗可止也已。"孔子把这件事上升到足以使国家衰亡的高度来认识。他认为，器和名是不可以随意被人僭越冒用的，因为其间体现着一种礼的精神。礼是用来昭示国家秩序和尊卑等级的，它能产生"义"。就是说，它会使所有人在自己所在的等级中生活，并按照等级规范自己的行为，因此，国家生利，人民安定。如果器与名被随便滥用，礼被破坏，就乱了规矩。那么，政亡，国败，不可阻止。这体现了孔子维护尊卑等级的礼乐制度的一种政治态度。

鲁、卫皆败于齐，为了国家安全，就要请求外援。卫国的孙良夫战败之后，没有还都，直接去了晋国，鲁国的公卿臧宣叔也跑到晋国。卫、鲁两国都知道三年前，晋国的郤克出使齐国受辱，因而怀恨在心，此时，郤克在晋国当政，卫、鲁两国都奔着郤克去，指望晋国出兵伐齐。

郤克曾发誓，因被齐国国君的母亲萧同叔子所笑，认为乃奇耻大辱，所以，务报此仇。如今卫、鲁请兵伐齐，自然愿意出兵。晋景公派给他战车七百乘，郤克说："这是当年城濮之战的兵车数，那时文公和众大夫都智慧骁勇，因此取胜，请君侯再拨一百乘战车，方保万无一失。"于是，景公拨给他八百乘战车，率同齐、鲁之军，共同伐齐。鲁国的臧宣叔给晋军带路，国内的季文子率鲁国军队与晋师会合，浩浩荡荡，杀奔齐国而来。

齐师伐鲁，胜卫而归，晋师追踪而至。开始追到莘，接着追到靡笄山下（今济南市千佛山），齐顷公约战，道："尔等率军队光临敝邑，看来是要打一仗，敝邑军队不强，但也请明日见一高下。"晋军统帅们回答说："晋与鲁、卫两国是兄弟，两国来告说，大国（指齐）早晚拿两国撒气，寡君不忍兄弟之国遭此屈辱，使群臣来和大国较量一番，不要让我们久留大国之地，我等受命而来，只能前进，不能后退，既有明日之约，我们一定迎战！"第二天，两军在鞌地交手（鞌即历下，今济南市西），齐顷公斗志昂扬，站在车上，向着晋国黑压压的军队，喊道："我们灭了他们再吃早饭！"（"余姑翦灭此而朝食"），于是，没等马披上甲，就纵马向晋军冲去。晋军披靡，主帅郤克被箭射中，血流到他的鞋里去，但是，他负责击鼓激励将士，鼓声始终没有停止。他对御者解张说："我受伤了，伤得不轻。"解张说："两军刚一交手，就有两支箭射中了我，一支射在手上，一支贯在肘部，我把箭杆折断，箭都没来得及拔，血把左边的车轮都染红了，我岂敢言伤，您也要忍一忍才是。"郑丘缓是郤克的车右，就是在同一辆战车上的战斗人员，他说："自两军交手，如遇险地，我必下去推车，您只顾击鼓，没有见到。但是现在您真是伤得不轻！"解张说："全军耳目，就在我们车上的旗鼓，进退皆从之。此车一人在，就可以指挥千军万马，怎么能因为受伤而败全军大事？穿上盔甲，手执兵器，上了战场，就要把生死置之度外。伤而未死，就要坚持到底！"于是，他左手牵着马缰绳，右手握着鼓槌，纵马狂奔，拼命击鼓。晋军皆从，奋勇当先，齐师溃退，晋师追赶厮杀，绕着华不注山追赶三周，齐师不成阵势，大溃。

韩厥的战车追着齐侯的车，齐侯令射手回车射中了韩厥车上左右二人，但韩厥的战车仍追齐侯不止。后来，綦毋张在战场上失去了战车，他登上韩厥的车，共同追逐齐侯。齐侯车上的马套被树枝挂上，车行不得，终被韩厥追上。韩厥下车，牵着马缰绳，走到齐侯车前，向齐侯"奉觞加璧以进"，说："寡君因鲁、卫之请，令我等臣子与君战场相见，今见君，请随归。"春秋时代，军帅在战场上与敌国君主相遇，不可伤害，要下车手握马缰绳（执系），再拜稽首，进酒，当时通礼如此。逢丑父当时在齐侯的车上，他叫齐侯下车，到华泉去取水，示意齐侯逃遁。古时在战场上，君主和将士们都穿着同样的盔甲，韩厥等不辨两个人谁是齐侯。齐侯下车，被别的战车拉着逃走了。韩厥带着逢丑父回到军营，郤克听说他以身代齐侯，大怒，欲诛之。逢丑父大叫道："自今以后无有代其君而受难者，有我一个逢丑父，难道还要杀掉吗？"郤克把他放掉了。

齐侯逃出后，为寻丑父，又驾车三次冲入敌阵，皆受到敌方将士们的保护。他见到一个城池的守将，告诉说："齐师已经失败，你们勉力而为吧！"一个女子拦路问道："国君逃出来了吗？""逃出来了！""执锐的司徒逃出来了吗？""逃出来了！"那女子欣喜道："国君和我的父亲都从万马军中逃出，我放心了。"于是便忙着赶路去了。

齐顷公派臣子带着国家的宝器和欲割让的土地求和于晋，郤克不允，说："必得萧同叔子为人质入于晋，方得允和。"使节道："萧同叔子不是别人，寡君之母也，若以匹敌，亦晋君之母。晋国发动战争，欲以德服诸侯，而必质其母以为信，这置王命于何地呢？诗曰：'孝子不匮，永锡尔类'，以不孝而令于诸侯，难道是以行德政吗？"晋国最后答应了齐国的求和。

晋齐鞍之战，东方大国齐受到震慑，鲁、卫两国也可暂时伸伸腰，奠定了晋国的霸主地位。但鲁、卫也并非晋的铁杆盟友，出于国家利益，还是会朝晋暮楚，在两国间摇摆不定，不断地选边站，以求自保。第二年，齐顷公去晋朝见晋景公，向晋景公"授玉"，表示对晋尊王臣服，郤克趋前曰："上次战役是因为被妇人所笑辱，胜了，不过洗雪耻辱，寡君焉敢称王。"郤克还念念不忘这件事，两位君主都很尴尬。这说明郤克其人衔恨刻深，心地偏狭，焉能理政治国？不久他就被黜免了。席间，齐顷公眼睁睁望着韩厥，韩厥说："君侯认得我吗？"齐顷公说："你的衣服换了。"韩厥趋前，举爵进酒，曰："臣在战场上舍生忘死，为的就是能使两位君主能在此堂欢会也！"主客尽欢。

晋齐的鞍地战争，发动得就很草率。鲁国曾向楚国借兵伐齐，因庄王去世，楚师不出，后齐侵鲁国，而卫国是直接出师攻打齐国，遇到齐军后吃了败仗，鲁、卫这才同时到晋国求救。晋国主帅郤克发动对齐战争的目的在于泄私愤，战争结束后，晋国要齐退还侵占的鲁、卫的土地，这本是战争结束后的通例，齐国。退还了鲁国的汶阳之田，第二年，鲁成公就到晋国去拜谢。可是他这次朝晋，却遭到了晋景公的冷遇。我们难以推断他在晋国受到"不敬"的详情，但他显然不能忍受，想投向晋国的敌对阵营楚国去，"求成于楚而叛晋"。后来被季文子劝阻，他说："非我族类，其心必异。"楚国虽大，乃是蛮夷，怎么能指望它诚心待我呢？所以鲁国暂时忍气吞声留在晋国阵营中。与鲁国不同，战败的齐国国君到晋国去，却受到了晋景公热情的款待，两位君主享宴飨之乐，听说齐顷公因战败不听音乐、不吃肉，晋景公道："这怎么可以呢？从前占有的鲁卫的土地就不要还了。"本来鲁国已接受了齐国退还的汶阳之田，现在反倒要退给齐国。

鲁国是战胜国，当然不满意。鲁成公八年（公元前583年）春，晋侯派大夫韩穿到鲁，催促鲁国将汶阳之田交还齐国。季文子与之饮饯，私语曰：大国处理事务合理适宜，以此为诸侯盟主，所以诸侯都怀德畏讨，敬事大国，无有二心。所谓汶阳之田，原就是鲁国的土地，此次用兵于齐，使之归还鲁国，本是合情合理的事情。今有二次命令，使之再归齐国。守信诚意，是小国所期望。信不可知，朝三暮四，义无所立，不知其可，四方诸侯，何以归德向心？我担心如此下去，不久晋将失去诸侯了。晋国在战后之所为，不但不能巩固它的联盟，维系它的霸主地位，反而使诸侯离心。所以，春秋时期，各诸侯国从来没有结成过坚固的联盟，利之所趋，一时之苟合；利尽自图，忽焉而分散。乃是常态也。

三三　吕相绝秦

　　春秋期间，秦晋两个大国由姻亲之国变为敌对之国，自此战争不断，再没有和好过。晋厉公三年，派大夫吕相持《绝秦书》出使秦国，宣布与秦绝交……

　　按《绝秦书》的思路，我们可以追溯一下秦晋两国的关系。

　　秦晋两国，东西交邻，有着漫长的边界线，在早年晋献公与秦穆公期间，两国就建立了姻亲关系。晋献公将女儿嫁秦穆公，称穆姬。她是秦穆公的第一夫人，为穆公生下了太子罃，一男孩弘，还有公主简璧等二男一女。可是，晋国在献公后期，因为宠爱骊姬，发生了动乱。太子申生被逼自杀（穆姬与太子申生同母所生），两位公子——夷吾和重耳被迫流亡国外。献公死后，晋国的臣子们杀死了骊姬的儿子奚齐和她妹妹所生的卓子，夷吾在秦穆公的帮助下回国即位，这就是晋惠公。惠公无德无信，回国后，杀死了帮他即位的大臣，反悔了曾答应割让给秦国土地的承诺，并趁秦国饥馑，发动了对秦国的战争。秦晋韩原之战，晋国大败，晋惠公夷吾做了秦军的俘虏。秦军在押送夷吾返国途中，穆姬带年幼的太子等三个孩子登上柴堆，以自焚相威胁，要求穆公释放夷吾，以求秦晋之好。秦穆公无奈，在晋惠公以太子圉以人质入秦后释放了他。晋惠公回国不久，抑郁而死。留在秦国为质的太子圉留下秦国的妻子，潜逃回晋国即位，是为怀公。而此时，漂泊在外十九年的公子重耳和他的随从们辗转到了秦国，受到了秦穆公的热情接待。秦穆公把太子圉留下的妻子等五个秦国美女送给重耳，还把王室一女子嫁给重耳为夫人。宴飨席上，两人相互赋诗，以传达心意，穆公表示，愿意派军队送重耳返国为君。不久，秦军护送重耳至黄河边，重耳入晋，夺得了军队的指挥权，杀死了太子圉（怀公），即位为君。秦穆公还诱杀了重耳国内的反对派，为其平息了内乱，并致送五千卫士以保卫晋国的新生政权。这时，秦晋两国的关系正是历史上的蜜月期。

晋文公重耳上位后，短短三年间，勤王、伐曹、侵卫（曹、卫两国皆在重耳流亡期间侮慢重耳），最后，和楚国在城濮打了一仗，楚军大败，重耳一战而称霸。晋国国力大增，周襄王亲授大辂之车、戎辂之服、彤弓彤矢等，要他"敬服王命，以绥四国"，受王命而成为天下霸主。此时，因领受周王朝所赐阳樊、温、原、攒茅等大片土地，"始启南阳"，国土扩大，国势日强，巍然耸峙于秦国的东方。在自己的身边，短短数年间，崛起一个如此强悍又如此具有侵略性的强大邻居，秦国只能眼睁睁看着，心中苦涩而又无奈。晋文公六年（公元前 630 年）九月，晋、秦两国共围郑，郑国也在当年重耳流亡时不礼，晋文公要报当年侮慢之仇。郑国危在旦夕，派烛之武前往说秦，烛之武说："郑国与秦国之间隔着晋国，你越过晋国，和晋一同来攻打我们，究竟对你秦国有什么好处呢？倘若郑国灭亡了，只能使你的邻居晋国更加强大，'邻之厚，君之薄也。'况且晋国从前也答应赠秦焦、瑕两邑的土地，晋文公早晨渡过黄河，晚上就加强了对焦、瑕两地的守卫（'朝济而夕设版焉'）。况且晋国何厌之有？它既然能东封郑国，当它西侵时，不侵秦，将向哪里拓展？耗损秦之兵力国力以围郑利晋，对秦国有什么好处呢？请大王好好想一想吧！"这还用想吗？道理是明摆着的。虽然秦国曾帮助晋文公返国即位，但忙帮到此也就可以了，犯不上和晋国绑在同一架战车上为晋国火中取栗。秦穆公想通了，和郑国达成了和解，立即撤兵返国。

这次秦国暗中背弃晋国，说明自重耳返国后，秦国已经在调整自己和晋国的关系。晋文公的臣子狐偃请带兵攻击撤退的秦军，被晋文公制止了。但是，秦晋两国的蜜月已经过去，裂痕已经产生，对抗的时代开始了。

公元前628年，时当晋文公九年，秦穆公三十二年，这年冬天，晋文公死去。秦国得到了来于郑国内奸的情报，若秦国奔袭郑国，愿为内应，开门纳秦，郑国可得。秦穆公等欲出兵奔袭郑国，问计于秦国资深老人蹇叔，蹇叔反对，认为"劳师以袭远，非所闻也。师之所为，郑必知之。今绝诸侯之地以袭国，臣不知其可也"。秦穆公老矣，听不进蹇叔的意见，立即组成了远袭的部队，由百里奚的儿子孟明为帅，西乞、白乙为副将带兵出征。部队出东门，蹇叔哭师，因为他的儿子也随队出征，他哭道："吾见师出不见师之入也！"只见秦军出去不见其回返啊！秦穆公很不高兴，他派人责备蹇叔说："你这个老东西，有什么智慧和远见啊，来这里败坏士气？你如今年老昏聩，如果是中寿而死，恐怕你坟前的树都合抱成围了。赶快回去，不要来这里添乱！"蹇叔拉住自己儿子的手哭道："晋人攻打秦军必在殽地，殽有二陵，其南陵（西殽山），夏后皋之墓也，其北陵（东殽山），文王之所避风雨也。尔必死其地，我将在那里收你的尸骨啊！"秦师东去。

秦师近郑地，遇见一个郑国的贩牛人赶着二十头牛，抓起来，问他，他急中生智，说："寡君听说秦师将来敝邑，特此前来犒军。"秦师一听，郑国已有备矣，主帅孟明说："郑国有备，原来偷袭的希望落空了。攻之而不下，围之而无援，离国千里，师劳在外，旷日持久，终非长策，我们也撤军吧！"

秦师撤军回国，要走晋国之殽，晋国文公死时，秦国未表哀悼，晋国决定在殽地围歼秦师。当时晋国卿大夫中也有两种意见，原轸主张打："奉不可失，敌不可纵。纵敌，患生，违天，不祥，必伐秦师。"栾枝则认为文公受秦国之惠，不为之报，反伐秦师，对不起刚刚死去的先君文公。

原轸认为："我先君文公去世，秦国未表示哀悼，也没派使者吊唁，反而来伐我同姓之国，秦已经很无礼了，我们还报答它什么呢？我听说，一旦纵敌，将留下数世之患，祸及后世子孙，放纵秦师，难道是为了先君吗？"最后晋国决定，截杀秦师。

当时，文公死而未葬，故即位的襄公还穿着白色孝服，为了出征，把白色孝服染成黑色。晋国在殽围歼秦师，秦师全军覆没，三位军帅孟明、西乞、白乙被俘。

由于襄公出征秦师，将白孝服染成黑色，自此晋国出丧，皆以孝服为黑色。

文公之姬文嬴，当年秦穆公所嫁之秦国王室女也。闻俘秦师三帅，则曰：此败也，秦君恨三人入骨，使之归戮于秦，以逞寡君之志。就是说，让他们三个人回到秦国去受戮。于是，襄公就将三个人放掉了。

原轸闻三人被放回，气急败坏，一时激愤，出语不恭，在公廷上咒而唾之，晋国立刻派人去追，三人已在船中，没有追回。

三人回秦，秦穆公做了自我批评，认为，孤违蹇叔之谏，使你们蒙受屈辱，孤之过也，大夫何罪？且吾不以一眚掩大德，于是，复三人原职，信之如故。

趁着晋有文公之丧，白狄来伐晋，原轸说："我曾在君前无礼，纵然君不问罪，敢不自讨乎？"于是，免甲胄而突入狄军营中而死。

秦穆公为秦军出师远袭而招致的失败，多次做过自我批评，认为"孤实贪以祸夫子，夫子何罪"？是我的贪欲害了孟明，孟明有什么罪呢？仍然让孟明执政。孟明因此愈加自责，时刻想着报殽之仇。公元前625年，晋襄公三年，秦穆公三十五年，秦国由孟明率师讨晋，两军在彭衙（今陕西省白水县东北四十里彭衙堡）打了一仗，结果"秦师败绩"。

再败之后，秦穆公对孟明的信任没有动摇，孟明两败于晋，内心自责，同时也暗自砥砺，"增修国政，重施于民"，时刻想着对晋国复仇。晋国的赵衰说："下次孟明再率军来，我们要避其锋芒，他修德重民，志在复仇，其气焰不可挡。"第二年，秦穆公再派孟明率兵伐晋，大军过了黄河，就把船烧掉了，有破釜沉舟，不胜不还之概。秦军势如破竹，攻取王官（王官当近涑水，在今山西省闻喜县西），晋人避其锋芒，闭城不出。秦军从茅津渡河而东至殽山，这里是秦国的战败和伤心之地，三年前，因晋之围歼，秦师覆没于此。如今只见山高水险，怪石崚嶒，白骨叠压，山风悲号，有不胜凄凉之感。秦军于此，祭奠三日，然后引军而还。自此，秦国开地千里，遂霸西戎。这里，足见秦穆公对孟明用人不疑，用人专一，而孟明矢志尽忠，勤恪国事，终使秦国成为西戎霸主。

此即吕相绝秦书中"伐我涑川，俘我王官"之义。

自此，秦晋两国关系进入了全面的对抗期，冰冻之下，热战频频。秦国俘王官，封殽尸的第二年，晋襄公伐秦，以报去年的王官之役。

公元前 621 年，是为晋襄公七年，秦穆公三十九年，晋、秦两位君主皆于此年去世。晋襄公在位仅七年，正当年富力强，据说死于纵淫。《史记·秦本纪》："三十九年，缪（穆）公卒，葬雍。从死者百七十七人。秦之良臣子舆氏三人名曰奄息、仲行、鍼虎亦在从死之中。"子舆氏的三位男子奄息、仲行、鍼虎被称为秦之"三良"，据说被穆公杀死以殉。《诗经·秦风》中的《黄鸟》一诗序云："黄鸟，哀三良也，国人刺穆公以人从死而作是诗也。"其诗三段反复呼唤苍天："彼苍者天！歼我良人。如可赎兮，人百其身。"要是能赎他的性命，我愿意死上百回！《左传》对于穆公死后以人殉葬给予了严厉的批评，指出"君子是以知秦之不复东征也"。秦国野蛮落后的殉葬文化对于中原各诸侯国来说，应属文化的返祖现象，其东征，必将受到强大的阻力。

吕相《绝秦书》中言："穆、襄即世，康、灵即位，康公，我之自出，又欲阙翦我公室，倾覆我社稷，帅我蟊贼，以来荡摇我边疆，我是以有令狐之役。"话说得甚为强词夺理。

秦国穆公死后，由太子罃即位，即为康公。太子罃乃晋献公女儿穆姬所生，是晋国的外甥，所以，吕相说："康公，我之自出。"秦国的接班很顺利，没有什么悬念。晋国这边，则要复杂得多。由于襄公年轻撒手人寰，所以，太子刚生下来，还在襁褓中。执政的赵盾等公卿就有心立襄公的异母弟为君，因其年长，可以应对国内外复杂的形势。赵盾欲立公子雍，其母文公姬杜祁；而狐偃的儿子狐射姑（因封邑在贾，又称贾季）则要立辰嬴所生的公子乐。辰嬴，就是晋惠公太子圉在秦为人质时的妻子，后秦穆公将五个秦国女子送给重耳，辰嬴在其内。按辈分说，辰嬴是文公重耳的侄媳妇，重耳原不欲接受，后来接受了，他即位时，扫清障碍，杀了太子圉（晋怀公），并与辰嬴生下公子乐。赵盾否决了狐射姑的意见，认为辰嬴在文公的姬妾中排位第九，母贱子何贵？况且公子乐在陈，陈乃区区小国，帮不上晋国。而公子雍此刻在秦，文公与秦曾有旧好，从秦国迎立公子雍，说不定能和秦国重修旧好，恢复两国的友好关系。于是赵盾派先蔑和士会为使，前往秦国迎立公子雍。

狐射姑也派人去陈国迎立公子乐。赵盾使人杀之于郫（今河南省济源市西）。狐射姑后杀晋大夫阳处父，外逃于狄。

君主继嗣的事情十分棘手，晋国本以准备立公子雍为君，并向秦国派了"迎君专使"。这边晋国的公廷却出了麻烦。原来晋襄公的夫人穆嬴听说太子被废，日夜抱太子以号泣于朝，哭道："先君何罪？其嗣亦何罪？舍嫡嗣不立，而外求君，将焉置此？"死去的先君有什么罪啊，他亲生的儿子有什么罪啊？你们舍弃嫡生的太子不立，而外求君，你们把我们娘们儿置于何地啊！她还抱着孩子到赵盾的府上去，在赵盾面前磕头，哭道："先君把这个孩子托付给你，说，这孩子将来成器成才，拜你所赐，不成器不成才，我也唯你是怨。如今先君虽终，言犹在耳，却被你所弃，这是为什么啊？"赵盾被缠得没了办法，见到穆嬴就害怕，最后只好妥协，改变了原来立公子雍的想法，立襁褓中的婴儿为君，这就是晋灵公。

可是秦国那边，接待了"迎君专使"先蔑和士会，派出了部队，护送着公子雍浩浩荡荡已向晋国进发。晋国这边，只好准备应战。赵盾说："我若接受公子雍为君，秦国则是来宾，不接受，秦国则是敌寇。既然已不接受公子雍，就不应该观望怀疑，使秦国心生侥幸，我们要上下一心，驱逐敌寇，如追击逃敌一样，把他们打得落花流水！"于是，在令狐（猗氏，今山西省临猗县境）大败秦师。把应晋国之请护送公子雍的秦军打得落花流水。晋国派出的"迎君专使"先蔑和士会也逃到秦国去了。反过来，吕相则反诬秦国"又欲阙翦我公室，倾覆我社稷，帅我蟊贼，以来荡摇我边疆"。春秋时，诸侯国之间靠武力和强权说话，置诸历史事实，则是另一番光景了。

秦国自然很恼怒，为了报复晋国，第二年（公元前619年）伐晋，攻取武城（今陕西省华县东北），"以报令狐之役"。四年后，（公元前615年）再有伐晋之战。嗣后，晋国由于君主更迭，经营中原一带的霸业，两国相对平静。到了晋厉公元年，时当秦桓二十五年，两国有修好的愿望，约定在令狐会盟。晋厉公先到，但秦伯却不肯东渡黄河，驻在王城，两位君主隔河相望，彼此各不信任，此盟如何定呢？最后，秦国派大夫到河东来，晋国派大夫到河西去，和对方君主签署了盟约。秦国虽签盟，随即背盟，约狄与楚共同伐晋。秦国的背盟行为大失人心，诸侯皆向晋。晋军得人和之力，前578年，五月丁亥，晋师以诸侯联军与秦师战于麻隧（秦地，今陕西省泾阳县北），秦师败绩。联军随即渡过泾水，深入秦地而还。

自此，两国的敌对关系一直延续下去，再不复见秦穆与晋文宴飨赋诗的气象，只余怒目拔剑的《绝秦书》了。

三四　赵氏孤儿

晋国宫廷中贵族之间的矛盾愈演愈烈，至晋景公十七年，发生了诛灭赵氏的屠杀，赵氏孤儿的故事由焉而生……

赵氏家族上古之事皆不可考。其先从赵夙开始，辅佐晋献公，为将带兵伐霍，获赐食邑耿，自此跻身晋国贵族之列。

赵夙生子赵衰（读作 cuī），跟随晋公子重耳流亡，不离左右。重耳奔狄，狄伐赤狄一部落，名廧咎如，掠得两个女子，狄将其少女（季隗）给重耳为妻，将长女（叔隗）嫁与赵衰，生下儿子赵盾。十九年流亡生活，艰苦备尝。得秦相助，重耳返国为君，为晋文公，赵衰封食邑于原，为原大夫，任国政。

《左传·僖公二十四年》云："文公妻赵衰，生原同、屏括、楼婴。"对于这句话，后之学者多有引申。有说"文公以其女妻赵衰"。那么，赵衰与文公的关系由连襟而翁婿，于理不合。（且文公重耳的年纪也令人生疑，室有待嫁女，重耳流亡时不当为十七岁（《晋语四》云："晋公子生十七而亡。"后之学者阎若璩，洪亮吉等皆持此说，唯《史记》谓重耳流亡时年四十三，在外十九年，归国时六十二岁）。若说，文公以公室之女妻赵衰，此女或与文公为同辈姊妹行，则合情入理。总之，赵衰除有一赤狄女叔隗为妻外，尚有一赵姬，为其生三男，即原同、屏括和楼婴。原、屏、楼是他们的封邑。

重耳即位为君，赵衰也成公卿，赵姬就要赵衰迎回流亡途中娶的妻子叔隗和所生的儿子赵盾。赵衰先还犹疑，赵姬正言道："君得新宠而忘旧人，何以在庙堂执政？必迎叔隗与其子。"于是，从狄国迎回了叔隗和其子赵盾。见赵盾聪慧有才，赵姬请求赵衰，以赵盾为嫡子，而使自己所生的三个儿子下之。就是说，赵盾将成为赵衰的继承人。则赵姬所生三子赵同、赵括、赵婴齐则为庶子。

赵衰死后，谥为成，所以亦称赵成子，他的儿子赵盾继承了他的爵位和封邑。晋襄公七年，晋国整顿军队，封赐将领。中军将最贵重，不仅为中军的统帅，而且执掌国政。晋襄公原来让狐偃的儿子狐射姑（亦称贾季）为中军将，由赵盾辅佐他。正巧太傅阳处父从其采邑温地赶回，谏襄公曰：狐射姑这个人群众基础很差，不可使其为将（"射姑民众不悦，不可使将。"）于是，襄公改由赵盾为中军将，由狐射姑辅佐之。

赵盾为中军将，也就成为了晋国的执政大臣。他开始制定一些法律规章，以行之晋国。这年八月，晋襄公死去。他死时很年轻，太子还在襁褓中。赵盾等朝中的大臣们因为晋国面临内忧外患的严峻形势，就想立襄公的异母兄弟为君，因为他们年长，可以更好地执掌国政。赵盾主张立公子雍，当时公子雍在秦国，如果立公子雍，可以缓和和秦国的关系。狐射姑反对，欲立公子乐。公子乐是文公之妾辰嬴所生。赵盾掌朝政，他决定立公子雍，于是，派两名大臣去秦国通报并准备迎立。狐射姑与赵盾分庭抗礼，也派人召公子乐于陈。赵盾听说后，很生气，派人把公子乐于回晋途中杀掉了。

赵盾与狐射姑的矛盾公开化，势同水火。当年狐偃和赵衰跟从重耳流亡，所谓"文公生十七年有士五人"。狐偃和赵衰都在五人之内。后来，他们都成为重耳（文公）的股肱之臣。如今，他们的后代因权力之争已不能相容。狐射姑恨阳处父进言而使自己丢掉了中军将，如今落在赵盾之下，所以，派家族中的续鞫居杀死了阳处父。事情发生之后，续鞫居被晋国宫廷处死。狐射姑觉得自己在晋国已无容身之处，于是投奔狄国。对于狐射姑的出走，赵盾表现了宽容和理解，他派人把狐射姑的家眷和财产送到了边境。

赵盾决定立公子雍后，引起了宫廷风波。襄公的夫人日夜抱着太子号泣于宫廷，又抱着孩子到赵盾府上，顿首于赵盾前，赵盾害怕襄公夫人的逼迫，又唯恐引起宫廷内乱。因此改变了立公子雍的初衷，重新立襁褓中的小太子为君，这就是晋灵公。

但是秦国那边晋国已派去了使节迎接公子雍，秦国也派出兵马送公子雍返国。赵盾整顿兵马，迎击秦军。在令狐一带大败秦军。立公子雍的事自然告吹。

立襁褓中的婴儿为君后，赵盾专国政，晋国的一切内政外交皆决于赵盾。灵公渐渐长大，变得残暴无道。立高台上，以弹射上朝的百官，看他们避弹取乐。宫廷厨师烧熊掌不熟，立杀之，将尸体装入箩筐，由妇人曳出。被赵盾发现，赵盾力谏之。灵公因此忌赵盾，晋灵公十四年，宴赵盾，伏甲士欲杀之，又使獒攻击，派杀手暗杀……无所不用其极。赵盾流亡未出境，赵盾从父兄弟将军赵穿杀灵公于桃园。赵盾复位，晋国太史董狐书曰："赵盾弑其君"，以示于朝。赵盾辩解说："我没有弑君啊！"太史董狐说："你是朝廷正卿，流亡而不出境，有人弑君，你又不讨贼，不是你是谁呢？"赵盾叹道："唉，我对晋国多所怀恋，不出境而返，留下这样的罪名！"赵盾派赵穿迎襄公弟黑臀于周而立之，就是史上的晋成公。

晋成公即位后，赵盾请示成公，以他的异母兄弟赵括为公族大夫。上面讲过，赵衰娶狄国征服赤狄部落廧咎如掠来的女子叔隗为妻，生下赵盾。后又由文公赐婚，赵姬为之生赵同、赵括、赵婴齐兄弟三人。赵姬使赵衰迎回叔隗和其子赵盾，立赵盾为嫡。但赵姬在自生的三兄弟中，非常钟爱赵括，因此，赵盾说："我本是狄人（狄国女子所生），而赵括才是赵氏真正的后裔根苗。"成公同意了赵盾的请求。这标志着，赵盾自觉地避让，把赵氏的权力移交给了他的异母兄弟赵括。

成公七年（公元前600年），卒。其子即位，是为晋景公。大约在成公末年，赵盾亦死去，死后谥为宣，因此亦称赵宣子。其子赵朔为将军，并娶晋成公的姐姐为妻。

赵氏被诛，《史记》云发生于景公三年，《左传》云发生于景公十七年，揆诸史实，应以《左传》说为是。晋景公期间，赵朔亦死（死后谥为庄），其妻赵庄姬不守妇道，与赵婴齐通奸。赵婴齐，赵盾异母弟，赵朔，赵盾之子，按辈分说，是叔叔和侄媳通奸。这件丑闻被赵氏家族所不容，所以，晋景公十四年（公元前586年），赵同、赵括就把他们最小的弟弟赵婴齐放逐到齐国去了。当时，栾书将中军，执晋国政，赵婴齐说："如果我留在晋国，栾氏不能作难；我离开晋国，两位哥哥将有祸难。我虽然不守规矩和礼法，但我能保护赵氏。你们原谅我这一次，如何？"但赵同和赵括不听，坚持放逐了赵婴齐。

赵朔之妻赵庄姬因情人赵婴齐被放逐，特恨赵同和赵括，数年后，向晋景公告发，说赵同、赵括将为乱，栾氏、郤氏将为庄姬之谮做证。晋景公十七年六月，杀赵同和赵括，将其家族田产尽皆没收，赏赐给祁黄羊。赵氏一族被诛灭后，只有赵庄姬幼小的孩子赵武养在景公的宫中。赵氏之屠灭，固然出自赵庄姬的拨弄和构陷，栾、郤两个家族是否参与其中，落井下石，史书语焉不详。但它反映了晋国公廷内派系斗争的残酷，则是确定无疑的。

韩厥说于景公道："依赵衰、赵盾对晋国的功勋和忠诚，使赵氏绝后，于理不当。"于是，晋景公又改变了主意，返还了没收的赵氏家族的土地田产，立孤儿赵武为后。

以上，则是《左传》所记关于赵氏孤儿的历史。

到了汉代，赵氏孤儿的故事经过战国时代的充实，发展得十分完善，至司马迁撰《史记·赵世家》，已经成为后来的戏剧艺术之所本。其所记云：

晋景公之三年，大夫屠岸贾欲诛赵氏。……屠岸贾者，始有宠于灵公，及至于景公而贾为司寇，将作难，乃治灵公之贼以致赵盾，遍告诸将曰："盾虽不知，犹为贼首。以臣弑君，子孙在朝，何以惩罪？请诛之。"韩厥曰："灵公遇贼，赵盾在外，吾先君以为无罪。今诸君将诛其后，是非先君之意而今妄诛。妄诛为之乱。臣有大事而君不闻，是无君也。"屠岸贾不听。韩厥告赵朔趣亡。朔不肯，曰："子必不绝赵祀，朔死无恨。"韩厥许诺，称疾不出。贾不请而擅与诸将攻赵氏于下宫，杀赵朔、赵同、赵括、赵婴齐，皆灭其族。

这里所记，一是时间之错，赵氏被诛是在晋景公十七年，而非三年；二是把杀赵氏说成屠岸贾背着晋景公，乃一人独断。赵氏自祖上起，乃晋国历代贵族，权倾朝野，何以杀赵氏，景公一无所知？三是《左传》记赵朔之妻赵庄姬与赵婴齐通奸，赵婴齐早几年已被赵同、赵括放逐至齐国，而赵朔也已在数年前死去。赵氏之诛，乃是赵庄姬构陷，得到景公批准，才围而杀之。所杀之人不包括赵朔与赵婴齐。现在，赵庄姬消失了，完全是屠岸贾一人所为。

《史记》又云：

赵朔妻成公姊，有遗腹，走公宫匿。赵朔客曰公孙杵臼，杵臼谓友人程婴曰："胡不死？"程婴曰："朔之妇有遗腹，若幸有男，吾奉之；即女也，吾徐死耳。"居无何，而朔妇免身，生男。屠岸贾闻之，索于宫中。夫人置儿绔中，祝曰："赵宗灭乎，若号；即不灭，若无声。"及索，儿竟无声。已脱，程婴谓公孙杵臼曰："今一索不得，后必且复索之，奈何？"公孙杵臼曰："立孤与死孰难？"程婴曰："死易，立孤难耳。"公孙杵臼曰："赵氏先君遇子厚，子强为其难者，吾为其易者，请先死。"乃二人谋取他人婴儿负之，衣以文褓，匿山中。程婴出，缪谓众将曰："婴不肖，不能立赵孤。谁能与我千金，吾告赵氏孤处。"诸将皆喜，许之，发师随程婴攻公孙杵臼。

杵臼缪曰："小人哉程婴！昔下宫之难不能死，与我谋匿赵氏孤儿，今又卖我。纵不能立，而忍卖之乎！"抱儿呼曰："天乎天乎！赵氏孤儿何罪？请活之，独杀杵臼可也。"诸将不许，遂杀杵臼与婴儿。诸将以为赵氏孤儿已死，皆喜。然赵氏真孤乃反在，程婴卒与俱匿山中。

十五年后，景公病，韩厥提立赵氏之后，景公从山中找到程婴与赵氏孤儿赵武。立赵武为赵氏之后，返归田产。赵武攻杀屠岸贾，并灭其族。

司马迁所述赵氏孤儿的故事完整生动，但恐怕并非历史事实。赵朔之妻赵庄姬带孤儿匿于景公宫中，赵庄姬成公之姊，景公之姑，景公是孤儿赵武的舅舅，屠岸贾入宫搜孤，旁若无人。试问景公何在？屠岸贾屠灭晋国历代公卿赵氏，景公何以一无所知？这件事情无论如何是不能令人信服的。后之史家指出：《赵世家》所载屠岸贾灭赵氏事虽不可尽信，但云"治灵公之贼以致赵盾"，合之《左传》所载，确为可据。盖当时因赵庄姬谮讨同、括，遂并治弑灵一狱，追论赵盾，欲灭其家。屠灭赵氏始终在晋景公的指挥下进行，则无可疑。

所谓忠义观念，自赵氏被诛至汉代，历经六百余年，渐渐成熟为封建道德的正统，遂有司马迁赵氏孤儿的故事。公孙杵臼和程婴皆是赵氏的门客，为报主人，以命相许，以此体现忠和义。司马迁说，"谋取他人婴儿"，即为保护赵氏孤儿，两个人弄来"他人婴儿"做替死鬼，于情于理，皆属荒谬悖理之行。到了戏剧，"他人婴儿"变成程婴自生的婴儿，则更加极端。宣传"忠义"观念以致畸形变味，则是赵氏孤儿这个故事的硬伤和缺憾。

司马迁《史记》历来被人所推崇，赵氏孤儿的故事因此流传下来。元代的剧作家纪君祥据此创作元杂剧《赵氏孤儿大报仇》。十八世纪法国作家伏尔泰将之译成话剧《中国孤儿》在欧洲上演。使之成为中国最早走出国门的古典戏剧作品。故事一直流传下来，成为山西盂县及其周边地区的民间文学，并被列为国家级非物质文化遗产。但故事终究是故事，历史则是另外一种面貌。

三五 庆父之子

鲁国自桓公带夫人文姜赴齐探亲，文姜私通其庶兄齐襄公，事发后，襄公命人杀鲁桓公于车中。其子（名同）即位，是为鲁庄公。庄公尚有三个弟弟，皆桓公所生，依次为庆父、叔牙、季友，名为"三桓"。鲁国后来之政局受三桓之影响颇深……

齐鲁两国历来是婚姻之国，鲁国当桓、庄之季，齐国两个女子祸乱鲁国，其一为桓公夫人文姜，因与庶兄齐襄公私通，竟使鲁桓公丧命齐国；另一个是庄公的夫人哀姜，因与庄公弟庆父私通，连杀两个刚即位的幼主，酿成鲁国数年动乱。她们都是因淫乱而肇起祸端，使君侯丧命，国家蒙羞。

僖公在位，季友为相，国家还算平稳。僖公在位三十三年寿终正寝，他的儿子兴即位，是为文公。此时，三桓（庆父、叔牙、季友）的后人们也已长成，按照贵族们世袭的传统，他们都成了鲁国的权贵，并参与了国事的治理。

文公元年，庆父的儿子公孙敖（亦称穆伯）前往戚地会见晋襄公，并出访齐国。可见，公孙敖已参与了鲁国重大国事的治理。因为鲁僖公刚刚死去，周王朝派内史叔服来鲁参与会葬。听说叔服能给人相面，公孙敖就把两个儿子带到叔服的面前，让他给相一相面。叔服见了庆父的两个孙子，一名叫文伯縠，一名叫惠叔难，他说："文伯縠将来能够奉养你，并能祭祀先祖；惠叔难能收敛并安葬你。文伯颐颔丰满，将有后于鲁国。"此时，公孙敖的两个儿子都不是很大，公孙敖也正当壮年。《左传》多记卜筮之事，言之凿凿，姑妄听之。

公孙敖的两个儿子是他娶于莒国的一对姐妹所生。旧时贵族婚娶，除娶进新娘外，还有陪嫁的媵，由新娘的妹妹或侄女充当，媵随正娶的新娘入门后，即为妾。如果诸侯婚娶，除正娶的新娘外，同姓诸侯国还送女子为媵，所以，娶进门的不止一个女子。公孙敖娶于莒国的女子名戴己，为其生下儿子文伯；陪嫁的媵，也就是戴己的妹妹声己为其生下儿子惠叔。戴己死后，公孙敖又前往莒国求婚，莒国推辞说：戴己虽死，声己还在，因此不允。公孙敖说：那就不为我自己迎娶，为我的兄弟襄仲迎娶吧。

襄仲，又称东门襄仲，东门遂，仲遂，称东门氏，他是鲁庄公之子，与公孙敖为从父昆弟，在鲁国僖公和文公两朝，也是当权的人物，历称公子遂。公孙敖与襄仲同为鲁国的贵族，又是从父昆弟，为襄仲从莒国迎娶一个女人，似乎也顺理成章。襄仲没有推辞，大约也很感谢公孙敖的美意。

鲁文公七年（公元前 620 年）冬天，徐国起兵伐莒，莒国为了自保，要和鲁国结盟以为外援。公孙敖代表鲁国出使莒国莅盟并为襄仲迎娶莒国女子。到莒国后，见到迎娶的女子，娉婷美貌，十分动人。公孙敖为之心动，不想为襄仲迎娶，索性近水楼台先得月，自为娶之。襄仲听到这个消息，非常愤怒，要起兵攻打公孙敖。鲁文公默允襄仲的请求。为了一个女人，鲁国眼看就要有两家贵族间的火并。此时，三桓（庆父、叔牙、季友）中的另一家，即叔牙的孙子也已长大成人，他叫惠伯彭，亦称叔仲惠伯，此时也在鲁国朝廷中，按辈分，公孙敖和襄仲是他的长辈，眼见得两个长辈为一个女人要大打出手，而鲁文公似默允之。于是，他去面见鲁文公，说："兵起于内为乱，起于外为寇。外寇若来，双方皆不免伤亡，而内乱死伤的都是自己人。如今，臣子要作乱而君不禁，双方将展开仇杀，于鲁国到底有何好处呢?"鲁文公这才下令禁止襄仲起兵攻杀公孙敖。惠伯居中调停,让公孙敖舍莒女不娶,并打发莒女回国。公孙敖心中虽有一百个不甘,但襄仲不依不饶,他只好舍弃美人,打发莒女回国,眼看着到手的一只俊鸟就这样飞返旧巢。既然这样,襄仲也只好作罢。两人既为一个美人而反目,索性谁都不娶,两人的关系又和好如初。

鲁文公八年(公元前 619 年)秋,周襄王崩于洛邑。鲁国派公孙敖前往周朝吊丧。公孙敖早就打定了主意,为了女人要舍弃一切,他没有前往周朝的洛邑,而是带着吊丧的礼物,直接逃奔去了莒国,去会他日思夜想的莒女。至此,公孙敖断绝了故国之念,舍弃了在鲁国所拥有的贵族头衔和身份,做为一个流亡者客居异国,和他中意的女人一起生活。

鲁僖公十五年(公元前 645 年)春,公孙敖首次出现在《左传》里。当时,楚国伐徐,徐乃诸夏之国,诸侯会盟要救徐国。公孙敖带鲁兵会诸侯前往救徐,此时,他已成年。从那时到他出奔的文公八年,计已过去二十七年,想来他已经近六十岁。一个近六十的老翁,为了一个女人舍弃贵族的身份逃奔异国,也是一个传奇。

公孙敖既已出亡异国,鲁国立他的长子文伯穀为他的继承人。在莒国,公孙敖与莒女生下二子,请求允许他返回鲁国。襄仲闻听,甚恶之,提出,公孙敖返鲁后,不许与闻政事。公孙敖返国后,闭门不出,过着幽闭的寓公生活。三年后,他带着全部家产又重新返回了莒国。他和他的女人在莒国过着宁静的日子,不过问政事,也不关心诸侯间的争端和战争。

在鲁国,继承他的爵位和田产的儿子文伯穀病了,文伯穀的儿子还幼弱,他向公廷提出,由他的弟弟惠叔难继承爵位和田产,鲁国公廷同意立惠叔。这时,公孙敖可能感到来日无多,请求落叶归根,返回鲁国。为此,曾拿出一大笔财产贿赂公廷的公卿大夫们。他的儿子惠叔难为之请求。公廷允许公孙敖返回鲁国。公孙敖启程回国,途经齐国,死于齐国境内。

齐国方面来报丧,请求将公孙敖归葬鲁国。鲁国不允。齐国为之计议曰：把棺材依礼制涂饰好，置于齐鲁边界处，鲁必取而葬之。于是，把公孙敖的棺材涂饰好后，置于边界。鲁国边界的官吏见了棺材，上报公廷，这边，继承其爵位的惠叔难为父亲之死，悲哀过甚，形容枯槁，立于公廷以待王命。公廷允许归葬，鲁国取公孙敖棺木以殡之。依照其父庆父当年死后的规格下葬。

公孙敖早年娶于莒的正妻戴己早死，其次妻声己（惠叔难的母亲）不到棺材前去看他的遗容，而是在灵堂里哭以尽礼数。

襄仲想起当年的事情，不想到灵堂去哭丧，叔牙之孙惠伯又出来劝解，他对襄仲说："丧，亲之终也。丧亡之事，治丧之礼，乃最后对待亲人者，虽不能始，善终可也。兄弟之间，宜各尽其美，救乏、贺善、吊灾、祭敬、丧哀，乃兄弟间之礼节。无论从前有何过节嫌怨，应不绝兄弟之爱，乃为亲之道也。如果你不失为亲之道，别人有怨又能如何呢？"襄仲认为言之有理，率众兄弟哭临灵堂，将公孙敖安葬了。

多年后，公孙敖与莒女所生二子来到鲁国，公孙敖之孙，文伯穀之子仲孙蔑已长成，称孟献子。孟献子很爱惜他的这两个小叔叔，多所看顾。世人有进谗言于孟献子，说："这两个人存心不良，你将中他们的毒手。"孟献子就把听到的谗言说与季友之孙季文子。谗言传到二子耳中，他们计议说：世人皆知夫子（孟献子）对我们友爱眷顾，可是世人又哄传说我们将杀夫子，这也太有悖于礼了！悖于礼，不如死。后来，有寇攻打鲁邑之门，二人分守两门，与寇搏杀，皆死于难。

庆父以乱鲁国闻，最后去国逃亡，终死非命。其子公孙敖为一女子不惜弃家去国，流落异国，与女子相守。晚年欲归国，却死于异乡，虽归葬故国，到底声名有亏。与莒女所生二子死于非命，一场姻缘，终成流水无痕。

公孙敖之子文伯穀（孟文子），其子仲孙蔑（孟献子），世为鲁卿，以孟氏闻。

三六　且说卫国

卫国是在殷商废墟上建立的国家，也是周王朝始封之国。周武王灭殷后，以殷商余民封殷纣王的儿子武庚禄父于殷地，比照诸侯，以奉其先祀不绝。恐其有不臣之心，武王乃令其弟管叔、蔡叔辅相武庚禄父。武王崩，成王少，周公旦辅政当国。管、蔡疑周公，乃与武庚禄父作乱，欲攻成周。周公旦以成王命伐殷，杀管叔及武庚禄父，放蔡叔，以殷商之余民封少弟康叔为卫君。康叔名封，文王第九子，武王、周公之幼弟也。

康叔封始封卫地，周公对这个小弟弟殷殷嘱告，要他访求殷之贤人长者，问殷商何以兴，何以亡，而不忘历史教训，务必爱民。殷商所以亡灭，是因为奢靡昏乱，淫于酒色，信重妲己等妇人的结果。要引以为戒，周公作《康诰》《酒诰》《梓材》以规训康叔，殷商遗民得以治理，卫国以兴。等到成王渐长执政时，又任命康叔为周王朝的司寇，并颁赐给卫国祭祀的宝器，以示关爱。

自康叔封历八代而至僖侯，正值周宣王时。四十二年，僖侯卒，太子共伯余立为君。共伯弟和有宠于僖侯，以宝物贿赂朝中死士，杀共伯于僖侯坟墓的墓道中。卫国人将共伯埋葬在僖侯旁，而立共伯弟和为君，这就是卫武公。

武公虽然靠杀兄上位，但修康叔之政，深得百姓拥护。四十二年，犬戎攻杀周幽王，武公带兵佐周平戎，甚有功。周平王命武公为公，即为诸侯头领。武公在位五十五年卒，其子庄公即位。

卫庄公名扬，即位于周平王十四年，公元前 757 年，即春秋前 35 年。卫庄公即位第五年，从齐国迎来一位美丽的夫人，这就是齐庄公的女儿庄姜。卫人为其赋诗《硕人》，收在《诗经·卫风》中，所谓"手如柔荑，肤如凝脂""巧笑倩兮，美目盼兮"。真是极尽美艳。然而，庄姜虽美，却不能生育。卫庄公又娶于陈，是一对姐妹，长者名厉妫，生一子，名孝伯，早死；妹妹名戴妫，生子名完，戴妫早死，庄公命夫人庄姜抚养之，后立为太子，即位为桓公。

卫庄公和另外一个女人又生了个儿子，名叫州吁，有宠于庄公，且好弄兵，相当顽劣。庄姜很讨厌州吁，卫国大夫石碏上谏庄公道："君如爱州吁，则立为太子，若不立，万勿使其骄奢淫逸，以遗后患。"庄公不听，石碏的儿子石厚与州吁整日成帮结伙，呼啸应和，其父劝之不听。庄公死，桓公即位，石碏告老退休。

州吁于是杀桓公而自立为君。当时，郑国共叔段造反讨其兄郑庄公而败亡，各国皆远之。唯州吁引之为友，且串联宋、陈、蔡等国伐郑。鲁国公子翚亦违隐公之命，引兵参与。鲁隐公问大夫众仲："卫州吁能够成功吗？"众仲回答说："臣闻以德和民，不闻以乱，以乱，犹如理丝而愈加使其纷乱也。州吁，兴兵而安于残忍，兴兵恃力，众不服也，素行残忍，民不亲也，众叛亲离，难以为继。弑其君而欲以乱成，必不免于败亡！"

州吁靠弑君而上位，卫国人心不服。石厚问父亲石碏如何能安定州吁的君位，石碏说："如能朝觐天子，得天子封赐，君位自安。"石厚又问："何以能得朝觐天子？"石碏说："陈国君主有宠于王，如今卫、陈方睦，若朝见陈国君主，使陈君为之请，必可得行也！"于是，石厚就陪着州吁去陈国朝见。石碏使使节告之于陈，道："此二人者，乃弑君之贼子也，望代卫国而捕之。"陈国见书，立即逮捕了州吁和石厚，并通报卫国前往处置。于是，卫国派人前往，杀州吁于濮。石碏又派人杀其子石厚于陈。州吁弑君之乱得以平息。

卫国人又迎公子晋于邢而立之。公子晋是卫桓公之弟，他就是卫国君主卫宣公。

卫宣公是个淫乱寡恩的人，他在为公子时，就私通其父卫庄公的小妾名叫夷姜，并且和夷姜生了个儿子名叫伋，即位之后，立夷姜为夫人，立伋为太子，将其托付给右公子教育抚养。伋年渐长，宣公为其到齐国迎娶，知齐女美艳，改了主意，自娶之。在河边筑台，迎娶齐女。国人为之赋《新台》，以讥刺他夺子之妻的丑行。娶回的齐女，名为宣姜，宣公与其生二子，一名为寿，一名为朔，把寿委托给左公子。此时的夷姜受到冷落，于是愤而自缢。宣姜和公子朔开始向宣公进谗言构陷太子伋。宣公自以其夺太子妻，心中嫌恶太子，有心废太子，闻宣姜与公子朔所进恶言，大怒，乃令太子伋出使齐国，予之白旄，而私嘱杀手于路上堵截，见持白旄者杀之。公子寿预知其谋，乃告太子伋曰："杀手于路堵截，见持白旄者杀之，太子可勿行。"太子伋曰："违父命而求生，不可！"坚持上路。公子寿见阻止不了太子，盗太子白旄而先行，至则为杀手所杀。太子后至，见已杀公子寿，对杀手说："所当杀者乃我也！"杀手复杀太子伋。兄弟二人只因父亲刻薄寡恩，毫无人性，竟争相赴死。可见在春秋时代，君臣父子观念已深入人心。卫人为赋《二子乘舟》诗表达对二子的同情和忧伤之情。《新台》和《二子乘舟》都被留存于《诗经·邶风》中。

卫宣公杀太子伋和公子寿，乃立朔为太子。十九年，卫宣公死，太子朔即位，为惠公。左右二公子怨恨惠公进谗言而使宣公杀太子伋，因而作乱攻惠公，立太子伋的弟弟黔牟为君。惠公因而弃国奔齐。

卫君黔牟立八年，齐襄公率诸侯奉王命共伐卫，纳卫惠公，诛左右公子。卫君黔牟奔于周，惠公复立。惠公立三年出亡，逃亡至齐国八年复立。二十五年，惠公怨周容纳黔牟，与燕国共伐周，周惠王奔温，卫、燕立惠王弟颓为王。二十九年，郑国起兵勤王，杀公子颓而复纳惠王。

三十一年，惠公卒，子懿公赤立。

卫懿公留在历史上的恶名是因其好鹤而亡国，本来喜爱鹤亦非多么不堪的罪名，但卫懿公爱鹤超出了常人对宠物的喜爱，他不但在宫廷中饲养了许多鹤，而且像大臣一样封赐给鹤以爵位，重要的鹤甚至堪比上卿乘轩车出入。所以，在卫国的宫廷中，如一个鹤的园林一样，到处是鹤，而且都享受着超出公卿大臣们的待遇。卫懿公不理国政，每日除了吃喝玩乐外，就是和他心爱的鹤在一起。卫懿公九年，狄人伐卫，大军压境，军队皆无战心，将士们说："让鹤与狄人作战吧！那些鹤都有禄位，乘轩车，我们怎么能行呢？"

由于卫懿公的嬉乐荒唐，军队完全没有了士气，以此军队，焉能卫国？可是卫懿公面对大军压境，反倒一副视死如归的英雄气概。他把守卫国都的责任交给两位大臣，让他们相机行事，留给夫人一件绣衣，让她听命于两位大臣，一切就像交代后事一样。然后自己雄赳赳，气昂昂，披挂上阵，带领军队出征应战。卫懿公是个养尊处优的贵公子，即位后，除了在宫中享乐，就是终朝每日与鹤厮混在一起，对于军国重事，一概懵懂糊涂。他带领军队与狄军相会于荧泽，刚一交战，毫无士气的军队一触即溃，敌人漫山遍野冲杀而来，卫国军队溃不成军，可是卫懿公依然坚持战旗不倒，以示英勇不屈。他的战旗成为了狄人的靶子，野蛮的狄国军队蜂拥而至，把卫懿公杀死后，竟食其肉。

卫懿公阵前殒命，两位大臣一名叫华龙滑，一名叫礼孔，成了狄人的俘虏。狄人就押着他们追逐逃奔的卫国军队。两位大臣对狄国的头目说："我们两位是卫国的太史，掌管卫国的祭祀。如果我们不回去，你们是得不到卫国的。"于是，狄人释放了他们。他们逃回都城，对守城的人说："不行了，国君已死！狄兵马上就到，我们没什么可以依仗的了！"夜里，都城的男女老幼倾巢而出，纷纷逃命。狄人又追杀他们至黄河边，死者狼藉，不可胜数。

卫懿公淫乐奢侈，好鹤而身灭国亡。

且说卫宣公夺太子伋之妻，生公子寿与朔，此为齐僖公之女宣姜。后宣公杀太子伋及公子寿，立朔为太子，即位后为卫惠公。此时卫宣公死，宣姜寡居。齐僖公命太子伋的弟弟公子顽与宣姜结合，以下淫上，此谓之烝，公子顽不同意，但齐人强之，公子顽只好同意。公子顽后称昭伯，烝于宣姜后，与宣姜生下五个子女，依次为齐子（嫁与齐桓公者，为长卫姬）、戴公、文公、宋桓夫人和许穆夫人。国人为这种人伦颠倒的关系而赋诗《墙有茨》，给以讥刺，还有一首诗《鹑之奔奔》，也是讽喻这种关系的，都收入《诗经·鄘风》中。我们读《诗经》，如果不了解春秋的历史，就没法理解诗的原意。

卫国被狄人所灭，宋桓公带兵来救，因为他的夫人是昭伯与宣姜所生，迎到黄河边上，卫国渡过黄河的男女遗民只有七百三十人，余皆没于乱军阵中。后又收罗卫国共邑、滕邑的百姓勉强凑上了五千人。这五千人即卫国亡国后的遗民。如今，左右公子所立的黔牟已死，公子顽即昭伯也已死，惠公朔及其儿子懿公也已死，于是，立昭伯与宣姜所生子申为君，称戴公。戴公立，不久死去，于是复立戴公之弟燬为君，称文公。文公连同五千遗民暂时在卫国的一处城邑曹暂时安顿下来。曹地，是如今河南滑县西南的白马故城。出嫁到许国的许穆夫人闻听卫遭灭国之祸，赋《载驰》一诗，表达她的思念故国之情："载驰载驱，归唁卫侯。驱马悠悠，言至于曹。大夫跋涉，我心则忧。"坐着马车飞奔疾驰，我要回去吊唁戴公兄弟。骏马踏上迢迢归路，我要赶回故国曹邑。大夫们跋山涉水传来噩耗，使我心中悲愁不已……许穆夫人的诗也收入《诗经·鄘风》之中，这是卫国的亡国之痛留下的忧伤的诗篇。

这时候，齐桓公闻听卫国亡国的消息，他的夫人长卫姬也是昭伯与宣姜所生，于是，派公子无亏率战车三百乘，甲士三千人赶往曹地戍守，以防狄国再来进犯。同时，为了帮助卫国复国和绝地重生，他下令送给卫国三百匹马，还有牛、羊、猪、鸡、狗等畜禽各三百，又赠送夫人所乘坐的轩车和三十匹锦缎。齐桓公率诸侯伐狄，以绝卫患。同时，为卫国修都城楚丘（今河南省滑县），卫国因此死而复生。

卫国经过休养生息，战争之祸渐渐平复。卫文公十六年，晋公子重耳流亡过卫，卫文公不礼。二十五年，卫文公卒，其子郑即位，是为成公。

成公二年，楚国围宋，晋文公欲救宋，狐偃曰："楚始得曹，而新婚于卫，若伐曹、卫，楚必救之，则宋围可免。"曹、卫两国，正是当年晋文重耳流亡时受到冷遇的国家，晋文正欲雪昔日之辱，于是整兵伐曹。卫成公三年，向卫借路，而卫成公不许，晋文公从南河渡，破曹，执曹共公，并将曹之土地分与宋国，并伐卫国。卫成公想和楚结盟，朝中大夫不许，于是出居于襄牛。不久，又出奔楚国。恰有晋楚城濮之战，楚国大败，卫成公又奔于陈。

卫成公逃离卫国之时，令其弟叔武为政，大夫元咺佐之。卫成公三年，晋文公会诸侯，有践土之盟，卫国叔武与盟。这时候，有人向卫成公进谗言，说元咺已立叔武，元咺的儿子元角跟从成公，成公则使人杀死元角。而元咺不废君命，仍辅佐叔武代君守卫国。

由于卫国参与了践土之盟，晋文公允许卫成公返国。卫成公坐着的车子入于都门，当时叔武正入浴，闻君至，喜出望外，握发而出，被卫成公的先驱射杀。大夫元咺出奔于晋。

卫成公奔楚适陈，在卫国遭受晋国攻伐之时，不在国内，亦不主其政，后杀叔武，与元咺诉于晋，败诉，被晋所执，带往周王朝都城洛邑，囚于狱。元咺回卫，立公子瑕为君。

晋侯重耳十分厌恶卫成公，想在洛邑鸩杀之。已安排厨师行其事。卫成公手下的人贿赂厨师，下毒时减少剂量，结果不死。卫成公又以重金贿赂周襄王与晋侯重耳，周襄王为之说项，恰重耳时在病中，也就顺水推舟，放了卫成公。卫成公又贿赂朝中的两个大夫，许愿说："若能使我返国，我使二人为卿。"这两个人果然杀了元咺和元咺所立的公子瑕及其弟子仪。卫成公终于返回卫国复位。卫成公是个无德无能的君主，在国家遭难之际，拒晋向楚，进退失据，陷国家于动乱；然而为保君主之位，则能屈能伸，时而如虎狼，杀臣杀弟；时而如奴虏，低三下四，不惜以贿赂保命复位，终保君主之位而终老。

卫成公在位三十五年卒，其子速即位，为穆公。

三七　晋杀三郤

春秋时代，各诸侯国间的战争几乎年年皆有，诸侯们驱动万千士兵在战场上厮杀，而他们内部间的矛盾也不断升级并白热化，解决这些矛盾主要靠的是宫廷内的血腥杀戮。许多被杀的人并非真的有罪，他们常常是权力斗争的牺牲品，或者是君主意志的体现。权势和世袭的贵族身份都不是永远的护身符。

鲁成公十六年，即公元前575年春天，一直夹在晋楚夹缝中艰难求生的郑国接受了楚国招降的条件，楚国以汝阴之田割让给郑国，郑国背叛晋国，倒向楚国的怀抱，与楚国结盟。郑国开始派军队攻打晋的盟国宋国，而晋的盟国卫国也开始为晋而攻打郑国。为了惩治背叛者，晋国决定讨伐郑国。听到晋国出兵伐郑的消息，郑国赶紧向楚国告急，楚国也整顿军队，为救郑而迎击晋军。

晋楚两国即将阵前搏杀，但他们的内部都有反战派。晋国的反战派是范文子（士燮），他认为晋国之忧在内而不在外，君主骄奢，公卿不和，如果所有依附晋国的诸侯都叛变了晋国，会使晋国警醒起来，上下一心，励精图治，晋国还有希望；如今只有一个郑国背叛晋国，晋国祸难就不远了。楚国的反战派是申叔时，楚国率军将帅子反过申，去见申叔时，问这次兴兵，结果会如何，申叔时认为楚国对内弃绝百姓，对外不守信义，新与晋盟而背弃之，正当春耕之时，征集民夫兴兵作战，疲民以逞，没有人会舍生忘死，阵前杀敌。这次出兵，我大概是再也见不到你了，你好自为之吧。

这年五月，晋师渡过黄河，楚师也正向这边推进。范文子主张撤军，说："如果我们避让楚国，可以缓和局势。会合诸侯交战，不是我们所能胜任的，还是留给有能力的人去干。我们如果群臣和睦以侍奉君王，那就很不错了。"这遭到了同行将领栾书的反对。六月，晋楚两军遇于鄢陵，范文子还是不想打，这时，郤至列举晋国以前三次战役失败的教训，认为是晋国之耻，如果此次再退避楚师，则又加一层耻辱。范文子说："从前我们奋勇作战那是有原因的，当年，秦、狄、齐、楚皆强，如果我们不奋力搏杀强敌，将遗患于后世子孙。如今，四强中有三强已经折服，只剩一个楚国与我们为敌。只有圣人才能做到内外无患，若非圣人，外宁必有内忧，为何不留一个楚国作为外面的敌手使我们刻刻忧惧而协同一心呢？"楚师逼近，范文子的儿子范丐喊道："赶快把营中的井填塞，把锅灶掘了，疏通道路，准备迎敌！"范文子抄起矛赶他的儿子，说："国之存亡在于天，你一个小孩子知道什么？"晋国的将领栾书说："楚师轻佻，我们固垒坚守，他们三日必退，那时我们追击他们，必获全胜！"郤至分析说：楚师有将领不和，所率王卒都是些疲敝的老兵，而且，郑国列阵不齐整，随楚师而来的南夷根本就不知列阵，乃一群乌合之众，主张立刻展开攻击，必克楚师。晋厉公采用郤至的建议，决定向楚师发动攻击。

晋楚鄢陵之战，晋国取得了胜利。晋国的吕锜射中了楚共王的眼睛。楚共王受伤后，拿出两支箭，交给射手养由基，让他去射吕锜，养由基一箭射中了吕锜的脖子，吕锜倒在弓套上死去，他拿着另一支箭向楚共王复命。

在战阵中，晋国的郤至三次遇到楚共王，他都跳下战车，脱去头盔而快步走过。楚共王派人去慰问他，问他是否受伤。他说自己没有受伤，并感谢楚王的问候。晋国的韩厥和郤至在追赶郑成公的车子时，本来可以追上，但他们都停止了追赶，认为伤害君主是有罪的。晋国的栾鍼见到楚师将帅子重的旗帜后，请求晋厉公得到同意，派人给子重送去酒表示慰劳。两军厮杀的战阵中，敌对双方这种行为，是我们今天所无法想象的。

鄢陵战役，两军从清早开始交战，到星星出现时还没有停战。楚王叫子反商议军情，可是子反喝醉了不能来见楚王，楚王只好命令军队撤退。回到国内，有的史书说，楚王处死了子反。而《左传》的记载说，楚王揽过，说自己在军中，楚师之败责任不在子反。而子重和子反有矛盾，他对子反说："使军队覆没的人下场你是知道的，你为何不为自己打算一下。"意思是逼子反自杀以谢罪。子反回答子重说："即使没有先大夫的例子，大夫这样教导我，我岂敢陷自己于不义？我使国君的军队受到这样重大的损失，怎敢逃避一死！"于是自杀了。

鲁国本是晋国的同盟，鲁成公应率军参与对楚的战争，但是鲁国国内却有麻烦。鲁成公的母亲后称穆姜，姜氏，齐国之女，穆同缪，"聪慧而行乱，故谥曰缪。"穆姜是个不守妇道的女人，他与朝中大夫叔孙侨如（宣伯）私通。他是"三桓"中叔牙的曾孙。他的父亲叫叔孙得臣，因为在与长狄的交战中，虏获并杀死长狄头领侨如，因此以侨如之名命自己的儿子，以此世代旌表自己的功勋。这位叔孙侨如在鲁成公一朝，位列公卿。他觊觎季文子（亦称季孙行父，"三桓"中季友之孙）；孟献子（名叫仲孙蔑，"三桓"中庆父之曾孙）的家产，想搞掉季、孟二人。因他私通穆姜，让穆姜向君主表达这个想法。穆姜是个霸道且无脑的人，为了情夫，不顾一切。当鲁成公率军欲行时，他送成公，提出要斥逐季文子和孟献子。成公说："晋国要与楚、郑打仗，征发我国的军队，军情紧急，等我回来再听您的命令。"穆姜知道成公敷衍她，大为生气。正好成公的两位庶弟从面前走过，她指着他们说："你若不听我的话，这两位都可以做鲁国的君主。"鲁成公不作声，军队驻扎在曲阜境内的坏隤，他安排宫廷的守卫，加强各地的戒备，让孟献子守护宫廷，这才率军赶往战场。

叔孙侨如没有实现驱逐季文子、孟献子的阴谋，继续使用阴谋手段。

当时，晋国的郤犫为新军统帅，并担任公族大夫，负责东方诸侯的联络工作。叔孙侨如贿赂郤犫，说，鲁成公军队留在坏隤，为的是观望战局，看胜负如何。郤犫接受了叔孙侨如的贿赂，向晋厉公说鲁国的坏话，因此晋厉公不接见鲁成公。叔孙侨如进一步中伤季、孟二人，他遣使向郤犫说："鲁国有季、孟，好比晋国有栾（栾书）范（范文子），政令就是由这些宗族制定的。如今季氏和孟氏商议说，晋国政出多门，不能服从，宁可事奉齐、楚。即使亡国，也不再服从晋国。晋国若使鲁国服从，必须拘留季孙行父并把他杀掉，我在鲁国除掉仲孙蔑，使鲁国事奉晋国。鲁国没有背叛晋国的人，其他小国必然亲附晋国。如不这样，季孙行父回国后一定会背叛晋国。"

这年九月，晋国在苕丘拘捕了季孙行父。鲁成公回国，停留在郓地，他派大夫子叔声伯（名婴齐）去向晋国请求释放季孙行父。郤犫对声伯说："如果去掉仲孙蔑而拘禁季孙行父，我让你任鲁国的执政，对你比对鲁国公室还亲。"声伯回答说："侨如的事，你一定听说了。如果去掉仲孙蔑和季孙行父，是大大削弱鲁国而惩罚寡君。如果晋国还不弃鲁国，而承蒙您向周公求福，让寡君能够事奉晋君，那么这二人就是鲁国的栋梁之臣。如果早晨除掉他们，鲁国晚上一定灭亡。鲁国靠近晋国的仇敌，鲁国灭亡便帮助了仇敌，那时再补救就来不及了。"郤犫说："我为你请求封邑。"声伯回答说："婴齐我是鲁国的小臣，怎敢依靠大国以求厚禄？我奉寡君的命令请求放了季孙行父，如果得到所请求的，您对我的赏赐就很多了，我还敢要求什么呢？"

范文子对栾武子说："季孙在鲁国，辅助过两个国君。妾不穿丝绸，马不吃粟，能说他不是个忠臣吗？听信奸邪而丢弃忠良，如何向诸侯交代？子叔婴齐接受君命出使而没有私心，为国家打算忠心如一，如果拒绝他的请求是丢弃善人啊。你还是要好好想一想。"栾武子等公卿们最后允许鲁国讲和，赦免了季孙行父。这年冬十月，鲁国放逐叔孙侨如，并和大夫们设立盟誓。叔孙侨如没有达到搞垮季孙行父和仲孙蔑的目的，他逃到了齐国。

这年十二月，季孙行父与郤犨结盟，他回到国内，处死了参与阴谋的公子偃。把叔孙侨如的弟弟叔孙豹从齐国召回，让他继承叔孙氏的爵位。

这是晋楚鄢陵战役期间发生于鲁国的宫廷斗争，因为鲁国臣服于晋国，所以晋国参与其间，但最终叔孙侨如串通穆姜想搞掉季氏和孟氏的阴谋没有得逞。

叔孙侨如逃奔齐国后，又与齐灵公的母亲声孟子私通，声孟子是宋国女，因是齐国君主的母亲，所以很有权势。她叫叔孙侨如位列高、国两个老贵族之间为卿相。但叔孙侨如反省自己，他说："我不能再犯罪了！"于是，又从齐国跑到了卫国，也同样列于公卿之位。他在齐国期间，曾将自己的女儿嫁给齐灵公，生下齐景公。这是后话。春秋期间，公卿贵族可以在诸侯国间自由流动，像叔孙侨如这样，先后和两个诸侯国尊贵的女人通奸（鲁成公之母穆姜和齐灵公之母声孟子），这也是个异数。但他丢掉了在鲁国的贵族身份，世袭的贵族身份和爵位由他的弟弟叔孙豹继承了。

说罢叔孙侨如的事情，我们再来说说齐国。齐国此时宫廷也很乱，和鲁国一样，主要是诸侯女人淫乱引发的矛盾。声孟子不仅通于叔孙侨如，且通于齐国大夫庆克。庆克为了和声孟子幽会，像女人一样蒙上头，坐辇上入于内宫。这样的行为被鲍叔牙的曾孙鲍牵发现了，就把这件事告诉了国武子。国武子名叫国佐，他是齐国的上卿国归父之子，如今继承父位，为齐卿。国佐就召来庆克警告他。庆克害怕，很久不敢出门。声孟子后来问他为什么不来，他说，国佐警告并谴责他。声孟子很生气。这时候，国佐跟齐灵公随军伐郑，高无咎和鲍牵两位大夫戍守京城。灵公返国，为了保证君主的安全，高、鲍二人下令关闭城门，检查出入行人。声孟子就对灵公进谗言说："高、鲍二人关闭城门，想不让你回来，而要立公子角为君，这件事情国佐也知道，并参与了阴谋。"公子角是先君齐顷公的儿子，灵公的异母弟。灵公闻此大怒，这年七月，齐灵公下令对鲍牵施以刖刑，并驱逐高无咎。高无咎逃奔到莒国，齐国召回鲍牵的弟弟鲍国继承爵位。

鲍牵因为揭发庆克淫乱宫闱的秽行而失去爵位并被砍去双足。仲尼对此评论说："鲍牵的智慧尚不如葵菜，葵菜还能保住自己的脚。"

高无咎被逐，他的儿子高弱以封地卢邑背叛了齐国。齐灵公命令崔杼为大夫，庆克辅佐他，带兵攻打卢邑。此刻国佐正在伐郑的前线，听说国内发生动乱，请假回国。直接去了围攻卢邑的军队中。他杀了淫乱宫闱并酿成动乱的庆克，自己也带领谷邑反叛了。齐灵公向国佐求和，君臣定盟，恢复国佐的爵位和官职。这时卢邑也已投降，齐灵公派国佐的儿子国胜为使，前往晋国告诉齐国的动乱和平复的消息。翌年，即鲁成公十八年，适至齐灵公九年，即公元前 573 年，齐灵公指使掌刑之官手执长矛杀国佐于内宫。当时朝见的臣子们被血腥的场面吓坏了，纷纷逃避，竟至跑到夫人的宫里去。国佐被杀，其罪有三：一是擅离职守，不遵君命；二是没有王命而擅杀庆克；三是竟以谷邑而背叛。国佐被杀后，齐侯又派人杀死了国佐的儿子国胜。国佐的另一个儿子国弱逃到了鲁国。事情安定下来后，齐侯又将国弱召回，让他继承了国佐的爵位。

以上，就是齐国因声孟子的淫乱造成的后果。其中，鲍牵被砍去双脚，高无咎逃奔国外，庆克和国佐被杀，宫廷大夫们经历了一次血腥的清理，其因皆为声孟子淫乱而进谗所至。

最后说到晋国。晋楚鄢陵之战晋国虽胜，但并没有使晋国君臣同心，其内部的矛盾渐渐浮出水面。范文子（士燮）是坚决的反战派，他见厉公骄侈，群臣不和，如战而胜楚，内忧益滋，所以，想释楚以缓和国内的矛盾，并非害怕败于楚。鄢陵的胜利，并没有给他带来快乐，反而使他愈加恐惧和担忧。他从鄢陵返国后，患上了严重的抑郁症，他叫家族中的祝宗诅咒他速死（春秋时代，卿大夫家有祝史，祝宗为祝史之长）说："国君骄侈而克敌，是老天助长他的骄侈和狂悖。快诅咒我速速死去，从而看不到国家的灾难，那就是范氏之福。"不久，范文子就在精神的极度痛苦中死去了。

那么，晋国的灾难在什么地方呢？那就是晋厉公对群臣的猜忌和仇恨。晋厉公有几个自己宠爱的心腹，不在宫廷大夫之列。这就是所谓的"外嬖"。他想提拔重用他的外嬖而除掉他不喜欢的卿大夫。这件事情大概已经露出端倪，所以范文子才心有重忧，消极对待与楚国的战争。晋厉公信重的"外嬖"有这样几个人，一叫胥童，晋胥克之子，胥克长年有病，当时郤缺为政，废掉了胥克，因为这件事情，胥童仇恨郤氏。一叫夷羊五，郤锜曾夺夷阳五的田，而夷阳五也恰是厉公的外嬖之一。一叫长鱼矫。郤犨和长鱼矫争田时，曾将长鱼矫的父母妻子都梏锁在同一车辕上。郤氏还有一个危险的政敌，那就是大夫栾书，在与楚师相遇时，他主张固守待敌，等楚师懈怠时再发动攻击，而郤至却主张在楚师立足未稳时立刻发起攻击。晋厉公采纳郤至的意见而取得了胜利，栾书为此而恨郤至。晋军俘获了楚公子茷，栾书指使楚公子茷对晋厉公说："鄢陵之战，是郤至召寡君，因为齐、鲁、卫之师未至，晋国的军帅没有安排停当，所以必然失败。一旦晋国败于楚，我将奉孙周而事楚。"孙周，是晋襄公最小的儿子捷的孙子。捷号为桓叔，桓叔生惠伯谈，谈生周。桓叔最喜爱他的孙子周。奉周子而事楚这样的话使晋厉公甚为在意，他把楚公子茷的话说给栾书，栾书说："这话也可能有。不然，为什么郤至在战场上不怕死，反而接受楚王的慰问呢？他见了楚王，都免冠而过，楚王竟派使节去慰劳他，问他是否受伤。他是否和周子真有阴谋，君王可以试探一下他，派他出使于周，看一下他到底如何，事情就明白了。"晋国自晋献公后，不蓄养群公子，群公子皆在国外。当时，周子在周服侍周的卿士单襄公。于是，晋厉公派郤至前往周室献鄢陵之捷。栾书使在周室的周子去见郤至。晋厉公的人暗中窥见了这件事，就向厉公汇报，厉公就更加相信了楚公子茷的话。

郤氏是晋国有资历的宗族，跋扈多年。晋襄公时，郤缺即登卿位，晋景公时，其子郤克执朝政，曾与齐国有鞍地之战。如今，众矛攒集，集于郤氏，郤氏危矣。晋厉公田猎，与妇人先杀猎物而后饮酒，然后命令大夫们射杀猎物。当时郤至杀死一头野猪，呈献给厉公，侍候厉公的阉人孟张夺去了郤至的野猪。郤至大怒，挽弓射杀孟张。晋厉公不满，说："郤至擅杀我的人，眼里太无君主，简直是欺负我。"

不久，晋厉公想拿郤氏开刀，胥童说："先杀三郤。他们家族大，树敌太多。去掉郤氏家族，公室不受制于卿大夫，因为树敌太多，所以容易成功。"晋厉公说："好。"这时候，郤氏听到了风声，郤锜想先发难，起兵攻打厉公，说："我们就是死了，也要拼一下！"郤至反对，他用一套君臣大道理教育郤锜，说："人之所以立于世，靠的是信、知、勇。讲信就不叛君，讲知就不害民，讲勇则不作乱。如果失去这三种品德，谁还与我们交往呢？死了，弄得一身罪名，这是何苦呢？我们若有罪，任凭他杀好了；若无罪，君杀无辜，他想得到安宁，那又怎么可能？我们只有待命而已。得到君王的恩赐，得以聚党成族，有了族党而和君王分庭抗礼，那是天大的罪过啊！"

这套忠君的大道理不知是否说服郤氏宗族，但他们没有起兵，在惶恐中等待着结果。

郤氏宗族在晋国经营数代，有封邑和土地，但也跋扈多年，树敌甚多。前面讲到的郤锜夺夷羊五田，又有郤犨与长鱼矫争田，将长鱼矫的父母妻子都拷锁在同一个车辕上，郤氏对土地的争夺无有已时，《左传》成公十一年记，郤至还与周王室争夺温地之田，认为温地乃是他的封邑，所以不能放弃。周王室的公卿刘子、单子以温地变迁的历史驳斥了他，他无言以对，晋厉公出面干预，他才不敢再争。《左传》成公十一年还记一件事情，鲁国的声伯（公孙婴齐）的父亲叔肸与鲁宣公是胞兄弟，他的母亲过门时没有行媒聘之礼，所以和叔肸生下声伯之后就另嫁给齐国的管于奚，与管氏生下一男一女后即守寡，她带着两个孩子回到声伯这里，依靠声伯过活。声伯让他的同母异父的弟弟当鲁国大夫，而把妹妹嫁给了施孝叔（鲁惠公五世孙）。这时候，郤犨来鲁国求聘女人，听说声伯的妹妹长得漂亮，欲求之。声伯只好夺施孝叔妻与郤犨。女人临行，对施孝叔说："鸟兽都不失去自己的伴侣，我走了之后，你怎么办呢？"施孝叔说："我不会死的。"于是，女人归了郤犨。这种到鲁国强夺人妻的行为也郤氏所为。

晋厉公和他的外嬖们商量如何攻打郤氏。胥童和夷羊五准备率八百名甲士攻打郤氏，长鱼矫说："何必用这么多人呢，惊师动众，造成京城内外的混乱，我一人就可以了。"厉公又派了一个外嬖协助他。于是这两个人在郤氏府门前抽出戈来，假装厮缠在一起，似乎要械斗的样子。三郤正在台榭上商议事情，两人绞缠在一起，靠近台榭，长鱼矫趁机以戈杀郤犨郤锜于座上。郤至一看势头不好，拔脚就跑，长鱼矫挺着戈追了上去，在车子边刺杀了郤至。三郤被杀，皆列尸朝堂之上。

与此同时，胥童带领甲士在朝堂上逮捕了公卿栾书和荀偃。长鱼矫说："这两个人不除掉，君主将有大麻烦。"晋厉公此时有些犹疑和胆怯，他说："一天就杀死了三个公卿，横尸朝堂，我不能再杀了。"长鱼矫说："你不忍杀，别人会忍心待你！我听说乱生于外为奸，生于内为宄，对奸要怀之以德，对宄要施之以刑。百姓生乱，一味镇压枉杀，不能算德；臣逼太甚，而不声讨，不能算刑。德刑不立，奸宄并至，其乱无已，臣请离国远行。"于是，长鱼矫逃奔到狄国去了。晋厉公派使节慰问栾书和荀偃，说："寡人讨于郤氏，郤氏既已伏其辜，没有两位大夫的事。你们且勿以下臣折辱而感屈辱。现在恢复你们的职位，仍然行事于朝堂。"栾书、荀偃受此惊吓，神魂初定，忙稽首下拜道："君讨罪人，而臣免于死，是君主施惠开恩也。即使我们死了，也不敢忘君主的再生之德！"三郤被诛，宗族覆亡，事情似乎是过去了。胥童被晋厉公命为卿。

栾书、荀偃受此惊恐，已深知眼下的君主靠不住，这年年底，厉公游翼地，栾书、荀偃下令，拘捕厉公，胥童以乱国罪被杀。翌年初，栾荀派人弑厉公于翼。于周王室迎立周子回国，立为君，是为晋悼公。

三八 晋悼复霸

晋文公重耳继齐桓之后称霸，死后，经襄公、灵公、成公、景公、厉公五代，晋国余威仍在，仍是中原霸主。晋国灵公、厉公皆因暴虐失道，被臣子所弑。厉公死后，迎立悼公，其名为周，年方十四岁。他的祖父是晋襄公最小的儿子，父祖三代，皆避难于周室，几经辗转，他成为晋国君主。

悼公即位为晋国君主，还是一个少年。但他少有大志，非常成熟。他说："我的祖父和父亲皆不得立而避难于周，客死异国，寡人自以为与晋国宗室疏远，从未有即位为君的念头。如今卿大夫不忘先祖文、襄之意而立我为君，心有所怀，战战栗栗。望众大夫倾心辅佐，以成大业。大家之所以立我为君，就是要听命于我，有君在上而不听命，要君何用？今日与众大夫盟约，服从我，则我即位为君，不服从我，则请另择高明。"众人唯唯，齐声曰："群臣之愿也，敢不唯命是听！"于是与众臣盟而入。晋国多年来，宗室强悍，政出多门，悼公即位后，任命百官，免除百姓对国家所欠赋税，救济困乏，节制器用，用民以时，起用一些被弃逐的公卿大夫，驱逐了七个不听命心有异志的臣子，使朝野上下风气为之一新。

晋国要想卓然称雄于诸侯，首先要政治清明，内政不修，谈不上对外。晋悼公期间，诸侯们常常称道晋国朝廷整肃，上下团结。晋悼公在位十年（公元前 563 年）时，秦国联络楚国想共同出兵伐晋，楚共王答应了。公子囊拦阻道："不可，如今楚国难以和晋国相争。晋国君主按照臣子们的能力大小而使用他们，举拔人才，各得其所，其政令恒常，不轻易变动。公卿以善为本，大夫不失职守，他们的士为了行善致本争相努力，农人们安于田亩，致力于耕作，商贾技工以至皂隶安于职业，没有见异思迁的。韩厥告老退休后，荀偃接替他执掌中军，范匄比荀偃年少，但依能力却在荀偃之上，使其为中军副帅。韩起年少于栾黡，而栾黡，士鲂皆推举他为上位（栾黡官为上军佐，让于士鲂，士鲂又让于韩起，使韩起为上军佐）。魏绛多功，不居功自傲，因赵武贤，而辅佐赵武为新军帅。晋国朝堂上的众卿推功让贤，精诚团结，真正是君明、臣忠、上让、下兢，一派欣欣向荣的气象。此时，晋国不可敌，可以服侍它，然后从长计议，缓缓图之。"楚一直是晋的敌国，公子囊对晋国时政的评价和看法应该是比较客观的。

这说明晋悼公这位青年君主治理晋国是有能力的，他能够团结众卿，使之各尽其能，各安其位，推功让贤，和衷共济。朝堂的团结关乎着政权的稳定，晋悼公把从前豪门跋扈、政出多门的局面改变了，握公廷之枢机，展众卿之所才，纲举目张，治理有方，晋国内政修明，具备了成为诸侯霸主和领袖的条件。

历史上著名的"祁奚举贤"的故事也发生在晋悼公期间。祁奚是晋国的老贵族了，他当时任中军尉，他要告老辞位，晋悼公问谁可以继承他的职位。他称说，解狐可任其职。解狐本与他有私仇，但他出于公心，坚持推举他的仇人来承继他的职位。正要起用解狐时，不想解狐辞世。晋悼公再次询问他，谁可任其职。他说，祁午也可以。祁午是祁奚的儿子。所谓"外举不避仇，内举不避亲"。不管是仇人还是自己的儿子，只要他称职就推举他。此时，他的副职羊舌职离世，晋悼公又问祁奚可代之人，祁奚又举荐羊舌职的儿子羊舌赤。于是，晋悼公按照祁奚的举荐，以祁午为中军尉，羊舌赤做他的副职。二人上任后，尽职尽责，皆允称职。《左传》借

"君子"之口，对祁奚给以很高的评价，认为他"能举善矣"。所谓"称其仇，不为谄，立其子，不为比，举其偏，不为党"。就是说，推荐他的仇人，不是谄媚；举立他的儿子，不是朋比偏向，荐举他的副职，更不是结党营私。他够得上《商书》所说："无偏无党，王道荡荡。"如《诗》所云："惟其有之，是以似之。"因为他本人有这样美好的品德，所以他举荐的人也会像他一样。

悼公本人也能够以法为本，以身作则。他有一个弟弟名叫扬干，在诸侯盟会上乘车乱行，扰乱队伍，负责司法的中军司马魏绛下令处斩他的驾车人。悼公为此发怒，对羊舌赤说："大会诸侯，本是荣耀的事情，可是魏绛竟斩扬干之仆，以辱公室，必杀魏绛，以雪此耻。"羊舌赤回答说："魏绛事主无二心，事君不避难，有罪不逃刑。一会儿他自己就会来请罪，何劳主上下此命令。"话音刚落，魏绛来了，把一封公文交给御仆，就要伏剑自杀，被人阻止。悼公读魏绛之书，是为斩扬干之仆请罪的。悼公光着脚跑了出来，向魏绛谢罪道："寡人因为兄弟之情，因此有泄愤之言。寡人有弟弟，不能很好地教训，致使干犯军法，这是寡人之过也。你秉公执法，如自杀，岂非加重寡人之过？千万不要这样。"悼公认为魏绛公正无私，执法严明，因此设礼食于庙，招待魏绛，并令他为新军副帅。

朝堂政治清明，百姓安于生计，晋国内政修明，百戎归心，派使节呈献虎豹之皮以结好晋国。晋悼公认为，戎狄无亲贪戾，与其与之和好，不如兴兵伐之。魏绛说："陈国新近弃楚归晋，将观察我晋国的动向。如果晋国行德政，它就会与我们亲善和睦，否则，就会和我们离心离德。如果我们用兵戎狄，楚国伐陈，我们无力相救，等于放弃陈国。放弃陈国，也就等于放弃了华夏诸国，诸侯纷纷叛离晋国，岂是晋国之福？用兵戎狄而失去华夏，这怎么可以呢？"接着，魏绛用历史上夏朝后羿失国的故事规谏悼公。晋悼公有所醒悟，问道："依你所言，莫如和戎乎？"魏绛力陈和戎的五大好处：一是戎狄部落逐水草而居，轻视土地而看重财货，我们可以买他们的土地；二是边地无患，百姓习居边野而心安，管理农田的官吏无须戒惧；三是戎狄服从晋国，四方诸侯威而慑服；四是我们以德结好戎狄，不必兴师动众，以讨不臣，可收戎狄之心，安天下之民；五是，如此，则远国来朝，近国得安，德抚四方，晋国不战而自威也。晋悼公听罢大喜，命令魏绛与诸戎结盟，与远近的部落结成友好关系。自此，那些远近逐水草而居的游牧部落都服从了晋国。汉朝时，与匈奴有和亲之盟，晋悼公时代，和缉戎狄之策实蹈其先路。

当然，晋国与戎狄结盟和好的国策也有过一些波折，晋悼公十五年，诸侯盟会，在盟会之地布置朝位，戎族头领驹支与会，晋国公卿范匄对驹支无理，呵斥驹支道："过来，姜戎氏！当年秦国逼迫追逐你们的祖先吾离于瓜州，你们的祖先吾离带领部落老少以白茅遮蔽身体，头上戴着荆棘编的冠冕，赤身裸体来投奔我先君。当初我先君惠公土地不多，但与你们的祖先剖分而食之，因此部落得以生存。如今我晋国会盟诸侯不如从前威望之高，全是因为你们言语露泄，到处胡说的结果。今天诸侯盟会，你就不必参加了。若参加，我就把你抓起来！"驹支回答道："当年秦国依仗国强人众，贪占土地，逐我诸戎，使我诸戎流离四方，无所安居。惠公广施大德，认为我诸戎是尧帝时四岳的后裔，不应剪灭弃绝，因此，赐给我南鄙之田，乃狐狸所居，豺狼所嗥之地。我诸戎先人剪除荆棘，驱除狐狸豺狼，成为晋国先君不侵不叛之臣，至今坚守初心，没有二意。当年文公与秦国合力伐郑，秦国与郑国私下订盟，因此晋秦有殽地之战。晋攻其上，戎抗其下，秦师败而不返，我诸戎相助之功也！好比捕鹿，晋国抓住鹿角，我诸戎抓住后腿，双方共同用力，才使鹿成擒，戎何以不免于罪？晋国的所有战役，我诸戎与晋共同参与，追随参战，与当年殽地之战一样，从无三心二意。如今晋国执政诸君或有缺失，使诸侯有二心，却来怪罪我诸戎。我诸戎饮食衣服不与华夏同，甚至言语不通，何能离间晋与诸侯？即使不让我们参会，我们也无愧于心！"说罢，赋诗《青蝇》而退。《青蝇》诗中有"恺悌君子，无信谗言"等句，意在讽喻范匄等晋国执政公卿信谗言而罪诸戎也。范匄听了这番话，连忙向驹支道歉，并请诸戎参与盟会。

和戎之策使晋国营造了良好的内外环境，与楚的争霸继续展开。半部春秋史，皆是晋秦、晋楚争霸的历史，战争在两个大国之间展开，其余诸侯都选边站队，参与战事而已。晋楚争霸的核心在于对郑国的争夺。郑国的都城在现在河南的新郑市，西北与周室邻，南与蔡邻，东与宋邻，西南与楚邻，欲称霸中原，必先得郑。当晋秦争霸时，郑为晋、秦所争，今晋楚争霸，又为晋、楚所争。归晋则楚讨，向楚则晋伐，国境屡为战场，几乎年年战争不断。历史上晋、楚争郑，有胜有败，难分胜负。晋景三年，即公元前597年，楚庄王破郑，郑襄公肉袒牵羊以降楚，其年夏六月，晋师救郑，在邲被楚军打得大败。晋厉六年，即公元前575年，晋军与楚、郑联军战于鄢陵，射楚共王目，大败楚师。晋悼即位后，几乎年年有伐郑之师。晋悼三年，郑成公病，子驷（郑穆公子，即公子騑）提议，郑国不堪楚国的需索，可否背楚向晋，以缓国力。郑成公说："楚共王被射瞎了一只眼睛，那是为了郑国的缘故，如果我们背弃楚国，是背离郑楚盟誓之言。还有谁能亲近我们呢？"不久，郑成公死去，晋师侵郑，郑国大夫们欲背楚向晋，子驷说："官命未改。"就是说，遵照成公的指示，依然维护着楚郑之盟。成公死后，其子即位，为僖公。僖公五年，即晋悼七年，因不礼子驷，被子驷指使厨人药杀。僖公是主张背楚向晋的，这与子驷的主张相背，因此见弑。郑国的大夫们在晋、楚两国选边站中分成两派，子驷、子国、子耳欲从楚，子孔、子蟜、子展欲侍晋。僖公是弃楚从晋一派。从历史渊源上看，郑国理应从晋，郑国第一代所封君名友，是周厉王的小儿子，周宣王的异母弟，与晋国同为姬姓国，岂能身许南蛮之楚？但时异世易，楚国渐强，欲北向中原，必夺郑，郑国成为四战之地，为了自身安全，权衡国家利益，有时服楚，有时向晋，乃势所必然也。第二年（晋悼八年），郑国的政局继续动荡，因子驷药杀僖公，郑国群公子欲谋杀子驷，子驷听到消息，先下手，寻个罪名，将子狐、子熙、子侯、子丁等群公子尽杀之。这一年，郑国发兵侵蔡，小有所胜，俘获蔡司马公子燮，郑国为此窃喜。当时子产年龄小，说，这不是郑国之福，小国没有文德，而武功上得小胜，将带来祸患。郑国侵蔡，楚国必来征讨，郑能不服从楚国吗？如郑从楚，晋师必至，三五年之内，郑国将不得安宁了！蔡国当时是楚的盟国，郑侵蔡，当然为楚所不容。不久，楚国果然发兵问罪于郑。郑国内部对从楚还是向晋问题上又发生了一场争执。子驷主张从楚以舒民困，晋国如来讨，再服从晋国。牺牲一些玉帛财富，在两个大国间求得安宁，使郑国处于强国的庇护之下。子展认为，小国服侍大国，要讲求信用，今天从楚，明天向晋，三翻四覆，言而无信，兵乱日至，亡无日矣！如今晋国君主英明，四军齐备，八卿和睦，若向晋，晋必不弃郑。楚国距离遥远，军粮不足，必将速归，我们还是坚守城池，等待楚师退兵，以待晋国。子驷便有些焦躁，说："大家七嘴八舌，哪里会有个主意？我决定从楚，错了，我承担责任！"于是，和楚国订了盟约，并派使节向晋国说明不得不从楚的原因。

晋国中军帅荀偃回道：你们郑国既服于楚，事先并没有派人告知晋国，现在已和楚国订盟，可见这是出于你们君主的愿望，谁敢不服从呢？现在，晋国唯有会集诸侯和你们相会于城下。这是回复郑国，将出兵征讨。

第二年，晋悼十年，即公元前563年，晋国会合鲁、宋、卫、曹、莒、邾、滕、薛、杞、小邾、齐，连同晋国共十二国诸侯发兵伐郑。这一年，郑国国内局势继续动荡，子驷等当国诸卿被杀，作乱者劫持年幼的郑简公于北宫。后动乱虽平，但郑国也遭受了重创。晋国伐郑之师屯聚虎牢，修城以守，郑国与晋签订和约。楚国救郑之军也至，两军隔着颍水扎营。后各自退去，郑得无虞。第二年，晋会诸侯再次伐郑。齐、宋之军临郑东门，晋师从西部来，临郑之西郊，卫国之军围其北郊，六月，诸侯会集，围郑，阅兵于郑之南门，以示武力。郑国四面皆敌，惧，乃与晋议和。此时，楚国联合秦国欲出师救郑，郑已与晋盟，拒绝了楚国。诸侯之军又在郑都东门阅兵，以示威慑。郑国派人向晋表达了屈服和解的愿望。晋国派赵武入晋都签订盟约，郑国又派子展出城与晋悼公正式签盟，受降的程序正式完成。晋悼公下令各诸侯国，对郑国俘虏待之以礼，遣还郑国，撤除了前线的侦缉人员，严禁掳掠。

郑国为了表达对晋国的诚意，向晋悼公贡献兵车百乘，横陈之车与屯守之车各十五辆，两列编钟，乐队和两队歌女。晋悼公把乐队和钟磬之半赐予魏绛，表彰他说："是你教寡人和戎而结华夏，晋国八年之内，九合诸侯，以临天下。天下归心，如乐之和，无所不谐，愿与子共之。"魏绛辞让，在晋悼的坚持下，接受了赏赐。

晋悼公以十四岁少年受命主晋国之政，在位期间，正值青春勃发，能够做到内修朝政，外抗强敌，九合诸侯，拒楚服郑，维持了晋国的霸主地位。可惜天不假年，在位十六年，刚刚三十岁就薨于位。

他死于公元前 558 年。

三九　再说卫国

卫国自穆公即位，传至定公。定公在位十二年，病重时，使孔成子、宁惠子二卿立妾敬姒之子衎以为太子。卫定公夫人姜氏无子，等到卫定公一咽气，姜氏见太子衎毫无悲戚之色，丧礼中规定的孝子"蔬食水饮"的礼仪也被他拒绝，姜氏因此叹道："这个人不仅将祸败卫国，而且将累及我这样的未亡人。天祸卫国啊！"这样的话使卫国的卿大夫们皆感悚惧，对卫国的前途充满担忧。卫国的世卿孙林父（孙文子）自此后，不敢将家中贵重的宝器放在卫国，都转移到他的采邑戚地去，而且为了自保，深入结交晋国的上层贵族。

卫国太子衎即位，是为卫献公。卫献公在位期间，政权虽然照常运转，也参与晋国主持的会盟，但君臣相互戒备，庙堂上充满了陈陈相因的暮气和君臣间互不信任的诡异气氛。卫献公第十八年，君臣间的矛盾终于爆发，演变成了一场宫廷动乱。

这天，献公下令召孙文子（林父）和宁惠子二卿进宫赐宴，孙、宁二人穿好朝服进了宫，等到日头偏西，也没有赐宴的消息。听说献公此时在园林中打猎射雁，于是二人进园林陪侍，献公没有脱下田猎时所穿的皮冠就和孙、宁二人说话。按照礼节，君主接见臣子，臣子穿朝服至，君主不得穿田猎之服接见。这是非常失礼的举动。孙、宁二人为此非常生气。孙文子出得宫来，就直接去了他的采邑。他的采邑在戚，在现今的河南濮阳县北部一带。

不久，孙文子的儿子孙蒯进京请命，献公置酒招待他，在席间，献公命令乐师歌诗《小雅·巧言》卒章篇，也就是《巧言》最后一章。乐师觉得这一章有些犯忌，所以巧妙地拒绝了。这一章有什么话，为乐师所深忌，因此拒绝吟唱呢？其卒章云："彼何人斯，居河之麋。无拳无勇，职为乱阶。"翻译成现代的语言就是："你究竟是什么人，盘踞在河的对岸，无拳无勇，还想作乱？"这话明显是诘问和挑衅孙文子，所以乐师拒绝在席间吟唱。但是，乐师下面的一位乐人称为师曹者却自告奋勇，表示愿意为献公吟唱此歌。

这位师曹，其级别要低于乐师。从前，卫献公有一名心爱的小妾，曾向这位师曹学习弹琴。小妾可能学习不认真，不知出了什么差失，被师曹鞭打过。卫献公大怒，为此下令打师曹三百鞭以给小妾报仇解恨。师曹为此怀恨在心。此时，见乐师不肯吟唱《巧言》，于是，主动要求歌之，以激怒孙文子，来报复献公。献公便命他吟唱。他不仅吟唱，又怕席间的孙蒯不解，离开音乐，吟诵了一遍。孙蒯席间闻此，既惊又惧，归告其父。孙文子闻听，沉吟半晌，说："君主已经疑忌我了，如不先下手，我必将死在他的手里。"

卫国自成公时已迁都帝丘，也就是濮阳县西南二十许里之颛顼城。孙文子的家分为两处，一在采邑戚，一在卫都帝丘。此时为发动叛乱，将家众聚于戚地，而后率领入帝丘攻打卫献公。

孙文子的兵马进入帝丘，迫进公宫，卫献公恐，派卫国的群公子子蟜、子伯、子皮来讲和，孙文子将三人全杀掉了。这年四月，卫献公想逃奔齐国，先派弟弟子展前往齐国联系。然后，他本人逃到了鄄，又派一位公子叫子行来和孙文子谈判求和，孙文子又把他杀掉了。卫献公知道与孙文子没有和解的可能，国内已不能保证他的安全，于是他带着手下人逃往齐国。孙文子紧追不舍，在山东阳谷县东北的河泽一带大败卫献公的卫队。

追赶献公的人中，有一人名叫尹公陀，他是一个精明的射手，和他一同追赶献公的还有他的师父庾公差。而庾公差的老师叫公孙丁，此刻他是献公的驭手，也就是为献公赶车的人。当时，庾公差的儿子子鱼也在追赶的车上，他对庾公差说："前面车上赶车人是你的老师，如果你发箭射他，是背师，不射，将受戮。但是，射是合于礼的！请发箭！"庾公差连发两箭，但他有意不射中他的老师和车上的献公，而是射中了驾车两马的曲木。尹公陀说："你对你的老师手下留情，我和他的关系就更远了，那就算了吧！"于是拨马返回。此时，前面奔跑的车上的公孙丁见后车不再追赶，将马缰绳交给献公，回身射了一箭，箭矢贯穿了尹公陀的手臂。尹公陀受伤，停止了追赶，献公脱离险境，逃到了齐国。

由于孙文子的反叛，卫献公弃国而逃，孙文子另立卫穆公的孙子，卫定公的弟弟公孙剽（《史记》名为秋）为君，这就是后来的卫殇公。

卫殇公一直没有被载入卫国君主之列，《左传》仍以卫献公纪年。十二年后（公元前547年），在齐的卫献公欲返国复位，派人串通国内的贵族宁喜，说，如果能使其返国，则把政权交给宁喜，"政由宁氏，祭则寡人"。宁氏出自卫武公，到宁喜一代，已九世，所以称为"九世之卿"。宁喜答应卫献公，是看中了掌卫国之权的诱惑，也等于拿家族的政治生命冒险。

他把他的想法告诉了卫国大夫右宰榖，右宰榖认为不可行，他说："以前你的父亲和孙文子一同驱逐献公，如今入献公，则必杀在位的君主剽，一逐一杀，获罪于两君，则天下谁能容宁氏也？"

宁喜说："我受命于我的父亲，我意已决，不可更改。"原来他的父亲宁惠子（宁殖）自和孙文子驱逐卫献公，到了晚年，已经后悔。他在病重时，召儿子宁喜，说道："吾得罪于君，悔而无及也。我的名字被诸侯所知，曰：'孙林父、宁殖出其君。'使我深感羞愧。如果献公能归国复位，你要保护他，能做到这样，就是我的儿子。若不能，我在阴间，将不接受你的祭祀，宁可做一个冻死鬼和饿死鬼！"宁殖的话使宁喜深受震动，所以，献公传话给他，他立刻就下定决心要迎献公回国。

右宰穀见宁喜意已决，说："那么，让我去见一见这位弃国的君主，他已经离国十二年了，我看他有什么变化没有。"于是，右宰穀前往献公移住的夷仪去见他，回来后说："他淹留在国外十二年了，面无忧色，也没有任何悔悟的话，人还是那个人，若不停止你迎他复国的行动，恐怕将来你死无葬身之地！"

但宁喜意已决，没人动摇他的决定。

要迎献公归国，首先要扫清的障碍是孙文子。他是献公的死敌，握有卫国的大权。此刻，孙文子在他的采邑戚（戚在卫都帝丘东北，相距约八十里），他的儿子孙嘉出使于齐，孙襄留守在卫都的家中。宁喜和右宰穀开始攻打孙氏。没有攻克，但是孙襄在战斗中受了伤。战斗十分激烈，攻守双方都十分顽强。宁喜有些灰心，他跑到都城的郊外，准备流亡。这时，有人来报，说孙府中夜里传来哭声，似乎是死了人，肯定是孙襄死去了。于是宁喜重新振作精神，再次聚集徒众攻打孙府。孙襄战死，群龙无首，孙府被攻克。宁喜杀死殇公剽和他的太子角，史书记下"宁喜弑其君剽"。是要正宁氏之罪。在戚的孙文子闻城中家破，以戚邑投奔晋国。史书载孙林父"入于戚以叛"。是归罪孙氏以采邑而叛国的行为。

卫献公被逐十二年后重新返国。臣子们前往国境迎接他的，他执手与之言，站在路边迎接他的，他坐于车上揖之，在宫门旁迎候他的，他坐在车上点头示意而已。

因孙文子以戚邑归晋，并派兵戍守戚。公元前547年，晋国抓了宁喜，并拘捕了卫献公。齐侯郑伯两位君主入晋为献公说情，晋平公答应释放献公。卫人后来送上一位美丽的姑娘给平公做姬妾，晋平公这才放回了卫献公。

第二年，由于宁喜把持朝政，卫国大夫公孙免余杀宁喜和右宰穀，并陈尸于朝。宁氏"九世之卿"，就此灰飞烟灭。

卫献公返国复位，三年后死去。太子即位，即卫襄公。

卫襄公在位九年，卒。由他一名姬妾所生的儿子元即位，这就是卫灵公。

卫灵公在位四十二年，是诸侯国在位时间较长的一个。他在位期间，经历过一次宫廷动乱和一次大国的羞辱和挤压，但都有惊无险。

宫廷动乱发生于灵公十三年（公元前 522 年），灵公有兄公孟，与齐豹等宫中大夫们有仇怨，另有一人，名叫公子朝，与襄公夫人宣姜通奸，怕事泄，也参与了齐氏的动乱团伙。这天，灵公不在都城，公孟有事祭祀于卫国都城之外。动乱团伙用一辆装满柴草的大车挡住了都门，公孟的车只好走另外的曲门，到曲门洞中，埋伏在那里的动乱者冲出，将公孟和他的御者杀死。灵公闻听城中动乱，驱车进城，有很多跟从者，他驾车又冲出城，奔向通往齐国的大路。此时，齐国所派通卫的使者公孙青适至卫地，遵齐侯命，仍将未出国境的灵公视为卫国君主，解下自己御车的马供卫侯乘用，并陪侍左右。此时，谋乱者内部出现了分裂，北宫喜原与齐氏一同谋乱，此时，攻杀齐氏。卫灵公与北宫喜订盟，北宫喜剿灭了齐氏。作乱的公子朝等见大势已去，逃奔晋国。卫灵公复位，下令杀死通于公子朝的宣姜。

大国羞辱事发生于卫灵公三十三年（公元前 502 年），卫国叛晋向齐，晋国欲羞辱卫国，派涉佗和成何两位大夫与卫国订盟，在盟会上，两位大夫故意羞辱卫灵公，说，卫国相当于晋国一个县，怎么能把它当诸侯待呢？因此，故意推开卫灵公的手。灵公的手已蘸定盟的牛血，被推开后，血流及腕。灵公怒，陪同的大夫说，既然如此，卫国不受此盟。晋国因为两位大夫无礼，得罪了卫国。晋国要求再次定盟，遭到了卫国的拒绝。两年后，晋国围攻卫国，卫国固守，不下。晋追查得罪卫国的原因，于是，逮捕了两年前与卫定盟的大夫涉佗，并以惩治涉佗为前提欲再次与卫和好，遭到了卫国的拒绝。晋国一怒之下，杀死了涉佗，另一名大夫成何逃到了燕国。

卫灵公在晚年和太子关系恶化，其原因《左传》和《史记》皆言之不详。但大致的原因似乎是由于灵公的姬妾南子。《史记·卫康叔世家》云："太子蒯聩与灵公夫人南子有恶，欲杀南子。"所谓"有恶"即有嫌怨和仇恨，嫌怨和仇恨因何而起呢？《史记》没有讲。《左传》言之稍详，但也不是很清楚。灵公晚年似乎很淫乱，《左传》注引《庄子则阳篇》："夫灵公有妻三人，同滥而浴。"就是说，他和三个姬妾一同入浴，其中他最宠爱的就是娶于宋国的南子。这天，他派人去召南子在宋国的情人名叫宋朝，此人似乎是个美男子，曾与南子有私情，因为宠爱南子，也因淫乱的需要，为南子召之。恰好灵公太子蒯聩有公干到齐国去，经过宋国之野，听到野人的歌声，歌词的大致意思是："你这个小母猪啊，为了生个小猪崽，召我的公猪去配种！哎呀呀，你这个小母猪啊！"听了这歌声，太子以为是直刺灵公为南子召宋朝之歌，因而"太子羞之"。起意要杀南子。但是，荒天野地里一句野人的歌词，因何就联想到南子之淫乱呢？若有此心，似非一句野人之歌所致。想来灵公与南子等人的公然宣淫，已使太子不能忍受，因此有杀南子之心。于是，太子与手下人戏阳速定好行动计划，在灵公召见时，有南子在场，看他的眼色，戏阳速起而杀之。这一日，灵公果然召见太子，太子蒯聩带戏阳速前往，席上果然有南子在。太子三次给戏阳速使眼色，让他起而杀南子，但戏阳速似无所见。南子见太子神色异常，屡以眼色示意手下人，惊觉，大呼："太子欲杀我！"起而欲奔。灵公拉住南子的手，逃奔到高台上。太子谋杀失败，弃国而逃，跑去了宋国。

戏阳速事后说："太子让我杀南子，我若不答应，他就会杀我。我要杀了南子，他就会把罪归结到我的身上。所以我只好假意应允他。但我是不会做的。"

太子蒯聩逃亡三年后，卫灵公死去。他死前一次郊游，公子郢（子南）陪侍，他对公子郢说：我死后，有你来继承君位吧。公子郢默而不对，后来，灵公再次提出由公子郢即位的想法，公子郢回答说："我这个人不足以辱社稷，请君王另作他图。"卫灵公死后，夫人命公子郢即位，说是灵公生前的安排。公子郢断然拒绝了，于是，由逃亡在外的太子蒯聩之子辄即位为君。此为卫出公。

卫国是一个小国，原是姬姓封国，和周王朝关系很近，一直是晋的同盟国，后因晋需索太甚，曾依附于齐。和所有的诸侯国一样，数百年间，内部充满矛盾和斗争，贵族和君主间为了政治利益，内斗不止。为了生存，依违于大国之间。嗣后，它就渐渐没落下去。秦始皇统一中国后，秦二世废卫之后人君角为庶人。卫国国亡绝祀。

四〇 栾氏覆亡

晋国许多世族大家，随着历史的发展和宫廷内斗的残酷，都逐渐地覆灭和退出舞台，比如三郤被杀。栾氏家族是晋国三代积功累德而位居显赫的家族，同样子孙亡灭，不能复续，消亡于无形。

栾氏自栾书、栾黡至栾盈三代，一直居卿之位，栾盈曾为晋下军佐，即晋国三军中下军的副帅，位在六卿之中。这固然是祖父栾书至父亲栾黡世代累功之结果，但栾盈从政和治军的能力应该也是值得信赖的。

栾盈的父亲栾黡性格偏执，倔强，我行我素，得罪了很多人。他娶的是朝中大佬范宣子（范匄）的女儿。生下了儿子栾盈。栾盈长成，在朝中为下军佐，后又为公族大夫。荀偃为中军帅，主掌晋国政权，荀偃病死后，身为中军佐的范匄升任中军帅，成了晋国说一不二的人物。晋国的军政大权尽在其手。

范匄的女儿自栾黡死后，与栾族中的大管家私通，家中的财产尽为大管家所霸，栾盈对此不能甘心，常怀不满。范匄之女，也就是栾盈之母，为了奸情利令智昏，她站在奸夫一边，去范匄前诬陷儿子栾盈，说："栾盈将要造反为乱，他说我父亲栾黡死于范氏之手，弄死我父亲后，范氏始霸晋国之政。他的儿子范鞅是被我父亲驱逐的，他跑到了秦国，返国后，范氏不但不加罪于他，反而命他做公族大夫，和我的官职一样。我父亲死后，范氏富可敌国，且专晋国之政，这叫我简直难以忍受！栾盈有反心，且有密谋，我担心他随时可能爆发，伤害到父亲。所以，尽管他是我的儿子，也不敢不告。"

这番告白，涉及其死去的先夫栾黡之所为。大约六年前（公元前559年），诸侯随晋君伐秦，当时，荀偃为中军帅，在军中发令说："鸡叫的时候，全军开拔，都跟随我的马头向秦师进攻！"（"唯余马首是瞻"）而这时，身为下军帅的栾黡首先不听从主帅的命令，说："没听说晋国有这样的命令，我的马头是向东。"所谓向东，不是迎战秦军，而是大撤退。他带领他的部队首先后撤，结果，晋军无奈，全军后撤，伐秦而无功。

栾黡的弟弟栾鍼也在军中，他说：这次战役是报复秦国在栎地打败我们的耻辱，浩浩荡荡出师，却匆忙后撤，出师无功，这是晋国的耻辱。我们兄弟都在军中，能不以此为耻吗？"于是和范匄的儿子范鞅冲入秦阵，死于乱军之中。范鞅冲进敌阵后，去而复返，活着回来了。栾黡对范匄说：我弟弟本来不想去，是你儿子叫他去的。我弟弟死了，你儿子却回来了，这等于你儿子杀了我弟弟。如果你不赶走他，我也要把他杀掉！"范鞅听到这样的话，只好单枪匹马跑去了秦国。

我们由此可以看到栾黡其人，是一个很糟糕很难相处的人，在这次战役中，他不听主帅命令，擅自撤退，造成整场战役无功而返，不追究他抗命的责任已属不当，他又把其弟战死的责任归咎范鞅，逼使范鞅逃奔敌国。他得罪了两个人，即主帅荀偃和范匄，而他竟然又是范匄的女婿。

后来，范鞅返国，主掌晋国政权的范匄安排其做公族大夫，和栾盈同列。他为栾盈谋反做证，认为他确实有反叛的逆谋。

栾盈其人和乃父不同，他乐善好施，结交士人，人缘好，士多归之。这使范匄又多了一重疑忌，认为他有可能谋反作乱。当时，栾盈位居下卿，在晋国朝堂排位中位次第六。范匄听信女儿的谗言，决定采取行动。这是母亲对儿子，外祖父对外孙的绞杀。庙堂上的斗争不认亲情，出于权位和利益的衡量，赶尽杀绝，绝无宽贷。范匄先是命令栾盈去修城，然后在朝中展开了对栾盈一党的大搜捕，杀了栾盈十个有名的同党，根据连坐法，逮捕和囚禁了叔向等一些庙堂的官员。他没有直接逮杀栾盈，也算给他留一条活路。

春秋时期，各诸侯国有一些有名的贤臣，如齐国的晏婴，郑国的子产，晋国的叔向，吴国的季札……他们聪慧、贤德，能避乱全身，并能协助诸侯国的君主管理国事。叔向又名羊舌肸，他在晋国虽然算不得上卿，不主军国大事，但也算得上有名的人物。他这次被囚禁，是受了他异母弟羊舌虎的牵连。羊舌虎的母亲是个漂亮的美人，是叔向父亲的小妾，叔向的母亲因其美貌，对她很歧视，不允许她和丈夫同床，认为这样美貌的女子狐媚，会生下妖孽。后来和丈夫同床后，生下羊舌虎，是个美男子，并且才艺出众，长大后得到栾盈的喜爱，成了栾盈一党。在这次清除栾氏行动中，羊舌虎被杀，羊舌肸也就是叔向被逮捕。

被囚禁的叔向从容淡定，有人问他：“都说你是很聪明的人，现在被抓，还能说你聪明吗？”叔向笑道：“关起来总比处死好多了，诗中有言：‘优哉游哉，聊以卒岁’嘛，什么环境都能从容快乐，这就是聪明。”

一个叫乐王鲋的人是范匄的亲信，他对叔向说：“我来为你请求脱罪如何？”叔向没有答复。乐王鲋临走，叔向也没有起身送他。有人责怪叔向。叔向说：“我期待祁大夫能出面为我说话。”羊舌氏家臣的长老说：“如果乐王鲋能在君前进言，肯定能行，他要求为你说情，你不答应，而祁大夫并没有答应救你，你却指望他，这是为什么啊？”叔向说：“乐王鲋是逢迎君主，顺从君主说话的人，我怎么能指望他呢？祁大夫外举不避仇，内举不避亲，难道他会看着我身陷囹圄而不管吗？诗曰：德行正直的君子，诸侯各国都会听从，祁大夫就是这样的人，他会出面救我的。”祁大夫，晋国之大夫，名奚，字黄羊，他临告老时推举继任者，荐仇举亲，为人所称道，所以，叔向指望他出手相救。

晋侯（平公）问叔向之罪于乐王鲋，乐王鲋忌恨叔向，回答说：“他和羊舌虎没有断绝关系，或许他们就是一伙吧！”告老在家的祁奚听到这个消息，坐着驿车飞快赶来见范匄，陈说父子不相及，君臣不相怨，兄弟不相同，叔向不可能因为羊舌虎而背弃社稷，万不可连坐多杀。于是，范匄与之同坐驿车上朝，告诉朝中卿大夫赦免叔向等人。

再说栾盈，闻朝中有变，同党被杀，知道已经回不去了，于是开始了逃亡之旅。他逃亡路经周王朝西部边境，被当地官员劫掠了财物，并关了起来。他向周天子陈情，陈说祖父栾书曾有功于王朝，虽然父亲栾黡获罪多多，请看在祖父栾书的面上赦免他。周天子对晋国流放迫害栾盈不满，下令还其财物，不得留难。栾盈先是逃到楚国，由楚再转到齐国。齐庄公收留了栾盈。齐国臣子晏婴谏阻说："齐国已经受命于晋，要禁锢栾氏，不得收留。今收留栾盈，想怎么用他呢？小国服侍大国，讲的是信用，今失信于晋，对齐国并无好处。请君主三思。"齐庄公并不听晏婴的话，仍然坚持收留栾盈。

齐国收留栾盈，自有其打算。当时，有四个实力不相上下的诸侯国，即秦、楚、晋、齐，齐国名义上是晋的同盟国，但两国龃龉不断，齐国常不听晋国的招呼，自行其是，比如它常常侵凌晋的盟国鲁国，晋国虽然几次伐齐，但并没有使齐国驯服。不久前，还因晋国范匄借齐的羽毛（孔雀尾羽，牦牛尾等用以缚竹竿上为祭祀献舞）不还，齐国想背盟的事。如今，齐庄公收留栾盈，为的是搞乱晋国，以削弱晋国的实力。

一年后，这样的机会终于来了。公元前550年，晋国将与吴国结亲，嫁女于吴。与晋国结盟的齐国陪送一女子，为媵。齐庄公命令一大夫送媵于晋，整备车辆，除置媵及婚嫁之物于车中，还在其他车辆中装上栾盈及其亲随。这个浩浩荡荡的车队直接进入晋国，到了晋国的曲沃，放下了栾盈等人。

栾盈当夜见了守卫曲沃的胥午，告知他谋反的计划。胥午说："你的计划不可行，天意将废栾氏，谁能违背天意而使之重兴？如果你真想举事，有可能性命难保。我不是怕死，只是认为此事难以成功。"栾盈叹道："即使这样，为此而死，我没什么后悔的，若天不佑我，与你也没有关系。"胥午犹疑良久，终于被栾盈矢志不移的精神所感动，答应栾盈一起谋反。

胥午偷偷聚集曲沃人在一起共饮，席间奏乐，悲壮雄武，胥午持杯而起，说："曲沃，栾家之私邑，如今栾氏遭难，栾氏之党皆被枉杀，栾家公子去国逃亡，我们为谁而守曲沃呢？"众人低首俯伏，皆不语，一片肃穆悲凄的气氛。胥午又道："若得栾家公子到，我们该如何呢？"众大呼："若得为主人而死，虽死犹生，我等万死不辞！"席间一片叹息声，有人竟隐隐低泣，杯盏交错，人人脸上都现出悲愤之色。胥午又再次鼓动，全场之人大呼："为栾公子效命，绝无二心！"这时，栾盈从屏后转出，众人一片欢呼，栾盈和大家一一相见，握手相拥，共行盟誓，要打回晋都绛城，剿灭范党，为栾氏复仇。

栾盈此时所能依靠的，唯有魏绛（谥庄子）一家。魏绛曾为晋国下军帅，而栾盈为下军佐，即魏绛的副帅。因此，魏绛之子魏舒（谥献子）亲近栾盈。这年四月，栾盈依靠魏献子之力，连同曲沃效忠的死士甲兵，大举进军晋都。

在晋国宫廷各宗族势力中，栾氏处于劣势。先说赵氏这股势力，晋景公十七年（公元前583年），赵庄姬（晋成公女）因与赵婴齐通奸，婴齐为赵氏家族驱逐，流亡国外，赵庄姬因此在晋景公面前进谗言，说赵同、赵括将要谋反。而郤、栾两家竟出面为之做证，使得赵同、赵括皆被杀，赵氏险些被灭族。孤儿赵武（为赵朔与赵庄姬所生）随其母庄姬匿于宫中，侥幸逃生。因为有这样的世仇，赵家一族不可能站在栾氏一边。韩厥之子韩起与赵氏相近，韩起曾把自己的爵位让与赵武，韩、赵两家非常和睦亲善，自不可与栾氏为伍。中行氏也就是荀偃为中军帅，伐秦之役中，栾黡不听荀偃的指挥，擅自撤军，造成全线撤退，无功而返，心中怀恨，自不能助栾氏。况且荀偃为中军帅，他的副手中军佐就是范匄，荀、范两家为一体，岂有助栾之理。荀氏另一支为智氏，智䓨之子荀盈年方十七，刚及成年，自然要听中行氏也就是荀偃一族的。荀氏另一支为程郑，被晋公所嬖爱，一切皆听晋公的。如此说来，栾盈在朝中是相当孤立的，除了魏绛一族和下军中七位军尉（七舆大夫）外，他几乎是孤身作战。

栾盈的军队大张旗鼓，白天进入绛城，乃是大为失策。若夜里突袭，胜算可能更多。当时，乐王鲋陪坐于范匄，有人来报，栾军入城，范匄又惊又怕。乐王鲋道："我们撤退到晋公之固宫去，那里台高易守，肯定没问题。况且栾氏树敌太多，无人应和。您掌晋国之政，栾氏乃自外而入，属作乱克国，既如此，大权在手，赏罚随意，有何可惧？栾氏所依仗唯魏氏一家，可强取为我所用。振作精神，平叛克乱，唯君所行！"

当时，晋悼夫人之兄杞孝公丧，晋宫有丧事。乐王鲋使范匄穿上丧服，打扮成奔丧者，混在两妇人中乘辇入固宫以守。这边范匄命令儿子范鞅调集军队，排兵布阵，以迎栾军。魏舒的军队整备好，准备迎接栾军。范鞅趋前，大呼曰："栾氏率贼兵入城作乱，我父亲已与朝中大臣们在晋宫中，命令我来迎你！我请求与你同乘一车。"说罢，抓住魏舒战车上马的套绳，跳上了魏舒的车。他右手抓住剑柄，左手牵住马缰，驱车而出。御者问车往哪里去，他下令到晋公那里去。范鞅劫持魏舒的战车驱至固宫前，范匄亲自下阶迎接，抓住魏舒的手，当即许诺以栾氏私邑曲沃赏给魏舒。魏舒临阵，猝然被劫，一切几乎都在梦中。如今范匄赏邑，而栾军几无胜算，他也就稀里糊涂地投诚了。栾盈所唯一指靠的成编制的军队就这样失去了。

栾盈的队伍中有一个力士名叫督戎，力大无比，犯阵履险，无所不惧。当时有一个叫斐豹的人，是一个奴隶，曾因犯罪被书于丹书，斐豹请见范匄，请求杀督戎以赎罪。杀死督戎后，请焚丹书，以示赎免。范匄应允。斐豹隐于一短墙后，督戎近固宫，逾墙而过，隐伏于墙内的斐豹从后面突起而杀之。

范匄等人聚集在固宫的高台后，栾军攻打宫门，逾垣而上。范匄下令道："若有箭射及晋君之屋，就是死罪！"范鞅挥剑，率军士奋勇抵挡，栾军渐不敌，纷纷后撤，范鞅又率部下乘车追击。遇栾氏族中栾乐，范鞅喝令栾乐投降，栾乐不降，搭箭射之，不中，又取箭挽弓，其所乘车一轮触及槐树突起的根上，车侧翻，栾乐倒于车下，被用戟杀死。栾氏中栾鲂受了伤，栾盈失败，逃奔私邑曲沃。晋人调集军队，围攻曲沃。

此时，乘栾盈攻晋都，齐国整兵伐晋，鲁国助晋，出兵伐齐。一场混战后，各有所失，罢兵。这年，晋军攻破栾氏私邑曲沃，尽杀栾氏之族党。三世居晋之士族大家栾氏，至此覆亡。

四一 弭兵之会

春秋时代，由于大国称霸和对周围小国的吞并，战争是常态。有远见的政治家看到由于战争，人民赋税和劳役加重，经济停滞，各诸侯国疲于奔命，整个社会处于民生凋敝，战争不息的状态中。为了结束各国征伐，创造一个和平的生存环境，他们提出了弭兵停战的主张。

弭兵，即停止战争。这个主张首先来自于晋国的执政赵武（文子）。范匄（宣子）死，他代范匄执晋国之政，进一步消减同盟属国应缴的赋税和财物（轻币），不再过多地征发兵员投入战争。鲁国是晋国的盟国，晋楚争霸，历次战争几乎都参与。这次鲁国派叔孙豹出使晋国，他对叔孙豹说："自今以后，战争将逐渐减少，齐国的崔杼和庆封刚掌齐国之政，结好诸侯，睦邻相处，将是他们的策略和主张，而楚国掌权的令尹子木，我也了解他，如果以礼相待，用道理去说服他，使诸侯间弭兵停战，是可以做到的。"晋国乃春秋大国，赵武的弭兵主张，在诸侯间酝酿很久，终于在宋国左师向戌的串联下，于公元前546年，得以施行。

向戌居宋国左师之位，属上卿，他和晋国的赵武、楚国的令尹子木都有很好的私交，所以由他来做这件事再合适不过。当时，有四个比较强势的大国，即晋、楚、齐、秦，如果四国同意坐下来，商议弭兵之事，则其他小国势必风附影从，所以，先是在私下里进行串联。

向戌先是串联晋国。晋国赵武乃首倡弭兵者，他听到事将定盟于诸侯，还是和晋国众大夫商议。韩起（宣子）首先表态，他说："兴兵伐国，黎民遭难，国家财力皆用于兵。一旦用兵于国，则是小国的大灾，不仅竭其财力，而且征发兵员。若提出弭兵，虽然不一定能完全制止战争，但我们还是要同意，若我们不同意，楚国同意，以召诸侯，则晋国势必失去在诸侯中盟主的地位。所以晋国应首先表态支持弭兵。"于是，晋国许之。

到了楚国，楚国也同意。

至齐，齐国君主犹豫，想表态反对。大夫陈文子说："晋、楚两个大国都同意弭兵，齐国焉得不同意？人家提出弭兵停战，假若我们不同意，我们挟齐国百姓，将与谁为敌？"于是，齐国也同意了。

弭兵的主张告于秦，秦国也同意了。

于是，再告于其他小国，定下日子，来宋国会盟签约。这年五月二十七日，晋赵武首先至宋，宋国宴飨赵武，首先确定了弭兵的原则。在此前后，郑国、鲁国、齐国、陈国、卫国的代表们应约先后来到宋国。有的国家，君主到会，以示重视，如郑悼公、滕成公亲自赶到宋国，而晋国又派出了副使荀盈，协助赵武完成这件重大的外交使命。此时，楚国的执政大臣令尹子木在陈国，宋向戌赶往陈国去见子木，商议弭兵的细节和条款。子木提出，晋、楚各有盟国，楚请晋之盟国朝楚，楚之盟国朝晋。向戌把子木的想法说与赵武，赵武说："晋、楚、齐、秦，实力匹敌之国，晋不能指挥齐，也犹楚不能命于秦。楚君若能使秦国屈尊出使晋国（'辱于敝邑'），寡君一定会固请于齐（出使楚国）。"子木乘传车往见楚王，楚王说："先放下齐、秦两国，其他国家请往晋、楚互相朝觐。"这年七月二日，宋左师向戌从陈国返宋，当天夜里，赵武与郑国大夫先行定盟，并就弭兵的盟书达成了一致意见。到了四日，楚国令尹子木也从陈国来到宋国，陈、蔡两国大夫亦同时抵达。曹、许两国大夫也到了宋国。各国大夫使节在宋，以藩篱相区隔，从前兵戎相见的各国代表终于相聚一处，要签订弭兵之盟了。

虽然参加盟会，依照惯例，各国皆带兵前往，使得这次弭兵之会充满了诡异紧张的氛围。晋楚两国长期处于敌对状态，两国间充满了戒备和提防。当时，晋、楚两国的营地各在南、北两隅，一个令人不安的消息在暗中流传，说是楚国的令尹子木已命令来宋国的楚军衣服里皆藏着盔甲，想突袭晋军，说："若全歼晋军而杀掉赵武，则晋国势被削弱。"这个消息使弭兵之会蒙上了一层阴影。晋国副使荀盈对赵武说："楚国之氛围甚为凶恶，怕是要有祸难发生。"赵武说："一旦楚国突袭我们，我们左转而入于宋，楚军无所施其技，怕什么！"

当然，楚国内部对借盟会之机而突袭晋国的打算也意见纷纭。当时，盟会定于宋国都城西门外，楚军裹甲于内，楚国太宰伯州犁强烈要求士兵释甲，他说："楚国在此盟会诸侯，诸侯都希望楚国守信，所以前来盟会。若楚国首先背信，诸侯何以信服楚国？"令尹子木坚持士兵裹甲，说："晋楚两国敌对久矣，从来就没讲过什么信用，只要对我有利，讲什么信用？"太宰伯州犁退而愤然道："令尹要死了！求逞一时之快而弃信，难道能得逞吗？楚国与向戌、赵武皆承诺在先，今背信而肆行，欲求得逞于一时，岂可能哉！我相信这样背信弃义的人不出三年一定会死！"赵武对楚军裹甲欲行突袭也忧心忡忡，随行的晋国太傅叔向道："不必怕，他害不到晋国。匹夫不守信，尚不得善终，何况诸侯之卿皆在的盟会上，若背信而行，必不得逞。且我们到宋国会盟，若楚悍然行事，宋国也会拼死力搏，楚军何能取胜？我们是以弭兵相号召，诸侯前来会盟，楚若称兵以背弃诸侯，则将失信于天下。况且事情也未必会发生，所以不必怕！"

楚军虽有裹甲之事，但临事终不得行其阴谋。诸侯卿大夫齐集，盟于宋国都城蒙门之外。这是宋都的东北门，出此门可直达蒙城，故曰蒙门。会盟之前，发生了一点小波折，晋、楚两国代表争先歃血，先者为盟主。晋人说："晋国一直是诸侯的盟主，未有能先于晋者。"楚人不服，说："你们说过，晋楚两国，乃匹敌之国，若晋国一直在先，则是楚国之弱也。况且，晋楚两国轮流主盟也非一日也。哪里有你们一直都是盟主的道理。"

最后，晋国退让一步，让楚国为先，诸侯卿大夫们歃血为盟。

因为弭兵的事情一直是个敏感的问题，所以，多国君主心有疑虑。鲁国的季武子传达鲁公的命令给在宋国的叔孙豹，让鲁国视邾、滕两国的情形以决定是否签盟。但邾附庸于齐，滕附庸于宋，两小国本无签约之资格，皆由齐、宋代为署盟，叔孙豹云："邾、滕，别国之私属，鲁国，名在列国，何故视其所为而定鲁之行止？鲁国匹敌于宋、卫，应与宋、卫同列。"于是，代鲁签署盟约。

弭兵之会，除楚国曾怀有不轨之心，未曾发动外，众诸侯皆人心所向，盟约得以顺利签署。可见，长年累月的征战杀伐，已使人心生厌，停止战争，营造安定和平的环境，乃是各诸侯国共同的愿望。宋国的盟会刚刚结束，晋国的荀盈就前往楚国，以结晋、楚之好。嗣后，为了落实子木的晋、楚两国的同盟国前往对方朝觐的承诺，翌年夏，齐、陈、北燕、杞、胡、沈、白狄等大小君主皆朝于晋。齐侯将行，齐国执政大夫庆封说："我齐国本未参加宋国的盟会，为什么到晋国去。"原来，宋国的弭兵之会，齐、秦两国没有参加。陈文子说："齐国虽没参加宋国的盟会，但弭兵之议我们齐国并没有反对，前往晋国朝觐，礼之所在，表示齐国赞成晋国，难道齐国敢背叛晋国吗？"于是，齐侯朝晋。

这一年，齐国有庆封之乱，其子庆舍被杀，庆封逃亡到吴国。

因为宋国之盟，鲁襄公及宋、陈、郑、许等国君主入楚。鲁襄公一行行至汉水，听到了楚康王死去的消息，襄公欲返。同行的大夫们争执一番，最后还是坚持去楚国。而宋公听到楚王死去的消息，陪同的向戌说："我提出弭兵的主张，不是为了楚国一国，不能不怜恤宋国百姓的饥寒，而专为楚国。且回去让百姓休养生息，等到楚国立了新君再说。"于是，宋公折返。

鲁襄公到楚国后，楚国人竟让襄公为死去的楚康王穿衣，这件事情使之感到奇耻大辱，后来，叔孙豹提议，可先行祓殡，祓殡是以桃棒与箒帚先在枢上扫除不祥，据《礼记·檀弓下》："君临臣丧，以巫祝桃茢执戈，恶之也。"则桃茢袚殡，乃君临臣丧之礼。楚人先是没有阻止，后来感到后悔。但袚殡之礼已行，鲁襄公算是为自己扳回一局，维护了诸侯国君主的尊严。翌年夏四月，葬楚康王，在楚的诸侯国君主鲁、陈、郑、许皆前往送葬，君主们送到了楚都西门外，各国的诸侯大夫皆送到墓地。

鲁襄公去年往楚朝觐，因楚康王之丧，耽搁至今年始归，往返七个月。他回到鲁国的国境前，有一件闹心的事在等待他，由于季氏专鲁国之政，公室日卑，趁他不在鲁期间，季武子夺取了鲁公室的卞邑据为己有。他在楚就听到了这个消息，想借楚师以伐鲁（季武子），后被人劝止而归。

鲁襄公在楚，见楚宫壮观宏丽，心羡之，回鲁后，做楚宫。后来司马迁的《秦始皇本纪》谓秦每破诸侯，图画其宫室而仿效之，作于咸阳北阪上。鲁襄公做楚宫，乃其先例。叔孙豹说："您歆慕楚国，将使鲁国变成楚国那样吗？如果你不再到楚国去，你将死在这座宫里。"鲁襄公三十一年（公元前542年）六月，楚宫落成，鲁襄公死于楚宫。

再说楚国，楚康王死后，立其子员。以康王弟公子围为楚令尹，主兵事。公子围跋扈嚣张，出入仪仗，堪比楚王，人皆以为不安其位。鲁昭公元年春，公子围娶郑国公孙段之女，带兵员仪仗前往郑国聘迎新妇。按照惯例，将迎娶新妇于公孙段家的祖庙前。楚人将入郑，郑人患之，担心公子围带兵入郑，借机侵郑，由负责外事的官员告知楚人，不必入城，可在郊外"除地为墠，代丰氏之庙，行亲迎之礼"。（公孙段为丰氏）经过交涉，随从的兵员皆垂着装兵器的口袋，表示内无兵器，入郑迎娶新妇。

迎娶新妇后，为了进一步落实宋国弭兵之会的盟约，公子围会诸侯卿大夫于虢，这次虢之会，是重申宋国盟会弭兵的原则，楚国担心如果再歃血，恐怕晋要为先，所以提出不歃血，把在宋国旧盟书的副本加于牲上。晋国同意了。因为没有歃血，所以《春秋》不书盟会。

虢之会间，鲁国的季武子带兵伐莒，并占领了莒国的郓邑。莒国上告于会，认为鲁国违背了弭兵的原则，要求惩处鲁国。古人以信为先，认为背信者将受到神的惩罚和命运的报应。既然在盟书上签字，已祭告于鬼神，上对鬼神，下对诸侯，都要守信不违。如今鲁国既已破坏盟约在先，理应受到惩罚，所以楚国提出要杀鲁国使者叔孙豹。后来，晋国的赵武出面为叔孙豹说情，楚国这才同意赦而不杀。

"春秋无义战"。各国间的战争连绵不绝，先是晋秦争霸，后有晋楚争霸，处于南北交界处的郑国服晋则楚攻，向楚则晋伐，几乎无年没有战事，而鲁、卫两国作为晋的同盟国，几乎绑在晋国的战车上，除了输送财物外，还要征发兵员，助晋为战。至于各国对周遭小国的征伐和吞并更是屡见不鲜。所以，弭兵之议深得人心，尽管它的签署充满风波和变数，但它为各国营造了多年和平安定的环境，对于恢复经济，发展生产起到了重大的作用。

四二　昭公元年

鲁昭公元年，即公元前541年，中国历史处于春秋时代。由于史料残缺，我们只能从《春秋》和《左传》上略窥那一年在华夏大地上所发生的一些历史事件。把这一年截取下来，就是春秋历史的横断面。寻绎其事件及其脉络，可以窥知春秋时代的历史风貌。

鲁襄公因诸侯弭兵之会，按照规定，前往楚国聘问。往返七月，参加了楚康王的葬礼，归国后，因欣羡楚国宫阙，做楚宫。宫成，襄公薨于楚宫。这一年是鲁襄公三十一年，即公元前542年。襄公死，鲁人立新君，名为裯，襄公妾齐归之子。其年已十九，犹有童心。在襄公的葬礼上，三换丧服，依然如故衣。叔孙豹反对立裯，但季孙氏执意立之，遂得立，其后谥为昭公。

公元前541年正月，裯即位为鲁君，是为昭公元年。

这年春天，楚国公子围（康王之弟）聘郑国公孙段（丰氏）家的女儿，前往郑国迎娶。按照规矩，要在丰氏祖庙前迎娶新妇。郑国子产不欲其入城，担心楚国借机攻击郑国，提出在城外除地为墠（Shàn），代丰氏之庙，行亲迎之礼。所谓"除地为墠"，就是在野外修一土堆，以代丰氏的祖庙，一切迎妇仪式在城外举行，楚国迎亲者不入城。后经反复交涉，郑国明确提出，若楚人入城，担心其"包藏祸心以图之"，若那样，则郑国失去了楚国的依靠，诸侯也不再相信楚国，楚国失信于诸侯，其命将不行于诸侯。郑国着实担心自己的安危。楚国知郑国有备，于是命迎亲的士兵们皆垂着装兵器的口袋，以示无攻击的利器，入城后，完成了迎娶的仪式。

公子围在郑国完成迎娶仪式后，直接前往虢地，在那里参加诸侯大夫们的盟会，重申几年前在宋国已签署的弭兵之盟。虢，当年周文王弟虢叔所封，后为郑所灭，今属郑。它的故城在今河南郑州市北的古荥镇。参加虢地会盟的有晋国的赵武、楚公子围，齐、鲁、宋、卫、陈、蔡、郑、许、曹等诸侯国的卿大夫们。各诸侯国对于虢地的盟会都很重视，派来了上卿和执政大臣们参会。晋国的祁午（祁奚之子）告诫赵武说："宋国的弭兵之会，楚国得志于晋，凌晋之上而先歃。如今楚国令尹公子围不讲信义，诸侯皆知。如果我们不加戒备，怕又如宋时，让楚占先。楚原来的令尹子木还被诸侯认为是讲信用的人，尚且如此，况不讲信义之公子围乎？如果再让楚国凌晋之上，将是晋国之耻也！您执掌晋国之政，如今已七年，七年间，两会诸侯，三合大夫，平服齐、狄，安宁东夏，平秦乱，城淳于，国家师旅无挫败，民无谤言，诸侯间亦无嫌隙和仇怨，天亦未降大灾，是您力行德政之力也！如今您有令名于天下，岂可终之以耻？所以，对于楚国，不能不戒备啊！"赵武回答说："我很感谢你的忠告。宋国之盟会，楚国子木有祸人之心，但我有仁人之心，我以仁心待之，所以让楚国凌驾于晋国之上。如今我依然是这种心情，楚国如果不守信，也损害不了我们。我赵武依然以信为本，贯彻始终，好比农夫，即遇水旱灾年，不忘耕种，迟早会有丰年。信，就是我为人的准则，我以信为本，楚国何足忧也！"

楚国的公子围担心再歃血为盟，晋国占先，提出以在宋国时盟书的副本加于祭牲之上。晋国赵武同意了。

三月甲辰（二十五日），举行盟会的仪式，各国卿大夫皆莅会。公子围衣饰华美，仪仗庄严，俨然王之气派，引起各国卿大夫们议论纷纷。大家皆认为公子围不安于臣位，将行篡弑之谋。

正在盟会之际，莒国来告鲁国，说鲁国不守弭兵诺言，兴兵伐莒，以取郓邑。鲁国多年来，季武子（季孙宿）主鲁之内政，盟会聘问等外事活动，皆由叔孙豹（穆叔）出面，仲孙氏偶尔参与。此次虢之会，叔孙豹作为鲁国使节在会，鲁国的季武子举兵伐莒，自属破坏盟约，莒国来告，事属必然。楚国公子围提出杀鲁国使节叔孙豹以示惩戒。晋国赵武为此向楚国为叔孙豹求情，说："鲁虽有罪，但鲁国使节并不回避，畏楚之威而静等惩处，不如赦免一次，以劝左右。"楚国后来同意赦免了叔孙豹。

身为大国执政上卿的赵武，在虢地盟会上受到了各国的敬重。他的这次国事和外交活动很是风光。首先，楚国的令尹公子围设宴招待了赵武，宴飨当中，主宾赋诗以言志。公子围赋《诗·大雅》中的《大明》之首章，言文王明明照于下，故能赫赫盛于上。这是歌颂文王的诗，公子围特称首章，以光大自己。赵武赋《诗·小雅》中《小宛》之二章，言天命一去，不可复还，以戒公子围。事后，赵武对同行的叔向说："公子围把自己看成楚国之王了。"叔向说："这是可能的，楚王弱而令尹强，公子围迟早必将篡位，但他不会有好下场。"赵武问为什么，叔向说："以强克弱，虽强而不义。不义而强，其亡必速。诗曰'赫赫宗周，褒姒灭之。'虽强而不义也。如果公子围做了楚王，必将以暴虐待诸侯，行暴虐之道，岂可长久哉！"

虢地盟会后，赵武，叔孙豹及曹国大夫入郑都，郑伯一同招待他们，给予很高的礼遇。席间赋诗，赵武认为礼遇太过，过后说：再不复见此乐也！周王朝派刘定公来慰劳赵武，刘定公以大禹比之赵武，希望他像大禹那样临诸侯以治民。赵武谦逊，认为自己苟且偷生，早晨不能虑及晚上的事情，何能有如此长远的打算呢！此时赵武尚不及五十，说话却如八九十岁的老人，有朝不保夕之言，刘定公因此断定赵武命将不久。

叔孙豹回到鲁国，季武子前往府上慰劳。因季武子率军侵莒，叔孙豹在虢地会盟上差点被杀掉，所以，对季武子憋了一肚子气。日至中午，不出来见季。后来终于出来见季武子，他指着廊檐下的楹柱，说："我虽然讨厌这两根柱子，可是能去掉它们吗？"即是说：季孙氏执掌鲁政，是鲁国的支柱，我虽然生他的气，也得与他共事。

这一年，郑国也发生了一些事情。郑国大夫徐吾犯有一个妹妹，长得很漂亮，先是一个叫子南的人与其订了婚，这个子南，又叫公孙楚，他是郑穆公的孙子。可是，出来个强人，名叫公孙黑，亦称子皙，他见女方美丽，强行纳采，表示与之定亲。古时纳采，也就是送聘礼定亲，称之"委禽"，也就是先送去一只雁，表示要定这门亲事。两大夫争一女，女方谁也不敢得罪，徐吾犯就去找郑国的执政子产述说此事。子产说："郑国国政不修，故二大夫争女，非女家之患。女欲与谁则与谁，听其所欲，由女子自择。"徐吾犯把子产的意见告诉了子南和子楚，两人都表示同意。

到了女子择夫这一天，子皙（公孙黑）穿着华丽，打扮得漂漂亮亮，进去后，把玉帛和禽鸟等表示彩礼之物陈于堂上，然后出来。子南则穿着战士的戎服，弯弓搭箭，左右射于中庭，然后跃上停于门外的车子驶出。女子在房间中观看二人的表现，说："子皙当然很漂亮，但子南更具丈夫气质，我认为子南可以做我的丈夫。"于是，依女子之意愿，归于子南。子皙大怒，穿上盔甲，去见子南，欲杀之而夺其妻。子南听说后，抄起戈矛就来追子皙，到了大道四交之处，以戈击了皙。子皙受伤而归，说："我本想跟他好好说，没想到他动真的，所以把我刺伤了。"

郑国大夫们为此议论纷纷，子产说：双方各有理由，也都各有错误。因为子皙是郑国的大族，子产不能得罪，所以把子南拘捕，数落了一顿。大意是说子南不顾尊卑，以下犯上。但在这件事上，子皙无理，他欲夺子南的聘妻，不得，又欲杀子南。子南不过自卫，曲直自分明。但子产为政，不得罪于巨室，左右权衡，故有批评子南之事。

这一年，秦国的公子名鍼（音钳）来晋国。公子鍼，秦桓公子，称秦后子，秦景公的同母弟。秦景公已在位三十六年，公子鍼在秦得宠于桓、景两君，所以，气焰颇盛，贵宠无比。他的母亲对他说："速去国外，别等着人家遣送你。"于是，他就到晋国来了。公子鍼适晋，有车千乘，书上记载说："秦伯之弟鍼出奔晋"，言"出奔"，是怪罪于秦景公也。

秦后子鍼入晋，大肆铺张。据记载，为通秦晋，造浮桥于河，每十里，停车若干乘，自秦都雍（今陕西省宝鸡市凤翔区）至晋都绛（今山西省侯马市）道路迂曲，相距千里，每十里停车十乘。后子享晋平公，用"九献"之礼，古人饮酒，先由主人敬酒，曰献；次由宾还敬，曰酢；再由主人先酌酒自饮，即劝宾随饮，曰酬。献、酢、酬合称一献。酬必主人赠礼物于宾以劝酒，谓之酬币。此次宴飨，是秦后子为主，晋侯为宾，行之九献，以车载币，第一次呈币后，又往返八次，去车上取币以酬，方始成"九献"之礼。

秦后子鍼在晋，与赵武有过一番对话。赵武问后子何时返秦，秦后子回答说："我因为怕被秦国选为嗣君，逃君位而来晋，等到秦国新君即位才能回去。"赵武又问："如今秦君（景王）怎么样？"后子答："无道。"赵武又问："那秦国会亡吗？"后子说："秦为何会灭亡？一世君主无道，国运不绝，既然立国于天地间，必有助之者，没有连续几代无道昏君，国家是不会灭亡的。"赵武又问："难道没有短命夭亡之国吗？"后子说："那是有的。"赵武说："夭亡之国，可坚持几年？"后子说："鍼听说，国家无道而庄稼丰收，那是天助。但少有连续五年丰收的。"赵武望着门外的树荫，说："早晨尚且等不到晚上，谁能等上五年。"后子出去后对人说："赵武这个人恐怕命不长久，主晋国之政，却厌于日月之流逝，又虑自己朝夕难保。"

这一年，晋国的荀吴（中行穆子）和魏舒率晋军败无终和群狄于大原。无终，是当时一个山戎国的名字，其地或在今山西太原市东。山戎或群狄文化较中原诸国落后，不用战车，全是步卒，又在山间隘地作战，晋军舍战车而用步卒，一举而克之。山戎和群狄不在各国弭兵会盟之内，不属华夏诸国，因此用兵剿灭之。

这一年，还有一个小国名叫莒国，发生内乱。莒国的君主名叫犁比公，他生下两个公子，一名叫去疾，一名叫展舆。他原来立展舆为继承人，后又把展舆废掉。犁比公暴虐无道，国人患之。展舆纠合国人攻杀犁比公，自立为莒君。去疾为齐女所生，所以逃奔到齐国。展舆立后，把莒国群公子赖以生存的俸禄全都中止了。（古代俸禄，或以田地，或以谷物）这年秋天，逃奔到齐国的公子去疾在齐人的帮助下回莒国即位，展舆为吴女所生，出逃至吴。《左传》借君子之口评价说："展舆所以被人推翻而失位，那是因为获罪于群公子，失去了众人的支持，人是不可以轻易得罪放弃的，本来是支持维护你的力量，却因你的霸道糊涂，变成你的敌人，如此，你怎么会长久呢？"

这一年，晋平公患病。郑国子产访晋并探晋侯之病，历数远古的历史，及晋侯之病，子产认为，晋侯因女美而娶同姓女，违背了同姓不婚的习俗。现今晋侯后宫有同姓四女为姬，晨昏无时，房劳过度，此乃患病之原因。四名姬妾，若不裁省，任其下去，其病必生，且疾不可治。后来，为治晋侯之疾，又从秦国请来医生诊治，秦医也认为，晋侯女色过度，不节制，御女不分晨昏晦明，淫乱无时，其疾必生。秦医且对赵武说：君主为国招灾，大臣应阻止之。今晋侯淫乱而生疾，而你为主政大臣，未能及时劝止，如今难以主宰社稷，其祸大矣，你将承受这种后果。

这一年，楚国发生弑君之事。楚康王死，其子即位，康王弟公子围为令尹，奢华铺陈，甚于楚王。这年，公子围将出使郑国，伍举为副使，尚未出楚境，闻王有疾，公子围折返，使伍举继续往聘郑国。公子围回到楚都郢，入宫问疾。以冠缨绞王而杀之，接着杀其二子（一名幕，一名平夏），葬王于郏。楚人于楚王麇不称谥号，以所葬之地称之，称为郏敖。公子围弑君即位，为楚灵王。

这年冬天，赵武举行冬祭，前往南阳祭祖，卒于南阳。

四三　楚王之死

楚共王死后，由其子即位，谥为康王，康王在位十五年，卒于公元前545年，由其子即位。此时，康王之弟公子围为令尹，即楚国的执政大臣，飞扬跋扈，蹈厉张扬，其排场已视同于王。公元前541年，即康王之子即位四年后，公子围以探病为名，从出访郑国的道上折返，回到楚都，入宫后，以冠缨勒死卧病在床的楚王。

公子围弑君后，接着杀掉了楚王的两个儿子，一名幕，一名平夏，以绝后患。葬王于郏，名为郏敖。郏敖在位仅四年，被他的叔叔所杀，因而无谥。

康王除公子围，还有三个弟弟，一名子干，为楚右尹，在弑君之乱中逃往晋国；一名子皙，因筑城在外，从筑城工地逃往郑国；还有最小的弟弟公子弃疾，留楚。

公子围改名熊虔，即位楚王。死后谥为灵，即楚灵王。

灵王三年，欲会诸侯，以为霸主。当时晋楚争霸，刚刚有弭兵之会，故请于晋，晋允之，楚灵王合诸侯于申。鲁、卫、曹、邾四国没有参会，曹、邾推辞说，国家不安定，国君难以出访，鲁昭公推辞说，国家有祀祖的盛典，国君不便外出，卫侯推辞说有病。晋国早就以国事为辞，推托了。依其霸主地位，不可能参与楚国主持的诸侯会盟。除以上五国没有参加外，其余诸侯，计有蔡、陈、郑、许、徐、滕、顿、胡、沈、小邾、宋、淮夷等大小诸侯参与了楚灵王在申地的盟会，这似乎是楚国与晋国并立为霸主的标志。

盟会诸侯的礼仪，灵王请教了宋国左师向戌和郑国的子产。当年，宋襄公曾有称霸的念头，所以宋国保存其礼仪，向戌能守而进于楚；子产事小国，知道小国服侍大国的仪节，两人各进六事，按此，楚灵王完成了盟会诸侯的礼节。在仪式上，他让大臣伍举站在他身后，以便随时纠正差错，但伍举并没有任何纠正，王问其故，伍举说，有六项礼仪他也没见过，所以没法判定其对错。总之，盟会诸侯的仪式就这样草草结束了。

在盟会上，楚灵王展示了他的奢侈和骄横，伍举谏之而不听。徐国的君主因为其母为吴国人，而吴楚为敌国，灵王认为徐子有二心，在盟会上就把他拘捕了。子产和向戌背后议论说："如此骄横霸道，不出十年，必亡。"

这年七月，楚灵王统率诸侯伐吴，攻克了吴国的朱方郡。朱方，由吴王赐给齐国的庆封在那里居住。当年，齐庄公通于崔杼妻，被崔杼所弑，庆封与崔杼同执齐政。后齐国卿大夫相互倾轧，发生内乱，崔、庆两族尽灭。庆封逃亡吴国，托庇于吴，居朱方。楚灵王攻灭朱方后，逮捕了庆封，要戮之以示众。他要庆封背负行刑的斧钺，游行于诸侯间，并使押解他的人高声呼喊："不要像庆封这样弑其君，弱其孤，以盟其大夫！"庆封一边游行一边高喊："不要像公子围这样杀他的侄子，篡夺王位而会盟诸侯！"楚灵王又羞又恼，下令立即杀掉庆封。

接着，他又灭掉了一个叫赖的小国。赖在今湖北随县稍东而北的一个地方。赖的国君自缚其身，口中衔一块玉璧，朝廷的士们都裸着上身，后面抬一口棺材，这支被征服而投降的队伍来到灵王的中军帐，灵王问臣子伍举何以处置，伍举说，当年（公元前 654 年）楚成王克许，许僖公也如此见成王，成王鉴于史上武王克殷，接受纣王庶兄微子启投降的仪节，"释其缚，受其璧，焚其榇"，礼待降者。楚灵王也接受了赖国的投降，把赖迁到了鄢地，也就是如今湖北宜城市南部。灭其国，迁其地，赖已不复存在。楚灵王还想把许国迁到赖地去，命令在那里为许筑城。一个称霸的诸侯国对于它周遭小的诸侯和部落随意处置，当时一个叫申无宇的人说："楚国的祸乱大约由此开头了，灵王随心所欲，完全不顾民心，也不管百姓来不来住，就在那里筑城，强制压迫，民心不服，百姓不堪王命，祸乱之始也！"

为了加强和炫耀楚国的霸主地位，楚灵王向晋求婚，以求联姻。晋国答应了，并派上卿韩宣子（韩起）赴楚送女，太师叔向做他的副使。从官阶地位上来说，这都是不寻常的，可见晋国对晋楚关系的重视。宣子等人过郑，郑国大臣宴请他们，说：楚灵王可是个奢侈霸道的人，你们可要小心啊！叔向说：他奢侈霸道，只会给自己带来灾殃，我们按照礼节行事，他伤害不了我们。宣子叔向等人到了楚国，楚灵王和大臣们说："晋国是我们的敌国，只要我们得志，就不必顾虑其他。如今来楚的使臣，一名是上卿，一名是上大夫，我想刖上卿韩起之足，让他做我宫中的守门人，阉上大夫羊舌肸（叔向），让他做我管理内宫之官，如此足以辱晋，也使我大快于心，你们看可以吗？"众大臣面面相觑，谁也作声不得，楚灵王是个不讲规矩，我行我素的家伙，但是如此不顾后果，霸蛮胡来，他们还是没有想到。就在大家相对无语之时，一个大臣说："我认为可以，你只要做了准备，防患于未然，有什么不可以的呢？羞辱一个匹夫，你还要提防他的反抗，何况羞辱一个国家呢？所以古之圣王都以礼行事，国家之间，使臣往来，都有一套礼仪规矩，没见要故意羞辱谁。一个国家的失败，是因为失去了道，失道之国，必将带来祸乱。晋楚两国，有过几次战争，城濮之役，楚败于晋，晋无战备，在邲地又被楚所败，后楚无备，又被晋败于鄢。自从鄢地之战后，晋国从来没有放松战备，所以楚国没有报复的机会。晋国对楚国以礼相待，和睦相处，楚求亲以晋，晋国答应，既然结亲于晋，又要羞辱它，重启寇仇，我不知道楚国为此做了什么准备？如果楚国有人能抵挡晋国，可以羞辱它，如果没有，君王一定会别有所图。晋国对待君王，我认为是可以的，楚会诸侯，晋国许之，求其婚姻，上卿上大夫送女上门，如此，君王还要羞辱它，那么，君王是有准备的了！若不然，何以有此心此念？如果晋国发兵来讨，奋起武怒，以报其大耻，若无其备，楚国君臣岂非尽为晋国之虏。这个结果，君王想到了吗？如果已经想到了，那么，羞辱晋国是可以的。"楚灵王这才说："这是我的过错了，我真的没想到它的后果。"由此可见，楚灵王除了霸蛮无礼，不讲规矩，还是个没脑子的人。

这年（公元前537年）十月，楚灵王率诸侯伐吴，吴王派其弟往楚军劳师。楚灵王下令拘捕了吴王之弟，要杀了，以他的血衅鼓。灵王问他，说你来之前，有没有卜筮一下吉凶？吴王弟回答说："曾卜之以龟，吉。寡君告我来看一下楚王之怒，如果楚王礼待使臣，则吴可放心休息，不为之备。如今大王拘捕使臣，要以我血衅鼓，则吴国整顿军备，准备迎战。吴国虽弊，倾全国之力，必克楚而胜。吴国卜的是社稷，非为臣一人，大王伐吴，拘杀使臣，只能使吴国上下一心，同仇敌忾而拒楚，且卜龟为吉，吴不败也！"楚灵王听了他的话，没有杀他。

由于吴国有备，楚军和诸侯进不了吴国，只好收兵。

楚灵王外合诸侯，内肆奢华，筑章华台以行淫乐，数年而台成，想邀诸侯登台庆贺，诸侯皆拒绝参与庆典，无有至者。唯有鲁昭公，楚派使臣威胁之，是往楚的唯一贺者。楚灵王宴请鲁昭公，席上，赠予鲁昭公一张名为大曲的弓，散席后，楚灵王就后悔了，于是，派一个大臣去讨要。这个大臣见了鲁昭公，就口称庆贺，鲁昭公摸不到头脑，问何事可贺？楚臣说："齐、越、晋三国想要这张弓很久了，但寡君没有给他们，如今将弓传给您，可喜可贺！您可要好好保护好它，防备三国夺弓而侵鲁！"鲁昭公听了很害怕，把弓还给了楚国。

公元前534年，陈国发生内乱。陈国的末世君主陈哀公和夫人郑姬生下了太子偃师，他的两个妃子一生公子留，一生公子胜。这两个妃子很受宠，哀公也很喜爱她们所生的公子留和公子胜，就把留和胜托付给他的两个弟弟公子招和公子过，要招和过将来照顾好留和胜。适逢哀公有病，公子招就把太子偃师杀掉了，立公子留为陈国之君。这种杀嫡立庶的内乱在诸侯国经常发生，但陈国之乱却给它带来了亡国之祸。陈国本是楚的属国，内乱发生后，病中的陈哀公自缢身死，陈国派一个大臣去楚国报告立君的事，而公子胜也去楚诉说杀嫡立庶的经过。楚国大怒，杀掉了来报告立君的陈国大臣，刚被立为陈君的公子留吓得跑到郑国去了。

公子招杀嫡立庶，落得如此下场，认为是公子过坏了他的事，把公子过杀掉了。这年九月，楚国派公子弃疾率师伐陈，十一月，灭陈而置县。（陈五年后复封，五十二年后终被楚所灭。）

楚灵王跋扈嚣张，嗜杀成性，树敌甚多。当他为楚国令尹时，就曾诛杀楚国大司马蓮（wěi）掩，（亦称蔿掩），并且霸占了他的家室和财产。即位为王后，又夺蓮氏家族蓮居的田产，所以，蓮氏家族是他不共戴天的死敌。他迁许国于赖，将许国大夫许围作为人质扣押。蔡国公子蔡洧在楚，得到了楚灵王的信重和宠爱，可是楚灵王举兵灭蔡，却把蔡洧的父亲杀掉了。楚国原来的贵族子文，曾做过楚国的令尹，到了他的玄孙一代，名为鬭韦龟，本为楚国世家，楚灵王下令夺去他的采邑，又夺去他儿子成然的封地，让他做管理郊区的大夫。诸侯国内部贵族世家的权力和财产分配最容易造成仇隙和冲突，成然站到了楚灵王隐蔽的对手公子弃疾一边，成为他的心腹。楚灵王的仇敌和对手联合起来图谋作乱。其中蓮氏一族的蓮居、许国大夫许围、蔡国公子蔡洧、鬭韦龟的儿子成然，暗中联络越国大夫，起兵攻楚，据城而叛。

楚康王九年（公元前551年），杀令尹子南，同时车裂子南的心腹观起。观起的儿子观从跑到蔡国，在大夫朝吴手下做事。他见楚国乱象，认为有机可乘，说："如果现在不恢复蔡国，蔡国将永无复国的机会了，我愿意试一试。"于是，他以蔡公之命召流亡在外的子干、子皙两位公子。他们两人都是楚共王的儿子，和康王、灵王是同父兄弟。公子围（灵王）勒毙刚即位四年的康王之子的宫廷政变中，子干逃亡到晋国，子皙逃亡到郑国。两人来到后，观从告诉他们真相，要反楚灵王而起兵。子干子晳犹疑不决，观从强与之盟，一伙人闯进蔡国。蔡公正要吃饭，见了这伙明火执仗的家伙，吓得要逃。观从命令子干就蔡公的席上和蔡公共同用餐，然后挖坑、杀牲，加盟书于牲上，做了与蔡公结盟的假象，迅速撤离。观从自己去见蔡国的公卿大夫们，说："蔡公召子干子晳，将纳其入楚，与之结盟而令之先行，蔡国将兴兵而随之。"蔡国的公卿大夫们听后，知道观从假传蔡公之命，要把他抓起来。观从说："你们要杀我已迟了，盟约已定，二子将入楚，蔡国只有兴兵才是正理。"大夫朝吴见事已至此，说道："如果我们能为灵王而死，就可违背蔡公之命，看成败所在。若求蔡国复生，则应赞助蔡公，以行大事！"众大夫说："那就听蔡公的！"于是，拥戴蔡公，召子干子晳，在邓地（今河南省漯河市东南）重新定盟，依仗蔡、陈两国百姓复国的热情，楚国公子比（干）、公子晳（黑肱）、公子弃疾还有成然，蔡国大夫朝吴共同率领陈、蔡、许、叶等联军，加上蘧氏、许围、蔡洧、成然等族的家丁亲兵们，浩浩荡荡，攻入楚国。蔡公命两名大夫先入楚宫，杀死灵公的两个儿子即太子禄和公子罢敌。于是，按照长幼之序，公子比（子干）为楚王，公子黑肱（子晳）为令尹，公子弃疾为司马。楚共王有宠子五人：长为康王；次为灵王（公子围）；次为子比（子干）；次为黑肱（子晳）；最幼者为公子弃疾。接着，清理楚王宫，清除灵王的亲信，安排自己的人，此为"除宫"。

此时楚灵王不在楚都，去年起兵伐徐，他带兵驻扎在乾谿，叛军使观从告乾谿军：先归顺的，官复原职，后者将受劓刑（割掉鼻子）。灵王的军队到了訾梁（在今河南省信阳市），众皆溃散。

楚灵王听到他的儿子被杀的消息，从车上跌了下来，说："人爱其子，亦如我乎？"他的侍从说："是啊，老了没有儿女，大约得死于沟壑了！"楚灵王说："我诛杀别人的子女太多了，能不落到这个下场吗？"右尹子革说："我们回到国都之外，听从国人的安排吧！"灵王说："众怒不可犯也，众叛亲离，还有什么安排呢！"子革说："要不我们先占一个地方，向诸侯求兵以平叛。"灵王说："哪里还有我们立足的地方，到处皆叛，已无容身之地。""我们流亡到别国，靠大国之力恢复君位。"灵王长叹一声："我已失君位，那样只会自取其辱！"右尹子革知事无可为，偷偷离开灵王，回到了楚国。

众皆溃散，楚灵王孑然一身，流落于山野之中，形同野人，后来遇到一个渔夫，讨要吃的，说："我已三日不进食，有吃的给我一点儿吧！"渔夫给他一点吃的，因为他太疲惫了，进食后枕着渔夫的腿睡着了。醒来后，渔夫已离去，他头下枕的是一个大土块。他匍匐而行，到一个看山林的窝棚里，看山林的人不容纳他。这时，一个小臣寻找他，把他找到了。这个小臣名叫申亥，他的父亲叫申无宇，是楚国一个小官。当年楚灵王为令尹时，在田猎中打着楚王的旗帜，申无宇把他的旗帜砍断了，说："天无二日，国无二主，一国两君，谁能忍受？"当时的公子围并没有处置他。后来楚灵王在位，修章华宫，申无宇一个手下的奴隶因为有罪，逃进了章华宫，申无宇进去把罪人抓住了。守护章华宫的官员逮捕了申无宇，说他擅入王宫捕人是犯法的。灵王正在饮酒，申无宇在灵王面前为自己申辩，可能灵王此时心情不错，没有惩办申无宇。楚灵王两次没有杀他的父亲，申亥感楚灵王之恩，在楚灵王落难的时候，他要报恩。他在看护山林的窝棚里找到了楚灵王，带他回了家。这年夏天五月，楚灵王自缢于申亥之家。据《左传》记载："申亥以其二女殉而葬之。"但《吴语》所记为："王缢，申亥负王以归而土埋之其室。"无以二女殉事。如以二女殉王，则申亥之行，令人发指，古人的观念我们是无法理解的。

据说当年楚灵王欲夺王位曾卜于龟，不吉。楚灵王恨恨道："天不予我，我自夺之！"篡位后，嗜杀索取无厌，民不堪，所以楚国发生推翻他的政变时，卿大夫和百姓从之如流。

政变发生后，依年为序，子干（子比）为君，发起和推动此次政变的观从对子干说："如果你不杀掉弃疾，虽然你已居君位，恐怕祸乱还在后面。"子干说："我不忍心做这种事啊！"观从叹道："你不忍心，别人可会忍心对你啊，我不能在此等着受祸被杀。"于是弃楚而去。

楚灵王流落山林而死，郢都百姓并不知道，公子弃疾每到夜半，派人游走街巷大呼："楚王回来啦！楚王回来啦！"搞得楚都一夕三惊，百姓惊惧不安。弃疾又派成然去告诉子干说："楚王要回都了，楚人将要杀你，这事马上就会发生，你要早做准备，众怒如水火，难以平息。"门外又有人大呼："来啦！来啦！"子干子皙又惊又怕，皆自缢而死（可能是弃疾派人将二人勒毙）。

子干子皙既死，弃疾即位为楚王，改名为熊居。把为王数日的子干埋葬在訾地，称其为訾敖。居位短暂没有谥号的楚王以葬地为号，加一"敖"字。后人认为"敖"者，"獒"也，乃部落酋长之意。葬了子干，为安定人心，弃疾杀一囚犯，给他穿上王服，弃之汉水，取而葬之，说楚灵王已死入葬，以安定国人。弃疾为楚王，死后谥平，他就是楚平王。

四四　宣子辞玉

宣子，是晋国韩起的谥号，公元前 540 年，他继赵武为政，曾多次出使诸侯国，《左传》多有记载。他的风雅大度，足见春秋时代贵族阶级的礼仪和文明修养已达到很高的程度。

鲁昭公二年春，晋国君主晋平公派韩宣子到访鲁国。鲁国是晋的同盟国，此行一为庆贺昭公即位，二也是通告鲁国，他已继赵武为政。这在原则上，符合同盟国间交往的礼仪。宣子在鲁太史那里观看了《易》《象》和鲁国的史书《鲁春秋》，他为此赞叹说："周礼尽在鲁国啊！我现在才知道周公之德和周何以称王于天下。"对周礼的钦佩和激赏由此可见。鲁昭公设宴招待宣子，鲁国的上卿季武子当席赋诗，是《诗经》大雅中的《绵》诗的最后一章，此诗的原意是说文王有四臣，故能以绵绵致兴盛。他的意思是把称霸天下的晋侯比作文王，而宣子则为四辅之臣。宣子和之，赋小雅中《角弓》一诗，取其"兄弟婚姻，无胥远矣"之义，言兄弟之国宜相亲。季武子当席下拜，说："拜君以兄弟之义关顾敝国，寡君从此有望矣！"接着，季武子又赋小雅诗中《节南山》的末章，取其"式讹尔心，以畜万邦"之义，言晋之德可"以畜万邦"以统领诸侯。鲁昭公宴飨后，季武子又设家宴款待宣子。季武子府中的庭院里有一棵美丽的大树，韩宣子手抚大树而赞美之，季武子说："我一定好好培植保护这棵树，以无望您的《角弓》之义。"接着，他又吟赋《诗·召南》中《甘棠》一诗，意思是，召公息于甘棠之下，诗人思之，而爱其树。武子将此树比作甘棠，以韩宣子比作古之召公，欲好好培植其树，以不忘君子之德。韩宣子说："此言令我不堪，我哪里比得上古之召公啊！"

春秋时，贵族之间相见以礼，赋之以诗，取比言志，主客尽欢的情景如在目前。

第二年，韩宣子出使齐国。他这次是去为晋平公迎娶齐国国君之女。不久前，晋齐联姻，晋平公曾迎娶一位齐国宫廷之女，名为少姜。晋平公非常宠爱这个来于齐国的女子，称她为"少齐"。可这位美女短命，不久即患病而死。齐国还要续上一位女子，因此韩宣子担负迎娶之任前往齐国。齐国的宠臣公孙虿见以前嫁于晋国的女子少姜得宠于晋平公，于是中间做了手脚，将自己的女儿顶替齐景公之女嫁于晋国，而将齐景公之女另嫁他人。这个掉包计很多人都知道，于是有人向韩起告发，说公孙虿欺骗晋国，以己女顶替景公之女。晋国为何甘心受骗呢？韩宣子闻此，笑了，他说："晋国求取齐女的目的，本为巩固晋齐联盟，增进晋齐的友好关系。如果戳穿这个把戏，势必得罪公孙虿，而他是握有齐国大权的宠臣，本欲联齐却得罪齐国的宠臣，齐肯盟于晋乎？"韩宣子并不在意迎娶的女子是何人之女，联姻的目的在于巩固两国关系，只要公孙虿能摆平此事，在国家利益面前，此女与彼女又有何分别呢！

公元前526年，韩宣子出使郑国。韩宣子原本有一种玉，称为"环"，大约是古之祭祀所用，但此环并不完整，据称遗失的那片在郑国商人的手里。关于"环"这种古玉，王国维先生在他的《观堂集林·说环玦》中云："余读《春秋左氏传》：'宣子有环，其一在郑商。'知环非一玉所成。岁在己未，见上虞罗氏所藏古玉一，共三片，每片上侈下敛，合三而成规。片之两边各有一孔，古盖以物系之，余谓此即古之环也。环者，完也；对玦而言，阙其一则为玦。玦者，缺也。以此读左氏乃得其解。后世日趋简易，环与玦皆以一玉为之，遂失其制。"以王国维先生比对实物言之，古之环乃以三片玉为之，"合三而成规"。现在韩宣子的"环"少了一片，则不成其"环"，乃成"玦"也，就是缺的意思。而少的这一片在郑国的商人手里，所以韩宣子访郑，顺带请求郑伯（定公），能把那片玉讨来，合成一"环"。但这个请求被郑国的子产拒绝了，说："这并非官府的器物，寡君哪里知道呢！"郑国其他两名臣子觉得子产的拒绝很不明智，说："韩宣子也没提出什么过分的请求，郑国更不能和晋国分道扬镳，晋国和韩起可都是不可得罪的啊！如果有人在其间挑拨，韩宣子发怒，我们后悔都来不及了！我们何爱于一环，因此而得罪于大国？赶快搜求来那片玉，送给韩宣子。"子产回答说："我并非和晋国有二心，郑国作为小国，还将服从和效力于晋国。我所以拒绝韩宣子，遵从的是忠信的原则。我听说君子不患无财产，而担心立于庙堂而没有好名声。我又听说，治理国家，不患不能服侍大国，而患难以安定小国之位。如果大国对小国有求必应，则必求而不止，最终也难以满足它的欲求。所以大国的索求，如果无理必须拒绝它，否则难以餍足，诛求无已。况且如今的郑国，几成晋国边鄙之县，已失国家之位，如果韩宣子奉命到郑国而求玉，则贪黩甚矣。吾满足其欲求，使国家失位，宣子成贪，一玉而成二罪，岂可行哉！"子产坚持拒绝韩宣子，不理他求玉的请求。

韩宣子私下访求，终于找到了缺失的那片玉，并且和郑国商人成交。买卖做成后，郑商却提出一个条件："必将此事告知郑国君主和执政大夫。"于是韩宣子向子产请求说："前曾向郑伯和您请求失于郑商的那片玉，执政大人认此为不义，所以再没敢提及此事。如今我从商人那里买到了，商人说，此事必须要让您知道。我特意来告诉您这件事，请求得到您的允准。"子产回答说："当年我郑国首封之君桓公和郑国的商人们都来于周朝，共同开发了郑国的土地，披荆斩棘，而共处于此。当时桓公与商人们订立盟约说：'你们不背叛我，我决不强买你们的货物，既不乞求，也不掠夺，你们有什么好的交易和货物，我也不必知道。'因为和商人们有这样的盟约，所以国家和商人们相安无事，以至于今。如今先生您以大国之使的身份和商人做成这笔交易，未必是出于正常的买卖。这是使我国强夺于商人，而违背与商人从前的盟誓，此事似不可为。先生您得到了一块玉，却失去了诸侯，您必定不会做这种事。若晋国有令，使我郑国贡物无法则，郑国虽鄙邑小国，怕也难以服从。如果我把这块玉呈送给您，也找不到先例和规则，既无这样做的理由，所以我也不敢这样做。"韩宣子听了子产这样一番话，忙拿出所购之玉，说："是我一时糊涂，因为这块玉而获罪郑国，这玉我就不买了，请将它还给商人吧！"

子产的一段话，可见在春秋时代的郑国，政府为了创造良好的经商环境，保护商业，分清政府权力和经商的界限，不强买强卖，不干预商人正常营商活动的情形。而韩宣子也能知错就改，退还了以大国使节身份从商人那里强购之玉，真正体现了贵族的风度和节操。

在晋国的执政大臣中，赵武韩起都是很风雅的。韩起将离郑前，郑国六卿在郑都郊外为韩起饯行。席间，韩宣子道："请诸位大臣皆赋诗一首，使我知道郑国之志向。"郑国的婴齐起而赋《诗·郑风》中《野有蔓草》，取其："邂逅相遇，适我愿兮。"表达了和韩宣子在郑国会见后的欣喜心情。因为婴齐的父亲子皮死去仅三年，婴齐继父位不久，韩宣子道："孺子之情令我欣喜，我对郑国有了希望。"子产当席赋《诗·郑风》中《羔裘》，诗中有云："彼其之子，舍命不渝""彼其之子，邦之司直""彼其之子，邦之彦兮"。那个人啊，即使舍命也要完成他的使命，那个人啊，他是邦国的直臣，那个人啊，他是邦国的俊彦！子产以此诗来赞美韩宣子。韩宣子虔诚地回说："韩起不足以受这样的赞美啊！"接着游吉赋《褰裳》，这是一首情诗，其有语曰："子惠思我，褰裳涉溱，子不我思，岂无他人。"你要想我，就撩起衣裳，涉过溱水来会我，你不想我，难道没有别人爱我吗？这是借这首情诗来暗喻晋郑两国关系，是说晋国如关爱维护郑国，就要有"褰裳"之行，否则，岂无他国庇护郑国？韩宣子忙说："只要我韩起在晋执政，不必使郑劳累而服侍他国，晋国必能维护郑国。"游吉听了，忙于席间下拜。韩宣子说："你的诗很好嘛，我很赞赏《褰裳》

之词，人与人和国与国之间的关系是一样的，相处日久，难免懈怠，只有时时提醒，才能有始有终。"子游于席间赋《风雨》，取其："既见君子，云胡不喜。"表达对韩起的尊敬。子旗赋《有女同车》，取其"洵美且都"，言其貌既美好且风度娴雅，表达赞赏并爱乐宣子之志。子柳赋《箨兮》，取其"倡予和女"，言宣子倡，己将和从之。韩宣子听罢郑国六卿席间所赋之诗，非常高兴，他说："看来郑国将要兴盛啊，诸位奉君命为韩起饯行，所赋皆为郑风，表达郑国之志和亲爱友好之情，诸卿皆郑国才俊和股肱之臣，郑国之前途没有什么可担忧的啊！"韩宣子当席皆赠予郑国各卿以马，并赋诗以答谢，所赋为《诗·周颂》之《我将》，其有言云："日靖四方，我其夙夜，畏天之威"，言自己畏惧天威而志在靖乱，又有"于时保之"之语，即保护小国之意。子产下拜，又使其余五卿皆拜，说："您有靖乱四方，保护小国之志，郑国受大国庇护，敢不拜君子之德！"

韩宣子离郑前，特意到子产府上拜会，并赠子产玉和马，说："您命韩子辞玉，等于赐我金玉良言也。敢不拜君所赐！"

韩子辞玉和在国务活动中的表现，足见其从谏如流，风度儒雅。这在春秋诸侯国的贵族中也是独秀林中之乔木，高标一格，值得赞赏。

四五　春秋二贤

晋国的叔向（羊舌肸），郑国的子产（公孙侨）和齐国的晏子（晏婴）在春秋诸侯国的臣子中被称为贤臣，《左传》中多次记载他们的事迹。这里只谈谈叔向和子产，因为他们二人死后，孔子给予很高的评价。

晋国有一场迁延很久的官司，邢侯和一个叫雍子的贵族争夺一块田产，一直相持不决。因为晋国处理司法的官员出差到楚国去了，所以当时执政的韩宣子叫叔鱼来处理此案。叔鱼就是叔向的弟弟。

这件案子的是非比较明确，邢侯占理，而雍子无理。但是雍子为了打赢官司，使用了贿赂手段，他把自己的女儿嫁给了叔鱼。叔鱼贪贿枉法，没有秉公办案，断无罪的邢侯输了官司。枉法裁断的结果使邢侯非常愤怒，在朝堂上，他手持利刃，把叔鱼和雍子全部杀死以泄愤。事情发生后，韩宣子问叔向该如何处理。叔向说："三人同罪，处死庙堂擅杀的邢侯与二死者同时陈尸，以明其罪。雍子自知有罪而行贿，此为昏；叔鱼枉法断案，此为墨；邢侯专杀，此为贼。《夏书》有言：'昏、墨、贼、杀'，此上古皋陶之刑也，请依此办理。"于是，邢侯被处死并与二死者同时陈尸以昭其罪。

叔向死后，孔子评价说："叔向，古之遗直也。"认为他是自古留下的公平正直的人，"治国制刑，不隐于亲"。不因叔鱼是自己的弟弟而为之祖护，而是彰其恶而陈其尸，这就是"义"，也是正直无私的表现。

孔子还陈述了叔向两件事。一是"平丘之会，数其贿也，以宽卫国，晋不为暴"。平丘之会，是晋国为了威慑诸侯而举行的一次盟会，事在公元前529年。晋国军队来到卫国，叔向之弟叔鱼（羊舌鲋）为晋国之司马，他想向卫国索要一点贿赂，但他没有办法开口，于是他放纵为军队提供饲草的士兵们在卫国大肆采割掳掠，而且糟蹋庄稼，不知收敛。卫国使者带着一罐羹和一篚锦缎来见叔向，说："诸侯服事晋国没有二心，更何况卫国在晋国的庇护下，何敢有不臣之心呢！如今为军队提供饲草的士兵们和往日不同，请您制止一下。"叔向收下了羹，对使者说："唉，晋国有一个叫羊舌鲋的人，贪得无厌，早晚会招来大祸。你去把这篚锦送给他吧，就说是卫侯的意思。"使者去后，还没出叔鱼的屋子，那些采割掳掠的士兵们就奉命收敛了。二是"归鲁季孙，称其诈也，以宽鲁国，晋不为虐。"鲁国和它周边的小国莒国和邾国常有边境纠纷，它们之间小规模的战争不断。也是这次平丘之会上，莒、邾两国向晋国告状，说鲁国经常侵犯它们，在鲁国的侵犯下，他们几乎都要亡国了，所以负担不起向晋国提供的贡赋。晋侯很生气，不见鲁昭公，不许鲁国参与会盟并且拘捕了鲁国前往会盟的大臣季孙意如（季平子）。古时没有监狱，他们捆缚了季孙意如，并在他身上蒙上布，派士兵看守他。天气燥热，囚人酷热难耐，季孙随行的臣子匍匐着，为季孙饮冰，并贿赂看守以锦缎，以宽其囚。结束盟会后，晋国人把季孙意如也带到了晋国。季孙随行的大臣们向晋国进言说："鲁国服事晋国，何以不如夷狄小国？鲁国是晋国的兄弟之国，且土地广大，能够供应晋国贡赋，若因为夷狄小国莒与邾告状而弃绝鲁国，鲁可和齐、楚结盟，也不比与晋结盟差。奖赏那些及时缴赋的国家，惩罚那些不供贡赋的国家，这才是真正的盟主。请你们想一想吧，除了晋国外，鲁国也并不是没有别的大国可依靠。"韩宣子说："楚国灭陈、蔡，晋国不能救，而却为了莒、邾这样的夷狄小国而拘捕盟国之臣，晋国将要何去何从啊！"于是决定释放季孙意如。可是鲁国的大臣们却不依不饶，说，如果鲁国真的有罪，晋国拘捕惩罚没有什么不对，如今没有一个说法，就这样回去，岂非逃命而归？重新确定鲁国的盟国地位，让我们签了盟约再回去。这才是对的。晋国很为难，如果让鲁国签盟，岂非承认拘捕季孙意如是晋国做错了，那在诸侯面前是很丢面子的。但不允鲁国签盟，季孙意如却不肯回国，这事叫晋国很伤脑筋。韩宣子去找叔向，问："你能想办法让季孙归国吗？"叔向说：我不能，但叔鱼可以。于是叫叔鱼去做这件事。叔鱼见了季孙，很诚恳地说："当年我也曾获罪于晋，逃奔鲁国，亏得您祖父季武子（季孙宿）的保护，我才得以回返晋国，你被拘捕在晋，我当然要尽心营救。如今让您回国您不肯回去，我听到晋国的大夫们计议说，将要在西河给您盖一座房子，把您迁居到那里去。把您送到那么边远的地方可怎么办呢，我听了心里真的很难过。"说着，竟垂下泪来。季孙意如一听，很害怕，第二天，自己就不告而辞跑回鲁国去了。这就是孔子所说的第二件事。而"邢侯之狱，言其贪也，以正刑书，晋不为颇"。叔向斥其弟叔鱼之贪，引证古代的刑法，以正其罪。"颇"是偏的意思，使晋国不偏离于法治的正道。叔向的三次言说作为，使晋国避免了"暴、虐、颇"三罪，所行在义，所以，孔子认为叔向为"古之遗直。"

郑国的子产病重临终前，向他的继任者游吉（子大叔）交代后事说："我死后，你将接替我在郑国执政。只有行德政才能以宽服民，其次莫如猛。比如水火，火猛烈，人不敢近之，所以百姓死于火者少，这是猛；水则柔顺，百姓嬉戏游玩于水，所以死于水者多，这是宽。所以执政以宽为难。"

游吉执政后，不忍猛而行宽政，郑国滋生了很多强盗，聚集在芦荡水泽之中，为害一方。游吉很后悔，自责说：我如早听夫子（子产）之言，不致如此。于是发兵剿灭了水泽中的强盗，安定了郑国。

孔子知道了这件事后，非常赞赏子产的话。他说："政宽则民慢，慢则纠之以猛。猛则民残，残则施之以宽。宽以济猛，猛以济宽，政是以和。"宽猛相济的为政之道，就是后来德法相为表里，胡萝卜加大棒的治民之术，为历代的统治者奉为圭臬。这是王政的理论，天下有治人者，有治于人者，治人者为巩固统治，安定国家，保证权力世代相续，才产生了这样的理论。它是和现代文明格格不入的。现代文明强调人生而平等，国家并非高高在上统治百姓的机关，它是百姓让渡权利而服务于民的。但子产和孔子所生活的时代以及此后两千余年的王朝政治奉行的也就是宽猛相济的统治手段。

子产不仅是郑国的一名臣子，而且是春秋时代的一位思想家。他所提出的"礼"的思想，奠定了此后儒家思想的基础，发展出了古代乌托邦的理论。公元前 517 年，此年孔子 34 岁，其儒家"礼"与"仁"的儒家理论尚未形成，郑国的执政大臣游吉（子大叔）见晋国的赵简子（赵鞅），赵简子向他请教贵族在大庭广众下揖让周旋之礼，游吉说："那只是一种待人接物的仪式，远不是礼。"赵简子问："请问什么是礼呢？"游吉借此阐发子产关于"礼"的思想。

他说，先大夫子产曾经说过："夫礼，天之经也，地之义也，民之行也。"即"天地之经，而民实则之"的社会规范和道德原则。为什么"礼"乃是天经地义产生的所有人都要奉行的准则呢？他说，天有日月星辰，乃天之明，地有高下刚柔，乃地之性，天地相合而生六气：阴阳、风雨、晦明。因此，人用其五行即金、木、水、火、土，由此生为五味：酸、咸、辛、苦、甘，产生五色：青、黄、赤、白、黑，发为五声：宫、商、角、徵、羽。以上用朴素唯物主义的观点历数天下的物质，谈其本、说其性、论其征。然后说"淫则昏乱，民失其性"。即以上的"滋味声色"，如果过分享用，不知节制，就要伤性，所以要制礼以奉其性。是故人养六畜：马牛羊鸡犬豕，五牲：牛羊豕犬鸡，祭祀要用三牺即牛、羊、豕，用于祭天、祭地、祭宗庙，以此而奉五味。祭祀乃人之要事，马虎不得，五味得用，尚有"九文、六彩、五章"绣于衣上，以合于天下之"五色"。为九歌、八风、七音、六律以奉五声。五味杂陈、五色并用，五声并具，人间生活和祭祀之礼方得齐备。地既有高下，生于地上之民同样有高下，君高臣卑，官上民下也。此为地之义也。男女结为夫妇，则阴阳刚柔结合，由此有父子、兄弟、姑姊、甥舅、昏媾、姻亚等各种关系，六亲和睦，以事严父，如众星之拱北辰。人间的这种关系乃由夫妇产生的基本关系，在父系氏族社会以及后来的社会形态中，男人（严父）处于关系的核心位置，其他的人要服从他，维护他，如同人们服从并维护天子和诸侯一样。由此，方有"政事、庸力、行务，以从四时"。注解说："在君为政，在臣为事；民功曰庸，治功曰力，日常工作曰行，一时举措为务。"则君臣百姓一切正常的治理和生产活动皆在其内，由此以应春夏秋冬之四时。统治者要"为刑罚威狱，使民畏忌"。这和天上的雷电杀人是一个道理，此为用之以猛；"为温慈惠和，以效天之生殖长育"。像天那样艳阳风雨，以养万物，此为用之以宽。总之，猛和宽都是效法天道。凡人皆有喜怒哀乐之情感，哀有哭泣，乐有歌舞，喜有施舍，怒有战斗，所以要制礼以节制，哀乐不失于礼，乃能协于天地之性，才能够长久。

游吉对子产思想的这番阐发，具有朴素的唯物主义思想。他从天地万物说起，谈到人的欲望和生产生活，要使人生活得合理有序，需要用"礼"来节制欲望，规范行为，这样世界才会合理有序。赵简子听了这番话，叹道："礼可是太广大深奥了。"游吉回答说："礼，上下之纪，天地之经纬也，民之所以生也，是以先王尚之。故人之能自曲直以赴礼者，谓之成人。大，不亦宜乎！"礼，是天地的经纬，上下的纲纪，所有人都在循礼而生活，所以先王把礼作为头等大事。一个人能够用礼来规范自己，才算作真正的成年人。这样规范人们行为的大事，说它大难道不是正常的吗？

子产关于礼的思想是古代儒家思想的先声，《左传》借君子之口曰："是故君子动则思礼，行则思义，不为利回，不为利疚。"礼和义，是规范人们社会行为的准则，不应见利而忘礼弃义。子产关于礼的思想，是从天地万物的角度来谈人们生于天地之间的行为规范，强调节制和自我约束，还没有那么严谨的阶层划分和等级观念。到了后来，儒家发展了周公各社会阶层祭祀时关于礼的规定，天子、诸侯、卿、大夫、士以及平民百姓有了等级分明的礼的行为规范，与"仁"的观念一样，成为儒家原创思想的两大支柱。

子产死后，孔子为之流涕，评价说："古之遗爱也。"认为子产的仁爱有古人之遗风。

四六　子胥复仇

伍子胥复仇的故事，由于戏曲和演义小说的传播，在民间广为人知。它是春秋期间一段重要的历史，不仅事关吴楚两个诸侯国之间的战争，彰显了帝王的荒淫、昏庸和残暴，同时也表现了古代男人忍辱负重，九死不悔，怀仇必报的铁血豪情。历史传承下来的奋烈阳刚之气，令人向往。

伍子胥，楚国的世家子，名为员，子胥其字也。他的祖父叫伍举（《左传》亦称椒举），事楚灵王，父亲名伍奢，有兄名伍尚。

楚灵王在宫廷政变中失位，流落荒野，自缢而死。公子弃疾以狡诈恫吓其庶兄子比、子晳，子比已即楚王位，惧而与子晳皆自杀。公子弃疾即位，更名熊居，即楚平王。

楚平王十分荒淫和残暴。他有太子名建，使伍奢为太傅，费无忌为少傅，两人共同辅佐太子。费无忌（《左传》写作费无极）是春秋历史上有名的小人，向以谄媚人主陷害同僚为一贯行径。这一年，楚平王令费无忌前往秦国为太子娶亲，见到秦女后，他疾驰回楚，对平王说："秦女绝美，王可自娶之，以后再为太子另娶妇。"楚平王荒淫无道，听了费无忌的话，自娶秦女而爱幸之，不久生下一男孩，名为轸。为太子建另娶了一个女子。

费无忌以秦女有宠于平王，他担心一旦平王死去，太子即位要他的老命，所以在平王面前极力谗毁太子。太子建的母亲是蔡国的女子，平王不喜欢她，有费无忌不断进谗，平王渐渐疏远了太子，派太子建去戍守城父，以备边兵。不久，费无忌又进谗说："太子因为秦女的缘故，不能对大王无怨恨，大王应该有所防备。自从大王派太子戍守城父，太子带兵，在城父外交诸侯，内扩兵员，想杀进都城为乱，大王宜早为之备。"楚平王听了费无忌的谗言，心中疑惑，就找来太傅伍奢考问。伍奢知道这是费无忌谗言陷害太子，说："大王何以因谗贼小臣之言而疏骨肉之亲？此无中生有之事也。"楚平王对伍奢的话将信将疑，费无忌再进谗言说："若大王现在不制太子，太子谋反即在旦夕，大王将成为太子的囚虏，那时悔之晚矣！"楚平王彻底被说服，他下令拘捕伍奢，并命城父的地方官杀掉太子。地方官告太子速逃，不然将被诛杀。太子建逃往宋国。

费无忌再言于平王曰："若大王只杀伍奢一人，必留下后患。伍奢有两个儿子，都是人中龙凤，若不同时除掉，必将为父报仇，此为楚之忧也。大王可以伍奢为人质，召其二子来，斩草除根。"楚平王于是对伍奢说："能召来你两个儿子，你可以活命，如果他们不来，你就死定了。"伍奢说："吾有二子，伍尚为人仁义，召之必来，但伍员肯定不会来，此子刚烈，必不肯为大王所擒。"楚平王下令召伍奢二子，说："你们前来，可以活汝父，不来，汝父将死！"伍尚闻而欲往。子胥说："楚王召我兄弟，不是为了脱吾父之罪，以活吾父。他怕我兄弟有脱逃者以为后患，所以以吾父为质，召而同杀之。父子俱死，杀父之仇不得报，岂非白白送死？不如逃奔他国，借他国之力，雪吾父之耻，报杀父之仇！父子俱死于暴君之手，何益？"伍尚叹道："我知此去不能使父亲活命，但父亲召我为活命而不往，使吾父受斧钺之诛，为人子者，岂非不孝！可是去了，也是白白送命！我兄弟不能为父雪耻，终为天下所笑！不如我去受死，汝逃国而求一生路，日后为父报仇雪耻，也不枉父亲生我等一场！"说罢，兄弟二人抱头痛哭。子胥跪地，道："大哥之托，子胥终生铭记，不报父仇，誓不为人！"伍尚道："楚使至矣，兄弟速去！我等魂灵地下有知，当助弟复仇！

当弟覆楚国，诛楚王之时，我与父亲也将笑慰于地下也！"说时，但见楚使带着一群如狼似虎的兵丁围拢过来，伍尚一把推开子胥，高叫道："兄弟速去！"说罢，迎着楚使和兵丁走去。两个人将伍尚捆缚了，子胥远远看着，泪流满面。楚使转身向着子胥高叫道："还有一个，莫叫他跑了！"兵丁们齐齐逼近前来。子胥惨叫一声："爹，哥哥……"说罢，挽起角弓，搭上箭，对准逼近前来的楚使和兵丁。楚使和兵丁们被子胥的气势震住了，相持了一个时辰，没有动。子胥朝向楚都的方向拜了几拜，这才收泪，转身而去。

听说太子建被逼逃往宋国，子胥往宋国方向走去。如今之计，只有辅佐太子，再作他图。伍奢在狱中，听说子胥未归，叹道："从此楚国将有兵燹之灾了！"伍尚被押解到京，楚王下令，将伍奢父子一并杀头。可怜父子二人，只因小人进谗，楚平王昏庸无道，死于屠刀之下。

但是，去国离乡，誓死复仇的子胥将是楚平王的噩梦。子胥至宋，依太子，适逢宋国宫廷内乱，又和太子跑到郑国。郑国君臣善待太子和子胥，不久，太子建又前往晋国，终成为诸侯国之间征伐互斗的工具。当时晋国君主晋顷公想利用太子建以覆郑国，他说："太子建既为郑国所信任，不如让他做我们的内应。我攻其外，太子在内助之，攻下郑国不成问题。"于是，太子建又回到了郑国，这次，他是做为晋国的内应被派回去的。太子建尚未开展颠覆郑国的工作，和随从发生了矛盾，太子建欲杀随从，随从知其谋，向郑国告发了太子。郑定公和执政大臣子产诛杀太子建。太子建有一子名胜，子胥闻此，深夜偕胜逃去。

子胥与胜二人至韶关，韶关守吏欲拘捕他们，子胥与胜乘隙逃去，独身步走于山野间。后有追兵，前路茫茫，只在隐蔽处行走。忽有大江横路，追兵渐近，江水滔滔，欲渡无舟，正惶惑急难之时，见江边有一小船，有渔父摇橹而至，子胥忙求助渔父，求其渡江。渔父道："我知二人急难，此江边只我一船，赶快上船吧！"二人跳上船去，渔父摇橹直奔江对岸。船到江心，回首望去，只见来时岸上火把通明，人影幢幢，向江心大叫。子胥等松了一口气，船到对岸，子胥解下腰中佩剑，送于渔父道："深谢老者救命之恩，无以为报，此剑价值百金，送于老者为谢！"老者笑道："闻楚国悬赏乎？若得伍子胥者，赐粟五万石，封爵执圭，立于朝堂，百金之剑何足道也！"老者坚辞不受，子胥与胜伏地跪谢后方奔吴国而去。

二人行至丹阳境内溧阳县，子胥忽病倒。二人手中已无盘缠，两手空空，蓬头垢面，又饥又渴，病卧草寮，无奈，只得去乡间乞食。靠乞食果腹，慢慢将养，数日后，方得支撑前行。

千辛万苦，历经磨难，子胥二人终于抵达吴国。子胥心中覆楚而杀楚王，报父兄之仇的心志愈坚。当时吴国君主为吴王僚，统兵大将为公子光。原来，吴王寿梦有子四人，依次为诸樊、余祭、余昧、季札。寿梦和众弟兄都认为季札最贤，寿梦临终想传位于季札，但季札抵死不从，最后由长子诸樊即位。兄弟商议道，王位依顺序轮流坐，迟早会传位到季札。诸樊死，传位余祭，余祭死，本应传位于余昧，余昧没等即位已先死，于是由余昧的儿子僚坐了王位。

公子光是诸樊之子，如今在吴统兵。吴楚之间已发生多次战争。吴王僚二年，公子光率军伐楚，吴楚战于长岸，先是吴败楚胜，吴王僚乘坐的战船名余皇被楚所掠。后公子光派人潜入余皇处，与吴军呼应，复夺战船而归。

吴王僚八年，公子光再伐楚，大败楚师，在居巢迎得楚故太子建的母亲蔡女而归，接着北伐，败陈、蔡之师。九年，公子光再伐楚，战争的起因是吴楚边境两家养蚕女因争夺桑叶采摘而起纠纷，边境的地方官互相攻伐，楚国攻陷了吴国的边邑，吴王大怒，令公子光伐楚，连拔楚国居巢、钟离两邑而去。

吴国已经成为楚国的劲敌。流亡至吴的子胥劝告吴王使公子光再次伐楚，公子光对吴王说："伍子胥之所以劝我王兴兵伐楚，是因为他的父兄皆被楚王所戮，他要借吴师以报父兄之仇，现在伐楚，时机并不成熟。"子胥闻公子光之言，知其心有异志，于是，求得一猛士，名叫专诸，呈送公子光。公子光大喜，伐楚之议搁置，伍子胥隐伏于吴，与故太子建的儿子胜躬耕垄亩，以待时机。

吴王僚十二年冬，昏庸的楚平王死去，由他与秦女所生儿子轸即位为楚王，这就是楚昭王。乘楚国有丧，吴国再次兴兵伐楚，吴王僚派出他两个弟弟，一名叫掩余，一名叫烛庸，领兵围楚六、灊两邑。吴国并派公子季札出使晋国，以观诸侯之变。就在吴国认为伐楚胜券在握的时候，楚国出兵截断了吴师的归路，吴兵困于楚不得还。

此时公子光留在吴都，他早有夺位之志，找来猛士专诸说："吴王僚两个弟弟被困于楚，机不可失也！我乃王之后嗣，当立，欲诛僚而求之，即使季札从晋国归来，也不能改变结果。此用君之时也。"专诸说："吴王僚可杀，但我的母亲已经老了，孩子还小，以后就将他们托付给您了！"公子光说："尔身即我身，你的母亲就是我的母亲，你的孩子就是我的孩子，身后之事，你尽管放心吧！"这天，公子光埋伏甲士于隐蔽处，请吴王僚赴宴。吴王僚已隐约觉得公子光有觊觎王位之心，心有猜忌，对之防备甚严，所以，自王宫至公子光家的路两旁，戒备森严，皆有武士三步一岗，五步一哨，刀出鞘，箭上弓，虎视眈眈，以备不测，就连公子光家的台阶和门里门外，都布置了武士。公子光心中虚怯，借口足疾，隐入地下室躲了起来。看来，埋伏下的武士公然动手，必引起厮杀，结果如何，难以预料，一切希望之寄托在死士专诸的身上了。此时，伍子胥进献的死士专诸混在一伙服侍酒宴的杂役中正在里外忙活，他已经给吴王僚的宴席上了几道菜，还有一道就是盛在陶瓮中一条蒸熟的大江鱼。此刻，他双手捧着陶瓮，走向吴王僚的桌案。周围安排的武士们侍立左右，眼睁睁看着他。他把陶瓮置于案上，专注地看了一眼手持酒爵，醉眼蒙眬的吴王，说时迟，那时快，他从瓮中鱼腹里嗖地抽出一把锃亮的匕首，一手抓住吴王的前襟，一手将匕首插入了吴王的胸膛。吴王啊地大叫一声，身子瘫了下去。周围的武士们见状，大喊一声："刺客！"齐齐围拢来，向着专诸刀剑齐下。专诸全身是血，挣扎着起来，冷笑一声，又一阵猛烈的攻击，他委顿倒地，死去。

这时候，公子光安排埋伏的甲士们纷纷冲出来，经过一阵短暂的厮杀，吼叫，呻吟，刀光剑影，血肉横飞……慢慢地平静下来。公子光面色苍白，铁青的脸上，一双灼热的双眼，他从窟室中走出，周围是簇拥着他的心腹。他看着伏地而死的吴王，说："好了，一切皆如所愿！"

杀死吴王僚后，公子光即位吴王，他厚葬了刺杀吴王僚的专诸，将专诸的儿子提拔为卿，安顿好了专诸的母亲，派人去召躬耕野外的伍子胥，封子胥为行人，参与国事。他就是吴王阖庐。

闻吴有弑君之乱，困于楚的吴王僚的两个兄弟掩余和烛庸率军投降了楚国。楚国封两兄弟于舒。出使晋国的季札归来，叹道："只要国有君主，我只有服从的份，我还能怨谁呢？哀死事生，以待天命，也只能如此了。"他交代完出使的事，到吴王僚的墓上哭拜后，等待新王的安排。

这时，楚国杀其大夫伯州犁，伯州犁的孙子名叫伯嚭，他和伍子胥同样，亲人被楚国所杀，对楚王充满刻骨仇恨，怀仇故国，逃奔异邦，誓死报仇。他被任命为吴国大夫，和伍子胥一起，谋划颠覆楚国的行动。

吴王阖庐三年，吴国在弑君之乱中稳定下来，于是兴兵伐楚。这次统兵的将军名叫孙武，伍子胥、伯嚭随行。

孙武本是齐人，以兵法为吴王所知，吴王说："你的兵法十三篇我都看过了，可以试之妇人否？"孙武说："当然可以。"于是选宫中美女 180 人分为两队，由吴王的两名宠姬分任队长。孙武问："你们知道心和左右手背乎？"众女答："知道。"孙武说："号令向左，则视左手背；号令向右，则视右手背；号令向前，则视心；号令向后，则视前人之背。"众女应答。约束既备，乃设斧钺，三令五申，开始操练。孙武号令向右，队伍凌乱不整，女人们皆大笑，孙武说："约束不明，申令不熟，将之罪也！"又一次三令五申后，再发令向左，女人们复大笑。孙武说："约束不明，申令不熟，将之罪也。既已明而不如法者，吏士之罪也！"于是下令斩左右二队长。吴王在台上观看，见将斩爱姬，大惊骇。忙派使下令曰："寡人已知将军能用兵矣。寡人无此二姬，食不甘味，寝不安席，愿勿斩也。"
孙武曰："既已受命为将，将在军，君命有所不受。"遂斩队长二人以殉。
用其次为队长，于是重新击鼓传令，女人们凛然而惧，前后左右皆中规合
矩，无敢出声。于是孙武派使报吴王，曰："兵既整齐，王可试下观之。
唯王所用，赴汤蹈火而不回也。"吴王回道："将军罢休就舍，寡人不愿下
观。"孙武道："大王徒好其言，不能用其实。"于是吴王阖庐知孙武能用
兵，拜将统兵而伐楚。

　　吴王阖庐对伍子胥说："当年你劝吴国伐楚，我知道是可以的。但担
心让我统兵，而功归于吴王僚。如今我为吴王，乃是我自家事，伐楚如
何？"伍子胥说："楚国政令不一，没有制定方略，统率全局的人。如果吴
国出三师人马，攻袭楚国，楚必将全军出动，楚师出，则我军归，楚师
归，则我军再出，使其疲于奔命，待它全军疲敝，则吴国以大军继之，破
楚必矣！"

　　吴王阖庐三年，军出侵楚，伐夷，侵潜和六邑，楚人出师救潜，吴师
还国；吴师再出围弦邑，楚军再出师救弦，吴师又还，用伍子胥之谋骚扰
楚军。这年，吴师伐楚拔舒，杀吴国降将掩余、烛庸二公子。吴王阖庐欲
直取楚国郢都，将军孙武说："时机不到，且待之。"四年，取楚国六与灊
（Qián）。六年，楚使令尹子常伐吴，吴军迎头痛击，大败楚师于豫章，取
楚之居巢而还。

　　此时的吴国已成为楚的心腹大患，不断伐楚，兵事屡兴，楚国穷于应
付。吴王阖庐九年，再兴师西伐楚，吴王言于孙武，子胥曰："开始你们
说楚国郢都不可入，这次我要破郢而入。"孙武、子胥说："若破楚都，须
联合唐、蔡同攻之。"楚国令尹子常贪鄙，唐、蔡深受其害，蔡侯以子为
质于吴，决心与楚势不两立。吴王联合唐、蔡，三国联军同时伐楚。

　　吴军水师沿淮河而来，过蔡国而舍舟登岸，自豫章起，与楚军在汉水
两岸对峙。楚左司马沈尹戍对令尹子常说："足下领军沿汉水与吴军对垒，
我从方城外入而毁吴国的舟船，然后回师堵塞汉东之关隘，截断吴兵退

路，你领军渡汉水而击吴军，我从后面掩杀，必大破吴军。"谋定而行，中间有变。楚国武城大夫对子常说："吴军战车皆木，我军战车蒙以革，一旦遇雨，战车毁坏，不战自溃，所以必须和吴军速战速决。"楚大夫史皇又进言于子常说："楚国人喜欢司马沈尹戌，如果他毁吴舟于淮，塞汉东关隘而入，那么，他将独得破吴之功。所以，你必须速与吴交战，不然，功败垂成，失于一旦也。"于是，没等司马沈尹戌行动，令尹子常率他的部队渡过了汉水，与吴军三次交战，遇到了吴军精锐，楚师不敌。子常见不可胜，欲脱逃而去。楚大夫史皇说："如今还能往哪里逃，如果拼死御敌，侥幸胜吴，尚可脱贪贿致敌之罪，否则罪将不免。"子常只好硬着头皮挺住。

十一月庚午，吴楚军队相持于柏举。吴王阖庐的弟弟夫概早晨请命出战，说："楚国子常不仁，他的臣下和军队没有拼死的心。如果我们先出击，其军必溃，而后吴国大军乘胜掩杀，楚军必破。"阖庐没有同意。夫概说："见义而行，何必君命，不过就是拼一死战，有何犹豫！"于是带领他属下五千兵先击楚师，楚师乱，大溃，吴军乘胜进击，子常弃军逃往郑国。史皇死于乱军之中。吴军追杀楚师，到清发，想攻之。夫概说："困兽犹斗，何况人呢！现在进攻时机不成熟，等到他们渡河到一半时再发动攻击。"于是，楚师半渡之时，吴军发起冲锋，又大败楚师。吴军追击不舍，楚师停下吃饭，吴军至，楚师逃去，吴军就楚师营地饱餐后再继续追击。经过五次大战，楚师完全丧失了战斗力，吴军来到楚都郢下。

十一月二十七日，楚昭王弃郢而逃，逃前以火焚象尾冲击吴军，但没有阻挡住这股野蛮的洪流，吴国大军攻入楚都。

楚国左司马沈尹戌至河南息县而还，在雍澨（shì）打败吴军，但自己也负了伤。他从前曾在阖庐手下为臣，所以耻于做阖庐的俘虏。他对手下说："你们谁可收我的首级而不落于吴军之手。"他手下的一个小兵叫句卑的说："我很卑贱，你看我行吗？"沈尹戌说："好吧，就交给你了！"于是起而率军与吴兵再战，三战皆伤，说："我不行了！"句卑割下他的首级，以布裹起，随溃兵而逸去。

　　楚都被攻陷，楚覆国。吴国君臣在楚都随职务高下而居楚宫室，楚国宝尽归吴。伍子胥下令掘开楚平王墓，移尸于外，在楚国街头鞭打平王尸三百，以泄其愤。十数载去国流亡，怀仇于心，父兄之死，痛何如哉！鞭打楚王尸，怒火满腔，涕泗交流。其后，荒淫昏暴之君穿着王服被挂于高竿示众。

　　鞭打王尸后，伍子胥茫然四顾，一种寥落悲怆之感浮上心头。

四七　昭王还郢

公元前506年，吴与楚战于柏举，五战皆捷，楚军大败，吴师乘胜追击，入楚之郢都，楚昭王出逃，楚国覆亡。翌年，秦出师救楚，流亡在外的楚昭王回到郢都，在亡国的灰烬中重新建国。

楚昭五十年（公元前506年）十一月二十七日，吴军兵临城下。楚昭王急匆匆从宫中出逃，临行前，带上他的妹妹季芈。他是从纪南城西逃的，所以，坐船涉睢水（今湖北省枝江市东北之沮水），渡江后，入于云中。那时，长江一带还有大象，昭王临行前，命人集中群象，以火灼象尾，使之奔突，冲击吴军，然而吴军还是潮水般冲将上来，攻破城池，进入郢都。

吴军入郢后，以尊卑班次，分配楚国宫室。当时，吴王阖庐之子子山住进了楚国令尹子常之宫，吴王弟夫概大怒，欲起兵攻之。子山惧而避之，夫概入住其宫。当时，楚国一大夫听说吴人争宫的事情，就断言说："吴人不会长久居楚，他们不知谦让，内部不和，争功夺位，内乱将至，岂能定楚而有之？"

这时的楚昭王刚及十八岁。他的父亲楚平王死于公元前516年，那时，他只有八岁。他是平王娶儿媳秦女所生。当年太子建被费无忌谗言所害，平王欲杀之，太子建出走，后被郑人所杀。平王与秦女生子壬，立为嗣。平王在位，荒淫无道，听信谗言，擅杀伍奢父子，逼使伍子胥出走吴国。

汉人陆贾《新语·无为篇》云："楚平王奢侈纵恣，不能制下，检民以德。增驾百马而行，欲令天下人餧。财富不可及，于是楚国逾奢，君臣无别。"平王在位时，奢侈淫纵，每当出行，环卫仪仗马有百匹，臣下竞相奢侈，掳掠无餍足，百姓饥馑，民不聊生。楚平王死时，壬时年八岁，当时楚国令尹子常想立平王的庶弟子西，他说："太子壬太小了，本来秦女是太子建所聘娶，先王娶之而生壬。子西年长，而且乐善好施。立子西，楚国一定会大治。"子西听了大怒，说："这是乱国而抹黑先王的胡说八道！秦国是我楚国的有力外援，先王之子壬乃是国家的储君，败坏先王的名誉，因此而结仇秦国，废掉国家的储君，皆为不祥。让我受此恶名，以君王之位来贿赂我，楚国将向何处去？如此胡说八道，我要为国杀掉令尹。"子常惧之，遂立八岁的壬为君，依照楚国的规矩，君主即位后更名为轸，此即楚昭王。

十年后，昭王十八岁，楚都被吴所破，昭王被迫流亡。渡江至云中，昭王夜寝，有盗入，以戈击王。侍寝的人名叫由于，听到动静后，护昭王，盗以戈击其背，由于受伤而昏厥。昭王一行人见云中不安全，遂起而再奔。这次重新坐船，由江南逃至江北。昏黑中，慌不择路，山野攒行，楚国大夫钟建背着昭王的妹妹季芈，昏迷苏醒后的由于也赶了上来，随着逃亡的队伍前行。到江北后，他们来到了郧地（今湖北省京山市、安陆市一带），暂时安顿下来。

但郧远非安全之地。郧地的统治者叫鬬辛，他的父亲蔓成然，亦称鬬成然，字子旗，因辅佐楚平王夺位有功，被封为楚国令尹。但鬬成然对平王索求无度，公元前528年，楚平王杀死鬬成然。为了不忘他的辅立之功，把他的儿子鬬辛封在郧地。鬬辛有个弟弟叫鬬怀，见昭王来奔，说："楚平王杀我的父亲，我杀他的儿子，一报还一报，不是很好吗？"鬬怀有杀昭王之心，昭王落难来奔，天赐良机也。但是他的哥哥鬬辛是一个忠君的模范，他说："汝身为臣而讨君，敢做这样的事情，简直大逆不道！君命，天也。君主的命在于天，逆天而行，将是天下公敌。乘人之危，非仁人所为；恃强凌弱，也不能算勇；弑君灭宗，不能算孝，杀了昭王，留下弑君的千古骂名，乃是不智。如果你动这个心思，做这种事情，我就杀了你！"对鬬怀说了这样申斥的话，但鬬怀未必听得下去。鬬辛觉得不放心，时刻担忧昭王的安全，最后他决定，和他另外一个弟弟鬬巢保护昭王，一同投奔随国。随国是个姬姓小国，在现今湖北随县南。昭王奔随之后，吴国的追兵也赶到随国。吴兵索昭王于随，派使节说于随人曰："周人的子孙在汉川一带的，皆被楚国所灭（随为姬姓，乃周之子孙），不思楚国灭姬之恶乎？天灭楚国，如今昭王逃窜到随，如果随思报周朝，则应将昭王交给吴国处置，那么，随国也将据有汉阳的土地。"此时，楚昭王藏匿在随宫之北，而随宫之南，尽为吴兵所据。形势十分危急，昭王眼见得性命难保。在吴人的胁迫之下，昭王庶兄名叫子期，长得貌似昭王，他跑到昭王处，说："让我穿上王服，如果随人要将你交给吴人，由我顶替你，你就可以逃脱了。"随人是否将昭王交出，犹疑不定，就卜之于龟，龟卜的结果是：交出昭王不吉。于是随人派使节对吴人说："随国是个僻远的小国，和楚国的关系一直很密切，楚国一直保护我们。随楚两国世代有盟誓，如今也没有改变。如果因为楚国有难，随国背弃盟誓，那么随国如何教导臣子事君呢？吴国惩罚楚国，不在楚君一人，能够安定楚国全境，随国自然听命于吴。"于是，昭王割子期胸前之血，与随再定盟约。吴人见随楚定盟，说不动随人，也只好退兵而去。

楚国有一个大夫名叫申包胥，他与伍子胥当年是朋友。伍子胥逃离楚国时曾发誓说："我将来一定要倾覆楚国。"申包胥说："好，老兄之志我很佩服，你勉而行之吧。但我也有一个志向，你能倾覆楚国，我就能使它重新复兴。"等到昭王避难于随，申包胥前往秦国求援。说："吴国犹如蛇虺，为害上国，楚先受其难，寡君失守社稷，避难流离于草莽之中，使下臣向秦告急：吴国一旦灭楚而有其地，将与秦国为邻，将成为秦国的边境大患。若楚未亡时，秦出兵相助，则秦与吴将共有楚地。若秦国存恤楚国，楚国将世代听命于秦。请大王出兵救楚。"秦王听后，说："你先去馆舍安歇，等我们商议后再说。"申包胥说："寡君流离于草莽之中，没个安歇处，下臣何敢安歇呢!"于是，仁立于秦国宫廷门墙之外，大声哭号。《左传》云："立，依于庭墙而哭，日夜不绝声，勺饮不入口七日。"七天七夜不吃不喝，就是哭，这有些夸张，人的体能七日不吃不喝，已死矣，何能哭得出? 但申包胥为求救兵哭于秦庭的故事却是春秋史上的一个重要关目。秦哀公因此受了感动，为之赋《诗·秦风·无衣》一诗："王于兴师，修我戈矛，与子同仇，与子偕作，与子偕行。"答应出兵救楚。申包胥伏地九叩首，秦兵始出。

秦王出兵车五百乘，由子蒲、子虎二人率兵救楚。统帅子蒲说："我不了解吴兵作战的方略，请楚军先与吴战，我们到稷地（今河南省桐柏县境）会师。"秦楚联军在沂地（今河南省正阳县境）大败吴国夫概王的军队。又败吴师于军祥（今随县西南）。这年秋七月，吴楚联军又灭了随吴征楚的唐国。

九月，吴王弟夫概归国，自立为王。吴王阖庐见家里有了大麻烦，只好带兵大战夫概。夫概败，逃往楚国，盘踞一地，后号为"堂谿氏"。不表。

秦师连败吴师，两军相遇于麇（Jūn）。麇，乃吴楚苦战之地，到处是楚军死亡之伏尸。统领楚军的昭王之兄子期想把楚军遗留的尸休焚烧掉，子西说："楚国父兄暴骨于野而不能收其尸，今又焚之，不可。"子期说："楚国已亡，死者地下有知，难道能享受旧国的祭祀吗? 国已如此，又何惮焚其尸。"于是尽焚楚军遗尸。烟瘴弥天，楚兵皆哭。焚尸而后与吴战，楚兵奋勇，又大败吴师。接着，又与吴师决战于公壻之谿（今白河入汉水处，在今襄阳市东），吴师大败。吴王阖庐收兵归吴。

吴兵去，楚地平，楚昭王这才重回郢都。昭王逃亡之时，欲渡成臼河，楚国一大夫渡其妻子，不将船予昭王，昭王怀恨，想杀之。子西说："从前令尹子常思旧怨而睚眦必报，因而败亡，君何效其尤也?"昭王悟，说："好，那就让他官复原职，以此为我的鉴戒。"接着，赏赐从王有大功者九人，其中有欲杀昭王的鬬怀和哭请秦师的申包胥。子西说："鬬怀曾欲杀王，不可赏。"昭王说："大德而灭小怨，道也。鬬怀终于放弃了他的想法，和他的哥哥鬬辛一起保护了我。一念之怨，何足计较！"申包胥不受昭王之赏，说："我之哭请秦师，为君王而非为自身，楚已复国，君位既安，我又何求！"于是，逃到磨山隐匿起来。昭王之妹季芈与昭王逃难，颠沛流离，受尽惊恐磨难。国初定，昭王欲嫁妹，问其所愿，季芈说："身为女子，未嫁时当远离男人，但在逃难路上，钟建背着我走山路，涉深涧，吾不能忘也！"于是，昭王嫁妹于钟建，封钟建为楚国司乐大夫。

还有那个昭王逃难到云中，夜晚歇宿被盗所袭，以身护王，肩背被盗之戈打昏过去的由于，这次却没在受赏之列。昭王后来惊魂初定，曾派他到麇地去筑城，回来后，昭王问其城墙高厚，由于茫然不知。子西在旁说："他根本不胜任筑城的事，不知城墙高厚，城之大小，当然更是一问三不知了。"由于回答说："是啊，人有能与不能。昭王遇盗于云中，挺身受戈而护王，吾之能也！"说罢，脱了衣服，袒露后背，露出伤疤，说："这就是吾之所能。至于筑城之事，吾实不能也！"

昭王与子西等笑。是啊，有肯为君受戈之能，也就是君王最好的臣子了。

四八　卧薪尝胆

卧薪尝胆这个成语的产生，来于吴越两国间此消彼长的战争，所谓吴王金戈越王剑，成为春秋历史上传说久远的故事，其中不乏演义、民间传说和文艺创作。春秋间诸侯国的兴亡乃是势和力的较量，并不关乎道义。

吴王阖庐举兵伐楚之时，同在东南的越国崛起，成为吴国的劲敌。当吴王攻破楚国郢都时，越国乘吴国国内空虚，起兵伐吴。吴国派出一支兵马抵挡越国的入侵，后来，秦国出兵救楚，吴师败而返国。

公元前 496 年，正当吴王阖庐十九年，越国国王允常死，其子勾践即位。吴国乘机伐越。吴越两军相遇于槜李。勾践使死十排列三行立于吴军阵前，在吴兵注视下，大呼后，皆以剑自刭而死。勾践以死士震慑吴军，表示以死决一死战，紧接着，就向吴军发起了进攻。吴军大乱，退至姑苏。越国一大夫以戈伤阖庐指。吴军退却七里，吴王因伤指发炎而死。死前，嘱咐其太子夫差说："不要忘记是越国的勾践杀了你的父亲。"

夫差即位，使一人立于庭，每经过，其人必语于夫差曰："夫差，你难道忘了是越国杀了你的父亲吗？"夫差则对答："是的，我没有忘。"以此时刻提醒自己报越国之仇。此时的夫差，养精蓄锐，治国强军，时刻准备伐越。

越王勾践闻夫差日夜操练兵马，准备来伐，就想先发制人，起兵攻吴。勾践近臣范蠡谏阻，不听，遂发兵。吴王起而应之，悉发国内精兵以击越。大败越军于夫椒。勾践兵溃，只有五千人退保会稽。吴军围会稽，必欲灭越而后止。

勾践对范蠡曰："当初寡人不听你的话，以至于此。如今为之奈何？"

范蠡说："为今之计，只有卑辞厚礼，低首下心，向吴王求饶。如果吴王不允，将越国交出，甘为奴仆，以求后图。"勾践无奈，派大夫文种前往吴国求和。文种至吴廷，膝行而前，道："君王下臣勾践知罪，请为君王之臣，而将妻妾为君王之奴仆。"夫差将许之。伍子胥从旁道："越国曾杀先王，此不世之仇也。如今天以越赐吴，何以讲和而许之？"文种求和不成，归报越王勾践。勾践绝望了，欲杀妻子，尽焚国家之宝器，与吴国决战而殉国。文种说："事情还没有到山穷水尽的地步，听说吴国太宰伯嚭贪而无德，可诱之以利。请让我再去一次。"勾践就准备了八个美女，还有一些金银宝器等让文种去贿赂伯嚭。伯嚭接受了越国的礼物，由其引荐，再见吴王。文种伏地言于吴王夫差曰："愿大王收宝器美女，赦寡君勾践之罪。若不得赦，勾践将焚宝器而杀妻子，以五千人与大王决战，不惜玉石俱焚也。"伯嚭从旁道："越国已服而称臣，大王起重兵，征天下，服而后已，赶尽杀绝非王者之道也。大王可许越讲和，以示天下，吴国之民亦可休养生息，此国之利也。"吴王将许之，伍子胥进谏曰："不可，今不灭越，后必悔之。勾践乃越之有为之君，范蠡、文种皆越之贤臣，君臣岂甘居于人之下也？如允其返国，必将成为吴之大患。"吴王不听，赦越罢兵而归。

无论是《左传》还是《史记》，皆没有讲到西施的故事。据说，西施乃越水边浣纱女，有绝色之貌，越王以其贿赂夫差，夫差因而放过勾践一马。这是后来的小说家言，不入正史。西施的故事，民间流传甚广，家喻户晓，被称为中国古代的四大美女之一。或许历史上真有这样一个美丽的女子，但女人再美丽，再风华绝代，也是王权斗争的筹码。她先是如一件东西和物品一样，作为向吴王行贿的礼物，目的是在吴王床榻上消磨吴王的精神和意志，然后好让勾践向吴王复仇。这样的使命，本身就是对美的摧残和对人的轻贱，实无光彩可言！

吴王赦越，幽囚勾践于会稽。勾践辗转徘徊，寝不安席，食不甘味，喟然叹道："难道我将死于这里吗？"文种慰解道："当年成汤曾被夏桀囚于夏台，文王曾被纣王囚于羑里，晋国的重耳曾去国流亡到狄，齐国的小白也曾流亡到莒，后来他们皆成王霸之业。从这一点来看，大王暂困于此，说不定就是未来之福啊！"

《史记·越王勾践世家》云："吴既赦越，越王勾践返国，乃苦身焦思，置胆于坐，坐卧即仰胆，饮食亦尝胆也，曰：'汝忘会稽之耻也？'。身自耕作，夫人自织，食不加肉，衣不重彩，折节下贤人，厚遇宾客，振贫吊死，与百姓同其劳。"这段话，就是勾践卧薪尝胆之由来。睡在柴堆上，每日里都要尝一下苦胆，以砥砺自己的心志和复仇之心。

勾践欲将国政交给范蠡，范蠡说："我可以治兵，治国理政的能力我不如文种。"于是勾践以文种管理国家，范蠡做为越国的人质前往吴国。他在吴国住了两年，考察吴国的国情，探听军队的情况，对吴国国力和军情皆谙熟于心。两年后，吴国放他归来，他已经在谋划攻打吴国的方略。

七年后，由于勾践亲民富国，整兵振旅，国力和军事上都日益强大，大夫逢同又进言说："越国如今日渐富庶和强大，必然要引起吴国的警惕和恐惧，吴国惧越，必加兵于越，所以越国要隐伏韬晦，藏身蔽影，如同猛禽攻击，必先匿其形，趁对方不备，突起而击，一击而制敌于死命。如今吴国以兵加于齐、晋，和楚、越结下深仇，四面树敌，顾盼自雄，此败亡之道也。为越国计，要结交齐国，亲近楚国，归附晋国，厚待吴国。吴国轻天下诸侯，必轻启战端。越国联合齐、晋、楚三国攻吴，必克之。"勾践说："好。"于是在外交上联络并结交齐、晋、楚三国，同时不断予吴国以厚赋重礼，以麻痹吴国。

又过了两年，吴王夫差将兴兵伐齐。伍子胥谏曰："不可。我听说勾践食不重味，与百姓同苦乐，此志在报吴也。勾践不死，必为吴之大患。

越，腹心之患也，齐远于吴，疥癣之患也，大王宜先越而后齐。"吴王不听，遂举兵伐齐。吴军在艾陵一带打败了齐军，俘虏了齐国两名上卿，班师而归。伍子胥不贺吴王，说："这没什么可高兴的！"吴王怒，心中不快，结怨于子胥。

越国大夫文种说于越王勾践曰："吴王败齐，为政已骄。现在我们试一下，向吴国借粮，以观察吴国的动向。"于是贷粟于吴。吴王想借粮于越，伍子胥认为不可。可是吴王夫差不听他的，还是把粮食借给了越国。越王心中窃喜，觉得夫差是可以对付的。伍子胥对吴王夫差说："大王不听劝谏，三年后吴国将成为一片废墟。"太宰嚭笑道："子胥何忧如是也？吴国雄强天下，何人能敌！无乃故做惊人之语，以乱国人之心乎？"太宰嚭与伍子胥数次因为政见不同而辩论争执，因此对伍子胥怀恨在心。于是向吴王夫差进谗言，说："伍员这个人外表忠厚而心实残忍，当年楚王拘其父，他置其父于不顾，只顾自己逃命。不顾自己父兄之生死，难道他能顾念忠诚于大王吗？大王上次举兵伐齐，伍员强谏，反对伐齐，等到大王伐齐胜利班师，他反倒怨恨大王。如果大王不提防他，他将会作乱危及大王，所以不可不防。"吴王夫差听了，开始并不以为然，但伯嚭和逢同联合起来，不断进谗，吴王心中不禁犹疑。后来，吴王派伍子胥出使于齐，子胥知吴不备越，必有覆巢之祸，因此把自己的儿子托付给齐国的上卿鲍氏，希望鲍氏将来照应自己的儿子。吴王闻听此事，大怒，说："伍员果然和我离心离德，欺骗我，有反心。"于是，派人赐伍子胥一柄名为属镂的宝剑，命其自裁。伍子胥接剑，仰天大笑，道："是我，使他的父亲灭楚称霸，又是我，辅立他为吴国之主，当年，他曾分吴国土地一半予我，要与我共有吴国，我没有接受，全心全意地辅佐他。如今，他竟听信谗言，要取我之头。苍天有眼乎？苍天有眼乎？人之不能独立于王者之下，信乎！信乎！"告使者说："我死后，你们要取出我的眼睛悬于吴国东门之上，我要亲眼看着越兵入而灭吴！"说罢，自杀而死。

伍子胥死后，吴王将国政委于伯嚭。

又过了三年，越王勾践召范蠡，道："吴国已杀子胥，朝中尽谄谀之徒，吴国大政已坏，此时伐吴，可乎？"范蠡说："现在时机还不成熟，还要再等一等。"

第二年春，吴王北会诸侯于黄池，吴国精兵尽随吴王夫差前往黄池，国中唯老弱残兵与太子留守。勾践又问范蠡，范蠡说："这次可以了！"于是，越王勾践悉发国中精兵起而伐吴。国中吴兵弱，不敌，大败，吴国太子殉国。吴告急于夫差，夫差方会诸侯，国内失败，太子被杀的消息不想让诸侯知道，秘而不告。等到吴王夫差与诸侯定盟返国，这才备下厚礼，向越国请和。越国自度尚不能灭吴，乃与吴讲和罢兵。

又过了四年，越国已兵强马壮，称霸东南，吴国北征，精锐尽死于齐、晋的战争中，家家有失子之痛，人人有厌战之心，士民疲敝，不堪为用。越国举兵伐吴，大兵在吴，攻围三年，夺城攻隘，连战皆捷。吴国败落，不复再起。吴王夫差成失国之君，被越国囚于姑苏之山。吴王遣大夫公孙雄肉袒膝行而前，请求和于越，道："孤臣夫差愿剖心沥血以诉于大王，当年得罪大王于会稽，夫差今日不敢逆大王之命，愿得大王饶恕，得归敝国。若不见容，大王亲举玉趾以诛孤臣，则孤臣亦唯命是听，伏阙受戮。但敢望大王如会稽赦孤臣之罪。"事情反复颠倒如此，当年越王勾践求赦于吴王，亦是如此情景。如今台上阶下易位，十几年间，恍然一梦。卧薪尝胆，复仇之志不磨，两国刀兵相向，终使剧情翻转。越王勾践见使者伏阶痛哭，似见夫差，心有不忍，欲许之和。范蠡道："当年会稽之耻，君不宜忘。以越予吴，而吴不取，如今世事翻转，以吴予越，君不取，岂非逆天乎？且大王夙兴夜寐，卧薪尝胆，难道不是为了吴国吗？越国积蓄力量，忍辱负耻二十二年，方有今日，大王难道忘了会稽之耻吗？"勾践说："事理如此，我欲听君言，可不忍吴国使者之悲。"范蠡则击鼓进兵，再攻吴王所栖的姑苏山，道："越王已将军国大政交于下臣，吴国使者速去，不然将获罪！"公孙雄只得痛哭而去。勾践见状，动了怜悯之心，派使节对吴王说："我想在甬东那里给你划归一块地方，食邑百家，颐养天年，如何？"吴王夫差流涕道："我已老矣，不能再服侍君王！"是啊，当年叱咤风云，灭楚伐齐，称霸东南，以临华夏之吴国国王如今在越王脚下做百户长，岂所心甘乎！于是，羞愤自杀。留遗言曰："我死后，以布帛覆面，因无面目再见子胥于地下也！"

越国灭吴，埋葬了吴王夫差并诛杀吴国佞臣伯嚭。

吴越之战，此消彼长，彼长此消，虽有卧薪尝胆之志，韬晦隐伏之情，砥砺不已，终成翻覆，但皆为诸侯国之间的军事对抗，无关义理对错，更无关正义和非正义的价值判断。所谓"一时胜负在于力，千古胜负在于理"，然则帝王政治，兴衰轮替，最终还是以力决胜负。

四九　三桓当国

三桓，就是春秋时鲁桓公的三个儿子和他们的后代。这三个儿子分别是庆父、叔牙和季友。鲁桓公是春秋所记载的第二个君主，于公元前 711 年至公元前 694 年在位，计在位十八年。他的夫人是齐国人，名文姜，他带着夫人访齐时，因夫人文姜与庶兄齐襄公私通，事发，鲁桓公死于齐国。其子庄公即位，庄公有三个庶弟，成为鲁国后来三个当国的大家族。

关于三桓故事的前史，我们已经在第九章《齐女文姜》，第十五章《庆父之乱》，第三十五章《庆父之子》中有所涉及。鲁国的君主自桓公至庄公、闵公、僖公、文公后，到鲁宣公。公室衰微，鲁公失政，公室权力落入三桓之手。

从鲁僖公一朝始，公子遂为上卿，执掌鲁政。公子遂是庄公之子，又名襄仲、仲遂、东门遂等。僖公在位三十三年卒，文公即位。文公在位十八年卒。他有两个妃子，长妃齐女，生下两个公子，一名恶，一名视；次妃名敬嬴，生子名倭。敬嬴比较有心机，对于朝中执掌大权的公子遂极力逢迎巴结，并将倭托付给公子遂。文公将死，公子遂欲立敬嬴之子倭，同在朝中叔牙的后人叔仲不同意。公子遂杀死叔仲，将尸体埋于马粪中。后复杀长妃两个公子恶和视。推断其年龄，恶当在十三四岁，视不过七八岁，两人为文公嫡子，本应即位，被公子遂所杀。长妃齐女返齐，长街痛哭，悲呼曰："天啊，仲遂不道，杀嫡立庶，可怜我的两个儿子都死于非命，天啊天，你为什么不长眼啊？"国人哀怜，谓之哀姜。敬嬴之子倭立，为宣公。后人云："鲁文公薨，而东门遂杀嫡立庶，鲁君于是乎失国，政在季氏。"司马迁本此意，在《史记·鲁世家》中言："鲁由此公室卑，三桓强。"

鲁宣公为文公次妃敬嬴之子，长妃哀姜二子皆被襄仲所杀，这就是杀嫡立庶之本意，也是古代宫廷中君主废立中屡次上演的血腥故事，何以杀嫡立庶后公室卑而三桓强呢？它的内在逻辑是什么呢？史书于此言之不详。但鲁国自宣公始，三桓掌鲁政，代代相袭，成为鲁国最有权势的大家族。

三桓中，庆父的后代称为孟氏，我们在《庆父之子》中略窥端倪，庆父之子公孙敖为女人而弃位逃国，后来家族虽然在鲁国延续，但分量不是很重，虽然名列三桓，世袭鲁国贵族而已；叔牙的后代成为叔孙氏或仲孙氏，亦为叔仲氏。在襄仲杀嫡立庶中，叔牙的孙子叔仲（亦称惠伯）被襄仲所杀，但叔牙这一脉还是在鲁国延续下来，并且叱咤风云，在三桓中有很重的分量。而三桓中最重要的却是季友的后代季孙氏。自季友之孙季文子（季孙行父）始，一直主掌鲁国之政，到了后来，鲁国就是握在季孙手中，所谓"四分公室，季氏择二，二子各一"（《左传》昭公五年）是也。

但季文子应该算作鲁国的忠臣。他自文公初年，为上卿，掌鲁政，内政外交，凡国之大事，无不亲为，至鲁襄公五年始卒。宣公八年襄仲死，季文子为相，历宣、成、襄三公，在相位凡三十三年。死时，朝中大夫参与入殓，鲁襄公亲自看视，"无衣帛之妾，无食粟之马，无藏金玉，无重器备，相三君矣，而无私积，可不谓忠乎"？（《左传·襄五年》）

三桓中的季孙氏自季文子（季孙行父）始，历季武子（季孙宿），季平子（季孙意如）至季孙斯一直是鲁国撼不动的宗族。但三桓内部也不是没有矛盾，其中叔牙后人叔孙侨如就曾发难欲逐孟氏和季孙氏。

叔孙侨如是叔牙的重孙，他的父亲叫叔孙得臣（根据谥号，亦称庄叔得臣），鲁文公十一年，有一个夷狄部落侵犯鲁国，鲁国的军队在碱地打败了夷狄，当时，叔孙得臣奉命追击，俘获了夷狄部落的酋长长狄侨如并把他杀死，为了彰显自己的功勋，他用敌人的名字侨如给自己的儿子命名，即叔孙侨如。可能他还虏获并杀死夷狄部落的另外两个头目，一名叫虺，一名叫豹，后来，也同样用其名给自己的儿子命名。那么，在春秋历史上，叔孙得臣有两个彪炳史册的儿子，一个叫叔孙侨如，一个叫叔孙豹。

叔孙侨如在鲁国执政的年代主要在鲁成公年间。他多次带兵出征，如率鲁师参与晋国伐齐的鞍之战，围棘，侵宋，伐郯，去齐国为君主迎亲等。但叔孙侨如不是一个安分的主儿，他利用在鲁国公廷的权势，与鲁成公的母亲穆姜通奸，他成为鲁国太后的情夫，想通过太后除掉孟氏和季孙氏，从而霸占二氏的家室，并独吞权力。鲁成公十六年，即公元前575年，鲁国要出师参与晋国伐郑，成公率军将出，太后穆姜送之，命成公驱逐季文子和孟献子。成公认为季、孟忠于公室，不想遵从穆姜之命，敷衍说："如今要参与晋国的军事行动，等我回来再说。"穆姜因通于叔孙侨如，想达成叔孙侨如的愿望，所以对成公的回答十分恼怒，正巧成公的两个庶弟从一旁走过，昏了头的穆姜指着那两个公子说：如果你不听话，这两个人都可以代替你成为鲁国的君主。鲁成公命令加强宫室的戒备，命令孟献子防守，带着季文子去参加晋国的军事行动。

叔孙侨如见通过太后剪除季、孟二氏的阴谋没有得逞，于是，他通过晋国权臣，要求晋国逮捕季文子并除掉他。他说：季、孟二人谋划，要背叛晋国，使鲁国倒向齐、楚二国，如果晋国捕杀季文子，我则在鲁国除掉孟献子。鲁国由此服侍晋国，其他小国也必然归附。如果不这样，季文子归国后，必将使鲁背叛晋国。这种假手于外国而清除政敌的手段太毒辣了！晋国果然逮捕了季文子，鲁成公归国后，没有还都，驻军于郓，派大臣去晋国请求释放季文子。后来，季文子得以放归。

叔孙侨如通奸太后穆姜，除掉季、孟的阴谋败露后，鲁国宫廷大臣们谋议，决定驱逐叔孙侨如，且处死了阴谋取代成公的公子偃。叔孙侨如逃奔齐国，后离齐奔卫。鲁国度过了一场宫廷危机，安定下来。

三桓中叔孙这一支出了叔孙侨如这样一个阴谋乱国的人，但叔孙氏作为鲁国宫廷贵族的地位并没有动摇。侨如既弃国他适，鲁国就召侨如的弟弟叔孙豹来继承叔孙氏的爵位和封邑。叔孙豹是侨如的弟弟，他早年看出哥哥不是一个安分的人，怕惹祸上身，因此离开鲁国去了齐国。如今侨如被逐，故国有召，于是他回国继承了叔孙氏的爵位，在鲁襄公期间，叔孙豹与季武子（季孙宿）同主鲁国内外之政。

叔孙豹在鲁国政坛上风云一时，但他的死却是一个悲剧。当年吴国季札到访鲁国，与叔孙豹一见如故，季札说："恐怕将来你不能以寿终。你的致命之处在于好善而不能择人，我听说君子首在择人，您世为鲁国之宗卿，掌管鲁国内外之政，若不能慎重选择良善之人，祸事将降临您的头上。"

叔孙豹死于鲁昭公四年，即公元前538年，此时他已经至垂老之年，他的悲剧来于他的家庭。原来，他年轻时，为避兄长侨如之难，自鲁国出奔齐国。在路上，一个女人给他吃的又留他住宿，他与此女发生了关系。女人问他来处并问他将去哪里，他如实相告，女人哭了，并送他上路。到了齐国，娶齐国上卿国氏女，并与之生下两个儿子：一名孟丙，一名仲壬。

其兄侨如被逐，鲁国见召，他抛下了齐国国氏女和两个孩子回到了鲁国。他继承了叔孙氏的爵位被立为卿后，那个当年路上所逢的女人来到了鲁国。依照古代的规矩，士来相见，则执雉以献，这个女人也同样带一只野鸡来作为见面礼。叔孙豹觉得奇怪，问道：何以献雉？女人答：哦，难道你忘了吗？我们生下的儿子已经能跟从我了。叔孙豹忙召来相认，见面之后，他叫那个男孩："牛。"男孩立刻应答。叔孙豹很高兴，忙叫来家中仆从说："这是我的一个儿子，他叫牛，就留在家里吧！"于是，牛在叔孙家中，从一名小童，成长为一名青年，并主掌了叔孙家的家政。

再说，齐国的妻子国氏女因其不告而别，遂再嫁给一个叫公孙明的人。叔孙豹很生气，等到他与国氏所生的两个儿子长大，遂迎回鲁国。叔孙豹家中就有两个女人所生三个男孩：孟丙、仲壬和牛。

叔孙豹晚年，欲立宗族的继承人。先是有意于孟丙，为之铸一大钟，在宗庙以猪、羊或鸡血衅钟后，要有飨宴，招待朝中的卿大夫，此为之"落"。通过这种宴礼，以使孟丙与当时卿大夫酬应周旋，并确定他的嗣子地位。一切完备后，让竖牛面见叔孙豹确定宴飨之日。竖牛见叔孙豹后，并没有请示，而私下里假叔孙豹之命而告诉孟丙宴飨之日。到了那一天，叔孙豹听到宴飨的钟声，这是有重要的客人到场才会击钟的。叔孙豹感到很奇怪，竖牛说："孟丙击钟，乃因有北妇人之客。"所谓"北妇人"，即孟丙留在齐国的生母国氏，而"北妇人之客"指的是国氏再嫁的男人公孙明。叔孙豹一听，大怒，要到宴会上去，被竖牛所阻止。等到宴飨结束，客人离去后，盛怒之下的叔孙豹命令拘捕并杀死了儿子孟丙。叔孙豹既杀孟丙，还有一个儿子叫仲壬，也有可能成为叔孙氏的继承人。有一次，仲壬和鲁昭公的赶车人莱书一同到宫里去玩，鲁昭公赐给仲壬一只玉环。仲壬将玉环交给竖牛，让他把玉环给叔孙豹看一下，得到叔孙豹同意后再佩戴。竖牛见叔孙豹没有出示玉环，出来后，假传叔孙豹旨意，命仲壬佩戴之。然后，他对叔孙豹说："让仲壬去见鲁公，确立他的承嗣地位，怎么样？"叔孙豹对他的提议很感奇怪，问他这话是什么意思。竖牛说："您即使不让他去见鲁公，他早就私自去谒见了，鲁公赐他一只玉环，正戴在他身上呢！"叔孙豹很生气，命驱逐仲壬，仲壬被逐，逃到了齐国。

等到叔孙豹病重的时候，想起了被他逐往齐国的儿子仲壬，就告诉竖牛去叫仲壬回来。竖牛口上答应，但并不去召。此时的叔孙豹已卧床不起，叔孙宗族的大管家杜泄来见他，叔孙豹交给他一支戈矛，让他杀掉竖牛。或许此时他感到竖牛是一个口是心非搞阴谋诡计的人，他上了当，心有所悟。但杜泄并没有答应他，他回答说："当初您那么急于让他进到家里，如今为什么要除掉他呢！"叔孙豹病情越来越重，想必时时处于昏迷之中。主掌叔孙家内外事务的竖牛说："夫子病重，不想见人。"把食物放在厢房，过了时辰，就命撤下。叔孙豹不得食，绝食三日而死。

《左传》把竖牛说成一个下贱的小人，说叔孙豹是被竖牛活活饿死的，因此不得善终。竖牛的母亲是叔孙豹青年时萍水相逢的女人，与之生子后，带儿子投奔而来。古代的人非常讲究婚姻的迎娶和嫡庶之分，竖牛之母既非贵族之女，又非正当迎娶而来，身份地位是极卑贱的，因此她的儿子被说成恶人。一个七十余岁的老人，卧病在床，或许时有昏迷，没有食欲，不能吃东西，乃极正常之事，说竖牛有意将其饿死，实难以服人。至于其他记载，不能断其无有。但在一个宗族世袭之家，嫡庶之间的如路人，如仇敌，相互戒备、缠斗乃题中应有之义。竖牛因有一个卑贱的母亲，被说成恶人，但孟丙、仲壬虽没得立，但他还是将叔孙豹另一个儿子叔孙婼立为叔孙氏的继承人。

逃亡到齐国的仲壬，听到父亲死去的消息，回鲁奔丧。当时季孙宿想把仲壬立为鲁国大夫，季孙家臣南遗进言，说："如果叔孙氏发达了，那么季孙氏就会衰落，您就假装不知道就算了。"于是，季孙不再说话。南遗和竖牛攻杀仲壬，一个阉竖一箭射中了仲壬的眼睛，把他杀死了。

叔孙婼继承叔孙爵位后，召集叔孙家众人，说："竖牛杀嫡立庶，祸乱家族，罪不可赦，必须将他杀掉。"竖牛听后，逃奔齐国，被孟丙和仲壬的儿子们围而攻之，杀之于齐鲁边界。并把他的头颅抛到荆棘丛中。

孔子听到这个消息，高度评价叔孙婼，他说："竖牛立了叔孙昭子（婼谥为昭子），他不去酬劳他，反而去杀死他，这是难能可贵的！周朝有人说过：为政者不因私情去酬劳别人，也不因私怨去惩罚别人。《诗》说得好，有直道而行之德，四周之国都会敬服顺从。"

孔子如此评价叔孙婼，我们不知道理由是什么。竖牛的悲剧源于古代中国宗族中嫡庶之间的争斗，他的母亲作为一个没有被主人正式迎娶的女人，他的悲剧早在母腹中就已经注定了。史书把他写成一个恶人，实在有失公允。

三桓之中最强势的是季友的后代，称为季孙氏或季氏，连续数代把持着鲁国的政权。季文子的事已如上述，到了季武子（季孙宿）愈加跋扈，鲁襄公二十九年（公元前 544 年），鲁襄公从楚国归来，季武子趁襄公不在国内，夺取了卞邑，蚕食公室的土地以壮大私邑。鲁襄公十分不满，耽于鲁国边境而不入。后臣子们赋《诗·式微》："式微式微，胡不归？"在臣子们的劝说下，才归国入境。在季孙氏的把持下，鲁国公室日益式微，已逐渐失去了权力。

鲁国公室和臣子们做过多次努力，想驱除三桓，夺回权力，但皆归于失败。襄仲（公子遂）死后，其子公孙归父因其父杀嫡立庶，有立宣公之功，所以公孙归父在宣公朝很得宠。公孙归父因而与宣公谋划，想驱除三桓，宣公并派公孙归父赴晋，想借助晋国的军事力量来驱逐三桓。结果遭到了季文子的强烈反击，不但三桓势力愈加强大，公孙归父反而被驱逐。

鲁昭公二十五年（公元前 517 年），鲁国因攻季孙氏终于酿成一场大事变。事之起因来于季（孙）郈两家的斗鸡比赛。季氏，季平子（季孙意如）；郈氏，郈昭伯，鲁孝公的后代，称郈氏。诸侯国中大的宗族皆来自历代国君的后人，所以，季、郈两家皆是鲁国的大家族。两家住地相近，举行斗鸡比赛，这种比赛是赌输赢的，所以要郑重其事。季孙家上场的斗鸡鸡冠上安上了薄金属做的盔甲，郈氏的斗鸡脚爪上安了金距，两鸡相斗，季孙家的鸡输了。季平子十分愤怒，不仅痛责郈氏，且侵占了郈氏的一些宫室。两家相怨，不可调和。

事情还连及鲁国另一家族臧氏，臧氏家有一个叫臧会的人因内部矛盾逃到季孙家，并托庇于季氏。臧氏把臧会抓了。季平子十分恼火，反过来拘捕了臧昭伯。这时，还发生了一件事，使季孙惹了众怒。因季孙氏和鲁昭公要同日祭祖，祭祀时要在祖庙里表演万舞，公室因人手不足，凑不足六佾（四十八人）的舞队，而季孙家却僭越礼制，用天子规制，"八佾（六十四人）舞于庭"。鲁国大夫们对季平子十分不满。

鲁昭公欲去三桓，谋划已久。事情起因于季孙家族中，季平子（季孙意如）有一个庶叔父，名叫季公鸟，他娶齐国鲍文子的女儿为妻，称为季姒。季公鸟患病而死，他的弟弟季公亥（又名公若），季氏族人公思展还有季公鸟的家臣申夜姑聚在一起商议季公鸟死后的家道管理事宜。季公鸟的妻子季姒与家中管理饮食的食官名叫檀的男人私通，她怕事情败露。叫家中的侍妾把她殴伤，然后披头散发去见季公鸟的妹妹（她的小姑）秦姬，说："公若想强奸我，我不从，他把我打伤了！"又把这件事告诉季平子的弟弟公甫靖。又说："公思展和申夜姑还胁迫我，要我服从公若。"秦姬又把这件事情告诉族人公之。搞得季孙家族的人沸反盈天。于是，公之与公甫把事情捅到了季平子那里去。季平子立即在卞邑拘捕了公思展，把申夜姑也抓了起来，将要把两人杀掉。公若被诬陷，无以自白，他哭着说："杀了他们两个人就等于杀了我一样。被诬之冤，不得白于天下！"于是，他要去见季平子，希望他赦免两人，以搞清事情原委，还他一个清白。但季平子告诉守门人，不放他进去。等了一上午，至日中，不得入。这边，公之等人请速杀之，于是两人被杀。公若由此与季平子结怨。

　　鲁昭公有子公为，公若与之交好，将一把弓箭交给公为，两人常到野外练习射箭，并谋划铲除季孙氏。公为把此事告诉他的两个弟弟公果和公贲。公果和公贲叫侍从僚柤（zhā 又音 jū 和 zǔ）去把铲除季氏的设想告知昭公。昭公闻听，操起身边的戈矛欲击僚柤，僚柤吓跑了，昭公又假意喊道："把他给我抓住！"但并没有下令。僚柤吓得躲起来，数月不敢露面，昭公也没有追究。后来，公果等人又叫僚柤去见昭公，昭公又假意操戈恐吓他，僚柤又吓跑了。第三次僚柤去见昭公的时候，昭公道："这样的事情，官卑职小的人怎么能参与呢？"于是公果亲自去找昭公说了驱逐季孙的想法。昭公将这个想法告诉了臧孙，臧孙认为事情并非容易，闹不好会出事。昭公又将此事告诉了与季孙矛盾甚深的郈孙，郈孙认为可以干。昭公又将此事说与庄公的玄孙子家羁，子家羁沉吟良久，说："这是有人让君行侥幸之事，事情若不成，君将承受其后果，此事不可为也！鲁国几世以来，公室衰微，政在三桓之手，民不知有公室，季孙之权力，遍及朝野，难以图成。还是不要打这个主意吧！"昭公默然无语，让子家羁退下。子家羁说："我已知公谋，若事情外泄，难道不是我的责任吗？我不能出宫。"于是宿于公宫。

九月份的一天，三桓中的叔孙昭子外出到阚地去，京城中只有季孙氏。鲁昭公发动了对季孙氏的进攻。部队先是杀掉了看守大门的公之，然后，挥军直入，冲进季孙府邸。季平子登上高台，请求昭公，说："君不察臣之罪，命令有司以干戈讨之，我请求到沂水边，暂避于那里，等待君王调查清楚，再接受处理。"昭公不同意，仍命令军队进攻。季平子又说："那么可以把我囚禁在封地费邑，等候处理。"昭公还是不答应。最后，季平子说："给我五辆车，我逃亡出国如何？"昭公仍然不允。子家羁说："国君可以答应他。若不答应，季孙执政久矣，拥戴服从的人很多，一旦生变，叛离公室，形势将不利于君，那时悔之晚矣！"昭公仍然不为所动。郈孙说："季孙已处绝境，这次一定要杀掉他！"

昭公派人去迎三桓中的孟懿子（仲孙何忌），此时，形势陡转。三桓中另一家叔孙氏家的司马对叔孙氏的家兵们说："怎么办？"大家不作声，不知站在哪一边。司马说："我是叔孙氏的家臣，不懂国家大事。我只问一句，假若季孙氏亡了，叔孙氏会怎么样？"大家齐声说："三桓一体，没有季孙氏就没有叔孙氏！"司马说："既然如此，那我们去救季孙！"于是率领叔孙氏的兵马前往，将西北角围困季孙的兵马打败，公室的兵丁们扔下了武器，袖手在一边观望。孟氏派人登上西北角的楼台观望形势，见到了叔孙氏的旗帜，于是，孟懿子下令拘捕郈昭伯，杀掉他，命令孟氏家兵进攻公室的军队。孟氏、叔孙氏和季孙氏联手，粉碎了昭公欲除掉季孙的军事行动。昭公失败去国，辗转于齐鲁边境的郓和晋国的乾侯，内不容于臣子，外不容于齐、晋，至死没有回国。

昭公死后，季平子没有让他的儿子继承公位，而立他的弟弟宋，这就是鲁定公。鲁定公五年，季平子卒，由他的儿子季桓子（季孙斯）继位。至此，季孙氏在鲁国掌国柄已历四代。

　　季平子后的季桓子（季孙斯）时代，也就是鲁定公八年，季孙氏的权力被家宰阳虎（亦为阳货）所窃夺，阳虎曾劫持季桓子为乱，并把持鲁国政权。这就是孔子在《论语·季氏》中所云的"陪臣执国命"。

　　孔子在《论语》中，多次论及鲁国的政治，如果不了解三桓当国的历史，是没法理解这部儒家经典的。

五〇 春秋霸主

春秋时代，邦国林立，周王朝的中央王朝地位，只是礼仪和象征性的。各诸侯国相互征伐，通过军事实力的较量，确立了号令四方的霸主。霸主通过诸侯国间的盟会，形成了同盟国，霸主就是同盟国中的老大。

春秋间的历史，后人有"春秋五霸"之说，何为"五霸"？说法不一。但齐桓、晋文名列"五霸"，应该是没有疑问的。晋文之后的晋襄、晋景、晋悼三位君主只是延续了晋文的霸业，所以不必单列"五霸"之中。郑庄公在春秋前期一度使郑国强盛，但历史很短暂，由于和周王朝的矛盾，郑国没有形成后来那样号令诸侯的霸主地位，所以不应列入其中。至于有称霸的野心，终于被楚国击败而徒留笑柄的宋襄公更不应在霸主之列。吴王阖闾和夫差父子两代灭楚伐越，称霸南方，但势力并未到达华夏中原诸国，并且很快衰亡败落，所以也不应在霸主之列。越王勾践灭吴后，被周王朝封为伯，并自称霸王，但已处春秋末期强弩之末，且很快亡灭，所以也难称春秋之霸。秦穆、楚庄两位诸侯国君一度军力强盛，纵横四方，但也没有结盟诸侯，号令天下的权威，似也不应在霸主之列。如此看来，真正称得上春秋霸主的，也只有齐桓、晋文两位君主。

齐桓、晋文及晋文之后的襄、景、悼等君主在位时，都曾数次与诸侯盟会。参与盟会的诸侯国都服从霸主的号令，役使其出兵参与霸主的对外战争，并强迫其向宗主国缴纳赋税。晋文称霸数世来，鲁国对晋恭敬服从，始终是晋的同盟国。"鲁之于晋也，职贡不乏，玩好时至，公卿大夫相继于朝，史不绝书，府无虚月。（《春秋左传注》1282 页）"尽管如此，晋对鲁亦常有羞辱之举。如汶阳之田，本来是鲁的故有领土，后被齐所夺，晋在鲁的请求下伐齐，将汶阳之田归于鲁。晋景公十七年，派韩穿来鲁，让归之于齐。季文子十分不满，私下言于晋使韩穿说："晋国七年之中，先将汶阳之田归鲁国，又夺而予齐，作为霸主，如此任意行事，不守信义，岂能不失诸侯之心。"但季文子碍于晋国的霸主之威，只能私下里说一说，也不敢公开反对。晋昭公三年，晋国召诸侯盟于平丘，郑国一直在晋、楚之间左右摇摆，为了郑国的利益，时而向晋，时而归楚。在这次盟会上，子产为郑国之代表，因晋国贡赋之重，在盟会上据理力争。他说，周王朝的贡赋轻重有别，郑国向来是小国，爵位为男爵，要求郑国像公侯之国缴纳贡赋，恐怕难以承受。诸侯会盟，本是为了小国也得以生存，如果小国向霸主贡赋没有极限，小国灭亡指日可待。存亡在于今日，不可不争。随同子产来盟会的郑国使臣害怕，说，若晋国为此来讨伐郑国，可怎么办呢？子产回答说：晋国政出多门，何暇来讨？如果我们不争，任人欺凌，国家还能存在吗？从中午争执到晚上，子产坚持不退让，终于迫使晋国答应了郑国的要求。子产为国争权利的言行得到了孔子的赞赏，他说：子产的平丘之行，为国据理力争，足见他是国之栋梁和基础。《诗》云：君子所以乐，以其能为国之根基啊！（"乐只君子，邦家之基。"）又说：在诸侯盟会上，为贡赋之事为国力争，这是合于礼的。

作为霸主，除了骄横无理外，也常常不讲信义，使诸侯离心。诸侯在实力强大的国家间站队总是根据自己国家的需要和情势而决定。如郑国依违于晋、楚之间。鲁宣公元年（公元前 608 年），晋国因宋有弑君事出兵伐宋，受宋贿而罢。之前，齐国侵鲁，鲁告于晋，晋纠合诸侯欲伐齐，"齐人赂晋侯，故不克而还。"后有齐国侵鲁事件。晋国两次罢兵，都是因为接受宋、齐两国的贿赂，所以郑穆公说："晋不足与也。"这样的霸主不值得信赖和托付，所以转而盟于楚。自齐桓公于鲁僖公十七年死去，中国已无霸主。鲁僖公十八年，郑转而朝楚，十九年，楚又与陈、蔡、郑盟于齐，则楚国此时已得诸侯，俨然霸主。陈国的君主陈共公死后，楚国没有派使节参与会葬，是为不礼，所以，即位的陈灵公转而受盟于晋。

鲁国一直忠于晋国，但对于这个霸主，鲁国几乎受尽了各种屈辱，但都隐忍了。鲁成公四年，前往晋国朝见，但晋景公待鲁公无礼，于是，鲁成公想叛晋，与楚结盟。后来，季文子劝说，认为楚国虽强大，但不是中原民族，"非我族类，其心必异"，不会诚心待鲁。鲁国只好忍气吞声，继续做晋的盟国。

春秋霸主不仅召集诸侯会盟，对不归附者予以军事讨伐，甚至拘囚盟国的官员以示惩戒。鲁国的卿大夫就多次遭到晋国的拘囚，有时甚至带有严重的侮辱。鲁昭公元年，鲁国叔孙豹与诸侯会于虢，以续诸侯弭兵之盟，这时，鲁国留于国内的正卿季文子率兵伐莒，莒国在盟会上告发鲁国。楚国就对晋国说："鲁国伐莒背盟，应诛鲁国与会的代表。"于是，把参与盟会的叔孙豹拘捕欲杀之。后在晋国赵武的斡旋下，楚国才同意赦免了叔孙豹。晋平公十八年，想从齐国娶一姬，名为少姜，齐派陈无宇去晋国送少姜。少姜归晋平公后，晋平公非常宠爱她，改名为少齐。按照当时之礼，凡诸侯女儿嫁于大国，如是诸侯姐妹，则派该国上卿送之，若是诸侯女儿，则派下卿送之。如果该女嫁的是大国，无论是正式夫人还是姬妾，则也应派上卿送之。因陈无宇在齐国不属于卿，所以晋侯将其拘捕。少姜为之说情，说齐国因晋为大国，陈无宇是齐国的上大夫，即使非卿，但事有所因。不足一年，少姜病死，而陈无宇仍然扣押在晋国。晋国的叔向进言说：陈无宇到底有什么罪呢？晋国派公族大夫去迎娶，齐国派上大夫来送亲，国君认为他不是上卿而拘捕他，不是要求太过了吗？而且少姜生前曾为之求情。若仍扣押齐国使臣不放，如何当得诸侯的盟主呢？被晋国扣留了近一年的陈无宇这才被放了回去。少姜死后，郑国派两名上卿来为少姜送葬。晋国两名大夫见了郑国来送葬的两名上卿，说："你们为这件事而来，有点太过了吧？"郑国两名使臣说："不得不如此啊！当年晋文公、晋襄公为霸主的时候，国家一般事务不烦劳诸侯，命令诸侯三岁而聘，五岁而朝，列国间有事则会，有不和睦的事相冲突则结盟，无定期。若霸主君主薨，大夫来吊丧，卿参与会葬；若霸主夫人薨，则士来吊丧，大夫送葬，这样，足以昭明礼节，有所命令，谋议补救缺失，除此之外，不再有令烦诸侯。如今嬖宠之丧，不能按礼数选择使臣吊丧，怕获罪上国，岂敢害怕烦琐？少姜有宠而死，齐国必然送继室来，我们一来吊丧，二来贺喜吧！"晋国大夫说："晋国如此行事，已经到了极点了。晋国将来怕要失去诸侯了吧！"后来，齐国派晏婴又来为晋国续亲。

就在郑国子产为郑国争贡赋的平丘盟会上，因为邾、莒两小国对鲁国的控告，晋国不许鲁参与会盟，并将鲁国使臣季孙意如拘捕，暑日炎炎，以布蒙其身，让狄国人看守他。鲁国一个官员照顾他，匍匐在地，以冰水饮之。守卫的狄人不许，鲁国贿赂守兵一片锦，守兵离去，鲁国官员这才得以饮其水。后来，晋人返国，把季孙意如带回了国内。季孙意如被拘押在晋国，后来被放归。

鲁昭公二十三年（公元前519年），邾国在翼地筑城，归而过鲁境，没有假道（向鲁借道），遭到鲁军的伏击，取邾三邑。邾国向晋国控诉鲁国，晋国问罪鲁国，鲁国大夫叔孙婼前往晋国说明情况，晋国命令双方互相辩论。叔孙婼说："列国之卿相当于小国之君，况且邾又属夷国。邾国大夫欲辩论，我的副使在这里，可以参加辩论。这是周朝的制度，鲁国不敢废弃。"结果，双方没有辩论成。

晋国的韩宣子让邾国人聚集起来，把叔孙婼交给他们处理。叔孙婼听说后，只身前往，示为国必死之决心。晋国的另一位大臣对韩宣子说："把叔孙交给邾国人，叔孙必死无疑。叔孙死，鲁国必灭邾。邾君在晋，邾国一旦被鲁所灭，邾君将安归？晋国是盟主，应讨伐违命不从者，如今令两国相互拘执使臣，还要盟主干什么？"于是，把邾君和叔孙婼都拘捕起来，先让邾君返国，把叔孙婼和他的副使子服昭伯拘押在不同的地方。

叔孙婼被晋国拘押在箕，晋国的范献子想向叔孙索贿，假意说要做一个冠。叔孙叫他把冠之大小尺寸交给他，做了两个冠交给范献子，说："只有这两个冠，以后没有了。"叔孙的家臣想通过向晋国大夫行贿赎回叔孙，叔孙说："先来见我，我告诉你用什么行贿。"家臣来见后，叔孙命令不许出门，和他一同留在羁押的地方，使家臣行贿落了空。叔孙婼在羁押的地方，即使时间短暂，也经常修葺房舍。最后，晋国只好把他放归了鲁国。

自晋文公重耳称霸，从晋文公七年（鲁僖公三十年，公元前 630 年），鲁国之卿公子遂（襄仲）首次朝觐晋国始，至于晋定公八年（鲁定公六年，公元前 504 年），季孙斯，仲孙何忌入晋止，一百二十六年间，鲁国之卿朝觐晋国二十八次，其间所受折辱甚多。霸主和盟国之间的关系可见一斑。至于依违于晋、楚间的郑国被两强不断征伐的历史这里就无须盘点了。

春秋霸主还有司法权，对王朝和诸侯间的争讼予以裁断并付诸执行。如晋文初霸，当年晋文重耳流亡时过卫，卫成公不待之以礼。重耳即位后，掌晋国之权，发兵伐卫，险灭其国。晋文公五年（公元前 632 年）又将卫侯拘捕，带往周王朝京师洛邑。晋国开庭审理卫侯与卫卿元咺一案，卫侯败诉，其代理人士荣被杀，另一应诉者被刖足。卫侯在羁押中，重耳又使人鸩杀之，卫国贿赂厨师，药量减少，才获得一条生路。周灵王九年（公元前 563 年），周王朝两个大臣争权闹起了纠纷，其中一个叫王叔陈生，另一个叫伯舆。周灵王偏向于伯舆，王叔陈生怒而出奔，到了黄河边上不再返都。两个人把官司打到了晋国，要晋国评判是非。晋侯命范宣子断案。按照周朝的礼，命夫命妇不到廷参与诉讼，要派手下的宰舆属大夫对争曲直。两人的属大夫到庭，范宣子听讼。王叔陈生控告伯舆说，伯舆乃是蓬门小户的一介贱人（筚门闺窦之人），不能参与王朝政治。伯舆这方说："当年周平王东迁洛邑，七姓从王，我的祖上在七姓之中，是为周王提供祭祀器具的，周平王依赖之，封我祖上世世继承，不得失职。若是蓬门小户，能随王东来洛邑吗？自从王叔陈生执周政，政以贿成，国家法度掌握在嬖宠之手，国家行政军队，都成了他发财致富的工具，把我伯舆视为蓬门小户而排挤之。事之曲直，请大国予以评断。"范宣子听了双方的诉讼，知道王叔陈生不占理，他说：晋国以天子的是非为是非，天子所佑，寡君亦佑之。要双方把原始诉讼的文书拿出来。王叔氏拿不出原始文书，败诉。范宣子暗示王叔氏逃奔晋国，不再上告上述。周王朝由单靖公代王叔执周政。这是作为霸主的晋国用司法手段处理王室纠纷之一例。

《荀子宥坐篇》曾引孔子的话说："昔晋公子重耳霸心生于曹，越王勾践霸心生于会稽，齐桓公小白霸心生于莒。故居不隐者，思不远；身不佚者，志不广。"此言霸主生心皆在艰难困苦之时，因卑贱屈辱而生霸心，后乃成其志。但无论何等霸主皆有衰败没落之时，司马迁在谈到齐桓公小白称霸时说："是时周室微，唯齐、楚、秦、晋为强。晋初与会，献公死，国内乱，秦穆公僻远，不与中国会盟。楚成王初收荆蛮有之，夷狄自置。唯独齐为中国会盟，而桓公能宣其德，故诸侯宾会。于是桓公称曰：'寡人南伐至召陵，望熊山；北伐山戎、离枝、孤竹；西伐大夏，涉流沙；束马悬车登太行，至卑耳山而还。诸侯莫违寡人。寡人兵车之会三，乘车之会六，九合诸侯，一匡天下。昔三代受命，有何以异于此乎？吾欲封泰山，禅梁父。'"齐桓称霸，乃天下势之所至，司马迁已概言之。然称霸之后的齐桓公渐生骄横之心，他在位四十三年，执政时间不可谓不长，然而死后，五公子皆欲上位，齐国政争不止，桓公尸体在床六十七日，无人殡殓，至尸虫出于户，齐国自此衰微。晋文在位九年而死，晋襄、晋景、晋悼继之，皆能承续霸业。然而物极必反，盛极则衰，乃世之至理。无论齐桓、晋文其霸业最后都落花流水，幻梦一场。公元前539年，齐国晏婴赴晋为晋平公续婚，事毕，与晋国上大夫叔向私下聊天，晏婴说：齐国此时已处末世，公室的权力迟早必将落入陈（田）氏之手。叔向谈及晋国，也同样有末世之叹，军备废弛，公室奢侈，路有饿殍，政出多门，豪族争权，民无所依……其败落已不可止也。

齐桓晋文之霸业终成泡影。

后 记

中国的春秋时代，是中国的封建时代。周王朝日渐衰落，礼崩乐坏，各国纷争吞并，强者为霸，诸侯国内部，也充满了血腥的夺权斗争。"追根探源话春秋"，不仅关照春秋的历史，也向上古史延伸，简略回顾了史前考古和夏商周三代的历史。

春秋的历史血色斑斓，充满战争和杀戮，但其间所展示的贵族精神和文化，是广袤的山河土地间闪耀的文明燧火。如音乐、舞蹈、祭祀的繁复场面，人与人之间的相见礼仪，外交场合吟诗以委婉地表达心志，战场上虽然以杀戮分胜负，仍然有规矩、有尊让。宋襄公不鼓不成列，敌方不渡河、不布阵不出击，虽然在战场上失败，被后人骂为蠢猪，但他身上所体现的贵族精神千百年后仍令我们低回不已。晋齐、晋楚之战，战场上将领们披坚执锐，入阵杀敌，见到对方的君主还要致意敬礼，而万马杂沓的战阵中，君主见到敌方将领也要以酒犒劳，表示慰勉。这些都是春秋时代的远古足音，在后来的丛林法则、阴谋算计，不择手段、胜者为王的时代，这一切都成了遥远的风景。

大体说来，春秋时代是一个杀戮和征服的时代，但在人类攘夺的初始年代里，我们还能看到规则、礼仪、风雅、气度、节操等后世鲜见的贵族之风，但它很快就消失在杀戮和阴谋中。到了战国时期，这一切皆成绝响。

历史如同一个疲惫的旅人，他一路风尘，踽踽独行，沿途丢掉了很多东西，包括好的和坏的，最后走出了今天的模样。

　　《中国先秦往事》因篇幅所限，分为《追根探源话春秋 》《纵横捭阖说战国》两卷。一切历史皆为往事，一切往事亦皆为历史。所有往事的叙述皆来于历史典籍。典籍浩瀚，本书当有遗珠之憾，或有不经之谈，希望读者们批评指正。

2023 年 4 月 1 日于威海贝舍书屋